Mike Omer
Ewig währt die Angst

Das Buch

Als Verhandlungsspezialistin der New Yorker Polizei kennt Abby Mullen die Macht der Worte. Sie wuchs in der fanatischen Wilcox-Sekte auf, die in einer tragischen Feuernacht ihr Ende fand. Nur drei der Mitglieder entkamen damals: Eden, Isaac und Abby. Seitdem versucht Abby zu vergessen.

Doch dann erhält sie einen Anruf, der wie ein Schrei aus der Vergangenheit ist. Edens achtjähriger Sohn wurde entführt, fünf Millionen Dollar Lösegeld verlangen die Kidnapper. Jede Sekunde zählt bei den Ermittlungen, die Abby zurück in eine Sekten-Welt führen, in der jeder Gedanke kontrolliert wird …

Der Autor

Mike Omer, Autor der »Zoe-Bentley«- sowie der »Glenmore Park Mystery«-Reihe, arbeitete bereits als Journalist, Spieleentwickler und Geschäftsführer von Loadingames. Er ist mit einer Frau verheiratet, die ihn emsig ermahnt, seinen Traum zu leben, und Vater eines Engels, einer Elfe und eines Kobolds. Außerdem besitzt er zwei gefräßige Hunde, die jeden Besucher mit eifrigem Schwanzwedeln begrüßen. Mike schreibt am liebsten über authentische Menschen, die ein Verbrechen begangen haben oder einem zum Opfer gefallen sind. Wenn Sie Kontakt zu ihm aufnehmen möchten, schreiben Sie eine E-Mail an mike@strangerealm.com.

MIKE OMER

EWIG WÄHRT DIE ANGST

EIN ABBY-MULLEN-THRILLER

Aus dem Amerikanischen von Kerstin Fricke

Die amerikanische Ausgabe erschien 2021 unter dem Titel
»A Deadly Influence« bei Thomas & Mercer, Seattle.

Deutsche Erstveröffentlichung bei
Edition M, Amazon Media EU S.à r.l.
38, avenue John F. Kennedy, L-1855 Luxembourg
September 2021
Copyright © der Originalausgabe 2021
By Michael Omer
All rights reserved.
Copyright © der deutschsprachigen Ausgabe 2021
By Kerstin Fricke

Die Übersetzung dieses Buches wurde durch Amazon Crossing ermöglicht.

Umschlaggestaltung: semper smile, München, www.sempersmile.de
Umschlagmotiv: © aniszewski / Getty
Lektorat und Korrektorat: VLG Verlag & Agentur, Haar bei München,
www.vlg.de
Gedruckt durch:
Amazon Distribution GmbH, Amazonstraße 1, 04347 Leipzig /
Canon Deutschland Business Services GmbH, Ferdinand-Jühlke-Str. 7,
99095 Erfurt /
CPI books GmbH, Birkstraße 10, 25917 Leck

ISBN: 978-2-49670-775-5

www.edition-m-verlag.de

Kapitel 1

Der heruntergekommene Mann saß auf einem wackligen Gerüst und starrte die unzähligen Lichter an, die in der Nacht glitzerten. Er trug weite Jeans und eine ausgeblichene Cordjacke, die für den kalten Wind zu dünn zu sein schien. Abby spähte durch das scheibenlose, noch unvollständige Fenster zu ihm hinaus, um einzuschätzen, ob er springen würde.

»Er sitzt jetzt seit fünfzig Minuten da draußen«, sagte der Streifenpolizist hinter ihr. »Auf Rufe reagiert er nicht. Er guckt nicht mal in unsere Richtung.«

Abby nickte geistesabwesend und wandte den Blick nicht von dem Mann ab. Er rutschte hin und her und schaute immer wieder nach unten. Sie war davon überzeugt, dass seine Entschlossenheit zunahm. Ihr blieb nicht mehr viel Zeit.

Sie machte einen Schritt nach hinten, sah sich um und analysierte die Lage. Der Raum, in dem sie standen, befand sich noch im Bau, die Balken waren nicht verkleidet, die Fenster unverglast, Schutt und Baumaterialien standen überall herum. Der Boden war mit Fast-Food-Verpackungen bedeckt, und zu ihren Füßen lagen einige Zigarettenstummel und eine leere Schachtel. Ihr Kollege Will Vereen sprach in sein Schulterfunkgerät, und etwas weiter entfernt standen zwei Rettungssanitäter für den

Fall bereit, dass Abby beschloss, der Mann da draußen müsse mit Gewalt am Springen gehindert werden.

Es war windig hier oben im zweiundfünfzigsten Stock des im Bau befindlichen Wolkenkratzers. Wenn sie mit dem Mann vom Fenster aus reden wollte, würde sie schreien müssen. Allerdings hörte sich ihre Stimme dann schnell schrill an, was kaum der passende Tonfall für eine ruhige Verhandlungsspezialistin war.

Sie warf Will einen Blick zu und überlegte, ob sie ihm diesmal den Vortritt lassen sollte. Er hatte eine tiefere Stimme und konnte lauter schreien. Aber ihre Intuition sagte ihr, dass der Mann da draußen Will als Bedrohung ansehen könnte. In diesem Fall war sie die bessere Wahl.

»Brauchen Sie die Flüstertüte, Lieutenant?« Der Officer reichte ihr ein blaues Megafon.

Sie schüttelte den Kopf. »Wenn ich ihn da durch anschreie, springt er schon allein, um dem Geräusch zu entkommen. Ich gehe raus.«

Einer der Rettungssanitäter half ihr, das Seil an ihrem Kletterharnisch zu befestigen. Danach schluckte sie einmal schwer und kletterte aus dem Fenster in die Leere.

Sobald sie draußen war, wurde der Wind sehr viel heftiger und zerrte gnadenlos an ihrem Körper. Sie hielt sich mit rasendem Herzen am Gerüst fest und versuchte, das Quietschen und Ächzen des Metallrahmens zu ignorieren. Der Harnisch kam ihr jetzt fast wie ein Witz vor, denn dieser schmale Streifen würde wohl kaum ihr Gewicht tragen, falls sie das Gleichgewicht verlor. Mit einem Mal wurde ihr schwindelig und sie hatte den Geschmack von Galle im Mund.

Abby drängte die Angst in den Hintergrund und konzentrierte sich auf den Mann am anderen Ende des Gerüsts, der die Beine über dem Abgrund baumeln ließ. Sie trat einen Schritt näher. Er sah zu ihr herüber, ohne zu blinzeln, und seine Lippen zitterten. Auf seiner Wange zeichneten sich zwei Kratzer ab, auffällige rote Linien, die schartig und wund aussahen. Noch ein Schritt. Sie war keine drei Meter mehr von ihm entfernt.

»Kommen Sie nicht näher! Ich springe!« Seine Stimme klang heiser und verzweifelt.

Sie hob langsam eine Hand, wobei ihm die Handfläche zugewandt war. »Okay. Ich bleibe hier.«

»Ich werde es tun!« Er beugte sich vor.

Abby ließ sich vorsichtig an der Kante des Gerüsts nieder. »Sehen Sie? Ich bin gleich hier. Ich will nur mit Ihnen reden.«

Er wandte sich ab, schürzte die Lippen und blickte zur Skyline von New York hinüber. Hustend tastete er seine Taschen ab, räusperte sich und spuckte aus.

»Ich bin Abby Mullen«, sagte sie und achtete darauf, ganz ruhig und entspannt zu klingen. Als wären sie zwei Fremde, die sich nur zufällig bei einem Spaziergang auf dem Gerüst begegneten, allerdings in über hundert Metern Höhe.

Er ignorierte sie und schien in Gedanken versunken zu sein.

»Wie heißen Sie?«, fragte sie nach einigen Sekunden.

Keine Antwort.

Sie wartete und ließ Zeit verstreichen. Das Warten machte ihr nichts aus. Durch ihr Eintreffen war der Mann aus dem Konzept gebracht worden, und nun schien er in seiner Unschlüssigkeit erstarrt zu sein. Die Entschlossenheit von vorher war eindeutig verschwunden.

Es war kalt. Abby trug ihren langen Mantel, darunter einen Pullover, und eine Wollmütze. Dummerweise hatte sie Schal und Handschuhe im Wagen gelassen. Sie steckte eine Hand in die Tasche, hielt sich jedoch mit der anderen am eiskalten Gerüst fest und hatte auch nicht vor, es loszulassen. Ihre Nase und ihre Ohren fühlten sich bereits wie Eiszapfen an.

Die Worte »Mir ist kalt« lagen ihr schon auf der Zunge. Das war eine durch und durch menschliche Aussage. Wenn man fror, konnte man das auch erwähnen, denn dann hatte man etwas zu sagen und konnte eine Verbindung herstellen, ein Gespräch anfangen. Aber selbst ein so einfacher Kommentar konnte knifflig sein. Denn bei »Mir ist kalt« ging es um sie. Und sie konnte jetzt nichts Schlimmeres tun, als ihm den Eindruck zu vermitteln, dass sie über sich reden wollte.

»Es ist kalt«, sagte sie stattdessen. »Sie müssen doch frieren.«

Sein Blick war starr auf den Horizont gerichtet.

»Es macht den Anschein, als hätten Sie starke Schmerzen«, fuhr sie fort. »Was ist passiert?«

Er spannte die Kiefermuskeln an, als müsste er über die Frage nachdenken. Aber er rutschte auch ein wenig vom Rand weg. Abby wartete und hoffte, dass er noch etwas sagen würde. Sie brauchte etwas, irgendetwas, um ihn wieder zurück ins Gebäude zu bekommen. Im Hintergrund war Will garantiert schon dabei, panisch nach dem Namen des Mannes zu suchen und auch nach dem Grund, der ihn dazu getrieben hatte, in den zweiundfünfzigsten Stock zu gehen und aus dem Fenster zu steigen.

Endlich rang sie sich zu dem Vorschlag durch: »Möchten Sie reingehen und mir erzählen, was passiert ist?«

Sie rechnete nicht mit seiner Zustimmung, sondern mit einem Nein. Es wäre ein Anfang gewesen. Und es hätte ihm das Gefühl gegeben, die Situation unter Kontrolle zu haben. Stattdessen ignorierte er sie und starrte mit leerem Blick nach vorn. Wieder klopfte er seine Taschen ab, wobei seine Bewegungen ruckartig und unbeholfen wirkten. Wie bei einem Betrunkenen.

»Hätten Sie gern etwas Warmes zu trinken? Ich kann Ihnen eine Thermoskanne mit heißem Kaffee oder Tee besorgen.« Das klang für sie gerade sehr verlockend. Er musste das doch genauso sehen. Aber er verspannte sich nur noch mehr. Als vermutete er, dass sie ihn mit dem Vorschlag irgendwie reinlegen wollte.

Wurde es kälter? Sie ließ die eiskalte Metallstange los und steckte auch die zweite Hand in die Tasche. Obwohl sie sicher auf dem Gerüst saß, bereute sie es augenblicklich. Als sie versehentlich einen Blick nach unten warf, schien sich die Dunkelheit dort endlos auszustrecken. Erneut wurde ihr schwindelig, sogar noch mehr als zuvor, und ihr wich das Blut aus dem Gesicht. Sie bohrte die Fingernägel in die Handflächen, so fest sie nur konnte, um durch den Schmerz wieder einen klaren Kopf zu bekommen.

Danach hob sie den Blick und konzentrierte sich auf die Wolkenkratzer. Von hier aus hatte man eine umwerfende Aussicht. Er hatte sich eine gute Position ausgesucht. Es gab wenig, was in Abby mehr Ehrfurcht hervorrief als die Skyline von New York. Hell erleuchtete Türme und zahllose Dächer. Das Empire State Building, ganz in Weiß getaucht, und dahinter der kolossale Freedom Tower, dessen blaues Licht fast schon gespenstisch aussah. Um sie herum stand eine Vielzahl an Gebäuden und Hochhäusern mit Dutzenden von Fenstern, die einen Einblick in das Leben dahinter boten. Selbst jetzt um vier Uhr morgens brannte hinter mehreren Fenstern Licht, und ebenso viele Fahrzeuge waren auf den Straßen weiter unten unterwegs, was man an den roten und gelben Lichtern erkennen konnte, die in der Nacht flackerten.

»Woher haben Sie die Kratzer?«, erkundigte sie sich.

Wieder und wieder versuchte sie es, stellte Fragen, schätzte seine Gefühle ein, wollte irgendwie an ihn herankommen. Sie ließ nicht locker, achtete jedoch darauf, sich die zunehmende Frustration und Sorge nicht anmerken zu lassen. Der Mann schien sich zu verspannen; er wurde unruhiger, schloss die Augen und atmete schnell und flach. Sie spürte, dass sie drauf und dran war, ihn zu verlieren. Es wurde Zeit, die Rettungssanitäter hinzuzuziehen.

Würden sie rechtzeitig an ihn herankommen? Sie bezweifelte es. Allerdings hatte sie keine anderen Optionen und musste es einfach versuchen.

Auf einmal fielen ihr die Zigarettenstummel und die leere Schachtel auf dem Boden vor dem Fenster wieder ein. Die Art, wie er seine Taschen abgeklopft hatte, als würde er nach seinen Zigaretten suchen. Sie stellte sich vor, wie er zuvor am Fenster gestanden und seine letzte Zigarette geraucht hatte, bevor er rausgestiegen war.

Doch nach seiner Reaktion auf ihren letzten Vorschlag wollte sie ihm keine Zigarette anbieten. Stattdessen drehte sie sich zum Fenster um. »Hey, ich würde echt gern eine rauchen. Hat vielleicht jemand von euch eine Zigarette für mich?«

Einer der Sanitäter reichte ihr eine Zigarette und ein Feuerzeug durchs Fenster. Sie streckte vorsichtig eine Hand aus und nahm beides entgegen. Dann steckte sie sich die Zigarette zwischen die Lippen und zündete sie an. Sie hatte seit dem College nicht mehr geraucht, und der Geschmack drehte ihr den Magen um. Trotzdem zog sie an der Zigarette, als gäbe es nichts Besseres, und stieß langsam den Rauch aus.

Der Mann drehte sich zu ihr um. Sie zog erneut an der Zigarette, während er sie beobachtete.

»Könnte ich auch eine haben?«, fragte er schließlich.

»Aber sicher.« Sie drehte sich zum Fenster um. »Könnte ich für den Mann neben mir auch eine bekommen?«

Der Sanitäter gab ihr die ganze Schachtel.

»Schieben Sie sie her«, bat der Mann.

Sie konnte nur hoffen, dass er danach greifen würde, denn dadurch würde er näher an sie heranrücken müssen.

Immerhin redete er jetzt mit ihr. Vorsichtig warf sie die Schachtel zu ihm rüber. Ein Windstoß hätte sie beinahe vom Gerüst gefegt, doch sie blieb am Rand liegen. Der Mann nahm eine Zigarette heraus und zündete sie mit seinem eigenen

Feuerzeug an. Dafür brauchte er vier Versuche, denn seine Finger zitterten, und der Wind blies die Flamme mehrfach aus. Als es ihm schließlich gelungen war, zog er genüsslich daran.

»Danke«, sagte er.

»Kann ich noch was für Sie tun?«

»Nein.« Er schenkte ihr ein trauriges Lächeln. »Ich bin Phil.«

Sie erwiderte das Lächeln. »Freut mich, Phil. Was hat Sie hierhergeführt?«

Er zog erneut an der Zigarette. »Das Leben.«

Sie war an vage Antworten gewöhnt und wusste, wie sie die Wahrheit ans Licht befördern konnte. »Das Leben«, wiederholte sie nur.

»Ja. Das Leben. Es lief nicht immer so, wie ich es wollte, könnte man sagen.«

Sobald sie sie erst einmal zum Reden gebracht hatte, bestand ihre wichtigste Rolle darin, dafür zu sorgen, dass das Gespräch weiterlief, und zuzuhören. Gute Verhandlungsspezialisten redeten gar nicht viel. Sie hörten hauptsächlich zu und brachten ihr Gegenüber geschickt dazu, immer mehr zu erzählen. Sie verschafften sich Zeit. Sammelten Informationen. Suchten nach Dingen, mit denen sie die Person beeinflussen konnten.

»So, wie Sie wollten?«, wiederholte sie seine Worte. Das war das wichtigste Werkzeug in ihrem Arsenal – sie spiegelte ihr Gegenüber, wiederholte die Worte, demonstrierte dadurch, dass sie zuhörte, und bewegte sie zu weiteren Ausführungen.

Es folgten einige Sekunden des Schweigens. Dann sagte er: »Meine Schwester ist vor zwei Tagen gestorben.«

»Mein Beileid. Das muss schrecklich gewesen sein. Wie ist sie gestorben?«

»Krebs«. Er starrte die Zigarette zwischen seinen Fingern an. »Lungenkrebs. Dabei hat sie nicht mal geraucht.«

»Verstehe.«

»Bei ihrer Beerdigung wurde mir klar, dass alle Anwesenden dasselbe dachten.« Er stieß eine Rauchwolke aus. »Es hätte mich treffen sollen und nicht sie.«

Abby wartete. Er war ins Rollen gekommen. Jetzt musste sie nur noch auf ihn eingehen.

Phil zog wieder an seiner Zigarette. »Ich habe mein Leben in den letzten zwanzig Jahren versoffen. Saß zwei Jahre im Gefängnis. Meine Eltern hatten mich längst aufgegeben. Aber meine Schwester nicht. Sie hat immer wieder auf mich eingeredet, dass ich zu den Anonymen Alkoholikern gehen oder mit einem Priester sprechen soll.«

»Hört sich an, als wäre sie eine gute Schwester gewesen.«

»Das war sie. Und eine gute Tochter. Sie hat unseren Eltern drei großartige Enkelinnen geschenkt. Sie war auch eine wundervolle Mutter.« Er drückte die Zigarette auf dem Gerüst aus. »Wissen Sie, was ich dachte, als sie den Sarg in die Erde hinabgelassen haben?«

»Nein. Was denn?«

»Dass ich jetzt niemanden mehr habe, den ich enttäuschen kann. Ist das nicht ein furchtbarer Gedanke?«

»Warum ist das ein furchtbarer Gedanke?«

»Verstehen Sie es denn nicht?« Er hob die Stimme. »Ich habe sowieso schon nach einer Ausrede zum Trinken gesucht. Kaum war meine Schwester tot, habe ich aus diesem Grund wieder zur Flasche gegriffen.«

»Für mich hört es sich aber so an, als hätten Sie sehr gelitten.«

Er zuckte ungeduldig mit den Achseln. »Also habe ich getrunken. Am nächsten Morgen habe ich mir noch eine Flasche gekauft und sie geleert.« Er schien den Faden zu verlieren und starrte mit leerem Blick auf die Skyline hinaus.

Sie hatte Schwierigkeiten, ihre Gedanken in Worte zu fassen, um ihn in einem besseren Licht darzustellen. »Sie haben getrauert und sind vom Weg abgekommen.«

»Sieht ganz danach aus.« Er schien nicht überzeugt zu sein. »Mein Nachbar hört nachts immer laute Musik.«

»Laute Musik?«

Er hielt inne, nahm sich noch eine Zigarette und zündete sie an. »Sehr laute Musik. Ich stehe also gegen Mitternacht auf, okay? Und ich bin sauer. Mein Kopf hämmert wie verrückt, und es geht mir beschissen.«

Während er die Zigarette mit zitternden Fingern festhielt, zog er mehrmals daran. Rauchfäden stiegen auf und wurden vom Wind verweht.

»Ich habe eine Waffe zu Hause.«

Ach du Scheiße! Wenn er seinen Nachbarn erschossen hatte, würde das die Sache deutlich komplizierter machen. Sie würde ihn wohl kaum davon überzeugen können, wieder zurück ins Gebäude zu kommen, wenn er wusste, dass auf der anderen Seite des Fensters nur das Gefängnis auf ihn wartete.

Nachdem er einige Sekunden lang geschwiegen hatte, hakte sie nach. »Und?«

»Ich muss pissen«, erklärte Phil auf einmal. »Meine Blase drückt schon seit einer Weile.«

»Wir können reingehen, Sie pinkeln, und danach setzen wir diese Unterhaltung fort.«

Phil grinste sie an. »Vergessen Sie's.«

Mit der Zigarette im Mund stand er auf, und Abbys Herz setzte einen Schlag aus, weil sie schon glaubte, er würde jetzt springen. »Warten Sie …«

Doch er zog den Reißverschluss seiner Hose auf, und kurz darauf pinkelte er in hohem Bogen in die Nacht. »Hoffentlich geht da unten gerade niemand lang«, murmelte er. Danach zog er den Reißverschluss wieder hoch und setzte sich. Erst jetzt nahm er die Zigarette aus dem Mund und stieß den Rauch aus. »Ich nehme mir also meine Waffe und gehe nach nebenan. Dann hämmere ich an die Tür, und mein Nachbar macht auf.«

»Okay.« Abby atmete langsam ein und versuchte, ihren rasenden Herzschlag zu beruhigen.

»Ich gehe einfach rein. Er hat ein paar Freunde zu Besuch, und sie hören Musik und sitzen *stoned* rum, verstehen Sie? Und ich leere das ganze Magazin in seine verdammte Stereoanlage.«

Gott sei Dank. »Was ist danach passiert?«

»Eine seiner verrückten Freundinnen dreht durch und fängt an, mich zu treten und zu kratzen.« Phil schüttelte den Kopf. »Ich schubse sie zur Seite und renne nach draußen. Dabei höre ich noch, wie sie sagen, dass sie die Polizei rufen wollen.«

»Verstehe.«

»Das ist alles. Ich hätte mir ja eine Kugel verpasst, doch die hatte ich alle in diese Stereoanlage verschossen. So kam ich stattdessen hierher.«

Abby nickte mitfühlend und passte ihren Tonfall an. Die entspannte, gesprächsbereite Fremde war verschwunden. Nun sprach sie tiefer, langsamer, beruhigender. Sie achtete darauf, jeden Satz wie eine Aussage klingen zu lassen. »Das klingt, als wäre Ihre Schwester der einzige Mensch, der für Sie da war, als es Ihnen nicht gut ging. Sie hätte gewollt, dass Sie Ihr Leben wieder in den Griff bekommen.«

Sie wartete einen Augenblick und ließ die Worte wirken.

Er blinzelte und wirkte, als wäre ihm ein Licht aufgegangen. »Ja, das stimmt.«

»Was ist mit Ihren Nichten? Sie sagten, sie wären großartig. Sehen Sie sie häufig?«

»Ja, na ja, jedenfalls, als meine Schwester noch am Leben war. Es sind wirklich tolle Mädchen. Die Älteste …« Ein Lächeln stahl sich auf seine Züge. »Sie hat einen unfassbaren Sinn für Humor und kann mich immer zum Lachen bringen.«

Abby ließ die Sekunden verstreichen. Er sollte seine eigenen Schlüsse ziehen. Seine Nichten waren noch da draußen. Er konnte weiterhin mit seiner ältesten Nichte lachen. Ein Hoffnungsschimmer in seiner Zukunft. Wenn er doch nur mit ihr zurück ins Gebäude gegangen wäre!

»Was hätte Ihre Schwester davon gehalten, dass Sie sich das Leben nehmen?«, fragte sie schließlich.

»Das ist belanglos. Sie ist tot.«

»Was hätte sie zu Lebzeiten gedacht?«

»Ich schätze, sie wäre nicht glücklich darüber gewesen.«

»Was werden Ihre Nichten, Ihr Vater und Ihre Mutter denken, wenn Sie so kurz nach Ihrer Schwester auch noch Sie verlieren?«, wollte Abby dann wissen.

Er räusperte sich. Als wollte er sich etwas Zeit verschaffen, steckte er sich noch eine Zigarette zwischen die Lippen und holte das Feuerzeug aus der Tasche. Es rutschte ihm aus den Fingern.

Mit einer schnellen Bewegung versuchte er, es aufzufangen, und verlor dabei das Gleichgewicht. Er wedelte mit den Armen, geriet in Panik und kam dem Abgrund immer näher. Ein Schrei stieg in Abbys Kehle auf.

Doch dann bekam er das Gerüst mit einer Hand zu fassen und fand das Gleichgewicht wieder. Sein Gesicht war kreidebleich geworden, und er hatte den Mund weit aufgerissen. Abbys Herz raste. Sie sagte keinen Ton, da sie ihrer Stimme in diesem Augenblick nicht traute, sah ihm jedoch in die Augen. Der Wind jaulte um sie herum.

»Phil«, meinte sie nach einer Weile. »Sollen wir reingehen?«

»Ja.« Seine Stimme bebte. »Ich weiß nur nicht, ob ich das schaffe. Ich habe Angst abzustürzen.«

»Keine Sorge, Sie müssen sich nicht bewegen. Da drin warten Leute, die Ihnen helfen können.«

Kapitel 2

Abby war sichtlich erleichtert, wieder festen Boden unter den Füßen zu haben. Wände und Decken wurden definitiv unterschätzt. Am liebsten hätte sie sich lang auf den Boden gelegt, um ihn richtig zu spüren. Doch bevor sie einen Fanklub gründen konnte, hatte sie noch zu arbeiten.

»Er ist bereit reinzukommen«, teilte sie den Rettungssanitätern mit. »Aber er braucht Ihre Hilfe.«

Sie stiegen aus dem Fenster, als wäre es für sie etwas Alltägliches, als würden sie ständig über hundert Meter über dem Erdboden herumlaufen. Angeber.

Sie wandte sich kopfschüttelnd an Will. »Ist bereits jemand vom psychologischen Dienst unterwegs?«

»Er wartet unten beim Krankenwagen.« Will grinste sie an. »Das mit den Zigaretten war eine gute Idee.«

Sie erwiderte sein Lächeln und empfand seine beruhigende, ernste Art als sehr wohltuend.

Wenn man einen Polizisten nach seinem Partner fragte, bekam man alle möglichen Antworten. »Er steht immer zu mir.« Oder »Ich würde ihm mein Leben anvertrauen.« Oder auch »Er gehört zur Familie.«

All das dachte Abby auch in Bezug auf Will, aber noch viel wichtiger war, dass sie sich in seiner Gegenwart entspannen konnte. Sie musste nicht ständig wachsam sein oder darauf achten, wie sie sich benahm oder was sie sagte. Er war der eine Mensch, bei dem sie lockerlassen konnte, und einer der wenigen, denen sie vertraute.

Denn anderen zu vertrauen fiel ihr nicht leicht.

Will war groß – so groß, dass viele Menschen, die ihm zum ersten Mal begegneten, unausweichlich fragten: »Oh, wow, wie groß sind Sie denn?« Daher wusste Abby, die diese Frage nie gestellt hatte, trotz allem, dass er eins sechsundneunzig war. Ebenso unausweichlich folgte meist der Spruch: »Ich wusste gar nicht, dass Wolverines so groß werden können«, manchmal mit dem Zusatz: »Verstehen Sie? Wol-vereen?« Meist grinste Will dann, als hätte er das noch nie zuvor gehört.

Seine Haut war dunkelbraun, und seine buschigen Augenbrauen und die breite Nase verliehen ihm das Aussehen eines Vaters, der eben herausgefunden hatte, dass man gerade von einer Spritztour mit seinem Wagen zurückkam. Dabei war er in Wirklichkeit ein weichherziges Kätzchen im Körper eines Actionfilmhelden aus den Neunzigern.

»Ich bin k.o.« Sie lehnte sich an die Wand und schloss die Augen.

»Na, Leben retten ist ja auch harte Arbeit.«

Sie warf einen Blick aus dem Fenster, wo die beiden Sanitäter Phil soeben beim Aufstehen halfen. »Schade, dass wir uns den Tag nicht freinehmen können.«

»Für heute sind zwei Simulationen angesetzt.«

»Das weiß ich. Aber ich hätte gern einen freien Tag. Was ist mit Kimberley? Habt ihr beide euch einen schönen Abend gemacht?« Will hatte am Vorabend den fünften Hochzeitstag mit seiner Frau gefeiert, und Abby hatte ihm geholfen, ein Restaurant auszusuchen.

»Es war sehr schön. Aber wir kamen erst spät ins Bett …«

»Erspar mir die Details.«

»Ich wollte auch keine nennen. Jedenfalls waren wir erst um eins im Bett, und um kurz nach drei kam auch schon der Anruf. Das Telefon hat eine Ewigkeit geklingelt, bevor ich wach genug war, um rangehen zu können. Kimberley ist nicht mal aufgewacht. Die Frau ist durch nichts wachzukriegen. Was ist mit dir? Wer ist bei den Kindern?«

»Meine Mom, wie immer. Du kannst dir ja vorstellen, wie glücklich sie war, als ich sie geweckt habe.« Obwohl sich ihre Mutter sehr erschöpft angehört hatte, war sie nur zehn Minuten nach dem Anruf bei Abby eingetroffen.

»Du kannst von Glück reden, dass deine Eltern in der Nähe sind, sonst hättest du Steve anrufen müssen.«

»Arg. Ich möchte mir gar nicht ausmalen, wie das abgelaufen wäre.«

»Ich lege mich noch ein paar Stunden hin.« Will rieb sich die Augen. »Danach fahre ich zur Arbeit. Sonst laufe ich den ganzen Tag wie ein Zombie durch die Gegend.«

Sie sah auf die Uhr. 4.45 Uhr. Die Kinder mussten um Viertel nach sechs aufstehen. »Ich hole mir lieber eine Tasse Kaffee, wenn wir hier fertig sind, und fahre nach Hause, um meine Mom abzulösen und die Kinder für die Schule fertig zu machen.«

Als Phil durch das Fenster kam, verstummten sie. Die Sanitäter hatten ihm einen Kletterharnisch umgebunden und stiegen hinter ihm herein. Phil sah sich verwirrt und mit weit aufgerissenen Augen um. Abby kannte diesen Blick von anderen Männern und Frauen, die dem Tod bereits ins Auge gesehen hatten und nun staunten, weil sie noch am Leben waren. Oftmals reichte das auch, dass sie keinen zweiten Versuch wagten.

»Wie fühlen Sie sich?«, erkundigte sie sich leise. »Möchten Sie einen Schluck Wasser trinken? Müssen Sie auf die Toilette?«

»Das ist nicht mehr nötig.« Er verzog betreten das Gesicht. »Hoffentlich war die Straße unten leer.«

»Phil, ich bin Will Vereen«, stellte Will sich vor. »Ich bringe Sie nach unten. Da wartet bereits ein Krankenwagen.«

»Ich brauche keinen Krankenwagen. Ich bin nicht verletzt.«

»Sie wollen sich nur vergewissern.« Will ging bereits neben Phil her und geleitete ihn zur Treppe.

»Danke.« Abby lächelte die beiden Sanitäter an.

»Gern.« Einer der beiden lächelte ebenfalls. »War schön, wieder mit Ihnen zu arbeiten, Mullen.«

Erst jetzt erkannte sie sein Gesicht. Er hatte bei dem Banküberfall vor acht Monaten zum Sanitäterteam gehört.

»Mich auch!«, erwiderte sie fröhlich und hoffte, es wäre nicht zu offensichtlich, dass ihr sein Name nicht einfallen wollte. »Man sieht sich.«

Sie drehte sich um und folgte Will nach unten. Vor ihr lag noch ein langer Tag.

Kapitel 3

Er wachte mit einem starken Verlangen auf, das einem schon halb vergessenen Traum entstammte. Gabrielle war dort gewesen, hatte gelächelt, ihn geküsst, die Lippen federleicht auf seine gepresst. Die raue Realität nach dem Aufwachen war zu leer und kalt, und er versuchte, wieder einzuschlafen und seinen Traum festzuhalten. Doch es war zu spät, und ihm blieb nichts als dieser nagende Hunger, gegen den er etwas unternehmen musste.

Er musste sie sehen.

Aber immer eins nach dem anderen. Zuerst musste er sich offensichtlich die Zähne putzen. Und Gabrielle mochte es, wenn er sich rasierte, bevor sie sich trafen.

Er nahm sich Zeit und sorgte dafür, dass seine Wangen ganz glatt waren. »Ich mag es, wenn das Gesicht eines Mannes glatt wie Seide ist«, hatte sie ihm mal gesagt. Noch am selben Tag hatte er sich den Schnurrbart abrasiert.

Danach kehrte er ins Schlafzimmer zurück, zog sich T-Shirt und Hose aus, faltete sie zusammen und legte sie auf den Nachttisch. Die Unterwäsche kam darauf. Wenn sie sich morgens trafen, war er gern nackt, so wie sie es meist ebenfalls war.

Danach legte er sich aufs Bett und griff nach seinem Handy. Er öffnete die Instagram-App. Sie hatte wie erwartet eine neue

Story gepostet. Sanft berührte er ihr Profilfoto und fuhr mit den Fingern über ihre Lippen; ein Ritual, das er niemals leid wurde.

Sie hatte ein Selfie im Bett geschossen, bei dem man gerade so ihre nackten Schultern erkennen konnte. Er musste auch gar nicht mehr sehen, denn er wusste auch so, dass sie nackt im Bett lag, in dieser Satinbettwäsche, die sie vor zwei Monaten gekauft hatte.

»Guten Morgen«, lautete die Bildunterschrift. Sie hatte dieses verschlafene Lächeln auf den Lippen, bei dem er jedes Mal ganz schwach wurde.

»Guten Morgen«, flüsterte er.

Begierde flackerte in ihren Augen, ein Verlangen, das dem seinen glich, und er ließ das Handy sinken, damit sie mit dem Mund seine Brust und seinen Bauch liebkosen und zwischen seinen Beinen verharren konnte. Er drückte das Handy fest und zuckte am ganzen Körper, als er kam.

Später lag er im Bett, und sie unterhielten sich. Er sah sich ihre Posts an und las die Unterschriften oder Kommentare. Dann antwortete er ihr. Bettgeflüster.

> Ich wünschte, ich könnte den ganzen Tag im Bett bleiben,

hatte sie unter einen Post geschrieben und spähte mit schelmischem Grinsen unter der Bettdecke hervor.

»Ich auch.« Er lächelte sie an.

Auf einem anderen Foto stand sie mit windzerzaustem Haar am Strand, und darunter stand:

> Tu etwas, wofür dein Zukunfts-Ich dir danken wird.

»Das habe ich vor«, sagte er. »Heute ist der große Tag. Und *dein* Zukunfts-Ich wird mir dafür danken.«

Er sah sich die anderen Kommentare unter ihren Posts an und las sich das dämliche Geschwafel ihrer Fans durch, in dem es von Rechtschreib- und Grammatikfehlern nur so wimmelte. Du bist so schön, hatte einer geschrieben und ein Herz- und ein Rosen-Emoji angehängt. Ihre Fans begriffen nicht, dass ein Emoji völlig bedeutungslos war. Wenn man jemandem eine Rose schicken wollte, dann besorgte man eine richtige.

Aber ihre Fans wussten natürlich nicht, dass ihre Posts gar nicht für alle bestimmt waren. Damit verdiente sie zwar ihr Geld, aber seit über einem Jahr waren ihre Posts einzig und allein an ihn gerichtet.

Er scrollte noch weiter runter, um sich an ihr zu ergötzen, bevor er in den Tag startete, nur um plötzlich zu verharren und eines der Fotos mit finsterer Miene anzustarren. Es war ein neues Bild ihres achtjährigen Bruders in seinem Zimmer.

Etwas im Hintergrund erregte seine Aufmerksamkeit. Eine neue Zeichnung.

»Verdammt«, murmelte er und stand auf. Er zog sich an und war leicht gereizt. Zum Glück hatte er das noch rechtzeitig gesehen.

Er stürmte ins Nachbarzimmer. In einer Ecke stand ein Jungenbett mit »Star Wars«-Bettwäsche. Ein kleiner Schreibtisch und ein dunkelblauer Stuhl. Ein »Harry Potter«-Poster neben dem Fenster. Ein Nachttisch mit mehreren Plastikspielzeugen und einer Nachttischlampe. Und eine Pinnwand aus Kork, an der einige Buntstiftzeichnungen hingen.

Mit einem Antippen des Displays vergrößerte er das Foto und verglich es mit dem Raum, in dem er stand. Da war das Bett. Die gleiche Bettwäsche. Das gleiche Poster. Der Nachttisch war auch identisch; er hatte Wochen gebraucht, um alle Spielzeuge zu finden.

Auch die Pinnwand sah beinahe genauso aus. An der auf dem Display hingen sieben Bilder, an der vor ihm sechs.

Er zoomte auf das fehlende Bild heran und ärgerte sich über die schlechte Auflösung. Auf der Zeichnung war eine Familie zu sehen. Eine Mutter, ein großes Mädchen und ein kleinerer Junge. Das Mädchen war offensichtlich Gabrielle. Der jämmerliche Versuch des Jungen, seine Schwester zu malen, entlockte ihm ein Lächeln. Ihr Körper war ein Rechteck, ihr Haar wurde von mehreren geraden braunen Linien dargestellt.

Er setzte sich an den Schreibtisch und holte eine Packung Buntstifte und ein Blatt Papier aus einer Schublade. Sorgfältig und gewissenhaft kopierte er das Bild. Zweimal musste er von vorn anfangen; beim ersten Mal hatte er die Farbe des Oberteils der Mutter falsch gewählt, und beim zweiten Mal waren die Füße des Jungen zu lang. Der dritte Versuch sah sehr ähnlich aus. Wäre ihm mehr Zeit geblieben, hätte er noch weitere Zeichnungen angefertigt, bis alles perfekt war. Doch diese Zeit hatte er nicht. Er musste alles vorbereiten. Zu guter Letzt setzte er noch die Unterschrift darunter, die er inzwischen gut beherrschte: »Nathan«.

Abermals überprüfte er das Bild auf dem Display. Es war mit einer blauen Reißzwecke über der Zeichnung eines Raumschiffs angebracht worden. Nachdem er eine blaue Reißzwecke herausgesucht hatte, hängte er es an die gleiche Stelle.

Danach trat er einige Schritte nach hinten und verglich das Foto auf dem Display mit dem Zimmer.

Perfekt.

In der Zwischenzeit hatte sie ein neues Foto in ihrem Feed gepostet. Sie hatte sich für ihr Fotoshooting aufgebrezelt und geschrieben: »Wie sehe ich aus?«

Er kommentierte mit: »Wunderschön, wie immer.«

Sie likte seinen Kommentar sofort und antwortete mit »Danke!« und einem errötenden Emoji.

Er drückte einen zärtlichen Kuss auf das Display und hauchte: »Gern geschehen.«

Kapitel 4

Abby stand im Waschraum der NYPD-Polizeiakademie und starrte sich im fleckigen Spiegel an, während sie sich die Hände wusch. Es war erst Mittag, doch sie fühlte sich schon vollkommen ausgelaugt. Sie hatte gerade mal vier Stunden geschlafen, als sie durch den Anruf wegen des potenziellen Selbstmörders geweckt worden war. Die Nacht davor war auch nicht besser gewesen, weil Ben sie geweckt hatte und sie erst nach einer Ewigkeit wieder eingeschlafen war.

Er hatte einen schrecklichen Albtraum gehabt, in dem Spinnen vorkamen. Was an sich nicht ungewöhnlich war – sehr viele Kinder fürchteten sich vor Spinnen. Abby kannte derartige Albträume auch aus ihrer Kindheit. Doch Bens Albtraum drehte sich darum, dass Jeepers, die Tarantel, die er sich als Haustier hielt, gestorben war.

Manchmal wurden in den Albträumen der Kinder die eigenen schändlichen Wunschträume Wirklichkeit.

Bens achter Geburtstag stand kurz bevor. Abby ging im Geist die Liste durch. Die Einladungen waren verschickt, und seine besten Freunde hatten längst zugesagt. Sie musste sich noch Gedanken wegen des Essens und des Kuchens machen. Eines der Kinder aus Bens Klasse hatte eine Nussallergie, daher würde sie das Rezept für ihren üblichen Schokoladenkuchen anpassen müssen. Und was den Rest anging …

Sie senkte den Blick und runzelte die Stirn, weil das Wasser immer noch lief. Ihre Hände waren schon ganz wundgescheuert. Wie lange wusch sie die schon? Zwei Minuten? Drei? Und sie hatte sich mit den Fingernägeln über die Haut gekratzt.

Rasch zog sie die Hände zurück und drehte den Wasserhahn zu. Verdammt! Schon zum dritten Mal in dieser Woche. Es kam immer häufiger vor. Dabei hatte sie noch vor wenigen Monaten geglaubt, diese Angewohnheit endlich abgelegt zu haben.

Vielleicht konnte sie sie auch gar nicht loswerden. Möglicherweise war das eine Narbe, die niemals ganz heilen würde, so wie der kleine rote Fleck an ihrem Hals.

Sie trocknete sich die Hände ab und schaute in den Spiegel. Vorzeigbar. Nachdem sie sich das lockige blonde Haar gerichtet und dafür gesorgt hatte, dass es die Ohren bedeckte, rückte sie ihre Brille zurecht. Ihr heller Teint war etwas blasser als sonst, und ihre Augen sahen durch den Schlafmangel leicht verquollen aus. Aber damit würde sie vorerst leben müssen.

Als sie auf den Flur trat, sah sie auf die Uhr. Ihr blieb noch eine Stunde bis zur nächsten Simulation. Sie ging an ihren Schreibtisch zurück, setzte sich und bewegte die Computermaus, um den Laptop aus dem Ruhezustand zu holen. In letzter Zeit wurde der alle fünf Minuten aktiviert, wenn sie den Cursor nicht bewegte, als hätte auch der Computer dringend Schlaf nötig. Womöglich machte er es genau richtig und sie sollte auch versuchen, ein bisschen zu schlafen, wann immer sie fünf Minuten Ruhe hatte, und erst aufwachen, wenn jemand ihren Cursor bewegte.

Das hörte sich fast wie eine seltsame sexuelle Anspielung an. Wie war dein Date gestern? Hat er deinen Cursor bewegt? Zwinker, zwinker.

Nicht, dass sie am Vorabend ein Date gehabt hätte. Im Augenblick hatte sie nicht das geringste Interesse daran, dass irgendjemand ihren Cursor bewegte, und wollte einfach nur mal ausschlafen.

Gähnend konzentrierte sie sich auf den Bildschirm. Das Protokoll, das sie gerade las, stammte vom August 2019, war also vor zwei Monaten aufgenommen worden. Darin ging es um eine Unterhaltung zwischen Sergeant Gutierrez, einem Verhandlungsspezialisten des NYPD, und einem Mann, der sich in der Wohnung seiner Ex-Frau eingesperrt hatte und drohte, sich zu erschießen. Dank Gutierrez' Bemühungen hatte der Mann jedoch weder sich noch irgendjemand anderem etwas angetan.

Der Großteil von Abbys Aufgabe bestand darin, das Protokoll durchzugehen und herauszufinden, was Gutierrez richtig und was er falsch gemacht hatte. Im Anschluss daran würde sie diese Informationen in die Protokolle und das Trainingsmaterial aufnehmen. Sie leitete den Krisenintervenstionskurs des Departments sowie die Ausbildung der Verhandlungsspezialisten und hatte auch Gutierrez ausgebildet.

Als sie die Seiten durchging, nahm sie zufrieden zur Kenntnis, dass es Gutierrez gelungen war, den Mann über zwei Stunden lang am Reden zu halten. Es hatte anderthalb Stunden gedauert, bis Gutierrez das Thema vorsichtig ansprach und dafür sorgte, dass sich der Mann letzten Endes selbst überzeugt hatte, die Tür aufzuschließen und seine Waffe den Polizisten zu übergeben.

Nach einer Weile stellte sie fest, dass sie immer wieder dieselbe Zeile las und die Worte gar nicht registrierte. Seufzend verkleinerte sie das Fenster. Sie lehnte sich zurück, dehnte vorsichtig den Nacken und ließ die Hände seitlich am Körper herunterhängen. Dabei wünschte sie sich, eine Masseuse im Büro zu haben, eine nette Frau, die jede Stunde vorbeikam und einem die Schultern massierte. Sie sah auf das gerahmte Foto auf ihrem Schreibtisch, von dem Ben und Sam ihr entgegenlächelten. Gut, Ben lächelte, während Sam eine Grimasse zog, wie sie es immer machte, wenn sie in eine Kamera lächeln sollte. So ähnlich hätte sie vermutlich auch ausgesehen, wenn sie einen Stromschlag abbekommen hätte.

Abby stellte den Bilderrahmen gerade hin. Sie ging einige Papiere auf ihrem Schreibtisch durch und sortierte sie neu. Testete die vier Kugelschreiber in ihrem Stifthalter und vergewisserte sich, dass alle funktionierten. Goss ihre Sukkulente aus ihrer Wasserflasche. Ihr ganz eigenes Aufschieberitual. Plötzlich machte sie fast schon zwanghaft einen Doppelklick auf ein Symbol auf dem Bildschirm und rief eine andere Abschrift auf. Dieses Dokument war älter und der Scan eines handschriftlichen Berichts. Er war kürzer als das Gutierrez-Protokoll. Viel kürzer. Und sie kannte die Worte auswendig. Sie überflog es und las Satzteile, als könnte es diesmal irgendwie anders sein.

… mir eine Waffe an den Kopf. Er sagt, wenn Sie näher kommen, schießt er. Er sagt, Sie sollen wegbleiben.

… ans Telefon holen?

… zusammen im Speisesaal. Alle zweiundsechzig …

Als sie hinter sich Schritte hörte, schloss sie das Dokument schuldbewusst und drehte sich um. Einer der Ausbilder ging vorbei und lächelte ihr geistesabwesend zu. Abby erwiderte das Lächeln und spürte, wie ihr das Blut in die Wangen schoss, als hätte sie etwas getan, was sie nicht tun sollte.

Möglicherweise entsprach das sogar der Wahrheit.

Sie versuchte, sich ihrer Arbeit zu widmen, konnte sich jedoch nicht konzentrieren. Die Haut auf ihren Handrücken juckte, nachdem sie so rüde behandelt worden war. Vielleicht sollte sie eine Creme kaufen gehen. Doch dadurch wurde das Problem nur deutlicher. Es war besser, einfach damit aufzuhören.

Ihr Handy vibrierte, und sie warf einen Blick auf die Nachricht. Sie kam von ihrem Freund Isaac.

Wie war die letzte Nacht? Besser?

Seufzend antwortete sie: Ben hat mich nicht geweckt, aber dafür ein Anruf. Ich bin total platt.

Das tut mir leid. :(Was Ernstes?

Ja, aber es ist gut ausgegangen.

Schön. Hast du den neuen Foreneintrag schon gesehen?

Damit hatte er ihr Interesse geweckt.

Ich sehe gleich mal nach.

Sie öffnete den Browser und loggte sich im Hilfsforum ein. Isaac und sie waren schon seit Jahren Mitglieder. Sie schaute täglich rein, schrieb jedoch nur selten etwas, denn sie suchte keine Unterstützung, sondern Informationen.

Eine neue Benutzerin hatte sich angemeldet. Wie so viele andere war auch sie sich nicht sicher, ob sie am richtigen Ort gelandet war. Schließlich war dies ein Forum für Menschen, denen der Ausstieg aus einer Sekte gelungen war. Und sie gehörte eigentlich gar keiner Sekte an. Jedenfalls glaubte sie das. Es handle sich um eine engagierte Gruppe, erklärte die Frau, und der Mann, der alles leitete, wurde zunehmend schwieriger. Abby las sich den Post über diese sogenannte Gruppe durch, deren Ziel es war, einer Art revolutionärer Diät zu folgen und diese zu verbreiten. Die Frau beschrieb die zunehmenden Ansprüche, die an sie gestellt wurden. Die Strafen für vermeintliche Abtrünnigkeit und andere Vergehen, die immer ernster wurden. Der Druck, Geld zu spenden. Die Frau war ermutigt worden, den Kontakt zu ihrer Familie und ihren Freunden abzubrechen, die nur eine »Ablenkung« seien. Und man hatte von ihr verlangt, immer mehr Zeit in die Gruppe zu investieren. Bis sie sogar ihren Job verloren hatte.

Endlich hatte sie nach zwei Jahren den Mut gefunden, die Gruppe zu verlassen.

Es sei keine Sekte, erklärte sie abermals, als wollte sie sich selbst davon überzeugen. Schließlich wurden keine Verbrechen begangen, und es handle sich auch nicht um irgendeine fanatische Religion, sondern nur um eine Diätgruppe.

»Warum bist du dann hier?«, murmelte Abby. Denn es war doch offensichtlich, dass die Frau die Wahrheit kannte. Sie hatte einer Sekte angehört. Eine Sekte musste nicht notwendigerweise mit Religion zu tun haben. Und oftmals passierte rein gar nichts Illegales. Alles, was eine Sekte brauchte, waren sehr gläubige Anhänger, die sich auf eine Sache konzentrierten. Manchmal handelte es sich um eine Glaubensrichtung, in anderen Fällen drehte es sich um eine Person. Und ja, im Mittelpunkt konnte durchaus auch eine Diät stehen.

Abby überflog die folgenden Posts und entdeckte den Namen der Gruppe. Die Adressen der beiden Treffpunkte in New York. Den Namen des Gründers. Die Zahl der Mitglieder. Sie schrieb sich jedes kleinste Detail auf, das die Frau preisgab, und speicherte alles in ihrem Dokument über die zahlreichen Sekten in der Gegend, das immer größer wurde.

Zudem fügte sie die Orte auf ihrer Onlinekarte ein. Zwei rote Punkte unter vielen anderen, die sich im ganzen Staat New York sowie den angrenzenden Bundesstaaten verteilten. Auf den ersten Blick sah es aus wie jede andere Googlekarte, und jeder zufällige Betrachter hätte die markierten Orte vermutlich für beliebte Ziele gehalten. Ein Restaurant, ein Geschäft oder ein

Lieblingspark. Doch für Abby repräsentierte jede Markierung ein kleines Krebsgeschwür.

Eines Tages würde man sie vielleicht zu einem dieser Orte rufen. Und dann wäre sie vorbereitet. Die Geschichte würde sich nicht wiederholen, jedenfalls nicht, wenn sie es verhindern konnte.

Kapitel 5

Der Schulbus setzte die Kinder am Spielplatz East Elmhurst in Queens ab. Er wusste, dass sich die Gruppe dort aufteilte. Nur zwei von ihnen gingen in Richtung Norden die 101. Straße hinauf. Bei den beiden handelte es sich um Nathan Fletcher und Daniela Hernandez, die zwar keine Freunde waren, jedoch durch dieses seltsame Band verbunden waren, wie es bei Kindern mit derselben Bushaltestelle häufig der Fall war. Sie gingen Seite an Seite und in kameradschaftlichem Schweigen nach Hause. Nach einem Block war Daniela angekommen und Nathan ging den letzten Block allein weiter.

Das wusste er, weil er es schon mehrmals beobachtet hatte.

Mit seinen kurzen Beinen und dem verträumten Gang brauchte der achtjährige Nathan zwei Minuten für den restlichen Weg.

Das war das ganze Zeitfenster.

Ursprünglich hatte er vorgehabt, in der Nähe zu parken und zu warten. Allerdings war ihm das Problem da sehr schnell bewusst geworden: In diesem Vorort wäre ein unbekannter Wagen, der am Straßenrand parkte, leicht aufgefallen. Möglicherweise nahmen sich die Leute Zeit und warfen einen Blick hinein, um den Fahrer in Augenschein zu nehmen. Das durfte er nicht zulassen.

Daher beschloss er, stattdessen um den Block zu fahren und zu warten, bis der Schulbus auftauchte.

Er drehte eine Runde nach der anderen. Der Schulbus war spät dran. Vielleicht war er aber aus irgendeinem Grund früher gekommen und schon wieder weg. Inzwischen war er bereits dreimal um den Block gefahren und hatte sich mit den kleinen Absonderlichkeiten vertraut gemacht. *Schau an, der Baum sieht aus wie eine Frau. Schön, dich wiederzusehen, falsch geschriebenes Graffito. So sieht man sich zum dritten Mal, ausgeblichener Plastik-Halloweenkürbis.*

Jemand konnte bemerken, dass ein Auto hier ständig rumfuhr. War er zu paranoid? Gabrielle hatte mal geschrieben:

> Nur dass du paranoid bist, heißt noch lange nicht, dass sie nicht hinter dir her sind.

Dieser Spruch gefiel ihm so gut, dass er ihn sich ausgedruckt und übers Bett gehängt hatte. Natürlich wusste er, dass es sich dabei um ein Zitat aus »Catch-22« handelte, doch für ihn würde es stets ein Zitat aus Gabrielles Instagram-Post vom Sommer 2018 sein.

Er dachte an Nathan, der jetzt im Schulbus sitzen musste. Der Junge rief komplizierte Gefühle in ihm hervor. Auf gewisse Weise war Nathan Teil seiner Familie. Eines Tages würde er es jedenfalls sein. Aber Gabrielle hatte auch mehr als einmal erwähnt, dass Nathan der ihr mit Abstand liebste Mann im Universum war. Und das war ... nun ja.

Es war kompliziert, anders ließ es sich nicht ausdrücken.

Da! Der gelbe Schulbus. Diesmal waren es vier Kinder, nicht fünf, wie üblich, und sein Herz setzte einen Schlag aus, als er sie musterte. Aber dann entdeckte er Nathans blondes Haar und den Avengers-Rucksack. Er stieß die Luft aus und überlegte, wie er es am besten anstellen sollte. Einfach langsam hinter ihnen herfahren, schien keine gute Idee zu sein. Die Kinder hätten ihn sicher bemerkt, und er wollte nicht, dass diese Daniela sein Gesicht sah. Wenn er jedoch noch einmal um den Block fuhr, bestand die Gefahr, dass er sein Zeitfenster verpasste.

Er beschloss, am Straßenrand anzuhalten und auf sein Handy zu schauen, wie ein x-beliebiger Mann, der seiner Frau eine Nachricht schrieb.

Allerdings rief er die Instagram-App auf und stellte fest, dass Gabrielle eine neue Story gepostet hatte. Sein Finger schwebte schon über dem Symbol, und fast hätte er es angetippt, nahezu reflexartig. Aber nein. Dafür war keine Zeit.

Er schloss die App und ging seine Kontakte durch, scrollte nach unten und wieder nach oben, während er beobachtete, wie die Kinder immer weiterliefen. Auf einem Hof in einiger Entfernung spielten mehrere Teenager Basketball. Der Ball hüpfte über den Boden, und er bewegte den Finger im selben Takt über das Display. Der Körper machte manchmal seltsame Dinge, wenn man nicht aufpasste. Achtete einer der Teenager auf die Autos in der Nähe? Auf den Mann in seinem Wagen, der mit seinem Handy herumspielte?

Nein, sie waren zu sehr mit ihrem Spiel beschäftigt.

Er nutzte die Zeit, um seinen Plan ein letztes Mal durchzugehen, und warf einen Blick auf die McDonald's-Tüte auf dem Beifahrersitz. Ein Happy Meal mit einem Burger ohne Gemüse. Gabrielles Instagram-Story vom 17. März 2019:

> Zum Teufel mit der gesunden Ernährung. Ich hole mir einen Big Mac mit extra Käse, und Nathan bekommt wie immer einen Burger ganz ohne Grünzeug.

»Hey, Nathan«, übte er die Begrüßung. Er musste die Worte richtig mit der passenden Vertrautheit rüberbringen. So, wie man jemanden grüßte, dem man schon ein paarmal begegnet war.

Er musste den Jungen auf jeden Fall davon überzeugen, dass er ein Freund der Familie war und nicht etwa ein Fremder, vor dem man auf der Hut sein sollte. Konnte man jemanden heutzutage im Zeitalter der sozialen Medien überhaupt noch als Fremden ansehen? Irgendwie war doch jeder der Freund eines Freundes, ein Follower oder jemand, der deinen TikTok-Clip geliked hatte.

In einiger Entfernung bog Daniela zu ihrem Haus ab. Er fädelte sich in den Verkehr ein und achtete darauf, nicht zu schnell zu fahren, obwohl ihm sein hämmerndes Herz zu raten schien, das Gaspedal durchzudrücken und sich den Jungen zu schnappen, bevor er zu Hause ankam.

Nathan lief ungewöhnlich schnell. Normalerweise war er im Schneckentempo unterwegs und blieb hin und wieder stehen, um sich einen Käfer auf dem Bürgersteig anzusehen oder ein Blatt aufzuheben, das er interessant fand. Aber heute rannte er praktisch nach Hause.

Wusste er etwa Bescheid?

Kapitel 6

Nathan lief so schnell nach Hause, wie er nur konnte, um endlich auf die Toilette gehen zu können. Er musste schon seit über einer Stunde pinkeln, bat nur nicht gern während des Unterrichts darum, aufs Klo gehen zu dürfen, erst recht nicht, wenn sie bei Mrs Covington Unterricht hatten. Sie verzog bei dieser Bitte immer das Gesicht, als würde sie sich darüber ärgern, dass ihre Schüler es nicht aushalten konnten. Und dann hatte er sich beeilen müssen, um den Schulbus noch zu kriegen. Die Heimfahrt war der reinste Albtraum gewesen, weil er bei jeder Bodenwelle unruhig hin und her gerutscht war.

Doch jetzt war er endlich so gut wie zu Hause.

»Hey, Nathan.«

Beim Klang der Stimme schrak er zusammen. Er drehte sich zur Straße um. Ein Mann in einem weißen Wagen hatte angehalten und das Beifahrerfenster heruntergelassen. Er lächelte freundlich. Nathan kniff die Augen zusammen und überlegte, wer das war. Vielleicht einer der Nachbarn?

»Hallo«, sagte er höflich.

Der Mann lachte. »Du erkennst mich nicht, was?«, fragte er. »Ich bin Gabis Freund.«

Jetzt, wo er das sagte, glaubte Nathan, den Mann sogar wirklich mal mit Gabi zusammen gesehen zu haben. Gabi hatte viele Freunde, und sie hatte allein im letzten Jahr mit unzähligen Leuten zusammengearbeitet. Wahrscheinlich auch mit diesem Kerl. Ja, ganz bestimmt. »Oh, genau, jetzt erinnere ich mich.«

»Gabi hat mich hergeschickt. Wir planen für morgen eine Überraschungsparty für eure Mom. Du sollst dich um die Deko kümmern. Gabi meinte, du könntest richtig gut zeichnen.«

Nathan grinste verlegen. Er malte wirklich gern und bildete sich ein, das auch ziemlich gut zu können, scheute jedoch davor zurück, seine Zeichnungen anderen zu zeigen. »Kann schon sein.«

»Super! Steig ein. Wir müssen unterwegs noch ein paar Kerzen besorgen. Ich bin schon so gespannt, wie sie es anstellen will, fünfundvierzig Kerzen auf der Torte unterzubringen. Du nicht auch?«

Nathan wurde ein bisschen mulmig zumute. Einsteigen? Okay, der Mann war Gabis Freund, aber so gut kannte Nathan ihn nun auch wieder nicht. Vermutlich war es besser, erst nach Hause zu gehen und Gabi um Erlaubnis zu bitten. »Ich muss zuerst mit Gabi reden.«

»Gabi ist schon da. Sie hat mich gebeten, dich abzuholen. Ich war auch bei McDonald's.« Er hob eine McDonald's-Tüte hoch, sodass Nathan sie sehen konnte. »Das isst du doch am liebsten, stimmt's? Gabi sagte, ich soll dir ein Happy Meal mit einem Burger ohne Grünzeug besorgen.«

Nathan entspannte sich. Sein Leibgericht. Allein bei dem Gedanken an den Burger lief ihm schon das Wasser im Mund zusammen. »Danke! Ich muss nur ganz kurz nach Hause und aufs Klo.«

»Wenn deine Mom dich sieht, ist die Überraschung im Eimer«, erklärte der Mann und öffnete die Beifahrertür. »Steig ein. Wir halten an einer Tankstelle, damit du auf die Toilette gehen kannst.«

»Okay.« Nathan trat näher an den Wagen heran, blieb dann jedoch stehen. »Augenblick.«

Das Lächeln des Mannes verblasste ein wenig, und er sah in den Rückspiegel. »Was ist?«

»Gabi sagte, wir müssen diesmal diese Zahlenkerzen kaufen«, meinte Nathan. »Dann kriegen wir sie auch alle auf die Torte.«

»Stimmt!« Der Mann strahlte ihn an. »Aber falls wir keine bekommen, kaufen wir zwei normale Kerzen, oder?«

»Ja.« Nathan stieg in den Wagen und hoffte, dass der Mann langsam fahren würde, weil er sich sonst vielleicht in die Hose pinkelte.

»Schnall dich an!« Der Mann grinste ihn an.

Und sie fuhren los.

Kapitel 7

Die Klänge von Samanthas Geige begrüßten Abby schon, bevor sie die Stufen zu ihrem Haus erklommen hatte. Sie stieß einen müden Seufzer aus und schloss die Haustür auf. Ihr Kopf pochte, und sie hatte auf einen ruhigen und erholsamen Abend mit einer Tasse warmem Tee gehofft. Samanthas Musik war jedoch alles andere als ruhig und erst recht nicht erholsam.

Als sie die Tür aufdrückte, hörte sie auch die Musik, zu der Sam spielte – einen schnellen Bass und schrillen elektronischen Gesang. Abby stellte ihre Tasche auf die Kommode neben der Tür und rief: »Kinder, ich bin zu Hause!«

Ben tauchte im nächsten Augenblick auf und kam mit Volldampf auf sie zugerannt. Seine dunklen Augen strahlten vor Freude. Abby hockte sich hin und breitete die Arme aus, um ihren Sohn zu begrüßen. Ihr Lächeln wurde etwas verkrampfter, als sie die Kreatur in Bens Hand bemerkte – Jeepers, seine Tarantel. Aber es war zu spät, um einen Rückzieher zu machen, und schon hielt sie ihren Sohn mitsamt seiner Spinne in den Armen. Sie drückte die Nase in Bens weiches honigblondes Haar.

»Hey, Mommy«, trällerte Ben.

»Hi, Schätzchen.« Sie blickte auf seine Hand, um sicherzustellen, dass Jeepers' pelzige Gliedmaßen sie nicht berührten. »Wie war dein Tag?«

»Ganz okay. Sam sagt, sie wird Jeepers zerquetschen.« Er klang zutiefst beleidigt. »Du musst ihr sagen, dass sie das nicht machen darf.«

»Hast du Jeepers wieder in ihr Zimmer gelassen?«

»Nein! Er durfte nur ein bisschen auf dem Tisch rumlaufen.«

»Auf dem Küchentisch?«, hakte Abby zaghaft nach und stand auf. »Ich möchte nicht, dass du ihn auf den Küchentisch setzt, Ben.«

Ben öffnete die Handfläche, und Jeepers krabbelte an seinem Arm nach oben. Abby unterdrückte ein Schaudern. Sie musste nun schon seit mehr als sechs Monaten diese entsetzliche Kreatur in ihrem Haus ertragen und hatte sich noch immer nicht daran gewöhnt.

»Sie darf ihn nicht zerquetschen, Mommy. Das musst du ihr sagen.«

»Ich rede mit ihr, aber ich möchte, dass du Jeepers nicht mehr auf …«

»Ach ja, und Dad sagte, du sollst ihn anrufen, weil er an meinem Geburtstag mit mir ins Naturkundemuseum gehen will. Er hat gesagt, ich darf drei Freunde mitbringen.«

»Was?« Sie ballte die Fäuste. »Wir haben für dich und Tommy eine gemeinsame Geburtstagsparty geplant, Ben. Hast du das etwa vergessen?«

»Nein, aber können wir das nicht nächstes Jahr machen? Dad sagte …«

Sie holte ihr Handy aus der Tasche. »Ich werde sofort mit deinem Dad reden. Bring Jeepers bitte in dein Zimmer, ja?« Mit zwei Monstern gleichzeitig war Abby überfordert.

Ben zog sich mit seinem achtbeinigen Ungeheuer in ihr Reich zurück, und Abby rief Steve an.

»Abby«, meldete er sich fast augenblicklich. Ihr Ex-Mann sprach ihren Namen am Telefon immer auf einzigartige Weise aus. Es fing mit einem kurzen »A« an, und als wollte er das kompensieren, zog er das »bby« endlos in die Länge. Im Grunde genommen sagte er »Abbyyyyyyyy«. Sein Tonfall klang dabei immer wie der des Paten bei der Begrüßung eines geliebten Sohns, der einen dummen Fehler gemacht hatte, also gleichzeitig liebevoll, herablassend und traurig. Sie ärgerte sich jedes Mal aufs Neue maßlos darüber.

»Steve«, sagte sie und bemühte sich um eine ruhige, leise Sprechweise. »Ich habe eben mit Ben gesprochen, und er sagte, du wolltest mit ihm …«

»Ins Naturkundemuseum, zusammen mit ein paar Freunden. Ich halte das für eine gute Art, seinen Geburtstag zu feiern, weil er Insekten doch so mag.«

Die Art, wie er das Hobby ihres Sohnes kleinredete, ärgerte sie nur noch mehr – falls das überhaupt möglich war. »Das Problem ist nur, dass wir bereits vereinbart hatten, seinen Geburtstag zusammen mit Tommy zu feiern. Sie haben die ganze Klasse eingeladen und …«

»Davon weiß ich nichts.«

»Ich meinte, dass ich es mit Ben und Tommys Eltern vereinbart hatte.« Sie bemerkte ihren Fehler etwas zu spät.

»Tommys Eltern haben also zugestimmt?« Steves Stimme hatte ihre gespielte Freundlichkeit jetzt endgültig verloren. »Wie schön, dass Tommys Eltern gefragt wurden. Wann wolltest du mit mir über den Geburtstag meines Sohnes reden? Anscheinend stehe ich sehr viel weiter unten auf der Liste.«

»Ich wollte heute mit dir darüber reden«, flunkerte sie leichthin. »Jedenfalls kann der Museumsbesuch …«

»Ich fände es schöner, wenn Ben im Mittelpunkt der Party steht. Du nicht auch?«, fiel Steve ihr ins Wort. »Er sollte das nicht mit einem anderen Kind teilen müssen.«

»Das muss er doch gar nicht … Er hat es sich doch so gewünscht … Wir haben das besprochen …«

Diese Unterhaltung war ein wiederkehrender Moment der Ironie in ihrem Leben. Als Verhandlungsspezialistin konnte Abby es mit bis an die Zähne bewaffneten durchgedrehten Verbrechern aufnehmen, die zahllose Geiseln festhielten, und schaffte es, immer, ruhig zu bleiben und die Situation mit jedem Wort zu entspannen. Aber wenn sie sich mit dem Mann unterhielt, mit dem sie zwölf Jahre lang verheiratet gewesen war, erinnerte ihre Stimme automatisch an Fingernägel, die kratzend über eine Schultafel fuhren, und ihr wollte außer Beleidigungen nichts einfallen.

»Du kannst gern mitkommen. Dabei geht es nicht darum, dich rauszudrängen«, warf Steve hilfreich ein.

Während ihr rechtes Ohr die nervige Stimme ihres Ex-Mannes ertragen musste und ihr linkes den qualvollen Geräuschen von Samanthas Geigenstunde ausgesetzt war, durchlief Abby einen inneren Zusammenbruch. Sie musste dieses Telefonat unbedingt beenden, bevor sie noch etwas sagte, das sie später bereuen würde. »Was hältst du davon?«, setzte sie an und fand ihre im jahrelangen Training erprobte ruhige Stimme wieder. »Ich denke darüber nach, und wir unterhalten uns morgen noch mal, okay?«

Wenn du in der Klemme sitzt, erkauf dir Zeit.

»Klar«, erwiderte Steve. »Richte den Kindern aus …«

Sie legte auf und verkrampfte die Finger um das Handy. Bevor Ben ein allumfassendes Interesse an Wirbellosen und Schuppenkriechtieren entwickelt hatte, war er von Superhelden besessen gewesen. Er hatte Spielzeuge, Poster, Kleidung und Bettwäsche mit Superhelden besessen. Abby kamen sie alle langweilig und austauschbar vor, mit Ausnahme von She-Hulk. Das war immerhin eine Superheldin, mit der sie sich identifizieren konnte. Nach diesen Telefonaten verspürte sie auch immer den Drang, sich in eine zwei Meter große grüne Riesin zu verwandeln und alles kurz und klein zu schlagen.

Stattdessen ließ sie das Handy sinken und folgte dem Klang der Musik zur geschlossenen Tür. Sie klopfte an, und das Geigenspiel verstummte, sodass nur noch die elektronische Hintergrundmusik zu hören war.

»Ja?«, fragte Samantha mit gedämpfter Stimme.

Abby öffnete die Tür und betrat das Zimmer ihrer vierzehnjährigen Tochter. Samantha saß auf einem Stuhl und hatte die Geige noch an der Schulter liegen. Ihr glattes kupferbraunes Haar war wie immer zu einem unordentlichen Pferdeschwanz gebunden.

»Hey, Mom«, sagte sie, was über die Musik kaum zu hören war. »Ich hab gar nicht gehört, dass du nach Hause gekommen bist.«

Abby ließ den Blick durch den chaotischen Raum schweifen – Kleidungsstücke auf dem Boden, überall stapelweise Notenblätter, Samanthas Schulbücher lagen auf dem Schreibtisch. Keebles, Samanthas Hündin, saß auf dem Bett und beäugte Abby missbilligend. Samantha hatte den weißen Zwergspitz zum zehnten Geburtstag von ihrer Großmutter bekommen und den Schwanz vor Kurzem pink und lila gefärbt, wodurch das Tier wie ein winziger Hund-Einhorn-Mischling aussah. Das weiße Fellmonster, das Samantha abgöttisch liebte, schien den Rest der Welt nur als Belästigung anzusehen. Abby hatte manchmal den Eindruck, als würden zwei Teenager in ihrem Haus wohnen.

»Hi, Sam.« Abby lächelte sie an. »Könntest du bitte kurz die Musik ausstellen?«

Samantha kam der Bitte nach. Keebles legte den Kopf schief und schien die Augen verdrehen zu wollen. Abby glaubte, sie denken zu hören: *Mann, Menscheneltern sind echt das Letzte.*

»Wie war dein Tag?«, erkundigte sich Abby.

»Gut.«

»Was übst du da?«

»Was für die Band.«

An manchen Tagen konnte Samantha einen zweistündigen Monolog über ihre Musik halten. An anderen bekam Abby kaum mehr als einsilbige Laute aus ihr heraus. Der heutige Tag schien in die zweite Kategorie zu fallen. Keebles verlagerte auf dem Bett das Gewicht und gähnte.

»War Grandma hier?«

»Ja, sie ist vor einer Stunde gegangen. Sie meinte, sie würde dich später anrufen. Es ist wohl was Dringendes wegen Bens Geburtstagsgeschenk.«

Ben. Genau. »Ben sagte, du hättest gedroht, Jeepers zu zerquetschen.«

»Er hat das *Ding* auf den Tisch gesetzt, als wir beim Essen waren, Mom.«

»Ich habe ihm gesagt, dass die Spinne nichts auf dem Tisch zu suchen hat, aber du darfst ihm auch nicht so drohen. Was würdest du denn denken, wenn er dir androht, Keebles umzubringen?«

Samantha und Keebles sahen sich an. Jetzt schienen beide die Augen zu verdrehen.

»Entschuldige mal, aber wie soll ich denn reagieren, wenn er dieses Viech neben meinen Teller setzt?«, fragte Samantha ruhig.

»Bitte ihn, Jeepers da wegzunehmen.«

»Ihn wegzunehmen?«

»Ja. Sag ihm, dass dir das nicht behagt und dass er Jeepers in sein Zimmer bringen soll.«

»In sein Zimmer.«

»Pass mal auf, ich werde noch mal mit ihm reden und ihm eindeutig zu verstehen geben, dass er Jeepers nie wieder auf den Küchentisch setzen darf.«

»Anscheinend denkst du, das würde was bringen.«

Es dauerte einige Sekunden, bis Abby begriff, was hier vor sich ging. Samantha sprach ruhig und gemessen; sie wiederholte Abbys Worte, benannte die Situation und stellte offene Fragen. Sie behandelte ihre Mutter, wie diese mit einem außer Kontrolle geratenen Geiselnehmer umgegangen wäre.

Das geschah nicht zum ersten Mal. Samantha war sieben Jahre alt gewesen, als Abby Verhandlungsspezialistin geworden war. Demzufolge hatte sie eine Menge mitbekommen und, wie es Kinder bei nützlichen Informationen nun mal so machten, alles wie ein Schwamm aufgesaugt.

Selbstverständlich hatte es längst Wirkung gezeigt. Abby hatte versprochen, noch einmal mit Ben zu reden. Sie hatte sich beruhigt und versucht, eine Lösung für das Problem zu finden, statt etwas von ihrer Tochter zu verlangen.

Abby war gleichzeitig erbost und stolz. Sie grinste Samantha an. »Ich mache bald Abendessen.«

Samantha nickte. »Heute ist mein Fleischverzichttag.« Dann schaltete sie die Musik wieder ein.

Abby schloss kopfschüttelnd die Tür hinter sich. Wieso bestand man eigentlich nicht darauf, dass alle angehenden Verhandlungsspezialisten ein Kind hatten? Nichts bereitete einen besser auf das Krisenmanagement vor.

Kapitel 8

Eden Fletcher rief ihre Kinder, sobald sie durch die Tür gekommen war, bekam jedoch keine Antwort. Sie zog die Jacke aus, hängte sie an die Garderobe und ging in die Küche, um sich eine Tasse Tee zu machen. Die letzte halbe Stunde ihrer Schicht hatte sie damit verbracht, für eine von Dr. Gregorys ältesten Patientinnen einen Termin zu verlegen. Die Frau hörte schlecht, und Eden hatte halb ins Telefon schreien müssen, um darauf den gereizten Menschen im Wartezimmer ständig entschuldigende Blicke zuzuwerfen. Als sie endlich auflegen konnte, war sie ganz heiser und mit den Nerven am Ende.

Sie gab einen Teelöffel Honig in den Tee, was sie normalerweise nicht mochte, diesmal jedoch genau das Richtige war. Beim zweiten Schluck stellte sie erstaunt fest, dass im Spülbecken kein Teller stand. Im Allgemeinen schmierte sich Nathan ein Sandwich, wenn er nach Hause kam, und stellte den Teller hinterher ins Spülbecken. Es war zwar denkbar, dass er den Teller abgewaschen, abgetrocknet und zurück in den Schrank gestellt hatte, aber genauso gut hätte sie eine verschollene Prinzessin sein können.

Als sie mit der Teetasse ins Wohnzimmer ging, fiel ihr noch etwas Ungewöhnliches auf: Nathans Schultasche stand nicht neben der Tür.

Sie ging in sein Zimmer und sah sich um. Es war wie immer nicht aufgeräumt, aber auch hier fand sich keine Schultasche. Und Nathan war auch nicht zu sehen.

Die Tür zu Gabrielles Zimmer war verschlossen. Eden klopfte zaghaft an. »Gabi?«

»Was?«, kam Gabis Stimme durch die Tür.

Eden betrat das Zimmer. Gabi lag auf dem Bett, starrte auf ihr Handy und hatte einen Finger auf dem Display.

»Wo ist Nathan?«, erkundigte sich Eden.

»Keine Ahnung. Wahrscheinlich in seinem Zimmer.« Gabi nuschelte, und die Worte gingen ineinander über. Das Tippen lag ihr deutlich besser als das Reden.

»Da ist er nicht. Hast du ihn gesehen, als er von der Schule nach Hause gekommen ist?«

»Nein.« Gabi konzentrierte sich noch immer auf ihr Handy. »Er ist bestimmt bei einem Freund. Vielleicht bei diesem Jungen, der in der Nähe wohnt, äh … Mikey?«

»Ich frage mal nach.« Eden wurde langsam nervös. Nathan war noch nie direkt von der Schule zu einem Freund gegangen. Aber er wurde älter, und da sie ihm das nicht verboten hatte, war es durchaus denkbar.

Sie warf einen Blick in ihr Schlafzimmer, um sich zu vergewissern, dass sich Nathan nicht aus irgendeinem Grund dort aufhielt, und ging wieder nach unten. Während sie die Nummer von Mikeys Mutter wählte, lief sie ungeduldig im Wohnzimmer auf und ab. Die Frau ging nach mehrmaligem Klingeln ran. Im Hintergrund dröhnte es, als würde sie staubsaugen.

»Hallo, Rita?«, begann Eden. »Hier ist Eden, Nathans Mom.«

»Oh, hi«, erwiderte Rita gespielt höflich. »Wie geht's?«

»Gut. Ist Nathan bei euch?«

»Nein, ist er nicht.« Ritas Stimme veränderte sich und klang nun gespielt besorgt. Vielleicht empfand sie auch echte Sorge.

Möglicherweise gehörte Rita zu den Menschen, bei denen alles gespielt klang. »Ist er nicht zu Hause?«

»Nein … Könntest du Mikey mal fragen, ob er weiß, wo Nathan ist?«

»Sicher. Warte kurz.«

Eden lauschte, wie Rita ihren Sohn nach Nathan fragte, konnte die Worte aufgrund des dröhnenden Staubsaugers jedoch nicht verstehen. Kurz darauf war Rita zurück. »Mikey sagt, er hätte ihn aus dem Schulbus steigen sehen, und er wäre nach Hause gegangen.«

»Oh, okay. Dann ist er bestimmt bei einem anderen Freund«, murmelte Eden und wusste selbst nicht, warum sie das gesagt hatte. Es war fast so, als wollte sie der anderen Mutter versichern, dass alles in Ordnung sein musste.

Sie legte auf und rief bei Nathans anderen Freunden an. Vier Telefonnummern hatte sie gespeichert. Nach und nach wurde ihre Atmung immer flacher und hektischer. Ihre Lunge schien nicht mehr richtig zu funktionieren, weil sich die Angst in ihr festsetzte. Nachdem sie den letzten Anruf beendet hatte, hielt sie das Telefon mit zitternden Fingern fest und starrte es mit großen Augen an. Sie wusste nicht, was sie jetzt tun sollte. Ihr waren die Ideen ausgegangen, die plausiblen Erklärungen, die ihr halfen, sich besser zu fühlen. Nun drangen neue Geschichten an die Oberfläche, die nichts Gutes beinhalteten.

Eden ging nach oben ins Badezimmer und drehte den Wasserhahn auf. Sie nahm die Seife und die Nagelbürste und schrubbte sich energisch die Hände. Das tat sie drei Minuten lang, bis ihre Haut ganz rot war und schmerzte, doch die Nervosität ließ nicht nach. Ganz im Gegenteil, sie wurde nur noch schlimmer.

Sollte sie die Polizei anrufen? Das kam ihr übertrieben vor. Nathan tauchte bestimmt gleich auf, und dann würde sich herausstellen, dass er die ganze Zeit nur draußen gespielt hatte.

Aber was war, wenn er nicht draußen spielte? Wenn etwas passiert war? Und sie hatte kostbare Zeit mit dem Händewaschen vergeudet, als würde das etwas nutzen.

Sie verließ das Badezimmer und machte sich auf die Suche nach ihrem Handy. Wo hatte sie es hingelegt? In die Küche. Sie eilte die Stufen hinunter und griff danach. Ihr Herz raste, als sie das Display entsperrte.

Auf einmal klingelte es, als hätte es nur darauf gewartet, dass sie es in die Hand nahm. Auf dem Display stand eine unbekannte Nummer.

»Hallo?« Ihre Stimme brach, und Angst und Sorge schwangen darin mit.

»Eden Fletcher?«

»Ja, wer …«

»Wir haben Ihren Sohn.«

Sie befand sich in einem dieser Träume, in denen man in einen Fahrstuhlschacht oder einen Abgrund stürzt. Das Gefühl, endlos zu fallen, einen Schrei in der Kehle zu spüren. Nur dass diese Träume abrupt aufhörten, wenn man aufwachte.

Von diesem Anruf konnte sie nicht aufwachen. »Geht es ihm gut?« Sie zitterte und fühlte sich ganz schwach. »Ich möchte mit ihm reden.«

»Es geht ihm gut. Er schläft.« Die Stimme klang falsch, verzerrt, metallisch. So musste sich das Böse anhören. Es war die Stimme eines Mannes, den keiner mehr retten konnte.

»Was wollen Sie?«

»Fünf Millionen Dollar. Oder Ihr Sohn stirbt.«

»Das kann nicht Ihr Ernst sein. So viel Geld habe ich nicht …«

»Dann sollten Sie zusehen, dass Sie es auftreiben, wenn Sie Ihren Sohn je wiedersehen wollen. Wir beobachten Sie. Fünf Millionen Dollar. Sie hören bald wieder von uns.« Die Verbindung wurde unterbrochen.

Ihr fiel das Handy aus den erstarrten Fingern, und es landete klappernd auf dem gefliesten Küchenboden. Sie stieß ein gutturales Stöhnen aus, sank zu Boden und lehnte sich an die Wand. Nathan. Ihr süßer, engelsgleicher Junge, so voller Leben, immer am Lachen und voller Neugier. Und diese Männer hatten ihn in ihrer Gewalt. Wo? War er in einem dunklen Keller eingesperrt? Nathan hatte Angst im Dunkeln; das konnten sie ihm nicht antun. Sie glaubte schon, seine verängstigten Schreie zu hören, wie er sie anflehte, ihn rauszulassen …

»Mom? Mom!« Gabrielle schüttelte sie. »Was ist passiert? Was hast du?«

»Nathan«, hauchte sie. »Sie haben Nathan.«

»Was? Wer hat ihn? Was redest du denn da?« Gabrielles Stimme klang wütend, hysterisch, schmerzte in Edens Ohren.

Eden machte sich ganz klein, verbarg das Gesicht zwischen den Knien und hoffte, dass Gabrielle sie in Ruhe lassen würde. Im Augenblick waren ihr die Hände gebunden. Sie konnte nicht die Polizei anrufen oder sonst jemanden – in ihrem Leben gab es niemanden, der ihr helfen konnte. Und sie konnte auch keine fünf Millionen Dollar beschaffen. Wieso hatte sie Nathan erlaubt, allein von der Bushaltestelle nach Hause zu gehen? Sie verlangte seit Jahren, dass der Schulbus näher an ihrem Haus hielt, aber man hörte nicht auf sie und hielt sie für hysterisch. Und jetzt …

»Mom!« Gabrielle schüttelte sie immer heftiger. »Mach das jetzt nicht. Wer hat Nathan?«

»Ein Mann hat mich angerufen«, sagte Eden. »Er verlangt fünf Millionen Dollar. Oder sie … Oder wir sehen Nathan nie wieder.«

»Wir müssen die Polizei anrufen«, erklärte Gabrielle.

»Nein! Er sagte, sie würden uns beobachten. Fünf Millionen Dollar? So viel Geld habe ich nicht.« Eden griff nach dem Handy und wählte die Nummer, von der der Mann angerufen hatte.

Sie musste mit ihm reden, ihm erklären, dass sie sich die falsche Familie ausgesucht hatten. Ihr wollte beim besten Willen kein Weg einfallen, wie sie an eine Million Dollar kommen sollte, geschweige denn fünf.

Die Nummer war nicht erreichbar. Sie versuchte es erneut. Erfolglos. Auch beim dritten Mal klappte es nicht. Gabrielle sagte etwas, aber Eden konnte sie nicht verstehen, weil da ein Dröhnen in ihren Ohren war, das alles andere übertönte.

Sie kam mühsam auf die Beine und ging zurück ins Badezimmer. Drehte den Wasserhahn auf, wusch sich die Hände, wischte sämtliche Keime ab. Das begriffen die Menschen einfach nicht, dass die Keime überall waren, und wenn man sie nicht oft genug beseitigte, verursachten sie alle möglichen Probleme. Krankheiten, Leid, dass der Sohn entführt wurde und …

Jemand zog sie vom Waschbecken weg, und sie spürte einen stechenden Schmerz im Gesicht.

Eden blinzelte, fokussierte sich. Gabrielle stand keuchend vor ihr. Sie hatte ihr eine Ohrfeige verpasst.

»Ich rufe jetzt die Polizei an, Mom.« Gabrielle hatte ihr Handy schon in der Hand.

»Nein!«, kreischte Eden und nahm ihrer Tochter das Telefon weg. »Er sagte, sie beobachten uns.«

»Wir müssen irgendwas unternehmen.«

Ihre Tochter hatte recht. Sie musste etwas für Nathan tun und durfte sich nicht in ihren üblichen Routinen verlieren. Da ging ihr auf, dass es doch einen Menschen gab, den sie anrufen konnte.

»Ich kenne da jemanden, der uns vielleicht helfen kann.«

»Wen?«

»Sie ist Polizistin.« Eden ging zurück in die Küche und hob ihr Handy vom Boden auf. »Sie wird wissen, was zu tun ist.«

»Woher kennst du sie?«

Wir sind zusammen durch die Hölle gegangen.

»Wir kennen uns von früher.« Endlich hatte Eden Abby Mullens Nummer in ihrer Kontaktliste gefunden und wählte.

»Hallo?«, meldete sich eine Frauenstimme.

»Ist da … Abby Mullen?« Das war sie nicht. Die Stimme klang völlig anders.

»Ja. Wer spricht denn da?«

»Mein Name ist …« Eden verharrte kurz. Sie konnte ihren richtigen Namen nicht nennen, jedenfalls noch nicht. Dann legte Abby möglicherweise sofort auf. »Edie Fletcher. Ich lebe in East Elmhurst und brauche Ihre Hilfe. Mein Sohn wurde entführt.«

Nach einer langen Pause fragte Abby: »Haben Sie den Notruf angerufen, Edie?«

»Nein. Sie beobachten mich. Ich kann nicht zur Polizei gehen. Aber ich habe Sie vor ein paar Monaten in den Nachrichten gesehen. Sie können mir doch helfen?«

»Einige meiner Kollegen haben mehr Erfahrung mit Entführungen, Edie. Ich kann Sie …«

»Bitte«, schluchzte Eden. »Sie müssen mir helfen.«

Erneutes Schweigen. Nathans Leben war in Gefahr, stand auf Messers Schneide, während Abby Mullen überlegte, was sie tun sollte.

»Ich wohne ganz in der Nähe und komme bei Ihnen vorbei«, entschied Abby. »Wie lautet Ihre genaue Adresse?«

Kapitel 9

Der Regen prasselte auf die Windschutzscheibe, die Scheibenwischer waren auf die höchste Stufe eingestellt und kamen trotzdem nicht gegen den Wolkenbruch an. Abby spähte durch die tropfenübersäte Scheibe zum Haus hinüber. Falls man versucht hatte, dieses Haus von den anderen identischen in diesem Block abzuheben, dann ohne Erfolg. Es hatte wie die Häuser links und rechts davon einen winzigen Vorgarten, eine wenig einladende Eingangstür und ein getöntes Fenster, das zur Straße zeigte. Dazu zwei weitere Fenster im ersten Stock und ein drittes mit Fensterläden, das auf einen Dachboden schließen ließ. Im Regen und Dunkeln wirkte das Haus sogar noch kleiner, als es war.

Sie hätte bei der Frau am Telefon beharrlicher sein müssen, aber da war etwas in Edies Stimme gewesen, eine Verzweiflung, die Abby schlichtweg nicht ignorieren konnte. Und die Fahrt von ihrem Haus in College Point nach East Elmhurst dauerte nicht lange. Sie war losgefahren, sobald ihre Mutter eingetroffen war, um die Kinder abzuholen, und hatte eine Frage zu Bens Geburtstag auf später vertagt.

Nach dem Ausschalten des Motors blieben die Scheibenwischer mitten auf der Windschutzscheibe stehen.

Sie stieg auf der Fahrerseite aus und konnte den Regenschirm nur mit Mühe öffnen. Als es ihr endlich gelungen war, hatte sie lauter Tropfen auf der Brille und nahm die Welt nur noch verschwommen wahr. Sie lief zur Haustür und klingelte.

Die Tür wurde aufgerissen, und vor ihr stand eine große Frau, deren Gesicht im Schatten lag.

»Edie Fletcher?«, fragte Abby.

»Kommen Sie rein«, bat die Frau sie mit tränenerstickter Stimme.

Abby betrat das Haus, nahm die Brille ab und trocknete sie an ihrer Bluse. Dabei erhaschte sie einen Blick auf die verschwommene Gestalt einer weiteren Person – die Tochter der Frau?

»Danke fürs Kommen«, sagte Edie Fletcher.

Abby drehte sich zu ihr um, setzte die Brille wieder auf und konnte die Frau jetzt deutlicher erkennen. Sofort kam sie ihr vertraut vor. Sie kannte diese Frau, aber woher? Edie hatte einen hellen, rosigen Teint, tiefblaue Augen und lockiges braunes Haar. Sie trug eine lockere lilafarbene Bluse, und Abby konnte unter dem Kragen einen Teil eines Tattoos erkennen – eine Blume auf der einen und Buchstaben auf der anderen Seite. Ihr Gesicht war vom Weinen verquollen und fleckig, und ihre Lippen bebten.

»Selbstverständlich.« Abby zog die Jacke aus. Die Tochter der Frau nahm sie ihr ab. Sie war einige Jahre älter als Samantha, vielleicht achtzehn oder neunzehn, hatte die blauen Augen ihrer Mutter und wallendes blondes Haar. Auch sie sah sehr blass und besorgt aus.

»Können Sie mir sagen, was passiert ist?«, bat Abby.

»Nathan ist heute nicht von der Schule nach Hause gekommen«, berichtete Edie mit bebender Stimme. »Und ich bekam einen Anruf …«

»Entschuldigen Sie die Unterbrechung, aber wie alt ist Nathan?«, warf Abby ein.

»Acht. Ich habe all seine Freunde angerufen. Sie bestätigen, dass er aus dem Schulbus ausgestiegen ist, aber er ist nie zu Hause angekommen. Und dann rief mich ein Mann an, der sagte, er hätte Nathan in seiner Gewalt. Und er hat fünf Millionen Dollar verlangt.«

Abby nickte und hatte ein ganz ungutes Gefühl. Die meisten Kindesentführungen wurden von einem Familienmitglied verübt. In derartigen Fällen gab es meist keine Lösegeldforderung. Und die erschreckend hohe Summe war besorgniserregend. »Okay, wann war das?«

Edie blinzelte verwirrt.

»Meine Mom wurde vor etwa einer Stunde angerufen«, antwortete ihre Tochter an ihrer Stelle.

»Okay.« Abby warf einen Blick in die winzige Küche und das dunkle Wohnzimmer. »Ist Nathans Vater hier?«

»N… nein«, erwiderte Edie. »Wir sind geschieden.«

»Haben Sie das alleinige Sorgerecht?«, wollte Abby wissen.

»Ja.«

»Weiß Nathans Vater bereits Bescheid?«

»Nein. Ich habe keine Ahnung, wie ich David erreichen soll. Er hat sich seit Jahren nicht mehr gemeldet.«

Dem mussten sie genauer nachgehen. Trotz der Lösegeldforderung war der Vater der naheliegendste Verdächtige. Vorerst ließ sie die Angelegenheit jedoch auf sich beruhen. »Haben Sie ein Foto von Nathan?«

»Sicher.« Die Frau fummelte an ihrem Handy herum und reichte es Abby. Ein niedlicher Junge mit leisem Lächeln, der verträumt in die Kamera blickte, als hätte er gar nicht registriert, dass seine Mom ein Foto schoss.

Abby leitete das Foto auf ihr Handy weiter. »Darf ich mich mal im Haus umschauen?«

»Warum? Nathan ist nicht hier. Ich habe längst überall nachgesehen.«

»Manchmal können uns in Entführungsfällen die kleinsten Details nützlich sein.« Außerdem hielt sich das Kind oftmals durchaus im Haus auf und hatte sich nur versteckt oder schlief. Zudem ließ sich so mehr über das Familienleben in Erfahrung bringen. Denn es gab in diesem Fall eine weitere Verdächtige. Edie Fletcher, die als Einzige mit den angeblichen Entführern gesprochen hatte. Vermisste Kinder wurden oftmals tot aufgefunden, häufig von den eigenen Eltern ermordet. Abby wollte nach allem Auffälligen Ausschau halten und würde erkennen, was sie suchte, wenn sie es sah.

»Natürlich«, sagte Edie. »Wir tun alles, was dabei helfen kann, Nathan zurückzubekommen.«

Den Großteil des Erdgeschosses hatte Abby bereits gesehen: die beengte Küche mit dem kleinen Metalltisch und das Wohnzimmer der Familie, das im Grunde genommen aus einer Couch vor einem Fernseher bestand. Dort standen weitere gerahmte Fotos auf einer Kommode. Abby suchte nach möglichen Verstecken – Küchenschränken, hinter dem Kühlschrank. Sie zog auch die Schubladen auf, während Edie hinter ihr verharrte, entdeckte jedoch nichts, das ihre Aufmerksamkeit erregte. Doch sie würde dafür sorgen, dass hier später alles gründlich durchsucht wurde. Das kleine Badezimmer war leer; die Wasserlache auf dem Boden und der feuchte Lappen ließen auf ein Leitungsproblem schließen, das vorerst nicht weiter wichtig war.

»Nathans Zimmer ist oben«, erklärte Edie.

Abby stieg die Stufen hinauf. Im ersten Stock gab es zwei Schlafzimmer.

»Das ist Nathans Zimmer.« Edie deutete auf eine Tür.

Abby betrat das hübsch eingerichtete, fröhliche Zimmer. Ein Bett mit »Star Wars«-Bettwäsche und einem kleinen Stofftier.

Ein Schreibtisch voller Buntstifte, mehrere Zeichnungen an einer Pinnwand. Eine einprägsame, beunruhigende Leere schien das Zimmer zu durchdringen, ein wie ein Kind geformtes Vakuum. Abby stellte sich den Jungen vom Foto vor, wie er im Bett lag oder malend am Schreibtisch saß. Sie sah sich die Bilder genauer an und suchte nach Hinweisen auf Kindesmissbrauch darin, doch sie wirkten alle unschuldig und kindlich. Ein Raumschiff, ein Drache, eine Familie. Die Familie bestand nur aus der Mutter und zwei Kindern. Kein verborgener Vater. Wie Edie gesagt hatte, schien der Vater in jeder Hinsicht von der Bildfläche verschwunden zu sein.

Die Tür fiel hinter ihr zu, und sie drehte sich überrascht um. Edie lehnte am Türrahmen und beäugte sie skeptisch.

»Was ist?« Etwas am Verhalten der Frau beunruhigte Abby. Sie war angespannt, als wollte sie zuschlagen oder weglaufen, und hatte die Augen weit aufgerissen.

Edie bewegte die Lippen, doch es kam kein Ton heraus.

»Miss Fletcher«, sagte Abby. »Ich bin mir nicht …«

»Abihail? Erkennst du mich denn nicht?«

Der Name, der aus einem anderen Leben zu stammen schien, erschütterte Abby bis ins Mark. Sie musste sich an den Schreibtisch lehnen, um nicht das Gleichgewicht zu verlieren.

Eine Erinnerung blitzte vor ihrem inneren Auge auf. Ein Mädchen, das mit verschränkten Armen in einem wunderschönen Blumenbeet stand und Abby mit kalten blauen Augen ansah. »Das ist mein Garten, und du bist hier nicht willkommen.«

Und dann, Monate später, wie sie zusammen mit dem Mädchen und einem Jungen auf dem Rücksitz eines Streifenwagens saß. Draußen wurde die Nacht von flackernden Flammen erhellt, und eine leise Männerstimme sagte: »So viele. Es ist furchtbar.«

Abby erschauderte. Die Vergangenheit brachte eine spürbare Kälte mit sich. »Eden?«, flüsterte sie.

Die Frau schluchzte leise.

In der modernen Gesellschaft gibt es Methoden, die man einsetzt, wenn man Menschen aus seiner Vergangenheit trifft. Kleine Zeremonien und Worte, mit denen die Jahre überbrückt werden können. Ein strahlendes Lächeln, die bedeutungslose Frage »Wie ist es dir ergangen?«, vielleicht die Erwähnung eines gemeinsamen Bekannten.

Doch in diesem Fall waren sie alle nutzlos. Abby kam sich verloren vor. Es fiel ihr schon schwer genug, einfach nur hier zu stehen und die Erinnerungen in Schach zu halten, die auf sie einzustürmen drohten.

»Heißt du jetzt wirklich Edie?«, fragte sie schließlich.

»Nein. Eine Zeit lang habe ich mich so genannt. Jetzt habe ich ihn zurück zu Eden geändert. Und du ...«

»Ich bin Abby«, fiel sie ihr schneidend ins Wort, damit es gar keine Missverständnisse geben konnte. »Niemand kennt mich als Abihail. Verstanden?«

»Okay, ich werde dich nicht so nennen.« Eden schien vor ihrer Reaktion ein wenig zurückzuschrecken.

Sie hatte offensichtlich Angst, dass Abby einfach gehen könnte. Denn Eden schien wirklich zu glauben, dass Abby ihre beste Chance war, ihren Sohn zurückzubekommen.

Das war nicht weiter überraschend. Eden empfand vermutlich noch immer ein eingebläutes Misstrauen gegen die Strafverfolgungsbehörden. Für sie war die Polizei Feind, nicht Freund. Und wenn man etwas brauchte, wandte man sich an seine Familie.

»Wie hast du mich gefunden?«, fragte Abby, die das unbedingt wissen musste.

»Du warst vor ein paar Monaten in den Nachrichten«, antwortete Edie leise. »Ich habe dich gesehen. Du hast dich nicht verändert.«

Der Banküberfall, ihre fünfzehn Minuten Ruhm. Sieben Geiseln, zwei verzweifelte Männer – und es war ihrem Team gelungen, sie zum Aufgeben zu bewegen, ohne dass jemand verletzt wurde. Sie war die leitende Verhandlungsspezialistin gewesen. Die Medien hatten sie, gerade weil sie eine Frau war, in den höchsten Tönen gelobt, bis der nächste aufregende Knaller aufgetaucht war. Aber sie wurde noch heute von Leuten angesprochen, die sie im Fernsehen gesehen hatten.

Eden gehörte offenbar auch dazu und hatte sie erkannt. Was nach der langen Zeit eigentlich erstaunlich war. Abby hätte Eden nie einordnen können. Der Lauf der Zeit hatte das Mädchen … nein, die Frau vor ihr, verändert. Nur die blauen Augen, die Abby von Anfang an so vertraut vorgekommen waren, hatten sich nicht verändert.

»Woher hast du meine Nummer?«, verlangte Abby zu erfahren.

»Daran erinnere ich mich nicht mehr. Wahrscheinlich habe ich sie online gefunden.«

Das konnte nicht sein. Die Nummer stand nirgendwo. Abby hatte das leise Gefühl zu wissen, woher Eden die Nummer hatte. Sie wartete und ließ das Schweigen wirken.

Eden sah beklommen zur Seite. Nach einigen Sekunden sprudelte es aus ihr heraus: »Weißt du was? Ich habe jemanden gesehen. Einen Fremden, der hier in der Gegend rumgelaufen ist. Er ist mir in den letzten Wochen dreimal aufgefallen. Er war nur … Er stand einfach rum. Glaubst du, er könnte etwas mit der Sache zu tun haben?«

»Kannst du ihn beschreiben?« Abby stellte die Frage eher instinktiv.

»Ich glaube schon. Er hatte schwarzes Haar. Und einen Bart …«

»Nicht mir.« Abby schüttelte den Kopf. »Wir sollten aufs Revier fahren. Du könntest dir einige Fotos ansehen und vielleicht mit einem Phantombildzeichner reden.«

»Aber … Der Mann sagte, sie würden mich beobachten. Ich kann nicht zur Polizei gehen.«

»Ich fahre«, schlug Abby vor. »Ich achte darauf, dass uns niemand folgt. Das ist das Beste, was wir für Nathan tun können.«

Eden entspannte sich ein wenig, als Abby ihr sagte, was sie tun mussten. Bisher hatte Eden verloren und hilflos gewirkt, doch jetzt hatte Abby das Heft in die Hand genommen.

Abby sah sich rasch im Rest des Hauses um und vergewisserte sich, dass ihr nichts Offensichtliches entging. Edens Schlafzimmer befand sich auf dem Dachboden und war eng und dunkel. Nur ein winziges Fenster ging auf die Straße hinaus.

Es regnete sogar noch stärker, als sie aufbrachen. Eden bestand darauf, dass Gabrielle sie begleitete, weil sie Angst hatte, ihre Tochter allein im Haus zu lassen. Auf dem Weg zum Wagen klappte Edens Regenschirm um, und sie troff, als sie sich auf den Beifahrersitz sinken ließ. Abby musterte die Frau, der das Haar an den Wangen klebte. Ihr Gesicht war nass, ob vom Regen, von Tränen oder beidem, konnte Abby nicht sagen. Und diese Augen, die sie dreißig Jahre zurück in die Vergangenheit zu versetzen schienen.

Abby startete den Motor und konnte nur hoffen, dass Eden nicht dafür sorgte, dass ihre gemeinsame Vergangenheit mit der Gegenwart kollidierte.

Kapitel 10

Als Nathan blinzelnd die Augen aufschlug, fühlte er sich wie immer, wenn er bei einem Freund übernachtete. Das Bett, die Laken, selbst die Luft – alles war irgendwie anders. Er stand auf und rieb sich das Gesicht, während bruchstückhafte Erinnerungen an die Oberfläche drangen.

Schließlich befand er sich in seinem Zimmer. Das war seine Bettwäsche, das war sein Schreibtisch auf der anderen Seite des Zimmers, da hingen seine Bilder an der Wand. Gähnend versuchte er, den Schlaf zu vertreiben. Doch es wollte ihm nicht gelingen. Er war wie benebelt, hatte einen schweren Kopf, und seine Welt verschwamm an den Rändern.

Außerdem wollte ihm nicht einfallen, welcher Tag heute war. Samstag? Wenn es Samstag war, dann war heute Moms Geburtstag. Und an diesem Tag wollte er ihr doch zusammen mit Gabi Frühstück ans Bett bringen.

Bei dem Gedanken an den Geburtstag seiner Mutter fiel ihm die Autofahrt mit Gabis Freund wieder ein. Sie hatten etwas für Moms Überraschungsparty kaufen wollen, richtig? Was war passiert? Er erinnerte sich daran, den Burger und die Pommes verspeist und die Cola getrunken zu haben, die Gabis Freund gekauft hatte. Danach war er müde geworden. Sie waren lange unterwegs gewesen.

Er musste eingedöst sein. Vielleicht hatten Gabi und ihr Freund beschlossen, ihn doch nach Hause zu bringen. Als er die Decke zur Seite schlug, stellte er fest, dass er noch dieselbe Kleidung wie in der Schule trug. Möglicherweise war es doch noch nicht Samstag. Es kam ihm auch nicht so vor, als hätte er eine ganze Nacht geschlafen.

»Mom?«, rief er.

Nach einer Weile versuchte er es erneut: »Mom?«

Keine Antwort. Seine Zimmertür war geschlossen, was ihm auch komisch vorkam. Er machte sie nie zu, sondern schlief lieber bei offener Tür.

Er stand auf, doch sofort überkam ihn Schwindel und er schwankte hin und her. Es fühlte sich an, als hätte er Wattebäusche im Kopf, und er konnte sich kaum konzentrieren. Das Zimmer war irgendwie … seltsam. Als würden die Wände auf ihn zukommen, als wäre irgendwie alles enger. Der Schreibtisch stand zu nah am Bett, und die Tür war zu nah am Schreibtisch. Das gefiel ihm überhaupt nicht.

Träge schlurfte er zur Tür, legte eine Hand an den Türknauf und erstarrte. Das war ein völlig anderer Türknauf als seiner. Dieser glänzte und war viel runder. Hatte Mom den Türknauf ausgetauscht? Sie hatte letztes Jahr angekündigt, dass sie im Haus einiges verändern wollte, und sogar einen Mann bestellt, der meinte, die Wände müssten gestrichen und das Badezimmerfenster müsse repariert werden. Aber sie hatte später erklärt, dass das alles zu teuer sei und warten müsse.

Er packte den seltsamen Türknauf, drehte ihn und drückte gegen die Tür.

Sie klemmte.

Also drehte er mit mehr Kraft, drückte und schob. »Mom, die Tür klemmt!«, schrie er. »Mom!«

Doch es kam noch immer keine Antwort, und er geriet in Panik. Er war nicht gern allein in seinem Zimmer, konnte es nicht leiden, wenn die Tür geschlossen war, und mochte es erst recht nicht, dass dieser neue Türknauf nicht richtig funktionierte. Verzweifelt rüttelte er an der Tür, trat dagegen und zuckte vor Schmerz zusammen. Wimmernd sank er auf den Boden und hielt sich den verletzten Zeh.

»Mom! Gabi!«, kreischte er. »Ich hab mir wehgetan.«

Sie kamen nicht. Dabei ließen sie ihn nie allein zu Hause. Okay, Mom ging gelegentlich mal kurz weg, um etwas im Laden gegenüber zu besorgen, aber sie sagte ihm immer vorher Bescheid und blieb nie länger als zehn Minuten weg. Und in der Zeit durfte er immer fernsehen, damit er die vielen leeren Zimmer im Haus nicht bemerkte und sich einbildete, dass darin schaurige Monster ihr Unwesen trieben.

Sein Herz schlug schneller, während er durch die Nase atmete und mit den Zähnen knirschte. Sie hatten ihn allein gelassen, ohne ein Wort zu sagen, und sie hatten nicht bemerkt, dass die Tür wegen des neuen Türknaufs klemmte. Die würde er aber anschreien, wenn sie zurückkamen! Und morgen würde er seiner Mom garantiert kein Frühstück ans Bett bringen nach allem, was heute passiert war.

Er saß weinend auf dem Fußboden, und sein Zeh pochte vor Schmerz. Nach einer Weile krabbelte er zum Bett, legte sich darauf und nahm seinen Plüsch-Yoda in die Arme. Es dauerte einige Minuten, bis ihm auffiel, dass auch der Yoda anders war.

Vor einigen Monaten war Yodas Ohr abgerissen, und seine Mom hatte es wieder angenäht, allerdings nicht richtig, sodass es ein wenig schief stand. Aber jetzt stand es nicht mehr schief. Und der hellgrüne Faden, den seine Mom benutzt hatte, war verschwunden. Ebenso wie der Schokoladenfleck an Yodas Fuß. Und er roch auch anders.

Genau wie die Bettwäsche. Die roch ebenfalls anders. Als wäre sie ganz neu.

Er stand auf und hatte das Gefühl, als würden Ameisen über seine Haut krabbeln. Was ging hier vor sich? Jetzt, wo er danach Ausschau hielt, fielen ihm überall kleine Unterschiede auf. Die abgerissene Ecke seines »Harry Potter«-Posters war wieder da. Der Schrank hatte nicht genau dieselbe Farbe. Und … und …

Hier ist kein Fenster.

Wieso war ihm das bisher noch nicht aufgefallen? Das kleine Fenster über seinem Schreibtisch war einfach … weg.

Seine Bilder waren noch da, doch die konnte man auch nicht ersetzen.

Bloß dass es gar nicht seine Bilder waren. Auf dieser Zeichnung waren Moms Augen zu klein. Die Sterne auf dem Raumschiffbild sahen falsch aus, und es flog in die falsche Richtung. Und da hing auch das Bild seines Traumhundes. Doch das hatte er nicht gemalt. Auf *seinem* Bild sah der Hund niedlich aus. *Dieser* Hund starrte ihn an, hatte zu scharfe Zähne, eine zu lange Zunge, war ein böser Hund. Ein Hund, der Kinder fraß.

Er musste aus diesem Zimmer raus. Irgendetwas stimmte damit ganz und gar nicht. Schon rannte er zur Tür und rüttelte daran. »Gabi!«, schrie er panisch. »Mom!«

Sie kamen noch immer nicht, und er konnte es sich einfach nicht erklären. Ihm war völlig schleierhaft, was hier vor sich ging. Er bekam kaum noch Luft, und das Dröhnen in seinen Ohren machte alles nur noch schlimmer. Außerdem musste er pinkeln – oder sich übergeben –, aber dazu musste er ins Badezimmer gehen, was wegen der Tür nicht ging. Sie klemmte, und er saß hier fest.

Da fiel ihm ein Film ein, den er mit seiner Mom gesehen hatte. In diesem Film mussten zwei Männer eine verschlossene Tür öffnen und nahmen dafür ein Brecheisen. Er hatte kein Brecheisen, dafür aber ein Metalllineal in der

Schreibtischschublade. Das konnte er in den Türspalt klemmen und sich dagegenlehnen. So bekam er die Tür bestimmt auf.

Er ging zum Schreibtisch und zog die Schublade auf.

Darin lag kein Metalllineal.

Dafür waren da noch mehr Bilder. Ein ganzer Stapel. Das oberste sah fast so aus wie das, das er von seiner Familie gemalt hatte, nur dass seine Füße viel zu lang waren.

Er nahm den ganzen Stapel heraus und breitete die Bilder auf dem Tisch aus.

Das waren alles seine Bilder, und irgendwie waren sie es auch nicht. Er konnte überall kleine Unterschiede erkennen, da war die falsche Farbe benutzt worden, und diese Person wirkte deformiert. Manche waren schlichtweg grässlich, schlecht gezeichnete Menschen, und dann ein wütendes Gekritzel, als hätte er die Zeichnung frustriert übermalt. Auf einem seiner Bilder von Gabi und ihm war Gabi wieder und wieder mit rotem Buntstift umkringelt worden. Sein Name stand auf fast jeder Seite, aber auf einigen nicht in seiner Handschrift, und auf anderen sah sie ähnlich aus, war aber nicht identisch.

Das alles ergab nicht den geringsten Sinn, und von all dem, was er in den letzten zwanzig Minuten erlebt hatte, machten ihm die Bilder am meisten Angst. Seine Blase entleerte sich, und warmer Urin lief ihm am Bein herunter und tropfte auf den Boden.

Ein plötzliches Klicken bewirkte, dass er herumwirbelte und zur Tür schaute, die geöffnet wurde. Im Türrahmen stand ein Mann; derselbe Mann, der gesagt hatte, er sei Gabis Freund. Er hatte einen Eimer in der einen und eine Wasserflasche in der anderen Hand.

»Oh«, sagte der Mann und betrachtete die Pipipfütze auf dem Boden. »Ich sollte wohl besser einen Lappen holen.«

Nathan erwiderte nichts. Sein Blick war starr auf den Mann gerichtet – und auf das, was sich hinter ihm befand.

Das war definitiv nicht sein Haus.

Kapitel 11

»Es ist von entscheidender Bedeutung, dass wir Ihren Ex-Mann schnellstmöglich erreichen, Miss Fletcher«, sagte Detective Jonathan Carver.

Er sah Eden konzentriert an und unterbrach den Blickkontakt nur, um sich hin und wieder etwas zu notieren.

Abby wusste, dass Polizisten gewissenhaft und mitfühlend waren, doch Zivilisten gegenüber wirkten sie manchmal distanziert. Viele schrieben gleichzeitig Berichte am Computer, während sie redeten, oder unterbrachen ein Gespräch, um ans Telefon zu gehen oder etwas nachzusehen. Carver jedoch hörte zu und vermittelte das auch. So war er schon während ihrer gemeinsamen Zeit auf der Akademie gewesen. Wenn er mit einem redete, hatte man immer den Eindruck, er sei von jedem Wort fasziniert, das man von sich gab.

»Ich weiß wirklich nicht, wie Sie ihn erreichen können«, erwiderte Eden. »Wir haben uns kein Jahr nach Nathans Geburt getrennt.«

»Haben Sie gemeinsame Freunde? Vielleicht in den sozialen Medien?«

»Da bin ich nicht.«

Abby war überrascht gewesen, als Carver am Empfang des Polizeireviers im 115. Bezirk aufgetaucht war. Sie hatte ihn seit der Akademie nicht mehr gesehen und bekam nun eine weitere Gelegenheit festzustellen, wie sehr sich ein Mensch mit der Zeit verändern konnte. In diesem Fall war es weniger schockierend als bei Eden, denn er hatte noch immer dasselbe dichte braune Haar und die kleine Narbe auf seiner lohfarbenen Haut. Der Altersunterschied machte sich an seinen mandelförmigen grünen Augen bemerkbar, in deren Winkeln sich erste Krähenfüße abzeichneten.

»Ich frage Sie das allein aus dem Grund, dass die Entführer sich möglicherweise auch an Ihren Mann gewandt haben oder dass es sich dabei um jemanden handelt, den Ihr Mann kennt, Miss Fletcher. In über neunzig Prozent der Entführungsfälle …«

»Ich habe keine Ahnung, wie ich ihn erreichen kann«, beharrte Eden. »Glauben Sie, ich würde freiwillig auf die Unterhaltszahlungen verzichten?«

Sie saßen in einem kleinen Büro, wo sie vom Trubel im Büro der Detectives geschützt waren. Carver hatte ihnen Stühle besorgt und sich seitlich an den Tisch gesetzt, damit sich dieser nicht zwischen ihnen befand. Abby hatte auf dem Stuhl in der Ecke zwischen Carver und Eden Platz genommen.

»Gabrielle«, schaltete sich Abby ein. »Wann hast du das letzte Mal mit deinem Dad gesprochen?«

»Vor sieben Jahren.« Gabrielle wirkte bei ihrer Antwort verhalten.

»Hat er je versucht, Kontakt zu dir aufzunehmen?«

»Nein. Mein Dad hat nichts damit zu tun. Dem sind wir doch völlig egal.«

Carver nickte und ließ es vorerst auf sich beruhen. Er erkundigte sich nach Nathans Routine auf dem Heimweg von der Schule. Eden antwortete in kurzen Sätzen und redete schnell, als wollte sie die Sache vorantreiben.

»Wann haben Sie angefangen, sich Sorgen zu machen, weil er nicht nach Hause gekommen ist?«, erkundigte sich Carver.

»Ich kam von der Arbeit heim …«

»Wo arbeiten Sie?«

»Bei einem Zahnarzt. Dr. Gregory. Als ich gegen sechs nach Hause kam, stellte ich fest, dass Nathan nicht da war, und habe herumtelefoniert.«

Carver ließ sich von Eden beschreiben, wie sie mit Nathans Freunden gesprochen hatte und vom Entführer angerufen worden war. Danach bat er um ihr Handy. »Vielleicht können unsere Leute ja was herausfinden«, meinte er. »Lieutenant Mullen sagte, Sie hätten einen Fremden in Ihrer Gegend bemerkt?«

»Er ist mir im letzten Monat ein paarmal aufgefallen.«

»Wir zeigen Ihnen später einige Polizeifotos. Möglicherweise erkennen Sie den Mann ja wieder. Außerdem werde ich mich erkundigen, ob ein Phantomzeichner vorbeikommen kann, okay?«

»Okay.«

»Du hast vorhin erwähnt, dass du Nathans Freunde angerufen hast«, sagte Abby. »Und dass jemand gesehen hat, wie er aus dem Schulbus gestiegen ist.«

»Ja. Ein Junge namens Mikey.«

»Und wo hält der Bus üblicherweise?«, fragte Carver.

»Zwei Blocks von unserem Haus entfernt. Der Weg ist nicht weit. Es gefällt mir gar nicht, dass er allein nach Hause gehen muss, aber ich bin dann bei der Arbeit, und die Schule ist nicht bereit, eine weitere Haltestelle näher an unserem Haus einzurichten. Ich habe schon mehrmals darum gebeten, aber war wohl nicht beharrlich genug …«

Abby hatte so etwas schon häufiger erlebt, dass Eltern Kleinigkeiten einfielen, die sie hätten tun können. Unbedeutende Entscheidungen, die zu lebenslanger Reue führten.

»Um wie viel Uhr setzt der Bus sie dort ab?«, erkundigte sich Abby.

»Gegen zehn vor vier. Das hängt vom Verkehr ab.«

Carver schrieb etwas in sein Notizbuch und sah Abby an. »Ich werde mit einigen Leuten sprechen und die Suche in Gang setzen. Danach können wir weiterreden. Brauchen Sie irgendetwas?«

Eden und Gabrielle schüttelten den Kopf und hatten noch volle Wasserbecher auf dem Tisch vor sich stehen. Carver ging hinaus.

Abby hätte zu gern eine Aufzeichnung des Telefonats zwischen Eden und den Entführern gehabt. Bei ihrem Job kam es auf unzählige kleine Details an. Den Tonfall, ein herausgerutschtes Wort, eine lange Pause. All das vermittelte ihr Informationen und half ihr, ein Bild der Person zu erschaffen, mit der sie es zu tun hatte. »Ich würde gern noch mal mit dir das Gespräch mit den Entführern durchgehen.«

»Es hat nicht sehr lange gedauert«, erwiderte Eden. »Alles, was er gesagt hat, war, dass er meinen Sohn hat und dass er fünf Millionen Dollar haben will, sonst bringt er ihn um.«

»Hat er wörtlich gesagt, dass er ihn umbringen will?«, hakte Abby nach.

Eden mahlte frustriert mit dem Kiefer. »Ich habe doch eben …«

»Ich muss den genauen Wortlaut kennen, Eden«, sagte Abby leise. »Hat er gesagt, dass er ihn umbringen wird? Auch wie? Oder wann? Hat er beispielsweise gesagt: ›Wir erschießen Ihren Sohn, wenn wir das Geld nicht in drei Tagen haben‹?«

Eden zuckte zusammen. »Nein … Er hat nie gesagt, dass sie ihn erschießen wollen. Er sagte … Er sagte …«

»Lass dir Zeit«, beruhigte Abby sie. »Schließ die Augen. Atme tief ein. Stell dir den Augenblick vor, in dem du ans Telefon gegangen bist. Kannst du das tun?«

»Ich … Ja.« Eden schloss die Augen und holte tief Luft.

Abby passte ihre Atmung an Edens an und senkte die Stimme. »Wo warst du, als du den Anruf angenommen hast?«

»In der Küche.«

»Okay, das ist gut.« Abbys Worte kamen im Takt ihres Atems. »Hast du gestanden oder gesessen?«

»Ich … ich hab gestanden. Ich kam gerade von oben.«

Carver kehrte zurück und schloss die Tür hinter sich. Abby warf ihm rasch einen Blick zu, und er schwieg.

»Was hat er als Erstes gesagt, nachdem du rangegangen bist?«, fragte Abby.

»Er hat meinen Namen gesagt.« Eden legte die Handflächen auf den Tisch, vermutlich um das Zittern zu unterdrücken.

Abby betrachtete Edens Hände, bemerkte die vielen Schürfwunden und wusste genau, was sie zu bedeuten hatten. Doch sie ließ sie unerwähnt und fragte stattdessen: »Hat er deinen Namen gesagt oder wollte er wissen, ob er mit dir spricht?«

»Er hat nicht gefragt, ob ich Eden Fletcher bin, allerdings klang es wie eine Frage.«

»Er hat es also besonders betont«, mutmaßte Abby. »Etwa so: ›Eden Fletcher?‹«

»Genau. Und dann hat er gesagt, dass er meinen Sohn entführt hat.«

»Hat er wirklich entführt gesagt?« Abby runzelte die Stirn. Sie bezweifelte, dass der Mann dieses Wort benutzt hatte. Edens Gedächtnis war durch die Angst um ihren Sohn nicht sehr zuverlässig. Alles, was sie sagte, war daher mit Vorsicht zu genießen.

»J… Ja. Vielleicht hat er auch nur gesagt ›Wir haben Ihren Sohn.‹ Ich erinnere mich nicht mehr so genau. Er hat auf jeden Fall gesagt, dass sie meinen Sohn haben.«

»Und was dann?«

»Dann hat er gesagt, sie verlangen fünf Millionen …«

»Augenblick. Er sagt, sie haben deinen Sohn. Was hast du darauf erwidert?«

»Ich … Ich wollte …« Eden stieß ein kurzes Schluchzen aus. »Ich wollte mit ihm reden. Er musste doch solche Angst haben.«

»Hat dich der Mann mit ihm sprechen lassen?«

»Er sagte, Nathan würde schlafen.«

Bislang gab es nicht einmal einen Beweis dafür, dass Nathan noch am Leben war. Aber zu sagen, der Junge würde schlafen, war ungewöhnlich. Im Allgemeinen sagten Entführer immer etwas Mehrdeutiges wie »Er ist im Moment nicht hier« oder etwas in der Art, wenn sie aus irgendeinem Grund nicht wollten, dass die Geisel mit jemandem redete. Es war gut möglich, dass der Mann gelogen hatte, aber Abby ging davon aus, dass er sich dann einfacher ausgedrückt hätte. Wahrscheinlicher war, dass er die Wahrheit gesagt und Nathan tatsächlich geschlafen hatte – oder bewusstlos gewesen war. Vielleicht hatte man ihn betäubt.

»Hat er gesagt, ›Nathan schläft‹?«, hakte sie nach. »Also seinen Namen benutzt?«

»Ich … ich erinnere mich nicht.«

»Okay. Was dann?«

»Er hat fünf Millionen Dollar verlangt und gesagt, dass sie Nathan umbringen, wenn sie das Geld nicht bekommen.«

»Hat er sich genau so ausgedrückt?«

»Das weiß ich nicht mehr.«

Abby kämpfte gegen ihre Frustration an und sagte dann unwillkürlich: »Ich möchte, dass du dich konzentrierst, Eden. Konzentrier dich auf deinen *Kern*.« Sie wiederholte die Worte, die sie als Kind unzählige Male gehört hatte. »Ich möchte, dass du dir deinen Kern als Leuchten ausmalst, das dich durchdringt. Es reinigt dich. Atme tief ein, während dich dein Kern reinigt.«

Sie spürte Carvers überraschten Blick, ignorierte ihn jedoch. Edens Atmung wurde tiefer und ruhiger.

»All deine negativen Gefühle werden rausgewaschen. Sie verschwinden zusammen mit …«, Abby holte tief Luft, »mit den Keimen. Deine Gedanken sind rein.«

Eden hatte sich inzwischen entspannt; ihr Zittern hörte auf. Traurigkeit breitete sich in Abby aus. Selbst nach so vielen Jahren hatten die Worte noch eine solche Kontrolle über diese Frau.

Doch das war im Augenblick nicht weiter wichtig. »Du hast darum gebeten, mit Nathan sprechen zu dürfen, und er hat gesagt, er würde schlafen. Was kam danach? Wie lauteten seine genauen Worte?«

Eden schwieg eine recht lange Zeit. »Er sagte, sie wollen fünf Millionen Dollar, oder Nathan stirbt.«

»Was hast du darauf erwidert?«

»Ich wollte ihm verständlich machen, dass ich so viel Geld nicht aufbringen kann, und er meinte, dann sollte ich besser zusehen, dass ich es auftreibe. Danach hat er aufgelegt. Ich habe sofort zurückgerufen, doch die Nummer war nicht mehr erreichbar.«

»Bist du sicher, dass er ›Ihr Sohn‹ gesagt hat und nicht ›Nathan‹?«, fragte Abby.

»Das weiß ich nicht mehr.« Eden schlug die Augen auf. »Wieso ist das wichtig?«

Möglicherweise war es das gar nicht, aber Abby war sich nicht sicher. Wenn der Entführer »Ihr Sohn« oder »der Junge« gesagt hatte, wäre das eine Art Abstraktion gewesen. Auf diese Weise konnte er eine emotionale Distanz zu seiner Geisel aufbauen und den Jungen weniger als Mensch und eher als Druckmittel ansehen. Und es bedeutete vermutlich auch, dass die Chance, Nathan unversehrt zurückzubekommen, geringer war.

»Das ist es nicht«, antwortete sie. »Aber je mehr Informationen wir haben, desto größer ist die Wahrscheinlichkeit, dass wir Nathan wieder sicher nach Hause holen können.«

»Werden Sie das denn tun?«, fragte Gabrielle unverhofft. »Holen Sie ihn wieder nach Hause?«

Es war Abby schlichtweg unmöglich, Edens Kinder nicht mit ihren eigenen zu vergleichen und sich vorzustellen, wie es ihr an Edens Stelle ergangen wäre. Menschen hielten immer Ausschau nach Verbindungen, selbst wenn es gar keine gab. Eden und sie hatten denselben Ursprung. Heute, mehrere Jahrzehnte später, hatten sie beide eine Tochter im Teenageralter und einen jüngeren Sohn. Sie waren offenbar beide alleinerziehende Mütter. Und als Gabrielle sie fragte, ob sie Nathan nach Hause holen würde, war eine andere Realität, in der Samantha dieselbe Frage über Ben stellte, durchaus denkbar. Bei dieser Vorstellung lief es Abby kalt den Rücken herunter.

Darauf konnte es nur eine mögliche Antwort geben. »Wir tun, was wir können.« Sie sah dem Mädchen in die Augen. »Das verspreche ich.«

Der stechende Blick des Mädchens gab ihr zu verstehen, dass sie dieses vage Versprechen nicht als beruhigend empfand. Es schien sie vielmehr zu verärgern – und ihre Angst noch weiter zu steigern. Sie hatte auf ein entschiedenes Ja gehofft.

Kapitel 12

Es nieselte nur noch, als sie das Revier verließen. Sie waren stundenlang dort gewesen, da Eden sich zuerst zahlreiche Polizeifotos angesehen hatte, ohne den Mann wiederzuerkennen, um ihn danach einem Phantombildzeichner zu beschreiben.

Eden wirkte, als wäre die Wirkung des Adrenalins abgeklungen. Sie saß in sich zusammengesunken auf dem Beifahrersitz und starrte trübsinnig aus dem Fenster. Gabrielle hatte auf dem Rücksitz Platz genommen und die Hände im Schoß verschränkt.

»Wie soll ich nur so viel Geld beschaffen, wie sie verlangen?«, murmelte Eden leise.

Abby ließ seufzend den Motor an. »Was ich gleich sagen werde, wird dir nicht gefallen, Eden, aber es ist sehr wichtig, dass du es begreifst.« Sie hielt inne und ließ Mutter und Tochter einige Sekunden Zeit, sich zu wappnen. »Selbst wenn du fünf Millionen Dollar auf der Bank hättest und es morgen überweisen könntest, gäbe es keine Garantie, dass Nathan sicher nach Hause zurückkehrt.«

Sie lenkte den Wagen auf die Straße und wartete, bis ihre Worte bei den beiden angekommen waren. Wenn man jemanden davon überzeugen wollte, seine Meinung zu ändern, war Stille das wichtigste Werkzeug. So bekam der andere Zeit, um über das Gesagte nachzudenken, über die Konsequenzen, die Hoffnungen und Ängste, die es auslöste. Der redegewandte Verkäufer mochte einen Kunden zum Kauf eines Staubsaugers bewegen, aber er konnte keinen potenziellen Selbstmörder von der Tat abbringen oder einen in die Ecke gedrängten Räuber, sich zu ergeben. Eden musste unbedingt verstehen, dass dies viel komplizierter als eine normale geschäftliche Transaktion war und es nicht nur darum ging, fünf Millionen Dollar gegen den Jungen einzutauschen.

Gabrielle brach als Erste das Schweigen. »Warum nicht? Wenn sie bekommen, was sie verlangen, wieso lassen sie ihn dann nicht gehen?«

»Das könnte daran liegen, dass Geld nicht alles ist, was sie wollen«, erläuterte Abby. »Es ist denkbar, dass sie ihn aus einem anderen Grund entführt haben und sich durch die Forderung nur Zeit verschaffen wollen.« Wenn sie sie nicht dazu zwangen, würde sie nicht deutlicher ausdrücken, was sie eigentlich dachte: *Möglicherweise wurde dein Bruder längst vergewaltigt und ermordet.*

»Aber er hat das Geld verlangt«, warf Eden ein. »Er hat es mehrfach erwähnt.«

»Was mir seltsam vorkommt«, sagte Abby. »Er hat Nathan in einem sehr kleinen Zeitfenster entführt, was mich vermuten lässt, dass er die Sache geplant, ihn beobachtet und vorher überwacht hat. Er kannte euch. Und ihr erweckt nicht den Anschein, als würdet ihr so viel Geld besitzen. Darum glaube ich, dass er an etwas anderem als dem Lösegeld interessiert ist.«

Die Straßen waren inzwischen deutlich leerer. Sie würden im Nullkommanichts bei Edens Haus angekommen sein.

»Es könnte auch sein, dass Nathan seine Entführer identifizieren kann«, fuhr Abby fort. »Er wurde am helllichten Tag auf der Straße entführt. Ich würde wetten, dass die Entführer keine Skimasken getragen haben. Warum sollten sie ihn gehen lassen, wenn er ihre Gesichter kennt?«

»Wieso sagen Sie uns das?« Gabrielles Stimme wurde immer schriller. »Wollen Sie uns Angst einjagen?«

»Ich sage euch das, weil wir alles uns Mögliche tun werden, um Nathan zurückzubringen, wie ich bereits sagte«, erwiderte Abby. »Aber das bedeutet noch lange nicht, dass wir alles tun, was die Entführer verlangen. Denn dadurch gewinnen wir rein gar nichts. Stattdessen können wir die Gespräche mit den Entführern nutzen, um uns Zeit zu verschaffen und mehr über das in Erfahrung zu bringen, was sie wollen, wer sie sind und wo sie sich aufhalten. Dabei werden wir gleichzeitig auch mit ihnen verhandeln. Sie dazu bringen, die Lösegeldforderung zu senken. Wir werden versuchen, sie zu überreden, uns mit Nathan sprechen zu lassen. Das könnte allerdings einige Zeit dauern, doch ich werde euch beistehen. Und ich bin sehr gut in meinem Job.«

Eden kamen die Tränen, und Abby fuhr schweigend weiter und ließ sie in Ruhe, damit sie sich mit der Situation vertraut machen konnte. Währenddessen warf sie einen Blick in den Rückspiegel, um nach Gabrielle zu sehen. Sie konnte nur die obere Gesichtshälfte des Mädchens erkennen, das mit leerem Blick in die Ferne starrte. Abby wurde einfach nicht schlau aus dem Mädchen. Sie konzentrierte sich auf die Straße und ging in Gedanken die nächsten Schritte durch. Die Entführer würden wieder anrufen, wahrscheinlich morgen, und es war am besten, wenn sie oder einer ihrer Kollegen den Anruf annahm. Sie wusste genau, was sie sagen und wann sie schweigen musste, wie sie nachhaken und den Anrufer am Reden halten konnte, damit er immer mehr das Gefühl bekam, alles unter Kontrolle zu haben.

Allerdings wussten die Entführer vermutlich nicht, dass Eden die Polizei eingeschaltet hatte, und so sollte es vorerst auch bleiben.

»Wir müssen über den nächsten Anruf reden«, sagte sie. »Wie du dich verhalten musst. Was du sagen und was du nicht sagen darfst.«

»Wann wird er denn wieder anrufen?«, fragte Eden.

»Das weiß ich nicht. Wir sollten damit rechnen, dass es relativ bald passieren könnte.« Abby trommelte mit den Fingern aufs Lenkrad. »Vor allem möchte ich, dass du versuchst, ganz ruhig zu klingen, wenn du mit ihm sprichst. Wenn der Entführer anruft, wird er gestresst und wachsam sein. Du darfst auf keinen Fall zusammenbrechen oder ihn anschreien, und wenn du angespannt klingst, macht das die Sache nur noch schlimmer. Dann reagiert er möglicherweise falsch.«

»Inwiefern falsch?«

»Es könnte passieren, dass er dann auflegt.« Abby fügte nicht hinzu, dass Nathan diesen Kontrollverlust schmerzhaft zu spüren bekommen konnte. »Wir wollen, dass er in der Leitung bleibt, okay? Damit wir versuchen können, ihn aufzuspüren und Polizisten zu dem Ort zu schicken, von dem aus er anruft.«

Eden nickte, und ihre Lippen bebten.

»Wenn das Telefon klingelt, darfst du nicht sofort rangehen. Ich möchte, dass du mehrmals tief Luft holst. Es kann ruhig ein paarmal klingeln, vielleicht acht Mal.«

»Und wenn er auflegt?«

»Das wird er nicht tun. Er will ja mit dir reden. Vergiss nicht, dass ihr beide etwas wollt, nicht nur du. Er wird es so hinstellen, als ginge es nur darum, dass du deinen Sohn zurückbekommst, aber für ihn steht auch eine Menge auf dem Spiel. Er wird warten, bis du rangehst. Lass es klingeln, atme und achte auf eine ruhige Stimme, okay?«

»Was ist, wenn er wissen will, warum es so lange gedauert hat?«

»Dann entschuldige dich und behaupte, du wärst auf der Toilette gewesen. Aber lass es nach einer Entschuldigung klingen, nicht nach Hysterie. Wir wollen ihm doch das Gefühl geben, die Kontrolle zu haben. Okay?«

»Okay.«

»Ich möchte, dass du vor jedem Satz tief Luft holst. Nutze diesen Atemzug, um darüber nachzudenken, was du sagen willst, und Ruhe zu bewahren.«

»Er könnte wütend werden, wenn ich nicht schnell genug antworte.«

»Das wird nicht passieren. Man ärgert sich nicht über jemanden, der sich Zeit lässt, das kannst du mir glauben. Das Wichtigste für ihn ist, dass du ihm das Gefühl gibst, ihm zuzuhören. Du musst also aufmerksam klingen. Es ist gut, Dinge zu sagen wie ›Verstehe‹, ›Okay‹ oder ›Alles klar‹. Du kannst auch seine letzten Worte wiederholen. Wenn er beispielsweise sagt ›Wir wollen fünf Millionen Dollar‹, kannst du erwidern ›Fünf Millionen Dollar‹.«

»Dann bekommt er ja den Eindruck, sie wäre völlig beschränkt«, warf Gabrielle vom Rücksitz aus ein.

»Das wäre gar nicht mal so schlecht«, erklärte Abby entschieden. »Das verstärkt nur seinen Eindruck, alles unter Kontrolle zu haben, und er wird mehr sagen, um sicherzugehen, dass du auch alles verstehst. Und damit er mehr redet, müssen wir ihm Fragen stellen, die mit ›Wie‹ oder ›Was‹ anfangen. Du kannst ihn beispielsweise fragen ›Wie soll ich Ihnen das Lösegeld besorgen, wenn ich nicht mal weiß, ob es meinem Sohn gut geht?‹ oder ›Wie soll ich Sie bezahlen?‹ oder ›Was ist, wenn ich das Geld nicht rechtzeitig besorgen kann?‹«

»Fragen.« Eden wirkte ganz benommen. »Das kann ich mir nie alles merken.«

Abby legte beruhigend eine Hand auf Edens Handgelenk. Eden sah sie bei der Berührung überrascht an, zog den Arm jedoch nicht weg.

»Wir gehen das alles noch mal durch, wenn wir bei dir sind«, versprach Abby. »Wir proben das ein paarmal, okay? Wir können sogar einen Übungsanruf machen, um zu sehen, wie gut du dich schlägst. Und es wird immer jemand bei dir sein, jedenfalls in den nächsten Tagen, um dich zu unterstützen, wenn sie anrufen.«

»Die ganze Zeit?«

»Ja«, erwiderte Abby entschieden. »Wir machen das schichtweise. Aber du musst jemanden bei dir haben.«

»Aber wer bleibt heute Nacht bei mir?«

Abby wollte zuerst antworten, dass sie herumhorchen würde, wer verfügbar war. Die Worte lagen ihr schon auf der Zunge, als sie Eden einen Seitenblick zuwarf, die sie flehentlich ansah.

Verdammt!

»Ich bleibe heute Nacht in deinem Haus – bis morgen früh«, sagte sie resigniert. »Und dann sehen wir weiter, okay?« Sie würde ihre Eltern anrufen und Bescheid sagen müssen. Die Kinder wollten ohnehin bei ihnen übernachten.

Eden rutschte ein Stück zur Seite und drückte Abbys Hand. »Vielen Dank, dass du uns hilfst.« Ihre Stimme war kaum lauter als ein Flüstern.

Kapitel 13

Die Haare des Mädchens waren vom Schlafen ganz zerzaust, und es war offensichtlich verwirrt und verängstigt, weil man es geweckt hatte. Detective Jonathan Carver musste sich hinknien, um Daniela Hernandez zu befragen, und sie hielt dabei die ganze Zeit die Hand ihrer Mutter. Er hatte diese Geste schon immer als sehr niedlich empfunden. Als würden sie sich allein dadurch, dass sie die Hand eines Elternteils hielten, vor Gefahren schützen. Vielleicht hatten sie damit sogar recht. Hätte Nathan Fletcher die Hand seiner Mutter in der Nähe gehabt, als man ihn entführt hatte, wäre es vermutlich nie zu der Tat gekommen.

»Daniela«, begann Carver. »Gehst du nach der Schule zusammen mit Nathan Fletcher nach Hause?«

»Nein.«

Carver blinzelte. »Steigt ihr an derselben Bushaltestelle aus?«

»Ja.«

»Und ihr geht in dieselbe Richtung?«

Sie wischte sich die Nase an der Bluse ihrer Mutter ab. »Ja.«

Ein wichtiger Unterschied. Sie waren nicht zusammen nach Hause gegangen, sondern nur zufälligerweise Seite an Seite in dieselbe Richtung gelaufen. »Hast du ihn heute nach der Schule gesehen?«

Daniela blickte zu ihrer Mutter auf. »Ich will ins Bett.«

»Gleich«, erwiderte ihre Mom. »Beantworte die Fragen des netten Mannes.«

Bei ihr klang es allerdings nicht so, als würde sie ihn auch nett finden. Offensichtlich mochte Mrs Hernandez keine Polizisten. Daniela starrte ihn an und sagte nichts.

Carver unterdrückte ein Seufzen. »Hast du Nathan heute gesehen, als er aus dem Schulbus ausgestiegen ist?«

»Ja.«

»Und du hast gesehen, wie er nach Hause gegangen ist?«

»Ja.«

»Hat er mit jemandem gesprochen?«

Sie runzelte die Stirn. »Nein.«

»Hast du gesehen, dass er auf jemanden zugegangen ist? Oder auf einen Wagen?«

»Nein. Er ist nach Hause gegangen.«

»Hast du irgendwelche Erwachsenen in der Gegend gesehen?«

Sie runzelte die Stirn und schüttelte dann energisch den Kopf.

»Und als du zu Hause warst, ist er allein weitergegangen?«

»Ja.«

»Hast du da jemanden gesehen? Ist vielleicht ein Auto vorbeigefahren?«

»Ich hab Mommy gesehen. Sie stand in der Küche. Sie hat Erbsensuppe gekocht.« Ihre Miene gab ihm eindeutig zu verstehen, dass Erbsensuppe durchaus als etwas Verdächtiges anzusehen war. Danielas Meinung nach sollte die Polizei den Erbsensuppenvorfall besser mal genauer untersuchen.

Carver stand auf. »Um wie viel Uhr kam Daniela heute nach Hause?«

»Ich glaube, so wie immer. So gegen vier«, antwortete die Mutter.

»Die genaue Zeit wissen Sie nicht?«

»Ich habe nicht auf die Uhr geschaut. Aber sie kommt immer gegen vier.«

»Okay. Danke, Mrs Hernandez. Entschuldigen Sie bitte die späte Störung.« Carver schenkte Daniela ein Lächeln. »Vielen Dank, Daniela. Du hast mir sehr geholfen.«

Daniela umklammerte die Hand ihrer Mutter nur noch fester. Carver nickte den beiden zu und verließ das Haus. Er steckte die Hände in die Taschen, ging an dem Halloween-Skelett vorbei, das an der Haustür hing, und durchquerte den kleinen Vorgarten, um auf den Bürgersteig zu gelangen. Anstatt direkt zum Nebenhaus zu gehen, starrte er den Baum vor sich an, während sein Atem in der kühlen Luft kondensierte.

Monika hatte immer gesagt, dass er manchmal »stecken blieb«. Er zog sich das Hemd an, um dann auf einmal mit dem Arm in einem Ärmel zu verharren und reglos zur Wand zu blicken. Oder er machte den Abwasch und hörte plötzlich auf, drehte den Wasserhahn jedoch nicht zu. Das hatte sie immer an den Rand des Wahnsinns getrieben – so wie viele andere Dinge an ihm auch. Vielleicht hatte sie ihn deshalb letzten Endes verlassen.

Die falschen Kürbisse und Spinnen, mit denen vereinzelte Vorgärten und Gartenzäune hier an der Straße dekoriert waren, kamen Carver ausgesprochen deplatziert vor. Die Bewohner mussten ihre Gegend doch nicht mit nachgemachtem Grauen verschönern, wo doch die wahre Angst in ihr Leben eingedrungen war. Nur wenige Stunden zuvor war Nathan über diesen Bürgersteig gelaufen, so wie er es Hunderte, wenn nicht gar Tausende Male zuvor auch getan hatte. Er hatte seinen normalen Alltag erlebt. Und dann war etwas eingedrungen und hatte ihn mitgenommen. Die Illusion von Sicherheit war zerstört worden.

Der Halloweenabend würde hier in diesem Jahr deutlich angespannter ablaufen, und die meisten Eltern ließen ihre Kinder garantiert nicht aus den Augen.

»Carver.« Ein Streifenpolizist trat auf ihn zu. »Wir haben etwas entdeckt. Der Mann auf der anderen Straßenseite hat gesehen, wie Nathan in ein ihm unbekanntes Auto gestiegen ist.«

Ja! Sie waren bereits den halben Block von Tür zu Tür gegangen, jedoch ohne Erfolg. Daniela Hernandez war bisher ihre beste Augenzeugin. Nun hatten sie endlich etwas Besseres. Carver folgte dem Officer zu einem kleinen Haus in der Nähe der Straßenecke. Die Veranda war nicht erleuchtet, und Carver konnte nur vage die Umrisse eines herumliegenden Gartenschlauchs und einer Harke auf dem Boden ausmachen. Der Officer klopfte an die Tür, die sofort aufging, als hätte der Mann auf der anderen Seite mit der Hand auf dem Türknauf auf sie gewartet.

»Mr Doyle, das ist Detective Carter«, stellte der Officer ihn vor.

Doyle – blass, groß und dünn – erwiderte: »Na, wie ich dem Officer bereits sagte, habe ich gesehen, wie Nathan …«

»Könnten wir uns vielleicht im Haus unterhalten, Sir?«, bat Carver höflich.

Doyle zögerte eine Sekunde. »Klar, kommen Sie rein.«

Carver und der Officer betraten das Haus. Doyle schloss die Tür hinter ihnen. Das Haus wirkte karg und schlecht gepflegt. Carver sah einen überquellenden Aschenbecher auf einem kleinen Holztisch im Wohnzimmer. Ein einzelner beigefarbener Ohrensessel stand vor einem Fernseher, und viel mehr gab es im Raum auch nicht zu sehen. Die Luft war stickig, jedes Fenster verhangen, jede Tür geschlossen.

»Wie ich dem Officer bereits sagte«, wiederholte Doyle, »habe ich den kleinen Jungen in ein Auto steigen sehen.«

»Gut.« Carver zückte fast schon zeremoniell sein Notizbuch. Er brauchte es eigentlich nicht, da er das Gespräch auch aufzeichnete, aber das Notizbuch bewirkte, dass die Leute besser aufpassten. »Wie lautet Ihr voller Name?«

»Frank. Frank Doyle.«

»Okay, Frank. Wann war das?«

»Um zwei Minuten vor vier. Ich war in der Küche und hab mir eine frische Kanne Kaffee gekocht, und da hab ich aus dem Fenster gesehen. Mir fiel der Wagen auf, er hat gleich meine Aufmerksamkeit erregt.«

»Warum fiel Ihnen der Wagen auf?«

»Ich kenne die Autos aller Leute, die hier in der Gegend wohnen, und es war keins davon. Es sah irgendwie schmutzig aus. Und es hielt mitten auf der Straße an.«

»Schmutzig?«

»Genau. Als wäre der untere Teil mit Schlamm bespritzt.«

»Was war es für ein Wagen?«

»Er war weiß.«

»Konnten Sie die Marke erkennen?«

»Ich weiß wirklich nicht viel über Autos.«

»Was ist mit dem Kennzeichen?«

»Das konnte ich nicht erkennen, dafür war es zu weit weg. Aber es war voller Schlamm.«

»Und was ist dann passiert?«

»Der Fahrer hat mit dem Jungen geredet.«

»Mit welchem Jungen?«

»Nathan Fletcher.«

»Sind Sie sicher, dass er es war?«

»Ich wohne hier seit drei Jahren«, erklärte Frank. »Und ich kenne die Fletcher-Familie. Es war Nathan Fletcher.«

»Der Fahrer hat also am Straßenrand angehalten und mit Nathan gesprochen. Was ist dann passiert?«

»Sie haben sich ein oder zwei Minuten unterhalten. Dann ist Nathan eingestiegen.«

»Sind Sie sicher, dass Nathan eingestiegen ist? Der Fahrer hat ihn nicht in den Wagen gezerrt?«

»Ich bin mir sicher. Der Fahrer hat die Beifahrertür geöffnet, und Nathan ist eingestiegen.«

»Können Sie den Fahrer beschreiben?«

»Ich konnte ihn nicht sehr gut erkennen. Aber ich bin mir ziemlich sicher, dass es ein Weißer war.«

»Konnten Sie sein Alter erkennen? Irgendwelche besonderen Kennzeichen?«

»Nein. Der Wagen stand ganz schön weit weg. Durch das Küchenfenster konnte ich nicht viel sehen. Und Nathan hat gelächelt, als er sich mit dem Kerl unterhalten hat, daher dachte ich, er würde ihn vielleicht kennen.«

Carver schrieb sich alles auf und nutzte die Zeit, um darüber nachzudenken. Später würde er dem Mann einige Automodelle zeigen in der Hoffnung, dass es tatsächlich eins davon gewesen war. Wenn Nathan den Mann kannte, dann schränkte das den Kreis der Verdächtigen deutlich ein. War es ein Verwandter? Ein Lehrer? Der Vater eines Freundes?

»Dürfte ich mal durchs Küchenfenster sehen?«

»Sicher.« Doyle führte ihn in die Küche. Der Geruch von abgestandenem Essen und verbranntem Öl hing in der Luft. Der Mann deutete auf das Fenster, eine dreckige rechteckige Glasscheibe, die zur Straße zeigte.

»Wo genau stand der Wagen, als Sie ihn gesehen haben?«

Doyle zeigte durch das Fenster. »Sehen Sie den Baum da vorn? Neben der Mülltonne? Da.«

Nur wenige Schritte von zu Hause entfernt. Carver spähte hinaus. Damit er den fraglichen Baum sehen konnte, musste er sich nach links beugen. Doyle hatte nicht einfach nur aus dem Fenster geguckt, wie er behauptete. Er musste sich unangenehm weit über die Arbeitsplatte beugen, um das Gespräch zwischen Nathan und dem Fahrer zu sehen. Etwas musste ihm komisch vorgekommen sein. Wenn er Eden Fletcher gleich angerufen hätte …

Doch Carver hatte schon häufiger erlebt, dass Menschen nur ungern eine Szene machten. Sie wollten nicht den Anschein erwecken, als würden sie die Nase in Dinge stecken, die sie nichts angingen. Frank Doyle hatte sich bestimmt gesagt, dass alles mit rechten Dingen zuging und Nathan nur von seinem Onkel abgeholt wurde. Wäre es dann nicht dämlich gewesen, Eden Fletcher hysterisch anzurufen und ihr mitzuteilen, dass Nathan gerade mit einem Fremden weggefahren war?

Danach hatte er seinen Tag fortgesetzt. Während Nathan Fletcher verschwunden war.

KAPITEL 14

Eden war sich nicht sicher, warum sie überhaupt im Bett lag. Weil es nun mal Routine war? Oder wollte sie Gabrielle mit gutem Beispiel vorangehen? Denn an Schlaf war überhaupt nicht zu denken. Obwohl es schon spät war, konnte sie nicht verhindern, dass sich ihre Gedanken im Kreis drehten. Sie gaben einfach keine Ruhe.

Nathan musste schreckliche Angst haben, gefangen an einem fremden Ort mit schrecklichen Männern. Ihr süßer Nathan, der nach Disneys »Der König der Löwen« drei Nächte in Folge Albträume gehabt hatte, wurde in einem Keller, einem dunklen Zimmer oder irgendwo in einem Käfig festgehalten und rief nach seiner Mom.

Hatte sie ihren Sohn zum Tode verurteilt, weil sie zur Polizei gegangen war? Möglicherweise befand er sich gar nicht mehr in einem Keller. Vielleicht hatte man seine Leiche längst in irgendeinen Straßengraben geworfen. Was wäre passiert, wenn sie früher von seinem Verschwinden erfahren hätte? Man hatte ihn über zwei Stunden, bevor sie nach Hause gekommen war, entführt. Warum musste sie auch jeden Tag bis halb sechs arbeiten? Wenn sie doch nur ausdauernder nach einem Job gesucht hätte, bei dem sie früher Feierabend machen konnte … Vielleicht wäre sie dann da gewesen und hätte bemerkt, dass er nicht nach Hause kam, und wenn sie rechtzeitig die Polizei gerufen hätte, wäre Nathan jetzt längst wieder bei ihr.

Es wäre so wunderbar gewesen, ihn wieder zu Hause zu haben. Sie malte sich aus, wie es wäre, wenn er jetzt heimkam. *Mom, ich bin aus dem Fenster geklettert, und eine nette Frau hat mich nach Hause gefahren.* Sie stieß ein leises Wimmern aus und wusste selbst, dass das nicht passieren würde.

Verzweifelt versuchte sie, an etwas anderes zu denken, an das, was sie sagen würde, wenn die Entführer wieder anriefen, oder was sie unternehmen konnte, um das Lösegeld aufzutreiben. Doch ihre Gedanken kehrten immer wieder zu Nathan zurück.

Irgendwann mitten in der Nacht ging sie in Nathans Zimmer, legte sich in sein Bett und drückte seinen Plüsch-Yoda an sich. Das Bett roch nach ihm, und sie schloss die Augen und konnte sich fast vorstellen, wie er hier neben ihr lag. Er zog sich beim Schlafen immer die Decke bis unter die Nase.

Hatten sie ihm eine Decke gegeben? Oder lag er zitternd vor Kälte da? Wut stieg in ihr auf, gefolgt von Hilflosigkeit.

Erst jetzt ging ihr auf, dass sie heute Geburtstag hatte. Solange sie denken konnte, waren Geburtstage stets eine Enttäuschung gewesen. Die Realität entsprach nie ihren Erwartungen. Aber kein Geburtstag kam auch nur ansatzweise an diesen heran. Höchstwahrscheinlich würde sie ihren Geburtstag nie wieder feiern. Von jetzt an wäre der Tag mit dem Schlimmsten befleckt, was je passieren konnte.

Um drei Uhr früh ging sie in die Küche, um sich ein Glas Wasser zu holen. Gab man Nathan auch genug zu trinken? Und ausreichend zu essen? Oder hatte er nicht nur Angst, sondern musste auch hungern?

Zu ihrem Erstaunen war Abby wach und saß im Dunkeln am Küchentisch. Sie hatte ihren Laptop vor sich stehen, und der Bildschirm tauchte ihr Gesicht in geisterhaft blasses Licht.

Ihre Frisur war etwas in Unordnung geraten, und ein Ohr ragte aus dem Haar heraus. Abby hatte schon immer große Ohren gehabt, die abstanden und Aufmerksamkeit erregten. Selbst als kleines Kind hatte sie ihre Ohren stets sorgfältig unter ihrem Haar verborgen. Und die anderen Kinder hatten sie deswegen verspottet und sie Dumbo genannt.

Abby drehte sich zu ihr um, und Eden schoss das Blut in die Wangen, als ob Abby ihre Gedanken hören konnte.

»Entschuldige«, murmelte sie betreten. »Ich wollte mir nur ein Glas Wasser holen.«

»Du musst dich nicht entschuldigen«, erwiderte Abby sanft. »Es ist dein Haus.«

Sie sprach schon die ganze Zeit so besänftigend und leise. War sie als Kind auch so gewesen? Eden hatte Abihail anders in Erinnerung, eher schreiend und ständig plappernd.

Nachdem sie sich ein Glas Wasser eingeschenkt hatte, wollte sie schon in ihr Schlafzimmer zurückgehen. Doch dort oben warteten nur weitere endlose Stunden, in denen sie wach lag, sich von einer Seite auf die andere drehte und ebenso sinnlosen wie reumütigen Gedanken nachhing. Hier in Abbys Gesellschaft schien sich ihr Verstand zu beruhigen, zumindest ein bisschen. Abby erweckte den Anschein, als hätte sie alles unter Kontrolle. Sie wusste, was zu tun war, und hatte so eine Situation schon häufiger erlebt.

Eden setzte sich ihr gegenüber an den Tisch und nippte zaghaft an ihrem Glas. »Ich konnte nicht schlafen.«

Abby nickte. »Alles andere hätte mich auch überrascht. Morgen solltest du dir vielleicht ein Schlafmittel besorgen. Die nächsten Tage werden sehr schwer, und du brauchst Ruhe.«

Die nächsten Tage. »Wie lange dauert so eine Entführung üblicherweise?«, erkundigte sie sich.

»Das ist ganz unterschiedlich. Einige sind schnell vorbei, andere ziehen sich länger hin.« Abby klappte seufzend den

Laptop zu. »Sie rufen bestimmt morgen an. Bist du bereit dafür?«

Eden würde nie das Gefühl haben, dafür bereit zu sein. Am liebsten hätte sie diese Aufgabe jemand anderem übertragen. Vielleicht konnte Abby ja den Anruf annehmen und so tun, als wäre sie Eden. Doch das hätten die Entführer gemerkt. Und dann brachten sie Nathan um. »Ja, ich bin bereit. Stell Fragen. Achte auf einen ruhigen Tonfall. Hol tief Luft, bevor du etwas sagst.«

»Ganz genau.«

Eden trank noch einen Schluck Wasser. »Oh, ich habe dir gar nichts angeboten …«

»Schon okay.« Abby deutete auf zwei Tassen auf der Arbeitsplatte. »Ich habe mir vorhin einen Tee gemacht.«

»Abihail …«

»Nenn mich nicht so.« Auf einmal klang Abby gar nicht mehr so freundlich. »Das ist nicht mein Name.«

»Entschuldige. Ich mag Abby.«

»Ich auch. Darum habe ich mich dafür entschieden.«

»Hast du Kinder?«, fragte Eden.

»Zwei, wie du.« Abby schenkte ihr ein Lächeln. »Einen Jungen und ein Mädchen.«

Dann musste Abby ja wissen, was Eden durchmachte. »Bist du verheiratet?«

»Nein, geschieden. Was ist mit dir? Wer ist der Vater deiner Kinder?«

»Ein Mann, den ich damals kennengelernt habe. Es hat nicht funktioniert.« Eden wollte unbedingt das Thema wechseln. »Was ist passiert, nachdem … nachdem wir die Wilcox-Familie verlassen hatten?«

Abby erstarrte kurz. War Eden zu weit gegangen? Es war doch offensichtlich, dass Abby nicht über diesen Teil ihres Lebens sprechen wollte. Sie spannte die Kiefermuskeln an und bekam glasige Augen, als würde die Frage dunkle Erinnerungen heraufbeschwören.

»Sie haben mich in eine Pflegefamilie gesteckt«, antwortete Abby schließlich. »Das Paar hat mich später adoptiert.«

»Oh.« Eden verspürte einen Hauch von Eifersucht. »Waren sie nett?«

Abby lächelte. »Sehr sogar. Meine Mom ist im Augenblick bei meinen Kindern und passt auf sie auf. Was ist mit dir?«

»Ich wurde nicht adoptiert. Aber die fünfte Pflegefamilie, zu der ich kam, war wirklich in Ordnung, und dort bin ich bis zum Schulabschluss geblieben.« Das war eine lächerliche Zusammenfassung ihres sehr turbulenten Lebens. Aber es reichte aus, um Abby »auf den neuesten Stand zu bringen«. Als könnten sie jetzt, wo sie beide grob über die Zeit seit ihrer letzten Begegnung gesprochen hatten, wieder so tun, als wäre nichts passiert.

»Wie bist du in New York gelandet?«, erkundigte sich Abby. »Ich dachte, du würdest eine ländlichere Gegend vorziehen.«

Eden runzelte die Stirn. »Wieso denn das?«

»Du hast fast die ganze Zeit in den Wildblumenfeldern hinter der Farm verbracht.«

Bei der unverhofften Erinnerung hätte sie beinahe gelächelt, doch schon machten sich Schuldgefühle in ihr breit. Hier saß sie nun und führte eine Unterhaltung, während ihr Sohn von böswilligen Fremden festgehalten wurde. »Das mit den Feldern hatte ich ganz vergessen.« Ihre Stimme brach leicht. »Als Vater merkte, dass ich dort so viel Zeit verbrachte, hat er sie Garten Eden genannt, weißt du noch?«

Abby nickte. »Sie waren wunderschön.«

»Waren sie das?« Auf einmal wollte Eden nicht mehr einfallen, wie es dort ausgesehen hatte. Da war nur noch das Gefühl der körnigen Erde zwischen den Fingern und der Geruch des feuchten Bodens, wenn es geregnet hatte.

»Ja, das waren sie.« Abby lächelte traurig.

»Ich hätte wirklich in eine ländlichere Gegend ziehen sollen. Eine Zeit lang wohnte ich in einer, aber dann bin ich hier gelandet. Würde ich irgendwo anders wohnen, wäre Nathan nicht …«

»Gib dir nicht die Schuld.«

Jetzt, wo sie einmal damit angefangen hatte, konnte sie nicht wieder aufhören. »Glaubst du, Nathan wäre jetzt zu Hause, wenn ich die Polizei gerufen hätte, als mir der Mann auf der Straße zum ersten Mal aufgefallen ist?«

»Das weiß ich nicht.«

Sie hätte es tun sollen. Ebenso hätte sie auf die nähere Bushaltestelle bestehen sollen. Und sie hätte sich einen Job suchen müssen, bei dem sie zu Hause war, wenn ihr Sohn aus der Schule kam. Ein ganzer Wust aus schrecklichen Fehlern und Augenblicken der Schwäche hatten zur Entführung ihres Sohnes geführt.

»Eden«, sagte Abby. »Ich muss dich das fragen. Hast du meine Nummer von Isaac?«

Eden zögerte. »Ja. Nachdem ich dich in den Nachrichten gesehen hatte, wollte ich Kontakt zu dir aufnehmen. Zuerst wollte er mir die Nummer gar nicht geben. Er sagte, du hättest die Vergangenheit hinter dir gelassen, und konnte sich nicht vorstellen, dass du dich freuen würdest, von mir zu hören.«

Abby machte nicht den Anschein, als wollte sie ihr widersprechen. Eden stieß die Luft aus. »Nach einiger Zeit hatte ich ihn doch überzeugt, sie mir zu geben, aber ich musste ihm versprechen, dass ich ein paar Nächte darüber schlafe, bevor ich dich anrufe. Und dann habe ich es doch nicht durchgezogen. Mich bei dir zu melden, meine ich.«

Abby nickte und wirkte auf einmal sehr angespannt.

»Wir chatten jede Woche«, fuhr Eden fort. »Und früher haben wir uns Briefe geschrieben. Er war gewissermaßen mein Brieffreund.«

»Bei mir war es genauso«, gab Abby zu. »Anfangs wollte ich den Kontakt gar nicht aufrechterhalten, sondern alles hinter mir lassen. Aber er hat mir immer wieder geschrieben, und irgendwann gab ich nach.«

»Es war gut, dass er darauf bestanden hat«, meinte Eden. »Die Familie ist das Allerwichtigste.«

»Das war keine Familie«, widersprach Abby. »Das weißt du doch.«

»Für mich war es eine Familie«, entgegnete Eden abwehrend.

»Das redest du dir nur ein. Es war nie eine Familie.« Abbys Tonfall wurde erneut schneidend. »Und Moses Wilcox war nie Vater. Es war eine Sekte, die von Moses Wilcox erschaffen worden war. Und letzten Endes hat er alle mit in die Hölle genommen.«

Kapitel 15

Nachdem Eden zu Bett gegangen war, saß Abby reglos auf ihrem Stuhl und starrte den Laptopbildschirm an. Längst vergessen geglaubte Erinnerungen stiegen wieder hoch. Sie konnte es deutlich spüren, wie einzelne Bruchstücke auftauchten – eine Suppenschüssel im Speisesaal, das Lachen ihrer leiblichen Eltern, wenn sie etwas Lustiges sagte, ihr Sonntagskleid, das ausgebreitet auf dem Bett lag, ganz weiß und sauber. Aber dahinter lauerten noch andere Erinnerungen. Nicht die, die sie vergessen hatte, sondern jene, die sie unterdrückte und in den hintersten dunklen Winkel ihres Verstands verbannt hatte. Jetzt, wo der Damm brach, würden auch sie an die Oberfläche kommen.

Es war fast so, als hätte das Gespräch über den Garten Eden den Ausschlag gegeben. Allein die Erwähnung rief bereits die Gerüche herauf. Der süße Duft der Blumen, um die sich Eden gekümmert hatte. Was war das doch gleich? Abby erinnerte sich an lilafarbene Blüten – Lavendel? Und unter diesem Duft lag noch etwas anderes, ein Gestank, der dort nicht hingehörte.

Hühnerfutter.

Die plötzliche Erkenntnis raubte ihr den Atem. Die Wilcox-Gemeinde hatte sich in der Nähe eines Geflügelfuttermittelherstellers befunden, und an manchen Tagen roch alles nach fermentiertem Korn, wenn der Wind richtig stand.

Was hatte ihre Mom immer gesagt?

Es riecht wie …

»… wie die Achselhöhle eines Stinktiers«, sagte Mommy. »Wir stehen bis zu den Knien in Blumen, aber ich rieche nichts als diesen schrecklichen Chemiegestank.«

Sie hatte zwei große Eimer in den Händen, als sie über das Feld ging. In ihrem Gürtel steckte eine Schere. Hin und wieder blieb sie stehen und schnitt einige Blumen ab, steckte sie in den Eimer und ging weiter.

Abihail folgte ihr und hatte eine Handvoll Blumen in der Faust. Sie hatte stets große Freude daran, mit Mommy Blumen zu pflücken. Später würde Mommy aus den gepflückten Blumen wunderschöne Sträuße binden, und ihr Daddy würde sie im Blumenladen der Wilcox-Familie in der nahe gelegenen Stadt verkaufen. Vater Wilcox sagte manchmal, Mommy sei ein Genie, was Schönheit und Farben anging. Und wenn er das sagte, schwoll Abihails Brust vor lauter Stolz.

Sie pflückte noch eine Blume, eine kleine gelbe, und fügte sie ihrem Sträußchen hinzu. Bienen summten um sie herum. Einige Wochen zuvor war sie von einer Biene gestochen worden, und danach hatte sich Abihail geweigert, wieder auf die Felder zu gehen – bis Vater Wilcox sagte, dass sie es tun müsse. Er hatte ihr erklärt, dass Bienen Gottes Werk taten und die Schönheit in der Welt verbreiteten. Und wenn sie von einer Biene gestochen wurde, dann tat die nur Gottes Werk und es war vermutlich eine kleine Strafe für Abihails unreine Gedanken.

Abby ballte die Fäuste, als immer mehr Bilder vor ihrem inneren Auge auftauchten. Sie hatte ganz vergessen, dass die Familie ein Blumengeschäft besaß. Aber das ergab natürlich Sinn. Die perfekte Fassade für das, was wirklich auf der Farm vor sich ging. Und Abbys leibliche Eltern waren diejenigen gewesen, die diese Fassade aufrechterhielten. In der Wilcox-Familie trug jeder etwas bei und hatte eine Aufgabe. Selbst die Kinder …

… spielten Verstecken. Eden zählte laut und drückte die Nase gegen einen großen Baum. Abihail stand wie erstarrt da und wusste nicht, wo sie sich verstecken sollte. Eden fand sie sowieso immer, selbst wenn sie sich noch so große Mühe gab.

Eine Hand nahm die ihre.

»Komm!« Isaac zog sie mit sich und zeigte beim Grinsen seine hervorstehenden Zähne.

Sie lief ihm hinterher durch die Blumen, und Farben rauschten an ihr vorbei: Lila, Gelb, Rot und Rosa. Während sie versuchte, mit ihm Schritt zu halten, kam sie ein paarmal ins Stolpern. Er lief immer so schnell, als wollte er den Wind einholen.

Als er sie in ein Feld mit so hohen Blumen führte, dass sie sie glatt überragten, zögerte sie. Doch er ging weiter, bis er ganz dazwischen verschwunden war. Grüne Mauern umschlossen sie auf allen Seiten. Nach einigen Schritten blieben sie stehen, und Isaac legte sich auf den Rücken. Abihail legte sich neben ihn und blickte hinauf zum blauen Himmel und zu den rosafarbenen Blumen, die sich über ihnen im Wind wiegten.

»Glaubst du, sie findet uns hier?«, flüsterte sie.

»Selbst wenn Eden den ganzen Tag sucht, entdeckt sie uns hier nicht.« Isaac blickte grinsend zu ihr herüber und runzelte dann die Stirn. »Was ist das?« Er streckte eine Hand aus und hob einen Gegenstand auf, der neben ihrem Kopf auf dem Boden gelegen hatte.

Abihail sah sich das Objekt an. Es war ein kleiner Metallzylinder. Der eine Teil war bräunlich, der andere golden und glänzte in der Sonne.

»Vielleicht ein uraltes heiliges Relikt«, überlegte sie laut. »Wie Vaters Stab.«

»Das ist kein heiliges Relikt, Dummerchen.« Isaac drehte den Gegenstand zwischen Zeigefinger und Daumen.

»Wieso nicht?«

»Weil es nicht alt ist. Das ist eine Patrone, Dumbo.«

Abihail schniefte bereits. Es war schon schlimm genug, Dummerchen genannt zu werden, aber dann auch noch Dumbo, und ausgerechnet von Isaac …

»Ach, jetzt fang nicht an zu heulen, sonst hört uns Eden noch.« *Isaac reichte ihr die Patrone. »Hier. Du kannst sie behalten. Bewahr sie bei deinen Schätzen auf.«*

Abihail stieß zittrig die Luft aus und wischte sich über die Augen. »Wirklich?« *Sie starrte das kleine, glatte Objekt an. »Ist das Gold?«*

»Nein, die Hülle besteht aus Messing.«

»Wird sie explodieren?« *Sie konnte den Blick nicht davon abwenden.*

»Nein, mach dir keine Sorgen, das ist …«

»Gefunden!« *Edens triumphierende Stimme direkt neben ihnen …*

Abby schüttelte den Kopf und blinzelte mehrmals. Zu ihrem Erstaunen hatte sie Tränen in den Augen, als wären sie von den jahrzehntealten Erinnerungen herausgequetscht worden.

Was war aus dieser Patrone geworden? Und ihrer Schatzkiste? Jetzt erinnerte sie sich auch wieder an ihre Kiste, die sie unter ihrem Bett versteckt hatte und in der sie alles aufbewahrte, was sie fand – einen lustig aussehenden Stein, eine Metallfeder. Echte Kindheitsschätze.

Sie nahm ihr Handy, rief den Chat mit Isaac auf und merkte dann, dass es vier Uhr früh war. Ob er sich wohl daran erinnerte, wie sie Verstecken gespielt hatten? Immerhin war er damals viel älter gewesen. Abby mit ihren knapp sieben…

…einhalb. Doch die größeren Kinder hatten sich bereit erklärt, sie mitspielen zu lassen. Und jetzt musste sie zählen. Sie hielt sich die Augen zu und zählte laut.

»Eins … zwei … drei …«

Sie hörte die Schritte der Kinder, die wegliefen und sich ein Versteck suchten. Leises Kichern, und dann nur noch das Rauschen des Windes.

»… sieben … acht …«

Vorsichtig spähte sie durch die Finger, konnte jedoch niemanden sehen. Rasch kniff sie die Augen wieder zu, zählte weiter und befühlte die Patrone in ihrer Tasche.

»… neunzehn … zwanzig!«

Sie schlug die Augen auf, und ihr Lächeln verblasste.

Vater Wilcox stand vor ihr. Sein langes schwarz-graues Haar flatterte im Wind, und er kniff die kalten Augen zusammen. Hatte sie zu laut gezählt? Oder wusste er etwa von der Patrone?

»Abihail.« Sie konnte ihm anhören, dass es Ärger geben würde. »Was machst du da?«

»Wir spielen Verstecken«, antwortete sie kleinlaut. Auf einmal war sie sich nicht sicher, ob das überhaupt erlaubt war. Galt Verstecken spielen etwa als Sünde?

»Sieh dir deine Hände an.«

Sie tat es. Ihre Hände starrten vor Schmutz. O nein!

»Und du hast dir damit ins Gesicht gefasst«, fuhr Vater fort.

»Es tut mir leid.«

»Du hast die ganzen Keime um deinen Mund, deine Augen und deine Nase verteilt. Du lässt zu, dass Satan in deinen Körper kriechen kann.«

Sie glaubte zu spüren, wie sie über ihr Gesicht krabbelten, und fing an zu weinen.

»Es steht dir nicht zu, deinen Körper zu entweihen!«, brüllte Vater. »Du bist als die Mutter der Kinder des Messias auserkoren.

Möchtest du, dass deine Kinder von Keimen und Dreck verdorben werden?«

»Ich gehe sie waschen«, stieß Abihail hervor. »Ich wasche sie sofort.«

»Tu das.« Vater kniete sich vor sie hin und sah sie mit seinem durchdringenden Blick an. »Und entschuldige dich dabei. Entschuldige dich bei Gott. Entschuldige dich bei mir. Entschuldige dich bei deinen zukünftigen Kindern. Entschuldige dich bei allen …«

Abby stieß die Luft aus und bohrte die Fingernägel tief in die Handflächen. Sie war nicht bereit für diese Erinnerungen. Nicht jetzt. Vielleicht niemals.

Kapitel 16

Abby unterdrückte ein Gähnen, das dritte an diesem Morgen. Sie hatte eine schreckliche Nacht hinter sich. Nachdem sie gegen fünf endlich eingeschlafen war, hatte sie lauter Albträume gehabt.

Sie sah auf die Uhr. Wo blieb ihre Ablösung? Sie wollte nach Hause fahren und schnell duschen, bevor sie zur Arbeit musste, aber Eden sollte auch nicht allein bleiben. Unauffällig musterte sie die Frau, die mit glasigen Augen auf der Couch saß. Eden nahm immer wieder ihr Handy zur Hand, als wollte sie sich vergewissern, dass es eingeschaltet war und Empfang hatte.

Als es klingelte, schraken sie beide zusammen. Eden riss ängstlich die Augen auf. Abby warf rasch einen Blick auf den Laptopbildschirm, auf dem die Nummer des Anrufers angezeigt wurde. Es war nicht dieselbe wie am Vortag und auch keine von Edens Kontakten.

Abby setzte sich schnell neben Eden auf die Couch und stellte sich den Laptop auf den Schoß. »Vergiss nicht, Fragen zu stellen. Achte auf deinen Tonfall. Wenn ich deine Hand drücke, sollst du eine Pause machen und tief Luft holen, um dich zu sammeln, okay?«

Eden nickte, und ihre Lippen zitterten. Gabrielle kam ins Wohnzimmer geeilt und stellte sich neben die Couch, sodass sie ihre Mutter im Blick hatte. Abby setzte die Kopfhörer auf und nahm Edens schweißnasse Hand, die sie leicht drückte. Eden holte tief Luft und ging nach dem sechsten Klingeln ran.

»Hallo?« Ihre Stimme bebte.

»Das hat aber lange gedauert«, beschwerte sich eine metallische Stimme. Eden hatte sie als durch und durch böse beschrieben, doch nun bestätigte sich Abbys Vermutung, dass die Entführer einen Stimmenverzerrer benutzten. Sie beobachtete den Ausschlag der Schallwellen auf dem Bildschirm und wusste, dass auch jemand in der Einsatzzentrale zuhörte und versuchte, die Verzerrung rückgängig zu machen und die Position des Anrufers zu bestimmen. Je länger das Gespräch dauerte, desto besser.

»Tut mit leid, ich … ich war im Badezimmer«, stammelte Eden.

Abby drückte wieder ihre Hand. Eden wandte sich ihr mit Verzweiflung in den Augen zu, und Abby versuchte, sie so gut es ging mit ihrem Blick zu beruhigen.

»Haben Sie das Geld?«, fragte der Mann.

Eine Sekunde lang wirkte Eden völlig verloren. Abby sagte lautlos »wie«.

»Wie soll ich fünf Millionen Dollar beschaffen?«, erwiderte Eden. Ihre Stimme klang gepresst, aber es gelang ihr, die Worte ruhig auszusprechen.

»Das ist Ihr Problem und interessiert mich nicht. Verkaufen Sie Ihr Auto, nehmen Sie einen Kredit auf, rauben Sie eine Bank aus. Besorgen Sie einfach das Geld.«

Eden wollte schon etwas sagen, doch Abby drückte erneut ihre Hand. Das war der erste Fehler, den viele Menschen beim Verhandeln begingen: Sie glaubten, schnell antworten zu müssen. Als würde das Gegenüber ungeduldig auflegen, wenn sie zu lange brauchten.

Daraufhin holte Eden abermals tief Luft. Als sie weitersprach, klang ihre Stimme etwas ruhiger. »Wie soll ich das Lösegeld besorgen, wenn ich nicht einmal weiß, ob es Nathan gut geht?«

»Es geht ihm gut. Machen Sie sich um ihn keine Sorgen.«

»Wie kann ich mir da sicher sein?«

»Legen Sie sich nicht mit uns an, Eden. Wollen Sie, dass wir Ihrem Sohn wehtun? Sollen wir ihm einen Finger abschneiden?«

Eden fasste sich mit einer Hand an die Kehle und riss die Augen auf. Bevor Abby etwas tun konnte, flehte sie auch schon: »Tun Sie ihm nicht weh, tun Sie meinem Jungen nicht weh. Ich besorge das Geld, aber bitte, bitte, tun Sie ihm nicht weh.«

Ihre Stimme bebte und brach, und die letzten Worte wurden von einem tränenerstickten Schluchzen begleitet. Sie versuchte, noch etwas zu sagen, doch dann rutschte ihr das Handy aus der Hand und landete auf dem Boden.

»Dann werden Sie uns das Geld besorgen?«, fragte die Stimme in Abbys Kopfhörern.

Abby hob das Handy auf, während sie Edens Hand fest drückte.

»Hallo? Machen Sie sich keine Sorgen um Ihren Sohn; es geht ihm gut. Besorgen Sie uns das Geld, haben Sie verstanden?«

Abby drückte Eden das Handy in die Hand, und Eden hielt es sich ans Ohr und bewegte die Lippen, bekam jedoch vor lauter Tränen keinen Ton heraus.

Mit einer schnellen Bewegung nahm Gabrielle ihrer Mutter das Handy weg.

»Hallo?«, fragte sie. »Hier ist Gabrielle. Ich bin Nathans Schwester. Ich möchte mit Nathan sprechen.«

Abby winkte Gabrielle zu und flüsterte: »Fragen.«

Einige Sekunden lang herrschte Stille. Dann: »Nathan kann im Moment nicht reden.«

»Wieso sollten wir Ihnen dann glauben, dass es ihm gut geht?«, wollte Gabrielle wissen.

Abby wurde das Herz schwer. So, wie Gabrielle die Frage formulierte, klang sie nicht wie eine Bitte oder der Versuch, zusammen an einer Lösung des Problems zu arbeiten. Stattdessen hörten sie sich wie eine Anschuldigung und Schuldzuweisung an. Der in ihrer Stimme mitschwingende Zorn war auch nicht gerade hilfreich. Statt die Situation zu entschärfen, sorgte sie nur für eine weitere Eskalation.

»Wenn Sie uns Ärger machen, werden meine Partner nicht zufrieden sein.« Die Stimme des Mannes klang schneidend. »Dann könnten sie Ihrem Bruder wehtun. Und das würde ich gern verhindern.«

»Wir machen Ihnen keinen Ärger, wir möchten nur wissen, dass es ihm gut geht. Warum lassen Sie uns nicht mit ihm reden? Holen Sie ihn ans Telefon.«

»Er kann im Moment nicht ans Telefon kommen …«

»Warum nicht?« Gabrielles Stimme wurde immer schriller, und ihr liefen Tränen über die Wangen. »Haben Sie ihm etwas angetan? Ist mein Bruder überhaupt noch am Leben? Ich möchte aus seinem Mund hören, dass es ihm gut geht …«

Die Verbindung wurde unterbrochen.

Gabrielle stieß erschaudernd die Luft aus und ließ sich auf die Couch fallen. Mit mulmigem Gefühl im Magen sah Abby zu, wie sich Mutter und Tochter weinend in den Armen lagen. Dieses Telefonat hatte alles nur noch schlimmer gemacht.

Kapitel 17

Er saß in seinem Wagen, sein Herz raste, und er hatte den Geschmack von Galle im Mund. Ein lautes Hupen ließ ihn erschrocken zusammenzucken. Die Ampel war grün. Er versuchte, seine Atmung unter Kontrolle zu bringen, und fuhr langsam weiter. Auf dieser Straße waren Hunderte von Fahrzeugen unterwegs, und nur eines davon entfernte sich von den Polizisten, die sein Handy bestimmt längst aufgespürt hatten …

Sein Handy! Er hatte vergessen, es auszuschalten. Panisch nahm er das Gerät vom Beifahrersitz und behielt die Straße nur noch mit einem Auge im Blick. Er drückte so fest auf den Ausschaltknopf, dass sein Finger weiß anlief. Das Handy ging aus. Hektisch versuchte er, den Akku mit einer Hand herauszunehmen, doch es wollte ihm nicht gelingen. Er nahm auch die andere Hand vom Lenkrad und mühte sich mit dem Akku ab. Verdammt, das Ding ließ sich einfach nicht entfernen. Genervt schlug er das Handy aufs Armaturenbrett, und endlich fiel der Akku heraus. Er richtete den Blick wieder auf die Straße und trat das Bremspedal bis aufs Bodenblech durch, nur um wenige Zentimeter von der Stoßstange des Wagens vor ihm zum Stillstand zu kommen.

Sein Atem ging schnell wie nach einem Zehnkilometerlauf. Wieso hatte er nur vergessen, das Handy auszuschalten? Die Polizei konnte es doch mit Leichtigkeit aufspüren. Und wenn Eden Fletcher zur Polizei gegangen war …

Vielleicht hatte sie es ja nicht getan. Er hoffte es jedenfalls. Trotzdem durfte er keine Risiken eingehen.

Er schaute sich unauffällig um, entdeckte jedoch nirgendwo Polizisten, die auf die Straße stürmten. Es waren auch keine Sirenen zu hören. Anscheinend hatte er noch mal Glück gehabt.

Haben Sie ihm etwas angetan? Ist mein Bruder überhaupt noch am Leben?

Was wollte sie von ihm? Er hatte doch mehrfach bestätigt, dass es dem Jungen gut ging. Ihre Stimme hatte so wütend und hysterisch geklungen und ihn an eine Bohrmaschine auf höchster Stufe erinnert.

Elende Schlampe! Er hatte das für sie getan; begriff sie das denn nicht? War ihr denn nicht längst aufgegangen, dass dies das Beste war, was ihr passieren konnte?

Er fuhr in eine Seitenstraße und fand einen Parkplatz. Dann holte er sein anderes Handy hervor, öffnete die Instagram-App und sah zu, wie ihr Feed auf dem Display auftauchte. Keine neuen Storys oder Posts. Wenig überraschend. Allerdings hätte sie wenigstens *irgendetwas* posten können. Sie hätte zumindest schreiben können, dass sie die nächsten Tage offline sein würde.

Rasch scrollte er zu ihrem Post über ihr neues Shirt und tippte auf »Kommentieren«. Darunter standen bereits 364 Kommentare mit Emojis und unzähligen Ausrufezeichen. Alle lauteten in etwa **wunderschön!!!** oder **Du siehst umwerfend aus!!**

Oh, da konnte er auch einen eigenen Kommentar mit entsprechend vielen Ausrufezeichen hinzufügen. Er tippte wild drauflos und schrieb:

Undankbare Schlampe!!!!!!!!!!!!!!!!!!

Jetzt fehlte noch das passende Emoji. Er ging die Liste durch, fand jedoch nicht das richtige. Da waren Tausende winziger sinnloser Bilder, von denen doch keines ausdrückte, was er empfand: Er fühlte sich verraten und litt.

Zu guter Letzt hängte er drei wütende Emojis an und verharrte mit dem Finger über »Posten«.

Was in aller Welt tat er da eigentlich?

Schnell löschte er den Eintrag, legte das Handy weg, schloss die Augen und holte tief Luft.

Selbstverständlich war sie wütend. Er hatte ihren Bruder entführt und ihr auch keinen genauen stichpunktartigen Plan gegeben, durch den sie erkennen konnte, dass dies letzten Endes der beste Tag ihres Lebens gewesen war. Sie kannte ja keine Einzelheiten. Und es war auch sehr wichtig, dass sie nicht eingeweiht war.

Später würde sie ihm dankbar sein.

Und ihre Mutter hatte recht, sosehr ihn das auch ärgerte. Aber sie brauchten eine Bestätigung, dass der Junge noch am Leben war. Darum würde er sich kümmern.

Er griff erneut nach dem Handy und rief seinen Lieblingspost auf. Den, bei dem sie einen Kussmund machte. Sie hatte Danke daruntergeschrieben.

»Gern geschehen«, flüsterte er.

Es wurde Zeit, zum Haus zurückzukehren. Die Fahrt war lang, und der Junge hatte bestimmt schon Hunger.

Kapitel 18

Abby klopfte an die Tür des Besprechungsraums und öffnete sie, ohne auf eine Antwort zu warten. Fünf Männer saßen um einen großen ovalen Tisch herum und sahen sie alle an, als sie, gefolgt von Will, eintrat.

»Bitte entschuldigen Sie die Verspätung«, sagte sie.

»Schon okay«, erwiderte Griffin, der das 115. Revier leitete. Abby war dem Mann bisher zweimal begegnet. Er hatte einen ungewöhnlich großen, kahlen Schädel, und seine Kopfhaut glänzte so sehr, dass man glauben konnte, er habe sie mit Öl eingerieben. Das lenkte Abby immer ein klein wenig ab.

»Wie ich hörte, haben die Entführer erneut angerufen«, fuhr Griffin fort.

»Ja, wir sind kurz danach hergekommen«, erwiderte Abby. Am hinteren Ende des Tisches waren noch zwei leere Plätze, und sie nahm den neben Carver. Will setzte sich links neben sie.

Griffin räusperte sich. »Heute Morgen sind Chief Harris und ich übereingekommen, eine Taskforce zu gründen, um die Ermittlungen im Entführungsfall Nathan Fletcher zu koordinieren. Ich werde die Taskforce leiten.« Er deutete auf Carver. »Detective Carver ist der Detective aus dem 115. Bezirk, der den Fall ursprünglich übernommen und die ersten Ermittlungen eingeleitet hat. Die Detectives Marshall und Barnes kommen vom Major Case Squad. Agent Kelly ist unsere Verbindung zum FBI. Und Lieutenant Mullen und Sergeant Vereen werden unsere Verhandlungsspezialisten sein.«

Abby prägte sich rasch die Namen ein. Marshall sah aus wie ein Vater aus Sams Schule, der ebenfalls Marshall hieß. Barnes erinnerte sie an Barney aus »Familie Feuerstein«. Für Kelly hatte sie keine Eselsbrücke, aber sein Name war leicht zu merken. Griffin war … Nun, sein Name bedeutete Greif und sein Kopf sah aus wie ein riesiges Ei. Perfekt.

»Carver wollte eben zusammenfassen, was wir bisher haben«, erklärte Griffin.

Nun war es an Carver, sich zu räuspern. »Gestern um 15.55 Uhr stieg der achtjährige Nathan Fletcher an der Ecke 25. Avenue und 100. Straße aus dem Schulbus. Er ging zusammen mit einer anderen Schülerin, Daniela Hernandez, auf direktem Weg nach Hause. Sie hat bestätigt, dass Nathan seinen Heimweg fortsetzte, als sie zu Hause angekommen war. Von dort hatte er es nicht mehr weit. Aber ein Nachbar namens Frank Doyle sah, wie er mit jemandem in einem weißen Wagen sprach und in das Auto stieg, das dann wegfuhr.«

»Ein weißer Wagen.« Griffin schnaufte. »Mehr konnte der Nachbar nicht dazu sagen?«

»Er kannte das Modell nicht, aber ich habe ihm einige Fotos gezeigt, und er meint, dass es ein Nissan Sentra gewesen sein könnte«, antwortete Carver. »Das Kennzeichen hat er nicht gesehen. Er glaubt, ein männlicher Weißer hätte am Steuer gesessen.«

»Verkehrskameras?«, erkundigte sich Griffin.

»Wir haben die Aufnahmen angefordert. An der 100. Straße gibt es keine Verkehrskameras, aber wir haben mehrere in der unmittelbaren Umgebung.« Carver blätterte in seinen Notizen. »Ein Mann rief Eden Fletcher um Viertel nach sieben auf dem Handy an. Er hat einen Stimmverzerrer benutzt und sagte, sie hätten Nathan in ihrer Gewalt und wollten fünf

Millionen Dollar Lösegeld. Der Anruf kam von einem Handy, das erst wenige Sekunden vorher eingeschaltet worden war. Heute Morgen erfolgte der nächste Anruf von einem anderen Handy, das ebenfalls nur für dieses Gespräch eingeschaltet wurde. Keine der beiden Nummern wurde zuvor schon einmal benutzt. Wir können davon ausgehen, dass es sich um Wegwerfhandys handelt.«

Abbys Handy summte in ihrer Tasche. Sie zog es heraus und warf einen Blick auf das Display. Eine rätselhafte Nachricht von Samantha – Eine Stange? Echt jetzt? Abby schrieb zurück:

Wurde bei der Arbeit aufgehalten. Bestellt eben Pizza.

Sie hätte ihre Mutter bitten sollen, mit den Kindern zu Mittag zu essen. Normalerweise ging Abby samstags mit ihnen in ein Restaurant. Sie würde es beim Abendessen wiedergutmachen müssen.

Dann konzentrierte sie sich wieder auf Carvers Worte. Beide Male hatte der Entführer von Orten mit viel Verkehr angerufen. Es war davon auszugehen, dass er ihnen damit das Aufspüren erschweren wollte.

»Er hat Fletcher gesagt, dass sie beobachtet wird«, warf Abby ein. »Aber er hat ihr nicht ausdrücklich verboten, die Polizei einzuschalten. Das klingt für mich, als hätte er damit gerechnet, dass sie es tun würde, und wollte es nicht als Ausschlusskriterium einstufen.«

Griffin musterte sie missbilligend und schien nicht damit einverstanden zu sein, dass sie sich einfach so einmische. Doch das machte ihr nichts aus. Sie wollte bei dieser Besprechung auch auffallen. Denn wenn sie zwischen den anderen unterging, war es sehr viel leichter, sie auszutauschen. Sie sah ihn mit sanfter Unschuldsmiene an, um ihn zu entwaffnen, und stellte fest, dass er wirklich wie eine moderne Version von Humpty Dumpty aussah.

Carver ließ sich nicht beirren. »Bei dem Stimmverzerrer, den der Anrufer benutzt hat, handelt es sich um eine normale App, die jedoch gut funktioniert. Wir können die Verzerrung nicht rausfiltern. Eden Fletcher sagte, sie hätte in der Nähe ihres Hauses einen Fremden bemerkt, und wir haben ein Phantombild anfertigen lassen.« Er hob ein Blatt Papier mit der ausgedruckten Zeichnung hoch und reichte es dann herum.

Abby gab es an Will weiter, nachdem sie einen kurzen Blick darauf geworfen hatte. Sie kannte es schon, da sie bei der Erstellung dabei gewesen war. Es war das Gesicht eines Mannes mit hoher Stirn und Vollbart.

»Wir haben ihr auch einige Polizeifotos gezeigt«, sagte Carver. »Bisher konnte sie den Mann jedoch nicht identifizieren. Wir versuchen es heute erneut mit anderen Fotos.« Er ordnete seine Papiere. »Das ist alles, was wir bisher haben.«

»Okay.« Griffin lehnte sich zurück und verschränkte die Finger. »Wir überprüfen also die Verkehrskameras, richtig? Wir können uns auch die Aufnahmen aus der Gegend ansehen, aus der der Anruf kam, und nach Autos der entsprechenden Marke Ausschau halten. Sonst noch was?«

Abbys Handy summte schon wieder. Genervt warf sie einen Blick darauf und rechnete mit einer weiteren Nachricht von Sam, doch diesmal war es Isaac.

Hab eben von Eden gehört. Das ist ja schrecklich.

Irgendwie war es seltsam, dass Isaac Eden erwähnte. In all den Jahren, die Abby und Isaac in Kontakt geblieben waren, hatten sie alles darangesetzt, ihre gemeinsame Vergangenheit nicht zu erwähnen. Abgesehen von ihrer Mitgliedschaft im Forum der Sektenüberlebenden, versuchten sie, sich auf ihren Alltag zu konzentrieren. Doch jetzt waren sie drei auf gewisse Weise wieder zusammengebracht worden. Die Moses-Wilcox-Überlebendengruppe.

Sie zögerte und hielt den Finger über dem Display, während sie zuhörte, wie Griffin ihre nächsten Schritte festlegte. Eigentlich war sie immer noch wütend, dass er Eden vor einigen Monaten ihre Nummer gegeben hatte. Er hätte es eigentlich besser wissen müssen. Dennoch war dies nicht der passende Augenblick, das Thema anzusprechen. Daher schrieb sie:

Allerdings. Sie braucht sehr viel Unterstützung.

Definitiv. Macht ihr Fortschritte?

Wir haben einige Spuren?

Auch Verdächtige?

Dazu kann ich nichts sagen. Muss jetzt aufhören.

Sie steckte das Handy in die Tasche und konzentrierte sich wieder auf die Besprechung.

»Ich brauche einige Leute aus dem Revier, um die bekannten Sexualstraftäter zu verhören«, verlangte Carver gerade.

»Ist das wirklich nötig?«, wollte Griffin wissen. »Für mich hört es sich eher an, als würde es um das Lösegeld gehen.«

»Das kann ich mir nicht vorstellen«, warf Abby ein.

Abermals richteten sich alle Augen auf sie. Abby beugte sich vor und verschränkte die Finger, so wie Griffin es getan hatte, um seine Körpersprache zu imitieren.

»Der Anrufer hat eine sehr hohe Summe verlangt«, erklärte sie. »Bei beiden Gesprächen hat er nicht den Anschein erweckt, als wäre er zu einem Kompromiss bereit. Dass er Nathan am helllichten Tag in einem sehr kleinen Zeitfenster entführt hat, lässt eigentlich nur zwei Möglichkeiten offen. Entweder war es ein Sexualstraftäter auf der Suche nach einem Opfer, nach einem Kind, das allein unterwegs war, *oder* diese Entführung war lange geplant und man hat Nathan und seine Familie einige Zeit beobachtet. Sollte es sich wirklich um Letzteres handeln, dann wissen die Entführer, dass Eden Fletcher, eine alleinerziehende Mutter, die als Bürohilfe arbeitet, unmöglich fünf Millionen Dollar aufbringen kann.«

»Wieso verlangen sie dann Lösegeld?«, fragte Carver.

»Um sich Zeit zu verschaffen«, antwortete Abby. »Vielleicht ist Nathan tot und die Entführer haben Spaß daran, mit der Familie zu sprechen. Oder er ist noch am Leben und sie rufen an, um eine gewisse Kontrolle auszuüben. Wir wissen nicht genug, um handfeste Theorien aufzustellen, aber ich bin der Ansicht, dass wir eine Sexualstraftat noch nicht ausschließen können.«

»Wir sollten auch in Betracht ziehen, dass es ein Familienmitglied war«, meinte Carver. »Nathan ist freiwillig in den Wagen gestiegen. Möglicherweise hat der Anrufer einen Stimmenverzerrer benutzt, damit Eden seine Stimme nicht erkannte. Wir versuchen, Nathans Vater David Huff ausfindig zu machen. Eden und er haben sich vor mehreren Jahren getrennt, und die Familie hat seitdem nichts mehr von ihm gehört.«

Griffin nickte. »Ich möchte, dass wir noch einmal von Tür zu Tür gehen. Möglicherweise ist noch jemandem der Fremde aufgefallen, den Eden Fletcher gesehen hat. Falls es nicht nur jemand war, der zufällig vorbeispaziert ist, und falls der Junge beobachtet wurde, könnte das eine Spur sein.«

»Es gibt noch eine Option«, meldete sich Will zu Wort.

Abby drehte sich zu ihm um. Sie hatte ihn in der letzten Nacht gebeten, einige Nachforschungen über die Fletcher-Familie anzustellen, jedoch vor der Besprechung keine Zeit mehr gehabt, um sich nach seinen Erkenntnissen zu erkundigen.

»Ich habe mich über die Familie schlaugemacht«, berichtete Will. »Gabrielle Fletcher ist eine erfolgreiche Social-Media-Influencerin. Na ja, halbwegs erfolgreich – sie ist nicht Paris Hilton, hat aber eine beachtliche Menge an Followern.«

»Wie viele genau?«, hakte Abby nach.

»Etwa siebzigtausend auf allen Plattformen zusammen, die meisten allerdings auf Instagram. Und in letzter Zeit postet sie viel über ihr Familienleben. Darunter zahlreiche Fotos von Nathan und jede Menge Informationen.«

Abby wurde ganz mulmig im Bauch. »Wie persönlich wird es?«

»Persönlich genug, dass die Entführer einen guten Überblick über Nathans Hobbys haben, wissen, was er mag, und so weiter. Allein durch das Überfliegen ihrer Instagram-Posts ist mir bekannt, dass Nathan gern schwimmt und malt, dass er im Juni Geburtstag hat und ›Star Wars‹ mag.« Will zuckte mit den Achseln. »All so was.«

»Stand in Gabrielles Posts auch genug, dass die Entführer wissen konnten, um wie viel Uhr Nathan aus der Schule kommt?«, wollte Carver wissen.

»Das weiß ich nicht«, erwiderte Will. »Ich hatte noch nicht genug Zeit, mir alle anzusehen; es sind einfach zu viele. Und das schließt die Instagram-Storys nicht mal ein, die nach vierundzwanzig Stunden gelöscht werden, oder jeden Post, den Gabrielle selbst gelöscht hat. Ich werde mehr wissen, wenn mir Gabrielle ihr Passwort gegeben hat.«

»Was die Entführer angeht, so sollten wir Miss Fletcher raten, ein Lebenszeichen zu verlangen«, sagte Marshall. »Wir müssen wissen, dass Nathan Fletcher nicht längst tot ist.«

»Da haben Sie recht«, stimmte Abby ihm zu. »Wir arbeiten bereits an …«

»Eden Fletcher muss von den Entführern einen Beweis dafür verlangen, dass der Junge noch lebt.« Marshall hob die

Stimme. »Wir haben so etwas schon früher getan. Wir lassen uns von ihr einige Details über Nathan nennen, um dann mehrere Fragen zu formulieren, die sie den Entführern stellen kann. Was ist Nathans Lieblingsfarbe. Was möchte er später mal werden. Etwas in der Art.«

»Die Entführer könnten die Antworten von Gabrielle Fletchers Instagram-Seite kennen«, gab Agent Kelly zu bedenken.

»Wir sehen uns die Seite natürlich an und stellen sicher, dass sie diese Informationen noch nicht in den sozialen Medien gepostet hat«, sagte Barnes.

Abby und Will tauschten einen frustrierten Blick.

»Das ist eine gute Idee«, stimmte Griffin zu. »Wir werden …«

»Ich bin ganz Ihrer Meinung, dass wir ein Lebenszeichen brauchen«, schaltete sich Abby ein. »Aber das ist nicht dasselbe, wie ein Lebenszeichen von den Entführern zu *verlangen*.«

»Die Entführer werden uns nichts geben, was wir nicht verlangen«, entgegnete Marshall. »Sie sind nicht gerade sehr freigiebig. Daher stellen wir ihnen entsprechende Fragen. Das ist der einfachste Weg, um zu bekommen, was wir wollen.«

»Das Problem ist nur, dass solche Fragen eher schaden als nutzen«, widersprach Abby. »Angenommen, Nathan ist am Leben. Die Entführer stellen ihm Fragen und geben uns die Antworten. Nun sind sie der Ansicht, dass wir ihnen was schuldig sind. *Quid pro quo*, nicht wahr?«

»Es ist in ihrem eigenen Interesse, uns zu beweisen, dass er noch lebt«, erwiderte Marshall. »Sie verlangen ja Lösegeld.«

»Wie ich bereits sagte, können wir nicht mit Sicherheit sagen, was sie wirklich wollen. Und selbst, wenn es in ihrem eigenen Interesse ist, werden sie dennoch das Gefühl haben, sie hätten uns etwas gegeben. Außerdem werden sie vermutlich erkennen, dass diese Fragen nicht Miss Fletchers Idee waren.

Das ist ein klassischer Hinweis auf die Einmischung der Polizei. Nun sind die Entführer also nervös, weil sie wissen, dass die Polizei eingeschaltet wurde. *Und* sie glauben, wir wären ihnen etwas schuldig. Und das Ganze könnte noch schlimmer werden, wenn Nathan sagt, seine Lieblingsfarbe sei Grün, während seine Mutter denkt, es wäre Blau, denn dann wissen wir noch immer nicht, ob er noch lebt.«

»Was schlagen *Sie* denn vor?«, verlangte Marshall zu erfahren. »Dass wir blindlings herumstochern und nicht einmal wissen, ob wir es mit einer Entführung oder mit Mord zu tun haben?«

»Ich finde, Sie haben ein gutes Argument vorgebracht, denn wir brauchen ein Lebenszeichen.« Abby erwähnte nicht, dass sie bereits letzte Nacht mit Eden darüber gesprochen hatte. »Aber wir werden Eden raten, offene Fragen zu stellen, wie beispielsweise: ›Wieso soll ich Lösegeld bezahlen, wenn ich nicht mal weiß, ob Nathan noch am Leben ist?‹«

»Inwiefern hilft uns das?«

»Auf diese Weise bringen wir die Entführer dazu, uns das zu liefern, was wir haben wollen. Möglicherweise schlagen sie vor, Nathan ans Telefon zu holen, oder sie schicken uns ein Video. So sind sie gezwungen, über dieses Problem nachzudenken, was gut für uns ist, weil es uns Zeit verschafft. Und sie werden es aus Miss Fletchers Sicht betrachten, was ebenfalls hilfreich ist, denn wir wollen, dass sie sie als Person sehen. Und wenn sie uns endlich ein Lebenszeichen liefern, werden sie nicht glauben, sie hätten uns einen Gefallen getan, weil wir nie nach einem Lebenszeichen verlangt haben; das war dann allein ihre Idee.«

»Okay«, stimmte Griffin zu. »So machen wir das.«

Abby lehnte sich auf ihrem Stuhl zurück. *Ja,* dachte sie, *genauso machen wir das.*

Kapitel 19

Aus irgendeinem Grund hatte Abby nach langen Besprechungen immer Heißhunger. Das schien eine urtümliche Reaktion darauf zu sein, mit mehreren Menschen in einem Raum zusammenzusitzen – wobei es sich meist um Männer handelte. Möglicherweise sah ihr Reptilienhirn den Besprechungsraum als Höhle und die Männer daher als ihren Stamm an. Der drauf und dran war, auf Mammutjagd zu gehen.

Vielleicht wollte sie nach dem trockenen Verwaltungsgerede auch einfach nur in etwas Blutendes reinbeißen.

Was auch immer der Grund war, so gingen Abby und Will nach der Besprechung zu Pauline's Burgers. Allein bei dem Wort Burger lief ihr schon das Wasser im Mund zusammen.

Der Geruch war das Erste, was sie nach dem Hereinkommen begrüßte. Er umarmte sie wie ein liebevoller Freund und raunte ihr zu, welche Wonnen ihr das Essen gleich bereiten würde. Sie setzten sich an einen ihrer üblichen Tische – einen der Tische, bei denen sie einander gegenübersitzen konnten, ohne dass einer mit dem Rücken zur Tür saß. Polizistenmacken.

»Ich bin am Verhungern«, erklärte Abby. Ihr Magen knurrte, und sie hob die Stimme, als müsste sie das Geräusch übertönen. »Das mit Gabrielles Konten in den sozialen Medien war ein guter Hinweis. Gräbst du weiter?«

»Ja. Wie geht's der Mutter?«

»Sie ist müde und hat Angst.«

»Bei dem Anruf heute Morgen hat sie sich nicht so gut geschlagen.«

»Das wird schon besser.« Abby war sich nicht sicher, ob Eden das wirklich schaffen konnte, doch sie würde ihr Bestes geben, um sie darauf vorzubereiten. »Hör mal, ich habe heute ein wichtiges Telefonat mit Steve wegen Bens Geburtstag.«

»Das hört sich auch wichtig an.«

»Mach du dich nur lustig. Wenn deine teure Tochter alt genug ist, um mit dem Rest der Klasse Geburtstag zu feiern, wirst du wissen, was ich durchmache.«

Will zog die Augenbrauen hoch. »Du hast ja recht. Also ein wichtiges Telefonat.«

»Ich würde es gern mit dir proben.«

Er sackte in sich zusammen. »O nein.«

»Es ist wirklich wichtig …«

»Ich hab's ja verstanden. Es ist ein wichtiges Telefonat. Okay, wann sollen wir es durchgehen?«

»Jetzt wäre ein guter Zeitpunkt«, schlug Abby vor.

»Auf keinen Fall«, widersprach Will. »Nicht, bevor du etwas gegessen hast.«

Sie verzog gereizt das Gesicht. »Wir haben nicht viel Zeit, und ich muss gut vorbereitet sein …«

»Du weißt, dass ich alles für dich tun würde, Abby.« Will hob die Hände. »Aber erinnerst du dich, wie wir im Juni das mit dem Sommerlager geübt haben?«

»Das war eine einmalige Sache …«

»Du hattest das Mittagessen ausgelassen und wärst mir nach zehn Minuten fast an die Gurgel gegangen. Und das Gespräch über Bens Hausaufgaben letztes Jahr möchte ich lieber gar nicht erst erwähnen. Nein, das machen wir nie wieder. Das ist meine einzige Bedingung. Keine Ex-Mann-Proben, solange du Hunger hast.«

Abby wollte schon etwas erwidern, doch da kam Pauline mit strahlendem Lächeln an ihren Tisch.

»Abby«, grüßte sie freundlich. »Wie ist es haspel haspel hasgangen?«

Abby blickte zu Pauline auf, während sie versuchte, die Worte zu entschlüsseln.

Sie kannte einige Leute, die nicht ins Pauline's gingen, weil sie die Besitzerin des Restaurants schlichtweg nicht verstanden. Pauline hatte eine sehr schnelle und enthusiastische Sprechweise, und in ihrem Kopf überschlugen sich die Worte, sodass ihr Mund nicht mehr mitkam. Daher verschmolzen ihre Sätze zu einem nahezu unverständlichen Kauderwelsch. Paulines Mann, der in der Küche stand, hatte einen derart starken schottischen Akzent, dass ihn viele Gäste sogar noch schlechter verstanden als seine Frau. Das führte dazu, dass die Gäste lernen mussten, irgendwie mit Pauline zu kommunizieren, wenn sie etwas zu essen haben wollten.

Allerdings waren Paulines Burger die Mühe wert.

»Es geht mir gut.« Abby schenkte Pauline ein Lächeln. »Und Ihnen?«

»Ach, gar nicht schlecht. Der Pudel unseres Sohns schlubbel blubbel Boden mit zwei Bällen, das war zackedi dackedi, musste jemanden kommen lassen. Möchten Sie was essen?«

»Ich bin am Verhungern und hätte gern einen König Lear, englisch, mit extra Zwiebeln und Pommes frites.«

»Und ich nehme einen Mercutio«, bestellte Will. »Englisch, auch mit Pommes.«

Pauline notierte sich alles. »Okay, essni getrinken?«

»Zwei Cola«, erwiderte Abby.

Pauline nickte und wandte sich ab.

»Wo waren wir?«, fragte Abby. »Ach ja, Steve …«

Will hob einen Finger. »Wenn wir unser Essen haben. Nicht davor.«

Abby seufzte. »Na gut. Es gibt da noch etwas, worüber wir reden sollten.«

»Schieß los.«

»Eden Fletcher.« Abby holte tief Luft und fummelte an ihrer Serviette herum. »Ich kenne sie von früher. Aus meiner Kindheit.«

Will runzelte die Stirn. »Aus der Schule?«

Abby räusperte sich. »Nein, das war … noch davor.«

Er riss leicht die Augen auf, sagte jedoch nichts.

Inzwischen hatte Abby ihre Serviette zerfetzt. Seufzend sah sie durch die Tür auf die Straße hinaus. Früher oder später würde die Wahrheit ohnehin ans Licht kommen. Das war ihr von Anfang an klar gewesen, als sie diesen Fall übernommen hatte. Sie hatte beschlossen, zuerst mit Will zu reden, ihrem engsten Freund. Schon bald würde sie auch Carver und Griffin einweihen müssen. Doch Will war neben Abbys Eltern der Einzige, der von Abbys Vergangenheit bei der Wilcox-Sekte wusste. Selbst ihren Kindern hatte sie nie davon erzählt.

Abby holte tief Luft. »Als wir klein waren, fühlte es sich an wie eine Familie, verstehst du? Wir sind ja nicht rumgelaufen und haben geglaubt, wir würden einer religiösen Sekte angehören. Die Kinder hatten dort sehr viel Freizeit, und wir kannten nichts anderes als die Sekte. Eden ist etwas älter als ich, aber wir haben trotzdem zusammen gespielt.«

Für Abby war ein Mensch dank seiner Körpersprache und Mimik oftmals ein offenes Buch. Wenn man jemanden lange genug kennt, kann einem dieses Buch ans Herz wachsen. Dann verblassen die Seiten im Laufe der Zeit und der Buchrücken bricht, weil man es so oft gelesen hat. Wills Verhalten – wie er die Lippen öffnete, die Augen zusammenkniff, die Schultern anspannte – war ihr so schmerzhaft vertraut und berührte sie so tief, dass sie den Blick abwenden und eine Träne wegblinzeln musste.

»Bisher weiß es noch niemand, aber sie werden es herausfinden«, schloss sie.

»Gut möglich«, stimmte Will ihr zu.

»Carver ist gestern schon etwas aufgefallen. Ich musste dafür sorgen, dass Eden sich beruhigt, da habe ich eine von Wilcox' Meditationspraktiken eingesetzt. Und Carver hat mich angeguckt wie ein Auto. Außerdem habe ich sie geduzt, das wird ihn ebenfalls gewundert haben.«

»Dieses Wiedersehen muss einige Erinnerungen heraufbeschworen haben«, vermutete Will.

Einen Moment lang war sie wieder sieben. Der kalte, harte Lauf einer Waffe an ihrer Schläfe. Der Telefonhörer in ihrer Hand. Moses Wilcox' leise Stimme im Ohr: »Sag es ihnen.«

Und dann kauerte sie mit Eden und Isaac auf dem Rücksitz des Streifenwagens. Flammen loderten in der Dunkelheit zum Himmel empor. Eine Männerstimme sagte: »So viele. Es ist furchtbar.«

Pauline trat mit einem Tablett in der Hand an ihren Tisch. Sie gab einen Schwall unsinniger Worte von sich, während sie ihnen das Essen servierte, und entfernte sich wieder. Abby hob ihren Burger vorsichtig mit beiden Händen hoch und biss herzhaft hinein. Der saftige Hamburger schmeckte himmlisch. Sie kaute zweimal, schluckte den Bissen herunter und nahm gleich noch einen, ohne sich überhaupt eine Atempause zu gönnen.

Nachdem sie ein Drittel ihres Burgers vertilgt hatte, legte sie ihn auf den Teller. »Jetzt bin ich nicht mehr am Verhungern. Könnten wir bitte das Gespräch proben?«

»Warte, Abby …«

»Ich möchte nicht länger über mich und Eden sprechen. Nicht im Augenblick. Okay?«

Will überlegte kurz. »Okay.«

»Danke.« Abby lächelte ihn an. »Dann proben wir.«

Seufzend griff Will nach einer der Pommes und tauchte sie in den Ketchup. »Gut. Worum geht's bei diesem Gespräch?«

»Das sagte ich doch bereits. Um Bens Geburtstag. Ich habe eine Feier geplant, und jetzt will Steve mit Ben und seinen Freunden an diesem Tag ins Museum gehen.«

»Aha. Und ich gehe mal davon aus, dass ich Steve spiele und du Abby?«

Abby blinzelte. »Das wäre doch logisch.«

»Es könnte hilfreich sein, wenn du die Rolle von Steve übernimmst«, schlug Will vor. »Dann wärst du gezwungen, wie er zu denken.«

»Ich will aber nicht Steve sein. Du spielst Steve, und ich bin Abby.«

»Und was ist das Ziel dieser Verhandlung?«

»Ihn zur Aufgabe zu zwingen.«

Will verdrehte die Augen. »Was in diesem Fall bedeutet, dass du ihn davon überzeugen willst, den Museumsbesuch abzusagen oder auf einen anderen Tag zu verschieben.«

Abby zuckte mit den Achseln und griff nach ihrem Burger, um erneut hineinzubeißen.

»Ich fange an.« Will legte sich eine Hand ans Ohr, um ein Telefongespräch nachzuahmen. »A-bbyyyyyy.«

Abby ließ ihren Burger so heftig fallen, dass mehrere Pommes frites über den Tisch flogen. »Musst du seine Stimme nachmachen?«

»Beim letzten Mal hast du das von mir verlangt. Du hast gesagt, es wäre wichtig. Bist du dir sicher, dass du keinen Hunger mehr hast? Vielleicht wäre es besser, wenn du erst den Burger aufisst.«

»Nein, schon okay. Ich war nur nicht darauf vorbereitet. Gut, fangen wir noch mal von vorn an.« Sie nahm eine Fritte vom Teller.

»A-bbyyyyyyy.«

»Hi, Steve.« Abby hielt sich die Fritte ans Ohr. »Ich möchte mit dir über Bens ...«

»Du willst über den Museumsbesuch reden, richtig?«, fiel Will ihr ins Wort.

Dank des jahrelangen Trainings konnte Will ihren Ex nahezu perfekt nachahmen. Er unterbrach sie, nutzte diesen herablassenden Tonfall, der sie so auf die Palme brachte, erklärte ihr hochtrabend Dinge, die keiner Erklärung bedurften. Abby war immer wieder beeindruckt, wie gut Will ihren Ex-Mann imitieren konnte, aber sie vermutete auch, dass er das weitaus mehr genoss, als er es sollte.

»Genau, über den Museumsbesuch.« Sie wiederholte seine Worte und bemühte sich um eine freundliche, positive Grundhaltung.

»Ich weiß, dass du diese kleine Feier für ihn geplant hattest«, sagte Will. »Aber wir beide wissen doch, dass Ben viel lieber mit seinen Freunden ins Museum gehen würde. Und ich habe mir den Tag schon freigenommen.«

»Du hast dir den Tag freigenommen.« Sie versuchte, weiterhin fröhlich zu klingen, doch es fiel ihr immer schwerer, denn nach und nach schlich sich dieser knarzende, kalte, wütende Unterton ein, der ihrem Ex gegenüber fast schon automatisch kam. Sie biss zur moralischen Unterstützung von ihrem Burger ab.

»Das ist korrekt«, erklärte Will beschwingt. »Und du kannst deine schöne kleine Feier doch bestimmt verschieben. Dein Job ist viel flexibler, und außerdem ...«

»Mein Job ist nicht flexibler, du aufgeblasenes Arschloch!«, fuhr sie ihn an. »Und ich kann die Feier nicht verschieben, weil er mit einem anderen Jungen zusammen feiert. Abgesehen davon, plane ich das Ganze schon seit Wochen, und ich hatte ja vor, es dir zu erzählen, also reg dich nicht auf. Und wir wissen doch beide, dass dir scheißegal ist, was Ben am liebsten wäre; du willst bloß als der bessere Elternteil dastehen. Doch du kannst keinem was vormachen. Also nimm dir deinen Kalender mit all den Terminen mit Studentinnen, mit denen du schläfst, und schieb ihn dir in den Arsch!« Sie drückte ihren Burger zornig zusammen, woraufhin ein großer Ketchupfleck auf ihrem Kragen landete.

»Fühlst du dich jetzt besser?«, erkundigte sich Will.

»Na ja, jetzt hab ich Ketchup auf der Bluse, also eigentlich nicht«, murmelte sie und wischte mit einer Serviette an dem Fleck herum.

Will wandte sich an die verblüfften Gäste, die sie anstarrten. »Machen Sie sich keine Sorgen! Sie tut nur so, als würde sie mich abgrundtief hassen.«

Er hatte diese Steve-Proben vor Jahren vorgeschlagen, nachdem Abby mehrmals morgens stinksauer aufgetaucht war, weil sie sich wieder mit ihrem Ex-Mann gestritten hatte. Daraufhin hatte Will angemerkt, dass sie auch Begegnungen mit Drogensüchtigen auf Entzug, selbstmordgefährdeten Betrunkenen und Bewaffneten mit mehreren Geiseln simulierten und jede Woche einige Stunden lang ihr Handwerk übten, um auf Krisen in der Realität vorbereitet zu sein. So konnten sie es doch auch mit Abbys Ex halten, der gewissermaßen eine andauernde, nie enden wollende Krise darstellte.

Zuerst hatte Abby der Gedanke gefallen, weil sie glaubte, dann besser vorbereitet zu sein. Inzwischen wusste sie, dass es auch als Ventil nützlich war, denn so verlor sie beim eigentlichen Gespräch mit Steve nicht die Kontrolle.

»Ich würde zu etwas mehr taktischer Empathie und aktivem Zuhören raten«, meinte Will. »Und vielleicht solltest du ihn nicht beschimpfen und keine Gegenstände aufzählen, die er sich in den Arsch stecken kann.«

»Das ist ein gutes Argument.«

»Außerdem könnte es nicht schaden, wenn du dich daran erinnerst, dass Steve ein guter Vater ist. Er war nur ein lausiger Ehemann.«

»Inwiefern ist er ein guter Vater?«, fragte Abby. »Indem er die Feier sabotiert, die dafür sorgen kann, dass die Kinder in Bens Klasse ihn mehr mögen und ihn nicht länger als Freak bezeichnen?«

»Er ist ein guter Vater, weil er versucht, seinen Sohn glücklich zu machen«, bemerkte Will. »Und wenn er dabei auch noch als der bessere Elternteil rüberkommen kann, ist das für ihn das Sahnehäubchen. Vermittle ihm die Illusion, dass er bei dem Gespräch das Sagen hat. Das würdest du mir in einer richtigen Krise raten.«

»Wenn das eine richtige Krise wäre, würde ich versuchen, ihn dazu zu bringen, sich ein für alle Mal aus seinem Elend zu befreien«, knurrte Abby und tauchte erneut eine der Pommes in den Ketchup.

Kapitel 20

Nathan hatte seine Mutter noch nie einen ganzen Tag lang nicht gesehen.

Die längste Zeit hatte er letzten Sommer ohne sie verbracht, als er zu Dennis' Pyjamaparty eingeladen gewesen war. Nathan war am Freitagnachmittag zu Dennis gegangen, und seine Mom hatte ihn am Samstag nach dem Mittagessen wieder abgeholt. Aber da war er die ganze Zeit abgelenkt gewesen; sie hatten »Star Wars: Die letzten Jedi« geguckt und PlayStation gespielt. Doch selbst nach dem Zubettgehen hatte sich Nathan danach gesehnt, dass seine Mom an sein Bett trat und ihm wie jeden Abend einen Kuss auf die Stirn gab.

Nachdem er seine Mom nun schon gefühlte zwei Tage nicht gesehen hatte, konnte er nur noch im Bett liegen und weinen.

Er wollte von ihr umarmt werden. Er wollte das Kitzeln ihrer Haare spüren, wenn sie sich über ihn beugte und ihn küsste. Oder auch nur hören, wie sie sagte, dass er baden oder sich umziehen musste.

Seine Kehle war vom vielen Weinen ganz heiser und das Kissen feucht von Tränen und Schnodder. Und wie sehr er es sich auch wünschte und wie erbittert er sich auch konzentrierte, so machte seine Mom doch einfach nicht die Tür auf.

Er musste pinkeln, wollte aber nicht in den Eimer machen. So lange er konnte, hielt er es auf, krümmte sich im Bett und verschränkte die Beine, aber irgendwann hielt er es einfach nicht mehr aus. Als er in den Eimer pinkelte, hörte sich das so komisch an, dass er beinahe wieder losgeheult hätte. Doch es war eine Erleichterung, nicht mehr zu müssen. Keuchend starrte er in den Eimer. Was würde passieren, wenn der Eimer zu voll wurde? Würde der Mann dann sauer werden?

Und was war, wenn er groß musste?

Es gab auch keine Möglichkeit, sich die Hände zu waschen. Seine Mom sagte ihm immer wieder, dass er sich nach dem Pinkeln auf jeden Fall die Hände waschen musste, dass im Urin winzige Keime seien, so klein, dass er sie nicht einmal sehen konnte, und dass diese Keime auf seinem ganzen Körper herumkrabbeln würden, wenn er sich nicht die Hände wusch. Aber hier war kein Waschbecken. Seine Handflächen juckten. Waren das die Keime? Er stellte sie sich wie winzige Würmer vor. Krochen sie schon über seine Finger? Seine Handgelenke? Seine Arme?

Er nahm die Wasserflasche, die ihm der Mann gegeben hatte, hielt die Hände über den Eimer und goss etwas Wasser darüber. Ein bisschen tropfte auch auf den Boden, aber wenigstens hörte das Jucken auf.

Ihm knurrte der Magen. Normalerweise aß er nach dem Aufwachen eine Schüssel Cornflakes, aber als er zuvor aufgestanden war, hatte kein Essen auf ihn gewartet. Er setzte sich an den Schreibtisch, zog die Schublade auf und holte einige Blatt Papier und eine Schachtel mit Buntstiften heraus. Dann malte er seine Mom und Gabrielle. Weil er nicht anders konnte, zeichnete er den Mann aus dem Wagen daneben, größer als die beiden und mit roten Augen.

Das plötzliche Klicken hinter ihm ließ sein Herz schneller schlagen. Er wirbelte herum und sah, wie der Mann die Tür öffnete und mit einer Pizzaschachtel in der Hand hereinkam.

»Wie geht's dir heute? Wie ich sehe, hast du dich schon ein bisschen eingelebt.«

Das Lächeln des Mannes war Nathan ziemlich unheimlich. Er tat so, als wären sie Freunde, sperrte ihn jedoch in dieses komische Zimmer ein, das irgendwie seins war, aber doch anders.

Der Mann kam näher und schaute sich zufrieden um. »Das Stofftier war nicht leicht zu beschaffen, weißt du. Es war vergriffen, als ich mich auf die Suche danach gemacht habe. Sie hatten eine neue Version, die sah jedoch ganz anders aus und hätte dir nicht gefallen. Schließlich habe ich das hier auf eBay entdeckt. War sogar noch eingepackt. Hat zwar das Doppelte gekostet, aber es sollte auch alles richtig sein.« Der Mann zwinkerte ihm zu. »Deine Männerhöhle muss dir ja auch gefallen, nicht wahr?«

Nathan hatte keine Ahnung, wovon der Mann da redete, und zuckte mit den Achseln.

»Ich habe dir was zu essen mitgebracht. Hast du Hunger?«

Nathan nickte.

Der Mann seufzte. »Na, wenn du Hunger hast, musst du das auch sagen. Du bist schüchtern, das hab ich verstanden. Mir ging es in deinem Alter auch nicht anders. Aber ich habe mir solche Mühe gegeben. Und ich habe dir etwas zu essen besorgt. Da wäre es doch höflich, wenigstens danke zu sagen.«

Nathan starrte ihn an. Erwartete der Mann tatsächlich, dass er sich bedankte? Er machte den Mund auf, klappte ihn wieder zu und wusste nicht, ob er dem Mann nun danken oder ihn anschreien sollte.

Der Mann kam zwei Schritte näher und knallte die Pizzaschachtel auf den Schreibtisch. »Sag danke!«, brüllte er, wobei ihm beinahe die Augen aus dem Kopf quollen.

»D… danke«, wimmerte Nathan.

Der Mann atmete schnell und hektisch. Nathan zog den Kopf ein und befürchtete schon, er würde ihn schlagen. Doch nach einigen Sekunden schien sich der Mann zu entspannen.

»Gut«, sagte er. »Du kannst ja doch reden. Ich möchte, dass du deiner Schwester und deiner Mutter ein paar Worte sagst.«

Nathan merkte auf. Waren Mommy und Gabi hier? Er schaute an dem Mann vorbei, doch der seltsame Flur hinter der Tür war leer. Der Mann kniete sich neben Nathan und drückte ihm eine Tageszeitung in die Hand.

»Kannst du das lesen?« Er deutete auf die Schlagzeile.

Nathan warf einen Blick auf die Seite und nickte. »J… ja«, sagte er laut, bevor der Mann wieder wütend werden konnte.

»Okay.« Der Mann tippte auf seinem Handy herum. »Ich möchte, dass du Mom und Gabi grüßt. Sag ihnen, dass es dir gut geht. Und dann lies das vor.«

»Können sie mich hören?«, fragte Nathan mit zittriger Stimme.

»Im Moment nicht. Aber ich werde ihnen eine Aufzeichnung von dem schicken, was du gesagt hast, damit sie wissen, dass es dir gut geht.«

Nathan starrte das Handy an und bekam keinen Ton heraus. Er wollte seiner Mom sagen, dass der Mann ihn hier eingesperrt hatte und zwang, in einen Eimer zu pinkeln. Aber wenn er das Falsche sagte, würde der Mann ihr die Aufzeichnung wahrscheinlich nicht schicken.

Er schluckte schwer. »Hi, Mommy. Hi, Gabi. Es geht mir gut. Aber ich will nach Hause.« Seine Stimme brach.

Der Mann deutete auf die Zeitung. Ach ja, da war ja noch was.

Nathan runzelte die Stirn. »Ich soll euch das vorlesen.« Dann las er langsam die Schlagzeile: »›Jessica Meir und Christina Koch haben als erstes Astronautinnenduo einen Außeneinsatz …‹«

Der Mann tätschelte ihm die Schulter. »Das reicht. Gut gemacht. Du kannst sehr gut lesen, Nathan.« Er klappte den Deckel der Pizzaschachtel hoch. »Grüne Oliven, richtig?«

»Ja.« Nathan starrte die Pizza an und fragte sich, woher der Mann das wusste. Vielleicht konnte er Gedanken lesen. In diesem Fall hätte er gewusst, wie sehr Nathan ihn hasste. Auf einmal wollte er nur noch fliehen.

Die Tür stand offen. Der Mann hatte sie nie geschlossen.

Aus irgendeinem Grund konnte sich Nathan nicht bewegen.

»Deine Schwester wird sich sehr über deine Nachricht freuen«, meinte der Mann. »Hier, halt das mal.« Er gab Nathan die Zeitung.

Nathan nahm sie entgegen und wusste nicht, was er damit anstellen sollte.

»Halt sie neben deinen Kopf, damit ich ein Foto machen kann«, verlangte der Mann ungeduldig.

Gehorsam hielt Nathan die Zeitung hoch. Der Mann richtete das Handy auf Nathan und schoss ein paar Fotos. Danach verließ er den Raum und schloss die Tür. Eine Sekunde später hörte Nathan erneut das Klicken. Die Tür war wieder verschlossen.

Er nahm sich ein Stück Pizza und schlang es herunter. Die Pizza war zwar kalt, schmeckte aber gut. Er aß noch ein Stück und trank etwas Wasser. Dann klappte er den Deckel der Pizzaschachtel herunter und legte sich aufs Bett.

Der Mann war vorher so wütend geworden. Er hatte ausgesehen, als ob er gleich zuschlagen wollte.

Nathan überlegte, dass er den Mann beim Öffnen der Tür töten könnte, wenn er nur Superkräfte besitzen würde. Er könnte aus den Augen Laserstrahlen abschießen oder ihn sehr fest schlagen. Und dann konnte er entkommen. Er malte sich aus, wie es sich anfühlen würde, den Mann niederzuschlagen und dann wegzulaufen.

Oder wenn er seinen Baseballschläger hier hätte, könnte er sich verstecken und den Mann damit schlagen, sobald er hereinkam. Wenn er mit richtig viel Kraft gegen die Beine des Mannes schlug, würden sie brechen. Und er konnte weglaufen, und der Mann würde ihn nicht verfolgen können.

Aber der Schläger war nicht da. Zu Hause bewahrte er ihn im Kleiderschrank auf, aber hier hingen bloß ein paar Kleidungsstücke drin.

Plötzlich kam ihm eine Idee. Zu Hause konnte er einen der Bettpfosten am Kopfende rausdrehen. Er hatte ihn schon als imaginäres Lichtschwert benutzt und damit beinahe den Fernseher getroffen. Seine Mom war sehr wütend geworden und hatte ihm verboten, das noch einmal zu machen. Die Metallstange war gefährlich; er konnte damit etwas kaputtmachen – oder versehentlich jemanden verletzen.

Aber jetzt wollte er jemandem wehtun. Und wenn es dasselbe Bett war …

Er ging zum Kopfende und versuchte, den Bettpfosten zu drehen. Es ging nicht. Da umklammerte er ihn mit beiden Händen, biss die Zähne zusammen und versuchte es mit ganzer Kraft.

Unverhofft bewegte sich der Pfosten. Nathan drehte ihn weiter, und nach einigen Sekunden hatte er ihn gelöst. Er starrte die Metallstange in seiner Hand staunend an, ließ sie einige Male durch die Luft schwingen und hörte ein zufriedenstellendes *Wusch*.

Was würde passieren, wenn er dem Mann damit gegen die Beine schlug?

Er würde sie ihm bestimmt brechen.

Kapitel 21

Auf dem Heimweg stellte sich Abby ziemlich genau vor, wie die nächsten Stunden ablaufen würden. Sie würde nach Hause kommen, sich die verschmutzte Bluse und die Sachen, in denen sie geschlafen hatte, ausziehen. Danach würde sie richtig heiß duschen und sich zwei Stunden lang hinlegen, weil sie der Ansicht war, dass sie das verdient hatte. Nach dem Aufwachen würde sie Steve anrufen und ihn dazu bringen, den Museumsbesuch zu verschieben, um im Anschluss daran mit den Kindern essen zu gehen. Das klang nach einem guten Plan. Einem hervorragenden Plan, schließlich fing er mit der heißen Dusche und dem Nickerchen an, und Pläne, die mit heißen Duschen und Nickerchen anfingen, waren immer ganz hervorragend. Man konnte sie sogar als Masterpläne bezeichnen.

Doch als sie die Tür öffnete und Steve im Wohnzimmer sitzen sah, war ihr Masterplan auch schon zum Scheitern verurteilt. Steve hätte nach der Dusche und dem Nickerchen an die Reihe kommen sollen; so lautete der Plan. Jetzt war alles auf den Kopf gestellt worden.

»Wie bist du reingekommen?«, fuhr sie ihn an, was vermutlich nicht der beste Beginn einer Unterhaltung war.

Er beäugte sie fragend. »Deine Mom hat mich reingelassen. Sie ist eben gegangen, weil ich sagte, dass ich auf dich warten würde. Ich bin hier, um Sam abzuholen.«

Abby sah ihn irritiert an. »Du willst sie abholen? Das ist mein Wochenende mit den Kindern, nicht deins.«

Steves Blick fiel auf den Ketchupfleck auf ihrer Bluse. Das hätte sie nicht weiter stören müssen. Wenn es einen Mann auf diesem Planeten gab, den sie nicht beeindrucken musste, dann war das Steve. Trotzdem ärgerte es sie, ebenso wie die Tatsache, dass ihre Kleidung zerknittert war und sie blutunterlaufene Augen und zerzaustes Haar hatte. Verzweifelt suchte sie nach etwas, das an seinem Erscheinungsbild auszusetzen war, doch er sah wie immer makellos aus.

»Ich dachte, Sam hätte es dir erzählt«, sagte Steve. »Sie möchte wegen dieses Viechs das Wochenende bei mir verbringen.«

Abby verdrehte die Augen. »Sie übertreibt. Ich habe Ben gesagt, dass er seine Haustiere in seinem Zimmer lassen soll.«

Steve runzelte die Stirn. »Sie übertreibt? Deine Mutter ist zu weit gegangen, Abby. Dieses Ding ist fast dreißig Zentimeter lang.«

Das war der Augenblick, in dem Abby ein Licht aufging. Denn weder Bens Tarantel noch das Chamäleon waren dreißig Zentimeter lang. Und ihre Mutter hatte ständig versucht, mit ihr über Bens Geburtstagsgeschenk zu sprechen. Und … O nein, da war auch noch Sams seltsame Nachricht über eine Stange, bei der es sich auch gut um eine schlechte Autokorrektur gehandelt haben konnte …

Sie wandte sich von Steve ab und stürmte ins Zimmer ihres Sohnes. *Bitte, Gott, alles, nur das nicht, bitte, bitte, bitte …*

»Hi, Mom«, sagte Ben leise. Abby würdigte ihren Sohn, der auf dem Bett lag, kaum eines Blickes.

Im Zimmer stand ein neues Vivarium, und darin ringelte sich auf eine Art und Weise, die sich nur als unheilvoll beschreiben ließ, eine gelbbraune Schlange. Abby starrte sie entsetzt an. Die Schlange schien den Blick aus ihren Knopfaugen zu erwidern. Sie lieferte sich hier ein Blickduell mit einer Schlange, das sie vermutlich nicht gewinnen würde, aber sie konnte es wenigstens versuchen.

Die Schlange musste verschwinden. Abby war stinksauer auf ihre Eltern, dass sie sie in diese Lage gebracht hatten, denn jetzt musste sie Ben das Herz brechen, aber dieses *Ding* würde auf keinen Fall in ihrem Haus bleiben.

Sie drehte sich zu ihrem Sohn um und wappnete sich für eine unangenehme Diskussion. Er sah sie mit seinem typischen Ben-Blick an, in dem sich irgendwie gleichzeitig Hoffnung und Traurigkeit widerspiegelten. Bei diesem Anblick regten sich jedes Mal aufs Neue ihre Schuldgefühle. Denn wenn sie Steves Untreue verkraftet und die Ehe nicht beendet hätte, dann hätte Ben noch immer beide Elternteile zu Hause gehabt statt nur seine häufig abwesende Mutter. Er hätte eine normale Kindheit und … und …

Verdammt.

Ihre Entschlossenheit schmolz dahin wie ein Eiswürfel in einer Tasse heißen Tees. Einer Tasse heißen »Bens trauriger Blick«-Tees.

»Hi, Schatz«, stieß sie mit gepresster Stimme hervor. »Hat dir Grandma schon dein Geburtstagsgeschenk gegeben?«

Er nickte. »Das ist eine Kornnatter. Ein Er. Und harmlos!« Es sah fast danach aus, als würde er sich den Kopf zermartern, was er noch Positives über die Schlange sagen konnte. »Er macht keinen Aufstand, frisst gefrorene Nagetiere und braucht nicht mal lebendige.«

Na, das war ja eine wundervolle Eigenschaft. Sie seufzte. »Ben … Ich weiß, dass du dir eine Schlange gewünscht hast.«

»Er ist sehr neugierig. Und ich kann ihn in die Hand nehmen. Du kannst das auch, wenn du willst. Sein Name ist Brezel. Weil er seinen Körper in Brezelform bringen kann.«

Sie stieß die Luft aus und versuchte, das zu sagen, was ihr auf der Zunge lag. Das mit der Schlange ging zu weit. Die musste verschwinden. Vielleicht konnten sie Ben stattdessen noch eine Spinne kaufen.

»Der Besitzer des Zoogeschäfts hat gesagt, Brezel wäre bei der letzten Familie misshandelt worden, bevor sie ihn weggegeben hat.«

Großartig. Die Schlange hatte auch noch eine traurige Vorgeschichte. Wenn sie Ben jetzt zwang, sie wegzugeben, würde er den armen Brezel, dem keiner ein liebevolles Zuhause bieten wollte, nie vergessen.

Als Ben mit vier von Superhelden besessen gewesen war, hatte Dr. Rosen, der Kindertherapeut, das Offensichtliche diagnostiziert: Ben versuchte, durch Iron Man, Thor und Captain America eine neue Vaterfigur zu bekommen. Danach war Bens Interesse von Superhelden zu Wirbellosen und Squamata umgeschlagen. Dr. Rosen erklärte, dass Ben versuche, seinem Dad, dem Akademiker, näher zu sein. Abby zog ihre eigene Theorie jedoch vor: Ben hatte erkannt, dass sein Vater nie so wie Captain America sein würde, und daher beschlossen, ihn durch etwas Vergleichbareres wie eine Spinne oder eine Echse zu ersetzen.

Jetzt wollte Ben Steve anscheinend durch eine Schlange ersetzen. Das konnte Abby sogar nachvollziehen.

»Darf ich ihn behalten?«, fragte Ben.

Abby ließ sich seufzend neben Ben aufs Bett sinken. »Wir werden sehen, Schatz. Darüber muss ich erst nachdenken.«

Ihr wurde das Herz schwer, als sie ihren Sohn betrachtete. Edens entführter Junge war fast im selben Alter wie Ben. Sie fragte sich, wie oft Eden Nathan gesagt hatte, dass er etwas nicht haben durfte – genau, wie Abby es eben bei Ben gehabt hatte. Vermutlich bereute sie jetzt jede einzelne Begebenheit, bei der sie ihm etwas abgeschlagen hatte.

Abby legte die Arme um Ben und drückte ihn so fest, als wollte sie ihn auspressen.

»Du tust mir weh, Mom.«

Sie ließ ihn los. »Entschuldige. Ich werde jetzt mit deinem Dad reden, okay?«

Abby stand auf und kehrte ins Wohnzimmer zurück. Dabei verspannte sie sich, da sie genau wusste, dass sie Steve umbringen würde, wenn er jetzt eine höhnische oder kritische Bemerkung machte. Es war höchst bedauerlich, dass das NYPD etwas gegen Polizisten hatte, die ihren Ex-Partner umbrachten. Aber einige Dinge ließen sich nun mal nicht vermeiden.

Zum Glück sah er ihr nur in die Augen und sagte nichts. Eine beeindruckende Zurückhaltung.

»Wo ist Sam?«, erkundigte sie sich.

»Sie packt ihre Tasche«, antwortete Steve.

»Soll ich sie morgen Abend wieder abholen?«

»Okay.«

»Können wir jetzt über Bens Geburtstag reden?«, fragte sie.

Er grinste sie an, doch seine Augen funkelten herausfordernd. »Sicher.«

Sie setzte sich neben ihn, damit er nicht zu ihr aufblicken musste. Das hätte ihn bloß in die Defensive gedrängt. Er wartete, dass sie das Wort ergriff. Allerdings war er ein Amateur, wenn es ums Warten ging. Abby schenkte ihm ein scheues Lächeln.

»Ich dachte, ich könnte *dieses Jahr* an Bens Geburtstag eine aktivere Rolle spielen«, sagte er schließlich. »Normalerweise planst du immer alles. Und ich hatte mir überlegt, mal etwas anderes zu tun.«

»Etwas anderes«, wiederholte Abby ermutigend.

»Ben liebt Insekten und Reptilien. Warum machen wir nicht zur Abwechslung mal etwas, was er wirklich mag?«

Dazu wollten Abby ein Dutzend Gründe einfallen. Und die Worte »zur Abwechslung« waren eindeutig als Kritik gemeint und sollten so klingen, als würde sie an Bens Geburtstag nie etwas machen, was ihm gefiel. Nein, wenn man Steves Worte richtig deutete, ließ Abby Ben an seinem Geburtstag immer leiden, vielleicht indem sie ihm an diesem Tag mehr Hausaufgaben aufbrummte oder ihn unter Zwang mit Brokkoli fütterte.

Die Worte stiegen ihre Kehle hinauf und drohten, ihr über die Lippen zu kommen. Sie spürte schon, wie die allein für Steve reservierte Wut in ihr aufbrandete.

Doch sie holte tief Luft und erinnerte sich an Wills Worte. »Und vielleicht solltest du ihn nicht beschimpfen und keine Gegenstände aufzählen, die er sich in den Arsch stecken kann.«

Das Hauptproblem war, dass es ihr sehr schwerfiel, ihr gemeinsames Leben mit Steve zu vergessen. Die guten ebenso wie die schlechten Zeiten nagten an ihr, wann immer sie mit ihm reden musste.

Sie beschloss, sich vorzustellen, dass es sich um eine echte Krise handelte. Man hatte sie mitten in der Nacht zu einem 7-Eleven gerufen. Ein mit MDMA vollgedröhnter Mann hatte sich darin verschanzt und eine Waffe auf den Besitzer gerichtet. Er drohte, sie beide zu erschießen, wenn Abby nicht zustimmte, dass er mit Ben an seinem Geburtstag ins Museum gehen durfte. Mit *diesem* drogensüchtigen Mann konnte sie reden, ganz im Gegensatz zu ihrem Ex-Mann.

»Es macht den Anschein, als hättest du das Gefühl, ich würde über Bens Geburtstage bestimmen«, sagte sie in freundlichem, ruhigem Tonfall.

Steve blinzelte. »Ich schätze schon. Letztes Jahr hast du mich erst am Vortag eingeladen. Und als er sechs wurde, seid ihr nach Florida geflogen und ich war nicht mal dabei. Daher wollte ich zur Abwechslung mal Bens Geburtstag organisieren.«

Sie nickte. »Welche von Bens Freunden möchtest du einladen?«

»Na, selbstverständlich Dennis. Und Kyle.«

»Dennis … und Kyle?«, wiederholte sie, wobei ihre Stimme fragend wurde. Kyle war der reinste Albtraum, aber auch Bens bester Freund. Bei der Vorstellung, mit ihm ins Museum zu gehen, drehte sich Steve garantiert der Magen um.

»Vielleicht lieber nicht Kyle«, meinte Steve nach einer Sekunde. »Wir könnten Ben fragen, wen er einladen möchte.«

Sie wartete einige Sekunden und ließ Steve über dieses knifflige Problem nachdenken. Dann sagte sie: »Ich wünschte, ich hätte dieser gemeinsamen Feier mit Tommy nicht zugestimmt. Wie kann ich das jetzt wieder absagen?«

»Sag Tommys Mutter, dass etwas dazwischengekommen ist.«

»Wie soll ich das tun, ohne dass es sich auf Bens Beziehung zu Tommy auswirkt?«

»Du … ähm …« Steve runzelte die Stirn und schien nach einer Antwort zu suchen.

Genau das hatte sie beabsichtigt. Sollte er doch ihr Problem lösen und die Sache mal mit ihren Augen sehen.

»Ich wüsste nicht, wieso das irgendwelche Auswirkungen haben sollte«, meinte er nach einigen Sekunden.

»Es sollte keine Auswirkungen haben?«, wiederholte sie.

Er seufzte. »Wieso hast du dieser Party zugestimmt, ohne vorher mit mir zu reden, Abby? Das ist genau das, was ich meine.«

Sie rief sich in Erinnerung, dass sie nicht Steve vor sich hatte, sondern einen Drogensüchtigen in einem Laden. »Entschuldige«, sagte sie. »Du solltest bei solchen Dingen ein Mitspracherecht haben.«

»Ja, ganz genau!« Er wirkte ermutigt.

Jetzt hatte sie ihn genau da, wo sie ihn haben wollte – er bildete sich ein, die Kontrolle zu haben. Aber er war auch hin- und hergerissen. Er wollte den Museumsbesuch nicht verschieben, aber auch nicht, dass sie die von ihr organisierte Party absagte. Nun musste sie ihn nur noch in die richtige Richtung stupsen.

»Erinnerst du dich an Sams dritten Geburtstag?« Sie lächelte ihn an. Das war der einzige Geburtstag, den sie je zusammen geplant hatten.

Er schnaubte. »Den werde ich nie vergessen. Der Kuchen war einfach überall.«

»Ich musste so lachen. Und diese Mutter mit ihren ständigen Ermahnungen, ja gesund zu essen …«

»O Gott, sie hörte einfach nicht auf.« Steve schüttelte amüsiert den Kopf und sagte mit schriller Stimme: »Warum gibt es hier keine Karotten? Karotten sind gesund.«

Abby fing an zu lachen – es war ein richtiges, spontanes, echtes Lachen. Steve hatte andere schon immer gut nachmachen können. Er grinste sie an.

Sie seufzte leise und setzte eine traurige Miene auf. »Nächstes Jahr sollten wir Bens Geburtstag zusammen planen.«

»Okay. Und ich verschiebe den Museumsbesuch, damit du bei Tommys Mutter nicht in Teufels Küche kommst.«

Sie berührte kurz seinen Arm. »Danke.«

Samantha kam mit entrüsteter Miene ins Wohnzimmer. »Kann losgehen, Dad.«

Abby stand von der Couch auf. Sam hatte den Riemen einer Tasche über der Schulter und ihren Geigenkoffer in der Hand. Keebles tapste hinter ihr her und warf Abby einen vernichtenden Blick zu. *Mach's gut, Menschenmom. Wir gehen zu Menschendad. Wo es viel besser ist.*

»Du verbringst das Wochenende also bei deinem Dad?«

»Ich bleibe bei Dad, bis diese Schlange aus dem Haus ist.«

»Darüber reden wir noch.« Abby wollte jetzt nicht schon wieder streiten. »Schönes Wochenende.«

Sie umarmte ihre Tochter. Keebles schien zu überlegen, ob sie gestreichelt werden oder Abby lieber mit Missachtung strafen wollte. Letzten Endes kam sie doch auf Abby zu und wirkte eine Sekunde lang nicht wie ein zorniger Teenager. Abby bückte sich und kraulte den Hund hinter den Ohren.

Sobald sie gegangen waren, rief sie ihre Mom an.

»Hallo, Schatz.« Abbys Mutter klang vollkommen mit sich im Reinen. Fast so, als wüsste sie gar nicht, was sie für ein Chaos in Abbys Leben angerichtet hatte.

Abby ging in ihr Schlafzimmer und schloss die Tür, damit Ben sie nicht verstehen konnte. »Du hast ihm eine Schlange gekauft?«, zischte sie und zog ihren Laptop aus der Tasche, weil sie nachsehen wollte, ob es im Fall schon Neuigkeiten gab.

»Er wünscht sich seit einem halben Jahr eine.«

»Ja! Und wir haben ihm alle gesagt, dass er sich eine zulegen kann, wenn er aufs College geht.« Sie setzte sich aufs Bett und stellte sich den Laptop auf die Knie.

»Es ist sein achter Geburtstag.« Ihre Mutter sprach die Zahl aus, als ob sie eine besondere Bedeutung hätte und nicht bloß die Zahl nach sieben war.

»Du wusstest, dass ich dem nicht zustimmen würde, Mom. Und du wusstest, wie sehr sich Samantha aufregen würde, und du …«

»Samantha wird drüber hinwegkommen, genau wie bei dem Chamäleon und der Tarantel. Es ist eine Kornnatter, Abby. Diese Tiere sind harmlos.«

»Das ist das letzte Mal, dass du so etwas mit mir machst.« Abbys Stimme bebte vor Zorn.

»Du bist wütend, Schatz. Lass uns darüber reden, wenn du dich beruhigt hast, okay?«

Abby wollte ihrer Mutter schon widersprechen und verlangen, dass sie das jetzt besprachen, als sie eine neue E-Mail von Will mit dem Betreff »Nathans Vater« in ihrem Postfach sah. Sie klickte sie an und überflog rasch den Text. Will hatte ein Foto von Nathans und Gabrielles Vater in Gabrielles Instagram-Feed entdeckt.

Sie sah sich das Foto an und hatte schlagartig einen trockenen Mund.

»Hallo? Abby?«

Ein Mann lächelte in die Kamera. Er hatte sich hingehockt und umarmte ein Mädchen, bei dem es sich um Gabrielle als kleines Kind handeln musste. Neben ihm stand noch ein anderer Mann.

Sie kannte diesen Mann.

Eden hatte sie angelogen.

Kapitel 22

Abby klopfte an Edens Haustür und klingelte auch noch. Sie atmete schwer, als wäre sie den ganzen Weg zu Edens Haus gerannt. Gabrielle öffnete die Tür.

»Hi«, sagte Abby. »Ist deine Mom zu Hause?«

Gabrielle trat zur Seite und bat Abby hinein. »Sie ist im Bad.«

»Okay.« Abby schloss die Tür hinter sich. In der kleinen Wohnung war das Geräusch des laufenden Wassers zu hören. »Ich kann warten.«

Hernandez, ihr Kollege, der gerade Dienst hatte, spielte in der Küche an seinem Handy herum. Im Wohnzimmer saß ein junger Mann auf der Couch.

»Hallo«, grüßte er zaghaft.

»Hi«, erwiderte Abby. »Ich bin Lieutenant Mullen.«

»Ich bin Eric.«

Abby wandte den Blick nicht von ihm ab, sagte aber nichts weiter, und es herrschte angespannte Stille. Er trug einen ausgebeulten Pullover und abgewetzte Jeans. Sein Haar war schütter, und wie zum Ausgleich hatte er sich einen Stoppelbart wachsen lassen.

»Eric Layton«, fügte er schließlich verunsichert hinzu. »Ich bin Gabrielles … Ich arbeite mit Gabrielle zusammen.«

»Sie arbeiten mit Gabrielle zusammen?«, wiederholte Abby.

»Ich helfe ihr bloß mit Bildfiltern und, äh … der Wartung ihrer Social-Media-Konten.«

Abby nickte. »Würden Sie bitte gehen, damit ich ungestört mit der Familie sprechen kann, Eric?«

»Sicher.« Er sprang auf. »Ich wollte sowieso gerade gehen.«

»Stimmt was nicht?«, fragte Gabrielle. »Gibt es Neuigkeiten wegen Nathan?«

Abby wartete, bis Eric an ihr vorbeigegangen war und das Haus verlassen hatte. Dann schüttelte sie den Kopf. »Nein. Ich muss nur mit Eden über etwas sprechen.« Sie holte ihr Handy aus der Tasche und rief das Foto auf, das Will ihr geschickt hatte, um es Gabrielle zu zeigen. »Das hast du vor einer Weile gepostet. Gehe ich recht in der Annahme, dass das dein Vater ist?« Sie deutete auf den Mann, der das kleine Mädchen umarmte.

»Ja«, bestätigte Gabrielle. »Und das bin ich.«

»Wer ist der andere Mann?«

»Das ist der Mann, bei dem wir alle gelebt haben. Auf seiner Farm.«

Großer Gott! »Sein Name ist Otis, stimmt's? Otis Tillman.«

Gabrielle riss die Augen auf. »Sie kennen ihn?«

Abby wusste von ihm, aber das war nichts, worüber sie mit Gabrielle sprechen wollte. »Habt ihr lange dort gelebt? Auf Otis' Farm?«

»Ja. Fast meine ganze Kindheit. Hat das irgendwas mit Nathans Entführung zu tun?«

»Das können wir noch nicht mit Sicherheit sagen.« Abby runzelte die Stirn. Das Wasser lief noch immer. *Verdammt!* Sie ging in den ersten Stock und klopfte an die Badezimmertür. »Eden?«

»Augenblick«, rief Eden durch die Tür. Ihre Stimme klang panisch.

Abby drehte den Türknauf und öffnete die Tür. Eden stand am Waschbecken und schrubbte sich die Hände mit einer Metallbürste. Das Wasser im Becken hatte sich durch das Blut rosa verfärbt. Eden zuckte erschrocken zusammen, als Abby hereinkam.

»Ich wollte nur …«

Abby riss Eden die Bürste aus der Hand. »Damit hilfst du Nathan auch nicht.« Sie drehte den Wasserhahn zu, nahm deutlich sanfter Edens Hände und untersuchte sie gründlich. Der Handrücken war wund, und Blut drang durch die gerötete Haut.

»Das passiert nur … wenn ich nervös bin.« Edens Stimme brach.

»Ich weiß.« Mit einem Mal war Abby sehr erschöpft. »Wir sollten das verbinden. Hast du Mull da?« Sie öffnete das Arzneischränkchen und wollte ihren Augen nicht trauen.

Im unteren Fach standen Medikamente, die offenbar verschreibungspflichtig waren, aber Abby war wegen etwas anderem entsetzt. Im Fach darüber stand ein gerahmtes Foto von Moses Wilcox, dem »Vater« der Wilcox-Sekte.

»Mom?« Gabrielle tauchte im Türrahmen auf.

Ohne sich über den Grund im Klaren zu sein, knallte Abby die Tür des Schränkchens zu, als wollte sie den Inhalt vor Edens Tochter verbergen. Eden hatte ganz rote Wangen bekommen, und ihre Lippen bebten.

»Ist alles in Ordnung?« Gabrielles Blick fiel auf die Hände ihrer Mutter. Abby bemerkte, dass das Mädchen nicht überrascht aussah, sondern eher angewidert. Anscheinend hatte sie das schon häufiger erlebt.

»Es geht mir gut«, erwiderte Eden. »Ich bin gleich da.«

Gabrielle ging wieder. Abby schloss leise die Badezimmertür, sodass sie beide in dem engen Raum eingesperrt waren. Erst dann öffnete sie den Arzneischrank ein zweites Mal. Dieses

Foto hatte sie noch nie zuvor gesehen. Moses saß in einem Hotelzimmer auf einem Stuhl und hatte das für ihn typische gütige Lächeln aufgesetzt.

»Wenn du nervös wirst«, Abby bemühte sich um eine ruhige Stimme, »dann kommst du her, machst die Schranktür auf und kratzt dir die Haut von den Händen, während dir Moses dabei zusieht.«

»Manchmal«, flüsterte Eden. Sie nahm eine Mullbinde heraus und machte sich daran, sich mit geübten Bewegungen die Hände zu verbinden. Rote Flecken erschienen auf dem sterilen weißen Stoff. »Machst du das nicht?«

»Ich habe mit acht damit aufgehört. Meine Mom hat mir dabei geholfen.«

»Deine Mom?«

»Meine Adoptivmutter«, erklärte Abby. »Das ist eine schreckliche Angewohnheit. Sie wurde uns von einem Mann, der uns durch Angst kontrollierte, eingetrichtert. Sie macht rein gar nichts besser.«

»Aber die Keime …«

»Die Keime sind hier nicht das Problem, und das weißt du auch.« Abby sah zu, wie Eden den Verband anlegte. Wie oft hatte sie das in den letzten Jahren schon getan? »Woher hast du das Foto? Ich habe es nie zuvor gesehen.«

»Isaac hat es mir vor Jahren geschickt. Er hat es irgendwie geschafft, es zu behalten, als alle … als wir gegangen sind.«

»Das hat er mir nie erzählt.«

»Vielleicht wusste er, dass du es nicht brauchen würdest.«

»Du brauchst es auch nicht. Ebenso wenig wie Isaac.« Abby seufzte. Dies war nicht der richtige Moment, um den über Jahre zugefügten Schaden zu korrigieren. Es gab Wichtigeres zu besprechen. Sie holte das Handy aus der Tasche und zeigte Eden das Display. »Das ist Otis Tillman.«

Eden musste sich ans Waschbecken lehnen, um sich zu stützen. »Woher hast du das?«

»Deine Tochter hat es auf Instagram gepostet. Sie sagte, ihr hättet dort gelebt.«

»Ja, aber wir ...«

»Hat er dich rekrutiert?«

»Woher weißt du, wer ...«

»Woher ich weiß, wer Otis ist?«, beendete Abby die Frage für Eden. »Er hat eine Polizeiakte. Er ist ein ansässiger Sektenanführer. *Selbstverständlich* kenne ich ihn.« Sie erwähnte ihre Besessenheit von Sekten nicht. Auch nicht die Datenbank, die sie täglich aktualisierte. Otis Tillman stand seit Jahren darin.

Er hatte einige Anhänger, aber nie mehr als siebzig. Soweit der Polizei bekannt war, gab es auf seinem Grundstück nur wenig Waffen. Abgesehen von einem Vorwurf der Unzucht mit Minderjährigen, der untersucht und fallen gelassen worden war, hatte sich die Gemeinschaft auf der Tillman-Farm nichts zuschulden kommen lassen. Allerdings wusste keiner, was hinter diesen Zäunen vor sich ging.

»Es ist keine Sekte«, verteidigte sich Eden. »Es ist eine Gemeinschaft. Ich habe nach einem Ort gesucht, der mein Zuhause werden konnte. Wo ich wieder geliebt werden konnte. So wie ich als Kind geliebt wurde.«

»Und Otis hat dich gefunden und in seine *Gemeinschaft* aufgenommen.«

»Eigentlich war es David, mein Ex-Mann, der mir begegnet ist und der mir Otis vorgestellt hat. Sie haben so glücklich gewirkt. So zielstrebig. Und sie haben mich nicht *rekrutiert.* Sie haben mich für ein Wochenende zu sich eingeladen, damit ich den Rest der Gemeinschaft kennenlernen konnte. Und die Leute dort waren so nett. Und sie mochten mich. Sie mochten mich wirklich. Ich hatte das Gefühl, zu ihnen zu gehören.«

Das bezeichnete man auch als Entwaffnen durch Freundlichkeit – eine Strategie, die Sekten bei der Rekrutierung einsetzten. Abby machte sich nicht die Mühe, das anzumerken. Irgendwo tief in ihrem Inneren musste Eden das längst wissen. Nachdem sie sich ihnen angeschlossen hatte, war diese Taktik garantiert noch öfter angewandt worden. Man überschüttete die Neuankömmlinge mit endloser Zuneigung, damit sie das Gefühl hatten, endlich am richtigen Ort angekommen zu sein.

»Ist David immer noch da?«, wollte Abby wissen.

»Soweit ich weiß, ja.«

»Du hast gesagt, du wüsstest nicht, wie du ihn erreichen kannst. Dass er irrelevant wäre. Aber wenn er auf der Tillman-Farm lebt, dann ist er sogar sehr relevant. Er wohnt ganz in der Nähe, und er gehört der Tillman-Sekte an. So, wie du, Gabrielle und Nathan früher auch.«

Eden senkte den Blick. »Wir sind gegangen.«

»Was ist, wenn Otis Tillman beschließt, dass er dich wieder in seiner sogenannten Gemeinschaft haben will? Oder die Kinder?«

»Er würde nicht …«

Abby riss der Geduldsfaden. »Du hast nicht die leiseste Ahnung, wie weit er gehen würde, Eden. Und wenn Tillman Nathans Vater oder irgendeinem anderen aus der Gruppe aufgetragen hat, dein Kind zu entführen, um ›ein verlorenes Kind zur Herde zurückzubringen‹ oder so, würde dann einer von ihnen zögern?«

Eden erwiderte nichts.

»Der Sache müssen wir als Allererstes nachgehen, noch vor allem anderen …«

»Mom!« Gabrielle wirkte völlig aufgelöst.

»Nur eine Sekunde, Gabi. Wir sind gleich da.«

»Dein Handy klingelt!«

Eden erstarrte wie ein Reh im Scheinwerferlicht. Abby packte ihre Arme.

»Atme. Rede mit ihm. Und vergiss nicht, ihm offene Fragen zu stellen und uns Zeit zu verschaffen. Erwähne bloß nicht die Tillman-Farm. Und versuch bitte, ganz ruhig zu bleiben.«

»Mom!« Gabrielle stand in der Tür und hielt das klingelnde Handy in der Hand, als wäre es eine Bombe, die jeden Augenblick explodieren konnte.

Eden trat auf den Flur und nahm das Handy mit der bandagierten Hand entgegen. Sie hielt es sich ans Ohr.

»Hallo?«

Abby brauchte eine Sekunde, bis sie auf den Gedanken kam, die Abhör-App auf ihrem Handy zu aktivieren. Sie hörte noch den Bruchteil eines Satzes. »… und Ihrer Tochter.«

Eden blinzelte und stutzte. »Warum wollen Sie mit meiner Tochter sprechen?«

»Mit Ihnen rede ich nicht mehr«, erklärte die metallische Stimme. »Geben Sie Ihrer Tochter sofort das verdammte Handy, oder ich lege auf.«

Daraufhin starrte Eden Abby mit großen Augen an. Abby schüttelte leicht den Kopf.

Eden holte tief Luft. »Wie kann ich …«

»Geben Sie Gabrielle sofort das Handy! Wenn ich noch ein Wort von Ihnen höre, lege ich auf und tue Nathan weh!«

Sofort reichte Eden Gabrielle das Handy. »Er will mit dir reden«, flüsterte sie.

Gabrielle nahm das Telefon. »Hallo?«

»Hi, Gabrielle.« Trotz des Stimmverzerrers war deutlich zu hören, dass die metallische Stimme jetzt sanfter klang. »Wie schön, wieder deine Stimme zu hören.«

Gabrielle warf Abby einen ängstlichen Blick zu. Abby bedeutete ihr, tief einzuatmen. Gabrielle blinzelte und holte tief Luft. »Äh … Geht es Nathan gut?«

Abby zuckte zusammen. Fragen, auf die man mit Ja oder Nein antworten konnte, waren nutzlos. Sie hätte darauf vorbereitet sein und mit Gabrielle ebenso wie mit Eden üben müssen.

»Nathan geht es gut«, antwortete der Mann. »Wie geht es dir? Mir ist aufgefallen, dass du gar nichts mehr gepostet hast.«

»Sie folgen mir?«, wisperte Gabrielle und machte ein entsetztes Gesicht.

»Ich folge dir schon von Anfang an. Warum postest du nichts mehr?«

Abby beugte sich vor und raunte Gabrielle ins Ohr: »Offene Fragen.«

Gabrielle stieß erschaudernd die Luft aus. »Wie soll ich denn was auf Instagram posten, wenn mein Bruder verschwunden ist? Wenn ich nicht mal weiß, ob es ihm gut geht?«

Abby reckte einen Daumen in die Luft. Das Mädchen hatte perfekt reagiert.

»Gutes Argument«, meinte der Mann. »Ich habe eine Nachricht von Nathan und werde sie dir jetzt vorspielen.«

»Kann ich mit ihm reden?«, stieß Gabrielle hervor.

Einige Sekunden lang war gar nichts zu hören. Dann eine Kinderstimme, verängstigt und zittrig. »Hi, Mommy. Hi, Gabi.«

»Nathan.« Gabrielle schluchzte auf. »Geht es dir …«

»Es geht mir gut. Aber ich will nach Hause«, sagte Nathan. »Ich soll euch das vorlesen. ›Jessica Meir und Christina Koch haben als erstes Astronautinnenduo einen Außeneinsatz im Weltraum beendet.‹« Er sprach langsam, als hätte er Schwierigkeiten mit den Worten, und stolperte über die Namen der Astronautinnen.

»Was?«, fragte Gabriele. »Was hat das …«

»Wie gesagt, es geht ihm gut.« Die metallische Stimme war zurück. »Ich schicke dir gleich ein Foto. Seid ihr dabei, das Lösegeld zu besorgen?«

»Ich verstehe das nicht.« Gabrielle war der Verzweiflung nahe. »Warum hat er das gesagt? Kann ich mit ihm reden?«

»Das war eine Aufzeichnung«, erwiderte der Mann. »Er ist jetzt nicht hier. Aber du hast ja gehört, dass er nach Hause möchte. Und wir werden langsam ungeduldig. Wie kommt ihr bei der Beschaffung des Lösegelds voran?«

Abby winkte und versuchte, die Aufmerksamkeit des Mädchens zu erregen. Es gab so viele Möglichkeiten, auf diese Frage zu reagieren. Sie konnte seine Worte wiederholen, eine offene Frage stellen, versuchen, dem Mann in ihre Lage zu versetzen. Wenn sie langsamer redete, sich Zeit verschaffte, zwischen den Sätzen einige Sekunden verstreichen ließ, auf ihren Tonfall achtete …

»So viel Geld kriegen wir nicht zusammen!«, brüllte Gabrielle. »Wir versuchen es ja, aber so viel bekommen wir nicht. Ich muss mit meinem Bruder reden. Bitte lassen Sie mich mit ihm sprechen, ich …«

»Ich weiß nicht, wie lange ich meine Partner noch hinhalten kann«, fiel ihr die metallische Stimme kalt ins Wort. »Du möchtest doch gewiss nicht, dass deinem Bruder etwas passiert. Tu, was immer du kannst, um das Lösegeld zu beschaffen. Rede mit jedem, der verfügbar ist. Du findest doch bestimmt Menschen, die dir gern helfen. Ich rufe bald wieder an.« Die Leitung war tot.

Einige Sekunden lang sagte keiner von ihnen etwas. Dann wimmerte Gabrielle, sackte gegen die Wand und ließ sich zu Boden sinken.

»Das soll endlich vorbei sein!«, jammerte sie. »Ich will ihn wiederhaben.«

Das Handy piepte und meldete eine eintreffende Nachricht. Gabrielle tippte sie an. Es war ein Foto von Nathan, auf dem er eine Zeitung in der Hand hielt. Das Foto von Astronauten vor einer Raumstation prangte auf der Titelseite.

»Was zum Teufel soll das?«, fragte Gabrielle. »Warum schickt er uns das?«

»Als Beweis dafür, dass Nathan noch am Leben ist«, antwortete Abby. »Seht ihr? Er hält die *New York Times* von heute in der Hand.«

»Aber … das ist unmöglich.« Eden sah sich das Foto genauer an. »Das muss ein altes Bild sein.«

»Die Zeitung ist von heute.« Abby zeigte darauf. »Ich habe einen Bericht über die Astronautinnen in den Nachrichten gesehen.«

»Aber das ist Nathans Zimmer«, beharrte Eden. »Das Foto wurde in Nathans Zimmer aufgenommen.«

Abby starrte erst Eden an und dann das Foto. Sie hatte recht. Im Hintergrund war Nathans Bett zu sehen, und das gleiche »Harry Potter«-Poster hing an der Wand. Selbst eine Ecke der Pinnwand mit seinen Bildern konnte man erkennen. Eine Sekunde lang starrten alle durch den Flur zu Nathans Zimmer.

Allerdings war es dunkel und leer.

Kapitel 23

Er wollte nicht in dieser Position sein, Gabrielle Kummer zu bereiten, sein Leben zu riskieren. Aber er tat das alles für sie. Auf gewisse Weise hatte sie ihn darum *gebeten.* Und jetzt benahm sie sich, als wäre er der Böse.

Dabei war er der Einzige, der auf ihrer Seite stand. Der Einzige, der sich wirklich für sie interessierte. Es war so leicht, nur als geistloses Schaf, als einer ihrer vielen Follower durchs Leben zu gehen. Ihre Posts zu liken, hin und wieder einen bedeutungslosen Kommentar abzugeben – »Wunderschön« oder »Du siehst so toll aus« oder einfach eine Reihe von Emoticons.

Er war mehr als das. Er war nicht nur ein Follower, sondern Teil ihres Teams.

Ihm fiel noch rechtzeitig ein, dass er das Handy ausschalten und den Akku rausnehmen musste. Eine Zeit lang fuhr er ziellos umher, hörte Radio und tippte mit den Fingern auf das Lenkrad, während er die Melodien mitsummte.

Irgendwann beschloss er, dass er weit genug von der Stelle entfernt war, von der aus er angerufen hatte, hielt auf einem Parkplatz und holte sein anderes Handy hervor. Das, das er nur benutzte, um sie zu beobachten. Er öffnete die Instagram-App – noch immer keine Updates. Bemerkten ihre Follower die Abwesenheit? Fragten sie sich, ob es ihr gut ging? Normalerweise postete Gabrielle mehrmals am Tag etwas. Im vergangenen Jahr hatte sie nur zwei Tage ausgelassen – einen Tag wegen einer schweren Grippe, und am anderen hatte sie sich von ihrem Freund getrennt. Zwei dunkle Tage, eine Leere.

Von all ihren Followern wusste nur er allein, was gerade vor sich ging, und das verband sie wie ein unsichtbarer Faden.

Obwohl er den Grund kannte, aus dem sie nichts postete, und sogar zweimal mit ihr gesprochen hatte, wurde ihm beim Anblick des letzten Posts, der schon einen Tag alt war, das Herz schwer und er bekam feuchte Hände. Eine Million unsichtbarer Ameisen krabbelte über seine Haut. Er vermutete, dass es Heroinsüchtigen ähnlich ging, wenn sie den nächsten Schuss brauchten. Da war es kein Wunder, dass sie alles, wirklich alles, unternahmen, damit es aufhörte. Wenn er Wildfremden einen blasen musste, damit Gabrielle wieder etwas postete, dann wollte er es tun. Das wäre ein geringer Preis gewesen.

Er scrollte weiter, schwelgte in Erinnerungen und sah sich ihre besten Posts an. Sein ganz eigenes virtuelles Methadon.

Dieser eine Morgen, an dem ihr Lächeln nur ihm gegolten zu haben schien. Der Tag am Swimmingpool, wo ihr Haar im Wind flatterte. Silvester 2019, als sie einen Kussmund machte, *ihn* küsste, sich bei all ihren Followern bedankte.

Durch eine schnelle Bewegung seines Fingers zuckten Dutzende von Gabrielles Fotos über das Display. Lächelnd, schmollend, lachend, küssend. Er landete bei dem Post, auf dem sie ihren Bruder umarmte. Die beiden standen in Nathans Zimmer, und sie hatte dazu geschrieben:

> In der Männerhöhle meines Bruders. Wenn ich mein Traumhaus bekomme, wird es darin genau so ein Zimmer wie dieses geben.

Ihre Fans hatten mit Herz-Emojis und albernen Plattitüden reagiert. Keiner hatte begriffen, dass es eine Bitte war.

Keiner außer ihm. Und ihm war jeder ihrer Wünsche Befehl.

Er schloss die App und öffnete die Fotogalerie, um in seiner Privatsammlung mit ihren Fotos zu stöbern, bis er seine Lieblingsserie vom Fotoshooting während des Roadtrips 2017 gefunden hatte. Sie stand im Wald, und der Nebel hüllte sie wie ein Schleier ein. Auf zwei Bildern war sie nicht deutlich zu erkennen, und auf einem hatte sie geblinzelt und ein Auge halb geschlossen. Alle anderen sahen jedoch perfekt aus. Er schaute sie sich in Ruhe an, und die Anspannung wich aus seinem Körper.

Endlich war der Schmerz verschwunden, die Ruhelosigkeit ließ nach. Er legte das Handy weg, schaltete den Motor ein und fuhr zurück zur Hütte.

Vielleicht würde er heute Abend ja zusammen mit dem Jungen essen. Immerhin würden sie in Zukunft alle eine Familie sein. Es gab keinen Grund, dass Nathan allein in seinem Zimmer sitzen musste. Er hatte chinesisches Essen besorgt, auch wenn er nicht wusste, ob Nathan es mochte, aber der Junge konnte ja nicht nur von Pizza und Burgern leben.

Sobald er die Stadt hinter sich gelassen hatte, wurde es leerer auf der Straße. Nach einiger Zeit bog er auf den langen Kiesweg ab, der zur Hütte führte. Er erschauderte, als er aus dem Wagen stieg; die Nacht war kühl. Die Wärme in der Hütte fühlte sich umso angenehmer an.

Er ging zum verschlossenen Zimmer, drehte den Schlüssel im Schloss und öffnete die Tür. Zu seiner Überraschung lag der Junge weder im Bett noch saß er am Schreibtisch. Die Tür verbarg die linke Seite des Raums, und er ging weiter und sah sich um.

Eine Bewegung im Augenwinkel. Die Zeit schien langsamer abzulaufen, als er sich umdrehte und noch reagieren wollte. Der Junge trat vor und schwang etwas, das leise pfiff, als es durch die Luft sauste.

Dann ein stechender Schmerz in seinem Knie.

Kapitel 24

Nathan zögerte einen Sekundenbruchteil.

Die vielen Stunden, die er sich diesen Augenblick ausgemalt und den Schlag geübt hatte, waren sehr hilfreich gewesen. Aber in seiner Fantasie hatte der Mann eine böswillige Fratze gehabt. Er war ein Monster in Menschengestalt gewesen. Stattdessen lächelte der Mann, der durch die Tür trat, und hatte eine Tüte von einem Restaurant in der Hand. Seine Nase war von der Kälte ganz rot.

Als Nathan doch zuschlug, tat er es nicht so kraftvoll und schnell, wie er konnte. Das Stahlrohr knallte gegen das Bein des Mannes und vibrierte in Nathans Händen, sodass er es beinahe fallen gelassen hätte.

Das Gesicht des Mannes veränderte sich. Jetzt lächelte er nicht mehr. Nathan sah den erbitterten Zorn und den Schmerz in den Augen des Mannes und hörte sein Schnauben.

Der Schrei, der sich Nathans Kehle entrang, spiegelte sein blankes Entsetzen wider, als er ein zweites Mal zuschlug, diesmal härter – und tiefer. Der Mann ging zu Boden und brüllte vor Schmerzen.

Nathan holte ein drittes Mal aus und zielte auf die Brust des Mannes. Doch der bewegte so schnell die Hand, dass sie zu verschwimmen schien. Das Rohr traf, und der Mann schrie auf, als er die Finger um das Metall legte. Mit einem schnellen Ruck hatte er Nathan das Rohr aus der Hand gerissen.

Sofort rannte Nathan durch die offene Tür, während der Mann hinter ihm laut kreischte. Er stolperte durch den Flur und suchte schwer atmend, panisch nach Luft ringend, die Haustür. Als er sie aufreißen wollte, gelang es ihm nicht. Er packte den Bolzen, zerrte daran und konnte ihn kaum bewegen. Wimmernd versuchte er es erneut, hörte das Schloss knacken und wollte die Tür öffnen. Es ging nicht.

Ein zweiter Bolzen hoch oben über seinem Kopf. Er reckte sich, stellte sich auf die Zehenspitzen, konnte ihn jedoch immer noch nicht ganz erreichen.

Der Mann schrie nicht mehr. Stattdessen stöhnte er vor Schmerz. Nathan blickte durch den Flur. Noch wurde er nicht verfolgt.

Er brauchte einen Stuhl, um den zweiten Bolzen zu fassen zu bekommen. Panisch schaute er sich um und bemerkte eine kleine Küche, einen Tisch, einen weißen Metallstuhl.

»Nathan!«, brüllte der Mann. »Komm wieder her, du kleiner Scheißer! Ich schwöre bei Gott, wenn ich dir hinterherlaufen muss, wirst du das bereuen!«

Schluchzend rannte Nathan in die Küche und griff nach dem Stuhl. Dann hob er den Kopf und erstarrte.

Gabi lächelte auf ihn herab.

Da hing ein riesiges Bild von ihr; es nahm fast die ganze Wand ein. Nathan konnte den Blick nicht davon abwenden. Seine Schwester sah darauf so glücklich und so gelassen aus. Aber irgendetwas stimmte damit nicht. Die Farben wirkten irgendwie falsch. Es sah beinahe so aus, als wäre das Bild aus winzigen Rechtecken zusammengesetzt worden.

Er ging näher heran und konnte weitere Einzelheiten erkennen. Es war in der Tat eine Collage von Dutzenden kleinerer Fotos. Nein, Hunderten. Und auf jedem dieser winzigen Fotos war ebenfalls Gabi zu sehen. Sie saß in einem Restaurant, auf ihrem Bett oder stand im Freien. Auf vielen Fotos waren auch Freunde zu erkennen. Nathan drehte sich der Magen um, als er feststellte, dass Gabrielle auf einigen Bildern nackt war.

»Nathan!«

Die Stimme kam näher. Nathan sah in den Flur. Der Mann kroch auf ihn zu, und sein Gesicht glich einer Maske aus purem Hass. Er biss vor Schmerzen die Zähne zusammen und zerrte sich grunzend und vor sich hin murmelnd über den Boden.

Nathan zog den Stuhl vor die Tür, stieg darauf und konnte den Bolzen endlich erreichen. Er hörte, dass sich der Mann hinter ihm schneller bewegte, drehte sich jedoch nicht um, sondern zerrte mit ganzer Kraft am Bolzen.

Es klickte.

Er sprang vom Stuhl und riss die Tür auf. Kalte Luft strömte herein.

Eine Hand an seinem Fußknöchel. Der Mann wollte ihn festhalten. Nathan schrie panisch auf und trat mit dem anderen Fuß auf die Finger, als müsste er eine Kakerlake zertrampeln. Der Mann stieß einen lauten Schmerzensschrei aus.

Nathan floh in die Dunkelheit und ließ die Schreie hinter sich zurück.

Kapitel 25

Carver hatte Abby angerufen und sie gebeten, in die Einsatzzentrale auf dem 155. Revier zu kommen. Als sie dort eintraf, musste sie nicht nach dem Weg fragen, sondern brauchte nur dem Geräuschpegel zu folgen.

Bei der Einsatzzentrale handelte es sich um einen großen Raum mit zwei langen Tischen, auf denen es von Kabeln und Telefonen nur so wimmelte. Er war voller Polizisten, die herumeilten, telefonierten oder etwas an eines der vier Whiteboards an den Wänden schrieben. Carver stand vor einem Whiteboard, neben dem eine große Karte von New York an der Wand hing. Am anderen Ende des Raums war Griffins Glatzkopf auszumachen, der sogar noch stärker zu glänzen schien als sonst. Will saß am Tisch und starrte auf den Bildschirm seines Laptops. Er rieb sich müde die Augen, aber sie meinte, noch etwas anderes in seiner Miene zu erkennen: den Hauch eines zufriedenen Lächelns.

»Hast du etwas gefunden?« Abby trat hoffnungsvoll näher.

»Das ist Gabrielles Instagram-Profil.« Will deutete auf den Bildschirm. »Sie hat es vor zweieinhalb Jahren eingerichtet. Soweit ich es anhand der Reaktionen auf die ersten Posts erkennen kann, hatte sie anfangs wenige hundert Follower. Doch dann machte sie mit ihren Freunden einen Road Trip und postete an verschiedenen Orten Selfies mit dem Hashtag ›wobinich‹. Und die Leute mussten raten. Der Gewinner bekam einen Preis wie eine unterschriebene Postkarte oder etwas in der Art.«

»Aha.« Abby versuchte, ihre Ungeduld im Zaum zu halten. Informationen waren das Lebenselixier eines Verhandlungsspezialisten. Man wusste nie, was einmal relevant sein konnte. Außerdem hatte Will sechs Jahre lang in der Abteilung für Cyberverbrechen gearbeitet und besaß das große Talent, endlose Informationen aus Onlinedaten herausfiltern zu können.

»Dadurch gewann sie mehrere hundert Follower dazu, bis sie irgendwann *dieses* Foto postete.« Will wechselte das Fenster, und ein Bild nahm den ganzen Bildschirm ein. Abby stieß langsam die Luft aus.

Es war in einem Wald oder Sumpf aufgenommen worden; die Details ließen sich nicht genau erkennen. Dichter Nebel kräuselte sich zwischen Bäumen und Blättern wie eine weiße Decke. Und in der Mitte stand Gabrielle, hatte die Arme über den Kopf gereckt und schien nackt zu sein. Allerdings verbarg der Nebel ihren Körper weit genug, dass man sich nicht hundertprozentig sicher sein konnte, ob sie tatsächlich nichts anhatte. Möglicherweise trug sie einen Body oder einen knappen Badeanzug. Dass man das nicht mit Sicherheit sagen konnte, schien gewollt zu sein. Die Bildunterschrift lautete schlicht *#wobinich*. Abby musste zugeben, dass es ein wunderschönes Foto war.

»Das Bild ging viral«, fuhr Will fort. »Innerhalb eines Tages explodierte Gabrielles Instagram-Konto. Ein Reporter vom *New Yorker Chronicle* arbeitete gerade an einer Story über Influencer und begleitete sie den Rest der Reise. Sein Artikel machte sie sogar noch berühmter. Nach der Reise hatte sie über fünfzigtausend Follower. Sie machte noch zwei weitere Ausflüge mit denselben Freunden und hatte im Anschluss siebzigtausend Follower. Sehr viele Frauen, die sie lieben und bewundern – aber auch zahlreiche Männer.«

»Das kann ich mir vorstellen«, murmelte Abby.

»Ich habe mir Gabrielles Follower angesehen. Dreiundsiebzig hat sie in den letzten achtzehn Monaten geblockt. Siebenundfünfzig Männer, sechzehn Frauen. Ich habe eine Liste erstellt …«

»Warum hat sie sie geblockt?«

»Wegen gemeiner Kommentare, Penisfotos, weil es Trolle sind, wer weiß das schon? Das müssen wir sie fragen. Danach habe ich ein Python-Script …«

»Ein was?«

»Python? Das ist eine Programmiersprache. Ich habe also ein Script aktiviert, um eine Liste mit den Followern zu erstellen, die Gabrielles Posts kommentieren. Ich habe sogar zwei Listen. Auf einer stehen die Superfans, okay? Die, die jeden Tag kommentieren und so gut wie alles liken. Und auf der anderen die, die eigentlich nie auf ihre Posts reagieren, was irgendwie auch seltsam ist. Sind das Stalker? Ich habe keine Ahnung, aber ich kann es dir zeigen.« Er drehte sich zum Laptop um und tippte drauflos.

Abby wartete einige Sekunden. »Wusstest du, dass eine Python eine ganze Antilope fressen kann?«

»Im Ernst?«, erwiderte Will.

»Sie klappt ihren Kiefer aus, damit sie die Antilope als Ganzes verschlucken kann.«

»Das ist ja unglaublich.« Wills Tonfall klang jedoch ganz und gar nicht erstaunt. Er drückte die Entertaste, und eine Exceltabelle erschien auf dem Bildschirm. »Siehst du? Das sind Gabrielles fünfhundert engagierteste Fans. Und jetzt schau dir Nummer hundertzwölf an.« Er scrollte zu der Zeile, in der jemand namens Karlad345 stand und klickte den Link neben dem Namen an. Eine Instagram-Seite ging auf. Auf dem Profilbild war ein Mann von etwa achtundzwanzig Jahren mit braunem Vollbart und hoher Stirn zu sehen, der an einem Baum lehnte.

»Er sieht aus wie der Mann, den Eden beschrieben hat«, stellte Abby fest.

»Sieh dir sein Profil genauer an.«

Abby beugte sich vor. Karlad folgte sieben Personen. Er hatte keine Follower.

»Er ist nicht besonders aktiv auf Instagram«, meinte sie.

»Wie ich bereits sagte, steht er an hundertzwölfter Stelle von Gabrielles aktivsten Fans. Er ist jeden Tag auf Instagram. Kommentiert ständig. Aber fast ausschließlich bei Gabrielle.«

Abby starrte den Bildschirm an. »Kannst du mir das Foto ausdrucken? Und ich hätte gern eine Liste all seiner Kommentare unter Gabrielles Posts.«

»Bin schon dabei. Der Drucker steht da drüben.« Will zeigte zum anderen Ende des Raums. »Ich drucke auch gleich das Profilbild aus.«

Abby ging zum Drucker und nahm die frisch ausgespuckte Seite heraus. Erneut betrachtete sie das Foto des Mannes. Auf dem Papier wirkte er irgendwie unheimlicher, sein Bart sah wild aus, und seine Kleidung schien ihm zu groß zu sein. Sie stellte sich vor, wie er in der Gegend herumgestanden hatte. Kein Wunder, dass er Eden aufgefallen war.

Sie ging zu Carver, der nun mit Griffin vor der Karte stand.

»… abgesehen von dem letzten Anruf bei Miss Fletcher?«, fragte Griffin gerade.

»Der Anruf kam von einer neuen Nummer«, antwortete Carver. »Und der Anrufer hat das Handy erneut direkt nach dem Auflegen ausgeschaltet. Derselbe Stimmverzerrer, den wir nicht rückgängig machen können, aber wir sind uns sicher, dass es in beiden Fällen derselbe Mann war. Der Anruf kam aus der Gegend 66. und Park Avenue in Manhattan. Wir können davon ausgehen, dass er sich im Umkreis von zweihundert Metern davon befunden hat. Vermutlich hat er im Auto gesessen, aber es ist auch denkbar, dass er aus einem der Gebäude in der Nähe angerufen hat.«

Carver nahm eine blaue Reißzwecke und steckte sie an der erwähnten Position in die Karte. In Manhattan waren zwei weitere blaue Markierungen zu erkennen – die Orte, von denen die vorherigen Anrufe erfolgt waren. Sie lagen nicht besonders dicht beieinander. Eine rote Reißzwecke kennzeichnete den vermeintlichen Ort der Entführung.

»Wir haben einen Streifenwagen mit unserer Skizze hingeschickt.« Carver deutete auf das Whiteboard, an dem die Phantomzeichnung hing. »Bisher ohne Erfolg.«

»Agent Kelly hat das Foto von Nathan analysieren lassen«, berichtete Griffin. »Es wurde wahrscheinlich mit Photoshop bearbeitet, aber sie überprüfen das. Wir vermuten, dass der Entführer ein Foto von Nathan in seinem Zimmer gefunden hat, auf dem der Junge irgendetwas in der Hand hält, vielleicht ein selbst gemaltes Bild. Und die Zeitung von heute wurde reinretuschiert. Wir gehen davon aus, dass sie das Foto aus Gabrielles Feed haben.«

»Wenn das Bild verändert wurde, könnte das bedeuten, dass Nathan tot ist.« In Carvers Stimme schwang Traurigkeit mit. »Wenn die Entführer ein Foto von ihm verändern, könnte das bedeuten, dass sie den Jungen nicht mehr fotografieren können.«

»Dasselbe ging mir auch durch den Kopf«, erwiderte Griffin. »Allerdings gibt es da noch die Aufzeichnung, auf der er die Schlagzeile vorliest, nicht wahr?«

Er hatte recht. Das ergab keinen Sinn. Warum sollten sie sich die Mühe machen, ein altes Foto zu bearbeiten, wenn es Nathan gut ging?

»Wir haben einen möglichen Verdächtigen«, unterbrach Abby das Gespräch. Sie hängte den Ausdruck ans Whiteboard. »Dieser Mann ist ein glühender Fan von Gabrielles Instagram-Profil. Will nimmt ihn bereits unter die Lupe. Es gibt da auch noch einige andere Personen, die wir überprüfen sollten.« Sie holte einen Ordner aus ihrer Tasche, den sie zuvor zusammengestellt hatte.

Darin befand sich ein Foto, das sie Carver reichte. »Das ist Otis Tillman. Er wurde in seinen Zwanzigern dreimal verurteilt wegen illegalen Waffenhandels und zweimal wegen sexueller Gewalt. Er hat vier Jahre im Gefängnis gesessen. Heute besitzt er eine große Farm im Suffolk County. Dort leben mehr als sechzig Menschen. Die ATF hat dort vor sechs Jahren eine Razzia durchgeführt, meines Wissens jedoch nichts gefunden.«

Abby blätterte im Ordner, der ihre Ausdrucke und Notizen enthielt. »Vor zwei Jahren ermittelte die Polizei in einem Fall von Unzucht mit Minderjährigen, doch die Anschuldigungen wurden fallen gelassen. Ich habe mit dem Detective gesprochen, der den Fall bearbeitet hat, und mir wurde bestätigt, dass es sich bei dieser sogenannten Gemeinschaft um eine Sekte handelt, die Tillman anführt.«

»Was hat Otis Tillman mit diesem Fall zu tun?«, wollte Griffin wissen.

Abby zeigte ihm ein anderes Foto. »Das ist David Huff, Edens Ex-Mann, zusammen mit Otis Tillman. Das Mädchen ist Gabrielle Fletcher als kleines Kind. David war derjenige, der Eden für Tillmans Sekte rekrutiert hat. Sie lebte über dreizehn Jahre auf dieser Farm.«

Carver und Griffin starrten sie verblüfft an. Dann hängte Carver Tillmans Foto ans Whiteboard.

»Eden Fletcher hat einer Sekte angehört?« Griffin wirkte nachdenklich. »Das könnte unsere Herangehensweise an den ganzen Fall drastisch beeinflussen.«

»Sie war schon als Kind in einer zerstörerischen religiösen Sekte«, berichtete Abby. »Dadurch war sie wahrscheinlich leichter zu rekrutieren.«

»Wieso denn das?«, hakte Carver nach. »Ich hätte gedacht, eine Person, die einmal einer Sekte angehört hat, würde sich danach möglichst von anderen fernhalten.«

Abby schüttelte den Kopf. »So einfach ist das nicht. Wenn ein Mensch einer Sekte angehört, lebt er in einer eng verbundenen Gemeinschaft. Und er hat ein Ziel. Verlässt er die Sekte, verliert er all das, und dieses Gefühl ist nur sehr schwer zu ersetzen.«

»Sie wollte dieses Gefühl also zurückhaben?«, fragte Carver.

»Ja. Das ist ein Phänomen, das als Sekten-Hopping bekannt ist. Selbst wenn es sich albern anhört, ist es alles andere als das. Menschen, die eine Sekte verlassen, wurden oftmals schwer verletzt. Sie spüren eine Leere in sich, die sie ausfüllen wollen. Oder sie wurden missbraucht und haben emotionale Schäden davongetragen. Und Menschen wie Otis Tillman, Keith Raniere oder Jim Jones stehen schon parat und nutzen das aus. Sie erzählen einem, dass sie etwas dagegen tun können. Dass das eine schlechte Gruppe war, man nun aber die richtige gefunden hat. Und wenn diese Jäger einen im richtigen Augenblick erwischen, wenn man allein, isoliert und verloren ist, hat man ihnen rein gar nichts entgegenzusetzen.«

Carver musterte sie mit einem seltsamen Blick. »Hatten Sie schon mit dieser Tillman-Sekte zu tun?«

»Nein, aber Verhandlungen mit extremen Gruppen und Sekten sind einer der Eckpfeiler des Krisenmanagements«, antwortete Abby. »Ich habe mich schlaugemacht.«

»Lebt David Huff noch immer auf Tillmans Farm?«, fragte Griffin.

»Eden geht davon aus. Sie hatte keinen Kontakt mehr zu ihm, seit sie sich scheiden ließ und die Sekte verlassen hat.«

»Wann hat sie die Sekte verlassen?«

»Wir hatten noch keine Zeit, darüber zu sprechen.«

»Sekte hin oder her, ich möchte noch heute mit David Huff sprechen«, erklärte Carver.

»Sie sollten da nicht übereilt reinplatzen«, warnte Abby ihn. »Diese Leute mögen keine Polizisten, und es ist sehr wahrscheinlich, dass sie bewaffnet sind. Wenn Sie da mitten in der Nacht mit grellen Taschenlampen auftauchen, bekommen Sie es mit sehr vielen zuckenden Fingern am Abzug zu tun.«

»Ich kenne die Frau, die im Suffolk County das Sagen hat«, meinte Griffin. »Wir sollten uns mit ihr absprechen. Sie fahren gleich morgen früh hin.«

»Können Sie mir sagen, wie ich mit diesen Leuten umzugehen habe?« Carver sah Abby fragend an.

»Wie wäre es, wenn ich Sie begleite?«, schlug Abby vor. »Dann kann ich Ihnen unterwegs ein paar Tipps geben.«

Er zog eine Augenbraue hoch. »Okay.«

»Hey, Abby«, rief Will von seinem Platz herüber. »Das sollten Sie sich alle mal ansehen.«

Abby ging zu ihm, und Carver und Griffin folgten ihr auf dem Fuß.

»Was ist?«, erkundigte sich Abby. Auf Wills Bildschirm war ein angehaltenes Video zu sehen.

»Gabrielle hat eben diese Instagram-Story veröffentlicht.« Will ließ das Video laufen.

Gabrielle saß mit tränenüberströmtem Gesicht auf ihrem Bett. Sie hatte sich umgezogen und trug nun ein weißes Kleid und keine Schuhe.

»Hallo, Leute«, sagte sie mit zittriger Stimme. »Gestern Nachmittag wurde mein Bruder auf dem Heimweg von der Schule von einem Mann entführt.«

Abbys Brustkorb zog sich zusammen, als sie mit ansah, wie sich Gabrielle mit dem Handrücken die Tränen abwischte.

»Wir bekamen einen Anruf«, fuhr Gabrielle fort. »Die Entführer verlangen fünf Millionen Dollar für seine Freilassung. So viel Geld haben wir nicht.« Sie brach zusammen und schlug schluchzend die Hände vor das Gesicht.

»Was in aller Welt will sie damit erreichen?«, fragte Carver erbost.

»Ruhe!«, verlangte Abby angespannt.

Endlich hatte sich Gabrielle wieder beruhigt und fuhr erschaudernd fort. »Wir kratzen selbstverständlich zusammen, so viel wir können, um Nathan zurückzubekommen. Aber ich wollte, dass ihr wisst, was ich momentan durchmache und warum ich hier kaum aktiv bin.« Sie blinzelte mehrmals und setzte sich aufrecht hin. »Und falls die Entführer das sehen: Bitte tut Nathan nichts. Er ist ein kleiner Junge. Seine Hobbys sind Malen und Schwimmen, und er kuschelt gern. Passt auf ihn auf, und wir besorgen euch das Geld, okay?«

Sie ließ einige Sekunden verstreichen, schniefte mehrmals und flüsterte zum Schluss kaum hörbar: »Danke.«

Das Video war zu Ende.

»Na, das schlägt ja dem Fass den Boden aus«, schimpfte Griffin. »Wie viele Leute haben sich das angesehen?«

»Gabrielle hat auf Instagram über fünfundsechzigtausend Follower«, erwiderte Will. »Dazu etwa siebentausend auf YouTube und Facebook, wobei ihr einige auf mehreren Plattformen folgen. Selbst wenn das im Augenblick noch nicht viele gesehen haben, ist das Video online und sie hat es angepinnt.«

»Sie hat es angepinnt?«, wiederholte Griffin.

»Das bedeutet, dass es nicht nach vierundzwanzig Stunden gelöscht wird. Und sie hat noch einen Post dazu veröffentlicht. Sehen Sie?« Will deutete auf ein neues Foto von Gabrielles tränenüberströmtem Gesicht. Die Unterschrift lautete

»Schreckliche Neuigkeiten, alles Weitere in der Story. Betet für uns.«

»Dann wollen Sie mir damit also sagen, dass es sich noch Unmengen an Leuten ansehen werden«, erkannte Griffin. »Wir müssen sie bitten, es zu löschen.«

»Ich bezweifle, dass sie es tun wird, und ich halte das auch nicht für klug«, schaltete sich Abby ein. »Das ist genau das, was die Entführer verlangt haben. Der Mann sagte, sie soll sämtliche Ressourcen nutzen, um das Geld zusammenzubekommen. Er wusste, dass sie das tun würde. Ihre Follower werden ihr das Geld geben.«

»Aber sie hat im Video nicht darum gebeten«, stellte Carver fest.

»Weil sie klug ist«, sagte Will. »Jemand anderes wird zum Spendensammeln für sie aufrufen. Dann wirkt das Ganze noch viel authentischer.«

»Das haben die Entführer von Anfang an gewusst«, erklärte Abby. »Darum wollten sie auch mit ihr reden. Das ist der Grund dafür, dass sie nie von Eden verlangt haben, die Polizei nicht einzuschalten – sie wollten, dass die Sache an die Öffentlichkeit kommt. Der Mann hat ihr gesagt, dass sie garantiert Menschen finden kann, die ihr nur zu gern helfen.«

»Bei allem Respekt für ihre Follower, aber sie wird wohl kaum fünf Millionen Dollar von siebzigtausend Online-Zufallsbekanntschaften bekommen.« Carver blieb skeptisch.

»Im Augenblick sind es siebzigtausend«, gab Will zu bedenken. »Aber das wird sich bestimmt schnell ändern. Die Zahl schießt im Nullkommanichts in die Höhe.«

Abby starrte Gabrielles gequälte Miene auf Wills Bildschirm an. »Sie hatten es die ganze Zeit auf sie abgesehen. Hier ging es nie darum, Edens Sohn zu entführen, sondern Gabrielles Bruder.«

Kapitel 26

Nathan rannte durch die Dunkelheit, und der Kies knirschte unter seinen Füßen. Als er über die Schulter sah, konnte er die Silhouette des Mannes im Türrahmen erkennen, der auf den Knien lag und an ein Raubtier erinnerte. Der Mann schrie etwas Unverständliches, doch diese wütenden Worte ließen Nathans Herz fast vor Angst erstarren. Wimmernd schlug er einen Bogen nach links und tauchte tiefer in die Finsternis ein, entfernte sich vom Kiesweg und dem Licht aus der Hütte. Immer tiefer drang er in die Nacht vor.

Schon bald konnte er den Boden nicht mehr sehen und rein gar nichts um sich herum erkennen. Er lief einfach weiter, denn er wusste genau, dass er sich beim Sportunterricht immer gut schlug und zu den schnellsten Kindern gehörte. Dieses Tempo konnte er jetzt gebrauchen. Er musste weg von …

Sein rechter Fuß versank in einer tiefen Pfütze, und Nathan geriet ins Stolpern und fiel hin. Sein Bein und seine Handflächen taten schrecklich weh. Er wimmerte, umklammerte jedoch seinen Kiefer, da er genau wusste, dass er nicht schreien durfte. Der Mann würde ihn sonst hören und holen kommen. Obwohl er sich davor nicht so sehr gefürchtet hatte, jagte es ihm jetzt eine Heidenangst ein. Diese Wut im Gesicht des Mannes, als er ihn mit dem Metallrohr geschlagen hatte … Nathan hatte noch keinen Erwachsenen dermaßen wütend erlebt. Der Mann hatte nicht einmal mehr wie ein Mensch ausgesehen, sondern wie ein Monster.

Rasch rappelte er sich auf und humpelte weiter, wobei sein rechter Fuß bei jedem Schritt schmatzte, da er völlig durchnässt war. Seine Handflächen brannten; er war fest davon überzeugt, dass sie bluteten. Vor Blut hatte er schreckliche Angst, und seine Mom klebte immer sofort ein Pflaster auf jede Wunde. Außerdem tat sein Bein weh, obwohl er versuchte, es möglichst wenig zu belasten.

Nach dem Pfützenunfall wollte er auf keinen Fall in ein weiteres Loch treten – oder gegen einen Baum prallen –, daher ging er jetzt viel langsamer, streckte die Arme nach vorne aus, spähte auf den Boden und umging die dunkleren Stellen, bei denen es sich um Löcher oder Steine handeln konnte.

Es war kalt, so furchtbar kalt. Er war gar nicht auf die Idee gekommen, seine Jacke anzuziehen, bevor er den Mann attackiert hatte. Sie lag noch immer auf diesem Bett, das aussah wie seines. Wenn er sie doch bloß mitgenommen hätte. Als er aus der Hütte gelaufen war, hatte er damit gerechnet, auf eine Straße zu gelangen. Er wollte sich Hilfe suchen, an Türen klopfen oder einfach schreien. Dann hätte jemand seine Mom anrufen können; er kannte ihre Telefonnummer auswendig, weil sie das mit ihm geübt hatte. Oder man hätte ihn gleich nach Hause gebracht, denn die Adresse wusste er ebenfalls.

Aber stattdessen war er in diese … Leere gelaufen. Wo war er überhaupt? Wo hatte der Mann ihn hingebracht? Er musste weiter weg sein als gedacht. Wahrscheinlich befand er sich nicht einmal mehr in New York.

Der Gedanke war derart erschreckend, dass er fast wieder umgekehrt wäre. Er würde sich bei dem Mann entschuldigen. Mom sagte immer, dass die Leute einem verziehen, wenn man sich entschuldigte und es auch wirklich ernst meinte. Und es tat ihm leid. Er hätte das nicht tun dürfen. Der Mann hatte ihm ja nichts getan. Vielmehr hatte es ganz den Anschein gemacht, als würde er sich um ihn kümmern.

Aber jetzt …

Jetzt würde der Mann ihm wehtun, falls er ihn je erwischte. Davon war Nathan überzeugt.

Er rannte weiter, und als er sich umdrehte, war die Hütte schon ganz klein und kaum noch zu erkennen. Die Tür war jetzt geschlossen, und nur dank des Lichts in den Fenstern war die Hütte überhaupt noch zu sehen. Hatte der Mann die Verfolgung etwa aufgegeben? Immerhin hatte Nathan ihn an den Beinen verletzt, und kriechend würde er ihn niemals einholen …

Ein flackerndes Licht. Eine Taschenlampe. Sie wurde auf den Boden gerichtet, und der Lichtstrahl schwankte wie ein böses Auge umher, bevor er wieder nach oben zeigte. Er kam näher.

Der Mann folgte den Fußabdrücken, die Nathan im Schlamm hinterlassen hatte.

Schluchzend versuchte Nathan, noch schneller zu laufen, aber sein Bein tat jetzt richtig weh, und es war kalt, und er hatte Schmerzen. Er wollte sich nur noch hinlegen und liegen bleiben. Der Mann würde ihn doch nicht umbringen, wenn er einfach am Boden lag, oder?

Er sackte auf den Boden, schloss die Augen und dachte an zu Hause. An Mom. An Gabi. Wie es sein würde, nicht mehr zu frieren.

Die Schritte des Mannes kamen näher, und der schlammige Boden schmatzte jedes Mal laut.

»Nathan!«, brüllte der Mann. »Komm wieder her! Du wirst dich nur verlaufen!«

Er hatte sich längst verirrt. Nathan öffnete den Mund und wollte den Mann schon auf sich aufmerksam machen. Das

Zimmer in der Hütte war warm. Er bekam etwas zu essen. Und der Mann schien Gabi zu mögen. Irgendwann würde er ihn bestimmt nach Hause lassen. »Ich …«

»Komm auf der Stelle her! Ich schneide dich in Stücke, du kleiner Scheißer!«

Die Worte erstarben in Nathans Kehle. Er sah sich panisch um und bemerkte einen dunklen Umriss in wenigen Metern Entfernung, bei dem es sich um einen Busch handeln konnte. Ganz langsam und vorsichtig kroch er darauf zu.

Die Schritte kamen immer näher. Der Mann humpelte wegen dem, was Nathan ihm angetan hatte, und machte beim Gehen ungleiche Geräusche – schmatz, plopp, schmatz, plopp – wie ein Sumpfmonster, während der flackernde Lichtstrahl seiner Taschenlampe über den sumpfigen Boden zuckte. Nathan schaffte es zum Busch und kauerte sich dahinter, als der Lichtstrahl schon ganz in der Nähe war.

»Nathan.« Kaum ein Wort. Eher ein Knurren.

Schmatz. Plopp.

Nathan machte sich ganz klein und hielt den Atem an.

Schmatz. Plopp.

Die Schritte entfernten sich. Seine Lunge stand kurz vor dem Platzen, trotzdem wagte er es nicht, Luft zu holen.

Ich schneid dich in Stücke.

Schmatz, plopp, schmatz, plopp.

Vielleicht war der Mann schon weit genug weg, vielleicht auch nicht. Es war unwichtig, denn Nathan konnte die Luft nicht länger anhalten. Er atmete aus und versuchte, dabei so leise wie möglich zu sein. Langsam kam er wieder auf die Beine und entfernte sich von dem Mann.

Beinahe wäre er in den Drahtzaun gefallen. Er berührte ihn mit den Fingerspitzen, als er schon den nächsten Schritt machen wollte. Sofort erstarrte er und atmete schneller. Er fuhr mit einem Finger über den Zaun, traf etwas Spitzes und zuckte vor Schmerz zurück. Beim Herumtasten fand er noch zwei Drähte. Drei Drähte, die von links nach rechts verliefen. Und auf jedem waren diese dummen spitzen Dinger.

Er konnte versuchen, zwischen dem unteren und dem mittleren Draht durchzukriechen. Dazwischen war relativ viel Platz.

Als er sich hinhockte und den mittleren Draht nach oben drücken wollte, stellte er fest, dass er sehr fest gespannt war. Ganz vorsichtig fuhr er mit der Hand über den Draht, bis er auf der anderen Seite Gras berührte. Seine linke Hand landete in etwas Feuchtem und Klebrigem – Schlamm. Vorsichtig schob er sich unter dem Draht hindurch. Dabei fiel sein Blick auf den Lichtstrahl. Der sich erneut auf ihn zubewegte. Er war schon viel zu nahe. Nathan machte eine panische Bewegung, um auf die andere Seite des Zauns zu gelangen, und spürte einen steckenden Schmerz am Rücken. Jetzt schrie er wirklich.

Hinter ihm rief der Mann: »Nathan! Bleib, wo bist, du kleiner Scheißer!«

Nathan konnte nicht weg; der Zaun hielt ihn fest. Mit großer Kraftanstrengung konnte er sich befreien, zerriss dabei jedoch sein Sweatshirt. Und er war auf der anderen Seite. Über ihm erhoben sich die Silhouetten hoher Bäume in den Himmel.

Er rannte in den Wald hinein und ließ den Mann und den Zaun hinter sich zurück.

Kapitel 27

Sein Bein tat höllisch weh. Während er zur Hütte zurückhumpelte, verfluchte er den Jungen wieder und wieder. Wieso hatte er sich überhaupt die Mühe gemacht, sich mit dem Kind anzufreunden? Er hätte Nathan besser gleich erdrosseln sollen, als er in den Wagen gestiegen war. Stattdessen hatte er sich die ganze Mühe gemacht, Nathans Zimmer nachgebaut und ihm sein Leibgericht besorgt. Und wofür?

Der Junge hatte ihn bei der erstbesten Gelegenheit wie ein wildes Tier angegriffen.

Und jetzt … Jetzt war alles ruiniert. Sein ganzer Plan war zum Scheitern verurteilt. Wenn sich der Junge in Sicherheit bringen konnte, würde er ihn identifizieren können, und dann stand bald die Polizei auf der Matte. Und falls sich Nathan im Wald verirrte und dort umkam …

Das wäre eigentlich gar nicht so schlecht gewesen. Damit konnte er etwas anfangen.

Er stürmte in die Hütte und knallte die Tür hinter sich zu. Dann ging er zum Arzneischrank, nahm zwei Ibuprofen heraus und schluckte sie ohne Wasser herunter. Er humpelte in die Küche, setzte sich auf einen Stuhl und krempelte das Hosenbein hoch. Eine große lilafarbene Prellung zeichnete sich auf seiner Haut auf.

Verdammt!

Musste er das röntgen lassen? Nein, natürlich nicht. Wie sollte er das denn erklären? Dass er mit dem nackten Bein versehentlich gegen ein Metallrohr getreten war? Das würde schon wieder werden. Wenn er ein paar Tage lang Schmerzmittel nahm, ging es ihm bestimmt bald wieder besser.

Allerdings musste er sich langsam bereit machen. Falls es dem Jungen tatsächlich gelang, irgendwo Zuflucht zu finden, musste er hier verschwinden, und zwar schnell. Es war sicherlich klug, eine Tasche mit dem Nötigsten zu packen und etwas Geld abzuheben.

Er ging zu dem großen Bild an der Wand, und Hunderte von Gabrielles blickten ihm entgegen. Es hatte mehr als dreißig Stunden gedauert, dieses Bild zu erschaffen. Er hatte sich die vielen Tausend Fotos angesehen, die er von Gabrielle besaß – der Großteil stammte von ihrem Instagram-Konto, und einige hatte er bearbeitet, um sie entsprechend anzupassen. Seitdem die DeepNude-App verfügbar war, hatte er auch deutlich einfacher Nacktbilder von ihr erstellen können.

Wollte er das Bild mitnehmen? Es passte gerade so auf den Rücksitz seines Wagens. Er malte sich aus, was der Grenzbeamte sagen würde, wenn er es sah, und welche Fragen er dann beantworten musste. Nein, er würde es zurücklassen müssen. Er musste einfach alles hierlassen.

Ein Schluchzen entrang sich seiner Kehle. All das hatte er nur für sie getan. Und jetzt das.

Er nahm sich ein Bier aus dem Kühlschrank und leerte die halbe Flasche, während er versuchte, den pochenden Schmerz in seinem Bein zu ignorieren. Danach holte er sein Handy aus der Tasche und öffnete die Instagram-App.

Eine neue Story *und* ein neuer Post, der wichtige Neuigkeiten ankündigte. War Nathan schon nach Hause zurückgekehrt?

Nein, das war verrückt; das konnte nicht sein. Der Junge war noch keine Viertelstunde weg.

Mit zitterndem Finger tippte er die Story an. Gabrielle erschien auf dem Display und sprach über die Entführung ihres Bruders.

Na, endlich! Er hatte schon geglaubt, sie würde es nie kapieren.

Sie trug ihr weißes Kleid, und er wusste noch genau, wann sie es gekauft hatte. Sie hatte es zu irgendeinem Frühlingsball tragen wollen, dann aber doch nicht angezogen oder zumindest keinen Post damit veröffentlicht. Ihren Worten zufolge war es *rein,* darum besaß sie es jetzt. Aber ihm war ein anderes Wort dazu eingefallen: *Braut.*

»So viel Geld haben wir nicht«, sagte sie und schlug schluchzend die Hände vors Gesicht.

Ihm wurde das Herz schwer. Er konnte es kaum ertragen, wenn sie weinte. Mit einem großen Schluck Bier versuchte er, sich abzulenken.

»Falls die Entführer das sehen: Bitte tut Nathan nichts. Er ist ein kleiner Junge. Seine Hobbys sind Malen und Schwimmen, und er kuschelt gern. Passt auf ihn auf, und wir besorgen euch das Geld, okay?«

Er stieß die Luft aus. Sie hatte vollkommen recht. Nathan war ein kleiner Junge. Er hatte ihn wie ein Ding betrachtet, das man wegwerfen oder im Wald sterben lassen konnte. Doch das ging natürlich nicht. Er musste auf ihn *aufpassen.* Gabrielle hatte direkt zu ihm gesprochen und sich nicht wie üblich hinter der Fassade versteckt, dass sie sich an all ihre Fans wandte.

Sie redete mit ihm. Bat ihn, auf ihren Bruder aufzupassen.

Und dann flüsterte sie noch »Danke«. Sie hatte ihm noch nie zuvor direkt gedankt. Er tat für sie immer, was notwendig war, doch sie vermittelte ihm nie ihre Dankbarkeit. Auf gewisse Weise machte ihm das nicht mal etwas aus, denn er hatte auch nichts anderes erwartet. Diese beiden Worte trafen ihn jedoch bis ins Mark.

Er spielte das Video erneut ab.

Passt auf ihn auf.

Danke.

Er stand von seinem Stuhl auf, und sein Bein schmerzte fast gar nicht mehr. Das konnte an dem Ibuprofen und dem Bier liegen, aber auch einfach an Gabrielle, die ihm neue Energie eingeflößt hatte.

Mit der Taschenlampe und dem Handy in der Hand ging er wieder in die Nacht hinaus und war fest entschlossen, auf Gabrielles Bruder aufzupassen.

Kapitel 28

Nachdem er gefühlte Stunden durch die eiskalte Dunkelheit getaumelt war, wurde Nathan immer müder.

Sein rechter Fuß war nass und voller Schlamm, tat aber kaum noch weh. Dafür fühlte er sich taub an, und jede Bewegung war in etwa so, als müsste er einen großen Stein mitschleppen. Auch sein Rücken schmerzte noch, und der Stoff seines zerfetzten Sweatshirts klebte nun auf seiner Haut. Als Nathan versucht hatte, ihn abzuziehen, war der Schmerz so unerträglich geworden, dass er lieber so weitergelaufen war.

Hin und wieder klapperten ihm die Zähne – aber nicht mehr so oft. Eigentlich wurde es langsam besser. Vielleicht war es ja nicht mehr so kalt. Doch er musste unbedingt schlafen.

In einiger Entfernung kreischte ein Tier. Er lauschte dem Ruf völlig abgeklärt und hatte nicht einmal mehr Angst.

Er war nur noch erschöpft.

Irgendwann legte er sich zitternd unter einen Baum. Er machte sich ganz klein, vergrub die Hände in den Ärmeln und zog den Sweatshirtkragen hoch, so weit es ging. Nur ein paar Stunden ausruhen, vielleicht bis es hell wurde. Dann würde er weitergehen.

New York konnte nicht mehr weit sein.

Die beruhigende Sorglosigkeit des Schlafs hüllte ihn ein, nahm ihm den Schmerz, die Angst, die Kälte. Sein Zittern ließ nach. Nur ein kurzes Päuschen.

Ein Geräusch ließ ihn hochschrecken. Er war sich nicht sicher, ob er überhaupt eingeschlafen war, aber etwas hatte ihn geweckt, und schon waren die Kälte und der stechende Schmerz in seinem Rücken wieder da. Was war das? Was hörte er da für ein Geräusch?

Da war es wieder. Ein leises Rumpeln.

Der Motor eines Wagens.

In der Nähe musste eine Straße sein.

An Straßen gab es meist Laternen. Und Autos – mit Menschen darin. Auf einer Straße konnte er Hilfe finden.

Als er sich aufrappelte, geriet er ins Schwanken und fiel beinahe wieder hin. Sein rechter Fuß ließ sich nicht mehr belasten, und er sah Sterne. Er lehnte sich an einen Baum und stieß die Luft aus. Möglicherweise auch ein leises Wimmern.

Dann machte er einen Schritt und einen zweiten und ging in die Richtung, aus der seiner Meinung nach das Geräusch gekommen war. Er suchte die Straße.

Da.

Fast unsichtbar in der Vielzahl an Schatten, ein schwarzer Fleck am Boden, ganz offensichtlich von Menschenhand geschaffen. Hinter einer Kurve verschwand er zwischen den Bäumen. Nathan kniff die Augen zusammen und war sich nicht sicher, ob er die Straße wirklich sah. Aber sie war da.

Seine Füße trugen ihn auf den Asphalt, und als er den harten Untergrund betrat, überkam ihn große Erleichterung. Die Straße war flach und glatt – hier gab es keine Dornen, die ihm die Beine zerkratzten, keine verborgenen Baumstümpfe oder Löcher, die ihn zum Stolpern brachten. Er musste nur noch einen Fuß vor den anderen setzen, damit ihn die Straße irgendwo hinführte.

Einen Fuß vor den anderen. Wieder und immer wieder.

Ihm fielen die Augen zu, als er die Straße entlangtrottete. Sein Körper wurde immer schwerer und zog ihn zu Boden. Einen Fuß vor den anderen. Der rechte Schuh gab jedes Mal ein schmatzendes Geräusch von sich, wenn er auf dem Asphalt aufkam. Er konnte die Straße kaum noch sehen. Eigentlich sah er so gut wie gar nichts mehr.

Er bemerkte auch nicht die beiden weißen Lichtkegel, die auf ihn zukamen.

Erst in letzter Sekunde keuchte er auf, stolperte zur Seite und fiel zu Boden. Das Auto schien leicht auszuscheren, und Wind wehte Nathan ins Gesicht, als es dicht an ihm vorbeifuhr. Sofort rappelte er sich auf, sprang auf und ab, wedelte mit den Armen und schrie, so laut er konnte, während die roten Rücklichter immer kleiner wurden.

Nathan brach in Tränen aus. Er konnte nicht mehr und wollte nur noch zu seiner Mom.

Erstaunlicherweise hielt der Wagen auf einmal an. Er wendete und kam wieder zurück. Je näher er kam, desto langsamer wurde er, und er fuhr auch ganz weit am Straßenrand.

Plötzlich bekam es Nathan mit der Angst zu tun. Was sollte er tun, wenn *er* am Steuer saß? Er stand wie erstarrt auf der Straße, während die Scheinwerfer immer näher kamen.

Kapitel 29

Abby las den Artikel auf dem Bildschirm ihres Laptops und bekam so gut wie nichts von dem mit, was sich vor dem Beifahrerfenster abspielte. Carver saß am Steuer, hatte eine Hand am Lenkrad und die andere lässig ans Fenster gelehnt.

»Mir ist vollkommen schleierhaft, wie Sie im Auto lesen können«, sagte er. »Wann immer ich das versuche, kommt mir zwei Minuten später das Frühstück wieder hoch.«

»Ich neige nicht zu Reisekrankheit«, erwiderte Abby geistesabwesend und ohne den Blick vom Bildschirm abzuwenden. Dies war der dritte Artikel, den sie las, seitdem sie einen Autounfall auf dem Grand Central Parkway passiert hatten, an dem vier Fahrzeuge beteiligt gewesen waren, und in Richtung Osten auf dem Long Island Expressway weiter zur Tillman-Farm fuhren. Alle drei Artikel drehten sich um die Instagram-Story, die Gabrielle am Vorabend veröffentlicht hatte. Dieser hier stand auf der Website der *New York Post*. Von dort würde er vermutlich weiter zu CNN, Fox News und all die anderen Sender gelangen. Nathans Entführung hatte es in die landesweiten Nachrichten geschafft.

Oder vielmehr Gabrielles Instagram-Story darüber.

»Und, was steht in *diesem?*«, erkundigte sich Carver.

Abby seufzte. »Im Grunde genommen dasselbe wie in den anderen. ›Instagram-Influencerin Gabrielle Fletcher hat ihre Follower gestern Abend mit der Nachricht geschockt, dass ihr Bruder entführt wurde.‹ Es folgt eine kurze Zusammenfassung der Story mit einem Link. Ein Foto von Nathan. Ein zweizeiliger Kommentar des NYPD. Und natürlich die unausweichliche Erwähnung der Spendensammlung.«

Die Notfall-Spendensammlung, um das Lösegeld aufzubringen, war schneller ins Leben gerufen worden, als Abby vorausgesagt hatte. Keine zwei Stunden, nachdem Gabrielle an die Öffentlichkeit gegangen war, hatte eine ihrer Followerinnen, eine TanyaThePixie, einen dramatischen Instagram-Post geschrieben und ein Foto hochgeladen, auf dem sie ein großes Schild mit der Aufschrift »Rettet Nathan« in lilafarbenen Buchstaben hochhielt. Dazu noch ein Link zu der Spendenseite, die sie eingerichtet hatte. Gabrielle hatte das kurz darauf auf ihrem Konto gepostet und eine tränenreiche Instagram-Story hinzugefügt, in der sie ihren Fans für ihren unglaublichen Einsatz dankte. Jetzt, keine zwölf Stunden später, waren bereits 112 000 Dollar eingegangen, und jedes Mal, wenn Abby nachsah, war die Summe größer geworden. Noch waren sie weit von den geforderten fünf Millionen Dollar entfernt, aber nach den morgendlichen Artikeln zweifelte Abby nicht daran, dass sich die Spendenbereitschaft verzehnfachen würde.

Sie hatte in ihrem Browser drei Tabs offen: einen für Gabrielles Instagram-Seite, auf der sie die Kommentare und Likes zu Gabrielles Posts überwachte sowie den Hashtag »holtNathanheim«, der immer beliebter wurde. Im zweiten war die aktuelle Spendensumme zu sehen, die schon um 7000 Dollar gestiegen war, seitdem sie in Carvers Wagen saß. Und im dritten las sie die Artikel. Im Grunde genommen ging es ihr gar nicht um das, was da geschrieben stand, aber sie war sich ziemlich sicher, dass der Entführer sie lesen würde. Und sie wollte seine Sicht der Dinge einnehmen.

Eine Nachricht von Isaac tauchte auf dem Bildschirm auf. Sie hatte ihm am Vorabend geschrieben und ihn gefragt, ob er wusste, dass Eden zur Tillman-Sekte gehört hatte. Seine Antwort trudelte erst jetzt ein.

Sie öffnete den Chat und las die Nachricht:

> Ich wusste, dass sie eine Gemeinschaft gefunden und ihren Mann dort kennengelernt hat, kannte aber keine Details. Wir hatten uns ein paar Jahre lang aus den Augen verloren, aber ich hatte keine Ahnung, dass sie einer Sekte angehörte!

Er fügte ein entsetztes Emoji hinzu.

> Okay, danke,

schrieb sie zurück.

> Nehmt ihr ihn unter die Lupe?

> Ja, wir müssen mit ihrem Ex-Mann reden. Er könnte noch dort sein. Sind gerade unterwegs dorthin.

> Sei vorsichtig.

Genau wie sie wusste auch Isaac aus eigener Erfahrung, dass schnell etwas schiefgehen konnte, wenn die Polizei bei einer Sekte vorbeischaute. Kurz blitzte ein weiteres Bild vor ihrem inneren Auge auf. *Der Telefonhörer in ihrer Hand. Der Lauf einer Waffe an ihrer Schläfe. Isaac, der sie mit ängstlichen Augen ansah. Dann rennen. Rauch.*

Ein Schrei: »Lauf weg, Abihail!«
Isaacs Hand auf ihrer Schulter.
Ein brennender Schmerz am Hals.

Sie schüttelte den Kopf und versuchte, die Erinnerungen loszuwerden. Nachdem sie mit einem Daumen-hoch-Emoji geantwortet hatte, steckte sie das Handy ein.

»Oh, Bäume«, meinte sie nach einem Blick aus dem Fenster.

»Ich hielt Sie schon auf der Akademie für ungewöhnlich aufmerksam«, merkte Carver an. »Damit hatte ich wohl recht.«

Irgendwann hatten sie die geschäftige Stadt hinter sich gelassen, und nun war die Straße an beiden Seiten von Bäumen gesäumt und es herrschte deutlich weniger Verkehr. Wann war sie das letzte Mal aus der Stadt rausgefahren? Das musste Monate her sein. Oder über ein Jahr? Bestimmt nicht.

Vielleicht doch. Der Campingausflug zum Cranberry Kale. Warum hatten sie das nicht noch mal gemacht? Sie waren doch alle begeistert gewesen. Ben hatte die Angler beobachtet, sich jedoch mehr für die Würmer interessiert, die sie als Köder nutzten. Samantha hatte ein Buch gelesen und sich gesonnt. Am Abend hatten sie am Lagerfeuer gesessen und sich mit Unmengen an S'mores klebrige Finger geholt.

Sie holte ihr Handy doch wieder hervor und fragte ihre Tochter in einer Nachricht, ob sie schon wach war.

Sam antwortete nicht. Abby war sich nicht sicher, ob sie noch schlief oder sie nur ignorierte. Also schickte sie eine zweite Nachricht und bat sie, sich nach dem Aufwachen bei ihr zu melden. Sie erkundigte sich auch nach Ben, und ihre Mutter antwortete, dass Abbys Vater mit ihm in den Park gegangen war.

»Wann werden die Entführer Ihrer Meinung nach wieder anrufen?«, fragte Carver.

»Ich bezweifle, dass sie sich heute melden«, antwortete Abby. »Wir können anhand ihres bisherigen Verhaltens erkennen, dass sie vorsichtig agieren. Sie wissen, dass die Anrufe riskant sind, darum nutzen sie Wegwerfhandys und rufen von unterschiedlichen Orten aus an. Zuerst haben sie öfter angerufen, weil sie wollten, dass die Botschaft bei Gabrielle ankam und sie mit dem Spendensammeln anfing. Aber jetzt können sie sich in Ruhe zurücklehnen. Sie sind sogar in der Lage, von zu Hause aus zuzusehen, wie das Lösegeld zusammenkommt. Es gibt keinen Grund mehr für sie, sich zu melden, solange weiter Spenden eingehen.«

»Glauben Sie, dass uns das geschadet hat?«

»Es ist jedenfalls nicht ideal«, antwortete Abby. »Wäre sie vorher zu uns gekommen, hätten wir sie gebeten, noch damit zu warten und die Entführer noch einige Male anrufen zu lassen. Wir hätten ihr eine bessere Nachricht zum Posten geschrieben, eine, die den Entführern Gründe nennt, uns anzurufen.«

»Ja«, murmelte Carver verstimmt.

»Aber es ist ihr sehr gut gelungen, Nathan als Menschen rüberzubringen. Falls die Entführer versuchen, auf Distanz zu ihm zu bleiben, fällt ihnen das jetzt schwerer. Und sie hat ihnen das Gefühl gegeben, dass alles so läuft, wie sie wollen. Sie glauben, sie hätten die Kontrolle, und das ist gut.«

»Weil sie die Kontrolle haben.«

»Vorerst.« Abby klappte den Laptop zu und steckte ihn in die Tasche. »Stört es Sie, wenn ich ein bisschen Musik mache?«

»Nein, nur zu.«

»Worauf stehen Sie?«

»Worauf ich stehe?«

»Ja, was hören Sie gern?«

»Ich höre eigentlich nie Musik.«

Abby starrte ihn irritiert an. »Was? Niemals?«

»Na ja, beim Autofahren höre ich meist Podcasts. Und ich kann mich bei Musik nicht konzentrieren, daher kann ich beim Arbeiten keine hören. Abends sehe ich lieber fern oder lese ein

Buch.« Carver überlegte. »Im Grunde genommen höre ich nur Musik, wenn ich meine jährliche Steuererklärung mache.«

»Einmal im Jahr. Sie hören einmal im Jahr Musik.«

»Ja, sieht ganz danach aus.«

»Wie fühlt es sich an, derart tot im Inneren zu sein? Ist das nicht … traurig? Oder nur sehr entspannt?«

Carver warf ihr grinsend einen Seitenblick zu. »Ich komme ganz gut zurecht. Okay, wissen Sie was? Ich höre gern Musik. Ich mag sogar diesen neuen Song, den sie ständig im Radio spielen.«

»Welchen Song?«

»Von dieser Band. Sie wissen schon. Na-nana-naaaa-na-na.«

»Nie gehört. Klingt auch nicht besonders aufregend.«

»Ach, kommen Sie. Der ist sehr beliebt.«

»Der Song, den Sie eben gesummt haben. Dessen Text Sie kennen und der von einer Band ist, an deren Namen Sie sich nicht erinnern.«

»Wissen Sie was? Ich hab meine Meinung geändert und möchte doch keine Musik hören.«

»Tja, zu spät. Jetzt werden Sie etwas lernen.« Abby ging ihre Musikauswahl auf dem Handy durch. »Okay, das könnte Ihre ausgemergelte Seele aufwecken.« Sie drückte auf »Play«, und schon drang »Baba O'Riley« von The Who aus den Lautsprechern des Handys.

»Oh, den Song kenne ich.« Carver strahlte sie an. »Das ist ›Teenage …‹«

»Nein.«

»Doch! Das ist ein Song aus meiner Highschoolzeit. Er heißt ›Teenage Wasteland‹.«

»Das ist nicht ›Teenage Wasteland‹. Es gibt überhaupt keinen Song, der ›Teenage Wasteland‹ heißt. Das ist ›Baba O'Riley‹. Aber Plebejer wie Sie denken, er hieße ›Teenage Wasteland‹, weil die beiden Worte im Refrain vorkommen.«

»Wissen Sie was, Lieutenant Mullen? Sie sind ein Musiksnob.«

Sie musste lachen. »Das hab ich von meiner Tochter.«

»So läuft das mit der Vererbung nicht.«

»Manchmal schon.«

»Wie viele Kinder haben Sie?«

»Zwei. Ben ist acht und Samantha – sie ist vierzehn.«

»Vierzehn? Dann muss sie kurz nach Ihrem Abschluss an der Akademie auf die Welt gekommen sein.« Er runzelte die Stirn. »Ich erinnere mich noch, dass Sie mit diesem Typen zusammen waren … Steve? Ist er der Vater?«

Sie räusperte sich. »Ja.«

»Großartig!« Carver strahlte sie abermals an. »Ich mochte ihn. Er war Mathelehrer an der Columbia University, richtig? Ich habe mich beim Abschlussgrillen länger mit ihm unterhalten; er schien ein sehr netter Kerl zu sein.«

»Nicht ganz so nett, wie Sie zu denken scheinen. Wir sind geschieden.«

»Oh. Tut mir leid.« Carver verzog betreten das Gesicht.

»Ach, ist schon gut. Ich bin drüber hinweg. Hören Sie sich das Geigensolo an, das ist der beste Teil des Songs.«

Dave Arbus' unglaubliches Solo beschwor bei Abby jedes Mal das Bild von Samantha hervor, wie sie es spielte, auf der Unterlippe herumkaute und versuchte, alles richtig zu machen. Schuldgefühle keimten in ihr auf. Ihre Tochter war bei Steve und ärgerte sich über Bens neue Schlange. Abby würde das bei ihr wiedergutmachen müssen.

Der Song war zu Ende, und »Bargain« fing an.

»Haben Sie Kinder?«, erkundigte sich Abby.

»Nein, aber dafür jede Menge Nichten und Neffen.«

»Wie viel ist jede Menge?«

Carver antwortete nicht und zog die Augenbrauen zusammen.

»Carver? Wie viele Nichten und …«

»Augenblick, ich zähle noch.«

»Sie zählen?«

»Neunzehn.«

»*Neunzehn?* Das haben Sie sich doch nur ausgedacht.«

»Hab ich nicht. Eine meiner Schwestern hat sich schon immer eine große Familie gewünscht.«

»Und sie hat neunzehn Kinder bekommen?«

»Was? Nein, natürlich nicht. Sie hat sieben. Und Dewey – das ist einer meiner Brüder – wurde Vater und dachte, na ja, ein zweites wäre auch ganz schön. Nur, dass sich das zweite als Drillinge entpuppte. Damit sind wir schon bei elf. Dana hat drei und Holly eins. Und Jake …«

»Wie viele Geschwister haben Sie denn?«

»Jetzt habe ich mich verzählt. Ich habe vier …«

»Das ist beachtlich.«

»… Schwestern und drei Brüder. Wir sind also acht. Meine Mom wollte auch immer eine große Familie haben. Meine Schwester hat ihr einfach nachgeeifert.«

»Und was halten Ihre Geschwister davon, dass Sie keine Kinder haben? Sind Sie das schwarze Schaf der Familie?«

»Nein, das ist eher Gerald. Er sitzt im Gefängnis.«

»Großer Gott, entschuldigen Sie. Ich wollte nicht …«

Carver lachte auf. »Schon okay. Er ist ein Schwindler und hat online Steine verkauft. Angeblich stammten sie vom Mond, und er hatte sogar Zertifikate, die von vermeintlichen Astronauten unterschrieben waren.«

»Im Ernst?«

»Ja. Es ist ihm gelungen, über dreihundert Steine zu verkaufen, bevor er verhaftet wurde. Er bekam zwei Jahre aufgebrummt. Wir besuchen ihn abwechselnd.«

»Wow! Existiert die Website noch?«

»Nein, natürlich nicht.«

»Ich hätte sofort einen gekauft. Nur, um sagen zu können, dass ich einen vermeintlichen Stein vom Mond besitze.«

»Nein, das hätten Sie nicht.«

»Stimmt«, gab sie zu. »Das hätte ich nicht getan. Sie haben also sieben Geschwister. Und neunzehn Nichten und Neffen. Was machen Sie zu Weihnachten?«

»Dewey hat eine Farm unten in Texas, wo wir immer Weihnachten feiern. Das wird ganz schön laut.«

»Das kann ich mir vorstellen.«

»Das bezweifle ich.« Er grinste sie an. »Das kann sich wirklich niemand vorstellen, wie laut es dabei wird.«

Sie musste lachen. »Okay, okay, dann kann ich es mir eben nicht vorstellen.«

Acht Geschwister. Wie musste seine Kindheit gewesen sein? Vermutlich hektisch. Ihre Kindheit war nach der Adoption hingegen ruhig und oftmals einsam gewesen. Ein Bruder oder eine Schwester hätte vieles einfacher gemacht.

»So …«, begann Carver. »Sie waren also zur selben Zeit wie Eden in der Moses-Wilcox-Sekte?«

Abby wurde das Herz schwer. »Wie haben Sie das herausgefunden?« Ihre Stimme war kaum lauter als ein Flüstern. Hatte Will es ihm verraten? Das wäre ein schwerer Schlag gewesen. Aber Will würde nie …

»Ich wusste es nicht. Bis zu diesem Augenblick war ich mir überhaupt nicht sicher.«

Sie war so eine Idiotin. Das war der älteste Trick der Welt, und sie fiel darauf rein. Schweigend starrte sie aus dem Fenster.

»Das, was Sie Eden da wegen der Keime gesagt haben, war seltsam. Es hat mich irritiert«, fuhr Carver fort. »Aber ich merkte schnell, dass Sie beide etwas verbindet. Etwas, das über eine flüchtige Bekanntschaft hinausgeht. Und gestern habe ich ein wenig nachgeforscht, nachdem Sie sagten, dass Sie als Kind in einer Sekte gewesen ist. Moses Wilcox' Besessenheit von Keimen ist gut dokumentiert. Und als Sie dann auch noch über Sekten sprachen, klang das nicht nur nach gründlichen Nachforschungen, sondern …«

»Persönlich«, beendete Abby den Satz trübsinnig.

»Ja. Die Identitäten der Überlebenden der Wilcox-Razzia sind unter Verschluss. Aber in der Presse wurden drei Kinder erwähnt. Ein siebenjähriges Mädchen, ein dreizehnjähriges Mädchen und ein zwölfjähriger Junge. Das Alter passt.«

»Das hat nichts mit diesem Fall zu tun.«

Carver musterte sie. Abby blickte stur geradeaus und versuchte, sich ihre Gefühle nicht anmerken zu lassen. Sie war so wütend auf ihn, als hätte er ihr Tagebuch gelesen. Doch das hatte er gar nicht. Er hatte nur seinen Job gemacht.

»Es könnte aber dazu kommen«, gab er zu bedenken. »Falls der Fall je vor Gericht geht. Dann findet man die Verbindung heraus. Aber das ist mir im Augenblick völlig egal. Ich möchte nichts weiter, als Nathan Fletcher wieder nach Hause zu bringen.«

»Ich auch.«

»Und Ihr persönliches Wissen über Sekten könnte sich als nützlich erweisen. Können Sie objektiv bleiben, wenn wir vor Ort sind? Das ist sehr wichtig, Mullen.«

»Ja. Sie müssen sich meinetwegen keine Sorgen machen.«

»Wer weiß noch davon?«

Abby zählte die Personen an den Fingern ab. »Meine Eltern, Will Vereen und alle, denen Sie davon erzählt haben.« Sie spreizte die Finger.

»Ich habe mit niemandem darüber gesprochen. Und wenn es dem Fall nicht schadet, halte ich auch weiterhin den Mund.«

»Okay.«

»Früher oder später wird man es wahrscheinlich herausfinden.«

»Kann schon sein. Aber auf den billigen Trick, den Sie mit mir abgezogen haben, falle ich nicht mehr rein.«

Wie aufs Stichwort fing der nächste Song an, bei dem es sich passenderweise um »Won't Get Fooled Again« handelte. Das perfekte Timing entlockte Abby ein Lächeln. Sie drehte die Lautstärke höher. Wie sehr sie diesen Song liebte! Sie fuhren schweigend weiter und hörten Musik, während die Bäume an ihnen vorbeirauschten.

Kapitel 30

Wie vereinbart wartete Detective Wong von der Suffolk County Police einen knappen Kilometer von der Tillman-Farm entfernt am Straßenrand auf sie. Sie lehnte an der Motorhaube ihres Wagens und rauchte eine Zigarette. Während Carver parkte, musterte Abby die Frau. Wong war groß, hatte perfekte lohfarbene Haut und glattes braunes Haar, das sie zu einem makellosen Pferdeschwanz gebunden hatte. Sie trug eine schwarze Jacke und dazu eine passende weit geschnittene Stoffhose, und Abby wusste aus Erfahrung, dass ihr dieser Look niemals stehen würde.

Sie öffnete die Beifahrertür und stieg aus. »Detective Wong? Ich bin Lieutenant Mullen.«

Wong nickte, stieß eine Rauchwolke aus und trat näher, um Abby die Hand zu schütteln. »Ich erinnere mich an Sie. Wir haben vor einem Jahr mehrmals telefoniert.«

»Und das ist Detective Carver vom NYPD.« Abby deutete auf Carver. »Er ist der leitende Detective im Nathan-Fletcher-Fall.«

»Ihr Fall bekommt heute ja reichlich Publicity.« Wong gab Carver die Hand. »Glauben Sie wirklich, dass die Tillman-Farm etwas damit zu tun haben könnte.«

»Nathans Eltern haben beide dort gelebt«, erklärte Carver. »Und es ist gut möglich, dass sich der Vater noch immer dort aufhält. Wir müssen ihn in jedem Fall finden, ob er nun auf der Tillman-Farm ist oder nicht. Was können Sie uns darüber erzählen?«

Wong zuckte mit den Achseln. »Lieutenant Mullen weiß das Meiste schon. Vor zwei Jahren meldete sich eine Lehrerin von einer hiesigen Highschool bei uns und sagte, Ruth Lindholm, ein fünfzehnjähriges Mädchen aus ihrer Klasse, hätte ihr erzählt, dass sie eine Beziehung mit einem erwachsenen Mann hätte. Ruth lebte auf der Tillman-Farm. Ich fuhr zur Schule und sprach dort im Beisein des Schulpsychologen mit dem Mädchen. Sie hat mir erzählt, ein Mann von der Farm wäre zweimal mit ihr intim gewesen. Sie meinte auch, dass ihre Eltern davon wüssten.«

Wong machte immer wieder eine Pause, um an ihrer Zigarette zu ziehen, und der Rauch untermalte ihre Sätze. »Wir haben die Farm besucht und den Mann verhaftet. Einen Tag später kam Ruth mit ihren Eltern und Otis Tillman aufs Revier und behauptete, sich alles nur ausgedacht zu haben. Wir wollten noch weiter ermitteln, mussten den Fall aber nach einigen Wochen zu den Akten legen. Außer Otis wollte dort keiner mit uns reden. Und er ist … Nun ja, ich bin mir nicht sicher, ob man ihm auch nur ein Wort glauben kann, das ihm über die Lippen kommt. Nicht einmal Hallo.«

»Lebt der Mann, den Ruth beschuldigt hat, noch auf der Farm?«, fragte Carver.

»O ja. Das tun sie alle. Eine große, glückliche Gemeinschaft.« Wong nahm einen letzten Zug, ließ den Stummel auf den Boden fallen und trat ihn aus. »Lassen Sie uns besser hinfahren, bevor das Mittagessen anfängt. Beim Essen hält Otis normalerweise eine seiner Predigten, und die können bis zu vier Stunden dauern.«

Sie stiegen wieder in den Wagen und folgten Wong. Abbys Handy piepte, als Sam sie mit einer knappen Nachricht wissen ließ, dass sie jetzt wach war. Abby antwortete schnell, dass sie sie später anrufen werde.

Sie bogen nach rechts auf einen Kiesweg ab und fuhren einige Hundert Meter, bis sie zu einem verschlossenen Tor gelangten. Ein Stacheldrahtzaun erstreckte sich in beide Richtungen und führte vermutlich um die ganze Farm. Abby beobachtete Wongs Silhouette im Wagen vor ihnen, während die Frau zu telefonieren schien.

»Sie haben also vor einem Jahr mit Wong telefoniert?«, fragte Carver.

»Ja.«

»Warum?«

Abby starrte aus dem Fenster. »Eines Tages könnte ich zu einer Polizeirazzia auf Otis Tillmans Farm gerufen werden. An diesem Tag möchte ich vorbereitet sein.«

»Und das bedeutet? Behalten Sie alle Sekten und seltsamen religiösen Bewegungen in New York und auf Long Island im Auge?«

Sie warf ihm einen nüchternen Blick zu. »Und im restlichen Staat. Sowie drei in Pennsylvania.«

Er zog die Augenbrauen hoch. »Okay.«

»Früher ist da häufiger einiges schiefgelaufen.«

»Das weiß ich. Aber …«

»Das Tor geht auf.« Abby zeigte nach vorn.

Das elektrische Tor schwenkte langsam zur Seite, und sobald sie genug Platz hatte, fuhr Wong hindurch, wobei zwischen ihrem Wagen und den Torflügeln an beiden Seiten nur wenige Zentimeter Platz war. Carver wartete geduldig einige Sekunden, bevor er ihr zur Farm folgte.

Otis Tillman erwartete sie vor dem Haupthaus.

Abby verspannte sich beim Anblick des Mannes. Er war dünn und blass, hatte krauses Haar und trug eine große Brille mit dicken Gläsern. Als sie aus dem Wagen stiegen, setzte er ein

Lächeln auf und ließ dabei einen leichten Überbiss erkennen. Alles an ihm wirkte harmlos, unbeholfen, vielleicht sogar ein wenig liebenswert.

Abby kannte die Wahrheit. Das war kein Schaf. Es war nicht einmal ein Wolf im Schafspelz. Das war ein Krebsgeschwür im Schafspelz. Es griff einen nicht nur an, sondern fraß einen von innen heraus auf.

»Detective Wong«, sagte er herzlich und trat auf sie zu. »Wie schön, Sie wiederzusehen.«

Er reichte ihr die Hand, aber Wong streckte nur eiskalt ihre aus. Nachdem er sie mit beiden Händen umklammert und ausgiebig geschüttelt hatte, wandte er sich Abby und Carver zu.

»Und Sie müssen die NYPD-Detectives sein, die mir angekündigt wurden.« Sein Lächeln blieb beharrlich bestehen. Er strahlte sie förmlich an. »Willkommen auf meiner Farm. Kann ich Ihnen etwas anbieten?«

»Nein, danke.« Abbys Blick wanderte zu einem Fenster im ersten Stock des Hauses, hinter dem sie mehrere neugierige winzige Gesichter erkennen konnte.

»Worum geht es denn?«, erkundigte sich Otis.

»Bei Ihnen lebt ein Mann«, erwiderte Carver. »Sein Name ist David Huff. Wir würden gern mit ihm sprechen.«

Otis runzelte die Stirn. »Mit David? Worüber wollen Sie denn mit ihm reden?«

»Es geht nur um einige Routinefragen zu einem Fall«, antwortete Carver.

»Tja, das Mittagessen fängt um eins an, also haben wir noch ein bisschen Zeit. Mal sehen, ob er in der Nähe ist.« Otis holte ein Handy aus der Tasche und wählte eine Nummer. Während sie warteten, schaute sich Abby um und nahm ihre Umgebung in sich auf. Der Zaun schien um das ganze Grundstück zu führen. Abgesehen von dem großen Haus, bemerkte sie noch mehrere

Hütten weiter im Süden und etwas, das wie eine große Scheune aussah. Einige Männer und Frauen arbeiteten auf einem Feld.

Und drei Männer standen gut zehn Meter entfernt neben einem Pick-up-Truck und starrten sie an. Abby ging fest davon aus, dass die drei bewaffnet waren.

Was würde passieren, wenn das hier schiefging? Würden Tillmans Anhänger sich im Haus verschanzen? Durch die Fenster auf die Polizei schießen? Hatten sie Automatikgewehre im ersten Stock gelagert, nur wenige Meter von den Kindern entfernt, die sie gerade beobachteten?

»Sag es ihnen.« Wilcox reichte ihr den Telefonhörer. *»Sag ihnen, was passiert, wenn sie uns zu nahe kommen. Erzähl ihnen von der Waffe.«*

Der kalte Lauf an ihrer Schläfe.

»Er geht nicht ran«, sagte Otis.

»Wer hätte das gedacht«, kommentierte Detective Wong trocken.

»Wir können ihn ja suchen gehen«, schlug Otis vor. »Er ist bestimmt irgendwo hinten.«

»Vielleicht ist er im Haus?«, warf Abby ein.

»Wohl kaum.« Otis schenkte ihr ein entwaffnendes Lächeln. »David schläft da hinten in einer der Hütten, und tagsüber arbeitet er entweder auf dem Feld oder im Büro.«

»Was für ein Büro?« Abby holte zu Otis auf, der auf das Feld zuhielt.

»Das ist nur ein kleiner Wohnwagen, in dem wir unseren Papierkram aufbewahren. David ist unser Buchhalter.«

»Wie lange lebt David schon hier?«, wollte Abby wissen.

»David ist eines der ersten Mitglieder.« Otis' Lippen umspielte ein väterliches Lächeln. »Er hat mir praktisch dabei geholfen, hier alles aufzubauen.«

»Was ist das hier genau?«, fragte Abby mit vorgespielter Neugier.

»Wir sind eine christliche Gemeinschaft«, antwortete Tillman. »Wir versuchen, die Welt zu verbessern.«

»Die Welt zu verbessern?«

»Ganz genau. Wir suchen verlorene Seelen und versammeln sie hier. Schützen sie. Heilen sie. Und wir versuchen, uns für die gute Sache einzusetzen. Unser wichtigstes Ziel ist die Bekämpfung der Rassenungleichheit. Wussten Sie, dass das Suffolk County die Gegend mit der stärksten Rassentrennung in den ganzen Vereinigten Staaten ist? Über achtzig Prozent der Einwohner sind weiß.«

»Das wusste ich nicht.« Abby schaute sich um, um ein Gefühl für diesen Ort zu bekommen. Eins musste sie Otis lassen: Er hatte seinen Laden fest im Griff. Nirgends war Unkraut zu sehen, der Kiesweg war gut in Schuss, die Wände der Hütten, der Wohnwagen und sogar das Haupthaus waren frisch gestrichen. Es war natürlich leichter, eine Farm gut zu führen, wenn alle Mitarbeiter einem vollkommen und hingebungsvoll ergeben waren und nur zu gern achtzehn bis zwanzig Stunden am Tag arbeiteten.

Otis redete munter weiter. »In *unserer* Gemeinde sind zweiundzwanzig Prozent der Mitglieder Afroamerikaner, einundzwanzig Prozent Latinos und fünfzehn Prozent asiatischer Abstammung.« Er deutete auf die Männer und Frauen, die auf dem Feld arbeiteten. »Und wir streben auch nach Geschlechtergleichheit. Hier werden Frauen und Männer gleich behandelt.«

»Sie werden gleich behandelt?« Abby vermutete, dass Tillman ewig weiterreden würde, wenn sie seine Worte andauernd wiederholte. Er öffnete sich ihr zunehmend, kam näher heran und entspannte die Hände und die Schultern.

»Ganz genau. Die Geschäftsführung besteht aus genauso vielen Männern wie Frauen. Und die Aufgaben werden regelmäßig getauscht. Wir haben hier ebenso viele Männer wie Frauen, die sich um die Wäsche und das Kochen kümmern.«

»Bewundernswert.« Natürlich abgesehen von der totgeschwiegenen Unzucht mit Minderjährigen. Abby konnte beinahe spüren, wie Tillmans Worte über ihre Haut krochen, als wären sie ein hungriger Parasit, um zu ihr durchzudringen.

»Otis!«, rief einer der Männer vom Feld herüber. »Wir haben hier ein Problem.«

»Einen Moment«, erwiderte Otis. Er sah sich um, und seine Miene hellte sich auf. »Ruth! Könntest du kurz herkommen?«

Er winkte, und eine junge Frau trat mit ausdrucksloser Miene näher. Detective Wong, die neben Abby stand, schnappte nach Luft. Abby warf ihr einen Seitenblick zu und bemerkte, dass Wong kurz das Gesicht verzog. Doch dann hatte sie sich wieder im Griff und setzte die übliche coole Miene auf.

Tillman legte Ruth väterlich eine Hand auf die Schulter. »Könntest du die Detectives bitte zum Büro bringen? Sie möchten mit David reden.«

Ruth blickte zu dem Mann auf. Dieser Blick. Verdammt! Darin lagen absolute Hingabe, Anbetung und Liebe. Abby hätte das Mädchen am liebsten gepackt, sie von hier weggezerrt, selbst wenn sie sich mit Händen und Füßen wehrte, und sie Tage, Wochen oder gar Monate eingesperrt, um sie durch Worte zur Vernunft zu bringen. Um alles zu tun, damit sie vergaß, was man ihr hier eingetrichtert hatte.

»Natürlich«, sagte Ruth und sah sie nacheinander an, während Otis' Arm noch immer auf ihrer Schulter lag. »Kommen Sie mit.«

Otis ließ sie mit dem Mädchen allein, das sie daraufhin einen Kiesweg entlangführte.

»Erinnern Sie sich an mich, Ruth?«, erkundigte sich Wong.

»Selbstverständlich«, antwortete Ruth. »Schön, Sie wiederzusehen, Detective Wong.«

»Sie können mich May nennen.«

»Ich bin sehr froh, dass Sie gekommen sind, da ich nie die Gelegenheit hatte, mich für den ganzen Schlamassel zu entschuldigen«, erklärte Ruth.

»Da gibt es rein gar nichts, wofür man sich entschuldigen müsste«, erwiderte Wong mitfühlend.

Abby ging fest davon aus, dass Otis sie absichtlich mit dem Mädchen allein gelassen hatte. Er wusste genau, dass Ruth nichts gestehen würde, und er wollte, dass Wong das ebenfalls begriff. Vielleicht bewies er Ruth auf diese Weise auch sein Vertrauen, ein weiterer Test – gleichzeitig aber auch ein weiteres Maß an Kontrolle, die er über sie ausübte.

»Ich wollte Aufmerksamkeit erregen«, behauptete Ruth. »Und ich hatte eine sehr lebhafte Fantasie. Aber ich hätte mir nie träumen lassen, dass das Ganze so aufgebauscht wird.« Sie sagte das fast schon beiläufig und mit aufrichtiger, bedauernder Stimme.

Wongs Miene war schmerzverzerrt. »Falls es irgendetwas gibt, das Sie mir sagen möchten, Ruth, so kann Sie jetzt niemand hören. Sie können auch jederzeit aufs Revier kommen. Falls Sie jemand angefasst oder Ihnen wehgetan hat …«

Ruth wirkte verwirrt. »Nein. Ich sagte doch bereits, dass alles erfunden war. Dafür wollte ich mich entschuldigen.« Sie deutete auf den Wohnwagen vor ihnen. »Das Büro ist da drüben. Oh, und da ist auch David. Dann haben Sie ihn ja gefunden.« Bei diesen Worten drehte sie sich um und ging.

Abby kannte David nur von dem Foto in Gabrielles Feed, auf dem auch Otis zu sehen war. Otis hatte sich in der Zwischenzeit kaum verändert, und sie hatte dasselbe bei David erwartet. Auf dem Bild war er ein breitschultriger, attraktiver Mann mit dichter Mähne gewesen, doch es war vor zehn Jahren entstanden. Diese Zeit hatte David Huff in der Tillman-Sekte und weit weg von seiner Frau und seinen Kindern verbracht.

Er sah richtiggehend abgemagert aus, hatte hohle Augen und keine Haare mehr. Sein Gesicht war blass, fast schon weiß. Zuerst bewegte er sich gar nicht, und Abby kam kurz der verrückte Gedanke, er sei längst tot. Doch dann kam er mit langsamen, müden Schritten zu ihnen.

Es machte ganz den Anschein, als hätten die Jahre in der Tillman-Sekte David das Leben ausgesaugt und nichts als eine sterbende Hülle zurückgelassen.

Kapitel 31

»David Huff?«, fragte Abby ungläubig, die eher damit rechnete, seinen Vater oder Großvater vor sich zu haben.

»Ganz genau«, bestätigte der Mann.

Carver zeigte seine Dienstmarke vor. »Sir, wir sind vom NYPD. Ich bin Detective Carter, und das ist Lieutenant Mullen. Wir würden Ihnen gern ein paar Fragen stellen, wenn es Ihnen nichts ausmacht.«

»Na ja, das Sonntagsessen fängt gleich an. Wenn Sie sich uns anschließen möchten …«

»Es dauert nur ein paar Minuten«, erklärte Abby. »Otis sagte, das Essen würde um ein Uhr anfangen. Bis dahin ist noch ein bisschen Zeit.«

»Ich helfe ihnen meist beim Tischdecken.«

»Wir halten Sie nicht lange auf«, versprach Abby. »Waren Sie mal mit einer Frau namens Eden Fletcher verheiratet?«

Davids Blick zuckte zu dem Feld, auf dem Otis mit den Arbeitern sprach. »Ja.« Sein Tonfall wurde schneidender. »Geht es hierbei um Eden? Ich habe die Papiere unterschrieben und ihr alles gegeben, was sie verlangt hat. Will sie jetzt noch mehr?«

»Es macht fast den Anschein, als wären Sie immer noch wütend auf sie«, stellte Abby fest und bemühte sich um einen sanften Ton.

David holte tief Luft. »Ich bin nicht wütend. Es ist die Bürde Gottes und seiner Sendboten, Zorn zu empfinden.«

»Aber Sie bedauern Edens Entscheidung, von hier wegzugehen?«, hakte Carver nach.

»Ja. Sie hat mich nicht einmal um Rat gefragt, sondern ist einfach mit Gabrielle und Nathan verschwunden. Ein paar Wochen später stand sie dann mit den Scheidungspapieren vor mir.«

»Und Sie haben sie unterschrieben?«

Erneut zuckte Davids Blick zu Otis. »Ja. ›Keiner, der die Hand an den Pflug gelegt hat …‹«

»›… und nochmals zurückblickt, taugt für das Reich Gottes‹«, wiederholte Abby Moses Wilcox' Worte von vor langer Zeit.

»Ganz genau.« David lächelte sie überrascht an.

»Ich lese hin und wieder in der Bibel«, gestand Abby.

Jedenfalls in Teilen davon. Sektenanführer liebten religiöse Phrasen über das Vergessen der Vergangenheit. Dadurch konnten sie Meinungen ändern, die Geschichte umschreiben, verwirren und verschleiern. Abby kannte sehr viele solcher Zitate auswendig.

Warum hatte Otis Tillman David geraten, die Scheidungspapiere zu unterschreiben? Das würde sie Eden fragen müssen.

»Haben Sie den Kontakt zu Ihren Kindern nach Edens Weggang gehalten?«

»Nein, ich wusste nicht, wie ich das tun sollte. Daher habe ich beschlossen, sie loszulassen.«

»Sie haben nicht einmal versucht, sie zu finden?«, fragte Carver.

Erst nach einer langen Pause antwortete David: »Wie ich bereits sagte, beschloss ich, sie loszulassen. Ich bin untadelig und rechtschaffen.« Er grinste, als hätte er einen Witz gemacht, den keiner von ihnen verstehen konnte.

»Können Sie uns sagen, wo Sie am Freitag gewesen sind?«, wollte Carver wissen.

David zuckte mit den Achseln. »Klar. Ich war hier.«

»Hat Sie jemand gesehen?«

»Vermutlich die ganze Gemeinde. Wir arbeiten den ganzen Tag hier zusammen, Detective. Dies ist eine sehr eng verbundene Gemeinschaft. Und es ist ungewöhnlich, wenn man sich nicht beim Morgen- und Abendgebet sieht.«

Und da hatten sie es. Allein anhand der Art, wie er das sagte, so glatt, geübt, fast schon gelangweilt, wusste Abby Bescheid. Das war eine erprobte Antwort, die sie allen Außenseitern gaben. Sie ging davon aus, dass jedes Sektenmitglied in etwa diese Worte verwenden würde. Dies war ein wasserfestes Alibi für jeden von ihnen.

Es wurde Zeit, ihn ein bisschen aus dem Konzept zu bringen. »Mr Huff, an diesem Tag wurde Ihr Sohn auf dem Heimweg von der Schule entführt. Wissen Sie irgendetwas darüber?«

Sektenmitglieder waren hervorragende Lügner, weil sie jedes Wort glaubten, das ihnen über die Lippen kam. Selbst wenn sie wussten, dass sie logen, waren sie davon überzeugt, dies für eine gute Sache zu tun, daher wurde die Lüge auf gewisse Weise zur Wahrheit.

Aber ihre Welt und alles darin wurde von ihrem Anführer bestimmt. Normalerweise trieben Sektenanführer ihren Anhängern die Neugier aus und boten ihnen auf aufkommende Fragen abstrakte Antworten. So gingen sie mit Zweifeln hinsichtlich ihrer Führungsqualitäten, mit Beschwerden und vor allem mit Kritik von außen um.

Wich man jedoch vollkommen vom Drehbuch ab und sagte etwas, mit dem der Sektenanführer nicht gerechnet hatte, merkte man das sofort. Denn in diesem Augenblick mussten die Sektenmitglieder nachdenken. Sie mussten selbst nach der richtigen Antwort suchen. Für einen Sekundenbruchteil gewannen sie ihre Individualität zurück. Und in diesem Moment waren sie keine guten Lügner, sondern die allerschlechtesten.

Abby sah die Überraschung in Davids Augen, den langen Blick zu Otis, als würde er um Rat ersuchen, und da war sie davon überzeugt, dass David Huff nicht das Geringste über die Entführung seines Sohnes wusste.

»Aber das ist …«, stieß David schließlich hervor. Dann gewann er die Fassung zurück und hielt inne. »Wie?«, wollte er mit brechender Stimme wissen.

»Unsere Ermittlungen laufen noch«, berichtete Carver. »Wir würden Ihre Kooperation sehr zu schätzen wissen.«

»Se… selbstverständlich. Was immer Sie brauchen.«

»Sie wussten nichts davon?«, fragte Abby. »Es war in allen Nachrichten.«

»Wir haben hier keinen Fernseher, und nur wenige von uns besitzen ein Handy. Wir versuchen, die Medien zu meiden. Sie lenken nur ab.«

»Wer *hat* denn ein Handy?«

»Otis natürlich, denn er braucht es ja für die Leitung der Farm. Und …« David stutzte und hob den Kopf, um zum Horizont zu blicken.

Beim Klang eines Motors drehte Abby sich um. Ein Pick-up-Truck fuhr die Straße neben dem Haus entlang und blieb neben dem Feld in einer Staubwolke stehen. Zwei Männer stiegen aus und gingen auf Otis zu. Einer von ihnen schaute zu ihnen herüber.

Abby beäugte den Mann und vergewisserte sich, dass sie sich nicht irrte.

Doch es bestand kein Zweifel: Das war der Mann, den Eden ihnen beschrieben, den sie in ihrer Gegend gesehen hatte. Und es war auch der Mann, dem das Instagram-Profil Karlad345 gehörte, das nur erschaffen worden war, um Gabrielle online zu stalken.

Kapitel 32

»Carver«, sagte Abby, ohne den Mann aus den Augen zu lassen.

»Ich hab ihn gesehen«, bestätigte Carver. »Wir müssen ihn mitnehmen.«

Abby musterte die Menschen um sie herum. Auf dem Feld arbeiteten vier Männer und drei Frauen. Eine Person saß noch im Wagen. Die drei Männer, die sie beobachtet hatten, standen in einiger Entfernung.

Doch Abby hatte unzählige Stunden mit dem Studium wichtiger Geiselnahmen verbracht. Sie war bei Dutzenden von Einsätzen dabei gewesen und hatte sie gelöst, indem sie herausfand, wie es zu dieser gefährlichen Situation gekommen war. Daher erkannte sie die Anlässe, die eine Krise auszulösen vermochten.

Diese Menschen sahen die Welt auf eine verdrehte Art und Weise und kultivierten eine Mentalität, die sich um »wir gegen sie« drehte, und Abby bezweifelte nicht, dass sie, Wong und Carver zu *sie* gezählt wurden. Sie hatte zudem guten Grund zu der Annahme, dass sich auf dem Grundstück Waffen befanden, die nur nicht offen zur Schau gestellt wurden. Schon jetzt war die Anspannung hoch.

Was alles noch schlimmer machte, war die Tatsache, dass sie keine Ahnung hatte, was Tillman hier bezweckte. Hatte seine

Sekte tatsächlich etwas mit Nathans Entführung zu tun? In diesem Fall konnte sich der Junge im Moment ganz in der Nähe befinden und Tillman und seine Männer würden alles unternehmen, um die Polizei von einer Durchsuchung abzuhalten. Ebenso davon, eines der Mitglieder zu verhören.

Carver machte zwei Schritte auf den Verdächtigen zu. Sie beobachtete ihn, während sich die Zeit zu verlangsamen schien. Ihr entging nicht, dass sich Otis Tillmans Haltung veränderte, als er bemerkte, dass Carver auf ihn zukam. Einer der Männer verspannte sich und legte eine Hand auf den Rücken. Sie spürte, wie Wong hinter ihr reagierte und sich für das Bevorstehende wappnete.

Abby machte einige schnelle Schritte auf Carver zu und legte ihm eine Hand auf die Schulter. »Warten Sie«, bat sie ihn leise. »Halten Sie sich zurück, und lassen Sie mich das regeln.«

Sie spürte die verkrampften Muskeln unter ihrer Handfläche. Carver hatte die Kiefermuskeln angespannt, und sie vermutete, dass ihm das Adrenalin bereits durch die Adern strömte. Er wusste genau wie sie, dass diese Sache nach hinten losgehen konnte, hatte anders als sie jedoch keine Ahnung, wie sich das verhindern ließ. Sie konnten nicht einfach wieder fahren und den Mann ziehen lassen, sondern mussten ihn mitnehmen.

»Vertrauen Sie mir«, raunte sie ihm zu. »Bitte.«

Carver verharrte an Ort und Stelle und runzelte die Stirn. Schließlich sagte er: »Okay. Wong und ich sind direkt hinter Ihnen.«

Abby nickte, strich sich das Haar hinter die Ohren und setzte das freundlichste, am wenigsten bedrohliche Lächeln auf. Sie hatte viel Übung darin und wusste, dass es authentisch wirkte. Das gespielte Lächeln mancher Menschen reichte nicht bis in die Augen, aber Abbys spiegelte sich auch in ihren Augen, ihrer Stirn, ihrer ganzen Körpersprache wider. Tatsächlich wirkte es sogar echter und ansteckender als ihr echtes Lächeln. Dass sie eine kleine Frau mit albern aussehenden Ohren war, wirkte ebenfalls beruhigend auf ihr Gegenüber. Ihr Lächeln wirkte auch bei den Männern, auf die sie zuging, denn sie musterten Carver und Wong weiterhin misstrauisch, schienen Abby jedoch als sicher einzustufen.

»Dürfte ich vielleicht kurz mit einem Ihrer Männer sprechen, Mr Tillman?«, rief sie.

Dabei achtete sie darauf, ruhig weiterzugehen und Tillman in die Augen zu sehen. Im Augenblick war er der Einzige, der sie interessierte. Sie wusste, dass die anderen Sektenmitglieder unbeirrbar und feindselig waren. Kompromisse gehörten schlichtweg nicht zum Alltag der Sekte. Die Menschen wurden von ihrem Anführer dazu indoktriniert, daran zu glauben, dass sie einem höheren Zweck dienten, dass das Gesetz der Feind und die Welt gegen sie war. In einer derart angespannten und extremen Atmosphäre würde es in dem Augenblick, in dem sie versuchte, eine Verhaftung vorzunehmen, zu Widerstand kommen – und zu Gewalt.

Paradoxerweise war der einzige Mann, bei dem es sich vermutlich nicht um einen Fanatiker handelte und der Kompromisse eingehen würde, Otis Tillman, der Anführer der Sekte, der alle anderen radikalisiert hatte. Es lag in seinem Interesse, den Status quo aufrechtzuerhalten und Blutvergießen zu vermeiden.

Es sei denn, er glaubte selbst an den Mist, den er den anderen erzählte. Wenn das der Fall war, konnte es hier sehr schnell sehr unschön werden.

»Lieutenant Mullen«, sagte Otis. »Mr Adkins hat mir eben einige sehr beunruhigende Neuigkeiten mitgeteilt.«

Mr Adkins. Karlad345 war Karl Adkins.

»Sie können mich Abby nennen.« Sie blieb einige Schritte von Otis und Adkins entfernt stehen.

»Davids Kind wurde entführt.« Otis wirkte erschüttert, es war allerdings unmöglich zu erkennen, ob er das nur vorspielte. Adkins Miene blieb vollkommen gleichgültig, aber Abby bemerkte die Reaktionen der Menschen um sie herum. Sie rissen die Augen auf. Flüsterten entsetzt miteinander. Wie sie erwartet hatte, wusste der Großteil der Sekte nichts von Nathan. Ganz im Gegensatz zu Adkins.

Wusste er es, weil er Gabrielles Instagram-Story gesehen hatte oder weil er Nathans Entführer war?

»Das ist korrekt«, bestätigte Abby. »Detective Carver und ich ermitteln in diesem Fall. Und wir hatten uns gefragt, ob Karl etwas dagegen hätte, uns zu begleiten und einige Fragen zu beantworten.« Sie benutzte absichtlich Adkins' Vornamen, den Otis nicht genannt hatte, um sich zu vergewissern, dass sie mit ihrer Vermutung richtig lag.

»Er kann hier mit Ihnen reden.« Otis verschränkte die Arme. »Es gibt keinen Grund, deswegen irgendwo hinzufahren.«

»Das ist keine schlechte Idee«, erwiderte Abby. »Es wäre sogar sehr gut, wenn wir mit allen sprechen, die momentan anwesend sind. Möglicherweise verfügt jemand über Informationen, die uns helfen können.«

»Natürlich. Nach dem Sonntagsessen …«

»So lange können wir leider nicht warten. Wenn ein Kind vermisst wird, zählt jede Minute.«

Otis verspannte sich. »Eden und ihre Kinder leben seit sieben Jahren nicht mehr hier. Ich möchte nicht, dass Sie Ihre Zeit verschwenden.«

»Es wäre keine Zeitverschwendung«, versicherte Abby ihm mit sanftem Lächeln. »Eden und ihre Kinder haben mehr als zehn Jahre in dieser Gemeinschaft gelebt, daher gehe ich davon aus, dass einige hier sie gut kennen. Vielleicht sind sie sogar in Kontakt geblieben.«

»Sind sie nicht«, stieß Otis hervor.

Abby runzelte die Stirn und tat überrascht. »Nicht?«

Natürlich nicht. Das Tödlichste für eine Sekte waren ehemalige Mitglieder. Menschen, die gegangen waren, merkten bald, dass so gut wie alles, was man ihnen erzählt hatte, eine Lüge war. Die Welt ging nicht unter, wenn man die Sekte verließ. Da draußen war nicht jeder gegen sie. Auch dort hatte das Leben eine Bedeutung. Es konnte sogar besser sein.

Daher sorgte eigentlich jede Sekte dafür, dass nach dem Weggang eines Mitglieds sämtliche Beziehungen unterbunden wurden und verteufelte die Person. Sie wurde als egoistischer Verräter und Kollaborateur mit dem Feind dargestellt. Auf diese Weise sorgte der Sektenanführer dafür, dass niemand mehr beeinflusst werden konnte, und erschwerte darüber hinaus weiteren Mitgliedern den Weggang.

»Meines Wissens ist Eden völlig untergetaucht«, korrigierte Otis seine Aussage. »Vielleicht hat David Ihnen das bereits erzählt – wir haben nach ihr gesucht, jedoch ohne Erfolg.«

Abby musterte ihn skeptisch. »Aber Eden sagte …« Sie erstarrte und schüttelte den Kopf. »Nein. Selbstverständlich haben Sie recht. Sie kennen Ihre Gemeinschaft am besten.«

Inzwischen war Abby davon überzeugt, dass Otis Tillman ihr etwas vorspielte. Weder seine Körpersprache noch seine Miene wirkten auch nur ansatzweise bekümmert. Daher wusste sie, dass sie ins Schwarze getroffen hatte. Sie hatte damit gedroht, mit seiner ganzen Gemeinde zu sprechen, bevor er dazu kam, ihre Äußerungen zu bestimmen. Außerdem hatte sie angedeutet, dass jemand von hier Kontakt zu einem ehemaligen Mitglied hatte. Was nur bedeuten konnte, dass seine Kontrolle nachließ. Otis musste nun das Bedürfnis verspüren, ihnen eine Alternative anzubieten, um weiterhin den Eindruck zu erwecken, alle Zügel in der Hand zu haben.

»Sie können in unserer Hütte mit Karl sprechen, im Beisein unseres Anwalts«, erklärte Otis. »Ich fange derweil mit dem

Sonntagsmahl an, und sobald Sie mit Karl fertig sind, können Sie auch mit den anderen Mitgliedern reden.«

»Das geht leider nicht«, erwiderte Abby bedauernd. »Ich habe Zeugen, die einen Mann, auf den Karls Beschreibung passt, am Tatort gesehen haben. Wie soll ich ihn als Verdächtigen ausschließen, wenn ich hier mit ihm spreche?«

»Wann haben sie ihn gesehen?«

»Mehrmals im letzten Monat.«

»Er war die ganze Zeit hier.«

Abby schaute zu dem Pick-up hinüber, mit dem Karl hergekommen war. »Die ganze Zeit?«

»Wir können der Sache bestimmt auf den Grund gehen …«

»Dies scheint eine sehr eng verbundene Gemeinschaft zu sein. Sie möchten doch bestimmt alles in Ihrer Macht Stehende tun, um Karl als Verdächtigen auszuschließen. Und natürlich, um uns zu helfen, damit wir Davids Jungen zu seiner Mutter zurückbringen können.«

Sie wartete darauf, dass sich die Zahnräder in Otis' Kopf in Bewegung setzten, und warf Karl einen entschuldigenden Blick zu, als täte es ihr leid, ihn in diesen Schlamassel mit hineinziehen zu müssen. Er ignorierte sie und hielt den Blick auf Otis gerichtet. Abby hatte nicht den geringsten Zweifel daran, dass dieser Mann bereit war, ein Kind zu entführen oder sogar umzubringen, wenn Otis es von ihm verlangte.

Otis musterte Karl, und Abby vermutete, dass er überlegte, den Mann aufzugeben. Er würde einen Weg finden, es zu erklären, damit seine Leute es leichter schlucken konnten. Aber er würde nicht zulassen, dass sie Karl hier vor allen verhafteten.

»Sie wollen ihn also für eine Gegenüberstellung mitnehmen?«, hakte Otis nach. »Um die Bestätigung zu erhalten, dass er nicht Ihr Mann ist?«

Nur eine schnelle Gegenüberstellung, und er wäre zum Abendessen wieder da. Keine Fragen, kein Verhör durch den Feind. Abbys Blick wanderte über die Gesichter der Umstehenden, weil sie sich fragte, wie sie es aufnahmen. Einige runzelten zwar verstimmt die Stirn, aber keiner wirkte irgendwie bedrohlich.

»Ganz genau«, bestätigte sie. »Nur eine Gegenüberstellung, um ihn auszuschließen. Wir wollen doch niemandes Zeit vergeuden.«

»Bist du damit einverstanden, Karl?«, fragte Otis.

Der Rest war pure Schauspielerei. »Klar. Wenn ich Ihnen damit helfen kann«, antwortete Karl, und die Anspannung der anderen ließ nach. Abby atmete erleichtert auf.

»Er wird Ihnen in seinem Wagen mit unserem Anwalt Richard folgen«, sagte Otis.

Abby ließ sich ihr Zögern nicht anmerken. Wenn sie Karl nicht auf der Stelle verhaften wollten, war dies das Beste, was sie kriegen konnten. »In Ordnung.«

Otis bedeutete Karl und einem anderen Mann, bei dem es sich vermutlich um den Anwalt handelte, mit ihm zur Seite zu treten, und die drei beratschlagten sich kurz. Abby betrachtete ihre Gesichter – der Anwalt war offensichtlich besorgt, Otis wirkte hingegen ruhig. Karls Miene blieb gleichgültig. Die anderen gingen zu einem großen, scheunenartigen Gebäude, in dem sie offenbar die Mahlzeiten einnahmen.

»Ich bleibe noch hier«, teilte Wong ihr mit. »Und sehe mich mal um.«

»Man wird Sie im Auge behalten«, warnte Abby sie leise und warf einem großen Mann, der vor dem Haus stehen geblieben war und sie beobachtete, einen vielsagenden Blick zu.

»Wenn der Junge hier ist …«

»Falls er hier ist, wird man Sie nicht in seine Nähe lassen. Dann brauchen Sie einen Durchsuchungsbeschluss und sehr viel Verstärkung«, sagte Abby. »Seien Sie ja vorsichtig.«

»Ich hätte nicht gedacht, dass Sie das schaffen«, gab Wong zu. »Dass Sie sie dazu bringen, uns Karl mitnehmen zu lassen.«

»Sie bekommen dafür eine Gegenleistung.« Abby verzog das Gesicht. »Ich habe Otis die Zeit gewährt, um mit seinen Leuten über die Entführung zu sprechen. Und danach werden wir nichts Hilfreiches mehr aus ihnen herausbekommen. Daher hoffe ich, dass wenigstens Karl uns was sagen kann.«

Kapitel 33

Abby bat Carver, schon mal ohne sie mit Karl Adkins' Verhör anzufangen. Sie wollte zuerst mit Eden reden und sich so viele Informationen wie möglich über die Tillman-Sekte beschaffen. Nachdem sie das Revier erreicht hatten, fuhr sie daher in ihrem Wagen zu Edens Haus.

Eden sah von Mal zu Mal schlimmer aus. Die entsetzliche Angst und die Belastung hätten den Geist jedes Menschen erdrückt, und auf gewisse Weise war Eden fragiler als viele andere. Sie welkte förmlich dahin, hatte wässrige, leere Augen und ließ die Schultern hängen.

Abby lächelte sie an und berührte sie beim Betreten des Hauses kurz an der Schulter. Nach wenigen Schritten blieb sie stehen. Gabrielle saß im Wohnzimmer neben einem Mann im billigen Anzug. Gabrielle sprach mit Tränen in den Augen, während der Mann ihr aufmerksam zuhörte. Das Mädchen hielt das Handy in der Hand und zeigte es dem Mann.

»Und nach dem Anruf und der Aufzeichnung … haben sie uns das Foto geschickt.« Sie schluchzte leise. »Sehen Sie? Das ist Nathan mit der Zeitung. Es beweist, dass er noch am Leben ist.«

Der Mann schüttelte betrübt den Kopf.

»Kannst du mir das Foto schicken?«, bat er.

»Sicher.« Gabrielle tippte auf ihrem Handy herum.

Abby machte drei schnelle Schritte. »Sind Sie Reporter?«

Der Mann stand lächelnd auf und reichte ihr die Hand. »Tom McCormick. Ich schreibe für den *New Yorker Chronicle*.«

»Sie können das Foto nicht veröffentlichen«, erklärte Abby. »Es enthält Details, die die Öffentlichkeit nicht erfahren darf.«

Er blinzelte, und sein Gesicht hellte sich auf. »Sind Sie nicht Lieutenant Abby Mullen? Sie waren die Geiselunterhändlerin, die all die Menschen bei diesem Bankraub gerettet hat. Arbeiten Sie an diesem Fall?«

Sie seufzte. »Wenn Sie Einzelheiten aus den Ermittlungen veröffentlichen, könnte sich das negativ auf unsere Chance auswirken, Nathan sicher wieder nach Hause zu holen, Mr McCormick. Ich würde es wirklich zu schätzen wissen, wenn Sie mit der Veröffentlichung warten …«

»Ich habe Tom um dieses Interview gebeten«, unterbrach Gabrielle sie mit heiserer Stimme. »Er hat mich schon einmal interviewt. Und wir brauchen die Medien auf unserer Seite. Die Öffentlichkeit muss darauf aufmerksam gemacht werden.«

Abby zögerte. Gabrielle hatte nicht unrecht. Mehr Aufmerksamkeit würde zu mehr Spenden führen. Und wenn die Entführer sahen, dass sie ihr Geld bekommen würden, hatten sie einen guten Grund, Nathan am Leben zu halten. Außerdem konnten sie den Artikel nutzen, um den Entführern eine Nachricht zu übermitteln. »Das Foto dürfen Sie nicht veröffentlichen«, verlangte sie. »Und ich wäre Ihnen sehr dankbar, wenn Sie mir den Artikel vor Erscheinen zuschicken. Wann soll er erscheinen?«

»Ich habe Gabrielle versprochen, dass wir ihn noch heute Abend auf unserer Website posten«, antwortete McCormick. »Und er erscheint auch morgen in der gedruckten Ausgabe.«

»Lassen Sie ihn mich durchsehen, bevor Sie ihn veröffentlichen, und Sie dürfen mich zitieren«, versprach Abby.

McCormick nickte. »Ich schicke Ihnen den Artikel in ein paar Stunden.«

Abby gab ihm ihre Telefonnummer und ihre E-Mail-Adresse und warf Eden einen Blick zu. Sie gingen nach oben in den zweiten Stock, damit Gabrielle und der Reporter das Interview fortsetzen konnten, betraten Edens Schlafzimmer und schlossen die Tür hinter sich.

»Ich war heute Morgen auf der Tillman-Farm«, sagte Abby leise.

»Oh.« Eden ließ sich auf die Bettkante sinken. »Ist … ist David noch da?«

»Ja.« Abby betrachtete sie eindringlich. »Eden, der Mann, den du uns beschrieben hast, den du im letzten Monat ein paarmal gesehen hast, er gehört zur Tillman-Sekte.«

Eden wurde kreidebleich. »Das … das kann nicht sein.«

»Du hast ihn nicht erkannt?«

»Er muss sich ihnen nach meinem Weggang angeschlossen haben. Ich habe ihn jedenfalls nie dort gesehen.«

»Sein Name ist Karl Adkins. Klingelt da was bei dir?«

»Nein, ich habe diesen Namen noch nie gehört.«

Das ergab Sinn. Wenn Otis Tillman jemanden losschickte, um Eden und ihre Familie auszuspionieren, dann würde er dafür niemanden auswählen, den Eden erkennen konnte.

»Hast du eine Ahnung, warum ein Mann von Tillmans Farm dein Haus überwachen könnte?«

»Nein.« Eden wirkte wie vor den Kopf geschlagen. »Ich sagte dir doch, dass wir diesen Teil unseres Lebens hinter uns gelassen haben. Ich war davon überzeugt, dass wir keinen von ihnen je wiedersehen würden.«

»Wir haben ihn zum Verhör bestellt«, berichtete Abby. »Und wir möchten, dass du ihn bei einer Gegenüberstellung identifizierst, um sicherzugehen, dass er auch wirklich der Mann ist, den du gesehen hast.«

»Jetzt?«

»Nein. Wir brauchen Zeit, um das zu organisieren, und wollen ihn erst verhören.« Abby lehnte sich an die Wand. »Ich muss mehr über die Tillman-Sekte wissen. Alles, was uns beim Verhör von Karl nützlich sein kann.«

»Ich weiß nicht, wie ich dir dabei helfen soll. Ich hatte seit sieben Jahren nichts mehr mit diesen Leuten zu tun.«

»Wie war es damals? Erzähl mir alles, woran du dich erinnerst.«

Eden starrte auf ihre Hände. »Als ich mich ihnen anschloss, war es noch eine sehr kleine Gruppe. Vielleicht ein Dutzend Leute. David war gewissermaßen Otis' rechte Hand. Otis war sehr religiös und hatte interessante Ideen. Er fand, eine Beichte sollte mehr sein als nur die Aufzählung von Sünden. Es war eher eine Therapie. Jeder von uns hatte drei Beichtsitzungen pro Woche. Und er half uns bei unseren Problemen. Er war sehr intuitiv – und einfühlsam. Ich weiß noch, dass ich mich nach der Beichte immer so … frei und leicht gefühlt habe und die nächste kaum erwarten konnte.«

»Was hast du ihm bei der Beichte erzählt?«, fragte Abby und bemühte sich um einen möglichst neutralen Tonfall.

»Einfach alles, Abby. Bei der Beichte gab es keine Geheimnisse. Keine Verurteilung. Und es war nicht nur die Beichte. Er hat auch viel gepredigt. Er konnte vier oder fünf Stunden am Stück predigen und lange Passagen aus der Bibel Wort für Wort zitieren.«

Einige Sektenanführer nutzten lange Predigten, um die Mitglieder in einen tranceartigen Zustand zu versetzen. Wenn sie derart weggetreten waren, konnte er ihnen viel leichter Ideen in den Kopf setzen. Reverend Jim Jones, dessen Sekte den Jonestown-Massenselbstmord begangen hatte, war dafür bekannt gewesen, stundenlange Reden zu halten, und hatte seine Bibelpredigten mit seiner sozialpolitischen Agenda durchwoben, während er seinen Anhängern unaufhörlich bedingungslose Treue einbläute.

»Wir fühlten uns wichtig«, fuhr Eden fort. »Er sagte uns immer, wir würden das Christentum verändern und modernisieren. Der Weltuntergang stünde bevor, und es sei unsere Aufgabe, das Christentum für die jüngere Generation zugänglicher zu gestalten, um ihre Seelen zu retten.«

»Hat er ein Datum für den Weltuntergang genannt?«

»Das änderte sich mehrmals. Gott gab Otis ein Zeichen, dass er den Weltuntergang verschieben würde, weil wir so gute Arbeit geleistet haben.« Edens Stimme klang ganz monoton. »Mir ist völlig klar, wie das klingt ...«

»Das ist jetzt nicht weiter wichtig«, beschwichtigte Abby sie. Sie hatte schon von weitaus verrückteren Sekten gehört. Für Sektenmitglieder wurden die Predigten ihres Anführers zur absoluten Wahrheit, selbst wenn sie sich noch so seltsam anhören mochten. »Erzähl es mir einfach.«

»Die Gemeinschaft wuchs. Anfangs war ich glücklich. Ich hatte ein Ziel. Ich mochte die Menschen in meiner Umgebung. Ich verliebte mich in David, und wir bekamen dieses wundervolle Kind.« Edens Stimme brach.

»Aber dann ...?«

»Otis sagte immer öfter, dass das FBI hinter uns her wäre. Satan würde das FBI als seine Armee einsetzen. Wir besorgten uns Waffen und lernten alle, sie zu benutzen. Wir hatten ständig Angst, das FBI würde uns angreifen. Und wir wussten, wenn jemand die Sekte verließ, lief er Gefahr, von FBI-Attentätern umgebracht zu werden. Solange wir auf der Farm blieben, würde Otis uns beschützen.«

»Wo wurden die Waffen aufbewahrt?«

»Sie haben sie an unterschiedlichen Orten verstaut und ständig woanders hingebracht. Nach einiger Zeit hatte ich den Überblick verloren. Da ich sowieso nicht gut schießen konnte, war das auch nicht weiter wichtig. Wenn uns das FBI angriff, bestand meine Aufgabe darin, Gott anzuflehen, sie zu zerschmettern.«

»Wie konntest du entkommen?«, fragte Abby. »Du musst doch schreckliche Angst gehabt haben.«

»Die hatte ich auch, aber ... Ich hatte Gabi und Nathan. Und die Beichten ... Otis sagte, wenn wir wirklich rein sein wollten, müssten wir die Beichte ablegen, ohne von etwas Materialistischem belastet zu sein.«

»Meinte er damit Geld?«

»Nein, Kleidung.«

Abby wurde bei jedem Wort mulmiger zumute.

»Da bin ich gegangen«, sagte Eden. »Es war hart. Viel härter, als ich erwartet hatte. Ich hatte schreckliche Angst und fühlte mich so leer. Otis war stinksauer und warnte mich, dass wir ohne ihn alle sterben würden. Ich tat es dennoch gegen seinen Willen. Es war ja nicht so wie in unserer Kindheit, als Moses uns auserwählte, damit wir unbeschadet entkommen konnten.«

»Moses hat uns nicht auserwählt.« Abby starrte sie entsetzt an. »Wir hatten Glück.«

Eden blinzelte. »Er hat uns auserwählt. Darum waren wir nicht im Saal, als ... als alles zu Ende ging.«

»Wir *waren* im Saal, Eden«, beharrte Abby. »Erinnerst du dich nicht mehr? Moses hat mir eine gottverdammte Waffe an den Kopf gehalten und mich gezwungen, der Polizei zu sagen, dass sie wegbleiben soll. Er sagte, wenn sie versucht, sich Zutritt zu verschaffen, würde er mich erschießen.«

Eden schüttelte den Kopf. »Nein, wir waren in einem anderen Raum. Er sagte, wir wären dazu auserwählt, gerettet zu werden.«

»Ich habe die Abschriften des Telefongesprächs gelesen«, erwiderte Abby leise und setzte sich neben Eden aufs Bett. »Ich habe ihnen alles gesagt. Er hielt mir eine Waffe an den Kopf.

Wir waren alle zusammen im Saal. Wir waren nie auserwählt. Moses wollte, dass wir *alle* sterben.«

»Das ist unmöglich«, widersprach Eden. »Warum erinnere ich mich dann an etwas anderes …«

»Wir haben ein schreckliches Trauma durchlebt.« Abby nahm Edens Hand. »Unser Verstand musste das, was passiert war, verarbeiten. Moses hat uns allen im Laufe der Jahre eingetrichtert, dass wir auserwählt wären. Und nachdem wir überlebt hatten, schuf dein Verstand eine falsche Erinnerung, in der Moses uns dazu erkoren hat, weiterzuleben. Aber das hat er nicht, Eden. Wir waren bei den anderen. Wir sollten alle sterben.«

Kapitel 34

Abby saß im Wagen, während der Verkehr im Schneckentempo vorankam. Sie dachte an Eden und beneidete die Frau für ihre verschwommenen Erinnerungen an ihre letzten Tage in der Wilcox-Sekte. Abby hatte hingegen den Eindruck, sich von Tag zu Tag besser daran zu erinnern.

Inzwischen hatte sie auch die anderen Kinder wieder deutlicher vor Augen. Diesen molligen Jungen und das Mädchen mit der Brille, aber auch andere Gesichter, und sie wusste sogar einen oder zwei Namen. Ihr fiel einer der letzten Tage wieder ein. Sie waren alle dabei …

… sich die Hände zu waschen, und standen Seite an Seite an dem langen Metallwaschbecken vor der Tür. Abihail schrubbte sich energisch die Hände. Sie hatte eine neue Metallbürste von ihrer Mutter bekommen, die einfach großartige Arbeit leistete. Ihre Haut pochte, und sie hatte gelernt, diesen reinigenden Schmerz zu lieben. Einige der anderen Kinder wuschen sich die Hände mit Seife, aber Eden hatte Abihail gezeigt, wie man es richtig machte und jeden Rest Schmutz beseitigte. Außerdem hatte Abihail herausgefunden, dass die Erwachsenen sie anders behandelten, wenn ihr die Handflächen wehtaten, weil sie zerkratzt und blutig waren. Dann lächelten die anderen. Lobten sie für ihre Hingabe. Sagten, ihr Schmerz sei ein Zeichen für ihre Reinheit.

Vielleicht würden sie sie bald auch auf den Blumenfeldern arbeiten lassen. Alle größeren Kinder arbeiteten jetzt da. Abihail hatte tagsüber keine Spielkameraden mehr.

Sie war fertig, spreizte die Finger und spürte die zahlreichen Nadelstiche auf der Haut. Danach trat sie zu den anderen, die auf Vater Wilcox' Predigt warteten.

Alle wirkten besorgt. Die Erwachsenen unterhielten sich leise, die Kinder schwiegen und wirkten verwirrt und verängstigt. Abihail wusste nicht, was los war. Sie fing nur Wortfetzen auf, die ihr nichts sagten.

»… Hubschrauber flog zweimal vorbei …«

»… glaube, wir wurden beobachtet …«

»… Jemand hat der Polizei gesagt …«

Polizei.

Angst schoss durch ihre Adern. Die Polizei wollte ihre Familie vernichten. Das wusste sie. Denn die Polizei wurde von Korruption und Hass bestimmt.

Wo war Vater Wilcox? Er hätte hier sein sollen, beten, alle beruhigen. Wenn Vater sprach, wurde jeder sofort ruhiger.

Abihail verließ die anderen und ging zu Vaters Arbeitszimmer, um nachzusehen, ob er dort war. Doch das Gebäude war leer, hinter den Fenstern sah sie nur Dunkelheit. Auf einmal bemerkte sie eine einsame Gestalt auf dem Blumenfeld. Die weiße Robe flatterte im Wind, und das Licht der untergehenden Sonne fiel auf sein Gesicht. Vater.

Zögerlich trat sie näher. »Vater Wilcox? Alle warten schon.«

Er rührte sich nicht, nahm sie nicht einmal zur Kenntnis, starrte nur mit leerem Blick in die Ferne. Abihail hatte ihn noch nie zuvor so gesehen. Seine Wut kannte sie natürlich. Und sie hatte ihn auch oft aufgebracht gesehen. Aber im Augenblick sah er traurig aus. Und müde.

Nach einigen Sekunden sagte er: »Sieh die Lilien, Abihail.«

Sie kannte den Rest, hatte das schon unzählige Male in Vaters Predigten gehört. »›Wie sie wachsen‹«, zitierte sie. »›Sie arbeiten nicht, auch spinnen sie nicht ...‹« Sie stockte und wusste nicht, wie es weiterging.

Vater Wilcox lächelte. »›Ich sage euch aber, dass auch Salomo in aller seiner Herrlichkeit nicht gekleidet gewesen ist wie eine von ihnen.‹«

»Ich mag Lilien«, sagte Abihail.

»Ich auch. Die Lilie ist die Wildblume des Staates, wusstest du das?«

»Ja, natürlich.« Sie hatte es nicht gewusst.

»Wir versuchen hier nur, Schönheit zu verbreiten, Abihail. Wir nutzen Gottes Segen um die Welt zu bereichern. Aber die Polizei ist hinter uns her.«

»Blumen können nicht böse sein.«

Zu ihrem Erstaunen lachte Vater auf. »Aus dem Mund der Kinder.« Er kniete sich neben sie. »Du kommst nach deinen Eltern, Abihail. Du bist ein sehr kluges Mädchen.«

Sie spürte, wie ihr das Blut in die Wangen schoss, und lächelte schüchtern. »Danke.«

»Was sind deine Lieblingsblumen im Garten Eden?«

»Die hier.« Sie zeigte darauf. »Die hohen.«

Er musterte sie nachdenklich. »Du bist wirklich sehr klug. Warum magst du sie am liebsten?«

Darauf musste es eine richtige Antwort geben, davon war sie überzeugt. Aber sie mochte sie eigentlich nur, weil Isaac ihr gezeigt hatte, wie man sich darin versteckte. »Weil sie schön sind?« Eigentlich sahen sie gar nicht schön aus. Sie passten auch nicht gut in einen Blumenstrauß. Ihre Mom nahm sie nie mit in den Blumenladen, weil sie zu lang waren.

Aber trotzdem arbeiteten alle Kinder nun jeden Tag mit kleinen Messern daran, um die Samenkapseln aufzuschneiden.

»Sie sind unser kostbarster Besitz«, erklärte Vater. *»Weißt du auch, wie sie heißen?«*

»Ja«, antwortete Abihail. »Mohnblumen.«

Ein plötzliches Hupen holte Abby in die Gegenwart zurück. Sie atmete aus und fuhr langsam weiter, während sie vor ihrem inneren Auge noch immer das Mohnblumenfeld im Garten Eden sah.

Kapitel 35

Carver wartete im Beobachtungsraum auf Abby und starrte mit trübsinniger Miene durch den Einwegspiegel. Abby schloss die Tür hinter sich und trat neben ihn. Karl Adkins und sein Anwalt Richard Styles saßen zusammen im Verhörraum. Sie hatten die Augen geschlossen und bewegten leicht die Lippen.

»Beten sie?«, erkundigte sich Abby.

»Ja«, bestätigte Carver. »Karl betet gern. Er macht es jedes Mal, wenn ich ihm eine direkte Frage zum Fall stelle. Wenn ich von ihm wissen will, was er vom heutigen Wetter hält, bekomme ich eine lange, umfassende Auskunft. Frage ich ihn aber danach, warum er Gabrielle online stalkt, bekomme ich … das hier.« Er deutete auf die andere Seite des Spiegels.

»Eden konnte mir nicht besonders viel erzählen«, berichtete Abby. »Die Tillman-Sekte hat einige Automatikwaffen auf dem Gelände, aber sie weiß nicht, wo sie versteckt sind. Als sie gegangen ist, fing Otis gerade damit an, seine Position auszunutzen, um sich bei den Frauen der Sekte sexuelle Befriedigung zu verschaffen.«

»So viel zur Emanzipation.«

»Er hat seine Sektenmitglieder gelehrt, dem Gesetz und vor allem dem FBI gegenüber misstrauisch zu sein.« Abby spannte die Kiefermuskeln an. »Ich bezweifle, dass wir viel aus Karl herausbekommen, aber es ist einen Versuch wert.«

»Ich habe mit Wong telefoniert«, sagte Carver. »Otis hat sie herumgeführt und ihr jede Hütte und jedes Zimmer im Haus gezeigt. Sie hat Nathan nirgends gesehen, war aber auch nicht in der Lage, alles gründlich zu durchsuchen.«

»Wir brauchen einen Durchsuchungsbeschluss.«

»Sie versucht, einen zu bekommen, aber der Richter stellt sich quer. Anscheinend hat sich Otis im Suffolk County viele Freunde gemacht. Bisher haben wir nur ein Sektenmitglied, das Gabrielle online folgt, und der Richter sagt, dass das nicht für einen Durchsuchungsbeschluss reicht. Das kann ich sogar nachvollziehen, immerhin hat sie siebzigtausend Follower.«

»Eher neunzigtausend«, korrigierte Abby ihn. »Und es werden immer mehr. Aber Eden hat Karl in der Nähe ihres Hauses gesehen …«

»Noch hat sie ihn nicht identifiziert. Bisher haben wir nur ein Phantombild und sechzig Mitglieder der Tillman-Sekte, die behaupten, Karl hätte die Farm im letzten Monat nie für länger als zehn Minuten verlassen.«

»Wir müssen diese Gegenüberstellung durchführen.«

»Ich habe schon jemanden drangesetzt. Es dauert nur noch ein paar Stunden.«

Abby sah auf die Uhr. »Verdammt«, murmelte sie dann.

»Haben Sie einen Termin verpasst?«

»Ich habe vergessen, Sam anzurufen«, gestand sie. »Ich muss sie abholen, aber sie will nicht mit mir nach Hause kommen.«

Carver runzelte die Stirn. »Warum nicht?«

»Wegen der Schlange.«

»In Ihrem Haus?«

»Das neue Haustier meines Sohns. Ich muss sie jedenfalls bei ihrem Dad abholen, sobald das hier vorbei ist.« Abby war sich ziemlich sicher, dass Sam ohne Widerrede mitkommen würde – wenn sie es ihr nur schmackhaft machte. Falls sie diese Verhandlungen nicht erfolgreich über die Bühne brachte, hatte sie wohl doch nicht den richtigen Job.

Sie schrieb Samantha eine Nachricht.

> Entschuldige, hab bei der Arbeit viel um die Ohren. Rufe dich in einer Stunde an.

Dann würde sie einen Waffenstillstand mit Sam aushandeln und sie abholen.

»Reden wir doch mal mit Adkins«, meinte sie.

»Okay. Ich hatte bisher kein Glück, aber vielleicht bekommen wir gemeinsam etwas aus ihm heraus.«

Bei seinen Worten geriet Abby ins Grübeln. Sie hatte vor über fünfzehn Jahren an der Akademie schon mit Carver zusammen Verhöre durchgeführt.

Das war nicht so gut gelaufen. Um die poetische Beschreibung eines Ausbilders zu zitieren: »Ein Debakel epischen Ausmaßes, wie ich es in all meinen Dienstjahren noch nicht erlebt habe.« Das war natürlich eine Übertreibung. Jedenfalls hoffte sie es.

Sie hatten einander ständig unterbrochen. Irgendwann hatte Abby etwas gesagt, woraufhin Carver sofort widersprach. Sie hatten sich tatsächlich vor dem verwirrten Verdächtigen gestritten, oder vielmehr dem Rekruten, der diese Rolle spielte.

»Können Sie mir die Befragung überlassen?«, fragte sie leichthin.

Carver zuckte mit den Achseln. »Natürlich.«

Abby betrat den Verhörraum und wurde von grellem Neonlicht empfangen. Sie schenkte Karl und seinem Anwalt ein Lächeln und nahm auf dem Stuhl auf der anderen Tischseite Platz. Carver setzte sich neben sie und verschränkte die Arme.

»Bitte entschuldigen Sie, dass Sie warten mussten«, begann Abby. »Wir bereiten gerade alles für die Gegenüberstellung vor, aber es dauert länger als erwartet. Können wir Ihnen etwas bringen? Ein Wasser? Einen Kaffee?«

»Nein, danke«, erwiderte Karl im selben Moment, in dem sein Anwalt um ein Glas Wasser bat.

»Wir bringen es Ihnen sofort.« Abby sah Karl an. »Die Gegenüberstellung ist eigentlich nur eine Formalität. Wir müssen selbst die unwahrscheinlichsten Verdächtigen ausschließen. Sie haben ganz offensichtlich ein wasserdichtes Alibi. Wir haben schon mit einigen Personen gesprochen, die bestätigen, dass Sie am fraglichen Tag in der ... Wie nennen Sie es? Gemeinde?«

»Die Progressive Christliche Gemeinde«, erläuterte Karl.

»Genau.« Abby nickte. »Otis hat mir davon erzählt. Leben Sie gern dort?«

Karl schien sich ein wenig zu entspannen. »Ja. Sie hat mein Leben völlig verändert.«

»Wann haben Sie sich der Gemeinde angeschlossen?«

»Vor sieben Jahren.«

Abby ließ sich ihr Erstaunen nicht anmerken. Eden hatte behauptet, Karl nie zuvor gesehen zu haben. Sie hatte die Gemeinschaft verlassen, als Nathan noch kein Jahr alt gewesen war. Wenn sie die Wahrheit sagte, musste sich Karl der Gemeinschaft kurz nach Edens Weggang angeschlossen haben. Hatte Otis Karl aufgrund von Edens plötzlichem Verschwinden rekrutiert? »Erinnern Sie sich an das genaue Datum?«

»Inwiefern ist das für Ihren Fall von Bedeutung?«, schaltete sich Styles ein.

»Ich versuche nur, die Zusammenhänge zu verstehen. Sie wissen ja, wie das ist.« Abby hatte schon vor langer Zeit herausgefunden, wie aggressive Männer auf die Worte »Sie wissen ja, wie das ist« reagierten: Meist wollten sie den Eindruck erwecken, dass sie das tatsächlich wussten, was ihr die Arbeit erleichterte. Der Anwalt nickte zufrieden. Er wusste, wie das war.

»Ich habe mich der Gemeinde Anfang Februar angeschlossen. Das muss im Jahr … 2012 gewesen sein.«

Weniger als zwei Wochen nach Edens Weggang. Das konnte kein Zufall sein. Hatte Otis das alles etwa schon vor sieben Jahren geplant? »Was haben Sie damals gemacht?«

»Na ja, als ich zur Gemeinde kam, habe ich meist im Apfelgarten gearbeitet.«

»Ich meinte eigentlich, was Sie gemacht haben, *bevor* Sie sich der Gemeinde anschlossen.«

»Oh.« Karl wirkte verdutzt. Er hielt kurz inne, als versuche er, sich zu erinnern. »Ich war Schriftsteller.«

Die Veränderung in Karls Miene war kaum zu erkennen; man musste schon genau hinschauen. Aber Abby hatte genau darauf gewartet. Sektenmitglieder wurden meist indoktriniert, ihr früheres Leben hinter sich zu lassen. Doch man konnte die Vergangenheit nicht auslöschen, nur unterdrücken. Fragte man ein Sektenmitglied, was es vor der Zeit in der Sekte getan hatte, kamen die Erinnerungen oftmals schlagartig zurück. Für eine kurze Zeit konnte man einen Blick auf die Person werfen, die sie früher gewesen war, bevor die Sektendominanz in ihrem Kopf wieder einsetzte.

»Wirklich?«, fragte Abby. »Was haben Sie denn geschrieben?«

»Kurzgeschichten. Vor allem Science-Fiction und Fantasy. Eine Geschichte wurde sogar in *Extraordinary Dimensions* veröffentlicht.«

»In *Extraordinary Dimensions*?«

»Das ist ein sehr bekanntes Onlinemagazin. Ich habe dreihundert Dollar dafür bekommen.«

»Das ist ja großartig. Haben Sie danach noch häufiger für das Magazin geschrieben?«

Er runzelte die Stirn. »Nein. Die Geschichte, die ich danach hingeschickt habe, wollten sie nicht. Und später hatte ich keine Zeit mehr zum Schreiben, weil ich in der Gemeinde so viel zu tun bekam.«

Sie wartete einen Augenblick und ließ das lange Schweigen wirken. Dann erkundigte sie sich: »Wie sind Sie zu der Gemeinde gekommen?«

»Na, mein Onkel hat es vorgeschlagen.«

»Ihr Onkel?«

»Ja. Otis.«

Karl Adkins war also Otis Tillmans Neffe. Wieso war ihnen das bisher entgangen? Jetzt, wo er es ausgesprochen hatte, bildete sie sich auch ein, eine leichte Ähnlichkeit zu erkennen. Sie nickte vielsagend. »Okay! Otis ist also auf Sie zugekommen?«

»Ja. Ich war gerade arbeitslos, und er schlug vor, dass ich doch auf seiner Farm arbeiten könnte.«

»Ich bin sehr beeindruckt.« Abby grinste ihn an. »Wie alt waren Sie damals? Achtzehn? Und Sie haben alles stehen und liegen gelassen, um in einem Apfelgarten zu arbeiten?«

Karl lachte kurz auf. »Zuerst wollte ich das gar nicht. Aber …« Er hielt inne. Sie konnte ihm deutlich ansehen, dass er versuchte, sich an diesen Moment zu erinnern. Wie hatte ihn sein Onkel denn letzten Endes überzeugt? Auf einmal wurden seine Augen glasig, und sie wusste, dass sie Karl, den Schriftsteller, verloren hatte. Karl, das Sektenmitglied, war wieder zurück. »Er hat vorgeschlagen, dass ich mal für ein paar Tage vorbeikomme. Mich mit den Leuten unterhalte. Sie leisten da unglaubliche Arbeit, und ich wollte ein Teil davon sein.«

»War das nicht schwierig? Sie mussten alles aufgeben, was Ihr Leben bis dahin ausgemacht hatte. Das Schreiben. Und erst das Fernsehen, nicht wahr? Ich kann keine Woche überstehen, ohne mich in eine Fernsehserie zu vertiefen. David Huff hat uns erzählt, dass Sie dort keine Fernseher besitzen dürfen. Oder Handys.«

Die Atmosphäre im Raum wurde spürbar angespannter.

»Wir leisten wichtige Arbeit«, erklärte Karl. »Und es ist ja nicht so, als wäre uns der Besitz eines Fernsehers oder Handys verboten. Wir brauchen diese Dinge einfach nicht.«

»Selbstverständlich«, sagte Abby. »Das hatte ich vergessen. Sie haben trotzdem ein Handy, stimmt's? Und Sie haben sogar ein Instagram-Profil.«

Karl erwiderte nichts.

»Sie haben sich dort, äh ...« Sie tat so, als würde sie in ihrem Ordner nachsehen. »Sie haben sich vor drei Jahren angemeldet. Vier Jahre nach Ihrem Beitritt zur Gemeinde. Anscheinend kamen Sie vier Jahre lang gut ohne soziale Medien aus. Was ist dann passiert?«

Karl schloss die Augen und bewegte die Lippen, als würde er lautlos beten.

»Wessen Idee war es, sich bei Instagram anzumelden?«, hakte Abby nach. »*Sie* haben das nicht gebraucht, wie Sie selbst sagten. Warum haben Sie dann ein Profil? Das im Grunde genommen auch nur einer einzigen Person folgt: Gabrielle Fletcher.«

»Mein Klient wird keine weiteren Fragen beantworten«, schaltete sich Styles ein.

»Ist Ihnen David Huffs Frau je begegnet, Karl? Oder ihre Tochter? Oder ihr Sohn?«

Karl betete weiter. Carvers Handy klingelte, und er ging hinaus. Abby stellte noch einige Fragen über Nathan, über Gabrielle, über seine Anwesenheit in der Nähe von Gabrielles Haus, aber wie Carver sie vorgewarnt hatte, hörte sie nichts als Karls Gebete und das Beharren seines Anwalts, dass er keine weiteren Fragen beantworten werde.

Irgendwann sagte sie »Ich hole Ihnen ein Glas Wasser« und verließ den Raum.

Carver stand auf dem Flur und telefonierte mit grimmiger Miene. Er bedeutete ihr zu warten.

»Wir sind unterwegs«, sagte er ins Handy und beendete das Gespräch.

»Was ist denn los?«, erkundigte sich Abby.

»Ein Zivilist hat einen Blutfleck an der Tür eines Toyota Corolla entdeckt, der auf einem Parkplatz auf Staten Island steht«, berichtete Carver. »Er hat die Polizei gerufen. Der Streifenbeamte hat den Kofferraum geöffnet und darin eine nicht identifizierte Leiche gefunden.«

»Und warum hat er Sie angerufen?«, fragte Abby. »Das ist nicht einmal Ihr Bezirk.«

»Die Forensiker haben unter dem Beifahrersitz einen schlammverschmierten Schuh gefunden«, antwortete Carver. »Er passt zu der Beschreibung der Schuhe, die Nathan Fletcher bei seiner Entführung getragen hat.«

Kapitel 36

Abby fuhr bei Carver mit, und die einzige Stimme, die man während der Fahrt hörte, war die aus dem Navi. Während sich die Erschöpfung und Sorge bemerkbar machten, blickte sie aus dem Fenster. Noch kannten sie kaum Details. Es hieß, die Leiche sei männlich, aber handelte es sich um einen Erwachsenen oder ein Kind? Die Zentrale war sich nicht sicher und wollte es überprüfen. Bislang warteten sie noch auf die Antwort.

Es war auch gut möglich, dass der gefundene Schuh gar nicht von Nathan stammte. Schließlich kaufte Eden Schuhe nicht in einem edlen Schuhgeschäft, sondern vermutlich eher bei Walmart oder Target. In New York liefen garantiert Abertausend Kinder mit den gleichen Schuhen herum.

Aber hatten diese Kinder auch nur einen schmutzigen Schuh zurückgelassen? In einem Auto mit einer Leiche im Kofferraum?

»Da.« Carver schaltete das Navi aus, weil sie die Warnleuchten der beiden Streifenwagen jetzt sehen konnten. Als sie näher kamen, entdeckten sie auch den Van des Rechtsmediziners, den Van des Forensikteams und die unvermeidlichen Wagen der Medienvertreter, die mit zielsicherem Instinkt einfach jeden Tatort aufzuspüren schienen.

Carver hielt neben dem abgesperrten Bereich, wo ihnen ein junger uniformierter Beamter die herausgerissene Seite eines Tatortprotokolls reichte. Sie trugen sich beide ein und wurden durchgelassen. Abby duckte sich als Erste unter dem Absperrband hindurch und eilte zum Kofferraum des Wagens, auf den ein greller Scheinwerfer gerichtet war.

Als sie nahe genug heran war, dass sie die große Leiche darin erkennen konnte, stieß sie die Luft aus und merkte erst jetzt, dass sie den Atem angehalten hatte. Sie hatte erwartet, die Leiche eines kleinen Jungen im Kofferraum vorzufinden.

Abby schirmte die Augen mit der Hand ab, als sie die Silhouette einer großen Frau auf sich zukommen sah. »Lieutenant Mullen. Genau im richtigen Augenblick. Wir wollten die Leiche eben rausholen.« Die Frau trug eine Gesichtsmaske, aber Abby erkannte ihre Stimme problemlos. Dr. Valeria Gomez hatte in vielen ihrer Mordermittlungen der letzten Jahre die rechtsmedizinischen Untersuchungen durchgeführt.

»Was haben wir hier, Gomez?«, erkundigte sich Abby.

»Ein männliches Opfer, etwa Anfang fünfzig. Die Totenstarre hat eingesetzt, als die Leiche schon im Kofferraum lag, daher befindet er sich in starrer Embryonalhaltung.«

Abby beäugte den blassen Leichnam, und der unverkennbare metallische Geruch von Blut stieg ihr in die Nase. Das Opfer war brutal in den Kofferraum gestopft worden und lag auf dem Ersatzreifen. Ein Stativ und mehrere Metallkisten waren um ihn herum gestapelt, als wären sie zur Seite geschoben worden, um Platz für die Leiche zu schaffen. Wer immer den Toten in den Kofferraum gequetscht hatte, war nicht bereit gewesen, diesen vorher auszuräumen.

Der Hals des Opfers war mit Blut bedeckt und von mehreren dunklen Stichwunden gezeichnet. Das beigefarbene Hemd des Mannes war ebenfalls voller Blut. Er hatte die Augen und den Mund weit aufgerissen und einen Blutfleck am Kinn.

»Auf den ersten Blick macht es den Anschein, als würden sich die Totenflecken nur auf der rechten Seite der Leiche befinden«, sagte Gomez. »Höchstwahrscheinlich wurde der Mann sehr kurz nach dem Tod in den Kofferraum gelegt.«

»Oder davor?«, mutmaßte Carver.

Gomez zuckte mit den Achseln. »Aus medizinischer Sicht kann ich dazu noch nichts sagen, aber das viele Blut auf der Fahrerseite ist nach Aussage unserer Forensikexperten recht eindeutig. Neben den Stichwunden an Kehle und Brust haben wir noch eine flache Stichwunde an der linken Handfläche sowie einen kleinen Einschnitt darauf gefunden.«

»Verteidigungsverletzungen?«

»Vermutlich. Das Blut auf Lippen und Mund des Opfers lässt auf ein Trauma des Atemapparats schließen, was wahrscheinlich auf eine dieser beiden Verletzungen zurückzuführen ist.« Sie zeigte auf zwei der zahlreichen Wunden an der Kehle.

»Todeszeit?«, fragte Abby.

»Vorerst kann ich nur sagen, dass er irgendwann letzte Nacht, vermutlich am frühen Morgen, verstorben ist«, antwortete Gomez. »Ich führe die Autopsie gleich morgen früh durch, vielleicht kann ich es dann besser eingrenzen.«

Abby trat einen Schritt zurück und holte tief Luft. Auf dem Parkplatz roch es nach Abgasen, Müll und Urin, aber das war deutlich besser als der Gestank, der aus dem Kofferraum drang. Sie musterte die Menschen, die um sie herum ihre Arbeit machten. Den Detective und den Streifenbeamten, die eine Tatortskizze anfertigten, kannte sie nicht. Carver näherte sich den beiden und reichte dem Detective die Hand. Was den Rest anging – mit dem Fotografen, einem sauertöpfischen Mann mit überheblicher Art, hatte sie schon früher zusammengearbeitet. Erfreut entdeckte sie Ahmed Nader von der Spurensicherung, der neben dem Fahrersitz kniete.

»Hey, Ahmed«, begrüßte sie ihn und steckte die Hände in die Taschen.

»Abby Mullen.« Er richtete sich auf. »Was ist? Fehlt Ihnen die Mordkommission schon? Oder hatten Sie nur Sehnsucht nach meiner Gesellschaft?«

»Eindeutig Letzteres«, erwiderte sie. »Aber ich gehöre auch der Taskforce im Entführungsfall Nathan Fletcher an. Was haben wir hier?«

»Einen schlammigen Fußabdruck auf der Fußmatte vor dem Fahrersitz. Es ist ein guter Abdruck, der nicht zu den Schuhen des Fahrers passt. Wahrscheinlich Schuhgröße sechsundvierzig oder siebenundvierzig.«

Konnte er von Karls Schuhen stammen? Er trug ein Paar abgewetzte Tennisschuhe, die jedoch nicht besonders groß ausgesehen hatten. »Wenn ich Ihnen das Foto einer Schuhsohle schicke, könnten Sie dann herausfinden, ob sie zum Abdruck passt.«

Er streckte sich. »Wahrscheinlich. Wo wir gerade von Schuhen reden … Ich schätze, Sie würden eigentlich lieber den hier sehen.«

Bei diesen Worten zog er eine Plastiktüte aus einem Behälter neben sich und hielt ihn ins Licht. Darin befand sich ein kleiner Schuh. »Wir haben ihn auf dem Boden vor dem Beifahrersitz unter einer Männerjacke entdeckt. Die Jacke ist definitiv zu groß für ein Kind; sie könnte dem Opfer gehören.«

Abby starrte den Schuh durch das durchsichtige Plastik an. Er war voller brauner Flecken. »Ist das Blut?«

»Nein. Schlamm. Der Schuh ist noch feucht und innen und außen voller Schlamm. Wer immer ihn getragen hat, muss bis zum Knöchel in Schlamm versunken sein.«

»Entweder das, oder er wurde in Schlamm vergraben«, überlegte Abby laut. »Das würde auch den schlammigen Fußabdruck auf der Fahrerseite erklären.«

Ahmed zog eine Augenbraue hoch. »Sie finden auch für alles die schlimmstmögliche Erklärung.«

»Sie sollten doch wissen, dass ein schlammverschmiertes Kleidungsstück im Allgemeinen nichts Gutes zu bedeuten hat.«

Ahmed bedeutete ihr, ihm auf die andere Seite des Wagens zu folgen. »Kommen Sie, ich möchte Ihnen etwas zeigen.«

Abby lief ihm hinterher und hockte sich dann neben die offene Beifahrertür. Das Wageninnere roch wie ein Schlachthaus. Das Lenkrad, die Sitze und das Armaturenbrett waren blutverschmiert. Sie entdeckte mehrere Blutspritzer auf dem oberen Teil des Fahrerfensters sowie der Innenseite der Tür. Der Tote hatte Stichwunden auf der linken Seite. Wenn das Opfer auf dem Beifahrersitz gesessen hatte, musste es sich bei dem Angreifer um den Fahrer gehandelt haben. Hatte das Opfer den Wagen jedoch gefahren … Sie sah zur Tür hinüber. Dann musste der Angreifer vor dem Wagen gestanden haben.

»Was können Sie mir über die Blutspritzer sagen?«

»Wir haben sie noch nicht ausgemessen«, antwortete Ahmed. »Aber sehen Sie, dass sich der Großteil des Blutes im oberen Teil des Fensters befindet? Unten ist nur ein verschmierter Fleck. Daher vermute ich, dass das Opfer auf dem Fahrersitz saß und das Fenster heruntergelassen hatte. Der Angreifer hat durch das Fenster auf ihn eingestochen. Das Opfer hob die linke Hand, um seine Kehle zu schützen, und zog sich die beiden Verteidigungsverletzungen an der linken Handfläche zu. Aber das wollte ich Ihnen eigentlich gar nicht zeigen. Sehen Sie mal hier.« Er deutete auf die Fußmatte vor dem Beifahrersitz.

Abby beugte sich vor und konnte erkennen, worauf er zeigte. Ein schlammiger Teilabdruck.

»Er passt zu dem Schuh, den wir unter dem Sitz gefunden haben. Anscheinend hat das Kind, das den Schuh getragen hat, den Fuß hier abgestellt, bevor es sich den Schuh auszog.«

Abby war nicht überzeugt. »Oder jemand hat den Schuh auf die Seite geworfen, der dann später unter den Sitz gerutscht ist.«

Ahmed schüttelte den Kopf. »Sehen Sie das hier? Bitte nicht anfassen.« Er zeigte auf die Lehne des Beifahrersitzes.

»Was meinen Sie?«

»Hier sind zwei Haare.«

Nun sah sie sie ebenfalls. Zwei hellblonde Haare, ein Stück unterhalb der Kopfstütze. Als hätte ein hellhaariges Kind auf dem Sitz gesessen. Und seinen Fußabdruck auf der Fußmatte hinterlassen.

»Sie sagten, der Schuh wäre noch feucht.« Sie wurde immer aufgeregter. »War der Schlamm frisch. Können Sie schätzen …«

»Ich kann noch rein gar nichts schätzen.« Ahmed grinste sie an. »Aber es ist sehr unwahrscheinlich, dass er eine Kinderleiche auf den Beifahrersitz gesetzt hat, oder?«

»Das wäre höchst ungewöhnlich.«

»Das ist die Untertreibung des Jahres. Aber jetzt muss ich Ihnen die gute Laune auch gleich wieder verderben. Sehen Sie die Blutflecken?« Er deutete auf eine Stelle unterhalb der beiden blonden Haare. Abby kniff die Augen zusammen und entdeckte die zwei dunklen Punkte. Blut.

»Das könnte von dem armen Tropf im Kofferraum stammen.« Ahmed deutete nach hinten. »Er hat jedenfalls eine ganze Menge Blut verloren.«

»Aber das Muster der Blutspritzer passt nicht.«

»Nicht wirklich.«

Die Flecken waren rund, nicht oval, was darauf hindeutete, dass das Blut nicht von der Seite gekommen war, sondern sich jemand mit einer blutenden Wunde angelehnt hatte.

»Wir werden das untersuchen«, versprach Ahmed. »Sobald ich mehr Informationen habe, melde ich mich. Das Blut muss nicht unbedingt von der Person stammen, die die Haare hier hinterlassen hat.«

Abby nickte und stand wieder auf. Sie wusste, dass die forensischen Beweise manchmal in die Irre führten. Anfängliche Schlussfolgerungen wurden häufig verworfen, sobald neue Details auftauchten. Aber vorerst machte es ganz den Anschein, als hätte Nathan Fletcher auf dem Beifahrersitz dieses Wagens gesessen. Und er war am Leben gewesen und hatte geblutet.

Kapitel 37

Eden hielt sich allein in einem Zimmer auf dem Polizeirevier auf. Man hatte sie gebeten, hier einige Minuten zu warten, während alles für die Gegenüberstellung vorbereitet wurde. Ihr schlug das Herz bis zum Hals, und sie fragte sich, ob sie den Mann wiedererkennen würde, der laut Abby Karl Adkins hieß. Einen Mann aus Otis Tillmans Gemeinschaft.

Der ihre Familie beobachtet hatte.

Sie erschauderte und schlang die Arme um sich. Wartete. Allein.

Selbst zu Hause war sie allein. Na ja, eigentlich nicht. Gabrielle war da. Und unten in der Küche saß immer ein Officer für den Fall, dass sich der Entführer meldete.

Doch die anfängliche Beziehung, die zwischen ihr und Gabrielle nach dem ersten Anruf des Entführers entstanden war, hatte sich in Luft aufgelöst. Ihre Tochter war abermals das distanzierte Mädchen, das sie auch in letzter Zeit gewesen war, und schloss sich entweder die ganze Zeit in ihrem Zimmer ein oder war unten und ließ sich von ihren Freunden oder diesem Eric trösten. Im Augenblick hatte Gabrielle genug damit zu tun, die Spendenseite zu überwachen, sich bei den Spendern zu bedanken und weitere Interviews zu geben. Eden war erleichtert, dass ihre Tochter die Krise managte und alles tat, um Nathan wieder nach Hause zu holen. Aber sie konnte das Gefühl nicht abschütteln, dass Gabrielle ihre Mutter dafür verachtete, das nicht selbst in die Hand genommen zu haben.

Und dann diese Officer in der Küche, eine austauschbare Gruppe von Männern. Alle bewaffnet. Eden hatte sich seit ihrer Zeit in der Tillman-Gemeinde stets von Waffen ferngehalten. Die Dinger waren ihr nicht geheuer. Dasselbe galt auch für Polizisten. Die Einzige, der sie vertraute, war Abihail, doch wann immer sie sich mit ihr unterhielt, drängte sich ihr die Vergangenheit wieder auf.

Und da war natürlich auch dieses Nathan-große Vakuum in ihrem Leben. Jede Umarmung, die ihr entging, jeder Gutenachtkuss, den sie ihm nicht geben konnte, jeder Augenblick, in dem sie ihn nicht fragen konnte, wie sein Tag gewesen war oder was er zum Abendessen haben wollte, all das schmerzte sie zutiefst und höhlte sie innerlich aus.

Zum ersten Mal seit Jahren vermisste Eden David. Allerdings nur, weil er ein anderer Mensch war, mit dem sie reden und der die schweren Augenblicke mit ihr zusammen durchstehen konnte. Ein anderer Mensch zum Umarmen.

Sie holte ihr Handy aus der Tasche und rief den Chat mit Isaac auf. Er war in den letzten beiden Tagen ihr Rettungsanker gewesen, hatte sie ermutigt und ihr die Kraft zum Weitermachen geschenkt. Außerdem hatte er ihr geschrieben, dass er einen Teil seiner Ersparnisse für das Lösegeld gespendet und einige Freunde gebeten hatte, dasselbe zu tun.

Es ist Nathans Schlafenszeit, schrieb sie.

Die drei Punkte tauchten fast augenblicklich auf. Seit der Entführung schien Isaac diesen Chat ständig im Auge zu behalten.

Das tut mir so leid. Ich kann mir gar nicht vorstellen, was du durchmachen musst.

Seine Schlafenszeit ist immer der schwerste Teil des Tages,

tippte sie. So war es auch. Nathan wurde zwar immer unabhängiger, aber zur Schlafenszeit brauchte er sie noch. Er schlief immer mit offener Tür und der Gewissheit, dass sie unten war und ihn hören konnte. Andernfalls bekam er Angst. Das war auch die einzige Gelegenheit am Tag, bei der er sich von ihr küssen ließ. Ansonsten hieß es immer »Igitt, Mom, lass das!« Aber der Gutenachtkuss war wichtig.

Vorher hatte sie noch geglaubt, der schlimmste Teil des Tages sei die Zubereitung des Abendessens, weil sie nur für sich und Gabrielle etwas zubereiten musste. Und davor war der schlimmste Teil der Nachmittag gewesen, weil Nathan da üblicherweise die Treppe rauf- und runterrannte. Und davor war der schlimmste Teil der Morgen, wenn sie aufwachte und er nicht da war. Und die Nacht war der schlimmste Teil, weil sie nicht schlafen konnte, und wenn sie doch einschlief, hatte sie Albträume.

Jede Minute des Tages war die schlimmste.

Wie schlägt sich Gabrielle, erkundigte sich Isaac.

Sie beschäftigt sich. Und sie leistet mit der Spendensammlung für das Lösegeld wahre Wunder.

Die Summe wächst schnell. Wenn das so weitergeht, habt ihr die Summe in wenigen Tagen zusammen. Und dann bekommst du deinen Jungen wieder.

Sie wischte sich eine Träne von der Wange. In letzter Zeit musste sie andauernd weinen.

> Abihail sagt, dass wir ihn vielleicht auch nicht zurückbekommen, wenn wir das Lösegeld haben.

> Abihail irrt sich bestimmt.

Sie wäre gern so optimistisch gewesen wie er.

> Das hoffe ich. Ich bin auf dem Polizeirevier. Wegen der Gegenüberstellung, von der ich dir erzählt habe.

> Oh, gut. Denkst du, du kannst ihn identifizieren?

Eden stieß die Luft aus. Konnte sie es?

> Ich bin mir nicht sicher.

> Lass dich nicht hetzen. Nimm dir so viel Zeit, wie du brauchst, und sei dir sicher.

> Okay.

Nach einigen Sekunden schrieb er:

> Gibt es Neuigkeiten bei den Ermittlungen?

> Noch nicht. Sie wollen mir aber auch nichts sagen.

> Du musst darauf bestehen, dass sie es tun.

Da hatte er recht. Ab jetzt würde sie das tun.

> Ich habe mit Abihail über den Tag gesprochen, an dem wir die Familie verlassen haben. Sie sagt, ich hätte das falsch in Erinnerung. Ich weiß noch, dass wir nicht bei den anderen im Saal waren, aber sie sagt, wir wären dort gewesen. Erinnerst du dich an den Tag?

Sie wartete und beobachtete, wie die drei Punkte mehrmals blinkten und wieder erloschen. Als sie Schritte hörte, steckte sie das Handy weg.

Ein pummeliger Officer kam herein. »Miss Fletcher? Wir sind jetzt so weit.«

Sie folgte ihm durch einen mit Neonlicht erhellten Flur in einen dunklen Raum und atmete ganz flach. Eine Wand bestand nur aus einer großen Glasscheibe, hinter der eine graue Kammer lag, in der sechs Männer vor einer Wand standen. Im Türrahmen blieb Eden wie erstarrt stehen.

»Sie können Sie nicht sehen«, versicherte ihr der Officer. »Das ist ein Einwegspiegel.«

Sie betrat den Raum und spähte durch die Scheibe. Sechs Männer, zwei mit Bart, der Rest glatt rasiert. Einer war dicker als die anderen. Alle hatten schwarzes Haar. Und einer …

Einer war *er*. Nummer vier. Sie sah ihn deutlich vor sich auf der Straße, wie er sich umgesehen hatte, als wäre er ein Raubtier auf Beutesuche.

»Lassen Sie sich Zeit«, sagte der Officer. »Es gibt keinen Grund zur Eile.«

»Nummer vier«, sprudelte es aus ihr heraus.

»Sind Sie sicher?«

Etwas in seinem Tonfall machte ihr Angst. Was passierte, wenn sie sich irrte? Dann würden sie diesen Karl Adkins laufen lassen. Und falls er Nathan entführt hatte, falls er irgendetwas wusste … Sie starrte die anderen Männer an, deren Gesichter zu einem Gewirr aus Nasen, Augen und geschürzten Lippen verschmolzen.

»Ich bin mir sicher«, erklärte sie schließlich und rechnete schon fast damit, dass er seufzen oder den Kopf schütteln würde, weil er von ihr enttäuscht war. Doch das tat er nicht. Er nickte bloß und schrieb etwas auf sein Klemmbrett.

»Ist das der Richtige?«

»Das kann ich Ihnen nicht sagen. Dafür müssen Sie mit dem Detective sprechen.«

»Wo ist der Detective?« Sie hatte damit gerechnet, dass Abihail … Abby oder dieser Detective Carter sie zu der Gegenüberstellung begleiten würden und nicht dieser Fremde.

Der Officer zögerte. »Er musste etwas überprüfen.«

»Geht es dabei um Nathan?«

»Es wäre am besten, wenn Sie direkt mit ihm darüber reden, Ma'am.«

Isaac hatte ihr geraten, beharrlich zu sein, doch ihre Entschlossenheit fiel in sich zusammen und sie ließ die Schultern sinken. »War das alles?«

»Ja, das war alles. Ich bringe Sie raus.«

Als sie auf den Flur traten, fragte jemand: »Eden?«

Sie starrte den Mann irritiert an und erkannte ihn erst nach einigen Sekunden, da sie hier nicht mit ihm gerechnet hatte: Es war ihr Nachbar Frank.

»Oh, hey«, sagte sie leise.

»Sie haben mich für eine Gegenüberstellung hergebeten«, erklärte er. »Weil sie wissen wollen, ob ich den Mann erkenne.«

»Ob Sie ihn erkennen? Haben Sie ihn in unserem Viertel gesehen?«

»Hat man es Ihnen nicht erzählt?« Frank runzelte die Stirn. »Ich hab gesehen … Na ja, ich bilde mir ein, gesehen zu haben, wie Nathan in seinen Wagen gestiegen ist.«

»Sie haben es gesehen?« Sie war bestürzt. »Aber warum haben Sie denn nicht …«

»Ich war mir nicht sicher«, fügte Frank rasch hinzu. »Erst, als die Polizei bei mir war, um mich danach zu fragen. Ich habe mich natürlich schrecklich gefühlt. Falls ich irgendetwas tun kann, um zu helfen …«

Falls er irgendetwas tun konnte! Eden hätte ihm am liebsten die Augen ausgekratzt. Er hatte *gesehen,* wie ihr Sohn entführt wurde, und keinen Ton gesagt. Sie nicht angerufen. Auch nicht die Polizei. Er hatte einfach weitergemacht.

»Wie geht es Gabrielle?«, erkundigte sich Frank leise.

»Es geht ihr gut«, antwortete Eden automatisch.

»Sagen Sie ihr, sie soll mich anrufen, falls ich irgendetwas tun kann. Ich helfe gern. Darum bin ich hier. Ich möchte helfen …«

Sie konnte sich sein Gewäsch nicht länger anhören und marschierte schnellen Schrittes davon, während es in ihrem Kopf hämmerte und sie die Fäuste ballte. Der Officer brachte sie nach draußen, und sie ging wie benommen zu ihrem Wagen und ließ sich auf den Fahrersitz sinken. Ihre Lippen bebten.

Schluchzend holte sie ihr Handy aus der Tasche und wollte Isaac unbedingt von der Begegnung erzählen. Da entdeckte sie, dass er in der Zwischenzeit eine Nachricht geschickt hatte. Es dauerte einen Augenblick, bis ihr wieder einfiel, um welches Thema es zuvor gegangen war.

Ich erinnere mich so gut wie gar nicht an diesen Tag. Aber Abihail hat bestimmt recht und wir waren bei den anderen im Saal.

Eden schloss die Augen. Wenn sie ihren Erinnerungen an diesen Tag nicht mehr trauen konnte, wie wollte sie da mit Gewissheit behaupten können, den Mann von der Straße erkannt zu haben? Was würde passieren, wenn sie sich geirrt hatte? Ließ man ihn dann laufen?

Sie wählte erst Carvers und dann Abihails Nummer, aber keiner der beiden ging ans Telefon. Die vertraute Einsamkeit senkte sich erneut schwer auf sie herab.

Kapitel 38

»Sie wollten eben schließen.« Will kam mit sieben »Chik-fil-A«-Tüten in der Hand in die Einsatzzentrale.

Abby blickte von den Tatortfotos auf. »Hast du sie gebeten …«

»Speck und Ranchdressing für dich, wie immer.« Seufzend stellte Will die Tüten auf den Tisch. »Wie ich dir schon oft genug gesagt habe, entbehren deine Bestellungen bei Fast-Food-Restaurants nicht einer gewissen Ironie.«

»Wieso das?« Carver kramte in den Tüten herum und holte ein Hühnchensandwich heraus.

»Will glaubt, ich wollte durch den übermäßigen Verzehr von Butter und Speck Selbstmord begehen«, erklärte Abby. »Wo es doch zu meinem Job gehört, andere genau davon abzubringen.«

»Da hat er recht.« Marshall wickelte sein Sandwich aus und biss herzhaft hinein.

»Aber man braucht doch einen Grund zum Leben.« Abby hatte ihre beiden Hähnchenbrötchen entdeckt. »Und Butter und Speck sind gleich zwei sehr gute Gründe.«

»Wie weit sind wir mit dem Durchsuchungsbeschluss für die Tillman-Farm?«, erkundigte sich Will.

Abby biss in ihr Brötchen. Himmlisch? Wie konnten manche Menschen nur ohne Butter leben? »Wong hat noch nicht zurückgerufen.« Bei dem Mann, den Eden bei der Gegenüberstellung identifiziert hatte, handelte es sich in der Tat um Karl Adkins. Eigentlich hatten sie geglaubt, nun genug für einen Durchsuchungsbeschluss in der Hand zu haben, und Detective Wong hatte versprochen, sich darum zu kümmern.

»Ich habe eben eine Nachricht von Detective Turner bekommen«, sagte Carver. Er verspeiste sein Sandwich und las etwas auf seinem Handy. Turner war der Detective, den man mit dem Mordfall betraut hatte. »Wir haben eine mögliche Identifizierung des Mordopfers. Liam Washington. Das Fahrzeug ist auf ihn zugelassen, und sein Führerscheinfoto passt zur Leiche. Außerdem haben wir eine Adresse in Albany.«

»Könnte er Nathan entführt haben?«, fragte Will.

»Der Wagen passt nicht zur Zeugenbeschreibung«, merkte Carver an. »Aber wir können es auch nicht ausschließen. Der Zeuge konnte den Entführer nicht gut erkennen. Er hat bei der Gegenüberstellung niemanden identifiziert.«

»Albany?« Abby runzelte die Stirn. Das war nicht einmal in der Nähe von Tillmans Farm auf Long Island. Aber die Adresse konnte durchaus veraltet sein.

»Möglicherweise waren sie zu zweit, Liam und sein Komplize«, mutmaßte Carver. »Und sie hatten zwei Fahrzeuge. Einer entführt Nathan, und der andere bringt ihn irgendwohin. Dann beschließt Liam nach einiger Zeit, Nathan an einen anderen Ort zu schaffen.«

»Vielleicht hat er gesehen, dass es tatsächlich klappen könnte und sie das Lösegeld auftreiben«, folgerte Marshall. »Es ist eine Sache, so etwas zu planen, aber eine ganz andere, das Geld auch wirklich zu bekommen. Er träumt davon und stellt fest, dass er das Lösegeld nicht teilen will. Also setzt er Nathan in den Wagen und will gerade wegfahren, als der andere Kerl auftaucht.«

»Sein Komplize klopft ans Fenster«, übernahm Carver. »Liam will ihm irgendeinen Blödsinn auftischen, dass er eine Spritztour mit dem Jungen macht, lässt das Fenster herunter und kriegt ein Messer in die Kehle.«

»Oder er hat Gabrielles Story gesehen und Schuldgefühle bekommen«, schlug Will vor. »Er überlegt, Nathan einfach an der nächsten Bushaltestelle abzusetzen und zu verschwinden, aber sein Freund hat andere Pläne.«

»Das wäre durchaus denkbar«, stimmte Abby ihm zu. »Jedenfalls hat der Komplize Liam getötet, die Leiche in den Kofferraum verfrachtet und den Wagen auf einem Parkplatz abgestellt, der weit genug weg ist, um uns von seiner Fährte abzubringen. Entweder hat ihn dann jemand dort abgeholt oder er hat sich ein Uber gerufen.«

»Was ist mit dem Schuhabdruck?«, wollte Carver wissen. »Hat schon jemand überprüft, ob er zur Sohle von Karl Adkins' Schuh passt?«

»Adkins' Anwalt hat uns die Hölle heißgemacht«, erwiderte Barnes. »Er sagte, wir könnten ohne Beschluss kein Foto von der Schuhsohle seines Klienten machen, und sein Klient wäre nicht verhaftet und so weiter und so fort. Darum kümmern wir uns später.«

»Wenn der Mörder weiß, was er tut, hat er die Schuhe entsorgt, sobald er den Wagen losgeworden war«, knurrte Marshall. »Und die Verbindung zur Tillman-Sekte überzeugt mich bisher nicht.«

»Wir sollten der Sache dennoch nachgehen«, meinte Abby.

»Ich sagte doch, dass wir das später machen.« Barnes musterte sie fragend.

Abby beschloss, das Thema fallen zu lassen. Wenn sie sich mit den beiden Männern stritt, waren sie ihr danach nur feindlich gesinnt. Aber eine Auseinandersetzung mit zwei Detectives konnte sie jetzt nicht gebrauchen.

Carver stand auf und steckte sein Handy ein. »Turner fährt nach Albany. Ich begleite ihn. Vielleicht finden wir ja was heraus.«

Abby wollte schon mitfahren, doch da fiel ihr die Uhrzeit auf dem Handydisplay ins Auge. »Ach du Scheiße!«

»Was ist?«, erkundigte sich Will.

»Ich hab vergessen, Sam bei ihrem Dad abzuholen.« Sie schloss die Augen und kämpfte gegen ihre Schuldgefühle an. Was dachte Sam wohl jetzt von ihr? Nach ihrem dramatischen Abgang am Samstag hatte Abby nicht etwa versucht, mit ihr zu reden, sondern sie das ganze Wochenende ignoriert. Was für ein mütterliches Versagen! Schlimmer noch war die Tatsache, dass Steve die Kinder diese Woche sowieso am Montag und Dienstag hatte, Sam also einfach bei ihm bleiben konnte.

»Ich bin gleich wieder da«, stieß sie hervor und stürmte aus dem Zimmer. Es war halb elf. Sie schimpfte immer mit Sam, wenn sie sie nach zehn noch mit dem Handy erwischte, was das Bevorstehende nur noch schlimmer machte. Abby wählte Sams Nummer.

Sam ließ es geschlagene fünf Sekunden klingeln, bevor sie ranging. »Ja.« Ihre Stimme klang kalt und unpersönlich. Etwas anderes hatte Abby aber auch nicht verdient.

»Ich wollte vorbeikommen und reden, Schatz.«

»*Jetzt?*« Sam klang fassungslos. »Dad geht gleich zu Bett.«

Abby seufzte. »Es gab einen Notfall bei der Arbeit.«

»Aha.«

»Ich dachte, ich hole dich ab, damit du heute bei uns schlafen kannst.«

»Okay, ich brauche sowieso ein paar frische Klamotten«, meinte Samantha.

Abbys Laune besserte sich schlagartig. »In Ordnung. Bin gleich bei dir.«

»Eine Frage: Ist die Schlange noch in *deinem* Haus?«

»Ich schätze schon.«

»Dann setze ich keinen Fuß hinein.«

Abby seufzte. »Sam …«

»Was interessiert es dich, wo ich schlafe? Du bist ja auch nicht da. Ben sagte, er wäre das ganze Wochenende bei Grandpa und Grandma gewesen.«

Wenn Sam etwas von ihrer Mutter wollte, ging sie die Sache wie ein Profi an. War sie allerdings wütend, hatte Abby das Gefühl, mit einer Verkörperung ihrer Schuldgefühle zu sprechen, und jeder Satz traf sie bis ins Mark.

»Wie kommst du morgen zur Schule?«

»Dad bringt mich auf dem Weg zur Arbeit hin.«

»Okay«, sagte Abby. »Ich komme morgen Nachmittag vorbei, um Ben abzusetzen, und dann reden wir darüber.«

»Okay.«

»Gute Nacht, Schatz. Ich hab dich lieb.«

»Nacht, Mom.« Sam schaffte es, ihren Tonfall so giftig klingen zu lassen, als wäre sie genötigt worden, diese Worte auszusprechen.

Abby legte auf und beschloss, ihre Schuldgefühle noch zu vergrößern, indem sie sich nach ihrem anderen Kind erkundigte. Da Ben längst schlafen würde, rief sie ihre Mutter an.

»Hallo, Schatz«, sagte ihre Mutter. »Ben schläft schon.«

»Das dachte ich mir. Hattet ihr einen schönen Tag?«

»Ja. Wir haben ein paar gefrorene Mäuse für seine Schlange gekauft. Er war sehr glücklich.«

»Die Schlange oder das Geburtstagskind?«

»Eigentlich beide. Bist du etwa noch bei der Arbeit? Hast du nicht gesagt, bei deiner neuen Stelle müsstest du nicht ständig am Wochenende arbeiten?«

»Es geht um einen besonderen Fall.«

»Aber du hast bei deiner Scheidung gesagt …«

»Ich weiß, was ich gesagt habe, Mom.« Abby klang jetzt genauso, wie Sam es nur wenige Minuten zuvor getan hatte. »Es ist wirklich etwas, womit ich nicht rechnen konnte. Kannst du … Erinnerst du dich an die anderen beiden Kinder aus der Wilcox-Sekte?«

»Eden und Isaac?« Ihre Mutter zögerte keine Sekunde und hatte die Namen sofort parat. »Selbstverständlich.«

»Isaac und ich haben Kontakt gehalten, aber Eden war verschwunden.« Abby schluckte schwer. »Wie sich herausgestellt hat, lebt sie in New York. Und jetzt wurde ihr Sohn entführt.«

»Oh, Abby.« Die Stimme ihrer Mutter brach. »Die arme Frau.«

»Der Fall ist bei Detective Jonathan Carver in guten Händen. Aber ich kann ihn nicht einfach aufgeben.« Sie konnte selbst nicht so recht erklären, warum sie in diesem Fall einfach ihr Bestes geben musste.

Nach langem Schweigen sagte ihre Mutter: »Ich habe es immer bedauert, dass du ein Einzelkind geblieben bist. Du weißt ja, dass Hank und ich es versucht haben, aber …«

»Eden ist nicht meine Schwester, Mom. Darum geht es hierbei nicht.«

»Ihr beide seid zusammen aufgewachsen, oder nicht? Ihr habt etwas Schreckliches durchlebt.« Die Stimme ihrer Mutter klang ganz rau. Weinte sie? »Als Hank und ich beschlossen, Pflegeeltern zu werden, wollten wir dich und ein anderes Kind aufnehmen. Aber die Sozialarbeiterin sagte, laut des Psychologen wäre es besser, euch drei zu trennen. Sie waren besorgt, es könnte eurer Entwicklung schaden, wenn ihr zusammenbleibt. Ihr hattet alle so seltsame Marotten. Dieses Händewaschen. Erinnerst du dich daran? Du hast dir immer die Hände geschrubbt, bis sie geblutet haben.«

»Das weiß ich noch.« Sie gestand ihrer Mutter nicht, dass sie kürzlich rückfällig geworden war.

»Als mir klar wurde, dass ich zu alt war, um ein Baby zu bekommen, tat es mir leid, damals nicht beharrlicher gewesen zu sein«, fuhr ihre Mutter fort. »Wenn ich darauf bestanden hätte …«

»Du kannst nicht wissen, was passiert wäre.«

»Aber ich bin sehr froh, dass du jetzt da bist und ihr helfen kannst. Es ist vollkommen richtig, dass du das für sie tun möchtest.«

»Ja.« Abby lehnte sich an die Wand. »Es wird eine lange Nacht. Warte nicht auf mich. Und ich weiß nicht, ob ich es schaffen werde, Ben für die Schule fertig zu machen.«

»Das kann ich doch übernehmen, Schatz.«

Abby legte auf und wollte schon in die Einsatzzentrale zurückkehren, als ihr noch etwas einfiel. Sie rief Ahmed an.

»Hey, Mullen.«

»Was ist mit dem Fußabdruck, Ahmed? Auf der Fußmatte vor dem Fahrersitz.«

»Ja. Sie wollten mir ein Foto von der Schuhsohle Ihres Verdächtigen schicken.«

»Da gibt es einige Schwierigkeiten. Aber haben die Bundesbehörden nicht eine Schuhdatenbank?«

»Stimmt. Ich kann ihn rüberschicken, aber es könnte eine Weile dauern, bis wir eine Antwort bekommen.«

»Zur Taskforce gehört auch ein FBI-Agent. Vielleicht kann er die Sache beschleunigen.«

»Wie schnell muss es denn gehen?«

»Wir haben den Verdächtigen hier, können ihn aber nicht mehr lange festhalten. Wenn seine Schuhe nicht zur Marke passen, sparen wir uns eine Menge Zeit.«

»Schicken Sie mir die Infos des Agenten. Ich melde mich, sobald ich eine Antwort habe.«

»Danke. Ach, Ahmed, erwähnen Sie meinen Namen lieber nicht, wenn Sie mit ihm reden. Das war allein Ihre Idee. Hier gibt es ein bisschen Hickhack, und ich möchte nicht …«

»Keine Sorge, Mullen, dieses Telefonat hat nie stattgefunden.« Damit legte er auf.

Sie schickte ihm Kellys Nummer und ging zurück in den Raum. Will starrte mit finsterer Miene auf seinen Laptopbildschirm.

»Was ist?«, fragte sie. »Stimmt etwas nicht?«

»Eben kam eine E-Mail von Agent Kelly. Das FBI ist der Ansicht, das Foto von Nathan in seinem Zimmer, auf dem er die Zeitung hoch hält, wurde nicht bearbeitet.«

Abby mahlte mit den Kiefern. Sie hatte schon die ganze Zeit das Gefühl gehabt, dass die Theorie, das Bild könnte bearbeitet worden sein, keinen Sinn ergab. Aber wie konnte das Foto in Nathans Zimmer aufgenommen worden sein? Es sei denn, Eden hatte die Entführung nur vorgetäuscht. Das war allerdings ebenso unsinnig, denn dann hätte sie so ein Foto um jeden Preis verhindert.

»Wer soll sich denn darauf noch einen Reim machen?«, stieß sie hervor.

»Ja, irgendetwas entgeht uns hier«, meinte Will.

Abby sah sich das Foto auf Wills Bildschirm genauer an und versuchte herauszufinden, was ihnen hier entging. Aber alles, was sie darauf sehen konnte, war die Angst in Nathans Augen.

Kapitel 39

Völlige Dunkelheit, als wäre er blind geworden. Nathan lag zitternd auf dem kalten, harten Boden, und seine Zähne klapperten unkontrollierbar. Alles war so furchtbar in die Hose gegangen. Einen kurzen, wundervollen Augenblick hatte er geglaubt, er sei in Sicherheit und werde nach Hause kommen.

Doch es gab kein Zuhause. Nur diese Dunkelheit, die Kälte und den Durst.

Und die Erinnerung an diesen schrecklichen, grausamen Moment. Die Klinge, die im Dunkeln aufblitzte, das warme Blut auf seiner Wange. Das schreckliche Geräusch dieses panischen, feuchten Gurgelns. Das Zucken. Noch mehr Blut.

Und die entsetzliche Stille, die darauf folgte.

Er hatte nur noch einen Schuh und konnte sich nicht erinnern, wo der andere geblieben war. Den verbliebenen Schuh konnte er sich nicht ausziehen, weil die Schnürsenkel durchnässt waren und er den Knoten mit seinen zitternden, schwachen Fingern nicht aufbekam. Irgendwann gab er auf, ließ den Schuh an und machte sich unter der Decke ganz klein, die der Mann ihm achtlos hingeworfen hatte, bevor er die Tür schloss und verriegelte.

Und ihn im Dunkeln zurückließ.

Um ihn herum waren Geräusche zu hören. Einmal stieß etwas gegen seine Finger, und er zog schreiend die Hand weg. Er zog sich die Decke über den Kopf, um sich vor dem zu schützen, was immer an diesem beengten, finsteren Ort hauste. Das Atmen fiel ihm so zwar schwer, aber es war besser, als dem ausgesetzt zu sein, was da draußen lauerte.

Sein Rücken tat weh.

Er hatte noch einmal versucht, sich das Sweatshirt auszuziehen, die Schmerzen jedoch nicht ausgehalten und es aufgegeben. Der Stoff hatte sich in den tiefen Kratzer, der sich über seinen Rücken zog, eingedrückt, und das Blut hatte die losen Fasern verklebt. Wenn er sich das Sweatshirt auszog, würde er die Wunde wieder aufreißen.

Er konnte nicht auf dem Rücken liegen. Er konnte auch nicht mit dem Rücken an der Wand auf dem Boden liegen. Er konnte nur auf dem Bauch liegen und eine Wange auf den Boden pressen. Umschlungen von der Dunkelheit. Während er versuchte, die herumhuschenden Wesen zu ignorieren. Die Erinnerung auszublenden.

Das feuchte, keuchende Atmen. Das Zucken. Das Blut. Die Stille.

Kapitel 40

Abby wollte gerade nach Hause fahren, als ihr Handy pingte und eine neue Nachricht ankündigte. Sie rieb sich die Augen und tippte auf das Display.

»Die Forensik hat eine E-Mail wegen des Schuhabdrucks geschickt«, sagte sie und überflog die Nachricht. Ahmed beschrieb den Fußabdruck, der eine verstärkte Belastung der rechten Seite sowie eine abgewetzte Stelle am Absatz aufwies. Er merkte an, dass er aufgrund dieser Merkmale in der Lage sein würde, den entsprechenden Schuh eindeutig zuzuweisen, wenn sie ihn denn fanden. Brauchten sie dafür zu lange, würde sich das Muster verändern und es wäre keine Identifizierung mehr möglich.

Mithilfe der Schuhdatenbank des FBI hatte er den Hersteller und das genaue Modell herausfinden können: Es war ein Hawkwell-Herrenstiefel mit Stahlkappe.

»Trug Karl Adkins Stiefel, als Sie ihn verhört haben?«, wollte Marshall wissen, der die E-Mail jetzt ebenfalls las.

»Nein«, murmelte Abby. »Er hatte Tennisschuhe an.«

»Dann hat uns die Forensik offenbar einiges an Beinarbeit erspart.« Marshall grinste. »Oder vielmehr Fußarbeit.«

Hach, was war der Mann witzig. Abby klickte den Link an, den Ahmed mitgeschickt hatte und der zu einer

Hawkwell-Website führte, auf der ein Paar braune Stiefel zu sehen war. Die Karl eindeutig nicht anhatte.

Sie stand auf, verließ den Raum und rief Wong zum dritten Mal an diesem Abend an. Zu ihrer Überraschung ging sie ans Telefon.

»Hey, Mullen.« Wong klang erschöpft.

»Ich dachte, Sie hätten mich vergessen, Wong.«

»Wie könnte ich die Person vergessen, die mir so gründlich den Abend verdorben hat?«, erwiderte Wong. »Ich habe die Tillman-Farm vor fünf Minuten verlassen.«

»Sie haben sie durchsucht?« Abby lächelte Marshall und Barnes an, die die Einsatzzentrale verließen und ihre Jacken anhatten, also vermutlich auf dem Heimweg waren. Sie nickten ihr zu.

»Nein. Ich habe keinen Beschluss für das ganze Gelände bekommen. Der Richter wollte mir nur einen für Karl Adkins' Hütte geben.«

»Was? Aber …«

»Er sagte, es gebe nichts, was die ganze Gemeinde mit dem Verbrechen in Verbindung bringen würde. Und er merkte an, dass man ja keinen Durchsuchungsbeschluss für ein ganzes Viertel haben will, wenn man einen Einwohner eines Verbrechens verdächtigt.«

»Aber das ist kein Viertel, sondern eine Sekte.«

»Das scheint Definitionssache zu sein. Für den Richter ist es eine religiöse Gemeinde. Er sagte, und ich zitiere: ›Es gibt keine legale Definition für eine Sekte‹, und daher kann er auch keinen Beschluss unterschreiben, der auf einer solchen Definition basiert. Ich sagte doch, dass Otis Tillman einige sehr einflussreiche Freunde hat.«

»Dann haben Sie Karl Adkins' Hütte durchsucht?«

Wong holte tief Luft. »Das hätte ich beinahe getan. Einige Männer haben uns den Weg versperrt. Sie hatten Schrotflinten dabei. Die Lage drohte zu kippen. Ich hatte ein ganz ungutes Gefühl, Mullen. Ich glaube, die Sache war kurz davor zu entgleisen.«

Abby schloss die Augen. Sie hatte Wong geraten, vorsichtig zu sein, hätte aber selbst dorthin fahren müssen. »Aber sie haben Sie in die Hütte gelassen?«

»Ja. Otis tauchte auf und gebot ihnen Einhalt, bevor etwas Schlimmeres passieren konnte. Dann brachte er uns zu Adkins' Hütte.«

»Und?«

»Kein Nathan, keine verborgenen Waffen, keine Geheimverstecke. Dort leben vier Männer, aber für das Schlafzimmer von vier Männern war es ungewöhnlich ordentlich. Es gab fast keine persönlichen Habseligkeiten, nur ein paar Bibeln. Auch kein Laptop und kein Handy.«

Abby seufzte. »Danke.«

»Gern. Ich gehe jetzt was trinken und dann ins Bett. Gute Nacht, Mullen.« Wong legte auf.

Inzwischen hatte Abby eine neue E-Mail von Tom McCormick bekommen, dem Journalisten, der Gabrielle interviewt hatte. Er schickte Abby wie vereinbart den Artikel. Sie las ihn rasch durch und vergewisserte sich, dass er nichts vom Foto oder der Sprachnachricht schrieb. Der Artikel war so marktschreierisch verfasst, wie es nur möglich war, troff vor Pathos und enthielt so gut wie keine Infos. Im Grunde genommen konzentrierte er sich auf Gabrielles zunehmenden Ruhm vor der Entführung ihres Bruders.

Abby hatte dem Mann ein Zitat versprochen. Sie musste einfach davon ausgehen, dass Nathan noch lebte. Es war überaus wahrscheinlich, dass derjenige, der ihn festhielt, etwas mit dem Mord an Liam Washington zu tun hatte. So jemand war im Augenblick sehr gewaltbereit und aufgebracht. Das wollte Abby allerdings nicht. Aufgebrachte Menschen trafen impulsive

Entscheidungen. Die Entführer sollten jedoch glauben, die vollständige Kontrolle zu haben.

Sie antwortete auf die E-Mail und schrieb: *Das wichtigste und oberste Ziel des NYPD ist, Nathan sicher und wohlbehalten wieder nach Hause zu bringen.*

Das war ein bedeutungsloser Satz, was die meisten sofort merken würden. Doch die überängstlichen Entführer dachten womöglich, das NYPD sei vor allem hinter ihnen her. Sie wollte ihnen dadurch versichern, dass dem nicht so war. Das Lösegeld wurde gesammelt. Es konnte gegen den Jungen eingetauscht werden. Solange Nathan noch am Leben war, bestand diese Möglichkeit.

Sie steckte das Handy ein und wollte schon in den Raum zurückkehren, als ihr eine Idee kam und sie erneut Wong anrief.

»Was ist jetzt wieder?«, meldete sich Wong.

»Haben Sie Stiefel in Karls Zimmer gesehen?«

»Ja, drei identische Stiefelpaare«, antwortete sie nach kurzer Pause.

»Drei?«

»Ich sagte doch, dass vier Personen in der Hütte leben. Die Stiefel standen neben den Betten.«

»Waren es zufälligerweise Hawkwell-Stiefel?«

»Glauben Sie, ich hätte einen Stiefelfetisch? Woher soll ich wissen, ob es Hawkwell-Stiefel waren? Es waren eben Stiefel.«

»Ich schicke Ihnen einen Link. Sagen Sie mir bitte Bescheid, wenn es dieselben Stiefel waren.« Abby legte auf und schickte Wong den Link, den sie von Ahmed bekommen hatte.

Eine Minute später bestätigte Wong: Es waren eindeutig dieselben Stiefel.

Abby kehrte in die Einsatzzentrale zurück und setzte sich neben Will. »Wong hat Karl Adkins' Hütte durchsucht. Drei der vier Männer besitzen Stiefel, die zum Fußabdruck am Tatort passen.«

»Drei von ihnen?«

»Wahrscheinlich kauft Tillman die Stiefel für seine Leute en gros. Das ist garantiert billiger.«

»Okay.« Will zählte die Punkte an den Fingern ab. »Wir haben Edens Ex-Mann David, der der Sekte angehört. Karl Adkins aus der Sekte, der Gabrielle online und offline gestalkt hat. Und nun mehrere Stiefelpaare, die zum Abdruck vom Tatort passen.«

»Zudem hat sich Karl Adkins der Sekte zwei Wochen nach Edens Weggang angeschlossen. Das kann in Anbetracht all der anderen Informationen kein Zufall sein.«

»Was jetzt? Sollen wir uns einen Beschluss für alle Stiefel auf dem Gelände besorgen?«

»Das könnte schwierig werden. Der Richter hat Wong wegen des ersten Beschlusses schon Probleme bereitet. Und Hawkwell ist eine bekannte Stiefelmarke, daher ist das nicht unbedingt eine todsichere Sache. Vielleicht sollte ich mich da morgen noch mal umschauen.«

Will lehnte sich auf seinem Stuhl zurück. »Und wie willst du das anstellen?«

»Außenseiter haben so gut wie keine Chance, an eine Sekte ranzukommen.« Abby betrachtete Otis' Foto am Whiteboard. »Wir brauchen einen Insider. Eden ist zu lange weg. Ich muss jemanden finden, der vor Kurzem gegangen ist oder rausgeworfen wurde.«

»Und was ist, wenn du niemanden findest?«

Abby überlegte kurz. »Dann muss ich mir meinen Insider eben selbst erschaffen«, entschied sie. »Indem ich jemanden dazu bringe, die Sekte zu verlassen.«

Kapitel 41

Carver zählte bis fünf, bevor er an die Tür klopfte. Detective Turner stand direkt hinter ihm.

Es war eine seltsame Eigenart der Menschen, die dafür sorgte, dass Nachrichten, die nachts übermittelt wurden, unweigerlich schlecht sein mussten. Die Lotterie rief einen nicht um Mitternacht an, um einem mitzuteilen, dass man gewonnen hatte. Eine Mutter rüttelte ihr Kind nicht im Dunkeln wach, um ihm einen Welpen zu schenken.

Er klopfte erneut und sah auf die Uhr, obwohl er genau wusste, dass es nach halb eins war.

Die Frau, die ihnen endlich öffnete, trug einen ausgeblichenen grünen Bademantel. Die Augen hinter ihrer Brille sahen verquollen und gerötet aus.

»O nein«, stieß sie hervor. »Liam! Was ist passiert?«

»Emilia Washington?«, fragte Carver leise und zeigte ihr seine Dienstmarke. »Ich bin Detective Carver vom NYPD. Dürfen wir reinkommen?«

Sie trat beiseite. Ihre Lippen bebten bereits. Er ging hinein und machte vorsichtige Schritte, als wäre selbst ihr Klang nun unangebracht. Turner folgte ihm, ohne ein Wort zu sagen. Carver hatte auf dem Weg hierher vorgeschlagen, das Reden zu übernehmen, und Turner hatte nicht widersprochen oder darauf bestanden, obwohl es sein Fall war.

»Bitte.« Emilia schloss die Tür. »Sagen Sie es mir einfach.«

»Mein aufrichtiges Beileid, Mrs Washington«, begann Carver. »Die Polizei hat Liams Wagen heute Abend auf einem Parkplatz auf Staten Island gefunden. Darin lag die Leiche eines Mannes, auf die die Beschreibung Ihres Mannes passt.«

Carver war jetzt seit sechs Jahren Detective und hatte vorher als Streifenpolizist Dienst getan. Im Laufe der Jahre hatte er Dutzende Male eine Todesnachricht überbringen müssen. Anfangs hatte er noch mitgezählt, aber irgendwann den Faden verloren – oder sich vielmehr bewusst dagegen entschieden, es weiterhin zu tun. Diese Augenblicke blieben ihm im Gedächtnis. Eine Mutter, die herausfand, dass ihr Sohn an einer Überdosis gestorben war, hatte ihm eine Trophäe gezeigt, die der Junge mit elf gewonnen hatte. Ein Mann, der unkontrolliert weinte, als er vom Tod seiner Frau erfuhr, und bei dem jedes Schluchzen an das Gurgeln eines Ertrinkenden erinnerte. Menschen hatten geweint, ihn entsetzt angestarrt oder angeschrien, waren in Ohnmacht gefallen oder hatten ihn mit Fragen oder Anschuldigungen bestürmt. Eine ganze Litanei der Schmerzen.

»Auf einem Parkplatz?«, flüsterte Emilia. »Wie ist er gestorben?«

»Es macht ganz den Anschein, als hätte ihn jemand angegriffen«, erwiderte Carver sanft. Er wandte den Blick nicht von der Frau ab und beobachtete ihre Reaktion genau.

»Angegriffen?« Sie blinzelte. »Wer …?«

»Das wissen wir noch nicht«, antwortete Carver.

»Sind Sie sicher … Er sollte nicht mal auf Staten Island sein … Sind Sie sicher, dass er es ist?«

»Das Gesicht stimmt mit dem Foto in seinem Führerschein überein, und wir haben seinen Wagen eindeutig zuordnen können.« Carver fügte nicht hinzu, dass der Mann, den sie im Kofferraum gefunden hatten, genauso aussah wie der auf dem Foto hinter ihr. Der Mann, der Emilia strahlend umarmte, während die Freiheitsstatue im Hintergrund zu sehen war. »Wir werden ihn vermutlich im Laufe des Vormittags zweifelsfrei identifiziert haben, aber er ist es eindeutig. Mein aufrichtiges Beileid.«

Er hatte nicht vor, sie um die zahnärztlichen Unterlagen oder die Zahnbürste ihres Mannes zu bitten. Zumindest das konnte bis zum Morgen warten.

Sie schien zu schwanken und kurz vor dem Hinfallen zu sein. Carver nahm sanft ihren Arm und führte sie zur Couch. Sie setzte sich und war ganz blass geworden.

»Ich dachte, er hätte einen Unfall gehabt«, murmelte sie. »Er fährt nachts immer so schnell. Noch dazu auf den schlechten Nebenstraßen, um keine Mautgebühr zahlen zu müssen.«

Carver und Turner hatten sich mit einem Polizisten vom Albany PD unterhalten und herausgefunden, dass Emilia Washington am Morgen des Vortags gemeldet hatte, ihr Mann sei nicht nach Hause gekommen und sein Handy sei ausgeschaltet. Sie musste den ganzen Tag auf ihren Mann gewartet und sich Sorgen gemacht haben, während die Minuten verstrichen. Wahrscheinlich hatte sie ihn immer wieder angerufen und die Ungewissheit kaum ertragen können.

»Würden Sie Mrs Washington bitte ein Glas Wasser holen, Detective Turner?«, bat Carver seinen Kollegen.

»Natürlich.« Turner eilte sofort aus dem Zimmer.

Carver hätte sich beinahe in den Ohrensessel gesetzt, der vor der Couch stand, doch ein plötzlicher Instinkt sagte ihm, dass das Liams Platz war, daher setzte er sich neben Emilia auf die Couch.

»Wann haben Sie Ihren Mann das letzte Mal gesehen, Mrs Washington?«

»Gestern gegen Mittag. Er musste zu einer Hochzeit.«

»Zu einer Hochzeit?«

»Liam ist Hochzeitsfotograf. Er hatte am Samstagabend einen Job bei einer Hochzeit in Manhattan.«

»Ist das nicht ein ziemlich langer Weg für einen Abendeinsatz?«

Emilia nickte und wischte sich über die Augen. »Das fand ich auch. Aber sein Unternehmen lief schlecht. Er hat jeden Auftrag angenommen. Manhattan, Long Island, Albany … Vor einigen Wochen ist er sogar bis nach Boston gefahren. Er war fast den ganzen Tag unterwegs.«

Carver ließ sie reden, während sein Verstand beiläufig alles nach Motiven und Gelegenheiten durchforstete. Ein schlecht laufendes Unternehmen ließ auf Geldsorgen schließen. Wenn er häufiger unterwegs gewesen war, hatte er auch Dinge tun können, von denen seine Frau nichts wusste. Bei einer Mordermittlung konnte rasch jedes winzige Detail eine unheilvolle, verdrehte Bedeutung bekommen.

Sie stieß erschaudernd die Luft aus. »Ich habe erst gestern Morgen gemerkt, dass er nicht nach Hause gekommen war. Er hatte mich vorgewarnt, dass es spät werden würde, daher habe ich nicht auf ihn gewartet. Hätte ich das doch nur getan! Aber ich war müde. Ich werde abends immer müde.«

»Haben Sie vielleicht seinen Terminplan hier?«, erkundigte sich Carver. »Oder eine Kundenliste?«

»Ich kann gern nachsehen. Er müsste einen Wochenplaner auf seinem Schreibtisch liegen haben.«

»Wirkte Ihr Mann in letzter Zeit besorgt?«

»Ich sagte ja bereits, dass sein Unternehmen nicht besonders gut lief. Er war besorgt über … Wie wurde er getötet?«

»Wie bitte?«

»Sie sagten, man hätte ihn angegriffen. Wurde er erschossen?«

»Die Autopsie findet morgen statt, und die Einzelheiten wissen wir erst …«

»Wie bekomme ich die Leiche? Muss ich irgendwelche Formulare ausfüllen? Ich muss die Beerdigung planen. Ich muss seinen Bruder anrufen. Kann ich ihn noch mal sehen? Ist er auf Staten Island? Sie müssen ihnen sagen, dass sie ihn herschicken sollen. Werden sie ihn herbringen?« Emilia feuerte die Fragen ab, ohne ihm Gelegenheit zum Antworten zu bieten, und starrte ihn mit aufgerissenen, verzweifelten Augen an.

Turner kehrte mit einem Glas Wasser zurück und reichte es Emilia. Sie schloss die Augen und stürzte den Inhalt herunter.

»Macht es Ihnen etwas aus, wenn wir uns hier ein wenig umsehen, Mrs Washington?«, fragte Carver. »Vielleicht finden wir etwas, das uns bei den Ermittlungen hilft.«

Sie stellte das Glas ab und flüsterte: »Okay.«

Er wollte schon mit Turner auf den Flur gehen, als er draußen in der Dunkelheit etwas erspähte.

Im Garten stand ein Schuppen.

Carver und Turner tauschten Blicke. Der andere Detective nickte. »Sie hatten einen Wochenplaner erwähnt, Mrs Washington? Könnten Sie mir den vielleicht zeigen?«

»Wir haben ein Gästezimmer, in dem er seinen Papierkram erledigt.« Emilias Augen blickten ins Leere. »Ich bügle dort. Manchmal lege ich Wäsche auf seinen Schreibtisch. Das kann er nicht leiden.«

»Würden Sie es mir bitte zeigen?«, bat Turner.

Die Frau stand auf und ging langsam durch den Flur. Turner folgte ihr.

Carver entriegelte die Hintertür und betrat den Garten. Der Boden war mit Gras bewachsen, das an einigen Stellen wild wucherte und an anderen verschlammt aussah. Der Schuppen stand zehn Meter vom Haus entfernt.

Wenn Nathan hier festgehalten worden war, musste Emilia das mitbekommen haben.

Carver schaltete die Taschenlampe ein, ging zur Tür und bemerkte den großen Riegel, mit dem sie verschlossen wurde. Kein Schloss. Aber falls jemand darin eingesperrt war …

Er zog den Riegel auf und öffnete die Tür. Ein modriger Geruch schlug ihm entgegen, als er den Lichtstrahl der Taschenlampe durch den Schuppen schwenkte. Ein paar Gartengeräte, ein altes Fahrrad, eine schimmlige Matratze, drei Regale mit Farbdosen, verrosteten Metallkisten, etwas, das wie eine Hundeleine aussah.

Es war genug Platz, um jemanden festzuhalten, erst recht ein Kind. Liam konnte Nathan entführt und hier eingesperrt haben. Möglicherweise hatte er irgendwann beschlossen, den Jungen woanders hinzubringen, und sein Komplize war damit nicht einverstanden gewesen und hatte ihn erstochen.

Das passte einfach nicht. Liams und Emilias Garten war vom Nachbargrundstück einsehbar. Jemand hätte etwas bemerkt. Nathan hätte Geräusche gemacht, selbst wenn man ihn gefesselt hätte. Keiner wäre so dumm gewesen, hier jemanden einzusperren. Außerdem bezweifelte Carver, dass Emilia die Polizei so schnell angerufen hätte, wenn in ihrem Garten vor Kurzem ein entführtes Kind gefangen gehalten worden wäre.

Er verließ den Schuppen und verriegelte ihn wieder. Blickte nach unten. Eine schlammige Pfütze neben der Schuppentür.

Nathans Schuh war voller Schlamm gewesen.

Er warf einen Blick zum Haus hinüber, kniete sich neben die Pfütze und holte eine Plastiktüte aus der Tasche. Vorsichtig schabte er etwas Schlamm hinein. Die Forensik würde ihn mit dem an Nathans Schuh vergleichen können.

Eine Bewegung im Haus erregte seine Aufmerksamkeit. Emilias Silhouette bewegte sich am Fenster vorbei. Vor Gram gebeugt. Er schämte sich fast schon für sein Misstrauen.

Aber Liam war ermordet worden, und sie hatten Nathans Schuh am Tatort gefunden. Die beiden Verbrechen hatten definitiv etwas miteinander zu tun. Und Carver musste herausfinden, was.

Kapitel 42

Das Licht der Morgensonne schmerzte in Abbys müden Augen. Sie rückte die Sonnenblende zurecht, griff nach ihrem Kaffeebecher und trank einen Schluck, aber das viel zu süße Getränk war nur noch lauwarm. Nachdem sie viel zu spät zu Bett gegangen war, nur um in aller Herrgottsfrühe wieder aufzustehen, damit sie nicht in die Rushhour kam, war sie hundemüde. Sie musste selbst zugeben, dass das nicht gerade die besten Entscheidungen gewesen waren. Zweieinhalb Stunden Schlaf reichten nicht für … na, eigentlich für gar nichts. Es grenzte an ein Wunder, dass sie es geschafft hatte, den ganzen Weg quer über Long Island nicht gegen einen Baum zu fahren.

Carver hatte sie unterwegs angerufen und über das Treffen mit Liam Washingtons Frau in Kenntnis gesetzt. Er hörte sich ebenso erschöpft an, wie sie sich fühlte.

Sie hatte sich mit Wong an der Kurve vor der Farm verabredet, aber als sie dort eintraf, war Wong nirgends zu sehen. Dann stellte sie fest, dass Wong ihr eine Nachricht geschickt hatte, weil sie sich verspätete. Abby nutzte die Zeit, um Tom McCormicks Artikel im *New Yorker Chronicle* im Handybrowser aufzurufen. Sie überflog ihn rasch und vergewisserte sich, dass er mit der Version, die er ihr am Vorabend geschickt hatte, übereinstimmte. Er hatte sie namentlich zitiert und sie als »Heldin des

Banküberfalls von 2018« bezeichnet. Darüber hinaus hatte er einen Link zu dem entsprechenden Artikel hinzugefügt. Darin befanden sich mehrere Fotos von ihr – mit Polizeiweste, telefonierend und natürlich das letzte Bild, das überall veröffentlicht worden war und zeigte, wie die freigelassenen Geiseln von Abby und einem Mann von der ESU in Sicherheit gebracht wurden.

In dem Artikel wurde sie wie eine Heldin dargestellt. Aber sie wusste noch genau, wie sie sich gefühlt hatte. Das plötzliche Entsetzen, als sie einen Schuss hörte und glaubte, die Räuber hätten eine Geisel erschossen. Der Augenblick, in dem sie erstmals einen der Männer ans Telefon bekam und ihn nicht verstehen konnte, weil ihr Herz so laut schlug.

»Heldin. Dass ich nicht lache«, murmelte sie.

Ein weiterer Link im Artikel fiel ihr auf. Sie tippte ihn an und gelangte zu einem Interview mit Eric Layton, dem jungen Mann, den sie am Vortag kennengelernt hatte. Er berichtete, dass er mit Gabrielle zusammenarbeitete, und gab sich als ihren engsten Freund aus.

Der Großteil davon war belanglos, wie Erics Bericht über einen Nachmittag, den er mit Gabrielle und ihrem Bruder verbracht hatte, und dass Gabrielle die beste Schwester war, die man sich nur wünschen konnte. Er wollte alles tun, um der Familie durch diese schrecklich schwere Zeit zu helfen.

Die letzten Zeilen erregten Abbys Aufmerksamkeit.

> *Frage: Nach dem zwei Jahre andauernden phänomenalen Erfolg muss diese Katastrophe Gabrielle schwer getroffen haben, oder?*
>
> *Eric: Ich denke, sie hätte jeden schwer getroffen, unabhängig davon, was er gerade durchmacht. Aber Gabrielles Leben war auch vorher nicht leicht. Ihr Dad hat die Familie verlassen, als sie noch ein kleines Mädchen war,*

und sie wurden aus der Gemeinde geworfen, in der sie damals lebten. Sie hat mir ein paar Geschichten über diese Leute erzählt, die Sie mir nicht glauben würden. Und ihre Familie wäre beinahe auf der Straße gelandet. Sie hat eine Menge durchgemacht und ist viel zäher, als die meisten Leute denken.

Frage: Glauben Sie, dass Nathan wieder nach Hause kommt?

Eric: Jetzt, wo wir einen Beweis dafür haben, dass er noch am Leben ist, bin ich sehr optimistisch.

Jetzt, wo wir einen Beweis dafür haben, dass er noch am Leben ist. Der Reporter musste Eric das Foto gezeigt haben. Abby presste erbost die Lippen aufeinander. Wenigstens hatte der Reporter nicht mehr über die Gemeinde geschrieben, die Eric erwähnte. Es hätte katastrophale Folgen haben können, wenn Otis' Sekte in die Sache hineingezogen worden wäre.

Als sie Motorgeräusche hörte, blickte sie auf. Wong war eingetroffen und parkte hinter Abby. Sie stieg aus dem Wagen, zündete sich eine Zigarette an und atmete eine Rauchwolke aus.

Abby ging zu ihr. »Danke, dass Sie gekommen sind.«

»Sie sollten mir auch dankbar sein, Mullen.« Wongs Miene blieb undurchdringlich. »Haben Sie überhaupt eine Ahnung, was für einen Shitstorm Sie aufgewirbelt haben?«

Abby blinzelte verwirrt. »Wegen des Durchsuchungsbeschlusses?«

»Wegen des Beschlusses, weil Sie Karl Adkins in Verwahrung genommen haben und weil Sie überhaupt auf der Tillman-Farm aufgetaucht sind.« Wong zog erneut an ihrer Zigarette. »Otis hat viel herumtelefoniert.«

»Wen hat er angerufen?«

»So gut wie jeden, schätze ich. Wussten Sie, dass der County Executive einen Enkel hat, dessen Leben gerettet wurde, indem er sich der Tillman-Gemeinde anschloss? Das behauptet er jedenfalls. Der Junge war selbstmordgefährdet, als er jemanden aus der Tillman-Sekte kennenlernte.«

Abby wurde das Herz schwer. »Nein, das wusste ich nicht.«

»Die hiesige Zeitung mag diese Leute auch sehr. Anscheinend spendet die Tillman-Gemeinde regelmäßig größere Summen, um diese pulsierende Form der freien Meinungsäußerung am Leben zu halten. Sie haben einen sehr unschönen Artikel über die Hexenjagd des NYPD in unserem County veröffentlicht.«

Abby lehnte sich an Wongs Wagen. »Das machen sie garantiert, um Situationen wie diese in den Griff zu bekommen …«

»Und sie sind sehr gut darin. Ich wurde ganze zehn Minuten lang angeschrien, weil ich mich an Ihrer Hexenjagd beteilige.«

»Das tut mir leid. Aber es ist keine Hexenjagd.«

»Bei mir rennen Sie da offene Türen ein.« Wong ließ die Zigarette kopfschüttelnd fallen und trat sie mit dem Absatz aus. »Ich lasse mir von Tillman nichts vormachen. Aber von uns können Sie keine Hilfe mehr erwarten. Mir wurde aufgetragen, Ihnen auszurichten, dass Sie wieder umkehren sollen.«

»Und was ist, wenn ich ohne Sie hinfahre?«

»Vergessen Sie's.«

Abby biss sich auf die Unterlippe. »Ein ehemaliges Mitglied hat mir erzählt, dass Otis Tillman seine Position nutzt, um sich an den weiblichen Gemeindemitgliedern zu vergehen.«

»Können Sie das beweisen?«

»Vielleicht. Dafür müsste ich noch mit einigen Mitgliedern reden.«

»Die werden Ihnen nur erzählen, was Otis Tillman ihnen eingetrichtert hat.«

»Kein Problem. Damit kann ich leben.«

Wong überlegte kurz. »Vielleicht müssen Sie sich nur von ihnen Karls Alibi bestätigen lassen.«

Abbys Miene hellte sich auf. »Genau. Eine reine Formalität, damit wir ihn entlassen können.«

»Es könnte allerdings sein, dass Otis Sie nicht allein mit den Leuten reden lässt. Oder er beschließt, es ganz zu verbieten.«

Abby schenkte dem Detective ein Lächeln. »Überlassen Sie das nur mir.«

Kapitel 43

Das Tor an der Zufahrt war wie am Vortag geschlossen. Abby wartete, trommelte mit den Fingern aufs Lenkrad und starrte Wongs Wagen an. Nach einer Weile stellte Wong den Motor ab, stieg aus und knallte die Fahrertür hinter sich zu.

»Was ist los?« Abby stieg ebenfalls aus.

»Sie wollen das Tor nicht aufmachen«, antwortete Wong. »Tillman kommt her. Ich hatte Sie doch gewarnt, dass er Sie mit niemandem sprechen lassen wird.«

Abby holte ihre Tasche aus dem Wagen und verriegelte ihn. »Wir hören uns an, was er zu sagen hat. Überlassen Sie mir das Reden.«

»Ich kenne diese Leute«, meinte Wong. »Vielleicht kann ich sie überzeugen.«

»Wie wäre es, wenn ich es zuerst versuche?« Abby strich sich das Haar hinter die Ohren. »Wenn ich nach zehn Minuten nicht weitergekommen bin, sind Sie an der Reihe.«

Wong verschränkte die Arme. »Okay.«

Abby sah in den Spiegel. Ihre Ohren lugten unter den Haaren hervor und waren aufgrund der morgendlichen Kühle sogar noch roter als sonst. Gut. »Sie müssen mir das taktische Team ersetzen. Bleiben Sie einfach hinter mir, und sehen Sie, äh …« Sie drehte sich zu Wong um, die mit ausdrucksloser

Miene an ihrem Wagen lehnte, die Arme verschränkt, die Waffe gut sichtbar, am ganzen Körper angespannt.

»Bleiben Sie einfach so; das ist perfekt.« Abby grinste.

»Vergessen Sie nicht«, sagte Wong nach einem Moment, »selbst wenn Otis uns mit jemandem reden lässt, wird er dabei sein wollen.«

»Das ist mir bewusst.« Abby zog einen Plastikbeutel aus der Tasche, kniete sich hinter ihren Wagen und schaufelte etwas Schlamm hinein.

»Glauben Sie wirklich, man würde Ihnen irgendetwas erzählen, solange Otis anwesend ist?«

Abby richtete sich auf und schnaubte. »Auf gar keinen Fall.«

»Was wollen Sie dann hier?« Wong wirkte frustriert.

»Ich hoffe auf einige Namen von Mitgliedern, die die Gemeinde vor Kurzem verlassen haben«, erwiderte Abby. »Von irgendjemandem, der mir Informationen geben kann.«

»Das können Sie vermutlich auch vergessen.«

Abby zuckte mit den Achseln. »Andernfalls halte ich Ausschau nach jemandem, der noch fähig ist, selbst zu denken. Ich brauche einen Insider.«

»Wie können Sie so eine Person finden?«

»Es gibt zahlreiche kleine Verhaltensmuster, auf die ich achten kann. Wie oft sieht derjenige Otis fragend an? Rezitiert er automatisch den Sektenjargon? Wie reagiert er auf Fragen über sein früheres Leben? Je mehr ich …« Sie hielt inne, als sich mehrere Personen näherten.

Otis kam in Begleitung von vier Männern, einem ganzen Schlägertrupp. Zwei hatten Schrotflinten in den Händen. Die anderen beiden waren noch besorgniserregender, weil sie keine sichtbaren Waffen mit sich führten. Abby vermutete, dass sie Automatikwaffen am Körper hatten, die sie leicht ziehen konnten.

»Sie schon wieder?«, fragte Otis, dessen Freundlichkeit vom Vortag verschwunden war. »Drehen Sie lieber um und fahren Sie wieder, Officer. Das hier ist nicht Ihr Zuständigkeitsbereich.«

Abby blinzelte und tat verwirrt. »Entschuldigung, aber ich dachte, Sie wollten, dass ich wiederkomme.«

Otis starrte sie mit zusammengekniffenen Augen an. »Wieso denn das? Damit Sie noch mehr Leute verhaften und festhalten können? Uns belästigen und in unsere Privatsphäre eindringen?«

Abby runzelte die Stirn. »Ich bekam heute Morgen einen Anruf vom Chief des NYPD. Er sagte, wir müssten Karl Adkins so bald wie möglich freilassen. Anscheinend hat er den Anruf von einer sehr wütenden Person aus dem Suffolk County bekommen. Das ist der einzige Grund, aus dem ich hier bin.«

Sie konnte deutlich erkennen, wie die Feindseligkeit und Verwirrung aus Otis' Gesicht verschwanden. Die Geschichte, die Abby ihm da erzählte, gefiel ihm. Nachdem er am Vortag herumtelefoniert hatte, lag dem Chief des NYPD nun viel daran, Otis' Neffen schnellstmöglich auf freien Fuß zu setzen.

Machtgierige Menschen brauchten ständig einen Beweis für ihre Macht, und das galt für Sektenanführer mehr als für alle anderen.

»Ich kann Karl nirgends sehen«, merkte er an. »Und ich habe auch keine Bestätigung dafür, dass er freigelassen wurde.«

»Er ist leider noch immer in Gewahrsam.« Abby verzog bedauernd das Gesicht. »Unser Zeuge hat ihn bei der Gegenüberstellung identifiziert. Wir haben ihn nach seinem Alibi gefragt, aber er weigert sich, unsere Fragen zu beantworten. Detective Carver kann ihn jedoch erst freilassen, wenn sein Alibi bestätigt wurde. Daher muss ich die Personen, die ihn letzten Freitag gesehen haben, bitten, mit mir aufs Revier zu kommen und eine Aussage zu machen.«

»Keiner geht mit Ihnen irgendwohin«, erklärte Otis ernst.

»Es ist auch nur für ein paar Stunden.«

»Das haben Sie gestern bei Karl auch gesagt.«

»Karl will unsere Fragen aber nicht beantworten«, beharrte Abby.

»Er muss Ihre Fragen auch nicht beantworten. Er hat das Recht zu schweigen.«

»Aber … Er wurde bei der Gegenüberstellung identifiziert. Mein Zeuge ist sich sehr sicher.« Eden, ihre Zeugin, war sich zu einhundert Prozent sicher, aber das musste sie Otis ja nicht auf die Nase binden.

»Dann irrt sich Ihr Zeuge eben. Es steht sein Wort gegen unseres.«

»Da haben Sie recht«, gab Abby zu. »Wenn wir Karls Alibi hätten, stünde das Wort meines Zeugen gegen seins. Aber Karl will nicht mit uns reden, ebenso wenig wie jemand von hier. Wie soll ich ihn ohne entlastende Aussage freilassen?«

Otis schien zu überlegen. »Sie können sich hier mit einigen Leuten unterhalten, aber ich lasse nicht zu, dass Sie sie mitnehmen.«

Abby spielte die Bekümmerte. »Damit die Aussage Bestand hat, muss sie auf dem Revier gemacht und aufgezeichnet werden.«

»Das können Sie vergessen.«

Abby stockte, machte den Mund auf, als ob sie etwas sagen wollte, schloss ihn wieder und mahlte mit den Kiefern. Die Choreografie der Frustration. Sie rang mit sich, ob sie auch noch die Hände in die Luft werfen sollte, entschied sich jedoch dagegen, weil es übertrieben gewesen wäre, und atmete stattdessen nur laut aus. Erst einige Sekunden später ergriff sie wieder das Wort. »Könnten wir wenigstens einen ruhigen Raum haben, wo Detective Wong und ich ungestört mit den Leuten reden können?«

Otis zuckte mit den Achseln. »Sicher. Sie können sich in meinem Arbeitszimmer unterhalten. Aber ich lasse nicht zu, dass Sie die Rechte meiner Leute verletzen, und werde während der Aussagen anwesend sein.«

Er war dermaßen erfreut darüber, seinen Willen durchgesetzt zu haben, dass er Abby ein weiteres Zugeständnis gemacht hatte, ohne es zu merken: Sie hatte ihn eben überzeugt, sie und Wong aufs Gelände zu lassen.

Seufzend wandte sie sich an Wong. »Es tut mir sehr leid, dass ich erneut Ihre Zeit beanspruchen muss, Detective Wong. Wären Sie damit einverstanden?«

Wongs Miene blieb so reglos wie zuvor, doch in ihren Augen war ein anerkennendes Flackern auszumachen. »Na gut«, erwiderte sie brüsk. »Solange die Sache heute abgeschlossen wird.«

Kapitel 44

Das frisch verheiratete Paar war ganz und gar nicht glücklich, sich mit Carver abgeben zu müssen.

»Wir haben dafür jetzt wirklich keine Zeit«, erklärte Rory, der Ehemann. »In fünf Stunden geht unser Flug. Wir fliegen in die Flitterwochen.«

»Es dauert auch nicht lange«, versicherte Carver ihm und sah sich um. In der Wohnung standen Dutzende Blumensträuße und es roch wie in einem Blumengeschäft. Seine Allergie machte sich sofort bemerkbar. Er *musste* das Gespräch auch kurz halten, bevor er eine Niesattacke bekam.

»Wir müssen noch packen«, warf die Ehefrau ein. Sie hieß Dori. Rory und Dori. Hatten sie sich das mit der Hochzeit auch gut überlegt? »Wenn es hierbei um das Kokain bei der Hochzeitsfeier geht, so kann ich Ihnen versichern, dass wir nichts damit zu tun hatten. Das war allein die Idee von Rorys Onkel. Wir haben auch nichts davon genommen.«

»Hierbei geht es nicht um das Kokain auf der Feier.« Carver hätte beinahe die Augen verdreht. »Es geht um Liam Washington.«

»Um wen?« Dori runzelte die Stirn.

»Ihren Hochzeitsfotografen.«

»Was ist mit ihm?« Rory sah demonstrativ auf die Uhr.

»Erinnern Sie sich, um wie viel Uhr er bei Ihnen eintraf?«
Carvers Nase stand kurz davor zu explodieren. So viele Blumen!

»Keine Ahnung«, erwiderte Rory. »Wahrscheinlich gleich am Anfang. So gegen zwei.«

»Nein, er hat mich vor der Zeremonie fotografiert, weißt du das denn nicht mehr?«, warf Dori ein. »Nach dem Schminken. Das muss so gegen …«

Carver nieste. Und nieste gleich noch ein zweites Mal.

»Das war so gegen …«

Schon nieste er erneut.

»… eins gewesen sein«, beendete Dori mit schneidender Stimme ihren Satz und sah ihn gereizt an.

»Okay.« Carver blinzelte, weil seine Augen immer heftiger tränten. »Und um bibiel Uhr isch er bebangen?«

»Wie bitte?«

Carver musste erneut niesen. Aus genau diesem Grund verabscheute er Blumen. Sie waren sein Kryptonit. Nachdem er noch fünf Mal geniest hatte, hielt er sich die Nase zu.

»Um wieviel Uhr ist er gegangen?«, fragte er und versuchte, weiterhin gefasst zu wirken.

»Ich weiß nicht … So gegen acht, denke ich?«, antwortete Dori. »Wir wollten ihn noch am Anfang der Feier dabeihaben, darum haben wir für den halben Tag bezahlt. Worum geht es denn eigentlich?«

»Wirkte er auf Sie irgendwie aufgewühlt? Oder kam Ihnen irgendetwas merkwürdig vor?«

»Er war nicht high, falls Sie das meinen«, sagte Dori. »Nur Rorys Onkel war high.«

Carver nahm die Finger von der Nase. »Liam Washington ist tot.«

Die beiden starrten ihn entsetzt an.

»Daher würde ich es zu schätzen wissen, wenn Sie …«
Er musste schon wieder niesen und bereute es, Turner nicht

mitgenommen zu haben. Dann hätten sie eine »Guter Cop, niesender Cop«-Nummer abziehen können. Aber Turner war zum Leichenschauhaus gefahren und hatte Carver allein in diesen blumigen Albtraum geschickt. Erneut hielt er sich die Nase zu. »Ich würde es sehr zu schätzen wissen, wenn Sie noch mal darüber nachdenken und mir genau sagen, wann Sie Liam Washington das letzte Mal gesehen haben.«

»Ich weiß noch, dass er sagte, er würde gegen acht Feierabend machen.« Rory klang wie betäubt.

»O Gott.« Dori stöhnte leise auf.

»Und wirkte er während der Hochzeit irgendwie gestresst?«

Dori fing an zu weinen. Rory nahm sie in den Arm und flüsterte ihr tröstende Worte ins Ohr.

»Jetzt muss ich jedes Mal an den Tod denken, wenn ich mir die Hochzeitsfotos ansehe!«, jammerte Dori.

Carver wartete ungeduldig, dass sie sich wieder beruhigte, und hielt sich weiter die Nase zu.

»Sie hätten wirklich etwas feinfühliger sein können«, zischte Rory ihn an. »Wir fahren heute in die Flitterwochen.«

»Ein Mann ist tot.« Carver versuchte, ernst zu klingen, was jedoch unmöglich war, wenn man sich die Nase zuhielt.

»Das ist doch nicht unsere Schuld.« Dori schluchzte auf. »Mussten Sie uns die Erinnerung an den schönsten Tag unseres Lebens denn unbedingt verderben?«

Sollte er sie beide verhaften? Der Gedanke war verlockend. Wegen Behinderung der Justiz und Nötigung eines Polizisten durch Pollen. Wie *das* erst die Erinnerung trüben würde. Zudem würden sie den Flug in die Flitterwochen verpassen.

Das Klingeln seines Handys holte ihn aus diesem Tagtraum. Als er Turners Nummer auf dem Display sah, ging er ran.

»Carver«, sagte Turner. »Ich komme gerade aus dem Leichenschauhaus. Der Rechtsmediziner stuft es als Mord ein.«

»Wenig überraschend«, erwiderte Carver.

»Kommen wir zu den schlechten Nachrichten. Ich habe einen Beschluss für die Position seines Handys während der letzten vier Tage. Noch habe ich nicht alles durchgesehen, aber das Handy wurde am Samstag ab 14.35 Uhr nicht mehr registriert.«

»Er hat sein Handy ausgeschaltet?«

»Das bezweifle ich. Seine Frau sagte, Liam hätte sich in letzter Zeit über seinen Handyakku beschwert. Sie glaubt, er hätte nur mehrmals vergessen, ihn aufzuladen. In jedem Fall ist es denkbar, dass der Akku leer war.«

»Wo hat er sich zu dieser Zeit aufgehalten?«

»In Manhattan. Ich schicke Ihnen den Standort.«

»Okay.« Er wusste bereits, was dabei rumkommen würde. Liam Washington hatte am Samstag zu dieser Zeit Hochzeitsfotos gemacht.

»Wir könnten trotzdem einen Durchbruch erzielt haben«, fuhr Turner fort. »Im Mageninhalt waren die Überreste eines Burgers und von Pommes frites nachweisbar. Der Rechtsmediziner schätzt, dass er eine oder zwei Stunden nach der Mahlzeit ums Leben kam. Wenn wir herausfinden, wo er gegessen hat, können wir das Zeitfenster weiter eingrenzen.«

»Warten Sie kurz.« Carver drehte sich zu dem erbosten Pärchen um. »Haben Sie auf Ihrer Hochzeit Hamburger und Pommes frites serviert?«

Dori zuckte zusammen, als hätte sie eine Ohrfeige bekommen. »Natürlich nicht!«

»Wir hatten ein vegetarisches Catering«, sagte Rory. »Wir wollten nicht für den Tod zahlreicher unschuldiger Hühner und Kühe verantwortlich sein, nur um unsere Hochzeit zu feiern.«

»Der Tod Ihres Hochzeitsfotografen scheint Ihnen aber nicht so nahezugehen.« Carver war nicht stolz auf seine Worte, doch die Müdigkeit setzte ihm zu und die beiden gingen ihm auf die Nerven.

»Das war doch nicht unsere Schuld!«, rief Dori und fing schon wieder an zu weinen.

»Carver? Was ist denn bei Ihnen los?«, erkundigte sich Turner.

»Nichts, ich bin …« Carver musste schon wieder niesen und konnte gar nicht mehr aufhören.

Sein Rekord waren siebzehn aufeinanderfolgende Nieser. Wenn er in dieser Blumenapokalypse blieb, konnte er ihn glatt brechen. »Danke für Ihre Mithilfe«, warf er dem Paar an den Kopf und stürmte auf den Flur. »Großer Gott!«

»Carver?« Turner schien drauf und dran zu sein, der Zentrale durchzugeben, dass ein Officer in Schwierigkeiten steckte.

»Es bebt bir but. Moment.« Carver rieb sich heftig die Nase und nieste mehrmals. »So, jetzt geht's wieder. Wir sollten Liams Kreditkartenabrechnungen überprüfen. Mit etwas Glück finden wir heraus, wo er den Burger und die Pommes frites gegessen hat. Das glückliche Paar sagte, er wäre zwischen eins und acht bei ihnen gewesen.«

»Okay. Ach ja, ich habe mir den Kameraspeicher des Opfers angesehen. Darauf sind jede Menge Hochzeitsfotos, aber keine Bilder von entführten Jungen.«

»Ja.« Carver zweifelte ohnehin schon an ihrer Theorie, dass Liam etwas mit Nathans Entführung zu tun hatte. Denn wo war die Verbindung zwischen den beiden?

Vielleicht gab es gar keine. Möglicherweise war Liam einfach zur falschen Zeit am falschen Ort gewesen.

Kapitel 45

Nathan dämmerte immer wieder weg. Wenn er wach war, tat ihm alles weh. Er zitterte schwach und hatte eine ausgetrocknete Kehle.

Aber wenn er schlief, war alles noch schlimmer.

Denn dann saß er wieder in diesem Wagen, das Blut spritzte überall hin und benetzte seine Wange. Und da war auch das schreckliche nasse Gurgeln, der zuckende Fahrer.

»Sieh nur, wozu du mich gebracht hast.«

Als er völlig erschöpft über die Straße gelaufen war, hatte der Wagen am Straßenrand angehalten. Die Beifahrertür ging auf, und die Innenbeleuchtung ließ das Gesicht des Fahrers erkennen. Nathan war unglaublich erleichtert. *Er* war es nicht.

»Großer Gott«, sagte der Fahrer. »Geht es dir gut?«

Nathan bekam keinen Ton heraus und konnte nur weinen.

»Hast du dich verlaufen?«

Nathan nickte und stieß dann hervor: »Können Sie meine Mom anrufen?«

»Aber natürlich! Dir muss doch eiskalt ein. Steig ein. Ich habe die Heizung an.«

Nathan stieg ohne nachzudenken in den Wagen und war nur froh, aus der Kälte zu kommen. Die Wärme, die ihm ins

Gesicht wehte, fühlte sich wunderbar an. Er spreizte die Finger vor der Lüftung und spürte, wie sie auftauten.

»Wie bist du hier gelandet?«, fragte der Mann fassungslos.

»Das weiß ich nicht.« Nathans Zähne klapperten so stark, dass er kaum reden konnte. »Ein Mann hat … hat … mich mitgenommen.«

»Okay, okay. hier, nimm die.« Der Fahrer zog seine Jacke aus und legte sie Nathan wie eine Decke um die Schultern.

»Dann rufen wir mal deine Mom an.« Der Fahrer kramte in seiner Tasche herum. »Wird dir langsam warm?«

»J… ja.« Nathan mühte sich mit den Schnürsenkeln ab und zog den durchnässten Schuh aus. Er streifte sich auch die Socke ab und spürte, dass der Mann ihn beobachtete. Als er mit den Zehen wackelte, spürte er sie zum ersten Mal seit Stunden wieder und musste vor Schmerz wimmern.

»Kennst du die Telefonnummer deiner Mom?«, erkundigte sich der Mann.

Eine Schrecksekunde lang war Nathans Hirn wie leer gefegt. Ihm wollten weder die Nummer noch die Adresse einfallen. Doch dann würde er nie nach Hause kommen! Auf einmal wirbelten die Zahlen durch seinen Kopf und er stieß sie erleichtert hervor.

»Warte mal. Nicht so schnell.« Endlich hatte der Mann sein Handy gefunden. »Oh. Es ist ausgegangen. Der Akku ist der totale Mist. Aber keine Sorgen, ein paar Kilometer weiter ist eine Tankstelle. Da können wir telefonieren.«

»O… okay.«

Ein Klopfen erregte Nathans Aufmerksamkeit. Er hob den Kopf und bemerkte, dass jemand ans Fahrerfenster klopfte. Der Mann ließ es herunter.

»Hey, stimmt was nicht?«

Beim Klang der Stimme schien Nathan innerlich zu gefrieren. Das war *er*. Nathan wollte etwas sagen, war jedoch vor Angst wie gelähmt.

»Der Junge lief hier mitten in der Nacht auf der Straße herum«, sagte der Fahrer zu dem Mann. »Ich glaube, er wurde entführt.«

»Wirklich? Das ist ja schrecklich.« Der Mann beäugte Nathan durch das Fenster.

»Das ist er!«, kreischte Nathan. »Das ist der Mann, der mich entführt hat!«

Der Fahrer drehte sich überrascht zu ihm um. Im selben Augenblick blitzte etwas in der Hand des Mannes draußen auf. Eine Klinge. Er stach brutal auf den Fahrer ein, wieder und immer wieder, während der Fahrer um sich schlug, sich zu wehren versuchte, das Messer wegdrücken wollte.

Etwas Feuchtes spritzte auf Nathans Wange, als er die beiden miteinander kämpfenden Männer beobachtete. Die Klinge fuhr immer wieder herunter. Fünfmal, zehnmal. Noch lange, nachdem der Fahrer nicht mehr gurgelte und sich nicht länger rührte, stach der Mann weiter zu.

Schwer atmend öffnete er die Fahrertür. Er hockte sich hin und starrte Nathan über den reglosen, blutüberströmten Fahrer hinweg an. Sein Gesicht glich einer zornigen Maske.

»Sieh nur, wozu du mich gebracht hast«, schnaubte er.

So viel Blut.

Nathan verstand kaum, was vor sich ging, als der Mann den toten Fahrer aus dem Wagen zog und in den Kofferraum warf. Er setzte sich hinter das Lenkrad und fuhr los, während Nathan zitternd auf seinem Sitz saß und die Augen zukniff, als könnte er so dafür sorgen, dass alles nur ein Traum war. Dann zerrte der Mann ihn mit sich in die Hütte. Diesmal sperrte er ihn nicht wieder in das komische Zimmer ein, das aussah wie seins. Stattdessen schleuderte er ihn in einen kleinen Raum, in dem sich ein Eimer und mehrere Lappen befanden, und warf ihm eine Decke zu.

Ließ ihn im Dunkeln zurück.

Nathan zitterte, sein Körper fühlte sich ganz taub an, er wusste gar nicht, wie ihm geschah. Mehr als alles andere wünschte er sich, endlich nicht mehr zu frieren. Er dämmerte wieder ein.

Manchmal schlitzte das Messer in seinen Träumen *ihm* die Kehle auf, während er panisch um sich schlug. Und manchmal war *er* derjenige, der dem Mann die Klinge in den Hals stieß, wieder und wieder, während der Mann versuchte, ihn davon abzuhalten.

»Sieh nur, wozu du mich gebracht hast.«

Kapitel 46

In Otis' Arbeitszimmer standen ein Holztisch und zwei Stühle. Auf einem Regal an der Rückwand stapelten sich religiöse Bücher. Abby überflog die Titel und stellte fest, dass Otis zwar seinen Worten zufolge für Rassengleichheit und Feminismus eintrat, sich das allerdings nicht in seinen Lesegewohnheiten widerspiegelte.

Der Raum war makellos sauber, und ein starker Fliedergeruch hing in der Luft. Darunter schien jedoch etwas Penetrantes zu lauern, als hätte man mit dem frischen Flieder nur einen anderen Geruch übertünchen wollen.

Otis setzte sich hinter seinen Schreibtisch. Abby und Wong warteten, während einer von Otis' Männern zwei weitere Stühle hereintrug und sie neben den noch vorhandenen stellten, sodass sie sich alle Otis gegenüber hinsetzen mussten. Abby nahm in der Mitte Platz und ließ sich nichts anmerken. Ihr waren Otis Tillmans Machtspielchen völlig egal. Je länger er glaubte, die Kontrolle zu haben, desto besser war das letzten Endes sogar für sie. Wong setzte sich links neben sie.

»Wie viele Aussagen brauchen Sie?«, fragte Otis, als wäre er ein Kassierer, der am Drive-in Bestellungen entgegennahm.

»Die Fahrt hierher ist ganz schön lang«, meinte Abby. »Am besten so viele, wie wir kriegen können, damit wir nicht noch mal herkommen müssen.«

»Wir fangen mit Charlie O'Neal an«, schlug Otis vor. »Er ist Karls Mitbewohner und verbringt mehr Zeit mit ihm als jeder andere.«

Er telefonierte kurz, um Charlie holen zu lassen, und sie warteten. Otis bot ihnen etwas zu trinken an, was sie beide ablehnten. Abbys Blase drückte nach der langen Fahrt ohnehin schon, und das wollte sie nicht noch schlimmer machen.

Charlie tauchte recht schnell auf und wischte sich die Hände an seinem Hemd ab. Abby schätzte ihn auf Mitte dreißig.

»Freut mich, Sie kennenzulernen, Charlie«, sagte sie. »Ich bin Abby, und das ist Detective Wong.«

Er setzte sich neben sie und sah Otis an. Abby drehte ihren Stuhl zu Charlie um, sodass sie Wong den Rücken zukehrte.

»Wie lange wohnen Sie schon mit Karl zusammen, Charlie?«, fragte sie.

»Etwa dreieinhalb Jahre«, antwortete Charlie und warf ihr einen Seitenblick zu, richtete den Körper aber weiterhin zu Otis aus.

»Und davor?«

Charlie sah erst Otis an und dann sie. »Davor habe ich in Hempstead gelebt.«

Abby nickte. Wong rückte mit dem Stuhl zur Seite, damit sie Charlie ebenfalls sehen konnte. Sie hatte ein Notizbuch auf dem Schoß und schrieb eifrig mit. Gut.

»Haben Sie in Hempstead auch mit Karl zusammengewohnt?«

Charlie blinzelte verwirrt. »Nein, mit meiner Frau.«

»Oh.« Abby tat überrascht. »Ist Ihre Frau jetzt auch hier?«

»Nein. Sie ist in Hempstead geblieben. Wir haben uns scheiden lassen.«

»Das tut mir leid.«

»Schon okay. Ich bin untadelig und rechtschaffen.« Er tauschte Blicke mit Otis und lächelte.

Das war jetzt das zweite Mal, dass Abby diesen Satz hier hörte. Sie wusste, worauf er sich bezog. Im Buch Hiob stand, er sei »untadelig und rechtschaffen«. So reagierten die Mitglieder der Tillman-Sekte auf negative Gedanken über die Sekte. Hiob hatte sich nicht über seine Mühen beschwert, und sie sollten es auch nicht tun.

Sie runzelte die Stirn und gab vor, von seiner Antwort verwirrt zu sein. »Okay … Waren Sie am achtzehnten Oktober gegen Mittag mit Karl zusammen?«

»Ja.« Ohne das geringste Zögern.

»Sie müssen nicht darüber nachdenken?«

»Nein.«

»Ich weiß nicht mal mehr, wer gestern Abend bei mir gewesen ist, daher finde ich es sehr beeindruckend, dass Sie sich so gut erinnern können.«

Er schnaubte. »Ich bin jeden Mittag mit Karl zusammen. Wir essen immer alle gemeinsam zu Mittag.«

»Was denn, alle, die auf der Farm leben?«

»Ja, ganz genau.« Sein Tonfall wurde herausfordernder.

»Das sind ganz schön viele Personen.«

»Wir haben einen großen Speisesaal«, warf Otis ein.

»Und Sie wissen genau, dass Karl am achtzehnten da gewesen ist.«

»Wir sitzen nebeneinander. Also ja, ich weiß es ganz genau.«

»Wer kocht bei Ihnen für so viele Leute?«

»Wir wechseln uns ab.«

»Was gab es an diesem Tag?«, erkundigte sich Abby freundlich.

Charlie warf Otis einen Blick zu.

»Das war ein Freitag«, meinte Otis.

»Oh, dann gab es grüne Bohnen und Rindfleisch.« Charlie wirkte erleichtert.

»Sie erinnern sich nicht?«

»Doch. Es gab grüne Bohnen und Rindfleisch.«

»Essen Sie jeden Freitag grüne Bohnen und Rindfleisch?«

»Das ist richtig.« Charlies Stimme wurde wieder schneidender.

»Mich würde das ja langweilen, jede Woche dasselbe zu essen«, meinte Abby. »Wird Ihnen das nie langweilig?«

Abermals ein Blick zu Otis. »Routine ist ein Privileg.«

»Da haben Sie vermutlich recht. So habe ich das noch nie gesehen.«

»Kein Wunder.« Sein Grinsen wirkte triumphierend, als hätte er sie bei einem unsichtbaren Spiel geschlagen.

»Welche der wöchentlichen Mahlzeiten essen Sie am liebsten?«, erkundigte sich Abby.

Otis seufzte. »Was hat das mit der ganzen Sache zu tun, Detective?«

»Ich versuche nur, Charlie besser kennenzulernen«, erwiderte sie entspannt und ohne den Blick von O'Neal abzuwenden. Er wirkte vollkommen ratlos, was sie nicht überraschte. Indoktrinierte Sektenmitglieder konnten offene Fragen, die sich nicht um die Absichten der Sekte drehten, oftmals nicht beantworten. Sie waren dazu konditioniert worden, das individuelle Denken einzustellen, und das bezog auch Leibgerichte ein.

Nach einer Weile sagte er zögerlich: »Ich mag den Fisch am Montag.«

Sie fragte ihn nach den beiden Tagen, an denen Karl in der Nähe von Edens Haus gesehen worden war. Wenig überraschend bestätigte Charlie sofort, dass Karl beide Male bei ihm gewesen war. Da sich die eine Begebenheit morgens und die andere abends abgespielt hatte, behauptete er, sich so gut daran zu erinnern, weil sie zusammen mit den anderen in der Kirche gewesen seien – beim Morgen- und beim Abendgebet.

»Ein Zeuge hat ausgesagt, Karl an diesen Tagen in Brooklyn gesehen zu haben«, sagte Abby. »Sind Sie der Ansicht, dass sich der Zeuge irrt?«

»Ja, weil Karl bei mir war.«

»Glauben Sie, der Zeuge lügt?«

Charlie zuckte mit den Achseln. »Es steht mir nicht zu, darüber zu urteilen. Das ist die Bürde Gottes und seiner Sendboten.«

»Ich halte es für denkbar, dass jemand Karl etwas in die Schuhe schieben will, das er nicht getan hat«, behauptete Abby. »Fällt Ihnen jemand ein, der Karl nicht wohlgesinnt ist?«

Charlie schüttelte den Kopf. »Alle lieben Karl.«

»Vielleicht jemand, der nicht auf der Farm lebt?«

Erneut ein Blick zu Otis. »Er hat keine Kontakte außerhalb der Farm.«

»Was ist mit Personen, die hier gelebt haben und weggegangen sind?«

Charlie schnaubte. »Das ist unmöglich.«

»Warum?«

»Weil sie tot sind.«

Aus dem Augenwinkel bemerkte Abby, wie sich Otis verspannte. Sie runzelte die Stirn. »Was, etwa alle?«

»Ja«, bestätigte Charlie. »Seitdem Karl hergekommen ist, sind nur fünf Personen weggegangen. Und Gott …« In diesem Moment schaute er zu Otis hinüber und klappte den Mund zu.

»Was ist aus diesen fünf Personen geworden?«

»Keine Ahnung«, antwortete Charlie. »Wir haben nie wieder von ihnen gehört.«

»Sie haben eben gesagt, sie wären tot.«

»Das war nur sinnbildlich gemeint.«

»Ein sehr finsteres Sinnbild«, stellte Abby fest. »Finden Sie nicht auch?«

Ihr entging nicht, wie Wong die Muskeln anspannte. Der Detective fragte sich vermutlich, ob Otis tatsächlich so weit gehen und jeden umbringen würde, der drohte, die Sekte zu verlassen. Abby bezweifelte es. Aber sie war davon überzeugt, dass er den verbliebenen Sektenmitgliedern erzählt hatte, die Deserteure seien ums Leben gekommen. Gab es denn einen besseren Weg, die anderen vom Weggehen abzuhalten?

Damit bewahrheiteten sich aber auch Wongs Worte von zuvor, und Abby würde hier keine Namen ehemaliger Sektenmitglieder bekommen. Somit blieb ihr nur, sich einen Informanten innerhalb der Sekte zu suchen. Charlie kam dafür eindeutig nicht infrage. Der Mann konnte kaum Hallo sagen, ohne sich zu vergewissern, dass Otis damit einverstanden war.

»Lieutenant Mullen«, fauchte Otis. »Charlie hat ausgesagt, Karl an allen von Ihnen erwähnten Tagen gesehen zu haben. Reicht das denn nicht?«

»Bitte entschuldigen Sie. Ich bin ein wenig über das Ziel hinausgeschossen.« Abby lachte peinlich berührt auf. »Natürlich. Vielen Dank, Charlie. Sie können jetzt gehen.«

Charlie sprang auf wie von der Tarantel gestochen und eilte aus dem Raum.

»Nun, das war eine sehr positive Aussage«, stellte Abby fest. »Mit wem reden wir als Nächstes?«

»Warum belästigen Sie meine Leute?«, verlangte Otis angespannt zu erfahren.

»Ich belästige Sie?« Abby setzte eine Unschuldsmiene auf. »Ich stelle ihnen doch nur ein paar Fragen.«

»Sie fragen nach dem Essen im Speisesaal und ihren Theorien über Ihren Zeugen.«

»Es tut mir leid«, sagte Abby. »Aber diese Aussagen müssen auch vor Gericht standhalten. Ich kann mich nicht nur nach den Daten erkundigen und dann mit dem Nächsten sprechen, sondern brauche einige Details, um sicherzustellen, dass sich kein Fehler einschleicht. Schließlich lieben alle Karl, wie Charlie selbst gesagt hat. Sie könnten sich einreden, ihn gesehen zu haben, weil sie ihm einfach helfen wollen. Ich muss verifizieren, dass dem nicht so ist. Aber Sie können mich jederzeit ermahnen, wenn ich Ihrer Meinung nach zu weit gehe. Denn ich kann Ihnen versichern, dass ich keine Lust auf einen weiteren wütenden Anruf des Chiefs habe. Einer hat mir gereicht.«

Otis zögerte und nickte dann.

»Wer kommt als Nächstes?«, fragte Abby.

»Ich denke, wir rufen als Nächstes Aaron her.« Otis schien sich etwas entspannt zu haben. »Aaron und Karl arbeiten häufig im Apfelgarten zusammen.«

Aaron war ein großer Mann mit herabhängenden Augenlidern, die ihn so aussehen ließen, als wäre er kurz vor dem Einschlafen. Er wirkte verschlossen und zornig und antwortete meist in Sätzen aus vier oder fünf Worten. Zudem warf er Otis vor jeder Antwort einen Blick zu. Selbstverständlich bestätigte auch er Karls Alibi.

»Fällt Ihnen jemand ein, der Karl etwas Böses will, vielleicht jemand, der früher hier gelebt hat und weggegangen ist?«

»Es sind nur fünf Personen weggegangen, und wir haben nie wieder etwas von ihnen gehört.« Nach seiner Antwort warf Aaron Otis einen Blick zu, und Otis lächelte. Aaron hatte so schnell geantwortet, dass man fast glauben konnte, er hätte es irgendwo abgelesen. Ganz offensichtlich hatte Charlie ihn vor dem Hereinkommen gewarnt.

Abby versuchte es auf einem anderen Weg. »Was machen Sie in Ihrer Freizeit?«

»Wir lesen die Heilige Schrift.«

»Haben Sie hier Netflix? Bücher?«

»Das alles brauchen wir nicht.«

»Ich brauche meine Serien am Wochenende.« Abby seufzte. »Haben Sie sich nie Serien angeschaut?«

Aaron wirkte verunsichert. »Doch. Bevor ich meine Berufung fand.«

»Was haben Sie sich angesehen?«

»Vor allem Komödien, aber auch einige Actionserien.«

»Was war Ihre Lieblingsserie?«

Aaron erstarrte, und Panik spiegelte sich in seinem Blick wider. Abby wartete geduldig.

»Hast du mir nicht erzählt, du hättest dir gern ›Stranger Things‹ angesehen?«, warf Otis ein.

»Genau.« Aaron stieß die Luft aus. »»Stranger Things‹ war gut.«

»O ja, ich liebe diese Serie! Haben Sie die dritte Staffel gesehen?«

»Nein. Ich bin nach der ersten Staffel auf die Farm gezogen. Wir haben hier kein Netflix.«

»Fehlt Ihnen das nicht?«

Aaron verdrehte die Augen. »Ich bin untadelig und rechtschaffen.«

»Ja«, sagte Abby. »Ich schätze, das sind Sie.«

Aaron und Otis tauschten amüsierte Blicke.

Schließlich teilte Abby mit, dass sie genug gehört hatte, und er ging hinaus.

»Ich brauche nur noch ein paar Aussagen, dann sind wir hier fertig«, erklärte Abby.

»Okay.« Otis lächelte gepresst. »Geben Sie mir eine Minute, um den Nächsten hereinzurufen.«

Er ging hinaus. Abby und Wong sahen sich schweigend an. Abby war fest davon überzeugt, dass Otis nur rausgegangen war, weil er darauf hoffte, dass sie sich unterhalten würden. Entweder wurden sie belauscht oder er zeichnete alles auf.

Fünf Minuten später kehrte er wieder zurück und hatte ein weiteres Gemeindemitglied im Schlepptau. Wong erstarrte kurz, als sie die junge Frau sah.

Es war Ruth, das Mädchen, das mit fünfzehn vergewaltigt worden war. Wongs im Sande verlaufener Fall.

Kapitel 47

»Ruth, nicht wahr?« Abby lächelte das Mädchen an, als es sich setzte.

»Das ist richtig.« Ruth erwiderte das Lächeln.

Abby schöpfte Hoffnung. Vor zwei Jahren war Ruth auf eine Lehrerin zugegangen und hatte ihr gestanden, mit einem Mann von der Farm geschlafen zu haben. Das bedeutete, dass noch ein Rest Unabhängigkeit in dem Mädchen vorhanden sein konnte. Sie war vielleicht genau die, die Abby suchte.

»Seit wann kennst du Karl?«, fragte Abby.

»Seit er vor sieben Jahren auf die Farm gekommen ist«, antwortete Ruth.

»Wie lange bist du schon hier?«

»Ruth kam mit ihren Eltern her, als sie drei Jahre alt war«, erklärte Otis. »Sie war fast noch ein Baby.«

»Oh, wow.« Abby nickte anerkennend und spürte, wie ihre Erinnerungen an die Oberfläche durchbrechen wollten, konnte es jedoch verhindern. »Wer sind deine Eltern?«

Ein Blick zu Otis. Wong stieß gequält die Luft aus.

»Sie heißen Maria und Thomas.«

»Möchtest du, dass sie bei unserem Gespräch anwesend sind?«, wollte Abby wissen.

Wieder sah sie zuerst Otis an, bevor sie sich Abby zuwandte. »Das ist nicht nötig. Otis wird auf mich aufpassen.«

Von da an ging es nur noch bergab. Ruths Antworten waren vorhersehbar und kamen automatisch, allerdings schaute sie immer erst Otis an, bevor sie etwas sagte. Sie hatte Karl bei den Gebeten und beim gemeinsamen Mittagessen gesehen. Selbstverständlich war sie sich sicher; sie sah ihn jeden Tag. Genau wie die anderen konnte sie sich nicht vorstellen, dass jemand Karl etwas anhängen wollte; alle liebten ihn.

Wong räusperte sich. »Vor zwei Jahren hast du deiner Lehrerin erzählt, ein Mann von der Farm hätte mit dir geschlafen. Erinnerst du dich daran?«

»Sicher«, bestätigte Ruth. »Und es tut mir sehr leid. Ich habe mich damals nach Aufmerksamkeit gesehnt und hatte eine lebhafte Fantasie.«

»Warum hast du dich nach Aufmerksamkeit gesehnt?«, hakte Abby nach.

»Meine Eltern hatten viel zu tun, und ich hatte zu viel Zeit, um mir kleine Geschichten auszudenken. Aber diese Geschichten waren das Werk Satans.«

»Denkst du dir heute keine Geschichten mehr aus?«, wollte Abby wissen.

»Nein, das mache ich nicht mehr. Ich beschäftige mich viel. Ich habe jeden Tag eine Schicht in der Küche und eine auf der Farm.« Wieder sah sie Otis an und strahlte förmlich, als er ihr ein stolzes Lächeln schenkte. Abby hätte den Mann am liebsten ausgeweidet.

»Das ist ganz schön viel Arbeit für eine Siebzehnjährige. Sehnst du dich nicht nach mehr Freizeit, um deine Freunde zu treffen? Tanzen zu gehen? Bücher zu lesen? Frustriert es dich nicht, dass du für all das keine Zeit findest?«

Abby merkte, dass sich Wong mit einem verzweifelten Glitzern in den Augen vorbeugte.

Ruth zuckte mit den Achseln. »Ich bin untadelig und rechtschaffen.«

Mit genug Zeit wäre es Abby vielleicht gelungen, hier etwas zu bewirken, Ruth aus der Sekte zu holen, Zweifel in ihr zu wecken. Aber sie war skeptisch. Die Eltern des Mädchens gehörten der Sekte weiterhin an, und sie schien den Kampfgeist von vor zwei Jahren verloren zu haben. Zudem blieb Abby keine Zeit. Nathan wurde vermisst. Wenn Otis oder Karl etwas mit der Entführung zu tun hatten, dann musste sie das schnell herausfinden.

»Danke, Ruth«, sagte sie betrübt. »Mehr brauchen wir nicht. Hat mich gefreut, dich kennenzulernen.«

»Ich finde, Sie haben genug Aussagen«, erklärte Otis. »Karl hatte nichts mit der ganzen Sache zu tun. Sie haben Ihren Beweis.«

»Nur noch ein oder zwei«, bat Abby halbherzig. »Wir beeilen uns auch.«

Otis zuckte mit den Achseln. »Würdest du Leonor bitte hereinrufen, Ruth?«

»Gern.«

Leonor war fünfzehn und wirkte kampfbereit. Sie setzte sich auf den leeren Stuhl und verschränkte die Arme.

»Wie lange kennst du Karl schon, Leonor?«, begann Abby.

»Etwa ein Jahr«, antwortete das Mädchen.

»Wie gut kennst du ihn?«

»Jeder kennt Karl. Er ist super.«

»Inwiefern ist er super?«

»Er ist freundlich.« Leonor zählte die Punkte an den Fingern ab. »Er hilft immer gern bei Problemen. Und er blickt auf niemanden herab.«

»Ach ja? Blicken denn andere auf dich herab?«

»Nicht hier.«

Leonor schien sich zu verspannen. Die Antworten kamen wie aus der Pistole geschossen, als hätte sie sie geprobt. Genau wie bei den anderen.

Aber bisher hatte sie Otis erst einen kurzen Blick zugeworfen. Sie brauchte seine Zustimmung nicht bei jeder Antwort, da sie ihren Text kannte.

Abby gestattete sich abermals, etwas Hoffnung zu schöpfen.

Sie fragte nach den Daten. Leonor gab ihr dieselben Antworten wie alle anderen. Ohne zu zögern. Ein kurzer Blick zu Otis, um sich zu vergewissern, dass sie keine großen Schnitzer machte.

»Du hast gesagt, dass du Karl erst seit einem Jahr kennst«, sagte Abby. »Wie kommt das? Er ist doch schon seit sieben Jahren hier.«

»Aber ich bin erst vor einem Jahr hergekommen«, erklärte Leonor.

»Wirklich? Und wie kam das?«

»Ich habe Ruth und einige der anderen kennengelernt. Wir kamen ins Reden. Ich war frustriert und wollte in meiner Schule etwas bewirken, jedoch ohne Erfolg.«

»Was wolltest du denn bewirken?«

»Die Art, wie Frauen wahrgenommen werden. Das Verhältnis von männlichen zu weiblichen Schülern in Fächern wie Mathematik oder Physik ist nicht normal. Und wenn man mit anderen redet, sagen sie nur, dass einen niemand davon abhalten würde, Mathe zu belegen. Dabei merken sie überhaupt nicht, wie die Lehrer und die anderen Schüler Mädchen behandeln.« Sie ballte die Fäuste.

»Du scheinst deswegen sehr wütend zu sein.«

»Natürlich bin ich wütend.«

Soweit es Leonor betraf, war Zorn anscheinend nicht die Bürde Gottes und seiner Sendboten. Jedenfalls noch nicht.

»Gibt es irgendetwas aus deinem alten Leben, das du vermisst?«

»Detective …«, begann Otis.

»Nein«, erklärte Leonor entschlossen. »Nichts.«

Otis verkrampfte sich, und Abby musste die Freude gut verbergen, die in ihr aufstieg. Das Mädchen hatte Otis unterbrochen und es nicht einmal bemerkt. Dafür würde Leonor später garantiert büßen müssen.

Abby musste sie hier rausholen. Jedoch nicht jetzt, denn sie brauchte Zeit für die Vorbereitungen. Aber dafür fehlte ihr noch ein guter Grund.

»Wir vermuten, dass jemand versucht, Karl oder einem anderen Gemeindemitglied etwas anzuhängen«, sagte Abby. »Fällt dir jemand ein, der Karl schaden würde? Oder Otis?«

Leonor wirkte entsetzt. »Nein. Wir tun doch niemandem etwas, sondern kümmern uns nur um unsere eigenen Angelegenheiten.«

»Was machst du auf der Farm?«

»Na ja, nachdem sie meine Kochkünste kennengelernt haben, lassen sie mich nicht mal mehr in die Nähe der Küche.« Leonor grinste. »Ich arbeite auf dem Feld oder patrouilliere.«

»Du patrouillierst?«

»Ich gehe zweimal am Tag am Zaun entlang und vergewissere mich, dass er überall intakt ist.«

»Bist du dabei bewaffnet?«

Ein Blick zu Otis. »Nein.«

»Ist dir schon mal etwas aufgefallen?« Abby beugte sich demonstrativ vor und stützte die Hände auf die Knie. »Irgendetwas Verdächtiges?«

Leonor zuckte mit den Achseln. »Eigentlich nicht.«

»Du gehst zweimal am Tag am Zaun entlang und hast nie jemanden gesehen?«

»Ich habe nicht behauptet, ich hätte niemanden gesehen.« Leonor klang leicht genervt. »Hin und wieder waren da Leute. Gegenüber der Farm ist ein Feld, auf dem manchmal Männer arbeiten.«

»Kannst du sie mir beschreiben?«

»Äh ... Es sind drei. Zwei Latinos. Einer ist kahlköpfig und weiß.«

»Der Weiße.« Abby wurde etwas energischer. »Der Kahlkopf. Wie oft hast du ihn schon gesehen?«

»Vielleicht dreimal? Ja, ich glaube, es war dreimal.«

»Kannst du mir noch etwas über ihn erzählen?«

»Er hat ein Tattoo am Hals, aber ich konnte es nicht genau erkennen.«

Abby schaute zu Wong hinüber, die ihr zunickte.

»Danke, Leonor«, sagte Abby. »Können wir dich irgendwie erreichen?«

»Wenden Sie sich einfach an Otis«, erwiderte Leonor. »Er übermittelt mir die Nachricht.«

»Du hast kein Handy?«

»Wir haben hier keine Handys«, erklärte Leonor. »Sie lenken nur ab.«

Abby schenkte ihr ein Lächeln. »Es muss dir sehr schwergefallen sein, darauf zu verzichten. Ich habe eine Tochter in deinem Alter, die jede freie Minute mit ihrem Handy verbringt.«

Leonor stand auf. »Ich bin drüber weg.«

Kapitel 48

Will klopfte an die Tür und sah danach auf die Uhr. Er hatte den Laborbericht dreimal gelesen und mit einem Freund gesprochen, der sich mit Bildbearbeitung auskannte, daher war er inzwischen davon überzeugt, dass das Foto von Nathan in seinem Zimmer entweder echt oder von Meisterhand mit Photoshop manipuliert worden war, wenn sogar die Experten beim FBI es für authentisch hielten. Nun musste er wissen, was von beiden der Fall war.

Eden Fletcher ließ ihn hinein und fragte verzweifelt, ob es irgendwelche Neuigkeiten gab.

Als Wills Tochter noch jünger gewesen war, hatte sie mal mit lebensbedrohlicher Meningitis im Krankenhaus gelegen. Will und seine Frau waren vier Tage lang bei ihr geblieben, hatten sie zu den verschiedenen Untersuchungen und unterschiedlichen Experten gebracht und waren ständig um ihr Leben besorgt gewesen. Wann immer er eines Arztes ansichtig geworden war, hatte sich Will auf ihn gestürzt und sich nach Untersuchungsergebnissen oder einer Prognose erkundigt. Er erinnerte sich noch gut an die Hilflosigkeit und Frustration, wenn er einen Arzt fragte, ob es etwas Neues gab.

»Wir haben einige vielversprechende Hinweise, Miss Fletcher«, erwiderte er. Und hörte in seinem Kopf dabei den

Arzt, der sagte, sie müssten noch eine weitere Untersuchung durchführen, einen anderen Experten hinzuziehen, eine neue Behandlungsmethode ausprobieren. »Wir sagen Ihnen Bescheid, sobald wir etwas Handfestes haben.«

Ihre Miene fiel in sich zusammen. Sie sagte nichts mehr.

»Dürfte ich mich bitte in Nathans Zimmer umsehen? Nur um sicherzustellen, dass uns nichts entgangen ist.«

»Natürlich.« Eden wirkte teilnahmslos. »Es ist im ersten Stock. Möchten Sie etwas trinken? Ich wollte mir gerade einen Tee kochen.«

»Nein, danke.«

»Früher habe ich sehr viel Kaffee getrunken, aber jetzt nicht mehr«, meinte Eden. »Ich brauche nicht noch etwas, das mich nachts wach hält. Heute trinke ich Jasmintee. Möchten Sie wirklich keine Tasse?«

»Äh … Ach, warum nicht. Ich nehme gern eine.« Will sagte das eher aus Höflichkeit. »Erster Stock?«

Eden nickte und ging in die Küche. Will erklomm die Stufen und schaute sich um. Drei Türen. Er öffnete eine und sah in Gabrielles Zimmer. Das Mädchen lag auf dem Bett und tippte mit grimmiger Miene auf dem Handy herum.

»Entschuldigung«, sagte Will. »Ich dachte, das wäre Nathans Zimmer.«

»Sie sind dieser Polizist.« Gabrielle musterte ihn. »Der nach meinem Instagram-Passwort gefragt hat.«

»Es war uns sehr nützlich …«

Gabrielle reichte ihm ihr Handy. »Sie müssen diesen Arschlöchern antworten. Sagen Sie ihnen, dass ich die Entführung nicht bloß erfunden habe.«

Will blinzelte überrascht. »Wie bitte?«

»Diese Typen glauben, ich hätte mir das mit der Entführung bloß ausgedacht. Dass ich auf diese Weise mehr Follower auf

Instagram bekommen will.« Gabrielle schluchzte erstickt. »Als ob ich meinen Bruder für so etwas missbrauchen würde.«

Will nahm das Handy und schaute aufs Display. Sie hatte einen Reddit-Thread aufgerufen, dessen erster Post achtundzwanzig Upvotes aufwies. Redditor Truth777 deutete an, Gabrielle habe die ganze Entführung nur erfunden, genau wie das Mädchen gesagt hatte. Anhand von sechs Punkten »bewies« er seine Theorie. Mehrere Redditors hatten enthusiastisch kommentiert.

»Ignorier sie einfach«, schlug Will vor. »Und reagier gar nicht erst darauf.«

»Ich kann sie nicht ignorieren«, erwiderte Gabrielle. »So fängt das immer an. Irgendjemand auf Reddit schreibt, ich wäre ein Scammer, und schon nimmt es das ganze Internet auf und es gibt lauter Artikel darüber. So was ist schon mal passiert.«

»Ich weiß«, sagte Will. Zweimal sogar.

Er hatte sich beide Skandale angesehen, jedoch nichts Interessantes entdecken können. In einem Fall hatte Gabrielle eine Onlinebestellung von einhundert signierten Fotos vermasselt. Der andere Skandal drehte sich darum, dass sie ein Proteinpulver beworben hatte, das, wie sich später herausstellte, das Risiko einer Krebserkrankung erhöhen konnte. In beiden Fällen war Gabrielle öffentlich an den Pranger gestellt worden.

»Wenn die Polizei in diesem Thread kommentiert, verleiht das ihren Argumenten bloß Gewicht«, stellte Will klar. »Überzeugen kann ich sie so oder so nicht, und das weißt du auch.«

»Wenn die Leute anfangen zu behaupten, ich hätte die ganze Entführung nur vorgetäuscht, dann spendet keiner mehr für das Lösegeld«, sagte Gabrielle angespannt. »Das muss aufhören.«

»Dann poste weiter auf deiner normalen Seite. Erwähne weder diese bescheuerte Theorie noch den Reddit-Thread.

Erinnere die Leute einfach daran, dass dein Bruder noch immer vermisst wird und dass die Polizei nach ihm sucht.«

Gabrielle riss Will das Handy aus der Hand. »Nathans Zimmer ist da vorn.« Sie deutete auf die angrenzende Tür.

Will bedankte sich und betrat das Zimmer des Jungen. Er hatte sich das Foto, auf dem Nathan in diesem Raum die Zeitung hochhielt, so lange betrachtet, dass er schon das Gefühl gehabt hatte, hier gewesen zu sein, obwohl er es erst jetzt zum ersten Mal sah. Sein Blick fiel auf den Schreibtischstuhl, auf dem Nathan auf dem Foto gesessen hatte. Er stand nicht an derselben Stelle wie auf dem Bild. Will ging hinüber, rückte ihn zurecht und trat einen Schritt zurück.

Er öffnete das Foto auf dem Handy und verglich es mit dem Zimmer. Die Kamera war auf den Schreibtisch und den Stuhl gerichtet worden. Auf dem Foto lag eine Pizzaschachtel auf dem Schreibtisch, neben mehreren Buntstiften und einer verschwommenen Zeichnung. Die linke untere Ecke des »Harry Potter«-Posters war zu erkennen, ebenso ein Teil des Bettes. In der linken oberen Ecke sah man einen Teil der Pinnwand mit zwei von Nathans Zeichnungen. Eine wurde zum Teil von Nathans Kopf verdeckt, und die andere war nur ansatzweise zu erkennen. Das Fenster war überhaupt nicht zu sehen, da es sich zu hoch befand und …

Will runzelte die Stirn. Wirklich? Irgendetwas stimmte hier nicht. Hätte auf dem Foto nicht auch eine Ecke des Fensters zu sehen sein müssen?

Er nahm ein Kissen vom Bett und legte es auf den Stuhl, um Nathans Oberkörper zu simulieren. Die Höhe passte vermutlich nicht, aber für diesen Zweck reichte es aus. Er versuchte, die Kameralinse seines Handys so auszurichten, dass es in etwa dem Foto entsprach. Als er noch einen Schritt nach hinten machte und das Handy höher hielt, um Nathan richtig ins Bild zu bekommen, war die Pinnwand nicht mehr zu sehen.

Hatte er jedoch gleichzeitig die Pinnwand und die Ecke des Posters im Bild, sah er auch einen Teil des Fensters, und das passte eindeutig nicht zum Foto der Entführer.

Will rückte den Stuhl etwas zur Seite, um das Foto von weiter links zu schießen, was jedoch auch nichts nützte, denn dann war das Bett nicht mehr zu sehen, dafür hatte er einen größeren Teil der Pinnwand auf dem Bild. Und wenn er nach rechts ging …

Was er auch versuchte, er konnte das Foto einfach nicht nachstellen.

Ein anderes Handy hatte möglicherweise auch eine andere Linse, doch die Regeln der Geometrie änderten sich dadurch noch lange nicht. Um die Pinnwand, das Poster und Nathan gleichzeitig aufs Bild zu bekommen, musste auch das Fenster im Bild sein. Er sah sich das Foto der Entführer abermals an und vergrößerte es, um Nathans Zeichnungen besser erkennen zu können.

Dann verglich er sie mit den Bildern vor sich.

»Ach du Scheiße«, murmelte er.

Es waren nicht dieselben Bilder. Vielmehr gab es winzige Unterschiede, die man nur bemerkte, wenn man direkt danach Ausschau hielt.

Er rief Abby an.

»Mullen«, meldete sich Abby. Sie klang, als würde sie im Auto sitzen und per Freisprechanlage telefonieren.

»Ich bin's, Abby. Ich bin in Nathan Fletchers Zimmer.«

»Und?«

»Das Foto von Nathan, auf dem er die Zeitung hochhält, wurde eindeutig nicht hier aufgenommen.«

»Wie meinst du das?«

»Die Proportionen des Zimmers passen nicht. Und es gibt kleine Unterschiede, wenn man genauer hinsieht. Ich vermute, dass die Entführer das Foto in einem Raum gemacht haben, das wie Nathans Zimmer aussehen sollte.«

»Wie in einem extra dafür aufgebauten Studio?«, fragte Abby.

»Ja, genau.«

Es folgte ein langes Schweigen, in dem nur Motorgeräusche zu hören waren, die Will bestätigten, dass Abby nicht aufgelegt hatte.

»Hast du das schon Eden erzählt? Oder Gabrielle?«, erkundigte sie sich dann.

»Noch nicht.«

»Tu es bitte nicht. Das bringt sie nur noch mehr durcheinander, und ich möchte nicht, dass es ihnen herausrutscht, wenn sie mit dem Entführer telefonieren. Schick das Carver. Ach, und Griffin. Ich bin heute Abend wieder da, dann reden wir darüber.«

»Warum sollten die Entführer so etwas tun?« Will war ratlos.

Nach einer längeren Pause gestand Abby: »Ich habe nicht die geringste Ahnung.«

Kapitel 49

Im Laufe der Jahre hatte Abby mit Dutzenden von Sektenüberlebenden und deren Familien gesprochen, daher kannte sie die schreckliche Wahrheit bereits. Sekten konnten jeden rekrutieren. Reich, arm, gebildet, ungebildet, religiös, atheistisch, vollkommen egal. Selbst wenn man aus einer liebevollen, fürsorglichen Familie kam, war man nicht geschützt. Skepsis schützte einen nicht, ebenso wenig wie ein fester Glaube. Die meisten Menschen waren dem Irrglauben verhaftet, »mir könnte das nie passieren« – und genau davon profitierten die Sekten. Denn es gab nur ein einziges Gegenmittel gegen den Rekrutierungsversuch einer Sekte: Wachsamkeit. Wenn man jedoch davon ausging, bereits immun zu sein, und Sekten unterschätzte, schwebte man in Gefahr.

Aus diesem Grund überraschte es sie auch nicht, dass Leonors Eltern ein warmherziges, sympathisches Paar waren. Sie lebten in einem schönen Haus mit gepflegtem Garten. Im Haus war es sauber und duftete nach frisch gebackenem Brot. Auf der großen Couch im Wohnzimmer saßen Leonors Eltern dicht nebeneinander, während Abby ihnen gegenüber in einem Sessel Platz nahm. Eine graue Katze beäugte sie mit unverhohlenem Hass, und Abby vermutete, dass sie dem Tier den Lieblingsplatz weggenommen hatte.

»Dale backt jeden zweiten Morgen ein frisches Brot im Brotbackautomaten«, sagte Leonors Mutter Helen gerade. »Daher essen wir auch nur selbst gebackenes Brot.«

Dale war Rechtsanwalt, Helen Bibliothekarin. Sie waren von einer Aura der Benommenheit umgeben, wie sie einer plötzlichen, unvorhersehbaren Katastrophe oftmals folgte. Wenn die Menschen erkannten, dass das Gefühl der Kontrolle, die sie über ihr Leben hatten, nur eine Illusion war.

»Schmeckt Ihnen der Kaffee?«, erkundigte sich Helen.

»Er schmeckt köstlich.« Abby schenkte ihr ein Lächeln. Der Kaffee war etwas schwach, aber immerhin heiß, und sie war sowieso schon froh, nicht mehr im Wagen zu sitzen. Es hatte fast zwei Stunden und über zwanzig Telefonate gebraucht, um Leonors Eltern aufzuspüren, und dabei hatte sie die ganze Zeit auf dem Fahrersitz gesessen.

»Ich versuche immer noch zu verstehen, was wir falsch gemacht haben«, erklärte Helen. »Vielleicht waren wir zu kontrollsüchtig. Leonor wollte immer mit ihren Freundinnen nach Manhattan fahren, und ich habe mir Sorgen gemacht und es ihr manchmal verboten. Möglicherweise haben wir ihr auch zu wenig Privatsphäre gelassen. Ich habe immer ihr Zimmer geputzt, obwohl sie das nicht wollte, und …«

»Mrs Craft«, unterbrach Abby sie sanft. »Sie haben nichts falsch gemacht.«

»Warum hat sie sich ihr dann angeschlossen, dieser … dieser …«

»Sekte«, knurrte Dale. »Warum hat sie sich dieser Sekte angeschlossen, wenn wir nichts falsch gemacht haben?«

»Sie hat sich dieser Sekte nicht angeschlossen«, korrigierte Abby sie. »So gut wie niemand schließt sich einer Sekte an. Sie wurde rekrutiert.«

»Das ist doch dasselbe.« Dale zuckte mit den Achseln. »Sie haben sie rekrutiert, und sie hat ihre Wahl getroffen …«

»Nein«, fiel Abby ein. »Sie hatte keine Wahl.«

»Leonor wurde nicht gegen ihren Willen auf die Farm entführt, Lieutenant Mullen. Sie fing an, sich mit diesen Leuten zu treffen, und nach einer Weile hat sie eine Tasche gepackt und ist auf die Farm gezogen. Sie ist nicht untergetaucht; sie redet noch immer mit uns. Aber es ist, als hätten wir keine Bedeutung mehr.«

Abby seufzte. Menschen, die von destruktiven Sekten rekrutiert wurden, ließen Angehörige und Freunde zurück, die verletzt und wütend waren. Sich im Stich gelassen und verschmäht fühlten. Eltern hatten oftmals das Gefühl, bei der Erziehung versagt zu haben. Das war noch etwas, das der Sekte in die Hände spielte. Wenn die Menschen in deinem früheren Leben wütend waren, hatte man einen Grund mehr, sich von ihnen fernzuhalten.

»Es ist sehr wahrscheinlich, dass die Sektenrekrutierer irgendeinen Hebel benutzt haben, um an Leonor ranzukommen«, erklärte Abby. »Aber das könnte alles gewesen sein. Vielleicht hatte sie sich gerade von ihrem Freund getrennt oder mit ihrer besten Freundin gestritten. Oder ihr Freundeskreis hat sich verändert, wie das in diesem Alter häufig passiert, und sie hatte das Gefühl, nirgendwo mehr hinzugehören. So gut wie kein Mensch fühlt sich vollständig. Zudem ist sie ein Teenager. Das bedeutet noch lange nicht, dass Sie etwas falsch gemacht haben oder dass sie eine bewusste Entscheidung getroffen hätte.«

»Sie war frustriert«, fiel Dale an. »Wegen etwas an der Schule. Der Art, wie die Mädchen und Jungen anders behandelt werden.«

Leonor hatte so etwas erwähnt. »Möglicherweise hat sie das sehr bedrückt. Vielleicht hatte ihr Mathelehrer sie auch herablassend behandelt.«

»Ihr Mathelehrer ist ein sehr netter Mann«, sagte Dale. »Ich bin mir sicher, dass ...«

»Fahren Sie fort«, bat Helen Abby. Helen wusste, was Abby meinte. Dale hatte keine Ahnung und konnte es nicht einmal ansatzweise begreifen, ganz im Gegensatz zu seiner Frau.

»Sie saß in der Schulcafeteria«, mutmaßte Abby. »Oder im Park. Und sie sah eine Gruppe von Freunden in ihrem Alter. Jungen und Mädchen. Aber die Art, wie sie sich unterhielten, war anders. Respektvoller. Und in diesem Augenblick schien das genau das zu sein, was sie sich ersehnte. Sie redeten mit ihr. Und sie überschütteten sie mit Liebe. Sie sagten ihr, wie klug und wie begabt sie wäre. Dass sie nicht so sei wie die anderen in der Schule, sondern eher wie sie. Sie traf sich ein paarmal mit ihnen, unternahm etwas Belangloses, und dann luden sie sie für ein Wochenende auf die Farm ein.«

Helen keuchte auf, und Abby wusste, dass sie ins Schwarze getroffen hatte. Es hatte ein Wochenende auf der Farm gegeben. Das gab es fast immer, oder einen dreitägigen Workshop oder einen kurzen, lustigen Ausflug.

»Auf der Farm musste sie hart arbeiten«, fuhr Abby fort. »Leonor bekam kaum Schlaf. Aber alle um sie herum waren glücklich, und sie arbeiteten alle hart. Sie wollte mit ihren neuen Freunden mithalten, die eine so hohe Meinung von ihr hatten. Und sie ließen sie keine Sekunde allein. Sie redeten mit ihr. Trichterten ihr die Philosophie der Sekte ein. Wenn sie widersprach, versicherten sie ihr, gute Argumente vorzubringen, und dass man später darüber diskutieren werde. Doch je härter sie arbeitete und je weniger sie schlief, desto mehr Sinn schien alles zu ergeben.«

»Hat sie Ihnen das erzählt?«, wollte Helen wissen.

»Nein«, antwortete Abby. »Aber ich habe das alles schon öfter gehört. War das Wochenende auf der Farm länger als erwartet?«

»Es fand in den Sommerferien statt«, flüsterte Helen. »Sie wollte zwei Tage bleiben, kam aber erst nach fünf Tagen wieder.«

»Und sie hat Sie in dieser Zeit nicht angerufen, richtig?«

»Sie sagte, Handys wären auf der Farm nicht gern gesehen«, warf Dale ein. »Aber bei ihr klang es wie etwas Gutes. Als würde sie mal eine Handypause einlegen. Ich war sogar noch stolz auf sie, weil ich mich darüber geärgert hatte, dass sie so viel Zeit mit ihrem Handy verbrachte.«

»Keine Kommunikation mit der Außenwelt«, erklärte Abby. »So gut wie kein Schlaf. Und alle um sie herum wirken so selbstsicher. So zielstrebig. Wenn sie Fragen stellte oder widersprach, taten sie so, als würden sie alle Antworten kennen, allerdings müsse sie länger bleiben, damit man darüber diskutieren könne. Ahnen Sie, wie sie sich gefühlt hat?«

»Wollen Sie damit sagen, dass sie sie in diesen fünf Tagen überzeugt haben?«

»Ich will damit sagen, dass Leonor nicht mehr die Tochter war, die Sie kannten, als sie nach diesen fünf Tagen nach Hause zurückkehrte, Mr Craft.«

»Sie haben sie einer Gehirnwäsche unterzogen?«

»Nein. Eine Gehirnwäsche ist etwas anderes. Sie haben ihre Denkweise beeinflusst und verdreht. Sie haben feste Mauern in ihrem Verstand errichtet und sie konditioniert, Fragen auszuweichen. Und dadurch konnten sie sich eine fast vollständige Kontrolle über Leonors Verstand verschaffen.«

Dale und Helen starrten sie schockiert an.

»Ich glaube, dass wir den angerichteten Schaden rückgängig machen können«, sagte Abby nach einer Minute. »Als ich mit ihr gesprochen habe, sind mir einige ermutigende Anzeichen aufgefallen. Und Sie sagten, dass sie noch mit Ihnen spricht?«

»Sie ruft jede Woche an«, bestätigte Helen. »Um uns zu versichern, dass es ihr gut geht, und sich nach ihrer Katze zu erkundigen.«

»Das ist Leonors Katze?«, fragte Abby erstaunt.

»Ja, Leonor hat Silver auf der Straße gefunden, als sie nur wenige Wochen alt war«, sagte Helen. »Sie meinte, auf der Farm wären keine Haustiere gestattet.«

»Das ist gut«, ermutigte Abby die beiden. »Ehrlich gesagt überrascht es mich, dass sie ihr erlauben, Sie jede Woche anzurufen. Normalerweise sind destruktive Sekten weitaus strenger, wenn es um den Kontakt zu Angehörigen und Freunden geht. Hat sie ein Handy?«

»Nein, sie ruft aus dem Büro an«, erwiderte Dale. »Das hat sie vor einem Monat erwähnt. Sie lassen sie das Telefon dort benutzen.«

Abby runzelte die Stirn. Das war ja fast schon bizarr. Dass Leonor ihre Familie anrufen durfte, war eine Sache, aber dass sie es vom Telefon der Farm aus tat? Otis hätte ihr einfach sagen können, dass das Telefon nur für Notfälle gedacht war. Es machte beinahe den Anschein, als wollte er, dass sie den Kontakt zu ihrer Familie aufrechterhielt.

»Haben Sie sie ermutigt?«, fragte sie. »Haben Sie ihr gesagt, dass ihr diese Gemeinde auf irgendeine Weise guttut?«

»Natürlich nicht.« Dale hob die Stimme. »Ich habe ihr mehrmals gesagt, dass sie wieder nach Hause kommen soll und dass dieser Ort ihren Verstand umnebelt.«

Abby nickte, und ihr Optimismus bekam einen Dämpfer. Dass Dale sich so offen gegen die Sekte aussprach, machte die Sache nicht einfacher. »Was ist mit Ihnen, Helen?«

»Ich habe ihr dasselbe gesagt«, antwortete Helen. »Wir haben uns deswegen sogar gestritten. Sie hatte vor, aufs College zu gehen, aber kurz nach ihrem Umzug auf die Farm meinte sie, dass sie das jetzt nicht mehr tun würde. Angeblich könnte sie ihre Zeit auf der Farm besser nutzen. Ich war so wütend.«

Beide Eltern waren eindeutig gegen die Sekte. Warum ließ Otis zu, dass Leonor mit ihnen telefonierte? »Hatten Sie je das Gefühl, dass sie versucht hat, Sie zum Beitritt zu bewegen?«

Dale schnaubte. »Keine Chance. Sie weiß, dass sie das gar nicht erst zu versuchen braucht.«

Abby überlegte kurz. »Sie sagten, sie hätte vorgehabt, aufs College zu gehen. Haben Sie einen College-Fund für sie eingerichtet?«

»Natürlich«, bestätigte Helen. »Wir sparen seit Jahren für sie und ihren Bruder.«

»Hat sie Zugriff auf das Geld?«

»Nein«, antwortete Dale. »Nicht, solange sie keine achtzehn ist. Und sie braucht unsere Zustimmung, um etwas abzuheben.«

»Hat sie Sie um Geld gebeten?«

»Einmal«, sagte Helen. »Sie wollte es der Gemeinde geben, damit sie die Scheune neu aufbauen kann oder etwas in der Art. Ich habe ihr gleich gesagt, dass sie das vergessen kann. Wir haben uns deswegen lange gestritten, und sie hat erst mehrere Wochen später wieder angerufen.«

Darum erlaubte Otis Leonor, ihre Eltern anzurufen: Er hatte es auf das Geld abgesehen. Sie sollte gerade genug Kontakt zu ihren Eltern halten, damit sie ihr mit achtzehn das Geld gaben. Abby sprach das jedoch nicht laut aus. Es war besser, wenn Leonors Eltern glaubten, sie würde anrufen, um ihre Stimmen zu hören.

Allerdings hatte sich Otis verkalkuliert. Indem er Leonor gestattete, mit ihren Eltern zu sprechen, erlaubte er ihr einen wöchentlichen Einblick in ihr altes Leben. Es bestand die Chance, dass sie aus diesem Grund noch immer Anzeichen für Individualität aufwies.

»Ich würde gern versuchen, Leonor von der Farm zu holen«, sagte Abby. »Die Wahrscheinlichkeit, das zu erreichen, ist höher, wenn sie ein vertrautes, freundliches Gesicht dabei sieht.«

»Ich komme gern mit«, versprach Helen.

Abby zögerte. »Ich halte das für eine gute Idee, aber nicht sofort. Sie haben ihr Ihre Meinung über die Sekte beide eindeutig zu verstehen gegeben. Was aus Leonors Sicht bedeutet, dass sie Sie ausschließt und als Feind betrachtet.«

Helen zuckte zusammen und schlug sich eine Hand vor den Mund.

»Ich bin mir sicher, dass sie Sie noch immer liebt«, fügte Abby hinzu. »Aber dort ist jeder, der etwas Negatives über ihre Gemeinschaft sagt, der Feind. Sie würde nicht mit Ihnen darüber sprechen. Sagten Sie nicht, Leonor hat einen Bruder?«

»Ja«, flüsterte Helen. »Brian. Er ist oben.«

»Würden Sie ihn bitte holen?«

Brian war Leonors großer Bruder. Er wirkte wie ein Mann, der bereits ausgewachsen war, sich in seinem Körper aber noch nicht wohlfühlte. Seine Bewegungen waren zögerlich und unbeholfen, und er trampelte eher ins Wohnzimmer, als dass er ging.

»Hallo«, sagte er. »Mom meinte, Sie wären wegen Leonor hier.«

»Das ist korrekt.« Abby lächelte ihn an. »Wie nah standest du deiner Schwester, bevor sie zur Tillman-Sekte gezogen ist?«

Er zuckte mit den Achseln. »Keine Ahnung. Ziemlich nah, würde ich sagen. Mich hat ihr Feministenscheiß immer genervt, aber sie war lustig, wenn sie gute Laune hatte.«

»Hast du seit ihrem Weggang noch mal mit ihr gesprochen?«

»Zweimal.«

»Hast du ihr etwas über die Sekte gesagt oder ihr geraten, sie zu verlassen?«

»Nein. Sie hört doch eh nicht auf mich, und ich wollte mich nicht mit ihr streiten.«

Abby grinste ihn erleichtert an. »Wärst du bereit, mich für einige Tage zu begleiten, Brian?«

Kapitel 50

Als er die Tür des Vorratsraums öffnete, dachte er zuerst, das Kind sei tot. Sein Gesicht war kreidebleich, und es lag ganz still da. Doch dann hörte er es atmen und stieß erleichtert die Luft aus. Das Kind schnappte schwach und abgehackt nach Luft, aber das war doch nicht seine Schuld. Er hatte auf das Kind aufpassen und es umsorgen wollen. Warum hätte er sich denn sonst die viele Mühe machen sollen?

Es war allein Nathans Schuld, der seine Gutmütigkeit ausgenutzt hatte.

Er zog das Kind auf die Beine und zerrte es mit in sein Zimmer, wobei es leise stöhnte.

Während der letzten Stunde hatte er alles weggeräumt, was als Waffe eingesetzt werden konnte. Jetzt musste Nathan am Schreibtisch stehen, wenn er malen wollte, weil er keinen Stuhl mehr hatte, und auch das war seine eigene Schuld.

Der Rücken des Jungen sah schlimm aus. Er zog ihm das blutige Sweatshirt aus, womit er ihm einen Schmerzensschrei entlockte, und die Wunde fing wieder an zu bluten. Als er genauer hinschaute, stellte er fest, dass die Haut rings um den Kratzer entzündet war. Einige Stofffasern klebten noch in dem geronnenen Blut.

Er tauchte einen Lappen in Wasser und reinigte die Wunde. Der Junge wimmerte.

»Das ist deine Schuld. Deine Schuld«, stieß er immer wieder zwischen zusammengebissenen Zähnen hervor. »Du hast das gemacht. Es war deine Schuld, dass ich mich verteidigen und den Mann beseitigen musste. Das geht allein auf deine Kappe.«

Er wusste noch genau, wie es sich angefühlt hatte, das Messer in die Kehle des Mannes zu stoßen. Es war unangenehm gewesen, Übelkeit erregend.

Aber er hatte es aus Selbstschutz getan. Der Junge war schuld, dass er überhaupt in diese Lage geraten war. Er hatte keine andere Wahl gehabt. Selbst nach langem Nachdenken war ihm nichts eingefallen, was er hätte anders machen können. Jedenfalls nicht, nachdem der Junge ihn als seinen Entführer bezeichnet hatte.

Er streifte Nathan ein sauberes T-Shirt über und zog ihm den verbliebenen Schuh und die Socke aus. Danach verließ er das Zimmer und war mit den Nerven am Ende.

Rasch griff er nach seinem Handy und rief abermals Gabrielles Instagram-Profil auf. Er überflog die Kommentare zu den letzten Posts mit den Links zu ihrem Interview und dem von Eric Layton. Das vorgetäuschte Mitgefühl ihrer Fans machte ihn ganz krank. Wenn ihnen wirklich etwas an ihr lag, dann würden sie nicht nur ein Gebrochenes-Herz-Emoji posten, sondern Geld für die Lösegeldsammlung spenden.

Plötzlich überkam ihn Sorge, als er sein Handy anstarrte. Eine lauernde Nervosität, wie das Gefühl, wenn er glaubte, den Ofen angelassen oder den Wagen nicht abgeschlossen zu haben.

Er vergewisserte sich, dass er sich keine Sorgen zu machen brauchte.

Doch es gab durchaus einen Grund zur Sorge. Er sah ihn vor sich auf dem Handydisplay.

Eric Layton hatte etwas; etwas, das zu gefährlich war, um sich nicht darum zu kümmern.

Ihm blieb keine andere Wahl. Es war reiner Selbstschutz.

Kapitel 51

Endlich konnte Eric seine Photoshop-Skills einsetzen.

Als Teenager hatte er häufig aus Spaß Fotos bearbeitet. Er konnte sich stundenlang darin verlieren, sie immer weiter zu manipulieren, bis sie ein absolut lächerliches Bild abgaben. Er fügte Nicolas Cages Gesicht auf Familienfotos ein. Oder verpasste Menschen Katzenschnurrhaare. Oder sein Opus magnum: Er hatte das Gruppenfoto des Footballteams der Schule manipuliert und die Gesichter vertauscht. Das Foto war sogar in der Schulzeitung abgedruckt worden, und *keiner hatte den Unterschied bemerkt.*

Als er Gabrielle das erste Mal begegnet war, hatte sie ihn gebeten, ein Foto von ihr anzupassen. Das war das Wort, das sie immer benutzte: »anpassen«. Sie machten sie nicht dünner, sie passten nur ihre Hüften an. Sie veränderten ihre Augenfarbe nicht, sondern passten sie an.

Aber Gabrielle war immer so lieb und nett zu ihm, und er verbrachte so gern Zeit mit ihr. Daher machte es ihm auch nicht das Geringste aus, ihre Fotos anzupassen. Als ihr Instagram-Profil bekannter geworden war und sie Geld durch gesponserte Produkte verdiente, hatte er ihr auch gern geholfen. Seine Freunde sagten immer, er solle Geld für seine Arbeit verlangen, aber es war ja nicht so, als wäre das ein Job. Außerdem brauchte sie seine »Anpassungen« eigentlich gar nicht, da sie auch ohne wunderschön aussah.

Allerdings wusste er, dass er die Welt nicht unbedingt besser machte, wenn sie ihn ständig bat, ihr Becken kleiner und ihre Lippen üppiger zu machen.

Jetzt konnte er zur Abwechslung mal etwas bewirken.

Er hatte das Foto von Nathan mit der Zeitung in der Hand auf dem Monitor vergrößert, scannte es Pixel für Pixel und suchte nach Hinweisen darauf, dass es bearbeitet worden war. Das war ganz leicht, wenn man wusste, worauf man achten musste. Er betrachtete die Objekte auf dem Bild und hielt Ausschau nach gezackten Kanten oder verschobenen Lichtverhältnissen – den verräterischen Anzeichen einer Bildbearbeitung.

Das war es nämlich, was die meisten Leute nicht begriffen: Die Bearbeitung eines Digitalbilds war eine Kunst. Und wenn sich ein Amateur daran zu schaffen machte, bemerkte man es.

Nach drei Stunden hatte er Nackenschmerzen und eine verkrampfte rechte Hand und machte eine kurze Pause. Stöhnend wackelte er mit dem Kopf. Vielleicht war sein Interview schon erschienen. Er rief die Website des *New Yorker Chronicle* auf, und da war es. Eine Sekunde lang war er richtig aufgeregt, seinen Namen online zu sehen. Doch sofort machten sich Schuldgefühle bemerkbar. Der einzige Grund, aus dem sein Name dort stand, war die Tatsache, dass Gabrielles Bruder entführt worden war. Freute er sich etwa darüber? Im Ernst?

Trotzdem wollte sie vermutlich, dass er einen Link zum Artikel auf Twitter postete, oder nicht? Sie hatte schließlich gesagt, dass so viele Menschen wie möglich von der Entführung erfahren müssten. Sie brauchte die Follower, damit sie für das Lösegeld spendeten. Er würde nur das Interview posten und nichts über sich selbst schreiben. Hierbei ging es nicht um ihn, sondern um sie.

Als er sich bei Twitter einloggte, bemerkte er einen neuen Tweet von Gabrielle. Er fiel ihm sofort ins Auge, weil es dasselbe Foto war, das er seit diesem Vormittag gründlich unter die Lupe nahm.

Gabrielle hatte das Bild gepostet und geschrieben.

> Der Entführer hat uns dieses Foto von Nathan als Beweis dafür geschickt, dass er noch am Leben ist.

Den Hintergrund hatte sie ausgeschnitten, sodass nur Nathan zu sehen war, der die Zeitung hochhielt. Das war clever. Eric hatte schon mitbekommen, dass einige Leute online behaupteten, Gabrielle habe die Entführung nur vorgetäuscht. Ein Foto von Nathan in seinem eigenen Zimmer hätten sie nur als Beweis für ihre Theorie angesehen.

Er starrte das Bild irritiert an. Etwas stimmte nicht.

Da.

Sofort wählte er Gabrielles Nummer.

»Hallo?«, meldete sie sich sofort.

»Gabrielle, hier ist Eric.«

»Was gibt's?« Knapp, ungeduldig, doch das war verständlich. Sie war mit den Nerven am Ende und konnte vermutlich kaum schlafen. Er litt mit ihr.

»Hör mal, das Foto, das du gepostet hast …«

»Nicht auch noch du.« Sie stöhnte auf. »Eben hat mich schon der Detective angerufen und mir die Ohren vollgeheult. Ich musste es posten. Damit die Leute es sehen.«

»Aber ist das das Foto, das dir die Entführer geschickt haben?«

»Natürlich. Dachtest du etwa, ich hätte es selbst geschossen?«

»Nein, es ist nur … Habt ihr nur das eine bekommen?«

»Ich habe jetzt wirklich keine Zeit, Eric. Ich muss mit den Leuten reden, die die Spendensammlung organisieren; es gibt irgendein Problem mit dem Geld. Und der Entführer könnte jeden Augenblick anrufen.«

»Aber es ist wichtig ...«

Sie legte auf.

Er starrte das Bild noch einmal an und war sich ganz sicher. Dann wählte er den Notruf.

Kapitel 52

»Was ist, wenn sie sie nicht gehen lassen?«, fragte Brian.
»Sie werden sie gehen lassen. Das ist in ihrem Interesse.« Abby war leicht abgelenkt.

Sie lehnten sich etwa drei Kilometer von der Tillman-Farm entfernt an die Motorhaube ihres Wagens und warteten auf Wong und Leonor. Wong hatte sich einverstanden erklärt, allein zur Farm zu fahren und Otis zu sagen, es könnte sich bei dem tätowierten Glatzkopf, den Leonor gesehen hatte, um einen Verdächtigen im Entführungsfall handeln. Sie mussten Leonor aufs Revier holen. Abby glaubte, Otis werde sich kooperativer erweisen, wenn sich das NYPD diesmal raushielt, da er der Ansicht war, die Polizei des Suffolk County in der Tasche zu haben.

Aber tief in ihrem Herzen teilte sie Brians Befürchtung. Was sollten sie tun, wenn Otis Leonor verbot, die Farm zu verlassen. Wenn sie nicht mitkommen wollte, gab es nichts, was sie dagegen unternehmen konnten.

Wong hatte zuversichtlich gewirkt, dass sie den Anschein erwecken konnte, es sei im Interesse aller Beteiligten, wenn das NYPD Tillman endlich in Ruhe ließ. Sie wollte andeuten, dass das NYPD keinen Grund mehr hatte, Karl festzuhalten, wenn Leonor den tätowierten Glatzkopf erst einmal identifiziert hatte.

Otis musste doch mehr an seinem Neffen liegen als an einem Mädchen, das es wagte, ihn zu unterbrechen.

Vielleicht aber auch nicht.

»Wenn sie nicht mit uns kommen will, können wir sie dann nicht einfach … dazu zwingen?«

»Nein. Damals in den Siebzigern war so etwas üblich. Menschen entführten Sektenmitglieder und sperrten sie an einem sicheren Ort ein, manchmal über Wochen, um die Programmierung mit Gewalt rückgängig zu machen. In vielen Fällen hat das jedoch eher geschadet als genutzt. Selbst wenn der Vorgang gelang, war er ein traumatisches Erlebnis für die jeweilige Person. Außerdem ist es illegal. Nein, sie muss schon freiwillig mitkommen.«

»Ja, aber …«

»Da.« Abby zeigte nach vorn, als Wongs Wagen um die Kurve bog. Die Sonne spiegelte sich in der Windschutzscheibe, und Abby kniff die Augen zusammen.

»Leonor ist bei ihr.« Brian klang erleichtert.

»Ja.« Abby grinste. »Bist du bereit?«

»Schätze schon.« Er hörte sich nicht sehr überzeugt an. »Das war vorhin wirklich mein Ernst. Leonor hört nie auf mich. Ich bin nur ihr blöder kiffender Bruder.«

»Du musst sie nur überzeugen, mich anzuhören«, sagte Abby. »Den Rest übernehme ich.«

Wong hielt am Straßenrand und sagte etwas zu Leonor. Dann stieg sie aus, ging ein paar Schritte zur Seite und blieb neben einem großen Baum stehen. Sie lehnte sich daran und zündete sich eine Zigarette an.

Abby trat zu ihr. Wong hielt ihr die Zigarettenschachtel hin, aber Abby lehnte ab.

»Lieutenant Mullen«, sagte Wong mit monotoner Stimme. »Schön, Sie hier zu sehen. Was für ein erstaunlicher Zufall.«

Abby drehte sich um und beobachtete, wie Brian zu Wongs Wagen ging und Leonor zuwinkte. Leonor lächelte verwirrt, aber Abby zweifelte nicht daran, dass sie überglücklich war, ihren Bruder zu sehen.

»Was haben Sie zu ihr gesagt?«

»Genau das, was wir vereinbart hatten. Sie soll mich angeblich aufs Revier begleiten, um sich einige Polizeifotos anzusehen. Sie hat geweint, als ich aufgetaucht bin.«

»Was? Warum?«

»Das weiß ich nicht. Sie hatten eben das gemeinsame Mittagessen beendet. Sie kam allein aus dem Speisesaal.«

»Hat sie um Erlaubnis gebeten, die Farm verlassen zu dürfen?«

»O ja. Sie ging direkt zu Otis und hat ihn in meinem Beisein gefragt. Er hat es ihr erlaubt und mir zu verstehen gegeben, dass er einige Leute anrufen wird, wenn sie in ein paar Stunden nicht wieder zurück ist. Er sagte, sie stünde ›unter seinem Schutz‹.« Wong stieß die letzten Worte angeekelt hervor.

»Was werden Sie tun, wenn sie mich begleitet und Ihr Boss einen wütenden Anruf vom County Executive bekommt, der wissen will, wo Leonor steckt?«, fragte Abby und beobachtete die Geschwister, die sich unterhielten. Brian schüttelte den Kopf und zeigte über seine Schulter.

»Ich werde erklären, dass wir zusammen aufgebrochen sind, sie jedoch auf halbem Weg ihre Meinung geändert hat und unbedingt aussteigen wollte.« Wong zuckte mit den Achseln. »Keine Sorge, meine Karriere wird das überstehen.«

»Danke, dass Sie dazu bereit waren.«

Wong schenkte ihr ein angespanntes Lächeln. »Ich mache das nicht für Sie, Mullen, sondern für dieses Mädchen. Ich tue das, damit sie nicht wie Ruth endet.«

Leonor stieg aus Wongs Wagen und schien stinksauer zu sein. Brian winkte Abby zu sich.

»Viel Glück«, sagte Wong.

Abby ging lächelnd auf die beiden zu. »Hi, Leonor. Schön, dich …«

»Sie haben zehn Minuten«, fiel ihr Leonor mit eisiger Stimme ins Wort. »Dann verschwinde ich.« Ihre Augen waren noch immer verquollen.

»Es sieht aus, als hättest du geweint«, stellte Abby fest.

»Darüber reden wir nicht. Brian sagte, dass Sie etwas von mir wollen. Also raus damit!«

Abby zuckte mit den Achseln. »Das ist nicht weiter wichtig. Ich wollte nur einige Details in Bezug auf das, was du gesehen hast, abklären. Warum hast du geweint?«

»Du weinst doch sonst nie.« Brian starrte zu Boden. »Es muss schon etwas echt …«

»Halt die Klappe, Brian«, fuhr Leonor ihn an. »Es war unwichtig. Nur ein Missverständnis.«

»Du musst wissen, dass ich in einer religiösen Gemeinschaft geboren wurde«, sagte Abby. »Ich war dort sehr glücklich. Aber unser Prediger stand unter großem Stress. Manchmal schlief er kaum. Und er fuhr schnell aus der Haut.« Abby schnippte mit den Fingern. »Er schrie jemanden während des Gebets an. Einfach so, und aus vollem Hals.«

Leonor erwiderte nichts.

»Einmal bin ich an einen Ort gegangen, an dem ich nichts zu suchen hatte.«

Eine nicht verriegelte Tür. Sie wollte nur mal einen Blick hineinwerfen. Niemand würde es je erfahren. Sie drückte sie weit genug auf, um reinschauen zu können, und sah gestapelte dunkle Pakete. Seltsame Gläser und Töpfe. Und Waffen.

»Er schrie mich eine gefühlte Stunde lang an. Vor allen anderen.« Zu Abbys Überraschung schnürte es ihr die Kehle zu. Selbst nach all dieser Zeit war die Erinnerung schmerzhaft. »Es kam mir vor wie das Ende der Welt. Danach wollte keiner mit mir reden. Die anderen haben mich keines Blickes gewürdigt.«

Brian blinzelte schockiert. Aber in Leonors Augen sah sie etwas anderes. Leonor wusste, wovon sie sprach. Sie hatte vor Kurzem etwas Ähnliches erlebt.

Abby blinzelte und räusperte sich. »Er stand unter großem Stress, das war alles. Das hat er später zu mir gesagt. Abgesehen davon, war ich glücklich. Ich hatte ein Ziel. Kannst du dir eine Siebenjährige vorstellen, die ein Ziel hat?«

»Was war Ihr Ziel?«, wollte Brian wissen.

»Ich sollte die Mutter der Kinder des Messias werden. Und sie würden alle geflügelte Engel sein. Meine Eltern waren begeistert.«

»Ihre Eltern haben das geglaubt?« Leonor schien ihren Ohren nicht trauen zu wollen.

»Anfangs nicht. Meine Mutter war sehr gebildet. Sie war Kinderärztin. Und mein Vater war Ingenieur. Aber sie haben nach spirituellem Wachstum gesucht und für eine Woche einen Workshop besucht. Nur aus Spaß. Er fand draußen im Wald statt, fernab von ihren Freunden und ihrer Familie. Sie konnten dort nicht so gut schlafen, weil sie sich die ganze Zeit weiterbildeten. Bei dem Workshop ging es darum, neue Interpretationen des Alten Testaments zu finden. Und nach ein paar Tagen, in denen sie kaum geschlafen und sehr viel mit den anderen Gläubigen gesprochen hatten, erlebten sie beide einen Augenblick der Erleuchtung. Das überzeugte sie, sich für einen weiteren längeren Workshop anzumelden.« Abby zuckte mit den Achseln. »Eins führte zum anderen, und ich wurde in eine Sekte hineingeboren und glaubte, ich würde Engel gebären.«

»Das ist ja verrückt«, meinte Brian. Leonor nickte nur, hielt jedoch den Mund.

»Ist es das?«, entgegnete Abby. »Jedenfalls war ich bis zum Ende glücklich.«

»Was war denn am Ende?«, wollte Leonor wissen.

»Die Polizei tauchte auf, um unseren Prediger zu verhaften. Wie sich herausstellte, hatten unsere Gemeindemitglieder unter seiner Leitung Heroin hergestellt und verkauft. Die Polizei führte eine Razzia auf dem Gelände durch. Vielleicht habt ihr schon davon gehört. Der Name des Predigers lautete Moses Wilcox.«

»Moses Wilcox«, wiederholte Leonor staunend. »Das Wilcox-Massaker?«

»Du hast also davon gehört. Die Polizei wollte die Tür einschlagen, da hat mir Wilcox eine Waffe an den Kopf gehalten und mich gezwungen, ihr zu sagen, dass er mir den Schädel wegpustet, wenn sie reinkommt. Ich muss sehr überzeugend gewesen sein. Die Polizei blieb auf Abstand, und Moses nutzte die Zeit, um den Speisesaal in Brand zu stecken. Wir hatten zwei große Kochstellen darin, die explodierten. Nur drei von uns haben überlebt.« Abby zog ihren Kragen herunter und zeigte ihnen die Narbe. »Die Brandnarbe ist nie richtig verheilt.«

»Warum erzählen Sie mir das?«, fragte Leonor.

Abby zuckte mit den Achseln. »Ich bin sehr für starke Überzeugungen und ein Ziel im Leben. Immerhin spende ich jeden Monat Geld an Greenpeace. Aber manche dieser Gruppen können anderen Schaden zufügen. Man muss wachsam bleiben. Sich schlau machen. Hast du dich über Otis Tillmans progressive christliche Gemeinde informiert?«

»Ich bin nicht blöd; ich würde keiner Sekte beitreten.«

»Das habe ich auch nicht behauptet. Meine Eltern waren wie gesagt auch nicht dumm. Und Brian macht sich Sorgen um dich.«

»Das muss er nicht«, sagte Leonor etwas zu schneidend.

»Du bist vor einem Jahr ausgezogen, um dich dieser religiösen Gruppe anzuschließen«, erklärte Brian. »Seitdem haben wir zweimal miteinander telefoniert. Früher haben wir uns ständig unterhalten. Würdest du dir an meiner Stelle denn keine Sorgen machen?«

»Ich würde dir vertrauen, wenn du sagst, dass es das Richtige für dich ist«, fauchte Leonor.

»Okay, cool«, erwiderte Brian. »Aber das hast du nicht gesagt. Ich hab eine Heidenangst, Leonor. Ich möchte nur einen oder zwei Tage mit dir verbringen und mich vergewissern, dass es dir gut geht.«

»Ich gehe nicht zurück zu Mom und Dad«, sagte sie sofort.

»Das musst du auch nicht«, meinte Abby. »Ich kenne einen Ort, an dem ihr bleiben und reden könnt. Erzähl uns von dieser Gruppe. Überzeug uns davon, dass sie nicht destruktiv ist. Du kannst jederzeit gehen. Und du bekommst die Gelegenheit, ein paar Tage mit deinem Bruder zu verbringen.«

Sie sah die Sehnsucht in Leonors Augen. Das Mädchen hatte Brian vermisst und wollte Zeit mit ihm verbringen.

»Ich kann nicht«, behauptete Leonor.

»Wieso nicht?« Brian wurde langsam wütend.

Abby warf ihm einen warnenden Blick zu. »Was glaubst du denn, was passiert, wenn du uns begleitest?«, fragte sie. »Was wäre das Schlimmste, das du dir vorstellen kannst? Du vertraust deinem Bruder doch, oder nicht?«

»Ihm schon, Ihnen nicht.«

»Das klingt für mich, als würdest du glauben, ich wollte dich in eine Falle locken.« Abby gab sich ganz entspannt. »Wie kann ich dich vom Gegenteil überzeugen?«

Leonor überlegte. »Ich fahre mit meinem Bruder mit«, entschied sie. »Nicht mit Ihnen. Sie begleiten uns nicht.«

»Das habe ich auch gar nicht vor. Ich muss zur Arbeit.«

»Wir halten bei dem Ort, den Sie vorgeschlagen haben, und wenn es mir da nicht gefällt, fahren wir weiter.«

»Kein Problem.« Abby entging die Angst in Leonors Augen nicht. »Ich sagte ja bereits, dass du gehen kannst, wann immer du willst.«

»Was ist mit Detective Wong? Sie will doch, dass ich den Mann identifiziere, den ich gesehen habe.«

»Das kann warten. Bist du damit einverstanden, Brian?«

»Klar. Geben Sie mir einfach die Adresse.«

Abby nannte ihnen die Adresse ihrer Eltern. Brian und Leonor stiegen in seinen Wagen und fuhren weg. Abby sah zu Wong hinüber und reckte einen Daumen in die Luft, und zum ersten Mal, seitdem sie Wong kannte, lächelte diese breit. Dann setzte sich Abby in ihren Wagen und fuhr Brian hinterher.

Auf dem Weg rief sie ihre Mutter an, die sofort ans Telefon ging.

»Hallo, Schatz.«

»Sie kommen, Mom. Ich werde sie nicht begleiten. Ich muss mich bei der Taskforce melden.«

»Ich bereite das Gästezimmer vor.«

»Mach nichts, was ihr das Gefühl gibt, gefangen zu sein. Ich habe ihr versichert, dass sie jederzeit gehen kann.«

»Dann lege ich die Fesseln wieder weg.«

»Das ist nicht witzig, Mom.« Abby grinste trotzdem. »Hast du Ben bei Steve abgesetzt?«

»Ja. Und du musst dringend mit Sam reden. Sie ist sehr wütend.«

»Das ist deine Schuld.«

»Sie ist wütend, weil du fast das ganze Wochenende nicht mit ihr gesprochen hast, nicht wegen der blöden Schlange.«

»Ich rede nachher mit ihr.« Abby hatte deswegen starke Schuldgefühle.

Brians Wagen scherte abrupt nach links aus.

»Was zum …«

Zu ihrem Entsetzen schien der Wagen außer Kontrolle zu geraten. Ein entgegenkommender Bus hupte mehrfach, und Abby konnte nur zusehen, wie der Busfahrer noch anzuhalten versuchte, bevor er gegen das Auto prallte, aber er war schon zu nah und fuhr zu schnell. Doch im letzten Moment riss Brian das Lenkrad nach rechts herum und raste auf den Seitenstreifen.

»Scheiße!«, brüllte Abby.

Brian schaffte es, einigen Bäumen auszuweichen, aber der rechte Seitenspiegel wurde zertrümmert, als der Wagen zu dicht an einem Baumstamm vorbeifuhr. Endlich blieb der Wagen in einer Staubwolke stehen.

»Ist alles in Ordnung, Abby?«

»Ich rufe gleich wieder an, Mom.«

Abby stoppte hinter Brians Wagen, sprang aus dem Auto und rannte zur Beifahrerseite.

»Ist alles in Ordnung?«, stieß sie hervor.

Auf Brians Wange zeichneten sich drei lange, blutige Kratzer ab. Leonor zitterte und war kreidebleich geworden.

»Ja ... ja«, stammelte Leonor. »Wir ... O Gott, wir hätten beinahe einen Unfall gebaut.«

»Was ist passiert?«, wollte Abby wissen.

»Nichts.« Brian rieb sich die Wange und starrte das Blut an seinen Fingern an. »Nichts Schlimmes.«

»Ich ... ich habe ihn gekratzt«, gestand Leonor.

Abby beäugte das Mädchen. Leonor wirkte verängstigt, schien jedoch keine ausgemachte Panikattacke zu haben. Sektenanführer jagten ihren Mitgliedern häufig Angst ein, indem sie ihnen von ungeahnten Schrecken erzählten, die ihnen zustießen, falls sie die Sekte je verließen. Welche Lügen hatte Otis Leonor eingetrichtert? Was immer es auch war, das Mädchen würde nicht darüber sprechen. Jedenfalls nicht jetzt.

Abby holte tief Luft und senkte die Stimme. »Du darfst nicht vergessen, dass du dir nur einen Tag freinimmst, um ihn mit deinem Bruder zu verbringen. Hast du verstanden, Leonor? Du kannst jederzeit zur Tillman-Farm zurückkehren.«

»O… okay.«

»Kannst du weiterfahren, Brian?«

»Klar.« Er wirkte ein wenig mitgenommen, hatte jedoch eine klare, entschlossene Stimme.

»Okay.« Abby entspannte sich und kehrte zu ihrem Wagen zurück. Sie rief erneut ihre Mutter an.

»Was ist passiert, Abby?«

»Mom, wenn Leonor und Brian da sind, sei einfach … behutsam, ja? Dieser Mistkerl Tillman hat eine miese Nummer mit ihr abgezogen.«

Kapitel 53

Eric arbeitete an einem neuen Projekt. Hin und wieder griff er nach der Scotchflasche und nahm einen Schluck.

Ihm drehte sich der Kopf, und er verspürte eine leichte Übelkeit. Normalerweise trank er nicht so viel. Manchmal ein Glas am Abend beim Fernsehen. Aber unter diesen Umständen ging das in Ordnung.

Er suchte nicht länger im Foto von Nathan nach Hinweisen auf eine Bearbeitung. Inzwischen wusste er, dass er keine finden würde. Man hatte ihn zum Narren gehalten. Wie alle anderen auch. Nein, stattdessen hatte er das klassische Disney-Foto von Schneewittchens Stiefmutter, der bösen Königin, gefunden. Sie stand vor dem Spiegel, aber Eric hatte ihr ein Handy in die Hand gedrückt. Er war sehr stolz auf sein Werk, denn bei dem Teil war er noch nicht so betrunken gewesen.

Bei der Bildunterschrift musste er nicht lange überlegen: »Instagram, Instagram in der Hand, wer ist die Schönste im ganzen Land?« Er musste immer noch kichern, wenn er den Satz las, der auf jeden Fall viral gehen würde.

Jetzt versuchte er, das Gesicht der Königin durch Gabrielles zu ersetzen. Das klappte nicht so gut. Wie lautete die Redewendung doch gleich? »Schreibe betrunken, bearbeite nüchtern«? Das war eines dieser Zitate, die man Hemingway zuschrieb, obwohl er das wahrscheinlich nie gesagt hatte. Eric hatte sich für die Nachwelt ein eigenes Zitat zurechtgelegt: »Meme betrunken, photoshoppe nüchtern.« Es war ganz einfach, Gabrielles Gesicht auszuschneiden, aber er ging nachlässig vor; das Licht stimmte ebenso wenig wie die Größe.

Er hatte sie noch dreimal angerufen, aber sie war nicht rangegangen.

Eric musste sich eingestehen, dass er seit Jahren in sie verliebt war.

Dieser Roadtrip, der sie berühmt gemacht hatte, war seine Idee gewesen. Er war sogar gefahren, da Gabrielle damals noch keinen Führerschein gehabt hatte. Auch die meisten Fotos stammten von ihm, und er hatte sie bearbeitet. Dafür hatte er nie Geld verlangt – damals hatte sie keins besessen; ihre Familie kam gerade so über die Runden. Aber auch danach hatte er nie um eine Bezahlung gebeten.

Vermutlich war das dumm gewesen. Er war eben ein Trottel.

Jemand klopfte an seine Tür. Gabrielle? Natürlich nicht. Wie erbärmlich. Selbst jetzt sehnte er sich noch danach.

Dann fiel ihm wieder ein, dass er die Frau am Notruf gebeten hatte, den Detective vorbeizuschicken. Weil er ihm etwas zeigen wollte.

Er taumelte zur Tür und sah durch das Guckloch. Es war keiner von beiden.

Schwankend öffnete er die Tür. »Hallo. Was …«

Eine schnelle Bewegung in der Dunkelheit, ein brutaler Stoß. Ein plötzlicher, stechender Schmerz in Erics Oberkörper, der ihm den Atem raubte. Keuchend wich er einige Schritte zurück und versuchte unbeholfen, den Mann wegzustoßen. Doch der Mann hielt Eric fest und zog ihn grunzend an sich. Eric stolperte und fiel nach vorn auf seinen Angreifer, dessen Beine unter dem Gewicht nachgaben. Sie gingen beide zu Boden.

Erics Brust schien in Flammen zu stehen. Er rollte sich von dem Mann herunter und taumelte zur Seite, aber da war dieses entsetzliche Pochen in seiner Brust. Irgendetwas stimmte nicht. Er blickte an sich hinunter.

Ein Messer ragte aus seinem Körper. Er umklammerte schwach den Griff, wollte es rausziehen und stieß einen leisen Schrei aus. Das Messer steckte fest.

Aber jetzt war auch der Mann wieder auf den Beinen und stürzte sich auf ihn. Er packte den Messergriff und zerrte daran. Eric stöhnte vor Schmerz und versuchte, die Hand wegzudrücken. Das Messer rührte sich nicht, aber jedes Mal, wenn der Mistkerl daran rüttelte, schien sein Innerstes noch mehr zerfetzt zu werden.

Er kratzte und trat den Mann und schaffte es, von ihm wegzukommen. Inzwischen konnte er nur noch kriechen und hielt auf die Haustür zu. Er musste hier weg.

Etwas traf seinen Hinterkopf, und er sackte in sich zusammen. Das Messer kam zuerst am Boden auf und wurde durch sein Körpergewicht noch weiter in ihn hineingedrückt. Er schrie auf, wollte nur noch, dass der Schmerz aufhörte, dass ihm jemand half, konnte diese Qualen nicht länger ertragen.

Kapitel 54

Abby saß Samantha gegenüber am Tisch des kleinen Cafés. Die anderen Gäste um sie herum plauderten, aßen zu Abend und amüsierten sich.

Samantha und Abby plauderten nicht und amüsierten sich erst recht nicht. Ganz im Gegenteil. Abby litt vielmehr Höllenqualen.

Unbeherrschtheit gehörte nicht zu Samanthas Makeln. Sie wurde nur selten wütend. Manchmal war sie gereizt, was jedoch nie eskalierte. Stattdessen neigte Samantha zu einer Art andauerndem brodelndem Zorn, der in ein tobendes Inferno ausarten konnte, wenn man nichts dagegen unternahm.

Abby vermutete, dass Samantha zu dem Zeitpunkt, in dem sie wegen der Schlange aus dem Haus gestürmt war, höchstens eine starke Verärgerung verspürt hatte. Doch statt das Problem zu lösen, indem sie die Schlange loswurde, hatte Abby ihren neuen Mitbewohner gewähren lassen. Und anstatt mit Samantha zu reden und zu versuchen, sie zur Vernunft zu bringen und sie mit Plattitüden und dem Bekenntnis, dass sie ihre Tochter sehr vermisste, zu besänftigen, hatte Abby Samantha das ganze Wochenende ignoriert.

So war die Verärgerung immer heftiger geworden und schließlich übergekocht.

Aus Erfahrung wusste sie, dass Samantha jeden Augenblick, in dem ihr Unrecht geschehen war oder man ihr geschadet hatte, noch einmal durchlitt. Sie fügte diese Erinnerungen ihrem bestehenden Zorn hinzu. Inzwischen konnte sie wütend sein, weil Abby mal vergessen hatte, sie vom Schwimmbad abzuholen, wegen dieses einen Tags, an dem Abby sie vor ihrer Freundin beschämt hatte, oder wegen irgendeines anderen mütterlichen Versagens, das sich Abby im Laufe der Jahre hatte zuschulden kommen lassen.

Als Abby vor Steves Tür aufgetaucht war, hatte sich Samantha geweigert, mit ihr zu sprechen oder sie auch nur anzusehen. Notgedrungen hatte Abby katzbuckeln müssen, nur um ihr mit dem Vorschlag, alles in einem nahe gelegenen Café zu besprechen, ein Knurren abzuringen. Samantha war absichtlich überfreundlich zu ihrem Vater gewesen und *hatte ihm sogar einen Abschiedskuss gegeben.* Dann hatte sie auch die Kellnerin mit übertriebener Freundlichkeit behandelt und sie mit Fragen zur Speisekarte bestürmt, um sich schließlich nach deren Lieblingsgericht zu erkundigen. Während sie ihre Mutter die ganze Zeit ignorierte.

Abby bekam die volle Packung ab, und das ging in Ordnung – sie wusste, dass sie es verdient hatte.

Sie würde Samantha den Vortritt lassen. Es war wichtig, ihr das Gefühl zu vermitteln, dass ihre Mutter ihr wirklich zuhörte. Abby lehnte sich mit entschuldigender Miene zurück, hielt die Hände an den Seiten und signalisierte mit dem ganzen Körper: *Gib's mir.*

Samantha mahlte mit den Kiefern und verschränkte die Arme.

Eine Minute. Zwei Minuten. Fünf. Abby wusste, dass ein Mensch Schweigen nur über bestimmte Zeit ertragen konnte. Irgendwann brach er. Und Samantha war ein geselliger Mensch und redete gern. Sie würde schon anfangen.

Zehn Minuten. Die Kellnerin kam und stellte eine Tasse Kaffee und ein Plunderstück vor Abby und ein frittiertes Tofusandwich vor Samantha.

»Guten Appetit«, sagte sie dazu.

»Herzlichen Dank.« Samantha strahlte sie an. »Es sieht köstlich aus.«

Die Kellnerin erwiderte das Lächeln und ging wieder. Samantha fing an zu essen und ignorierte ihre Mutter.

Okay, warten war wohl doch keine so gute Strategie. Abby beschloss, die Taktik zu ändern und anzufangen.

»Es macht ganz den Anschein, als wärst du wütend auf mich«, sagte sie.

»Ich bin wütend auf dich?« Samantha wiederholte Abbys Worte leidenschaftslos und biss in ihr Sandwich.

»Wie kann ich dir helfen, mir zu vergeben?« Eine offene Frage, die Samantha dazu bewegte, den Standpunkt ihrer Mutter einzunehmen.

»Ich weiß es nicht, Mom. Was sollte ich deiner Meinung nach tun?«

Okay, so funktionierte das auch nicht. Abby verlor die Geduld. »Würdest du bitte aufhören, meine Worte zu wiederholen?«

Sam legte ihr Sandwich vorsichtig auf den Teller und bekam rote Wangen. »Das hängt davon ab, ob du damit aufhören kannst, mich wie einen deiner Fälle zu behandeln.«

»Das mache ich doch …«

»Doch, das tust du. Du redest mit mir, als würde ich eine Geisel mit einer Waffe bedrohen oder wollte von einem Gebäude springen. Ich bin kein drogensüchtiger Psycho, okay, Mom?«

»Na, was soll ich denn dann sagen?«

»Ich will überhaupt nicht, dass du etwas sagst! Du hast mich das ganze Wochenende nicht angerufen. Heute ist Montag. Du hast nicht mal gefragt, wie mein Mathetest gelaufen ist! Ich habe mich gestern mit Julia gestritten, aber das kannst du ja nicht wissen, weil du nicht ans Telefon gegangen bist. Ich musste mit Dad darüber reden.«

»Das tut mir sehr leid, Sam, aber ich arbeite an einem sehr wichtigen Fall. Ein Kind könnte ums Leben kommen, wenn ich meine Sache nicht richtig mache. Also komm damit klar! Mir ist bewusst, dass das nicht schön ist, aber deine Mutter ist eben auch Polizistin, und das hat manchmal Vorrang.«

Sie atmeten jetzt beide schwer. Ein Teil der anderen Gäste starrte sie an, während ein anderer Teil bewusst wegsah.

Sam hob ihr Sandwich hoch und biss hinein. »Du solltest was essen«, sagte sie mit vollem Mund.

Abby biss herzhaft in ihr Plunderstück und kaute erbittert. Steve rief manchmal eine ganze Woche lang nicht an, aber in den Augen der Kinder gab er sein Bestes. Verdammt sollten sämtliche Väter mit ihrer Doppelmoral sein. Wenn Steve lange arbeitete und nur für eine halbe Stunde aufkreuzte, um seine Kinder halbherzig zu fragen, wie ihr Tag war, galt er als überarbeiteter Vater, der trotzdem Zeit für seine Kinder fand. Aber wenn Abby im wahrsten Sinne des Wortes Leben rettete und deswegen nicht anrief, war sie die Mutter, die ihre Kinder vernachlässigte.

Einmal, als sie und Steve noch verheiratet gewesen waren, hatte Samantha mitten in einem Einkaufszentrum eine Szene gemacht, weil sie unbedingt ein Stofftier haben wollte. Als Abby versuchte, sie zu beruhigen, warfen ihr alle angewiderte Blicke zu, weil sie die Mutter war, die es nicht auf die Reihe bekam. Irgendwann nahm Steve Sam auf den Arm, die immer noch schrie, und erntete Bewunderung, denn er war ein toller Vater, der versuchte, seine Tochter zu beruhigen. Abby hatte ihm das nie verziehen, obwohl sie genau wusste, dass er überhaupt keine Schuld an der Sache hatte.

»Mit Ben ziehst du so was nie ab«, sagte Samantha. »Ihn behandelst du immer, als hätte er eine Sprengstoffweste an.«

»Ben macht auch immer, was ich ihm sage.«

Samantha zuckte mit den Achseln. »Ich eben nicht. Also fang nicht an, mich wie einen Geiselnehmer zu behandeln. Schrei mich an.«

»Würde das helfen?«

»Nein, dann werde ich auch wütend und schreie zurück und wir streiten uns, aber ich hätte wenigstens nicht das Gefühl, dass meine Mom mit mir umgeht wie mit einem Terroristen.«

»Okay.« Abbys Schuldgefühle machten sich überdeutlich bemerkbar, und sie wäre beinahe in Tränen ausgebrochen. Samantha hatte recht; sie behandelte ihre Tochter in der Tat wie einen potenziellen Selbstmörder oder einen ausgetickten Junkie. Sie hatte geglaubt, das sei der beste Weg, um mit Samantha und ihren Stimmungsschwankungen umzugehen. Aber dafür war Samantha zu schlau. Sie merkte, was Abby da versuchte.

»Wie lief dein Mathetest?«

»Ganz gut, Mom.«

»Weswegen hast du dich mit Julia gestritten?«

»Das ist unwichtig.« Samantha verspeiste den letzten Rest ihres Sandwichs. »Das Kind, das du erwähnt hast, ist das Nathan Fletcher?«

»Du hast von ihm gehört?«

Samantha zuckte mit den Achseln. »Klar. Die sozialen Medien sind voll davon. Gabrielle Fletcher ist schon beinahe berühmt. Ich meine, noch mehr als sonst. Hast du sie kennengelernt?«

»Ja, ich bin ihr ein paarmal begegnet.«

»Wie ist sie so?«

»Sie ist ein egozentrisches, impulsives Mädchen.«

Samantha grinste. »Ja, das hab ich mir gedacht. Wusstest du, dass es online heißt, Nathan würde sich nur irgendwo verstecken und Gabrielle macht das alles bloß, um mehr Follower zu bekommen?«

»Das stimmt nicht«, erwiderte Abby. »Nathan wurde wirklich entführt.«

»In Florida gab es mal so eine Fitnesstante, die die Entführung ihrer Tochter vorgetäuscht hat«, merkte Samantha an.

»Das wusste ich ja gar nicht.« Abby staunte.

»Und ich weiß auch von einer total berühmten Gamerin, die ihre Verhaftung inszeniert hat. Okay, ich bin mir nicht sicher, ob sie nicht wirklich verhaftet wurde, aber es hörte sich irgendwie dubios an. Und dann ist da noch Marina Joyce.«

»Wer?«

»Das ist eine YouTuberin, von der alle dachten, sie wäre entführt worden, weil sie in einem ihrer Videos sehr verängstigt wirkte. Sie hat ein Livevideo gemacht und allen versichert, dass es ihr gut geht, aber die Leute drehten nur noch mehr durch und bildeten sich ein, in diesem Video Hinweise darauf zu entdecken, dass sie tatsächlich entführt wurde und ihren Fans irgendwelche Signale zu schicken versuchte.« Samantha grinste. »Viele meinten, sie hätte das auch mit Absicht und wegen der Publicity gemacht. Lies es mal nach, das ist eine verrückte Geschichte.«

»Wie alt klinge ich, wenn ich euch Kindern sage, dass ihr zu viel Zeit online verbringt?«

»Um die zweihundert.«

»Das kann sogar stimmen.« Abbys Handy klingelte. Carvers Name stand auf dem Display. Sie warf Sam einen betretenen Blick zu. »Ich muss da rangehen. Es dauert auch nicht lange.«

»Wie du meinst.«

Sie seufzte schwer. »Hey.«

»Hey, Abby.« Er hörte sich müde an. »Dieser Eric, der Freund von Gabrielle Fletcher, hat versucht, mich zu erreichen.

Er hat eine Nachricht bei der Zentrale hinterlassen. Ich habe mehrmals zurückgerufen, aber er geht nicht ran. Außerdem bin ich drauf und dran, Liams Kunden von letzter Woche zu befragen. Könnten Sie mal mit diesem Eric sprechen oder bei ihm vorbeifahren und sich erkundigen, was er will?«

»Natürlich. Schicken Sie mir seine Nummer und seine Adresse.«

»Danke.«

»Gibt's Neuigkeiten?« Sie warf Samantha einen Blick zu, um sich zu vergewissern, dass sie nicht erneut vor sich hin brütete, aber ihre Tochter tippte auf ihrem Handy herum.

»Wir haben Liam Washingtons Kreditkartenabrechnung. Er hat in einem Restaurant namens Dallas Barbecue in der Bronx am Samstagabend um 21.45 Uhr einen Burger und Pommes frites gegessen.«

»Okay.«

»Das passt zum Mageninhalt. Laut der Rechtsmedizin liegt die Todeszeit also zwischen 22.30 Uhr und Mitternacht. Turner ist hingefahren, um sich nach Aufnahmen von Überwachungskameras zu erkundigen oder ob ihn zufällig jemand gesehen hat. Vielleicht hat er sich dort mit jemandem getroffen.«

»Einem Komplizen?«

»Gut möglich.« Carver klang skeptisch. »Hat Will mit Ihnen über Nathans Zimmer gesprochen?«

»Sie meinen das nachgebaute?«

»Ja. Er hat mir ein paar Bilder geschickt. Das ist doch völlig verrückt. Sie haben doch tatsächlich Nathans Bilder nachgemacht. Oder ihn gezwungen, sie noch mal zu malen. Keine Ahnung. Was halten Sie davon?«

»Na ja … Wer immer das getan hat, ist hochgradig besessen. Das könnte ein Versuch sein, Nathan zur Kooperation zu bewegen.«

»Etwas Ähnliches ging mir auch durch den Kopf.«
»Es ist in jedem Fall eine gute Nachricht.«
»Wieso das?«
Sie schaute kurz zu Sam und senkte die Stimme. »Sie hätten sich die ganze Mühe nicht gemacht, wenn sie von vorneherein geplant hätten, Nathan einfach umzubringen. Das lässt darauf schließen, dass sie ihn am Leben halten wollen.«
»Hm. Ja, das klingt logisch. Ich freue mich momentan über jede gute Nachricht.«
»Gern geschehen. Ich muss jetzt auflegen. Ich bin mit meiner Tochter …«
»Schon okay. Sagen Sie mir Bescheid, was Eric wollte.«
»Mach ich. Tschüss.« Sie legte auf.
Kurz darauf bekam sie eine Nachricht mit den Informationen zu Eric. Abby rief ihn gleich an, aber er ging nicht ran. Sie überprüfte die Adresse und stellte erleichtert fest, dass sie auf dem Heimweg von Steve keinen großen Umweg machen musste. Eigentlich wollte sie es nur schnell hinter sich bringen und ins Bett.
»So«, meinte sie. »Ist alles wieder cool?«
Samantha blickte von ihrem Handy auf. »Nein, aber wir sind auf dem besten Weg. Und sag bitte nicht cool. Dabei bekomme ich eine Gänsehaut. Ach ja, ich brauche ein paar Sachen aus meinem Zimmer. Kannst du sie mir mitbringen, wenn du Ben bei Dad abholst?«
»Dann kommst du Mittwoch nicht mit nach Hause?«
Sam sah ihr in die Augen. »Ist die Schlange noch da?«
»Ja.«
»Dann komme ich nicht mit dir nach Hause.«
»Du kannst nicht bei deinem Dad bleiben, Sam.«
»Wer sagt das?«
Abby seufzte. »Und ich hatte überlegt, dir diese elektrische Geige zu kaufen, von der du so geschwärmt hast.«

Sam ließ das Handy sinken. »Versuchst du, mich zu erpressen?«

»Könnte es denn funktionieren?«

Sam überlegte. »Wenn du mir noch eine zweite Geigenstunde pro Woche spendierst.«

»Okay«, gab Abby fröhlich nach. »Abgemacht.« Ihre Mutter würde die Geige und die Stunden bezahlen. Abby konnte sich das nicht leisten, aber ihre Mutter hatte ihr die ganze Sache auch erst eingebrockt.

Samantha nickte und grinste zufrieden. »In Ordnung. Ich komme am Mittwoch mit nach Hause. Musst du noch arbeiten?«

»Eigentlich nicht. Ich schaue nur noch schnell bei jemandem vorbei und fahre dann nach Hause. Ich bin total erledigt und habe einen langen Tag hinter mir.«

Kapitel 55

Es kam keiner zur Tür, als Abby anklopfte. Gähnend klopfte sie noch einmal und überlegte, nach Hause zu fahren. Sie konnte sich nicht vorstellen, dass Eric wichtige Informationen für sie hatte. In diesem Fall hätte er nicht nur eine Nachricht hinterlassen, sondern wäre zur Polizei gefahren oder hätte Gabrielle davon erzählt.

Abby wählte seine Nummer und wartete. Er ging nicht ran. Sie überlegte, am nächsten Morgen auf dem Weg zu ihrer Mutter erneut hier vorbeizufahren. Ihr Finger schwebte schon über dem Display, um die Verbindung zu beenden, als sie etwas hörte … war das ein Handyklingelton? Sie spitzte die Ohren. Das Geräusch war sehr leise, aber es bestand kein Zweifel daran, dass sie es hörte. Als sie auflegte, hörte es auf.

Sie drückte ein Ohr an die Tür und rief erneut an. Das Handy befand sich im Haus.

Allerdings musste das rein gar nichts zu bedeuten haben. Vielleicht war Eric schnell etwas einkaufen gegangen und hatte sein Handy zu Hause liegen gelassen. Oder er schlief bereits und wurde vom Klingeln nicht wach.

Aber irgendetwas stimmte hier nicht. Sie konnte noch nicht genau sagen, was es war, doch das war unwichtig. Schließlich wusste sie aus Erfahrung, dass sie ihrem Bauchgefühl trauen konnte. Möglicherweise lag es an der Stille, die sie beunruhigte. Oder diesen vagen Verbindungen – sein Interview von diesem Morgen, gefolgt von seiner Nachricht. Wer rief denn schon den Notruf und ging dann schlafen oder vergaß sein Handy zu Hause?

Sie zog ihre Waffe und schlich leise durch den dunklen Garten. Im Haus brannte Licht. Vorsichtig spähte sie durch ein Fenster und warf einen Blick in den Raum. Es sah aus wie ein Arbeitszimmer, kombiniert mit einem Heimfitnessstudio. Ein Laufband, auf dem Wäschestücke lagen. Ein Schreibtisch mit einem Computer.

Und im Türrahmen ein klebrig wirkender rötlich-brauner Fleck auf dem schmutzigen Fußboden.

Sie ging zurück zur Tür und drückte den Griff hinunter. Es war nicht abgeschlossen. Leise schob sie die Tür mit der Schulter auf, hatte jetzt beide Hände an der Waffe und hielt sie ganz ruhig.

Hinweise auf einen Kampf, ein umgeworfener Stuhl. Sie atmete flach ein und machte einen Schritt in die Wohnung. Da! Ein regloser Körper, der bäuchlings in einer großen, glänzenden Blutlache lag.

Mit leisen Schritten ging sie zur geschlossenen Badezimmertür. Sie drehte den Türknauf, trat die Tür auf und richtete die Waffe vor sich. Mehrere blutige Fußabdrücke auf dem cremefarbenen Boden. Der Duschvorhang war zugezogen. Sie zog ihn mit einer schnellen Bewegung zur Seite, vergewisserte sich, dass sich niemand dahinter versteckte, und drehte sich dabei schon um, hielt inne, lauschte auf Geräusche.

Als Nächstes kam das Schlafzimmer. Unter dem Bett und im Schrank versteckte sich keiner. Sie warf einen Blick ins Arbeitszimmer, und ihr blieb kurz das Herz stehen, als sie eine menschenartige Silhouette wahrnahm, doch das waren nur ein Mantel und eine Mütze, die an der Wand hingen. Der

Computer war noch an, und ihr Verstand registrierte Gabrielles Gesicht auf dem Bildschirm, während sie weiter überprüfte, ob sich hier jemand verbarg.

Das Haus war sauber.

Sie eilte zu dem Mann am Boden, fühlte seinen Puls und stellte fest, dass sein Herz nicht mehr schlug; die glasigen Augen starrten ins Leere, das Haar war klebrig und feucht. Und überall so viel Blut.

Im nächsten Augenblick war sie auch schon wieder nach draußen gerannt und hatte keine zehn Sekunden später ihren Wagen erreicht. Sie schnappte sich das Funkgerät und drückte eine Taste.

»Zentrale, hier Lieutenant Abby Mullen. Ich habe einen zehn-vierundzwanzig, Mann am Boden. Brauche Verstärkung und einen Arzt.«

Statisches Knistern, dann eine abgehackte, unterbrochene Stimme. »… Position. Wie lautet Ihre Position?«

Abby gab die Adresse durch und wiederholte die Bitte um einen Streifen- und einen Krankenwagen. Es knisterte im Funkgerät, als die Zentrale alle Einheiten in der Gegend bat, sich zu melden, aber Abby blieb nicht beim Wagen. Sie knallte die Tür zu und ging zurück ins Haus. Ihr Herz raste. Sie beugte sich abermals über Eric und suchte nach Lebenszeichen, bemerkte dabei das blutverschmierte Haar, das rote Rinnsal auf seiner Stirn, die zerklüfteten Wunden in seinem Rücken. Es war offensichtlich, dass sie nichts mehr für ihn tun konnte.

Kapitel 56

»Keine Leichenstarre«, teilte Dr. Gomez Abby mit. »Die Leichenflecken zeigen sich gerade erst. Die Körpertemperatur ist noch fast normal. Er ist weniger als drei Stunden tot.«

Abby hielt den Blick auf Gomez gerichtet, um die klaffende Wunde in Eric Laytons Schädel nicht ansehen zu müssen. Der Blutgeruch war kaum zu ertragen. Die glänzende Blutlache rings um das Opfer war noch frisch, und sie mussten aufpassen, um nicht reinzutreten. Abby und Gomez trugen beide Schuhüberzieher und Handschuhe.

Abby ignorierte die Übelkeit, die in ihr aufstieg. Sie hatte schon schlimmere Tatorte gesehen und würde damit klarkommen. »Ist er an der Kopfverletzung gestorben?«

»Das kann ich noch nicht sagen, aber ich bezweifle, dass er sich danach noch bewegen konnte. Er hat ein schweres Schädeltrauma erlitten. Sehen Sie die Knochensplitter?«

»Nein.« Abby wandte bewusst den Blick ab.

Gomez' Miene wurde sanfter. »Sie sind auf jeden Fall da. Der Tod könnte auch aufgrund des starken Blutverlusts eingetreten sein, und der Großteil davon stammt nicht von der Kopfverletzung.«

»Woher dann?«

»Das zeige ich Ihnen gleich.« Gomez sah den Polizeifotografen fragend an. »Sind Sie fertig? Können wir ihn bewegen?«

Der Fotograf nickte. Gomez gab ihren Mitarbeitern ein Zeichen. »Bitte versuchen Sie, nicht in die Lache zu treten.«

Sie traten näher, hoben Erics Leiche hoch, drehten sie um und legten sie mit dem Gesicht nach oben auf die bereitstehende Bahre. Sein T-Shirt war blutgetränkt. Ein zackiger Riss ließ eine weitere tiefe Wunde erkennen.

»Stichwunde in die Brust«, erklärte Gomez. »Wir haben es mit zwei Mordwaffen zu tun. Einer stumpfen und einer Klinge.«

»Es sieht fast so aus, als hätte der Täter ihn auch getreten.« Abby deutete auf einen schwachen, schmutzigen Abdruck auf der Schulter des Opfers. »Sehen Sie? Das könnte ein Fußabdruck sein.«

»Gut möglich«, erwiderte Gomez. »Ich gebe Ihnen Bescheid, wenn ich eine Prellung an der Schulter finde.«

»Wann führen Sie die Autopsie durch?«, erkundigte sich Abby.

»Das kann ich noch nicht sagen, aber wenn dieser Fall mit der Nathan-Fletcher-Entführung in Verbindung steht, wird ihm garantiert oberste Priorität eingeräumt«, erwiderte Gomez. »Also wahrscheinlich morgen Vormittag.«

Die Rettungssanitäter brachten die Leiche raus. Abby stand auf und sah sich im Zimmer um, wobei sie nur flach atmete. Der kupferartige Blutgeruch verklebte ihr langsam die Nasenlöcher. Auf einmal blitzte vor ihrem inneren Auge das Bild von Eric auf, wie er neben Gabrielle Fletcher gesessen und sie getröstet hatte.

Überall waren Blutflecken, auch auf der Arbeitsplatte in der Küche zeichnete sich ein roter Handabdruck ab. Ein Blutspritzer an der Wand. Eric hatte sich gewehrt. Abby sah sich den umgestürzten Stuhl an und fragte sich, ob man Eric damit den Schädel eingeschlagen hatte. Es machte nicht den Anschein; der Stuhl sah sauber aus. Dann fiel ihr eine kleine schwarze Hantel in einer Zimmerecke ins Auge. Die kaufte man doch normalerweise im Zweierpack. Wo war die andere?

»Haben Sie die andere Hantel gefunden?«, fragte sie die maskierte Frau von der Spurensicherung.

Die Frau schüttelte den Kopf. »Bisher nicht.«

Möglicherweise war das die stumpfe Waffe, die der Mörder benutzt hatte. Er hatte Eric das Messer in die Brust gestochen und es dann im Laufe des Kampfes verloren. Also nahm er sich eine von Erics Hanteln und schlug damit zu.

Okay, gut, aber warum? Was hatte Eric getan? Er hatte die Polizei angerufen und gesagt, er habe etwas gefunden, aber woher sollte der Mörder wissen …

Das Interview.

Bei dieser Erkenntnis machte sich ihre Übelkeit umso deutlicher bemerkbar. Der Journalist hatte das Interview mit Eric an diesem Morgen veröffentlicht. Er musste etwas gesagt haben, das die Aufmerksamkeit des Mörders erregt und ihn auf den Gedanken gebracht hatte, Eric könnte etwas wissen, was er nicht wissen sollte. Vielleicht hatte Eric später sogar herausgefunden, was das war. Er hatte die Polizei angerufen und Carver um einen Rückruf gebeten. Nur dass zu der Zeit, als Carver endlich dazu kam, bereits der Mörder aufgetaucht war.

Sie betrat Erics Arbeitszimmer. Ahmed sicherte soeben vorsichtig Spuren auf der Tastatur. Abby betrachtete den Bildschirm, auf dem noch immer zu sehen war, woran Eric zuletzt gearbeitet hatte. Es handelte sich um ein Bild aus Disneys »Schneewittchen und die sieben Zwerge«. Die böse Königin hatte ein Handy in der Hand, und die Bildunterschrift lautete »Instagram, Instagram in der Hand, wer ist die Schönste im ganzen Land?« Gabrielles Gesicht war krude auf das der Königin montiert worden. Auf dem Schreibtisch stand eine halb leere Scotchflasche, aber kein Glas. Eric musste direkt aus der Flasche getrunken haben.

»Nehmen Sie den Computer mit?«, fragte sie.

»Ja«, antwortete Ahmed. »Wir nehmen ihn gleich morgen unter die Lupe. E-Mails, Browserverlauf, Pornoseiten, einfach alles.«

»Wie lange wird das dauern?«

Er zuckte mit den Achseln. »Könnte eine Weile dauern, wenn er seinen Computer oft benutzt hat.«

»Davon gehe ich aus«, meinte Abby.

Sie rief den Fotografen zu sich und bat ihn, ein paar Fotos vom Schreibtisch zu machen und auch vom Bild auf dem Monitor.

Danach fragte sie: »Hätten Sie was dagegen, wenn ich einen ersten Blick auf den Rechner werfe?«

»Brauchen Sie dafür die Tastatur?«

»Vermutlich nicht.«

»Dann habe ich kein Problem damit«, sagte Ahmed. »Tastaturen sind eine wahre Schatzkiste voller toter Hautzellen, Fingernagelfragmenten und Fingerabdrücken.«

»Eine Schatzkiste?« Abby musste wider Erwarten grinsen. »Sie würden einen lausigen Piraten abgeben.«

»Was Sie nicht sagen«, erwiderte Ahmed amüsiert.

Abby bewegte vorsichtig die Maus mit der behandschuhten Hand und sah sich an, woran Eric zuletzt gearbeitet hatte. Sein letztes Projekt war das Foto von Nathan. Sie klickte es an. Das Bild, das die Entführer Gabrielle geschickt hatten und auf dem er die Zeitung in der Hand hielt, wurde aufgerufen. Was hatte Eric wohl davon gehalten?

»Kennen Sie sich mit Photoshop aus?«

»Ein bisschen.«

»Können Sie herausfinden, ob an diesem Computer Veränderungen an diesem Foto vorgenommen wurden?«

»Ich kann es versuchen.« Er nahm ihr die Maus ab und klickte herum. »Keine Veränderungen. Soweit ich es erkennen kann, wurde dieses Foto nicht bearbeitet. Es ist nicht mal eine Projektdatei, sondern nur ein Foto, das er in Photoshop geöffnet hat.«

Sie griff nach der Maus und sah sich die beiden Dateien davor an: Gabi_110219 und Gabi_100219.

Als sie eine anklickte, erschien ein Foto von Gabrielle auf dem Bildschirm. Abby erinnerte sich vage, es auf Gabrielles Instagram-Profil gesehen zu haben. »Wurde dieses Bild verändert?«

Ahmed überprüfte es. »Ja, das hat er bearbeitet. Hier, sehen Sie? vorher – und nachher.« Er wechselte zwischen zwei verschiedenen Thumbnails. Die Veränderungen waren kaum zu erkennen, aber Abby wusste, worauf sie achten musste. Auf dem bearbeiteten Foto war Gabrielle dünner, hatte etwas größere Brüste, eine kleine Hautunreinheit am Hals war verschwunden, die Augenbrauen wirkten auffälliger.

Seufzend öffnete sie den Ordner, in dem sich die Gabrielle-Projekte befanden.

Er enthielt über siebenhundert Dateien.

»Okay«, meinte Abby. »Sagen Sie mir Bescheid, wenn Sie damit fertig sind. Ich muss sie mir vermutlich auch ansehen.«

»Geht klar.« Ahmed brachte vorsichtig ein durchsichtiges Klebeband an der Scotchflasche an, um Fingerabdrücke zu sichern.

»Und rufen Sie mich bitte sofort an, sobald Sie die fehlende Hantel oder ein herumliegendes Messer finden.«

»Geht klar.«

Abby verließ das Zimmer und achtete darauf, nicht in Blut zu treten. Sie folgte den blutigen Fußabdrücken bis ins Badezimmer. Vor dem Waschbecken hörten sie auf. Rosafarbene Wassertropfen zierten das weiße Porzellan. Der Mörder hatte sich nach dem Mord an Eric gewaschen. Sie bemerkte einen Schmutzfleck am Wasserhahn, klebte einen Beweismarker ans Waschbecken und rief den Fotografen zu sich, damit er eine Nahaufnahme des Flecks machen konnte.

Er hatte sich sogar die Zeit genommen, um das Blut von den Schuhen zu entfernen. Wie lange war er nach dem Mord noch hiergeblieben? Zwanzig Minuten? Eine halbe Stunde? Eine Stunde?

Hätte Abby ihn noch im Haus angetroffen, wenn sie früher hergekommen wäre?

Sie mahlte mit den Kiefern und verließ das Badezimmer, wobei sie mit dem durch den Plastiküberzug geschützten Schuh gegen etwas Winziges trat, das über den Boden klapperte. Abby trat näher und sah es sich an. Was war das? Ein Stück Eierschale?

Nein, zu dick. Es war noch ein Schädelsplitter.

Sie richtete sich auf und wollte Ahmed schon darauf aufmerksam machen, als ihr speiübel wurde. Ihr blieben nur wenige Sekunden. Sie stürzte zur Haustür, riss sie auf, machte zwei Schritte und übergab sich in einen Busch am Wegesrand.

»Abby«, sagte Carver hinter ihr. »Alles okay?«

»Ach, verdammt.« Abby wischte sich den Mund ab und starrte den Busch an.

»Ich bin eben angekommen. Ist Eric …«

»Er ist tot.« Abby war wie betäubt und konnte den Blick nicht vom Erbrochenen abwenden. »Unfassbar, dass mir das passiert ist.«

»Machen Sie sich deswegen keine Sorgen«, erwiderte Carver leise. »Ich verrate es niemandem.«

»Das sollten wir aber tun.« Abby zeigte in den Busch. »Ich habe mich gerade auf die Mordwaffe übergeben.«

Auf dem feuchten Boden lag eine schwarze Hantel unter den Überresten von Abbys halb verdautem Plunderstück.

Kapitel 57

Abby warf sich im Bett herum und musste immer wieder an Eric Laytons Leiche auf dem Fußboden denken. Er hatte nur wenige Stunden zuvor angerufen. Wenn sie doch nur eher zu ihm gefahren wäre …

Das Leben eines Polizisten war voller Reue. In Sekundenbruchteilen getroffene Entscheidungen konnten über Leben und Tod entscheiden. Ein Haar, das an einem Tatort nicht richtig beschriftet wurde, konnte dafür sorgen, dass ein Mörder freikam. Ein kurzes Zögern in einer Konfliktsituation konnte dazu führen, dass ein Mensch verletzt oder getötet wurde. Tat oder sagte man in einer Krise das Falsche, konnte das zu einer Katastrophe führen.

Diese Augenblicke aus all den Dienstjahren suchten einen meist nachts heim. Man musste lernen, sie zu verdrängen. Wie sehr man einen einzelnen Augenblick auch bereute, so konnte man ihn im Nachhinein doch nicht mehr ändern. Die Zeit bewegte sich nur in eine Richtung.

Wenn sie doch nur früher hingefahren wäre …

Sie schlug die Decke zurück und ging ins Badezimmer.

Die Haut an ihren Handflächen juckte. Sie kam nicht gegen den Drang an, den Wasserhahn aufzudrehen. Ließ sich das kalte Wasser über die Hände laufen. Griff nach der Seife.

Wusch sich die Hände. Sie ging methodisch und gründlich vor, entfernte den ganzen Schmutz, genoss das zufriedenstellende Gefühl, mit den Fingernägeln den Dreck wegzuschaben, die toten Hautzellen, und ja, die Keime …

Sie zwang sich, damit aufzuhören und die Tür hinter sich zu schließen.

Zurück im Bett griff sie nach ihrem Handy und fragte Isaac per Nachricht, ob er noch wach war. Er ging meist erst spät zu Bett. An diesem Abend bekam sie jedoch keine Antwort. Seufzend nahm sie ihren Laptop vom Nachttisch und schaltete ihn ein. Sie überlegte, ein paar E-Mails zu schreiben und vielleicht einen Artikel über Sektenintervention zu lesen.

Stattdessen bewegte sie den Cursor über das Transkript-Symbol. Hätten Icons Abnutzungserscheinungen aufweisen können, wäre dieses vermutlich längst ausgeblichen und fransig geworden. Sie rief den vertrauten Bericht durch einen Doppelklick auf.

N: Hallo?

A: Hallo.

N: Hi. Mein Name ist Nick. Wie heißt …

… du?« Seine Stimme klang freundlich, aber Abby wusste, dass er einer von ihnen war.

»Mein Name ist Abihail.« Sie umklammerte den Telefonhörer mit schweißnasser Hand. Eden schluchzte im Hintergrund. Um sie herum kauerten Menschen auf dem Boden.

»Abihail, das ist ein schöner Name«, erwiderte Nick. »Wie alt bist du, Abihail?«

»Siebeneinhalb.« *Der kalte, harte Lauf einer Waffe wurde an ihre Schläfe gepresst und tat ihr weh.* *»Jemand hält mir eine Waffe an den Kopf.«*

Abby erschauderte beim Lesen und sah die Ereignisse dieses Abends deutlicher vor Augen, als sie es seit Jahren getan hatte. Alles war so schnell eskaliert. Ein schrecklicher bewaffneter Konflikt, der mit sieben Toten und zahlreichen Verwundeten auf beiden Seiten endete. Dann der Waffenstillstand. Und der Anruf.

A. Er sagt …

»…. wenn Sie näher kommen, schießt er«, sagte Abihail. »Er sagt, Sie sollen wegbleiben.«

Sie warf Isaac einen Blick zu. Er saß vor Angst wie erstarrt auf dem Boden und drückte seinen kleinen Rucksack an sich.

»Wer hält dir eine Waffe an den Kopf?«, fragte Nick.

»Vater Wilcox.«

»Kannst du ihn mir geben?«

Der Lauf bohrte sich in ihre Haut. Sie blickte zu Vater auf. Seine Augen wirkten hart und unnachgiebig. »Sag es ihnen«, verlangte er.

»Nein«, antwortete sie Nick. »Er sagt, Sie sollen alle wegbleiben.«

»Okay, Abihail. Wir kommen nicht näher. Wo bist du jetzt?«

Sie ließ den Blick über die Bänke schweifen, die umgestürzten, vor die Tür geschobenen Tische, die den Weg versperrten. Die Mitglieder der Familie, die sich in der Mitte des Raums versammelt hatten. »Wir sind alle zusammen im Speisesaal. Alle zweiundsechzig. Es ist sehr wichtig, dass Sie wegbleiben. Sonst erschießt er mich. Er sagt, wenn Sie wegbleiben, schickt er in einer Stunde die ersten Leute raus.«

»Okay. Könnte ich mit einem Erwachsenen reden?«

Das war nicht möglich. Nur Abihail durfte mit der Polizei sprechen. Das war nur ihr erlaubt. »Ich muss auflegen.«

»Warte ...«

Sie legte den Hörer auf die Gabel und blickte wieder zu Vater Wilcox auf. Sah die Zufriedenheit in seinen Augen. Sie war so stolz.

»Jetzt verriegle die Tür«, sagte er leise.

Sie ging zur Tür. Es gab kein Schloss, nur einen Riegel. Sie konnte ihn erreichen, wenn sie sich auf die Zehenspitzen stellte.

Er bewegte sich ganz leicht, und schon waren sie eingesperrt. Alle Mitglieder der Familie waren nun geschützt.

Abby klappte den Laptop zu und stellte ihn zur Seite. Sie erinnerte sich deutlich an ihren kindlichen Glauben, dass nun alle in Sicherheit seien und die Gefahr draußen ausgesperrt sei. Als sie versuchte, sich an den Moment zu erinnern, in dem Moses Wilcox das Feuer gelegt hatte, wollte es ihr nicht gelingen. Sie erinnerte sich nur an die Flammen und ...

... den Rauch. Die Schreie. Rauch hing in der Luft, und sie hustete stark. Sie musste die Tür aufbekommen.

Sie hielt sich eine Hand vor den Mund und lief los, um den Bolzen wegzuziehen, die Tür aufzureißen. Hinter ihr schrie Eden: »Komm da weg, Abihail!«

Sie musste die Tür aufmachen.

Isaac packte sie und zog sie nach hinten.

Eine Explosion, stechender Schmerz in ihrem Nacken.

Unwillkürlich berührte sie die Stelle und atmete erschaudernd aus, als sie die Jahrzehnte alte Narbe nachfuhr.

Die Erschöpfung legte sich schwer auf sie.

Indem sie über die Vergangenheit nachdachte, konnte sie sie doch nicht ändern. Ebenso wenig, wie sie ein paar Stunden in der Zeit zurückgehen und Eric Layton retten konnte.

Aber Nathan Fletcher brauchte sie noch. Sie musste schlafen.

Kapitel 58

Nathan kam kaum aus dem Bett. Der Boden schien zu wackeln, und kurz fragte er sich schon, ob er sich auf einer Fähre befand. Er war mehrmals mit Mom und Gabrielle auf der Staten-Island-Fähre gefahren, und das hatte sich so ähnlich angefühlt. Aber nachdem er sich einen Moment an die Wand gelehnt hatte, hörte das Schwanken auf.

Er schlurfte zum Eimer und pinkelte hinein. Diesmal hatte er kein Wasser, um sich die Hände zu waschen, und hätte es auch gar nicht dafür vergeudet. Seine Kehle war staubtrocken, und seine Zunge fühlte sich geschwollen an. Er brauchte etwas zu trinken.

Irgendwo im Haus knallte eine Tür zu. Er hörte, wie der Mann etwas vor sich hin murmelte. Nathan wusste, dass er den Mann rufen und um Wasser bitten musste. Er machte mühsam einige Schritte zur Tür, lehnte sich dagegen und wappnete sich.

»Ich musste es tun. Ich musste es tun!«, sagte der Mann. Er sprach etwas undeutlich. »Du hast mich darum gebeten, es zu tun. Ich wollte nicht, dass es so passiert. Ich habe all das nicht gewollt.«

Nathans Entschlossenheit geriet ins Wanken, als er hörte, wie der Mann fluchend und stöhnend durch das Haus stampfte.

»Du Schlampe! Du und dein scheiß Bruder! So sollte das alles nicht ablaufen. Ich werde es ihm zeigen! Ich werde es ihm auf der Stelle zeigen.«

Die Schritte kamen näher und wurden lauter. Nathan wich zurück, und sein Herz raste. Der Türknopf wackelte, die Tür bebte in den Angeln.

Ein schrilles Lachen. »Ich hatte vergessen, dass sie abgeschlossen ist.« Einen Augenblick herrschte Stille. »Tut mir leid. Ich weiß, dass du das alles auch nicht gewollt hast. Das weiß ich. Wir sind fast fertig. Nur noch ein paar Tage. Fast fertig.«

Die Stimme wurde leiser, vermutlich entfernte sich der Mann von der Tür. Nathan sackte auf sein Bett und schluckte schwer. Vielleicht sollte er besser später nach etwas Wasser fragen. Dies schien kein guter Zeitpunkt zu sein.

Er konnte warten.

Kapitel 59

Carver starrte Erics Leiche auf dem Stahltisch an, die Prellungen und Flecken auf Gesicht und Hals, die im sterilen weißen Licht des Leichenschauhauses nur umso deutlicher auffielen.

»Falls Sie sich übergeben müssen, benutzen Sie bitte den da.« Gomez deutete auf einen Eimer in der Ecke.

»Ich muss mich nicht übergeben.«

»Ich meine ja nur, weil sich jemand von Ihnen gestern auf Beweismaterial erbrochen hat. Wenn dieser Fall vor Gericht kommt, will ich nicht, dass Sie mir meinen Autopsiebericht vermasseln.«

Carver warf ihr einen Blick zu. »Es geht mir gut, Doktor.«

Er sah zu, wie Gomez und ihr Assistent Erics Leiche vorbereiteten und dabei den Papierkram überprüften. Sie entkleideten den Toten und sahen sich jedes Kleidungsstück unter UV-Licht gründlich an.

»Schlammspuren auf der rechten Hemdschulter«, sagte Gomez, nahm einige Krümel mit der Pinzette ab und legte sie in einen Beweismittelbeutel. »Ein großer Riss auf der Vorderseite. Das ist die Stichwunde.«

»Genau.« Carver betrachtete Erics blutverschmierte Brust.

Gomez maß den Riss und fotografierte ihn, während der Assistent Eric die Nägel schnitt und die Abschnitte in einen

Beweismittelbeutel legte. Vielleicht hatte es Eric ja geschafft, seinen Angreifer zu kratzen. Ein derartiger Durchbruch wäre Carver sehr gelegen gekommen.

Als Eric ausgezogen war, machte sich Gomez an die Untersuchung der Leiche, während ihr Assistent dem Toten die Haare kämmte.

»Sehen Sie sich das an.« Gomez bedeutete Carver, näher zu treten. Sie zeigte auf Erics Schulter. »Leichte Abschürfungen, aber keine richtige Prellung. Das ist postmortal geschehen.«

»Er hat ihn umgebracht und ist auch noch auf ihn draufgetreten«, sagte Carver. »Er muss ganz schön wütend gewesen sein.«

Gomez schüttelte den Kopf. »Die Abschürfungen sind nur oberflächlich. Ich bezweifle, dass er ihn getreten hat, sondern habe eine andere Theorie. Lassen Sie ihn mich aber zuerst röntgen, bevor ich näher darauf eingehe. Bitte verlassen Sie so lange den Raum; Sie müssen die Strahlung nicht auch abbekommen.«

Carver nickte und ging hinaus. Er war erleichtert, den Geruch nach Blut und antiseptischen Flüssigkeiten hinter sich lassen zu können, und rief Ahmed Nader an.

»Hey, Carver.« Ahmed war fast augenblicklich rangegangen. »Ich bin noch nicht fertig.«

»Schon okay«, meinte Carver. »Ich wollte nur mal hören, was Sie bisher haben. Was auch immer es ist.«

»Tja, ich kann Ihnen sagen, was wir wahrscheinlich nicht haben«, erwiderte Ahmed. »Die Fingerabdrücke des Mörders. Mehrere verschmierte Flecken lassen vermuten, dass der Mörder Handschuhe getragen hat. Wir haben am Tatort natürlich zahlreiche Abdrücke gefunden, aber ich würde wetten, dass sie alle vom Opfer und seinen Freunden stammen. Nur eine einzige Oberfläche am Tatort wurde abgewischt.«

»Und die wäre?«

»Das Handy des Opfers.«

Carver dachte darüber nach. »Ein Handydisplay kann man schlecht mit Handschuhen bedienen. Er hat also einen Handschuh ausgezogen, etwas mit dem Handy gemacht und danach die Fingerabdrücke vom Display gewischt.«

»Es sieht ganz danach aus.«

»Haben Sie eine Ahnung, wonach er auf dem Handy des Opfers gesucht hat?«

»Das Handy wurde auf die Fabrikeinstellung zurückgesetzt.«

»Dann befand sich darauf also etwas, das wir nicht finden sollten. Warum hat er das Handy nicht einfach mitgenommen?«

»Vielleicht hatte er Angst, dass wir es aufspüren können. Oder es wäre zu auffällig gewesen, wenn kein Handy gefunden wurde. Kommen wir zu den Fußabdrücken. Wir haben ein paar sehr gute, wie Sie wissen, weil der Mörder ins Blut des Opfers getreten ist. Schuhgröße siebenundvierzig.«

»Wie der Abdruck in Liam Washingtons Wagen.«

»Ganz genau. Wir können allerdings nicht bestätigen, dass die Abdrücke von derselben Person stammen, weil wir hier einen rechten Abdruck haben und im Fahrzeug einen linken. Aber es scheint dieselbe Stiefelart zu sein, dieser Hawkwell-Stiefel.«

»Okay. Was noch?«

»Das war alles. Ich sagte ja, dass ich noch nicht fertig bin.«

»Das Opfer hat Schlammspuren auf der Schulter. Wenn Sie eine Probe davon bekommen, können Sie ihn dann mit dem Schlamm vom Liam-Washington-Tatort vergleichen?«

»Sicher. Schicken Sie ihn rüber.«

»Ich sage Gomez Bescheid. Danke.« Er legte auf.

»Carver.« Gomez stand in der Tür des Autopsieraums. »Das müssen Sie sich ansehen.«

Carver folgte ihr ins Innere. Gomez setzte sich an den Computer, der in einer Ecke des Raums stand. Auf dem Monitor war eine Röntgenaufnahme des Schädels zu sehen.

»Das ist der Bruch«, erklärte Gomez. »In einigen Stunden können wir vermutlich mit Bestimmtheit sagen, ob das Opfer daran gestorben ist.«

»Okay.« Carver sah sich den großen Fleck auf der Schädelrückseite genauer an.

»Aber das ist nicht das Interessanteste.« Gomez rief ein anderes Bild auf. Eine Aufnahme der Rippen. »Der zweite Interkostalraum. Sehen Sie die Flecken hier? Und hier?«

Sie deutete auf zwei Stellen an zwei angrenzenden Rippen, eine dunkle und eine helle. Carver hätte das niemals selbst entdeckt.

»Was ist das?«

»Da hat der Angreifer auf das Opfer eingestochen. Und die Klinge blieb zwischen den Rippen stecken.« Gomez zeigte auf den hellen Fleck. »Bei dem weißen Fleck handelt es sich höchstwahrscheinlich um Metall. Ein abgebrochenes Stück der Klinge vermutlich.«

Carver stellte sich den Tatort bildlich vor. Die Blutflecken auf dem Boden. Zwei Mordwaffen. Der Angreifer hat auf das Opfer eingestochen und ihm dann mit einer herumliegenden Hantel den Schädel eingeschlagen. »Er bekam das Messer nicht wieder heraus und musste sich eine andere Waffe suchen. Die Hantel.«

»Davon gehe ich auch aus.« Gomez machte ein grimmiges Gesicht. »Als sich das Opfer nicht mehr rührte, wollte der Mörder sein Messer zurückhaben. Er drehte das Opfer auf den Rücken …«

»Stemmt den Fuß gegen die Schulter des Toten und zieht das Messer heraus«, beendete Carver den Satz für sie.

»Genau.«

»Es war eine lange Klinge. Ich kann nicht genau sagen, wie tief sie eingedrungen ist, aber sobald wir die Rippen entfernt haben, werde ich eine genauere Schätzung abgeben können.

Ich tippe auf mindestens zwölf Zentimeter. Und damit sie im Interkostalraum stecken bleiben konnte, kann sie nicht breiter als anderthalb bis zwei Zentimeter gewesen sein. Und sie war scharf. Sehr scharf. Nicht nur die Spitze – um eine solche Wunde zu verursachen, muss die gesamte Klinge scharf gewesen sein. Und ihr fehlt vermutlich die Spitze.«

»Ein Steakmesser?«

»Etwas in der Art, aber nicht notwendigerweise. Ich habe zu Hause ein Tomatenmesser, auf das diese Beschreibung zutreffen würde.«

»Okay. Ach ja, könnten Sie eine Schlammprobe in die Forensik schicken?«

Gomez verdrehte die Augen. »Was dachten Sie denn, was ich damit vorhabe? Sie in der Toilette runterspülen?«

Carver hob beschwichtigend die Hände. »Verzeihung. Ich wollte ja nur auf Nummer sicher gehen.«

Er warf noch einen letzten Blick auf Eric Laytons Gesicht. Die Entführer hatten zweimal getötet. Nichts würde sie davon abhalten, dies ein drittes Mal zu tun. Sie mussten alles daransetzen, Nathan schnellstmöglich wieder nach Hause zu holen.

Kapitel 60

Abby hielt kurz inne, um sich zu sammeln, bevor sie an Gabrielles Zimmertür klopfte. Sie wollte mit dem Mädchen über Erics Tod sprechen und hoffte, dass sie nicht bereits davon erfahren hatte.

Da sie Gabrielles Handys abhörten, falls die Entführer bei ihr statt bei Eden anriefen, wusste Abby, dass Eric vor seinem Tod mehrfach versucht hatte, Gabrielle zu erreichen. Abby musste an die halb leere Scotchflasche auf seinem Tisch denken. An das Meme mit der bösen Königin, an dem er gearbeitet hatte. Dabei konnte es sich nur um eine Anschuldigung handeln, die sich eindeutig gegen Gabrielle richtete. War Eric nur sauer gewesen, weil sie nicht ans Telefon ging? Oder hatte er etwas herausgefunden?

Seit Nathans Entführung hatte sich die Zahl von Gabrielles Followern verdreifacht. Jeder ihrer Posts bekam mehrere Tausend Likes und endlose aufmunternde Kommentare.

Wie viele Eltern hatte auch Abby einige oberflächliche Nachforschungen angestellt, als ihre Tochter zum ersten Mal mit den sozialen Medien in Kontakt gekommen war. Instagram und Facebook veränderten im Grunde genommen das Gehirn, wie sie dabei herausgefunden hatte. Likes und Kommentare unter eigenen Posts setzten Dopaminstöße frei und machten glücklich. Das ergab Sinn, denn jeder freute sich über Likes bei seinen Facebook-Posts. Aber dadurch wurde das Handy gewissermaßen zu einem Dopaminstimulator. Gehirnscans bewiesen, dass sich das Gehirn bei Personen, die süchtig nach den sozialen Medien waren, neu vernetzt hatte und sie sich nach immer mehr Likes, Retweets und grinsenden Emojis sehnten.

Abby hatte schon gesehen, wie Drogenabhängige entsetzliche Dinge taten, nur um an den nächsten Schuss zu kommen. Junge Mädchen prostituierten sich, Kinder beklauten ihre Eltern, Männer ihre Arbeitgeber. Cracksüchtige Eltern ließen ihre Kinder hungern, weil sie sich nur entweder die nächste Dosis oder eine Mahlzeit leisten konnten. Aber dabei ging es um Crack oder Heroin, nicht um ein Herz-Emoji.

Sie versuchte, sich vorzustellen, was Gabrielle durchgemacht hatte. Vor zwei Jahren war ihr Instagram-Profil nach einem viralen Foto förmlich explodiert. Das musste ein außerordentliches Gefühl gewesen sein, als mehrere zehntausend Menschen auf einmal um ihre Aufmerksamkeit wetteiferten und sie mit etwas überschütteten, das sie als Liebe ansah. Doch im Laufe der Zeit ließ es nach. Sie bekam immer weniger Reaktionen, die Likes pro Post gingen drastisch in den Keller. Kein Dopamin mehr für Gabrielle.

Konnte sie wirklich etwas mit Nathans Verschwinden zu tun haben, nur um mehr Aufmerksamkeit zu bekommen?

Abby klopfte dreimal kurz an.

»Ja?« Gabrielles gedämpfte Stimme klang müde.

Abby öffnete die Tür. »Kann ich kurz mit dir reden?«

Gabrielle saß auf dem Bett, den Rücken an die Wand gelehnt, ein Tablet in der Hand. Als Abby hereinkam, legte sie das Tablet weg und Abby konnte gerade noch einen Blick auf die Spendenseite für das Lösegeld werfen.

»Klar«, erwiderte das Mädchen. »Geht's darum, dass ich das Foto gepostet habe?«

»Nein.« Abby schloss die Tür hinter sich. »Ich habe leider schlechte Nachrichten.« Sie hielt inne und ließ das Schweigen wirken, damit Gabrielle eigene Schlüsse ziehen konnte.

Das Blut wich aus Gabrielles Gesicht. »Geht's um Nathan?«, flüsterte sie.

Abby war in ihrem Job schon zahlreichen Lügnern begegnet. Die meisten logen erstaunlich überzeugend. Aber falls Gabrielle log, dann beherrschte sie es meisterhaft. Das Entsetzen in ihrer Stimme, das Beben der Lippen, alles schien echt zu sein.

Allerdings war das Mädchen seit Jahren geübt darin, die Wahrheit auf die eine oder andere Weise zu manipulieren.

»Nein«, antwortete Abby. »Entschuldige, das hätte ich gleich sagen müssen. Es geht nicht um Nathan, sondern um Eric.«

Gabrielle blinzelte und wirkte gleichzeitig erleichtert und verwirrt. »Um Eric?«

»Eric wurde gestern tot in seiner Wohnung aufgefunden«, berichtete Abby.

»Was? Nein, das ist unmöglich«, sagte Gabrielle. »Ich habe gestern noch mit ihm gesprochen.«

»Wirklich?« Abby tat überrascht. »Wann war das denn?«

»Ich weiß nicht … Irgendwann am Nachmittag. Er hat mich angerufen.«

»Worüber habt ihr geredet?« Abby wusste natürlich längst, worüber sie gesprochen hatten.

»Es ging um das Foto von Nathan. Eric fragte immer wieder, ob das das Bild wäre, das mir die Entführer geschickt haben. Er schien wütend zu sein oder … Ich weiß auch nicht. Er hat sehr schnell geredet. Ist er wirklich … Sind Sie sicher?«

»Was hat er wohl damit gemeint? Wieso wollte er über das Foto reden?«

Gabrielle schlang die Arme um sich. »Einige Leute online behaupten, ich hätte mir die ganze Entführung nur ausgedacht.

Ich glaubte schon, er würde das jetzt ebenfalls denken. Dass mir niemand das Bild geschickt hat, sondern dass ich es selbst geschossen hätte.«

»Was hast du ihm gesagt?«

»Ich habe ihm gesagt, dass es das Foto von den Entführern ist.« Gabrielle kamen die Tränen. »Ist er wirklich tot?«

»Leider ja«, bestätigte Abby leise. »Hat er dich danach noch einmal angerufen?«

Gabrielle hielt inne, als müsste sie überlegen. Aber Abby konnte sie nicht reinlegen. Eric hatte noch dreimal angerufen, und Gabrielle war nicht rangegangen. Für Abby stand außer Frage, dass sich Gabrielle daran erinnern musste. Wahrscheinlich rang sie mit sich, ob sie es Abby gegenüber zugeben sollte. Glaubte sie etwa, dadurch in einem schlechten Licht dazustehen?

»Ja«, gab sie schließlich mit brechender Stimme zu. »Er hat noch mal angerufen, aber ich bin nicht rangegangen. Ich war gerade dabei, eine E-Mail an denjenigen zu schreiben, der sich um die Spendensammlung kümmert. Und ich wollte die Leitung freihalten, falls die Entführer mich und nicht Mom anrufen. Wie ist er gestorben?«

»Unsere Ermittlungen laufen noch«, erwiderte Abby.

»Wissen Sie … Wann ist die Beerdigung?«

»Das musst du seine Eltern fragen«, sagte Abby. »Ich kann dir ihre Nummer geben.«

»Danke, das ist sehr nett von Ihnen.« Gabrielle schniefte.

»Fällt dir jemand ein, der Eric etwas antun würde?«

»Keine Ahnung. Nicht *so was* jedenfalls. Er hat mir erzählt, dass er während der Schulzeit ein paar witzige Fotos gepostet und deswegen Ärger mit einigen Leuten bekommen hat. Aber das ist eine Ewigkeit her. Könnten Sie … Geben Sie mir eine Minute? Bitte.«

»Aber natürlich. Lass dir Zeit.« Abby ging hinaus und schloss die Tür hinter sich.

In der Küche stieß sie auf Eden, die in einem Fotoalbum blätterte. Abby setzte sich neben sie und sah sich die Fotos an. Ein Kleinkind grinste in die Kamera, neben ihm ein schmollendes Mädchen. Nathan und Gabrielle vor einigen Jahren.

»Ich habe das Album angelegt, als Nathan drei Jahre alt war«, sagte Eden mit erstickter Stimme. »Eigentlich wollte ich jedes Jahr ein neues Album machen, denn wenn man die Fotos nur auf dem Handy hat, sieht man sie sich doch nie wieder an.«

»Da hast du recht.«

»Aber ich habe nur dieses eine Album und nahm mir nie die Zeit für ein zweites.«

»Hast du auch Fotos von der Farm?«

»Nein. Als Nathan geboren wurde, hatte auf der Farm keiner mehr ein Handy oder eine Kamera. Das wurde nicht gern gesehen. Otis sagte, wir sollten unser Leben genießen und es nicht durch eine Linse betrachten.«

Generell sprach nach Abbys Meinung nichts gegen diese Aussage, allerdings galt wie bei so gut wie allem anderen, dass ein Übermaß eher Schaden als Gutes bewirkte. »Ich habe ein Mädchen von der Tillman-Farm kennengelernt«, berichtete sie. »Ein ganz besonderes Mädchen. Sie heißt Leonor. Kennst du sie?«

Eden blätterte weiter. Nathan in einem Halloween-Kostüm, der grinsend ein Kitkat in der Hand hielt. »Nein, ich glaube nicht.«

»Stimmt, sie ist erst nach deinem Weggang auf die Farm gezogen. Es macht den Anschein, als wollte sie ebenfalls weg ... aber sie hat große Angst.«

»Es ist auch furchterregend«, bestätigte Eden. »Wenn all deine Freunde auf der Farm leben und du so schreckliche Dinge über die Welt da draußen hörst. Das setzt einem zu.«

»Aber du bist gegangen«, meinte Abby. »Ohne Hilfe. Mit zwei Kindern. Das ist beeindruckend. Sehr beeindruckend sogar.«

»Es war nicht einfach.«

»Das kann ich mir vorstellen.« Abby legte Eden eine Hand auf den Arm. »Warum bist du gegangen?«

»Das habe ich dir doch erzählt. Otis hat immer verrücktere Sachen erzählt. Und er hat verlangt, dass man nackt zu der privaten Beichtsitzung kommen soll. Ich musste da einfach weg.«

»Dein Mann hat der Sekte angehört. Otis hatte seit Jahren vom Weltuntergang geredet, das hast du mir selbst erzählt. Ich habe mit den Leuten dort gesprochen, Eden. Sie glauben ihm jedes Wort. Sie machen alles, was er von ihnen verlangt. Du bist wirklich eine bemerkenswerte Frau. Aber du wärst nicht gegangen, weil du dich unwohl gefühlt hast. Was ist passiert?«

Eden schluchzte auf.

»Was haben sie dir angetan?«

»Es ist so … Es ist mir so peinlich.«

»Dafür gibt es keinen Grund. Was immer auch passiert ist, du konntest es nun mal nicht beeinflussen.«

Eden schüttelte den Kopf und hielt sich eine Hand vor den Mund. Abby stand auf und brachte ihr ein Glas Wasser. Sie wartete, während Eden es austrank.

»Otis kam eines Tages zu mir«, begann Eden. »Und er wollte Gabrielle verheiraten. Er sagte, er hätte den perfekten Mann für sie gefunden.«

Abby behielt eine ausdruckslose Miene bei und ließ sich den Aufruhr in ihrem Inneren nicht anmerken. »Wie alt war Gabrielle da?«

»Zwölf.«

»Und da bist du gegangen?«

»Nein«, flüsterte Eden. »Darum wollte ich es dir nicht erzählen. Ich war glücklich. Otis sagte, der Mann würde sich gut um

Gabrielle kümmern, wenn der Weltuntergang anbrach. David war ebenfalls begeistert; seine Tochter würde in Sicherheit sein. Kannst du dir das vorstellen? Eine Mutter, die ihre zwölfjährige Tochter bereitwillig verheiraten will?«

»Ich kann es mir vorstellen.« Das konnte Abby wirklich. Sie hatte schon Schlimmeres gesehen.

»Dieser Mann sollte sich ein oder zwei Wochen später unserer Gemeinde anschließen. Und dann wollte Otis die beiden verheiraten. Das Datum stand bereits fest. Es wurde alles für die Hochzeit vorbereitet. Ich habe für Gabrielle ein weißes Kleid genäht. Ein Hochzeitskleid. In Kindergröße.«

»Weiß Gabrielle davon?«

»Nein!« Eden riss die Augen auf. »Sie weiß es noch immer nicht. Bitte sag ihr nichts …«

»Ich werde es ihr nicht erzählen. Was ist dann passiert?«

»Otis sagte, Gabrielle müsse bei ihrer Hochzeit rein sein. Sie sollte ihre erste private Beichtsitzung mit ihm ablegen.«

Abby schloss die Augen.

»Ich wusste, was bei diesen Beichtsitzungen passierte«, fuhr Eden fort. »Ich hatte es ja oft genug selbst erlebt. Otis ließ mich oft die Beichte ablegen. Einige jüngere Frauen mussten jede Woche zu ihm. Und als er mir sagte, dass Gabrielle beichten sollte … Das konnte ich einfach nicht zulassen. Ich konnte es nicht. Ich wollte Nathan und Gabrielle so weit wie möglich von dort wegbringen. Zu dieser Zeit habe ich mich um die Alltagsbesorgungen der Farm gekümmert. Ich kaufte Kleidung, Hygieneprodukte, alles Grundlegende, was wir brauchten und nicht selbst herstellen konnten. Aus diesem Grund hatte ich auch Zugriff auf etwas Geld. Ich habe dreitausend Dollar gestohlen und bin mit den Kindern abgehauen. Ich hatte vor, sie zur Adoption freizugeben.«

»Zur Adoption?«, fragte Abby überrascht. »Warum denn das?«

»Weil ich dachte, dass sie mich umbringen würden«, gestand Eden. »Wir wussten doch alle, dass jeder sterben musste, der die Farm verließ. Das FBI brachte sie um, sie wurden krank oder sie hatten einen schlimmen Unfall. Keiner überlebte lange.«

»Das hat Otis euch allen erzählt?«

»Ja. Und ich habe es geglaubt. Daher wollte ich die Kinder zur Adoption freigeben und auf den Tod warten. Allerdings wusste ich nicht, wie ich das mit der Adoption anstellen sollte. Und so verging eine Woche. Und eine weitere. Und ich war immer noch am Leben.«

»Und du bist wieder hingegangen und hast die Scheidung verlangt.«

»Ja. Ich fuhr zur Farm und sagte David, dass ich mich scheiden lassen will. Ich habe damit gedroht, zur Polizei zu gehen und alles zu erzählen, was auf der Farm vorgeht, wenn er sich weigert. Da dachte ich schon, Otis würde mich auf der Stelle erschießen.«

»Du kannst von Glück reden, dass er es nicht getan hat.«

Eden nickte. »Stattdessen befahl er David, die Papiere zu unterzeichnen. Er sagte, ich wäre vom Teufel besessen und meine Seele wäre längst verloren.«

»Kennst du den Namen des Mannes, den Gabrielle heiraten sollte?«

»Nein. Ich bin ihm nie begegnet. Aber ich glaube, er war mit Otis verwandt. Das war einer der Gründe, warum wir uns zuerst so gefreut haben.«

Abby wurde das Herz schwer. »Otis' Neffe?«

»Ich glaube schon.«

Karl Adkins. Er war derjenige, den Gabrielle mit zwölf heiraten sollte. Abby hatte das falsch interpretiert. Sie hatte geglaubt, Otis habe Karl wegen Edens Weggang rekrutiert, dabei war es genau andersrum gewesen. Eden war gegangen, weil sich Karl der Gemeinde anschließen – und ihre Tochter heiraten – wollte. Später hatte Karl Gabrielle online entdeckt und gestalkt.

»Du musst das auch noch jemand anderem erzählen«, sagte Abby. »Das könnte Nathan helfen.«

Kapitel 61

»Danke, dass Sie gekommen sind«, sagte Carver nüchtern.

Er saß mit Tom McCormick, dem Journalisten, in einem der Verhörräume des Reviers. Carver und die anderen Polizisten hier hatten nicht viel für den *New Yorker Chronicle* übrig, in dem im Vorjahr ein Artikel über die Unfähigkeit der Beamten vom 115. Revier erschienen war. Der Artikel stammte zwar nicht von McCormick, aber er musste trotzdem darunter leiden.

Die Nachricht vom Layton-Mord war an diesem Vormittag an die Öffentlichkeit gelangt. Der Journalist wirkte betroffen. Anscheinend hatte er erst vor Kurzem davon erfahren. »Selbstverständlich. Ich bin entsetzt über das, was passiert ist, und tue mein Möglichstes, um zu helfen.«

»Wann haben Sie Eric interviewt?«

»Vor zwei Tagen, am Sonntagabend.«

»Und welchen Eindruck hat er da auf Sie gemacht?«

»Na ja, er war offensichtlich beunruhigt wegen der Entführung.«

»Hat er den Anschein erweckt, als läge ihm noch etwas auf dem Herzen?«

McCormick runzelte die Stirn. »Ich … denke nicht. Er hat eigentlich nur über die Entführung gesprochen. Und natürlich über Gabrielle Fletcher.«

»Haben Sie das Gespräch aufgezeichnet?«, fragte Carver hoffnungsvoll.

»Nein, ich habe währenddessen mitgeschrieben.«

»Könnte ich die Mitschrift bekommen?«

»Natürlich. Ich schicke sie Ihnen … Denken Sie, es gibt eine Verbindung zwischen dem Mord und der Entführung?«

»Wir können momentan nichts ausschließen«, erwiderte Carver vorsichtig. Er konnte Verhöre von Reportern nicht leiden. Jede Frage, die er stellte, würde später von McCormick und seinem Redakteur durchleuchtet werden und konnte zu Hintergrundmaterial für einen der *Chronicle*-Artikel über den Fall werden. »Hat Layton Ihnen noch mehr erzählt als das, was im Artikel steht?«

»Er hat ein bisschen über seine Freundschaft zu Gabrielle geplaudert. Und über ihr Leben vor der Entführung.«

»Was hat er Ihnen von ihrem Leben erzählt?«

»Puh, wenn Sie Einzelheiten wissen wollen, müsste ich in meinen Aufzeichnungen nachsehen, aber es ging vor allem um ihre Eltern. Sie haben sich scheiden lassen, als Gabrielle noch sehr klein war. Ihre Mutter musste viel arbeiten, um die Familie über Wasser zu halten, und war oft nicht zu Hause. Und ihr Dad hat seitdem nicht mehr mit ihr gesprochen, obwohl sie versucht hat, Kontakt zu ihm aufzunehmen …«

»Gabrielle wollte ihn erreichen?«

McCormick nickte. »Er lebt noch immer in dieser christlichen Gemeinde, in der Gabrielle aufgewachsen ist. Daher hat sie vor drei Jahren dort angerufen und wollte ihn sprechen. Aber die Leute, mit denen sie gesprochen hat, haben ihr gesagt, dass ihr Dad nicht mit ihr telefonieren würde.«

Carver lehnte sich auf seinem Stuhl zurück, während sein Verstand auf Hochtouren arbeitete. So hatte Otis vermutlich herausgefunden, wo Eden mit ihren Kindern lebte. »Sie sagten, die Leute, mit denen sie gesprochen hat, hätten gesagt, ihr Dad würde nicht mit ihr telefonieren. Hat sie tatsächlich von mehreren Leuten gesprochen?«

»Da bin ich mir nicht sicher, vielleicht war das auch nur so ein Ausdruck und sie hat nur mit einer Person gesprochen. Fragen Sie sie das am besten selbst.«

»Und man sagte ihr, er würde nicht mit ihr telefonieren?«

»Erics Worten zufolge riet man ihr, persönlich vorbeizukommen, doch das wollte sie nicht. Sie sagte, diese Leute wären ihr unheimlich. Und sie war wütend auf ihren Dad, weil er sich geweigert hat, mit ihr zu sprechen.«

Carver bezweifelte, dass Gabrielles Gesprächspartner David überhaupt von diesem Gespräch erzählt hatte. Aber mit wem hatte sie da telefoniert? Mit Otis? Mit Karl?

»Hat er Ihnen noch etwas über ihr Leben dort erzählt?«

»Nein. Er hat nur ein paar vielsagende Andeutungen gemacht. Dass er Sachen wüsste, die ich ihm nicht glauben würde. Aber ich hatte eher den Eindruck, dass er sich wichtigmachen wollte.«

»Gab es während des Interviews einen Moment, in dem er nachdenklich wurde oder beunruhigt wirkte?«

»Als ich ihm das Foto von Nathan mit der Zeitung gezeigt habe, hat ihn das sehr mitgenommen. Er fing sogar an zu weinen.« Auf einmal riss McCormick die Augen auf. »Glauben Sie etwa … Glauben Sie, er wurde wegen des Interviews ermordet?«

Carver verzog den Mund. Irgendwann würde er das Thema wohl oder übel ansprechen müssen. Möglicherweise schwebte McCormick ebenfalls in Gefahr.

»Das bleibt jetzt unter uns.«

»Natürlich.«

»Das ist eine Möglichkeit, der wir nachgehen. Ist Ihnen gestern irgendetwas Seltsames aufgefallen? Menschen auf der Straße vor Ihrem Haus, die Sie nicht kannten? Ist Ihnen vielleicht jemand gefolgt?«

»Ich lebe in Manhattan und sehe ständig Menschen, die ich nicht kenne. Bin ich etwa auch in Gefahr?« McCormick blinzelte.

»Ich halte das für sehr unwahrscheinlich, aber wenn Ihnen etwas Ungewöhnliches auffällt, rufen Sie mich bitte sofort an.«

Er konnte nicht ausschließen, dass bald der nächste Artikel über die Unfähigkeit der Polizei erschien. »Falls Ihnen noch etwas einfällt, können Sie sich jederzeit bei mir melden.« Carver gab McCormick seine Karte. »Und schicken Sie mir bitte schnellstmöglich die Mitschrift.«

Was immer Eric bei diesem Interview gesagt hatte, war vermutlich der Grund für seine Ermordung. Aber Carver wusste noch immer nicht, was das sein konnte.

Kapitel 62

Abby war neununddreißig Jahre alt und hatte zwei Kinder. Trotzdem empfand sie noch immer diese Sicherheit, die in einem aufstieg, wenn jemand anderes die Verantwortung hatte, sobald sie ihr Elternhaus betrat. Es war fast, als könnte sie ins Wohnzimmer stürmen, laut verkünden, dass sie Hunger hatte, und sich aufs Sofa fallen lassen.

Wahrscheinlich hätte sie das sogar tun können. Dann wäre ihre Mutter hereingekommen, hätte ihr ein Sandwich und eine Tasse heißen Kakao gebracht und sich erkundigt, wie ihr Tag gewesen war.

Ihre Mutter stand in der Küche und schnitt Gemüse klein, und sobald Abby hereingekommen war, legte sie das Messer weg und erdrückte Abby beinahe in ihrer herzlichen Umarmung.

»Hallo, Schatz«, sagte sie. »Wer ist deine Freundin?«

Abby löste sich aus ihren Armen. »Mom, das ist Eden Fletcher. Eden, das ist meine Mom.«

»Sie können gern Penny sagen.« Das Gesicht ihrer Mutter verriet nichts, doch Abby spürte, wie sich ihre Mutter leicht verspannte, als ihr bewusst wurde, wer Eden war.

»Schön, Sie kennenzulernen, Mrs … Penny«, sagte Eden schüchtern.

»Kann ich euch etwas zu trinken anbieten?«

»Eine Tasse Kaffee wäre wunderbar«, erwiderte Abby.

»Nur etwas Wasser, bitte«, murmelte Eden.

Penny wandte sich ab, um Kaffee zu kochen. Alles, was sie in der Küche machte, tat sie voller Elan. Ihre Bewegungen waren schnell und forsch. Sie riss die Besteckschublade auf, als müsste sie sie erst bezwingen, bevor sie einen Löffel herausnahm. Abbys Dad musste alle paar Monate eine defekte Schublade oder Tür reparieren, weil ihre Mutter derart unsanft mit den Küchenmöbeln umging. Eden zuckte sichtlich zusammen, als Penny die Schranktür zuknallte. Abby war daran gewöhnt – auf gewisse Weise liebte sie diese Geräusche sogar, die einen Teil ihrer Kindheit ausmachten.

»Ist Dad bei der Arbeit?«, erkundigte sich Abby. Ihr Vater arbeitete in einer Werbeagentur.

»Ja, er hat im Moment eine Menge zu tun. Sie haben dieses Pizzushi-Projekt an Land gezogen, und du kannst dir ja denken, was das bedeutet.«

Abby schnaubte. »Na, dann viel Spaß dabei, dafür Werbung zu machen. Niemand will eine wie Sushi gerollte Pizza.«

»Das werden wir ja noch sehen. Hank hat schon früher wahre Wunder bewirkt.«

»Wo ist Leonor?«

»Sie ist mit ihrem Bruder oben.«

»Wie geht es ihr?«

Penny gab einen Löffel Zucker in Abbys Kaffee und rührte energisch um, bis in der Tasse ein Wirbel entstanden war, der drohte, über den Rand zu quellen. »Sie hat Angst.« Sie reichte Abby die Tasse. »Sie wollte erst runterkommen, nachdem sich ihr Bruder im Haus umgesehen hatte. Und ich konnte hören, wie sie bis nachts um zwei in ihrem Zimmer auf und ab gegangen ist.«

»Aber danach hat sie geschlafen?«

»Ich glaube, sie hat bis kurz vor zehn geschlafen.« Penny gab Eden ein Glas Wasser. »Möchten Sie wirklich keinen Tee oder Kaffee? Draußen ist es kalt. Ein Tee wird Sie aufwärmen.«

»Nein, danke.« Eden schien die Aussicht, Penny könnte erneut Türen und Schubladen zuknallen, als sehr beängstigend zu empfinden.

»Ich habe heute schon mit Leonor gesprochen«, fuhr Penny fort. »Ich habe ihr erzählt, dass ich deine Mutter bin. Sie wirkte überrascht.«

Abby nickte. »Das hatte ich gestern nicht erwähnt.«

»Ich habe ihr auch gesagt, dass ich dich nach dem Wilcox-Sekten-Desaster adoptiert habe.« Penny warf Eden einen kurzen Blick zu. »Sie schien sehr daran interessiert zu sein.«

»Das ist gut.« Abby hatte mit ihrer Mutter ausgemacht, dass sie mit Leonor über Wilcox sprechen sollte, falls sich die Gelegenheit ergab. »Aber Otis Tillman hast du nicht erwähnt?«

Ihre Mutter verschränkte die Arme. »Ich hab so was schon mal gemacht, falls du das vergessen hast.«

»Ich weiß, Mom.« Während ihrer Kindheit hatten ihre Eltern ihr Bestes gegeben, damit Abby nach vorn blicken und die Vergangenheit hinter sich lassen konnte. Dabei hatte vor allem Penny viel geleistet. »Ich gehe mal kurz rauf und rede mit ihr, okay?«

»Natürlich, Schatz. Ich leiste deiner Freundin so lange Gesellschaft.«

Abby warf Penny einen dankbaren Blick zu und ging in den ersten Stock. Penny hatte Leonor und Brian in Abbys altem Zimmer untergebracht. Die Tür war geschlossen. Abby trat leise näher.

Brian redete mit schneidender, wütender Stimme auf seine Schwester ein. »Hör um Gottes willen endlich damit auf, Leonor. Ich kann … Würdest du das lassen? Nur für einen Moment?«

Abby klopfte an. Kurz darauf öffnete Brian ihr die Tür. Sein Gesicht war gerötet, und er wirkte aufgebracht.

»Ach, Sie sind's«, meinte er. »Leonor kann gerade nicht reden.« Er deutete hinter sich.

Leonor saß mit geschlossenen Augen auf dem Bett, hatte die Hände gefaltet und murmelte etwas vor sich hin.

»Eigentlich wollte ich auch mit dir reden«, sagte Abby fröhlich. Sie nahm Brian am Ellbogen, zog ihn auf den Flur und schloss die Tür. Ohne ihn loszulassen, ging sie mit ihm ins Arbeitszimmer ihres Dads und schloss die Tür hinter ihnen. Im Arbeitszimmer herrschte das reinste Chaos – das war ein eindeutiges Zeichen dafür, dass Dad hart arbeitete. Auf dem großen Whiteboard, das er fürs Brainstormen nutzte, waren mehrere Ideen für ein Pizzushi-Logo zu sehen.

»Sie hört mir einfach nicht zu«, brach es aus Brian heraus, kaum dass die Tür geschlossen war.

»Red bitte leise«, bat Abby ihn.

»Wie kann ich sie dazu bringen, die Dinge im richtigen Licht zu sehen, wenn sie mir nicht zuhört? Wann immer ich was über die verdammte Sekte sage, fängt sie wieder an zu beten.«

»Beruhige dich, Brian«, sagte Abby. »Es ist nicht deine Aufgabe, sie von etwas zu überzeugen, okay? Du hast selbst gesagt, dass deine Schwester sowieso nie auf dich hört.«

»Warum bin ich dann überhaupt hier?«

»Weil sie jemanden an ihrer Seite braucht, der sie liebt. Deine Aufgabe ist es, sie in den Arm zu nehmen, ihr zu sagen, wie schön es ist, sie wiederzusehen, und über schöne Kindheitserinnerungen zu sprechen. Sorge dafür, dass es ihr gut geht.«

»Wie sollen wir sie dann davon überzeugen, von dort wegzugehen?« Brian wirkte hilflos.

»Das müssen wir gar nicht«, erklärte Abby. »Sie muss sich von selbst dafür entscheiden.«

»Sie hatte ein ganzes Jahr, um sich zu entscheiden, und hat es nicht getan.«

»Sie litt unter Schlafentzug, hatte keinen Zugang zu Informationen und war umgeben von Menschen, die man gelehrt hatte, vor allem und jedem außerhalb der Sekte Angst zu haben. Jetzt schläft sie gut. Sie ist den verrückten Ideen und der seltsamen Denkweise der Sekte nicht länger ausgesetzt. Sie hat Zeit zum Nachdenken, kann online recherchieren, mit Menschen sprechen, die nicht von der Sekte beeinflusst wurden. Und wir können ihr Informationen geben, wenn sie darum bittet.«

»Das ist alles? Wir warten?«

»Du wartest und hast eine schöne Zeit mit deiner Schwester. Im schlimmsten Fall macht ihr drei Tage zusammen Urlaub. Ist das denn so schlecht?«

»Ja«, antwortete Brian. »Ich will sie wiederhaben. Nicht für drei Tage, für immer.«

Abby seufzte. »Das weiß ich. Aber jedes Mal, wenn du dich mit ihr streitest, machst du es schlimmer. Leonor wurde dazu konditioniert, jedem zu widerstehen, der die Sekte kritisiert. Dadurch wirst du zum Feind. Was glaubst du denn, warum ich dich hergebeten habe und nicht deine Mom?«

»Keine Ahnung. Weil meine Mom ständig rumnörgelt?«

»Weil deine Mom ihre Meinung über die Sekte sehr deutlich gemacht hat. Sie ist der Feind. Leonor würde ihr nicht zuhören.«

»Oh. Aber jetzt habe ich auch ein paar unschöne Dinge über die Sekte gesagt.«

»Dann können wir ja von Glück reden, dass du nur ihr dummer Bruder bist und sie nicht auf dich hört, stimmt's?« Abby grinste ihn an.

»Schätze schon.«

»Zu den Dingen, die man in einer Sekte lernt, gehört auch, wie man mit negativen Gedanken umgeht. In Leonors Fall bedeutet das, dass man ihr befohlen hat zu beten, wann immer sie Fragen oder Gedanken geäußert hat, die als negativ angesehen wurden. Nach einigen Monaten hatte sie gelernt, schon zu beten, wenn diese Gedanken auftauchten, selbst wenn sie sie gar nicht laut aussprach. Sie haben ihre Denkweise beeinflusst, sie gelehrt, alle negativen Gedanken über die Sekte zu verdrängen.«

»Hat man das bei der Sekte, der Sie angehört haben, auch so gemacht?«

»Das und mehr«, erwiderte Abby. »Darum betet sie, wann immer du sie wegen der Sekte zur Rede stellst. Sie schließt dich und deine Negativität aus. Sei nicht wütend auf sie, wenn das passiert. Sie kann nichts dafür.«

Brian schien den Tränen nahe zu sein. Abby war sich nicht sicher, wie sie mit einem heulenden eins achtzig großen jungen Mann umgehen sollte.

»Sorge dafür, dass sie sich wohlfühlt, okay?«, schlug sie vor. »Wir kümmern uns um den Rest.«

»Okay.«

»Jetzt muss ich mit deiner Schwester reden.«

»Was ist, wenn sie nicht zuhören will?«

Abby zuckte mit den Achseln. »Dann versuche ich es später noch mal.«

Sie gingen auf den Flur, und Abby klopfte an die Tür ihres ehemaligen Zimmers und öffnete sie. Leonor saß noch immer auf dem Bett, betete aber nicht mehr.

»Hey«, sagte Abby. »Behandelt meine Mom euch gut?«

»Sie ist sehr nett«, antwortete Leonor.

»Das höre ich gern.«

»Ich würde gern telefonieren. Die anderen in der Gemeinde machen sich bestimmt große Sorgen um mich.«

»Das kannst du gern tun.« Abby machte ein unverfängliches Gesicht. »Unten ist ein Festnetztelefon, das du jederzeit benutzen darfst. Aber wenn du anrufst, werden sie dir sagen, dass du zurückkommen musst. Das ist dir doch hoffentlich klar?«

»Na und? Ich sollte ja auch zurückgehen.«

»Vielleicht solltest du das tun. Aber ich halte es für keine schlechte Idee, wenn du einen oder zwei Tage mit deinem Bruder verbringst. Er hat dich vermisst.«

»Er kann mich jederzeit auf der Farm besuchen. Das ist kein Gefängnis. Wir bekommen ständig Besuch.«

Abby seufzte. »Warum bist du so besorgt, Leonor?«

»Warum bin ich hier?«

»Was denkst du denn, warum du hier bist?«

Leonor starrte sie ausdruckslos an. »Ich vermute, Sie wollen mich davon überzeugen, die Gemeinschaft zu verlassen.«

»Habe ich schon irgendetwas in der Hinsicht gesagt?«

»Nein. Und es würde auch nicht funktionieren. Sie vergeuden nur Ihre Zeit. Und meine.«

»Mag sein«, gab Abby zu. »Aber wenn du so felsenfest davon überzeugt bist, dass Tillmans Gemeinschaft der richtige Ort für dich ist, dann musst du dir auch keine Sorgen machen, dass ich dich zum Weggehen überrede, oder?«

Leonor erwiderte nichts.

»Wir haben Karl Adkins gestern Abend freigelassen«, sagte Abby.

Leonor kniff misstrauisch die Augen zusammen. »Wirklich?«

Das hatten sie in der Tat. Allerdings nicht wegen Leonor, auch wenn Abby sie das glauben ließ, sondern weil sie ihm nichts nachweisen konnten. Abby hätte ihn gern allein für die Absicht, die zwölfjährige Gabrielle zu heiraten, hinter Gitter gebracht, doch das war nicht möglich.

»Wenn du wieder zurück bist, kannst du ihnen alles sagen«, fuhr sie fort. »Dass du mich begleitet und davon überzeugt hast, Karl gehen zu lassen, und dass du hiergeblieben bist, während wir alle unsere Zeit verschwendet haben. Wäre das denn so schlimm? Glaubst du etwa, irgendjemand wäre deswegen wütend auf dich? Immerhin hast du es für Karl getan.«

»Mir ist völlig egal, was die anderen denken. Ich tue, was ich für richtig halte.«

»Okay. Gut.« Abby holte einen Ordner aus ihrer Tasche und legte ihn auf die Kommode. »Der ist für dich.«

»Was ist das?«

»Das ist die Polizeiakte über Otis Tillman«, erklärte Abby. »Du kannst sie dir ansehen oder es lassen. Deine Entscheidung.«

»Woher soll ich wissen, ob alles da drin stimmt?«

»In der Hinsicht wirst du mir einfach glauben müssen.« Abby schenkte Leonor ein Lächeln, das sie jedoch nicht erwiderte.

»Eine Sache noch.« Abby wandte sich bereits zum Gehen. »Es ist noch jemand hier, den ich dir gern vorstellen würde.«

»Wer denn?«

»Ihr Name ist Eden. Du hast bestimmt schon von ihr gehört. Sie war mal mit David verheiratet.«

Leonor wurde kreidebleich. »Sie ist hier?«

»Sie ist unten bei meiner Mutter«, bestätigte Abby. »Du kannst sie fragen, was immer du willst. Du möchtest doch bestimmt eine Menge wissen.«

Kapitel 63

Der Junge lag zitternd im Bett, und die Laken starrten von Schweiß und Dreck.

Er stellte die Suppe auf den Schreibtisch und ging hinüber, um den Jungen wachzurütteln. Zuerst sanft, dann beharrlicher. »Hey. Wach auf. Ich hab dir Suppe gekocht. Das wird dich aufwärmen.«

Musste sich das Kind überhaupt aufwärmen? Seine Haut fühlte sich kochend heiß an.

»Hey, Nathan. Wach auf.«

Der Junge schlug flatternd die Lider auf, hatte die Augen jedoch verdreht. Er krampfte, erstarrte auf einmal am ganzen Körper und biss die Zähne zusammen. Speichel rann ihm am Kinn herunter.

»Hör auf damit! Wach auf!«

Etwas stimmte nicht mit ihm. Das lag an diesem hässlichen Kratzer. Der sah immer schlimmer aus, war dick geschwollen, entzündet und eiterte. Was hatte sich dieser Idiot da nur angetan? Das war alles seine Schuld. Seine – und die seiner Schwester, die sich mit dem Lösegeld so viel Zeit ließ. Sie hätte längst zwanzig Interviews am Tag geben, durch die Radiosendungen tingeln und Promis für ihre Sache einspannen müssen. Worauf wartete sie noch? Er hatte ihr die perfekte Plattform dafür geliefert, so wie sie es sich immer gewünscht hatte, und sie ergriff noch nicht mal die Initiative. Was in aller Welt stimmte nicht mit ihr?

Es war ihre Schuld, dass ihr Bruder jetzt krank war. Ihre gottverdammte Schuld.

Er verließ das Zimmer, knallte die Tür hinter sich zu und griff nach seinem Handy. Beinahe hätte er sie angerufen, aber sein Finger schwebte noch über dem Display.

Bescheuert. So unglaublich bescheuert. Wenn er sie jetzt anrief, wussten sie, wo er sich aufhielt. Die Polizei wäre in einer halben Stunde hier, würde das Haus umstellen, *game over*. Und all das nur, weil er den Kopf verloren und die Grundregeln missachtet hatte. Die Regeln, die sie alle zusammen aufgestellt hatten. Nur Wegwerfhandys. Immer aus Manhattan und nie aus dem Versteck anrufen. Jedes Mal die Stimme verstellen.

Aber darum musste er sich kümmern. Gabrielle musste begreifen, dass die Zeit ablief. Wenn Nathan starb, würde man das nicht ihm anlasten können. Nicht nach allem, was er für den Jungen getan hatte. Nicht nach allem, was er für sie getan hatte.

Es gab auch andere Methoden, um ihr eine Botschaft zu schicken.

Er ging zurück ins Zimmer des Jungen und schoss ein Foto. Dann setzte er sich in der Küche an den Laptop und rief den Tor-Browser auf. Natürlich hatten sie auch diesen Teil geplant, und er hatte die Grundlagen des Dark Webs schon vor langer Zeit erlernt. Er loggte sich mithilfe seiner temporären E-Mail-Adresse bei ProtonMail ein – ein Wegwerf-E-Mail-Konto, leicht abzuschalten, unaufspürbar.

Angespannt schrieb er die kurze E-Mail, wobei er erbittert auf jede Taste hämmerte. Das Foto anzuhängen war ziemlich umständlich, weil er es noch auf dem Handy hatte, aber es gelang ihm. Ein Klick, und die Mail war unterwegs. Er atmete aus und zitterte ob der Anstrengung am ganzen Körper. Dabei malte er sich aus, wie seine Worte, die Bits mit Informationen, durch die Computer-Cloud im Dark Web sausten, bis sie schließlich zufällig irgendwo auf der Welt auf einem Computer landeten. Japan, Schweiz, Iran, irgendwo. Und danach ging es weiter in Gabrielles Posteingang. Wo sie darauf warteten, gelesen zu werden.

Sie musste es erfahren. Er machte das nur für sie.

Kapitel 64

Abby hatte einen Schlafanzug für besondere Gelegenheiten. Nicht die, bei denen man sexy aussehen wollte. Nein, der Schlafanzug war für Abende gedacht, an denen sie etwas Weiches und Flauschiges am Körper brauchte. Sie trug ihn nur selten, damit er nicht durch zu häufiges Waschen seinen Wohlfühlfaktor verlor. Der Stoff war hellblau, und auf dem Oberteil prangte das Bild eines Schafs, das eine Blume kaute. Die Hose saß locker und gewährte ihr Beinfreiheit, hielt jedoch schön warm.

Sie beschloss, dass dies einer dieser speziellen Abende war, an denen sie mehr Flausch brauchte, und zog den Schafschlafanzug direkt nach dem Duschen an.

Wieso gab es kein Wort, das die Wonne, einen sehr bequemen Schlafanzug zu tragen, beschrieb? Schon beim Anziehen hatte sie den Eindruck, als würde ihr die Last des Tages von den Schultern genommen.

Ihr Handy klingelte, und sie schnitt eine Grimasse. Eigentlich hatte sie sich eben hinlegen, zudecken und endlich mal ausschlafen wollen.

Es war Carver. Sie ging ran. »Hey.«

»Hey, Abby. Ich wollte eben was essen gehen und habe mich gefragt, ob Sie Lust haben, mich zu begleiten und über den Fall zu sprechen.«

»Nein, nicht heute Abend. Ich bin schon zu Hause.«

»Oh.« Er schwieg kurz. »Haben Sie schon gegessen?«

»Ich hatte … einen Joghurt.«

»Das ist kein Abendessen. Was halten Sie davon? Ich hole uns was vom Chinesen und komme bei Ihnen vorbei. Es gibt da ein paar Dinge, die ich gern mit Ihnen besprechen würde.«

Abby wollte ihm schon erklären, dass das nicht möglich war. Dass sie schon ihren hellblauen Schafschlafanzug trug, was bedeutete, dass sie endgültig Feierabend hatte. Aber sie war sich nicht sicher, ob Carver das verstanden hätte. Er machte auf sie nicht den Eindruck eines Mannes, der zu Hause einen besonderen Schlafanzug hatte.

»Gern«, hörte sie sich sagen. »Kommen Sie ruhig vorbei.«

»Großartig.« Sie konnte ihm anhören, dass er lächelte. »Schicken Sie mir die Adresse. Was möchten Sie essen?«

»Keine Ahnung. Keinen Reis, lieber irgendwas mit Nudeln.«

»Geht klar.« Er legte auf.

Sie rang mit sich, ob sie den Schlafanzug anbehalten sollte. Lieber nicht. Wenn sie ihn trug, konnte sie doch nichts essen. Ein Soßenfleck wäre eine Katastrophe gewesen. Sie überlegte, einen der Hosenanzüge anzuziehen, die sie zur Arbeit trug, hatte aber nicht die geringste Lust dazu. Schließlich entschied sie sich für ihre blaue Yogahose und ein enges schwarzes T-Shirt, das sie schon seit Monaten nicht mehr getragen hatte. Sie überlegte, ob sie sich die Mühe mit etwas Make-up und Kontaktlinsen machen sollte, ärgerte sich aber ein bisschen über Carver, weil er sie in diese Lage gebracht hatte, und beschloss, dass er sie mit Brille und ungeschminkt ertragen musste.

Dann rang sie sich doch zu den Kontaktlinsen durch. Und ein wenig Lidschatten.

Als Carver endlich vor der Tür stand, war sie am Verhungern.

»Ich habe Ihnen Rindfleischnudeln …«

»Perfekt.« Sie riss ihm die Tüte aus der Hand und führte ihn in die Küche.

»Aber wenn Sie vom Joghurt noch satt sind, müssen Sie sie natürlich nicht essen.« Carver grinste sie an.

»Kommen Sie mir jetzt nicht auf die Tour. Möchten Sie ein Bier?«

»Gern.«

Sie nahm sich auch eins aus dem Kühlschrank.

»Sie sehen gut aus.« Er klang leicht erstaunt.

»Ihr überraschter Tonfall ist gänzlich unangebracht.« Sie öffnete die Schachtel, und als ihr der Duft in die Nase stieg, lief ihr das Wasser im Mund zusammen.

»Das liegt nur daran, dass Sie bei meinem Anruf sehr müde klangen, und Sie haben sehr hart an diesem Fall gearbeitet …«

»Sie machen es nicht besser.« Sie fischte sich mit den Stäbchen ein Stück Rindfleisch heraus und steckte es in den Mund. Es schmeckte köstlich. »Wo haben Sie das geholt?«

»Bei dem Restaurant in der Nähe des Reviers.« Er schien sich über ihre Begeisterung zu freuen. »Ich lade Sie demnächst gern mal dorthin ein.«

Abby beäugte ihn überrascht. Carver konzentrierte sich auf sein Essen und schien ihren Blick gar nicht zu bemerken.

»Wo sind Ihre Kinder?«, erkundigte er sich.

»Bei ihrem Dad. Heute ist sein Tag.«

»Sein Tag?«

»Wenn man geschieden ist und Kinder hat, ist jeder Tag entweder seiner oder deiner. Oder es ist sein Wochenende oder deins. Das Leben wird binär.«

»Und was ist Ihnen lieber? Seine Tage oder Ihre?«

Sie überlegte kurz. »Mir ist es lieber, wenn die Kinder hier sind. Aber es ist auch schön, mal ein Wochenende frei zu haben.

Oder morgens aufzuwachen und nicht hektisch dafür sorgen zu müssen, dass sie rechtzeitig in die Schule kommen. Oder Richter zu spielen, wenn sie sich streiten.«

»Streiten sie sich denn oft?«

Sie zuckte mit den Achseln. »Haben Sie sich in Ihrer Kindheit oft mit Ihren Geschwistern gestritten?«

»O ja. Aber wir waren acht, da sah das Ganze eher wie ein Bandenkrieg aus. Normalerweise hieß es, die Kleinen gegen die Großen. Der Kampf um die Fernbedienung konnte durchaus blutig werden.« Ein verträumtes Lächeln umspielte seine Lippen, als würde er sich an einen wunderschönen Tag erinnern. »Meine kleine Schwester hat immer gebissen. Heute ist sie Anwältin.«

»Glauben Sie, da gibt es einen Zusammenhang?«

»Ich bin davon überzeugt. Dann genießen Sie also die Ruhe?«

»Gewissermaßen. Wenn die Kinder weg sind, vermisse ich sie sehr. Ich möchte mit Ben kuscheln oder Samantha beim Geigespielen zuhören. Mir erzählen lassen, wie ihr Tag gewesen ist. Ihnen bei den Hausaufgaben helfen … aber das muss ich eigentlich gar nicht mehr.«

»Sie brauchen Ihre Hilfe nicht?«

»Eigentlich nicht. Sie sind beide sehr selbstständig – und wirklich klug.«

»Das ist bei diesen Eltern auch kein Wunder«, meinte Carver.

Bei diesen Worten durchfuhr Abby ein wohliges Kribbeln. Sie hatte eine leicht andere Version dieses Satzes schon häufig von Lehrern oder Freunden gehört. Meist sagten sie so etwas wie: »Die Kinder sind so klug und kommen bestimmt nach ihrem Vater.« Weil jeder wusste, dass ihr Vater Mathematikprofessor und einer der führenden Akademiker auf seinem Gebiet war. Er hatte sogar Bücher veröffentlicht, die kaum jemand verstand.

Und manchmal sagten die Leute auch: »Samantha ist so hübsch, Abby, sie kommt nach dir.«

Aber bisher hatte noch keiner gesagt, die Kinder seien schlau, weil sie nach ihren Eltern kamen. Plural.

Großer Gott, sie wurde ja rot!

»Wollten Sie nie Kinder?«, fragte sie mit leicht schriller Stimme. »Bei Ihrer Familie hätte ich das fast schon als gegeben angesehen.«

»In der Theorie wollte ich schon welche«, gab Carver zu. »Aber in der Praxis hatte ich immer das Gefühl, es wäre der falsche Zeitpunkt. Das Geld war knapp, daher sollten wir lieber noch warten. Ich hatte bei der Arbeit viel zu tun, daher sollten wir lieber warten. Unsere Wohnung war zu klein, daher sollten wir lieber warten. Irgendwann fand meine Frau dann einen Mann, der nicht warten wollte, und wir ließen uns scheiden.«

»Oh. Ich wusste nicht, dass Sie verheiratet waren.«

»Vier Jahre.« Carver leerte seine Bierflasche. »Jetzt ist Monica mit diesem Finanzanwalt zusammen und hat einen niedlichen kleinen Jungen.«

»Sie sind in Kontakt geblieben?«

»Auf die moderne Art und Weise. Ich stalke sie bei Facebook. Sehe mir all die Fotos ihres perfekten Lebens an und klicke hin und wieder auf ›Like‹, ohne zu kommentieren – damit sie weiß, dass ich mich für sie freue, es mir aber eigentlich auch egal ist.«

Abby musste lachen. »Das ist schon ein bisschen schräg.«

»Sehen Sie sich die Fotos Ihres Ex-Mannes nicht an?«

»Doch, jedes einzelne sogar. Aber ich klicke bei keinem auf ›Like‹ – damit er weiß, dass es mir scheißegal ist.«

»Wer hätte gedacht, dass der ›Like‹-Button bei Facebook so viele unterschwellige Bedeutungen hat?«

Abby lachte erneut auf. »Sie sagten, Sie möchten über den Fall reden?«

»Genau.« Carvers Miene wurde ernst. »Ich habe mit McCormick gesprochen, dem Journalisten, der Eric Layton interviewt hat. Anscheinend hat Gabrielle ihm erzählt, dass sie vor drei Jahren auf der Suche nach ihrem Dad auf der Tillman-Farm angerufen hat.«

Abby blinzelte verwirrt. »Mir hat sie erzählt, sie hätten keinen Kontakt.«

»Den haben sie auch nicht. Ich habe sie angerufen und danach gefragt. Sie sagte, ein Mann, dessen Namen sie nicht kannte, wäre ans Telefon gegangen und hätte Otis geholt, sobald er begriffen hatte, mit wem er da sprach. Otis teilte ihr dann mit, dass David nicht mit ihr reden wollte. Er hat versucht, sie zu einem Besuch der Farm zu überreden, damit sie persönlich mit ihrem Vater sprechen konnte. Das wollte sie aber nicht. Sie sagte, sie wäre nicht mal überzeugt gewesen, dass ihr Dad überhaupt noch dort war. Und Otis war ihr offenbar unheimlich.«

»Dann hat sie einen guten Instinkt.«

»Wahrscheinlich haben sie so rausgefunden, wo Eden mit ihren Kindern wohnt.«

»Hat sie gesagt, mit wem sie als Erstes gesprochen hat?«

»Das weiß sie nicht. Ich vermute, es war Karl.«

»Gut möglich. Und es kommt noch schlimmer.« Sie berichtete ihm von der geplanten Ehe zwischen Karl und Gabrielle. »Er war bestimmt aus dem Häuschen, als er herausgefunden hat, dass sie noch am Leben ist – und ganz in der Nähe wohnt.«

»Und danach hat er angefangen, ihr Instagram-Profil zu stalken.«

Abby lehnte sich zurück und ließ sich das durch den Kopf gehen.

Carver stand auf. »Wo ist das Badezimmer?«

»Durch den Flur und dann links.«

Er ging hinaus. Abby suchte in den Nudeln nach den letzten Rindfleischstückchen, die ihr entgangen waren.

»Großer Gott!« Ein Schrei hallte durch das Haus.

Sofort sprang Abby auf und eilte durch den Flur. Carver stand im Türrahmen von Bens Zimmer und wirkte wie erstarrt.

»Alles in Ordnung?«, fragte Abby, der das Herz bis zum Hals schlug.

»Da drin ist eine Schlange! Sie hat mich angesprungen, als ich die Tür aufgemacht habe.«

Abby spähte ins Zimmer. Die Schlange lag in ihrem Vivarium und starrte sie beide an, als würde sie überlegen, wer von ihnen besser schmeckte.

»Sie hat Sie angesprungen? Sie ist doch im Vivarium«, meinte Abby amüsiert. Carver hatte eine Hand an der Seite – an der Stelle, an der er die Waffe getragen hätte, die er jedoch zum Essen abgelegt hatte.

»Na ja … Das Glas habe ich nicht gesehen. Es ist sehr sauber. Und das Vieh hat gezischt.« Er ließ den Blick durch das Zimmer schweifen und beäugte die anderen Vivarien mit der Tarantel, dem Chamäleon und den Grillen. »Das ist ja der reinste Zoo. Sie haben einen Zoo zu Hause.«

»Das ist kein Zoo, sondern das Zimmer meines Sohnes. Das Badezimmer ist die zweite Tür links. Wollten Sie die Schlange etwa erschießen?«

»Sie hat mich angezischt«, beharrte Carver. »Ich mag keine Schlangen. Und das Aquarium ist sehr sauber. Ich habe die Scheibe wirklich nicht gesehen.«

»Das ist ein Vivarium. Mein Sohn hat es gern sauber.«

»Okay. Also … die zweite Tür links, richtig?«

»Genau.«

»Erwarten mich da drin Fledermäuse oder etwas in der Art?«

»Nein, aber sehen Sie lieber vorher unter den Toilettendeckel, denn wir bewahren dort manchmal Piranhas auf.«

Carver blinzelte mehrmals und schien sich nicht sicher zu sein, ob sie es ernst meinte. »Sehr witzig«, sagte er trocken.

Abby kehrte in die Küche zurück und stellte zwei neue Bierflaschen auf den Tisch. Als Carver wieder hereinkam, wirkte er noch immer ein wenig erschüttert.

»Dann sind das alles Haustiere Ihres Sohnes?«

»Na ja, die Schlange ist neu; ich habe Ihnen schon von ihr erzählt. Und die Grillen sind das Futter für die Tarantel und somit eigentlich keine Haustiere.« Sie reichte ihm die Bierflasche.

»Sind die Viecher giftig?« Als er ihr die Flasche abnahm, berührten sich ihre Finger. Er drehte sie auf und trank einen Schluck.

»Natürlich nicht. Und sie stellen definitiv keine Gefahr für Menschen dar. Der Biss der Tarantel oder der Schlange würde nur ein bisschen wehtun.«

»Ich hatte als Kind Albträume, nachdem ich diesen Indiana-Jones-Film gesehen hatte.«

»Ach, die Szene mit dem Brunnen der Seelen«, meinte Abby. »Wussten Sie, dass einige Schlangenarten eigentlich beinlose Echsen sind?«

»Wo ist da der Unterschied?«

»Schlangen haben keine Ohröffnungen. Ben hat diese Szene unzählige Male angesehen und so einiges darin entdeckt. Die unterschiedlichen Pythonarten, die falschen Schlangen. Die Kobra findet er am besten.«

»Stehen Sie auch auf Schlangen?«

»Eigentlich nicht«, gab Abby zu. »Ehrlich gesagt, kann ich sie nicht ausstehen. Ebenso wenig wie Spinnen oder Grillen. Aber das Chamäleon ist ganz okay.«

»Sie sind eine unglaubliche Mom, dass Sie ihm das erlauben.«

»Erzählen Sie das meiner Tochter.«

»Wenn Sie mir damals auf der Akademie erzählt hätten, dass Sie eines Tages zwei Kinder haben würden und zu der Art von Mom werden, die ihrem Sohn eine Schlange als Haustier erlaubt, hätte ich Sie für verrückt erklärt.«

Abby runzelte die Stirn. »War das jetzt ein Kompliment?«

»Ich glaube schon.« Er grinste sie an und trank einen Schluck Bier.

»Was dachten Sie denn damals, wie ich später sein würde?«

»Keine Ahnung.« Carver starrte die Tischplatte an. »Ich schätze, ich dachte … Ich meine, ich hatte gehofft …« Er sprach nicht weiter.

»Was haben Sie denn gehofft?«

»Ich war sehr enttäuscht, als ich Steve bei dem Abschlussgrillen kennengelernt habe.« Carver zuckte mit den Achseln. »Eigentlich hatte ich vorgehabt, Sie auf einen Drink einzuladen.«

Schweigen senkte sich auf sie herab. Abby trank ihr Bier und sagte sich, dass sich nur wegen des Alkohols alles um sie drehte.

Dann klingelte ihr Handy, und Gabrielle Fletchers Name stand auf dem Display.

»Hallo?«

»Lieutenant Mullen?« Gabrielles Stimme klang gepresst; sie schien den Tränen nahe zu sein. »Ich … ich habe eben eine E-Mail bekommen. Von den Entführern.«

»Eine E-Mail? Was steht denn drin?« Sie sah Carver an.

»Darin steht, dass Nathan krank ist.« Gabrielle schluchzte. »Dass seine Zeit abläuft. Sie haben mir auch ein Foto geschickt. Er sieht schlimm aus.«

»Okay, als Erstes schicke ich jemanden rüber, der sich deinen Computer ansieht«, sagte Abby. »Das Foto könnte einen Virus enthalten.«

»Warum sollten sie mir einen Virus schicken?« Gabrielle schniefte.

Um ihren Computer und ihre Webcam zu übernehmen. Um alles zu belauschen, was bei ihr zu Hause passierte. »Das ist nur eine Vorsichtsmaßnahme«, erwiderte Abby. »Kannst du mir die Mail weiterleiten?«

»O… okay. Was soll ich denn jetzt machen? Soll ich darauf antworten?«

»Ich muss erst mal lesen, was sie geschrieben haben. Schick mir die Mail.« Abby gab Gabrielle ihre E-Mail-Adresse durch.

»Okay, abgeschickt«, sagte Gabrielle.

Abby wartete einige Sekunden und öffnete dann ihren Posteingang. Da! Eine E-Mail von einer temporären E-Mail-Adresse – eine zufällige Folge aus Buchstaben und Ziffern. Sie öffnete sie und las sich den kurzen Text durch. Carver sah ihr über die Schulter.

> Das dauert zu lange, und dein Bruder hat nicht mehr viel Zeit. Er ist krank, und wir verlieren die Geduld. Wenn er stirbt, ist das DEINE SCHULD!!!

Auf dem Foto sah Nathan gar nicht gut aus. Der Junge war blass, hatte ein Auge halb geöffnet, und sein Gesicht schien verkratzt und schmutzig zu sein.

Gabrielle räusperte sich. »Glauben Sie, er ist bereits … bereits …?«

»Er ist noch am Leben.« Abby konnte nur hoffen, dass sie recht hatte. »Sonst würden sie uns das Foto nicht schicken.«

»Soll ich auf die Mail antworten?«

»Ja. Aber ich werde die Antwort selbst schreiben. Ich schicke dir gleich den Text.« Abby bezweifelte, dass die Entführer die Antwort überhaupt lesen würden. Die temporäre

E-Mail-Adresse ließ vermuten, dass sie dieses Konto kein zweites Mal benutzen würden. »Gib mir eine Stunde.«

»Aber was ist, wenn wir das Geld nicht rechtzeitig zusammenbekommen? Muss Nathan dann sterben?«

»Wir tun, was wir können, um ihn rechtzeitig da rauszuholen, okay?«

»Okay.«

»Ich rufe zurück, sobald ich die Antwort formuliert habe.«

»Bitte beeilen Sie sich«, flüsterte Gabrielle und legte auf.

»Leiten Sie mir die E-Mail weiter«, bat Carver. »Ich rede mit den Technikern; vielleicht können sie sie zurückverfolgen.«

Abby nickte geistesabwesend. Sie hatte bereits ein leeres Dokument geöffnet und überlegte, was sie antworten sollte.

Carver stand auf. »Ich sage Ihnen Bescheid, was wir herausfinden.«

»Okay. Carver?«

»Ja?«

»In dieser Mail klingt der Entführer ziemlich labil. Wir müssen Nathan schnell finden.«

Kapitel 65

Um kurz nach neun parkte Abby vor dem Haus ihrer Mutter und rief noch einmal ihre E-Mails ab, weil sie auf Neuigkeiten hoffte. Aber es gab keine. Carver hatte am Vorabend noch angerufen und ihr mitgeteilt, dass sie die E-Mail nicht zurückverfolgen konnten. Wer immer sie abgeschickt hatte, wusste, was er tat.

Gabrielle hatte für ihre Antwort den von Abby verfassten Text benutzt; eine beruhigende Nachricht mit einigen offenen Fragen, die den Entführern das Gefühl vermitteln sollten, weiterhin alles unter Kontrolle zu haben. Nun hofften sie auf eine Antwort und dass die Taskforce dringend benötigte Informationen bekam. Abby vermutete allerdings, dass die Entführer die Nachricht gar nicht lesen wollten. Wären sie auf einen Dialog aus gewesen, dann hätten sie angerufen. So aber war es ihre Art, eine Botschaft zu schicken, bei der sie nicht interagieren mussten.

Das Foto von Nathan, der bewusstlos im Bett lag, hatte in ihr das Verlangen geweckt, etwas zu unternehmen. Aber ihr waren die Hände gebunden. Sie konnte nur so weitermachen wie bisher und darauf hoffen, vielleicht von Leonor einige Antworten zu bekommen.

Sie stieg aus dem Wagen und ging zur Haustür. Als sie eben erst angeklopft hatte, wurde die Tür auch schon aufgerissen und Penny stand vor ihr und hielt sich grinsend einen Finger an die Lippen. Abby folgte ihr so lautlos wie möglich über die Holztreppe in den ersten Stock.

Die Tür zu Abbys altem Zimmer war geschlossen, aber dahinter war eine laute Unterhaltung zu hören. Im ersten Moment zog sich ihr Magen zusammen, als sie hörte, wie Brian seine Schwester anschrie, doch dann antwortete Leonor äußerst gut gelaunt.

»Das war an deinem dreizehnten Geburtstag, du Nase.« Leonors Stimme klang leicht gedämpft, aber Abby konnte sie halbwegs verstehen. »Und ich bin nicht in den Kuchen gefallen, ich wurde geschubst.«

»Und ich sage dir, es war mein zwölfter Geburtstag. Das weiß ich noch ganz genau, weil mir Mom diesen Dumbledore-Kuchen gebacken hat. Er sah toll aus – jedenfalls bevor du dich über und über damit beschmiert hattest.«

»Jetzt hör aber auf, der sah überhaupt nicht aus wie Dumbledore. Sie hat das Gesicht überhaupt nicht hingekriegt. Er hat eher an einen perversen Weihnachtsmann erinnert.«

»Für dich sind doch alle Weihnachtsmänner pervers.«

Und dann ein Geräusch, bei dem Abby die Tränen kamen. Leonor lachte! »Das sind sie ja auch«, erwiderte sie, noch immer kichernd. »Ich meine, wieso wollen sie denn sonst, dass man sich auf ihren Schoß setzt?«

Abby und ihre Mom schlichen die Stufen wieder hinunter und gingen in die Küche.

»So sind sie schon seit einer halben Stunde«, sagte Penny leise. »Sie haben noch nicht mal das Zimmer verlassen.«

»Das ist doch super.« Abby ging in der Küche auf und ab.

»Ich habe gestern vor dem Schlafengehen mit Brian gesprochen. Er hat mir erzählt, dass sie sich nach Halloween immer in ihrem Zimmer zusammengesetzt und die ganzen Süßigkeiten auf einen Haufen geworfen haben, um sich damit vollzustopfen. Daher habe ich heute Morgen deinen alten Halloween-Beutel rausgesucht. Erinnerst du dich noch daran?«

»Hatte der nicht eine Kürbisform? Und der ist noch da? Der muss doch ganz verschimmelt sein.«

»Ich habe ihn sauber gemacht. Dann war ich schnell einkaufen und habe ihn mit Süßigkeiten gefüllt und vor ihr Zimmer gestellt. Ich glaube, Leonor war als Erste wach. Sie kam raus, hat ihn entdeckt … und seitdem sind sie im Zimmer.«

Abby umarmte ihre Mutter, und ihr lief eine Träne über die Wange. Sie hatte jahrelang Krisenmanagement und Sektenintervention studiert, aber ihre Mutter erkannte intuitiv, was die Menschen am dringendsten brauchten.

Leonor war auf dem richtigen Weg. Und sie brauchten die Informationen jetzt. Wenn Abby jedoch raufstürmte und Leonor befragte, würde sie das Mädchen nur wieder in die Klauen der Sekte treiben.

Bei der Sektenintervention hatte man immer einen lockeren Zeitplan. Das Mitglied musste alles in Ruhe verarbeiten und allein die richtigen Schlüsse ziehen. Abby wusste das, verspürte aber dennoch den Drang, Leonor zu drängen und zu überzeugen. Nathans Leben hing womöglich von den Informationen ab, die Leonor ihnen liefern konnte.

»Wie geht's den Kindern?« Penny beäugte sie.

»Es geht ihnen gut. Ich habe vorhin mit Steve telefoniert. Sie bleiben bis Donnerstag bei ihm.«

»Oh, das ist aber nett von ihm.«

»Wenn du meinst.« Ja, es war nett von ihm. Er hatte nicht mal hochnäsig geklungen, als er darauf eingegangen war. Na gut, vielleicht ein bisschen. Aber das hinderte Abby trotzdem nicht daran, sich wie die schlechteste Mutter der Welt vorzukommen. Und sie hatte einige ziemlich grauenhafte Mütter kennengelernt, darunter die von einem von Bens Freunden, die ihn jeden Tag vier Stunden fernsehen ließ. Aber ließ diese Mutter ihre Kinder eine ganze Woche lang allein? Nein, das tat sie nicht. Denn so schrecklich war nur Abby.

Sie verdrängte diesen Gedanken.

»Mir ist einiges aus meiner Kindheit wieder eingefallen«, sagte sie. »Aus der Zeit bei der Sekte.«

»Schlimme Erinnerungen?«

»Einige, aber nicht alle. Da war ein Wildblumenfeld ... Ach, das weißt du ja. Da, wo die Mohnblumen wuchsen. Es war wunderschön.«

»Ja, ich erinnere mich«, erwiderte Penny.

»Du warst da?« Abby war überrascht.

»Wir waren alle zusammen da. Hank und ich sind ein Jahr, nachdem wir dich adoptiert hatten, mit dir dorthin gefahren. Wir dachten, es würde dir vielleicht helfen. Du warst so unglücklich.«

»Hat es geholfen?«

»Vielleicht ein bisschen. Es war ein langer Prozess.«

Abby nickte, lief wieder durch die Küche und fuhr mit den Fingern über die ...

... Stuhllehne. Sie warf Penny einen Blick zu, die an der Arbeitsplatte stand und leise summend das Abendessen zubereitete. Sie war abgelenkt. Die perfekte Gelegenheit.

Abihail schlich sich leise raus. An der Treppe blieb sie kurz stehen und lauschte. Hank telefonierte oben in seinem Arbeitszimmer. Er telefonierte viel. Penny hatte Abihail erklärt, dass das zu seinem Job gehörte.

Sie huschte ins Badezimmer, ließ das Licht aus und die Tür halb offen. Wenn sie die Tür zumachte, merkten sie es immer.

Dann holte sie den grünen Scheuerschwamm aus der Tasche. Sie hatte ihn vom Spülbecken stibitzt, als Penny nicht hingesehen hatte.

Er war perfekt.

Penny und Hank mochten es nicht, wenn sie sich die Hände wusch. Sie hatte ihnen das mit den Keimen erklärt, und Penny hatte gesagt, dass das schon richtig sei, aber zwanzig Sekunden mit etwas Seife ausreichten. Sie verstanden es einfach nicht. So wurde man die wirklich fiesen Keime nicht los. Einige musste man abschaben.

Hank hatte ihr gedroht, sie zu bestrafen, wenn er sie erneut dabei erwischte, wie sie sich die Haut mit den Fingernägeln aufkratzte. Aber von Scheuerschwämmen hatte er nichts gesagt.

Sie drehte den Wasserhahn auf und fing an zu schrubben. Das raue Material kratzte die Keime ab. Sie gab ordentlich Flüssigseife darauf und schrubbte noch energischer. Seifenschaum lief ihr über die Handgelenke und färbte sich rosa. Es tat weh, war aber ein guter Schmerz, ein reinigender Schmerz. Sie musste die ganzen Keime loswerden.

»O nein! Was machst du denn, Abihail?« Pennys entsetzter Schrei bewirkte, dass sie den Scheuerschwamm ins …

…Waschbecken fallen ließ.

Abby starrte ins Waschbecken. Irgendwann war sie aus der Küche ins Bad gegangen. Es war nicht dasselbe Becken; Penny und Hank hatten es inzwischen ausgetauscht. Aber in diesem Bad gab es noch immer Erinnerungen aus ihrer Kindheit. Auch nach all den Jahren hing noch derselbe Spiegel an der Wand. Dieselben Kacheln.

Wie entsetzt sie gewesen waren. Abby hatte sie belauschen können, als sie …

… im Bett lag.

»Wir müssen strenger sein«, erklärte Hank wütend. »Wir können nicht zulassen, dass sie sich wehtut. Was ist, wenn sie sich als Nächstes noch schneidet? Ich werde ihr sagen, dass sie eine Woche Fernsehverbot hat, und wenn wir sie noch einmal dabei erwischen …«

»Ach, jetzt hör doch auf, Hank«, fiel Penny ihm entschieden ins Wort. *»Abihail zu bestrafen bringt uns nicht weiter. Du musst geduldig sein und dich an das erinnern, was der Psychologe gesagt hat.«*

»Der Seelenklempner ist viel zu weich. Meine Eltern waren immer streng zu mir, und sieh doch, was aus mir geworden ist.«

»Um Himmels willen. Vergleichst du das, was das arme Kind durchgemacht hat, etwa mit deiner Kindheit?«

Einen Augenblick herrschte Schweigen.

»Diese verdammte Sekte«, schimpfte Hank dann. *»Ich weiß nicht, wie wir das, was sie ihr angetan haben, je wieder in Ordnung bringen können.«*

»Hier geht es nicht darum, etwas in Ordnung zu bringen, sondern sie mit Liebe zu überschütten. Du musst Geduld haben.«

Ihre Stimmen wurden danach leiser, und Abihail konnte sie nicht länger verstehen. Sie war müde und schlief langsam ein, fragte sich dabei jedoch, was das für ein Wort war, das Hank benutzt hatte, diese Sekte, und ob das Feuer und die Explosion in jener Nacht die Schuld der Sekte waren.

Abby massierte sich die Stirn und ging ins Wohnzimmer. Sie warf hoffnungsvoll einen Blick zur Treppe, aber Leonor und Brian waren noch immer in Abbys altem Zimmer.

»Abihail?« Hanks Stimme kam aus Richtung Tür.

Sie hatte sich die Decke über das Gesicht gezogen, weil sie ihn nicht sehen wollte, und nahm sie nicht runter. Penny wollte sie ebenfalls nicht sehen. Sie wollte zurück zu ihrer Familie.

»Ich habe etwas für dich«, sagte Hank. *Sie spürte, dass er sich auf die Bettkante setzte.* *»Womit du dir die Hände waschen kannst.«*

Jetzt war sie neugierig geworden und spähte unter der Decke hervor. *»Was denn?«*

Er hatte eine große Flasche mit einer pinkfarbenen Flüssigkeit in der Hand. »*Das ist eine besondere medizinische Seife. Antimikrobiell. Weißt du, was das bedeutet?*«

Sie schüttelte den Kopf.

»*Sie tötet Keime besonders schnell. Viel besser als normale Seife. Und du musst sie hiermit benutzen.*« *Er holte ein großes Paket mit weißen Kreisen hervor.* »*Das ist Baumwolle. Siehst du? Man gibt etwas Seife drauf und reibt sich dann damit die Hände ein. Du musst nicht so fest schrubben, aber …*« *Er stieß die Luft aus.* »*Du kannst dir so lange die Hände waschen, wie du möchtest. Bis sie sauber sind.*«

»*Auch eine ganze Stunde?*«

Er seufzte. »*Ich kann mir nicht vorstellen, dass du dafür eine ganze Stunde brauchst. Aber du kannst dir die Hände so lange waschen, wie du willst. Nur ohne Fingernägel, okay? Und nur, wenn du diese besonderen Pads benutzt.*« *Er stellte die Flasche und das Paket auf ihr Bett.* »*Einverstanden?*«

»*Einverstanden*«, *erwiderte sie leise, um ihn dann, nach leichtem Zögern, fest zu umarmen und dabei die Augen zuzukneifen.*

Das Geräusch einer Tür, die geöffnet wurde, holte Abby in die Gegenwart zurück. Rasch wischte sie sich mit dem Handrücken über die Augen, als Brian und Leonor auch schon die Treppe herunterkamen.

Kapitel 66

»Hey«, sagte Abby fröhlich. »Wie geht's dir heute?«

»Gut.« Leonors Lächeln verblasste.

»Du siehst besser aus.« Abby ließ sich ihre Anspannung nicht anmerken. Sie stand locker und entspannt da, als wäre sie nur mal so vorbeigekommen.

»Kann schon sein. Es ist schön, Zeit mit Brian zu verbringen.« Leonor warf Penny einen Blick zu und lächelte leicht. »Danke für die Schokolade.«

»Gern geschehen, Liebes«, erwiderte Penny. »Möchtet ihr einen Tee?«

»Das kann ich übernehmen«, schlug Brian vor.

»Jetzt werd nicht albern.« Schon begann Penny mit ihrer Zeremonie des Schubladen- und Türenschlagens in der Küche.

Abby verdrehte bei dem Lärm die Augen. »Wir gehen besser ins Wohnzimmer.« Sie musste schon fast schreien. »Hier kann man sich ja nicht mal mehr denken hören.«

Im Wohnzimmer ließ sich Abby in den Ohrensessel sinken, und Leonor und Brian nahmen dicht nebeneinander auf der Couch Platz.

»Hast du deinen Seitenspiegel reparieren lassen, Brian?«, erkundigte sich Abby. »So solltest du wirklich nicht mehr fahren.«

»Noch nicht«, gab Brian zu.

»Ich kann gern eine Aussage für die Versicherung machen«, sagte Abby. »Damit klar ist, dass es nicht deine Schuld war. Vielleicht zahlen sie dann schneller.«

»Das wäre super.« Brian klang erleichtert. »Ich bin im Augenblick ziemlich pleite, und mein Dad kriegt bestimmt einen Anfall, wenn er den Wagen sieht.«

»Ich muss nur verstehen, was genau passiert ist.« Abby blieb ganz entspannt. »Es schien irgendein Problem zu geben, und du hast die Kontrolle über den Wagen verloren.«

Einen Moment lang sagte keiner etwas. »Ach, vergessen Sie's«, meinte Brian dann. »Es war meine Schuld.«

»Nein«, protestierte Leonor mit erstickter Stimme. »Ich habe ihn gekratzt. Ich bin in Panik geraten.«

Abby runzelte die Stirn. »Warum bist du in Panik geraten?«

»Ich dachte einfach … Ich hatte Angst.«

»Wovor hattest du Angst?«

»Ich dachte … Hören Sie, es ist echt blöd. Ich war verängstigt. Aber das ist jetzt vorbei.«

»Hat dein Bruder dir etwas getan …«

»Nein!«, stieß Leonor gereizt hervor. »Ich dachte, es wäre eine Falle, okay? Ich hatte damit gerechnet, dass wir auf eine Absperrung stoßen. Und dann würde man uns aufhalten und alle töten. Darum habe ich Brian angeschrien, dass er umkehren muss. Und als er das nicht tun wollte, hab ich ihn gekratzt.«

»Warum hast du das geglaubt?« Abby suchte nach einer Lücke, einem Hinweis darauf, dass Leonor Zweifel hatte. Dass sie bereit war, eigenständig zu denken und zu handeln.

»Ich weiß es nicht.«

»Du weißt es nicht?«, wiederholte Abby.

»Alle anderen, die die Gemeinde verlassen haben, wurden umgebracht, okay? Es gibt da draußen Menschen, die uns hassen. Die uns aufhalten wollen. FBI-Agenten und fundamentalistische Christen, die uns für einen Gräuel halten, weil wir so progressiv sind. Sie scheinen ganz okay zu sein. Sie sind keine von denen, aber das wusste ich da noch nicht.«

»Du sagst, alle anderen, die die Gemeinde verlassen haben, wären getötet worden. Dabei hast du Eden doch kennengelernt. Sie wurde nicht getötet, richtig?«

»Anscheinend nicht. Vielleicht haben sie nicht alle getötet. Wir haben möglicherweise schlechte Informationen.«

Schlechte Informationen. Da hatte sie es. Dass Leonor das zugab, war ein großer Schritt. Nun musste sie nachhaken und den Riss vergrößern.

»Wieso glauben sie deiner Meinung nach, dass alle nach ihrem Weggang getötet wurden? Von wem hast du die schlechten Informationen?«

Leonor schloss die Augen und betete. Brian starrte auf seine Füße und wirkte verzweifelt. Aber Abby nickte ihm aufmunternd zu, lehnte sich zurück und wartete. Sie durfte das Mädchen nicht zu sehr bedrängen, sondern musste sie mit Samthandschuhen anfassen. Nach einigen Minuten kam Penny herein und reichte jedem eine Tasse Tee. Leonor hörte sofort auf zu beten, als wäre ihr ihr Benehmen peinlich. Als Penny wieder hinausging, strich sie Leonor im Vorbeigehen über das Haar.

»Hast du in den letzten Tagen mit Brian über die Gemeinde gesprochen?«, erkundigte sich Abby, sobald ihre Mutter den Raum verlassen hatte.

»Ja.« Leonor hatte den Kopf gesenkt.

»Was hält er davon?« Abby nippte an ihrem Tee.

»Das müssen Sie ihn fragen.«

»Ich möchte aber wissen, was er deiner Meinung nach denkt«, meinte Abby beiläufig. Sie wollte, dass sich Leonor in Brians Kopf versetzte und die Sekte aus einer anderen Perspektive sah.

»Ich schätze, er ist nicht glücklich darüber. Wegen der Frau von gestern.«

»Wegen Eden?«

»Sie hat sehr negative Dinge gesagt. Aber sie ist ja auch gegangen. Und Otis hat uns erzählt, dass sie Geld gestohlen hat. Daher bin ich mir nicht sicher, wie viel von ihrem Blödsinn ich glauben soll.«

»War das denn alles Blödsinn? Hat sie nicht Dinge beschrieben, die du selbst miterlebt hast?«

»Nur, wenn man eine völlig verdrehte Sicht der Dinge hat. Alles scheint schrecklich zu sein, wenn man es aus dem falschen Blickwinkel betrachtet.«

»Wie der Weihnachtsmann.« Brian grinste seine Schwester an.

»Halt die Klappe, Brian.«

»Du glaubst also, sie hätte die Realität verdreht?«

»Ja.«

Ein leichtes Zögern. Eine kaum merkliche Pause. Abby hörte es genau. Irgendwo tief in ihrem Inneren wusste Leonor, dass Eden die Wahrheit sagte. Dass es keine verdrehte Version davon war. Abby wollte diesen vergrabenen Teil in Leonors Bewusstsein wieder an die Oberfläche holen.

»Was würde die vierzehnjährige Leonor von dem halten, was dir Eden erzählt hat?«

»Wie bitte?« Leonor sah Abby verwirrt an.

»Nehmen wir mal an, du hättest mit Eden gesprochen, bevor du jemanden aus der Gemeinde kennengelernt hast. Was hättest du davon gehalten? Wäre das dann auch alles Blödsinn gewesen?«

Leonor schwieg. Abby gab ihr Zeit zum Nachdenken.

»Mit vierzehn wusste ich es nicht besser.«

»Aber jetzt schon. Weil du die Menschen kennst und weißt, wie sie leben. Sie haben dir alles erklärt.«

»Genau.«

»Wenn dir die vierzehnjährige Leonor heute begegnen würde, wie würdest du ihr das alles erklären, damit sie es versteht?«

»Ich ... ich würde ihr sagen ... Es gibt natürlich Dinge, die sie nicht begreifen könnte. Sie müsste mit den Leuten reden. Es mit eigenen Augen sehen.«

»Eden hat dir erzählt, dass man ihre zwölfjährige Tochter mit Karl verheiraten wollte. Wie würdest du das deinem früheren Ich erklären?«

Leonor biss sich auf einen Fingernagel und sah sich panisch nach einem Ausweg um. »Einiges kann man eben nicht so leicht erklären. Dafür müsste sie schon mit Otis reden.«

»Warum? Kannst du es ihr denn nicht selbst begreiflich machen? Du hast doch gesagt, dass du es jetzt verstehst.«

»Er kann das besser.«

»Was würde die vierzehnjährige Leonor von dir halten, wenn sie dich jetzt sehen könnte? Was hätte sie zu dem zu sagen, was mit Brian im Wagen passiert ist? Glaubst du, sie könnte deine Angst verstehen? Dass du befürchtet hast, Brian wollte dich in eine Falle locken?«

Leonor schloss abermals die Augen. Zu Abbys Erstaunen betete sie jedoch nicht. Es wurde Zeit, die Zügel anzuziehen und die Mauern zu durchbrechen, die Otis in Leonors Verstand errichtet hatte.

»Was würde sie zu Otis' Vorstrafen sagen? Illegaler Waffenhandel. Zwei Anzeigen wegen sexueller Nötigung.«

Leonor schüttelte heftig den Kopf.

»Was würde sie über das denken, was du kürzlich durchgemacht hast?«

Als Leonor die Augen aufriss, spiegelten sich darin Schmerz und Angst wider. Da war das Mädchen, das sie unterdrückt hatte; zwar verletzt und gebrochen, doch es war noch da. Sie sprang auf. »Ich muss mal an die frische Luft.«

Brian erhob sich. »Ich komme mit …«

»Nein!«, kreischte sie ihn an. »Lass mich! Ich gehe spazieren … allein!«

Schon stürzte sie zur Tür, als hätte sie Angst, dass man sie aufhalten wollte. Als Brian sich daran machte, ihr zu folgen, legte Abby ihm eine Hand auf den Arm. Leonor stürmte aus dem Haus und knallte die Tür hinter sich zu.

»Warum haben Sie sie gehen lassen?«, fragte Brian erbost. »Wir haben doch gute Fortschritte gemacht.«

»Es bringt uns nicht weiter, wenn sie das Gefühl hat, hier gegen ihren Willen festgehalten zu werden«, gab Abby zu bedenken. »Wir haben ihr versichert, dass sie jederzeit gehen kann.«

»Was hält sie jetzt davon ab, ihren Sektenanführer anzurufen und sich von ihm abholen zu lassen? Oder einfach per Anhalter zur Farm zu fahren?«

»Nichts«, gab Abby zu. »Aber sie hat gesagt, sie möchte gern allein spazieren gehen. Es ist im Augenblick von entscheidender Bedeutung, dass wir ihre Wünsche respektieren.«

Trotz ihrer vermeintlichen Nonchalance war sie ebenfalls besorgt. Leonors unverhoffter Aufbruch hatte wie ein Fluchtversuch gewirkt. Und wenn sie sich verzweifelt nach einem sicheren Zufluchtsort sehnte, dann würde sie sich automatisch dorthin wenden, wo sie sich zu Hause fühlte – Tillmans Farm. Abby hätte zu gern Straßensperren errichten oder Leonor beschatten lassen, doch das war nicht möglich. Sie konnte nur darauf vertrauen, dass dieses fünfzehnjährige Mädchen ein gutes Urteilsvermögen besaß und zur Selbstreflexion fähig war.

Während die Minuten verstrichen, versuchte Abby, auf dem Handy ihre E-Mails zu lesen, aber sie konnte sich einfach nicht konzentrieren. Brian schaltete den Fernseher ein und kurz darauf wieder aus. Er ging hinaus und kam zehn Minuten später mit finsterer Miene wieder zurück, sagte aber nichts. Abby vermutete, dass er sich auf die Suche nach Leonor gemacht, sie jedoch nicht gefunden hatte.

Eine Stunde verging. Die Nerven lagen blank. Penny fegte den Boden und räumte ein bisschen auf, konnte ihre Unruhe aber auch nicht verbergen. Abby überlegte schon, ob sie aufs Revier fahren sollte. Leonor war offensichtlich abgehauen und vermutlich schon auf dem Weg zur Farm. Das Ganze war ein entsetzlicher Reinfall.

In dem Moment ging die Tür auf, und Leonor stand mit verquollenen, geröteten Augen im Türrahmen.

»Ich will nicht wieder zurück auf die Farm«, stieß sie schluchzend hervor.

»Das musst du auch nicht.« Brian nahm sie in die Arme.

»Aber ich will auch nicht zurück zu Mom und Dad. Noch nicht.«

»Möchtest du noch ein paar Tage hierbleiben?«, fragte Penny. »Ich hätte nichts dagegen.«

»Okay«, murmelte Leonor an Brians Brust.

Abby räusperte sich. »Ich brauche deine Hilfe, Leonor. Würdest du mir ein paar Fragen beantworten?«

Brian warf Abby einen wütenden Blick zu, den sie ignorierte. Sie hatten ihren Durchbruch erzielt. Nun galt es, keine Zeit zu verlieren. Leonor löste sich aus Brians Armen und wischte sich über die Augen. »Ich glaube, ich weiß, was Sie wollen.«

»Wir vermuten, dass Otis oder Karl letzte Woche beschlossen haben, Nathan zu entführen«, sagte Abby. »Möglicherweise halten sie ihn sogar auf der Farm fest. Aber wir brauchen einen guten Grund, um dort alles zu durchsuchen. Wenn du uns also etwas über Karls Alibi erzählen kannst oder Informationen hast …«

»Sie irren sich.« Leonor schniefte.

»Ich weiß, dass du das immer noch denkst, aber …«

»Sie haben mich falsch verstanden.« Leonor hob die Stimme. »Sie haben nicht erst letzte Woche beschlossen, Nathan zu entführen. Das haben sie schon seit Jahren geplant.«

Kapitel 67

»Detective Carter und ich haben meine Informantin Leonor Craft über zwei Stunden befragt«, sagte Abby. »Wir gehen davon aus, dass wir mehr als genug Indizien für einen umfassenden Durchsuchungsbeschluss für das Tillman-Gelände haben.«

Sie saßen am Tisch der Einsatzzentrale der Taskforce, und alle Augen waren auf sie gerichtet. Ihr schoss das Adrenalin durch die Adern, da sie wusste, dass die nächsten Stunden entscheidend sein würden, nicht nur für den Fall, sondern auch für all die Leben, die davon abhingen. Sie konnte sich keine Fehler erlauben.

»Leonor war über ein Jahr Mitglied der Tillman-Sekte«, fuhr sie fort. »Während dieser Zeit ist sie dem inneren Kreis der Sektenanführer immer näher gekommen, der aus vier Personen besteht. Otis Tillman, dem Anführer. Karl Adkins, seinem Neffen und voraussichtlichen Nachfolger. David Huff, der Otis' rechte Hand und zudem Nathan Fletchers Vater ist. Und Richard Styles, Otis' Anwalt.«

Während ihres Berichts breitete sie die Fotos der vier Männer auf dem Tisch aus. Dank des kürzlich erfolgten Verhörs hatten sie aktuelle Bilder von Karl und Richard. Bei Davids und Otis' Foto handelte es sich um das sehr alte von Gabrielles Instagram-Profil.

»Zunächst das Wichtigste: Leonor hat bestätigt, dass Karl für den Tag, an dem Nathan entführt wurde, kein Alibi hat«, berichtete Abby. »Sie sagt, er hätte das Gelände in den letzten Monaten häufig verlassen. Otis hat der ganzen Gemeinde befohlen, Karls Alibi zu bestätigen, wenn danach gefragt wird. Was alle dann auch taten. Laut der sogenannten offiziellen Version verlässt Karl so gut wie nie das Gelände. Aber Leonor hat diese Behauptung wie gesagt widerlegt.«

»Können wir ihr Glauben schenken?«, wollte Barnes wissen. »Sie hat beim ersten Mal auch gelogen.«

»Ja«, gab Abby unerbittlich zurück. »Das erste Verhör fand ja auch in Otis Tillmans Gegenwart statt. Was sie dort gesagt hat, ist von geringer Bedeutung. Leonor hat uns erzählt, sie hätte nach unserem Auftauchen auf der Farm mit mehreren Sektenmitgliedern gesprochen und nach und nach erfahren, dass sie schon seit Jahren darüber diskutieren, ob sie Davids Kinder entführen sollen. Diese Gespräche fanden meist im Geheimen statt, aber die Gemeinschaft ist nicht besonders groß. Die Leute reden. Leonor konnte uns drei verschiedene Personen nennen, die von dem Plan wussten. Wir glauben, ihr Hauptziel war Gabrielle Fletcher, die laut Eden Fletcher mit zwölf Karl Adkins heiraten sollte. Das ist auch der Grund, aus dem Eden die Sekte verlassen hat.«

»Warum hat Leonor nicht früher was gesagt?«, fragte Griffin. »Wo sie doch wusste, dass diese Leute Nathan Fletcher entführt haben?«

»Wie ich bereits sagte, hat sie erst vor Kurzem davon erfahren. Und Otis Tillman hat allen versichert, dass die Gerüchte unbegründet seien und sie eigentlich vorgehabt hätten, Davids Kinder wieder in die Gruppe aufzunehmen, jedoch beschlossen hätten, darauf zu warten, dass sie von allein zu ihnen kämen. Leonor hat ihm geglaubt. Es ist mir erst heute Morgen gelungen, sie vom Gegenteil zu überzeugen.«

»Wo halten sie ihn fest?«, warf Marshall ein.

»Das wissen wir nicht«, antwortete Abby. »Leonor hat uns zwei Hütten genannt, die die meisten Mitglieder nicht betreten dürfen. Darüber hinaus ist der Keller des Haupthauses für sie nicht zugänglich und immer abgesperrt. Er könnte an einem dieser Orte oder ganz woanders festgehalten werden.«

»Mit Leonors Aussage und den forensischen Beweisen, die wir bisher haben, sollten wir einen Durchsuchungsbeschluss bekommen«, stellte Carver fest. »Wir haben Eden Fletchers Aussage über Karl, und sie hat ihn bei der Gegenüberstellung identifiziert. Wir haben Karls digitalen Fußabdruck überall auf Gabrielles Instagram-Profil. Wir kennen mehrere Sektenmitglieder, die Stiefel tragen, von denen das Profil sowohl am Liam-Washington- als auch am Eric-Layton-Tatort stammen könnte. Ich habe der Polizei des Suffolk County eine eidesstattliche Erklärung geschickt, in der das alles aufgelistet ist, und sie bemüht sich im Augenblick um einen Durchsuchungsbeschluss.«

»Okay.« Griffin massierte sich den Nasenrücken. »Und sobald wir den Beschluss haben, müssen wir die Sache vorsichtig angehen.«

Keiner musste »Waco«, »Ruby Ridge« oder »Wilcox« auch nur aussprechen. Das kollektive Trauma dieser bewaffneten Auseinandersetzungen – und ihr entsetzlicher Ausgang – waren jedem Polizisten noch zu gut in Erinnerung, selbst wenn es schon Dutzende von Jahren her war.

»Leonor hat in Bezug auf die Schusswaffen auf dem Gelände eine eindeutige Aussage gemacht«, sagte Abby. »Im Haupthaus werden wenigstens ein Dutzend Automatikwaffen gelagert. Die Patrouillen und der Ausguck haben zwei Automatikgewehre und zwei Schrotflinten. Wenn wir mit einem Durchsuchungsbeschluss für das ganze Gelände auftauchen, entwickelt sich mit Sicherheit eine ausgemachte Krise, die zahlreiche Unschuldige und potenzielle Geiseln einbeziehen könnte. Es halten sich zwölf Minderjährige auf dem Gelände auf, sechs davon sind noch keine zehn Jahre alt. Darüber hinaus könnte auch Nathan Fletcher auf dem Gelände festgehalten werden.«

»Können wir sie irgendwie zum Aufgeben bewegen?« Griffin sah Abby und Will fragend an.

»Das ist sehr unwahrscheinlich«, gab Abby zu. »Nach allem, was uns Leonor erzählt hat, und nach dem, was wir selbst gesehen haben, glaubt die gesamte Sekte, höherrangige Polizisten und das FBI seien nur auf ihrer aller Tod aus. Zudem besorgt mich, dass Otis beschließen könnte, es wäre am besten, den Jungen zu töten und die Leiche zu entsorgen, falls Nathan wirklich dort sein sollte. Zudem deutete die letzte E-Mail der Entführer darauf hin, dass uns nur noch wenig Zeit bleibt. Verhandlungen lassen sich jedoch nicht übers Knie brechen.«

»Was ist die Alternative?«

»Wir müssen eine Razzia mit der Polizei von Suffolk koordinieren«, erwiderte Carver. »Leonor hat uns genau beschrieben, wo die Waffen gelagert werden. Noch entscheidender ist, dass wir von ihr wichtige Informationen über den Tagesablauf der Sekte haben und wissen, wann wir zuschlagen müssen.«

Kapitel 68

»Wir haben gute Satellitenbilder des Geländes, sind uns jedoch nicht sicher, ob die Baupläne des Haupthauses nicht überholt sind«, sagte Baker, der leitende ESU-Beamte.

Der Mond wurde fast vollständig von den Wolken verborgen, aber Baker war selbst in der Dunkelheit leicht zu erkennen, da er alle überragte und wie ein Riese aus einem Märchen einen langen Schatten warf. Zum Glück war der Riese in dieser Geschichte auf ihrer Seite.

Abby stand mit dem Rest der Taskforce bei den Leuten von der ESU und einigen ausgewählten Polizisten aus dem Suffolk County, zu denen auch Detective Wong gehörte. Otis Tillmans Farm, oder das Tillman-Grundstück, wie Baker es nannte, lag keine zweihundert Meter entfernt.

Baker setzte die Einsatzbesprechung fort. »Da wir keine Informationen über das Innere des Haupthauses haben …«

»Lieutenant Mullen und ich waren im Haus«, warf Wong ein.

Alle drehten sich zu ihnen um.

Baker hatte entschieden, dass sie während des Abendessens zuschlagen sollten, das laut Leonor zwei, manchmal sogar drei Stunden dauerte. Es fing stets damit an, dass Otis eine lange Predigt hielt. Und abhängig davon, wie groß *sein* Hunger war, konnte sich die Predigt in die Länge ziehen. Die Teilnahme daran war Pflicht. Nur zwei Bewaffnete standen draußen Wache, einer im Ausgucksturm am Tor, und der andere patrouillierte am Zaun entlang. Otis wurde von zwei bewaffneten Leibwächtern beschützt, die sich jedoch bei ihm im Speisesaal aufhielten. Alle anderen waren unbewaffnet.

Die Razzia war eine gemeinsame Operation des NYPD und der Polizei des Suffolk Countys – wobei man sich einig war, dass der leitende Beamte des ESU das Sagen hatte.

»Glauben Sie, Sie finden sich darin zurecht?«, wollte Baker wissen.

»Ich schätze schon«, bestätigte Abby.

Sie standen in einem Wäldchen. Das Haus befand sich zwischen ihnen und dem Turm. Abby hatte eigentlich zurückbleiben sollen, während die Beamten der ESU und aus Suffolk alles durchsuchten, doch nun wurde der Plan schnell angepasst.

»Ziehen Sie sich bitte beide eine Weste an, und die Nachtsichtbrillen kriegen Sie auch gleich«, wandte Baker sich an Wong und Abby.

Abby hatte ganz vergessen, wie schwer so eine Weste war. Das Ding erinnerte an eine mittelalterliche Rüstung, und ihr graute jetzt schon davor, wenn sie damit rennen musste. Wong trug ihre ganz lässig, fast wie ein Shirt. Ein Mann reichte Abby ein Nachtsichtgerät und half ihr beim Aufsetzen. Als sie es einschaltete, wurden die Bäume um sie herum in grau-grünes Licht getaucht.

Um sich daran zu gewöhnen, schaute sie sich erst einmal um. Es fiel ihr schwer, sich zurechtzufinden, und sie wollte gar nicht darüber nachdenken, wie es sein musste, sich damit zu bewegen. Um sie herum überprüften alle ihre Ausrüstung, zurrten Riemen fest, sahen nach den Waffen und Magazinen. Wong machte dasselbe und wirkte dabei selbstsicher und entspannt. Abby kam sich völlig fehl am Platze vor, aber das war nicht das erste Mal. Sie würde Selbstsicherheit einfach vortäuschen, auch wenn sie sie nur zu gern wirklich empfunden hätte.

Leonor war ein wahrer Quell an Informationen gewesen und hatte ihnen detaillierte Zeitpläne und die Wohnsituation geschildert und sich sogar an die toten Winkel des Wachturms erinnert. Als sie all das mit einem distanzierten Tonfall herunterspulte, war Abby sehr besorgt gewesen. Dahinter verbarg sich nämlich eine ganze Welt voller Aufruhr und Schmerzen. Leonors Welt war auf den Kopf gestellt worden, was zwar durchaus gut war, doch Abby wusste, dass die nächsten Monate schwer für das Mädchen werden würden.

»Hey«, raunte Carver ihr zu. »Seien Sie da drin vorsichtig. Okay?«

Sie warf ihm einen Blick zu und konnte trotz der grau-grünen Verfärbung die Sorge in seinem Gesicht erkennen. »Keine Sorge. Die Heldentaten überlasse ich der ESU.«

Eine Stimme drang aus ihrem Ohrhörer. »Sie betreten jetzt den Speisesaal.« Es war der Officer, der auf dem Dach einer nahe gelegenen Scheune mit einem Feldstecher auf der Lauer lag.

»Können Sie die Patrouille sehen?«, fragte Baker.

»Negativ. Er müsste sich im östlichen Teil des Geländes befinden.«

Sie warteten angespannt. Abby atmete ganz flach und lauschte. Irgendwo in der Ferne fuhr ein Fahrzeug vorbei. Grillen und Heuschrecken zirpten um sie herum. Ben hatte ihr mal den Unterschied erklärt, aber sie konnte sich einfach nicht merken, wer lauter war.

»Jetzt sehe ich ihn«, meldete der Ausguck. »Nordostecke.«

»Okay«, sagte Baker. »Team eins, los.«

Vier Männer setzten sich in Bewegung und verschmolzen mit der Dunkelheit. Selbst mit Nachtsichtgerät konnte Abby sie kaum noch erkennen, als sie sich auf den Zaun zubewegten.

Sie zitterte, wusste jedoch nicht, ob wegen der Kälte oder aus Angst oder Aufregung. Während sie wartete, zählte sie im Takt der Insektenklänge mit, und als sie bei 378 angekommen war, meldete eine Stimme über Funk: »Wir sind drin. Die Patrouille ist festgesetzt.«

»Geht zum Turm«, ordnete Baker an. »Team zwei, Mullen, Wong. Los!«

Drei Männer liefen geduckt los und folgten dem Weg des ersten Teams. Wong war ihnen dicht auf den Fersen, und Abby stolperte hinterher und versuchte so gut es ging mit ihnen mitzuhalten. Aufgrund der Weste konnte sie sich schlecht ducken, und schon nach Sekunden atmete sie schwer. Die Nachtluft brannte in ihrer Lunge. Dann sah sie den Zaun im grünlichen Licht des Nachtsichtgeräts. Darin klaffte eine Lücke – das Werk des ersten Teams.

Im nächsten Moment waren sie auf dem Gelände und liefen durch einen Apfelgarten. Immer wieder blieb Abby mit den Ärmeln an Ästen hängen. Sie stolperte über eine Baumwurzel, geriet ins Taumeln, wäre beinahe gestürzt. Dabei verrutschte das Nachtsichtgerät, sodass sie für einen Augenblick den Garten um sie herum in völliger Dunkelheit sah, in der die Bäume bedrohlichen Schatten gleich aufragten. Sie konnte den Rest ihres Teams weder sehen noch hören und atmete immer schneller und panischer. Sobald sie das Gerät wieder aufgesetzt hatte, wurde die Welt um sie herum abermals grün. Da war Wong, die zu Abby zurückkehrte. Abby reckte einen Daumen in die Luft, und sie gingen weiter.

Am Rand des Gartens blieben sie stehen. Zwischen ihnen und dem Haus erstreckte sich ein Feld, und die Wache würde sie sehen, wenn sie jetzt ins Freie liefen. Abby hockte sich hin und rang nach Atem.

»Ausguck festgesetzt«, meldete ein Mann von Team eins. »Wir öffnen jetzt das Haupttor.«

Beide bewaffneten Wachen stellten keine Gefahr mehr dar. Die restlichen Sektenmitglieder hielten sich im Speisesaal auf.

Abby folgte den Männern, die über das offene Feld aufs Haus zurannten. Sie kam sich sehr exponiert vor, rief sich jedoch in Erinnerung, dass die Sektenmitglieder sie nicht sehen konnten, selbst wenn sie zufällig aus dem Fenster blickten. Abby und ihr Team bewegten sich im Schutz der Nacht, und ohne das Nachtsichtgerät hätte sie auch nicht das Geringste erkennen können.

Die Männer erreichten die Hintertür und drückten sich an beiden Seiten mit dem Rücken an die Wand. Abby reihte sich links ein und zog ihre Waffe.

Der Mann neben der Tür drehte den Türknauf. »Verschlossen«, flüsterte er und hob eine Hand, um für alle abzuzählen.

Drei … zwei … eins …

Er machte einen Schritt nach hinten, damit der Mann neben ihm seinen Platz einnehmen konnte, und trat die Tür ein. Bei dem lauten Geräusch zuckte Abby zusammen. Der zweite Mann huschte schnell ins Gebäude und meldete eine Sekunde später »Sauber.« Die beiden anderen Männer gingen hinein, und Wong und Abby folgten ihnen und richteten die Waffen in unterschiedliche Richtungen.

»Die Treppe ist hinter der Tür da vorn«, sagte Wong leise. »Es gibt zwei weitere Türen auf der linken Seite. Die Haustür ist rechts.«

Wie schaffte es Wong, sich so präzise zu erinnern? Obwohl Abby zusammen mit ihr durch das Haus gegangen war, wirkte es im grünen Licht vollkommen anders, und das Fehlen der Farben verwirrte Abby.

Sie eilten von Raum zu Raum und sicherten jeden, bevor sie weitergingen. Als sie die Stufen erklommen, war Abby an zweiter Position. Der Mann vor ihr blieb am oberen Treppenabsatz stehen und gab ihr das Signal, ihm links Deckung zu geben. Sie nickte und verspannte sich. Als er sich vorwärtsbewegte und nach rechts drehte, folgte sie ihm, wirbelte nach links herum und hielt die Waffe in die Richtung. Der erste Stock war ebenso leer wie das Erdgeschoss.

»Tillmans Arbeitszimmer ist da vorn.« Sie zeigte auf die Tür. »Die Waffen müssten sich in diesem Zimmer befinden.«

Sie teilten sich auf. Wong und einer der Männer übernahmen das Arbeitszimmer, während Abby mit den anderen in den Raum mit den Waffen ging. Leonor hatte sie gewarnt, dass Otis dort hin und wieder eine Wache stationierte. Der Mann an vorderster Front öffnete die Tür und sicherte den Raum.

Abby folgte ihm und betrat eine Art Lagerraum voller Kisten, Matratzen und einem Feldbett. Sie durchquerte den Raum und ging zu den drei Matratzen, die vor der Wand lagen, um sie zur Seite zu schieben. Nichts. Hatte Otis die Waffen woanders hingebracht? Kurz überkam sie Panik. Was sollten sie tun, wenn die Waffen jetzt im Speisesaal aufbewahrt wurden? Das konnte zu einer entsetzlichen Schießerei führen, während derer Kinder im Speisesaal gefangen waren.

Ein Erinnerungsfetzen drang an die Oberfläche. Eine Explosion, ein stechender Schmerz im Nacken. Automatisch befühlte sie die Jahrzehnte alte Narbe.

Was war das? Ein fast perfekt versteckter Riegel. Sie hockte sich hin, zog ihn zurück und konnte einen Teil der Holzwand öffnen. Dahinter lagen zwei Munitionskisten und ein Dutzend Sturmgewehre.

»Hier ist Team zwei; die Waffen sind gesichert«, meldete der Mann hinter ihr.

»Team zwei, verstanden. Beziehen Position am Speisesaal. Bleibt außer Sicht«, erwiderte Baker.

Die Männer griffen sich die Munitionskisten und einige Gewehre und ließen acht für Abby und Wong zurück. Abby hängte sich zwei über jede Schulter. Doch das war ein Fehler, denn die Gewehre stießen klappernd gegeneinander und gegen ihre Beine und erschwerten ihr jeden Schritt. Wong nahm alle vier auf dieselbe Schulter. Langsam gingen sie die Treppe wieder hinunter, da sie mit ihrer Last nun anfälliger waren. Das erste Team nahm sie vor der Tür in Empfang, und vier der Männer brachten die Waffen und die Kisten zum Tor, wo jetzt ein Panzerfahrzeug der ESU wartete. Abby eilte auf eine Erhöhung in der Nähe des Speisesaals zu und stellte sich dahinter. Einen Augenblick später war Wong neben ihr.

»Jetzt warten wir«, flüsterte Abby. »Das kann eine Weile dauern.«

»Immerhin müssen wir anders als die Leute da drin Tillmans Gefasel nicht ertragen«, merkte Wong an.

Abby schaltete ihr Nachtsichtgerät aus und nahm es herunter, damit sie vom Licht, das aus den Fenstern des Speisesaals fiel, nicht geblendet wurde. Die Welt um sie herum wurde schwarz, aber es war eine Erleichterung, das verdammte Ding nicht mehr auf dem Kopf zu haben. Sie legte sich flach auf den Boden und stützte sich auf die Ellbogen, während sich ihre Augen an die anderen Lichtverhältnisse gewöhnten. Dann lag sie zitternd da und fand nur etwas Trost in Wongs Anwesenheit. Die Anspannung und Anstrengung der letzten zwanzig Minuten machten sich nun schmerzhaft in ihrem ganzen Körper bemerkbar. Sie war dankbar für die Gelegenheit, einfach still daliegen zu können.

Die Minuten verstrichen. Um sie herum blieb alles still.

»Da!«, zischte Wong.

Die Tür des Speisesaals ging auf. Grüppchenweise kamen Menschen heraus. Sie unterhielten sich; jemand lachte. Zwei Frauen tauchten auf, eine mit einem Baby in den Armen, die andere hatte ein Kleinkind an der Hand.

Dann traten drei Männer ins Freie.

»Ich habe die Zielperson gesichtet«, meldete der Ausguck über Funk. »Zwei bewaffnete Leibwächter. Ich kann nicht erkennen, ob das Ziel bewaffnet ist.«

»Verstanden«, sagte Baker. »Okay, Team drei, es geht los!«

Lichter. Laute Motorengeräusche. Drei große gepanzerte Vans fuhren durch das offene Tor und kesselten die Leute ein. Schreie. Das ohrenbetäubende Dröhnen von Hubschrauberrotoren über der Menge, gefolgt von grellem Scheinwerferlicht von oben. Männer stiegen mit schussbereiten Waffen aus den Fahrzeugen.

Abby rannte mit der Pistole in der Hand los, sprang über die Erhöhung und hielt direkt auf Otis und seine Leibwächter zu.

»Keine Bewegung!«, schrie sie, obwohl sie wusste, dass es doch niemand hören würde. »Nehmen Sie die Hände hoch!«

Tillman wirkte ebenso schockiert wie alle um ihn herum und musterte die vielen Bewaffneten mit zusammengekniffenen Augen. So in der Mitte eines Tumults, über den er nicht die geringste Kontrolle hatte, wirkte er nicht länger beeindruckend oder selbstsicher, sondern eher wie ein Tier, das verzweifelt nach einem Ausweg suchte.

Nun erkannte Abby auch, dass Karl Adkins einer seiner Leibwächter war. Der Mann trat einen Schritt vor, schirmte Otis mit seinem Körper ab und hatte trotz der warnenden Rufe der Agents um ihn herum noch immer sein Gewehr in der Hand.

Als er Abby ansah, konnte sie die Wut in seinen Augen erkennen.

Er bewegte sich schnell und richtete den Lauf seiner Waffe auf sie. Ihre Waffe zeigte zur Seite, und sie wollte noch auf ihn zielen, war jedoch zu langsam und hatte nur einen zittrigen Finger am Abzug der Glock.

Eine laute Explosion neben ihr ließ ihre Ohren klingeln. Karl taumelte mit weit aufgerissenen Augen nach hinten.

Mehrere Schüsse hallten durch die Dunkelheit, begleitet von Schreien, und Karl ging zu Boden. Abby warf Wong einen Seitenblick zu, die Karl erschossen hatte und die Waffe bereits auf den zweiten Leibwächter richtete.

»Fallen lassen!«, brüllte Wong. Trotz des Getöses um sie herum schien der Mann sie zu verstehen und warf die Waffe auf den Boden.

Einige wollten die Flucht ergreifen, aber die ESU-Beamten fingen sie ab. Der Hubschrauber schwebte weiterhin über ihnen in der Luft. Jemand schrie, und seine Stimme wurde durch ein Megafon verstärkt, aber Abby konnte die Worte nicht verstehen, weil ihre Ohren noch immer klingelten. Sie starrte Karl an, der auf dem Rücken lag und mit leeren Augen gen Himmel starrte. Neben ihm hockte ein Rettungssanitäter. Immer mehr Fahrzeuge fuhren auf das Gelände. Irgendwo weinte eine Frau.

Ein Agent packte Otis, zwang ihn auf die Knie und filzte ihn, um dann ein langes Farmmesser aus Otis' Gürtel zu ziehen. Er warf das Messer beiseite. Abby wandte den Blick von Karl ab und betrachtete die etwa zwölf Zentimeter lange Klinge.

Genau wie das Messer, mit dem Eric und Liam getötet worden waren.

Kapitel 69

Der Abend ging in die Nacht über, doch in Abbys Bewusstsein existierte nur eine zusammenhangslose Kette von Ereignissen.

Grelle Scheinwerfer und Taschenlampen schickten Lichtstrahlen durch die Dunkelheit und erhellten die Gesichter der verschreckten Bewohner des Geländes, die von Bewaffneten zurück in den Speisesaal getrieben wurden. Weinende Kinder, flüchtige Blicke zu Karls regloser Leiche auf dem Boden. Entsetzen und Furcht auf den Gesichtern aller.

Eine eingetretene Tür, gefolgt von einer zweiten und einer dritten. Ein Raum, der wie ein Labor eingerichtet war. In einem zweiten lauter Papiere und Computer. Ein Keller voller Chemikalien. Kein Hinweis auf Nathan.

Zwei Angehörige der Hundestaffel mit ihren Tieren. Ein Such- und Rettungshund, ein Leichenspürhund. Die Nasen am Boden, schnüffelnd, suchend. Abby hoffte, dass der eine Nathan fand und nicht der andere, konnte die Hunde aber nicht voneinander unterscheiden.

Ein Krankenwagen kam mit Warnlicht näher. Karl wurde auf eine Trage gelegt. Wong stand daneben und beobachtete die Rettungssanitäter mit undurchdringlicher Miene.

Mehr Stiefel, alle identisch. Sie werden eingepackt und mitgenommen, um das Paar mit dem besonderen Trittmuster zu finden. Die Stiefel eines Mörders.

Und weitere Farmmesser mit langer Klinge. In Kisten in einem Lagerraum, unter Betten, zwei im Besitz von Gemeindemitgliedern.

Schon sehr erschöpft betrat sie Otis' Arbeitszimmer, in dem Carver und Marshall an Otis' Schreibtisch standen und auf einen Laptopbildschirm starrten. Carver verzog angewidert das Gesicht.

»Was ist?«, fragte Abby.

»Wir haben einen USB-Stick gefunden, der in einer Schublade versteckt war«, antwortete Marshall. »Darauf sind lauter Videos.«

Abby trat näher, damit sie den Bildschirm sehen konnte. War das ... ein Porno? Nein, viel schlimmer. Bei dem Mann handelte es sich um Otis Tillman. Das Video war in diesem Raum aufgezeichnet worden. Abbys Blick zuckte in die Ecke, in der die Kamera gestanden haben musste. Das Bücherregal.

»Wir haben die Kamera gefunden«, teilte Carver ihr mit, der ihren Blick bemerkt hatte. »Wenn man nicht wusste, wo man suchen musste, hätte man sie nie entdeckt.«

Abby schaute wieder auf den Laptop. Der Sex war hart, und Otis schnitt eine Grimasse. Das Gesicht der Frau war nicht zu erkennen. Abby war froh, dass jemand den Ton ausgestellt hatte.

»Einige dieser Videos zeigen nur Unterhaltungen«, sagte Carver. »Zwischen Otis und den Gemeindemitgliedern.«

»Beichten«, korrigierte Abby ihn. »Er hat ihre privaten Beichten gefilmt.«

Die Frau auf dem Bildschirm drehte den Kopf in Richtung Kamera. Abby schloss die Augen. Ruth. Es war Ruth.

»Könnten Sie das ausschalten?«

»Schon geschehen.« Carvers Stimme klang gepresst.

Abby blickte auf Otis' Schreibtisch. Auf dem Ruth gelegen hatte. Sie wich einen Schritt zurück und distanzierte sich davon. Wie viele Beichten wie diese hatten hier stattgefunden? Die Luft war abgestanden und widerlich. Sie ging zum Fenster, riss es auf und ließ die kalte Nachtluft herein.

»Warum hat er die Beichten gefilmt?«, wollte Marshall wissen.

»Vermutlich, um sie damit zu erpressen«, antwortete Abby nach einem Augenblick. »Jim Jones hat etwas Ähnliches gemacht. Wenn jemand gehen – oder ihn bei den Behörden anschwärzen – wollte, drohte Jones damit, die ihm bei der Beichte anvertrauten Geheimnisse preiszugeben. Otis ist offenbar einen Schritt weiter gegangen und wollte gleich Videos.«

»Die Videos reichen Jahre zurück«, sagte Carver.

»Wie viele sind es?«, flüsterte Abby.

Marshall sah nach. »Über zweitausend. Die ersten sind von 2011.«

Was vermutlich bedeutete, dass es auch ein Video von Eden gab. Hatte Otis ihr damit gedroht? Hatte er der Gemeinde das Video zeigen wollen, wenn sie die Farm verließ? Abby wollte es gar nicht wissen.

»Hatten Sie da draußen Glück?« Carver sah durch das Fenster zu den dunklen Bäumen hinüber.

»Eine Menge Papier, in dem wir Hinweise finden könnten«, erwiderte Abby. »Keine Spur von Nathan. Und bisher will keiner reden.«

»Wo ist Tillman? Und David Huff?«

»Sie wurden zusammen mit Richard Styles auf das Suffolk-County-Revier gebracht.«

Carver stieß die Luft aus. »Okay. Reden wir mal mit ihnen.«

Kapitel 70

»Er hat nicht nach einem Anwalt verlangt?« Abby starrte auf die Bildschirme im Überwachungsraum. Otis Tillman saß in einem der Verhörräume und lehnte sich mit ausdrucksloser Miene auf seinem Stuhl zurück.

»Doch, hat er«, sagte Wong. »Sobald wir hier ankamen. Er hat nach Richard Styles gefragt, aber als wir ihm mitteilten, dass sein Anwalt ebenfalls verhaftet wurde, hat er auf das Recht auf einen Anwalt verzichtet.«

Abby sah auf die Uhr. 0.30 Uhr.

»Reden wir mal mit ihm«, schlug Carver vor.

»Warten Sie.« Abby zögerte. »Vielleicht sollte ich erst allein reingehen.«

Carver runzelte die Stirn. »Wieso? Zusammen bekommen wir bestimmt mehr aus ihm raus.«

»Ich hatte nur überlegt … Mich kennt er und …«

»Geht es um diesen Test auf der Akademie, Abby?«

»Teilweise«, gab sie zu. »Damals haben wir uns nicht so gut geschlagen.«

Ein Lächeln umspielte Carvers Lippen. »Zu der Zeit waren wir noch halbe Teenager. Das schaffen wir schon. Machen Sie sich keine Sorgen. Ich lasse Ihnen den Vortritt, damit Sie Ihre unverfänglichen, beiläufigen Fragen stellen können. Und wenn ich das Gefühl habe, dass etwas mehr Druck vonnöten ist, schreite ich ein.«

»Okay«, gab Abby nach. »Aber erwähnen Sie die Morde nicht sofort. Ich möchte ihm anfangs den Eindruck vermitteln, er könnte sich irgendwie aus der Sache rausmogeln, daher wäre es gut, ihm nicht gleich alle Vorwürfe vor den Latz zu knallen.«

»Kein Problem«, stimmte Carver zu. »Aber überlassen Sie die Beichtvideos und die forensischen Beweise mir, damit ich ihm damit zusetzen kann.«

Carver betrat als Erster den Verhörraum. Der Gestank in dem klaustrophobieträchtigen Zimmer traf Abby wie ein Schlag – eine ekelerregende Mischung aus Schweiß, Furzen und Desinfektionsmittel. Otis rührte sich kaum, als sie hereinkamen, als wäre das ohne Belang. Abby setzte sich ihm gegenüber an den Tisch. Carver zog seinen Stuhl an die Seite, womit er Otis den Weg versperrte. Er setzte sich sehr nah neben den Mann und bedrängte ihn förmlich. Otis rückte reflexartig von ihm ab und war gezwungen, sein gleichgültiges Verhalten abzulegen.

»Ich habe gute Nachrichten für Sie, Otis«, begann Abby. »Im Suffolk County ist man bestrebt, die ganze Sache möglichst diskret zu behandeln. Der Executive möchte auf keinen Fall morgen das Gesicht seines Enkels in den Nachrichten sehen, wo er als Sektenmitglied dargestellt wird. Daher sind wir bereit, Ihnen entgegenzukommen. Wenn Sie uns sagen, wo Nathan Fletcher ist, tun wir unser Bestes, um Ihnen möglichst wenig zur Last zu legen.«

Otis verschränkte die Arme. »Wir sind keine Sekte, Lieutenant Mullen, das habe ich Ihnen doch schon gesagt. Wir sind eine christliche Gemeinde. Mir ist völlig schleierhaft, warum das NYPD diese Hexenjagd auf mich veranstaltet. Und wenn es morgen früh dämmert und die Medien darüber berichten, dass die mörderische Polizei meinen Neffen umgebracht hat, wird Ihnen das Lachen schon vergehen.«

»Wir sind nur daran interessiert, Nathan in Sicherheit zu wissen. Wie Sie Ihre Gemeinde verwalten, ist uns völlig egal.«

»Mir liegt auch viel an Nathans Sicherheit. Er ist der Sohn meines guten Freundes, und ich würde nie etwas tun, das ihm schaden könnte.«

Otis glaubte vermutlich, dass in den Nachrichten am nächsten Morgen von einer brutalen Polizeirazzia bei einer friedlichen Gemeinde die Rede sein würde. Und er schien es darauf anzulegen, bis dahin ihre Zeit zu verschwenden. Wenn Abby etwas aus ihm rausbekommen wollte, dann musste sie ihm das Gefühl geben, dass die Zeit gegen ihn war. Sie wusste auch schon genau, wie sie das anstellen konnte. Wie die meisten Sektenanführer neigte Otis zu Paranoia und Misstrauen. Er zweifelte die Loyalität seiner Anhänger immerzu an – was jetzt, wo sie außerhalb seiner Reichweite waren, nur noch schlimmer werden würde.

»Einige Mitglieder Ihrer Gemeinde reden bereits«, behauptete Abby. »Wir haben erfahren, dass Sie vorhatten, Davids Kinder beide zu entführen. Und Karl sollte Gabrielle heiraten, nicht wahr?«

Ein kurzes Aufflackern von Zweifel, das sofort wieder verschwand. »Als David seine Kinder an diese Frau verloren hatte, war er außer sich vor Trauer. Er trat auf mich zu und fragte, wie wir sie zurückbekommen könnten. Und ja, er lag auch Karl deswegen in den Ohren. Ich habe sie eine Zeit lang unterstützt, aber letzten Endes wurde ihnen bewusst, was für eine dumme Idee das war.«

»Es macht aber nicht den Anschein. Karl ist Gabrielle weiterhin online gefolgt. Und er hat sie auch offline gestalkt.«

»Das war bedauerlich. Ich hatte ihm ein Handy gestattet, weil er für unsere Farm Außenkontakte halten musste.

Aber ich wusste nicht, dass er es benutzen würde, um diesem Mädchen hinterherzuspionieren. Hätte ich das geahnt, wäre ich eingeschritten.«

Abby strich sich lächelnd das Haar hinter die Ohren. »Er hat einen der Pick-up-Trucks der Farm benutzt, um zu ihr zu fahren, richtig? Ich dachte, Sie würden ein strenges Regiment führen. Ihnen muss doch aufgefallen sein, dass er immer mal wieder für längere Zeit verschwand. Und dass er sehr viel Benzin verbrauchte.«

»Selbstverständlich habe ich das bemerkt. Und als ich ihn danach fragte, sagte er, er wäre ein bisschen herumgefahren und hätte dafür gesorgt, dass uns unsere Zulieferer nicht übers Ohr hauen.« Er wandte den Blick ab und fügte mit brechender Stimme hinzu: »Er war ein guter Junge. Ich habe ihm geglaubt.«

»Würde mein bester Freund leiden und seine Kinder vermissen, würde ich versuchen, ihm zu helfen«, meinte Abby. »Sie haben Nathan vielleicht nicht entführt, aber Sie haben Karl losgeschickt, um das Haus der Fletchers zu beobachten. Weil Sie wissen wollten, ob die Kinder unglücklich sind und freiwillig mitkommen würden. Stimmt's?«

»Wir werden Ihren Leuten dieselbe Frage stellen«, warf Carver mit finsterer Miene ein.

Otis zögerte. »Ich sagte doch bereits, dass Karl das auf eigene Faust gemacht hat. Irgendwann hat er es mir allerdings gestanden. Und er deutete in der Tat an, dass eines der Kinder möglicherweise freiwillig mitkommen würde, daher habe ich ihm erlaubt, sie weiter zu beobachten. Mehr aber nicht. Wir wollten doch bloß David und den Kindern helfen. Das Leben bei ihrer Mutter kann nicht leicht gewesen sein.«

»Ich bin davon überzeugt, dass Ihre Gemeinde stets nur in bester Absicht gehandelt hat«, entgegnete Abby. »Erzählen Sie mir von Freitag. War Karl an diesem Tag auch dort?«

»Nein. Wie wir bereits ausgesagt haben, verbrachte Karl den Tag bei uns.«

»Wirklich?« Abby runzelte die Stirn. »Denn vor einer halben Stunde hat mir eins Ihrer Mitglieder klar und deutlich bestätigt, dass Karl die Farm verlassen hat. Er sagte, er hätte ihn wegfahren sehen.«

»Dann irrt sich derjenige.« Seine Miene blieb ausdruckslos, aber seine Augen wurden leicht glasig. Er überlegte, wer mit ihr gesprochen haben konnte. Sie hatte absichtlich »er« gesagt, damit es überzeugender klang. Grübelte Otis jetzt darüber nach, welcher seiner Männer bereits plauderte?

Sie lehnte sich zurück und wartete, wobei sie hoffte, dass Carver den Hinweis verstehen würde. Was auch geschah.

»Jetzt reicht es mir aber.« Carver stellte den Laptop auf den Tisch, klappte ihn auf und rückte wieder näher an Otis heran. »Unser Forensikteam hat Ihren USB-Stick entdeckt. Wissen Sie auch, was wir darauf gefunden haben?«

Er drehte den Laptop so, dass Otis den Bildschirm sehen konnte. »Sie sind ein sehr ordentlicher Mensch, Tillman, das muss ich Ihnen lassen. Es gibt einen Haufen Videos mit den Namen zahlreicher Mitglieder Ihrer Gemeinde. Und Sie wissen bestimmt noch, was auf diesen Videos zu sehen ist? Ich konnte es zuerst gar nicht glauben. Sie haben die private Beichte gefilmt.«

Tillman starrte Carver verächtlich an. »War ja wieder typisch, dass sich die Polizei die private Beichte guter Christen ansieht.«

»Das sind nicht nur Beichten«, fuhr Carver fort. »Und das wissen Sie auch. Einige enden damit, dass Sie einen geblasen kriegen oder mit einer Frau aus Ihrer Gemeinde schlafen.«

»Das war alles einvernehmlich. Ich erwarte nicht, dass Sie das verstehen; es ist Teil unseres Läuterungsprozesses.«

»Na, da muss ich Ihnen widersprechen, denn da Sie ihr Prediger, Vermieter und Boss sind, ist nichts davon einvernehmlich. Aber so weit müssen wir gar nicht gehen, denn drei Ihrer Gemeindemitglieder, von denen es Videos gibt, sind noch minderjährig. Sie wandern also wegen mehrerer Fälle von Unzucht mit Minderjährigen ins Gefängnis. Und wissen Sie, was ich tun werde? Ich werde dafür sorgen, dass jeder in diesem Gefängnis weiß, dass Sie kleine Mädchen vergewaltigen. Dann sind Sie so richtig beliebt.«

»Sie können mich mit Ihren Drohungen nicht einschüchtern, Detective. Was erwarten Sie denn? Dass mich Ihre armseligen Versuche in Tränen ausbrechen lassen? Sie sind nicht der Erste, der versucht, uns zu vernichten, und Sie werden auch nicht der Letzte sein. Was kommt als Nächstes? Schalten Sie die Kameras aus und verprügeln mich? Jagen mir eine Kugel in den Kopf? Nur zu. Bringen Sie mich um. Bringen Sie uns alle um. Weil wir ein anderes Verständnis davon haben, was richtig ist. Weil wir versuchen, die Welt zu verändern.«

Abby runzelte die Stirn. »Es macht den Anschein, als hätten Sie den Eindruck, wir würden Sie zu Unrecht verfolgen.«

Er schnaubte. »Ich bin untadelig und rechtschaffen.«

»Sie sind weder untadelig noch rechtschaffen«, fuhr Carver ihn an. »Allein die Vergewaltigungen bringen Sie schon hinter Gitter. Dazu kommt der illegale Besitz von Schusswaffen. Ich bin gespannt, was wir in Ihren Unterlagen und auf Ihren Computern noch so alles finden.«

»Wir brauchten die Sturmgewehre zu unserem Schutz«, schoss Otis zurück. »Das haben Sie ja demonstriert, als Sie uns attackiert und Karl ermordet haben. Ich bin Prediger, Detectives. Ich habe eine große Gemeinde und versuche, sie gut zu leiten, aber manchmal weicht jemand beim Streben nach Veränderung vom Weg ab.«

»Gut möglich«, meinte Abby. »Aber wie sieht das Ihrer Meinung nach wohl vor Gericht aus?«

»Meine Gemeindemitglieder werden für mich aussagen. Die Wahrheit wird ans Licht kommen: Das ist nur eine brutale Hexenjagd.«

»Ach ja?«, konterte Abby. »Werden sie wirklich alle für Sie aussagen?« Sie warf Carver einen Blick zu, und er grinste.

Otis sah zwischen ihnen hin und her. »Selbstverständlich. Ich würde nie erwarten, dass Sie die Liebe zwischen einem Prediger und …«

»Oh, davon haben wir bereits genug gesehen, vielen Dank auch.« Carver beugte sich vor. »Ich frage mich eher, ob diese Liebe halten wird. Vor allem in Anbetracht dessen, was Ihrer Gemeinde alles vorgeworfen wird. Jede Person, deren Fingerabdrücke auf einem Gewehr oder in diesem Labor gefunden werden, muss mit einer Anklage rechnen. Wir werden jeden noch so kleinen Beweis nutzen, den wir in Ihrem Büro entdecken. Schon jetzt haben wir einige Ihrer Mitglieder verhaftet. Glauben Sie, sie werden diese Liebe noch immer empfinden, wenn wir ihnen einen Deal vorschlagen? Und dann stellen Sie sich mal ihre Aussagen vor Gericht vor.«

Otis stand mit dem Rücken an der Wand. Seine Miene war voller Verachtung, aber darunter erspähte Abby auch das, worauf sie gehofft hatte: Angst.

»Wie gesagt, wir interessieren uns nur für Nathan Fletcher. Wenn Sie uns sagen, wo er ist …«

»Ich habe keine Ahnung, wo er ist. Wir haben nie Hand an ihn gelegt.«

»Wir verfügen über handfeste forensische Beweise, die das Gegenteil belegen«, erklärte Carver. »Schuhabdrücke, die zu den Stiefeln passen, wie sie in Ihrer Gemeinde getragen werden. Und wir haben Beweise, die belegen, dass jemand eines dieser Messer, wie sie Ihre Leute verwenden, beim Mord an zwei

Personen benutzt hat. Morde, die mit der Fletcher-Entführung in Verbindung stehen. Sobald wir die zu den Beweisen passenden Stiefel und das richtige Messer gefunden haben, ist unser Fall wasserdicht. Dann sehen Sie das Tageslicht nie mehr wieder.«

»Die Stiefel, die wir tragen, sind allgemein …«

Carver schlug mit der Hand auf den Tisch. »Wir führen solche Verhöre mit jedem Ihrer Gemeindemitglieder. Wie lange wird es wohl dauern, bis das erste einknickt? Wie lange, bis uns jemand Ihren Plan, die Fletcher-Kinder zu entführen, aufschlüsselt? Ich gebe ihnen maximal zwei Stunden.«

»Tja, zu schade, dass Sie Karl getötet haben«, fauchte Otis. »Denn selbst wenn es so einen Plan gab, würde David Ihnen nie etwas sagen, und …«

Er riss die Augen auf und klappte den Mund zu. Abby sah überrascht mit an, wie er sich auf einmal entspannte und sich zu ihr umdrehte.

»Ich würde jetzt gern einen Anwalt hinzuziehen«, verlangte er. »Und vorher sage ich keinen Ton mehr.«

Kapitel 71

»Ihm ist etwas eingefallen«, mutmaßte Abby.

Sie saßen im Beobachtungsraum und tranken lauwarmen Kaffee.

»Ich vermute eher, dass er es mit der Angst zu tun bekam und glaubt, ohne einen Anwalt keine Aussicht auf einen Deal zu haben«, erwiderte Carver.

Abby schüttelte den Kopf. »Die Art, wie sein ganzer Körper reagiert hat … So etwas kann man nicht vortäuschen. Ihm ist etwas klar geworden. Etwas Wichtiges.«

»Er hat über Karls Tod gesprochen. Vielleicht glaubt er, den irgendwie zu seinem Vorteil nutzen zu können.«

»Gut möglich … Er sprach über den Plan, Nathan zu entführen. Dass David ihn nie verraten würde, daher wäre es zu schade, dass wir Karl umgebracht haben. Vielleicht ist ihm aufgegangen, dass David ihn doch hintergehen könnte.«

»Er wollte noch etwas anderes sagen«, warf Wong ein.

Abby und Carver drehten sich zu ihr um.

»Sehen Sie sich die Aufzeichnung an.« Sie zeigte auf die Konsole. »Er wollte eine dritte Person erwähnen, hat es dann aber nicht getan.«

Carver spulte zurück, und sie sahen sich die letzte Minute des Verhörs erneut an. Otis verlor die Fassung und schrie: »Tja, zu schade, dass Sie Karl getötet haben«, fauchte er. »Denn selbst wenn es so einen Plan gab, würde David Ihnen nie etwas sagen, und …«

»Ich glaube, Sie haben recht«, sagte Abby.

»Ich sehe da nichts«, gestand Carver.

»Es ist, als wollte er sagen: ›David würde nie etwas sagen, und Johnny auch nicht‹«, erklärte Abby. »Nur dass er nicht ›Johnny‹ gesagt hat oder auch nur etwas über ihn.«

»Johnny?«›

»Das ist nur ein Beispiel. Vermutlich meinte er eher jemanden wie Richard Styles. Gehen wir mal davon aus, dass sie zu viert waren: Otis, Karl, David und noch jemand. Sie haben die ganze Sache geplant. Und Otis war dabei, sie aufzuzählen und uns zu erklären, warum wir nicht weiterkommen würden.«

»Wir haben keine Ahnung, was er als Nächstes sagen wollte«, meinte Carver. »Genauso gut hätte er ›Und ich rede nicht mehr mit Ihnen‹ oder ›Und ich will einen Kaffee und eine Brezel haben‹ sagen können.«

»Überprüfen wir es.« Abby erhob sich beschwingt.

»Wo wollen Sie hin?«

»Er sagte, David würde ihn nie verraten. Finden wir heraus, ob er recht hat.« Sie zeigte auf den Spiegel, durch den sie David im anderen Verhörraum sehen konnten.

Das Licht in diesem Raum flackerte. David kniff die Augen zusammen, als sie hereinkamen. Anders als Otis sah er nicht ruhig aus, sondern ängstlich und erschöpft.

»Hey, David«, grüßte Abby ihn. »Wir haben ein paar Fragen an Sie. Um die Sache abzuschließen.«

Er starrte sie nur wortlos an.

»Otis sagte, Sie hätten geplant, Nathan und Gabrielle zu entführen, sich dann aber doch dagegen entschieden«, berichtete Abby.

»Das ist korrekt«, bestätigte David. »Wir waren uns alle einig, dass das eine dumme Idee ist.«

»Sie haben also darüber gesprochen«, sagte sie. »Sie, Otis, Karl und, öh … Wer war doch gleich der andere?« Sie warf Carver einen verwirrten Blick zu und schnippte mit den Fingern.

»Luther«, kam David ihr zu Hilfe.

»Luther, genau.« Abby konnte ihr Glück kaum fassen. »Sie haben darüber gesprochen und einfach beschlossen, es nicht durchzuziehen?«

»Genau.«

»Kam es Ihnen dann nicht seltsam vor, dass Nathan doch entführt wurde?«

»Manchmal bestraft uns der Herr für unreine Absichten«, erwiderte David. »Es steht mir nicht zu, sein Urteil anzuzweifeln. Ich kann nur danach streben, mich zu bessern.«

»Nathans Entführung war Gottes Bestrafung für Ihren Entführungsplan?«

»Davon bin ich überzeugt. Nathan wurde entführt, die Polizei bringt uns nacheinander um, die Razzia auf der Farm …« Er schloss die Augen. »Denn Gottes Zorn wird vom Himmel her offenbart über alles gottlose Leben und alle Ungerechtigkeit der Menschen, die die Wahrheit durch Ungerechtigkeit niederhalten.«

Abby und Carver tauschten Blicke.

»Dieser Plan«, hakte Carver nach. »Sah er vor, dass Sie Nathan zurück auf die Farm holen?«

»Natürlich nicht«, erwiderte David. »Wir sollten ihn zur anderen …« Er stoppte.

Abby lehnte sich zurück und tat desinteressiert. »Wo wollten Sie ihn hinbringen?«

»Wenn Otis Ihnen davon erzählt hat, wieso wissen Sie das dann nicht?«, fragte David.

»Wir haben ihn nicht danach gefragt.« Abby zuckte mit den Achseln.

»Dann fragen Sie ihn jetzt.«

»Wieso ist das wichtig?«, wollte Carver wissen. »Sie haben doch gesagt, Sie hätten den Plan nicht in die Tat umgesetzt.«

»Das haben wir auch nicht.«

»Warum wollen Sie uns dann nicht verraten, wo Sie ihn hinbringen wollten?«

David antwortete nicht.

»Sind Sie etwa besorgt, dass Otis die Entführung doch durchgezogen hat?«, hakte Abby nach. »Und dass Nathan nun an diesem Ort festgehalten wird?«

»Das hat er nicht getan.« David schien sich vollkommen sicher zu sein.

»Woher wissen Sie das?«

»Weil ich Otis besser kenne als jeden anderen. So etwas würde er nicht tun.«

»Aber er hat es geplant.«

»Damit ich meine Kinder zurückbekomme! Nicht, um Lösegeld zu verlangen.«

»Karl Adkins wurde letzten Monat mehrmals in der Nähe von Eden Fletchers Haus gesehen«, merkte Abby an. »Er war an dem Tag, an dem Nathan entführt wurde, nicht auf der Farm. Was ist, wenn er die Sache doch durchgezogen hat? Sollte er nicht auch Gabrielle heiraten?«

»So etwas hätte Karl nie ohne Otis' Zustimmung gemacht.« David wandte den Blick ab. »Ich rede nicht länger über dieses Thema.«

Er schloss die Augen und betete lautlos. Abby seufzte.

»Wenn Nathan irgendwo festgehalten wird, sollten Sie uns das sagen«, beharrte Carver. »Wollen Sie etwa, dass er dort verhungert?«

David betete weiter.

Carver beugte sich vor. »Wissen Sie, dass Ihr teurer Freund, der Mann, den Sie besser kennen als jeder andere, mit Ihrer Frau geschlafen hat? Während Sie noch mit ihr verheiratet waren. Er hat es sogar auf Video aufgenommen – um damit anzugeben. Wollen Sie es sehen?«

David riss die Augen auf, und das Gebet erstarb auf seinen Lippen.

»Ja, da gucken Sie, was?«

David grinste ihn verächtlich an. »Dachten Sie, ich wüsste nichts davon? Ich habe den beiden meinen Segen gegeben.«

Abby blinzelte überrascht.

»Bei Ihnen hört es sich an, als wäre sie mein Besitz gewesen. Aber das ist genau die Art von patriarchaler Gesellschaft, die wir bekämpfen. Sex ist nichts Schlechtes und keine Sünde. Wenn Eden und Otis miteinander schlafen wollten, damit Eden spirituell wachsen konnte, was hätte ich dann dagegen haben sollen?«

Otis hatte es geschafft, die Geschlechtergleichheit als Grund dafür anzuführen, dass er mit jeder Frau schlafen konnte, die er haben wollte. Wie ließ sich diese Diskrepanz zu den Zehn Geboten erklären? Vermutlich, indem er über die Bedeutung der Worte Ehebruch und Begehren gepredigt hatte. Eigentlich war es auch egal. Die Mitglieder seiner Gemeinde hätten Otis alles geglaubt, selbst wenn es gar keinen Sinn ergab.

David fing erneut an zu beten. Nachdem sie mehrmals erfolglos versucht hatten, ihm noch eine Antwort zu entlocken, gingen Abby und Carver hinaus.

»Wer ist Luther?«, fragte Carver.

»Finden wir es heraus«, schlug Abby vor. »Von ihm gibt es bestimmt auch ein Beichtvideo.«

Sie sah sich die Dateien auf dem Laptop an. »Hier ist kein Luther dabei.«

»Vielleicht ein Lou?«

»Nein.« Sie entdeckte sieben Dateien mit dem Namen Leonor und hätte sie am liebsten einfach gelöscht.

»Glauben Sie, David hat den Namen nur erfunden, um uns auf eine falsche Spur zu locken?«

»Es sah mir nicht danach aus. Und das wäre auch ein sehr dummer Versuch.« Sie nippte an ihrem Kaffee. »Bäh, der ist ja schon kalt.«

»Lassen Sie mich mal sehen.« Carver schaute über ihre Schulter auf den Bildschirm und war ihr so nahe, dass sich ihre Wangen beinahe berührten.

»Es gibt kein Video mit ihm«, murmelte Abby.

»Stimmt.« Er richtete sich auf. »Ich werde mal mit Barnes telefonieren. Vermutlich ist er noch mit den Verhören beschäftigt.«

Er zückte sein Handy, und Abby ging zur Toilette. Dabei wäre sie beinahe eingedöst.

Bei ihrer Rückkehr starrte Carver sein Handy mit finsterer Miene an. »Auch unter den Leuten von der Farm ist kein Luther.«

»Wir hören uns morgen weiter um.« Abby war hundemüde. »Vielleicht weiß Leonor, wer das ist.«

Carver lehnte sich neben den Laptop an den Tisch. »Was wollte David wohl sagen, als ich ihn fragte, wohin sie Nathan bringen wollten?«

»Er sagte ›zur anderen …‹« Abby überlegte. »Zur anderen Farm? Zur anderen Hütte?«

»Gibt es denn eine andere Farm?«

»Nicht, dass ich wüsste. Aber wir müssen das überprüfen. Dazu müsste es doch Unterlagen auf dem Grundstück geben.«

»Ja.«

Carvers Augen waren blutunterlaufen, und sie vermutete, dass ihre noch schlimmer aussahen. Ein Abend, der so vielversprechend begonnen hatte, ging mit noch mehr Fragen zu Ende. Nathan war noch immer verschwunden. Abby konnte nur hoffen, dass der Junge noch lebte.

Kapitel 72

Nathan war im Schwimmbecken und lernte noch einmal schwimmen. Es machte ihm keinen Spaß, aber seine Mom bestand darauf, dass er es lernen musste. Und solange er am flachen Ende des Beckens blieb, war es auch gar nicht so schlimm. Er konnte so tun, als würde er es versuchen. Und hinterher würde seine Mom ihm ein Eis spendieren.

Anscheinend begriff er es, denn er ging nicht unter. Und Gabrielle jubelte ihm zu. Er grinste sie an, und sie schnitt eine lustige Grimasse, sodass er lachen musste, doch dabei schluckte er Wasser. Schon musste er husten und spucken und war froh, sich am flachen Ende zu befinden, weil er sich einfach hinstellen konnte – nur wollten seine Füße den Boden nicht berühren.

Gabrielle jubelte noch immer, aber ihre Stimme entfernte sich immer mehr, und er schlug nun panisch um sich, schluckte immer mehr Wasser, jeder Atemzug war ein Gurgeln, und der Mann, der mit dem Wagen angehalten hatte, spuckte und röchelte neben ihm, und sein Blut sickerte ins Becken und färbte das Wasser rot.

Nathan versuchte, von dem blutenden Mann wegzukommen. Hände packten ihn von unten; sie wollten ihn mit runterziehen, runter, runter, und er paddelte weinend im Wasser, aber Gabrielle bemerkte es nicht – sie bekam rein gar nichts mit und jubelte einfach weiter. Und das Wasser war jetzt kalt, so kalt; er zitterte, zuckte am ganzen Körper, und seine Kehle war trocken, was einfach schrecklich war, denn obwohl er so viel Wasser schluckte, hatte er Durst. Aber er wollte nicht das Wasser im Becken, das jetzt blutrot war. Er wollte Wasser. Nur ein Glas Wasser.

Er bat flüsternd um Wasser, aber es war niemand da, der ihn im Bett in seinem Zimmer hören konnte. Nein, nicht in seinem Zimmer, im anderen Zimmer, dem seltsamen Spiegelzimmer. Er war von einem Zimmer verschluckt worden, das aussah wie seins, es aber nicht war, und er flehte weiterhin leise um Wasser, bekam jedoch keins. Nicht mal von Gabrielle, die immer nur klatschte und jubelte, weil sie fand, dass er so gut schwimmen konnte.

Und vielleicht hatte sie ja recht, denn er trieb wieder, trieb von seinem Körper weg, ließ ihn hinter sich, was vielleicht auch besser war, denn in seinem Körper tat ihm alles weh und es war so kalt.

Durch das Wegtreiben würde alles besser werden. Vielleicht sah er sogar seine Mom wieder.

Kapitel 73

Abby hatte mal einen uralten Chevy Cavalier besessen, der mechanische Probleme ansammelte wie manche Menschen Rabattmarken. Der Motor neigte im Sommer zum Überhitzen. Das Fahrerfenster ließ sich nicht richtig schließen, sodass es reinregnete. Wegen der ständigen Pfützen im Wagen stank es nach Schimmel. Der Beifahrerspiegel war defekt. Die Klimaanlage rasselte immerzu.

Wundersamerweise fuhr der Wagen immer weiter. Abby konnte sich die Reparaturen nicht leisten, daher ignorierte sie alle Probleme und flehte den Wagen jeden Tag an, noch ein Weilchen zu halten. Und das tat er. Er lief und lief, eine seltsam verlässliche Rostlaube, die längst nichts mehr auf der Straße zu suchen hatte.

Bis er eines Tages nicht mehr ansprang.

Sie ließ ihn zur nächsten Werkstatt bringen, und als sie den Mechaniker fragte, was die Reparatur kosten würde, beäugte er sie skeptisch und fragte: »Ist das jetzt Ihr Ernst?«

Als sie nach drei Stunden Schlaf und einer schnellen Dusche das Revier betrat, fühlte sie sich wie ihr alter Chevy Cavalier. Und sie wusste, dass sie bald auch nicht mehr anspringen würde, wenn sie nicht endlich mal ausschlafen konnte. Sie hatte bei Starbucks angehalten und sechs Kaffee sowie Donuts für das Team besorgt. Aber es war nur Carver da, der vor der Karte stand, auf der sie die für den Fall relevanten Orte markiert hatten.

»Wo sind denn alle?«, erkundigte sie sich.

»Marshall und Barnes sind wieder im Suffolk County und versuchen, an Informationen zu gelangen«, antwortete Carver. »Ich habe keine Ahnung, wo Will und Kelly stecken. Sind die für mich? Ich brauche nur drei, Sie hätten nicht gleich sechs mitbringen müssen.«

Sie reichte ihm einen Becher und nippte an einem anderen. »Will ist an der Akademie. Er sagte, er wäre in einigen Stunden zurück. Gibt's Neuigkeiten?«

»Otis hat mit einem Anwalt gesprochen und schlägt uns einen großartigen Deal vor: Wir lassen sämtliche Anklagen fallen, dafür gibt er uns Hinweise, die uns zu Nathan führen könnten.«

»Die uns zu ihm führen *könnten?*«

»Ja. Der Anwalt hat sich klar ausgedrückt. Er sagte, Otis hätte entscheidende Informationen, die uns zu Nathan führen könnten, kenne aber nicht seinen genauen Aufenthaltsort.«

Abby überlegte kurz, ob sie das Angebot ablehnen sollten. Wahrscheinlich würde der Mann ihnen gar nichts geben.

Aber Nathans Leben stand auf dem Spiel. Konnten sie diese Möglichkeit denn einfach ignorieren? »Wir könnten in den Deal aufnehmen, dass die Anklagen bestehen bleiben, wenn uns seine Informationen nicht helfen, Nathan zu finden.«

»Griffin kümmert sich bereits darum. Aber die Sache ist komplizierter, weil die Anklagen nicht in unseren Zuständigkeitsbereich fallen. Einige sind Bundessache, andere betreffen Suffolk County … Es wird nicht leicht, da einen Deal hinzukriegen. Das dauert.«

»Aber diese Zeit hat Nathan nicht«, erkannte Abby bedrückt.

»Falls es für ihn nicht schon zu spät ist.«

Sie weigerte sich, diese Möglichkeit in Betracht zu ziehen. »Was ist mit unserer Idee von gestern? In Bezug auf die andere Farm?«

»Tja, die vom Suffolk County haben zwischen Otis Unterlagen in der Tat eine Urkunde über eine weitere Farm dreißig Kilometer östlich gefunden. Er hat sie vor vier Jahren gekauft.«

»Und?« Abbys Herz setzte einen Schlag aus.

»Sie ist verlassen. Wir haben die Hundeführer hingeschickt.«

»Oh.«

»Wong sagte, sie hätten außerdem E-Mails der Immobilienmaklerin auf Otis' Computer gefunden. Anscheinend hat er sich noch weitere Farmen angesehen, sich dann aber für diese entschieden. Sämtliche Mails gingen an David und Otis. Erraten Sie auch, wer die Farm gekauft hat?«

»Nein, wer denn?«

»Wollen Sie nicht raten?«

»Um Himmels willen, Carver …«

»Wir haben seinen Namen in der E-Mail-Adresse entdeckt. Luther.«

Ihr Herzschlag beschleunigte sich. »Wenn er die Farm gekauft hat, muss er der Sekte irgendwann angehört haben.«

Carver drehte sich wieder zur Karte um. »Das denke ich auch. Hoffentlich finden Marshall und Barnes bei den Verhören etwas über diesen Kerl raus, allerdings haben sie bisher vor allem Gesänge und Gebete zu hören bekommen.«

»Das überrascht mich nicht. So etwas braucht Zeit.« Abby betrachtete die Karte. »Was machen Sie da?«

»Ich gehe das Ganze noch mal durch. Vor sieben Jahren hat Eden die Tillman-Sekte mit ihren Kindern verlassen und dabei einigen Männern mächtig die Laune verhagelt.« Er deutete auf die Reißzwecke, die für die Farm stand. »Einige Jahre später ruft Gabrielle dort an, weil sie Kontakt mit ihrem Vater aufnehmen möchte. Man sagt ihr, sie müsse hinkommen, aber sie weigert sich. Dann überlegt Otis, die Kinder zu entführen. Er schmiedet einen Plan, bezieht David, den Ex-Mann, Karl, der Gabrielle heiraten sollte, und diesen Luther mit ein.«

»Er schickt Karl los, um die Zielpersonen auszukundschaften«, fuhr Abby fort. »Karl folgt Gabrielles Instagram-Profil und schaut ab und zu bei ihrem Haus vorbei. Später beschließt Otis jedoch, David aus der Sache rauszuhalten. Er begreift, dass sie Nathan entführen und Gabrielles Bekanntschaft nutzen können, um ein ansehnliches Lösegeld zu erpressen.«

»Und Eden gleichzeitig dafür zu bestrafen, dass sie die Farm verlassen hat.«

»Irgendwie findet sich Liam Washington zur falschen Zeit am falschen Ort wieder.« Das war der schwächste Teil ihrer Theorie. »Einer von ihnen bringt ihn um.«

»Und später lesen sie irgendetwas in Erics Onlineinterview, das sie auf den Gedanken bringt, er könnte etwas herausgefunden haben. Darum wird er ebenfalls ermordet.«

»Der Mord an Liam Washington will mir noch immer nicht in den Kopf«, gab Abby zu. »Er passt da einfach nicht rein.«

»Und wenn sie Nathan irgendwo auf dem Weg zwischen Albany und Manhattan festhalten?« Carver fuhr die Straße auf der Karte mit dem Finger ab. »Möglicherweise hat Liam auf der Heimfahrt etwas gesehen, was er nicht hätte sehen sollen.«

»Ja, das klingt nachvollziehbar.«

»Es ist eine verdammt lange Straße. Wir haben nicht die geringste Ahnung, wo es passiert sein könnte.«

Abby nickte. »Was sagt die Forensik? Konnten sie den Fußabdruck schon zuordnen?«

»Gut möglich. Ich bin erst seit zehn Minuten hier und habe noch nicht nachgefragt.«

Abby zückte ihr Handy und rief Ahmed an.

»Ich wollte mich auch gleich bei Ihnen melden«, sagte er statt einer Begrüßung. »Wollen Sie zuerst die gute oder die schlechte Nachricht hören?«

»Fangen wir mit der guten an.«

»Die Stiefel, die Sie mitgebracht haben, sind von der richtigen Marke und passen zu den Fußabdrücken an beiden Tatorten. Vier Paar haben sogar die richtige Größe. Und ich habe vorhin mit Gomez gesprochen: Das Messermodell kommt als Tatwaffe infrage.«

»Großartig,«

»Kommen wir zur schlechten Nachricht: Sie haben es nicht.«

»Was habe ich nicht?«, hakte Abby nach.

»Das Messer, mit dem die Tat begangen wurde. Oder das Stiefelpaar. Kein Trittmuster der Stiefel von der Farm passt zu dem Abdruck am Layton-Tatort. Und Sie erinnern sich doch an das kleine Stück, das von der Klinge abgebrochen ist? Wir haben alle gesicherten Messer überprüft, und das Stück passt zu keinem davon.«

Abby kaute auf der Unterlippe. »Okay. Danke, Ahmed.«

»Ich melde mich, wenn ich noch was finde.« Er legte auf.

Abby brachte Carver auf den neuesten Stand. »Möglicherweise haben sie die Stiefel und das Messer entsorgt«, überlegte sie.

»Könnte sein.« Carver klang nicht überzeugt.

»Was beschäftigt Sie?«

»Wir haben ein fehlendes Stiefelpaar, ein fehlendes Messer und einen fehlenden Luther«, merkte Carver an. »Hört sich das nicht so an, als würde das alles irgendwie zusammengehören?«

Abby überlegte. »Gut möglich.«

»Wissen Sie, was mich noch beschäftigt? Erinnern Sie sich noch, was David gesagt hat, als wir ihn verhört haben und er über ihren Plan, Nathan zu entführen, sprach? Er sagte, Gott würde sie dafür bestrafen und die Polizei würde sie nacheinander umbringen.«

»Stimmt.«

»Dabei hat die Polizei nur Karl erschossen. Warum dann ›nacheinander‹? Das hört sich ja so an, als würden wir ihnen methodisch den Garaus machen. Otis und David sind definitiv nicht tot.«

»Sie denken also, Luther wurde ebenfalls von der Polizei getötet?«

»Nein, ich denke, David glaubt, Luther wurde von der Polizei getötet.«

Jetzt hatte Abby es begriffen. »Otis hat der Gemeinde immer gesagt, dass jeder, der seinen Schutz aufgibt, sterben muss. Dass die Polizei denjenigen umbringt.«

»Genau. Was ist, wenn Luther zu jenen gehört, die die Sekte verlassen haben? Und Otis hat allen erzählt, die Polizei hätte ihn umgebracht?«

»Das ist es, was uns Otis anbieten will.« Abby wurde immer aufgeregter. »Das ist ihm letzte Nacht aufgegangen! Als Sie ihm gesagt haben, wir hätten die Stiefel und das Messer gefunden, war er zuerst irritiert, weil sie Nathan vielleicht wirklich nicht entführt haben. Aber dann ist ihm klar geworden, wer dafür verantwortlich ist. Luther, der den eigentlichen Plan mit Otis, David und Karl ausgearbeitet hat.«

»Luther könnte die Stiefel und das Messer noch von seiner Zeit bei der Tillman-Sekte haben. Und er hat den Plan in die Tat umgesetzt, allerdings allein.«

»Wenn Otis weiß, wie er Kontakt zu Luther aufnehmen kann, könnte er uns zu ihm führen. Und zu Nathan.«

»Stimmt. Und eine Telefonnummer würde ausreichen, um ihn festzunageln.«

»Wir müssen diesen Deal mit ihm machen«, beschloss Abby.

Carver sah sie eindringlich an. »Ja.«

»Sind Sie anderer Meinung?«

»Ich befürchte, dass Nathan längst tot ist. Zudem ist Otis sehr gefährlich. Wollen Sie, dass er weiter die Mitglieder seiner Gemeinde vergewaltigen darf? Und was ist mit Leonor? Was würde sie darüber denken?«

Sie verstand seinen Standpunkt. Wenn sie diesen Deal besiegelten, was sollte sie Leonor dann sagen? Oder Ruth und den anderen Frauen, die auf diesen Abertausend Videos zu sehen waren?

»Okay«, entschied Carver schließlich. »Angenommen, wir haben recht und Luther hat Nathan entführt. Wie passt der Mord an Liam Washington da rein?«

»Möglicherweise lagen wir doch richtig und sie haben zusammengearbeitet.«

Carver runzelte die Stirn. »Das wäre möglich, aber als ich Nachforschungen über Liam angestellt habe, war da nichts, was darauf hindeutete. Und wir haben uns seinen Terminkalender angesehen; er hat seine letzten Aufträge ausgeführt. In der Anrufliste stehen nur seine Frau, seine Freunde und Kunden. Ich kann mir nicht vorstellen, dass er irgendetwas mit der Entführung zu tun hatte.«

»Dann muss er etwas gesehen haben, was er nicht sehen sollte, so wie Sie gesagt haben. Auf dem Heimweg von Manhattan.«

»Okay.« Carver inspizierte die Karte genauer. »Er muss die I-87 genommen haben.«

»Das ist ein Highway«, erwiderte Abby. »Was könnte er da gesehen haben?«

»Vielleicht hat er den Entführer mit Nathan im Wagen gesehen?«, mutmaßte Carver.

»Das ergibt Sinn. Aber wie ist er dann gestorben?« Der Wagen, das viele Blut am Fenster. »Laut der Forensik hat Liam auf dem Fahrersitz gesessen und der Mörder stand vor dem Wagen und stach durch das Fenster auf ihn ein. So etwas kann ich mir auf dem Highway einfach nicht vorstellen, es sei denn, sie haben beide an derselben Stelle haltgemacht …«

»Augenblick. Das ist nicht nur ein Highway, es ist auch eine Mautstraße. Liams Frau hat uns erzählt, dass er die immer umfahren hat.«

»Vielleicht hat er diese genommen.« Abby deutete auf eine andere Straße. »Den Taconic State Parkway. Ich habe Samantha mal auf diesem Weg ins Ferienlager gebracht. Das ist eine ganz normale Straße mit deutlich weniger Verkehr, insbesondere nachts.«

»Und er könnte den Entführer mit Nathan bemerkt haben. Etwas hat seine Aufmerksamkeit erregt. Er brachte den Entführer dazu, an den Straßenrand zu fahren …«

»Und wurde ermordet«, schloss Abby. »Das wäre möglich. Wenn das der Fall war, könnte der Entführer Nathan irgendwo entlang dieser Straße festhalten.«

»Sie ist hundertsechzig Kilometer lang«, merkte Carver an. »Das grenzt die Sache nicht gerade ein.«

»Es ist ein Anfang.« Abby betrachtete die Karte. »Sehr viele Kleinstädte. Vielleicht hat er dort ein Haus gekauft.«

»Er war auch für den Kauf der zweiten Farm auf Long Island verantwortlich. Wenn er noch ein Grundstück gekauft hat, könnte er dieselbe Immobilienmaklerin engagiert haben.« Carver hielt kurz inne. »Wir brauchen vielleicht einen Beschluss, um ihre Unterlagen einzusehen.«

»Vielleicht aber auch nicht. Wir können versuchen, sie zur Mitarbeit zu bewegen, indem wir sie freundlich fragen. Haben Sie ihre Telefonnummer?«

»Ich glaube, sie stand in der E-Mail-Signatur. Moment.« Carver suchte auf seinem Handy. »Da haben wir sie ja. Rachel Edwards.«

Er las Abby die Telefonnummer vor, die sie gleich eingab. Nach einigen Sekunden meldete sich eine Frauenstimme.

»Hallo?«

»Spreche ich mit Rachel Edwards?«

»Ja.«

»Hallo. Mein Name ist Abby Mullen. Ich habe Ihre Nummer von einem Ihrer Klienten. Luther. Er sagte, Sie hätten ihm dabei geholfen, das schöne Grundstück auf Long Island zu erwerben.«

»O ja! Ich erinnere mich an Luther.« Rachels Stimme wurde herzlicher. »So ein netter Mann.«

»Da haben Sie recht! Und er lobt Sie in den höchsten Tönen, Miss Edwards …«

»Sagen Sie doch Rachel.«

»Rachel, ich bin momentan auf der Suche nach einer Farm im Staat New York. Hätten Sie da vielleicht etwas für mich?«

»Garantiert. Wir haben hier ein paar sehr gute Angebote. Schwebt Ihnen etwas Bestimmtes vor?«

»Tja, ich war kürzlich auf einem Grillfest bei Luther. Nicht auf Long Island, in dem Haus, das er danach gekauft hat. Lief das auch über Sie?«

»Aber natürlich. Er hat beide Grundstücke über mich erworben.«

Bingo. »Ich hatte gehofft, etwas in Luthers Nähe zu finden. Die Gegend hat mir sehr zugesagt. Hätten Sie vielleicht etwas Passendes?«

»Ich sehe gern mal nach. Wie lautet die Adresse?«

»Oh, daran erinnere ich mich nicht mehr. Mein Mann fährt immer; Sie wissen ja, wie das ist. Aber, ähm … Wir sind über diese schöne Straße mit den vielen Bäumen dorthin gefahren. Äh … Ich glaube, das war der Taconic State Parkway. Zwischen Albany und Manhattan.«

»Ach, jetzt weiß ich es wieder«, meinte Rachel. »Das ist doch das Haus an der Bowman Road, nicht wahr? Lassen Sie mich kurz nachschauen ... Ja, genau, Bowman Road, Luther Gaines.«

»Ich glaube, das ist es!« Abby schrieb *Bowman Road – Luther Gaines* auf einen Zettel und reichte ihn Carver.

»Kein Wunder, dass es Ihnen dort gefallen hat. Ein sehr friedlicher Ort. Und diese schönen Wälder. Bedauerlicherweise habe ich dort nichts im Angebot. Aber wenn Sie etwas Ähnliches in Betracht ziehen, wüsste ich ein Grundstück im westlichen Teil des Staats, das Ihnen gefallen könnte.«

»Das würde ich mir gern anschauen ... Ach herrje, ich komme zu spät zu meinem Aerobickurs. Kann ich Sie morgen wieder anrufen?«

»Selbstverständlich.«

»Vielen Dank, Rachel. Jetzt weiß ich auch, warum Luther Sie empfohlen hat.« Abby legte auf.

»Sie hätten ihr auch einfach sagen können, dass Sie Polizistin sind und in einem Entführungsfall ermitteln.«

»Immobilienmakler reden lieber mit Kunden als mit Polizisten.«

»Geht das nicht jedem so? Ich kann die Bowman Road nicht auf der Karte finden. Sehen wir mal bei Google Maps nach.« Er tippte auf seinem Handy herum. »Da ist sie ja. Eine sehr kurze Straße mit wenig Häusern.«

Abby sah auf die Uhr. Es war kurz nach neun. »Wie lange brauchen wir, um dorthin zu kommen?«

»Etwa drei Stunden.«

»Wir sollten uns dort mal umsehen. Unterwegs können wir ja schon die ersten Adressen ausschließen.«

Kapitel 74

Die Zeit war gekommen.

Er starrte die Spendenseite auf seinem Handy an. Die Summe hatte die Schwelle von fünf Millionen Dollar überschritten.

Natürlich war es ihm nie ums Geld gegangen, sondern um *sie*. Um das, was sie von ihm brauchte. Worum sie ihn bat. Das Geld war nur ein Weg, um sich etwas Zeit zu verschaffen. Zeit, in der sie glänzen und so berühmt werden konnte, wie sie es verdient hatte.

Zeit, um sich mit dem Jungen anzufreunden.

Das Anfreunden hatte nicht so gut geklappt wie erhofft. Dennoch hatte er das alles nur für sie getan. Letzten Endes würde sie es erkennen. Zur rechten Zeit würde er einen Weg finden, es ihr zu erklären. Und selbst der Junge würde zugeben müssen, dass er sich sehr viel Mühe gegeben hatte, damit er sich wie zu Hause fühlte.

Bis es so weit war, würde ihm genug Geld zur Verfügung stehen, um ihr Traumhaus zu bauen. Nathans Zimmer war nur der Anfang. Schließlich wusste er besser als jeder andere, was sie sich wünschte. Sie wollte einen Swimmingpool wie Ellen DeGeneres (laut ihres Posts vom Juli 2018). Ein riesiges Esszimmer für opulente Dinnerpartys (Instagram-Story, November 2018). Ein

Schlafzimmer wie Sheryl Crow (einer ihrer ersten Posts, August 2016). Er hatte sich alles genau notiert und Skizzen angefertigt, die er dem Architekten zeigen würde, den er anheuern wollte.

Immerhin konnte er ihre Träume mit fünf Millionen Dollar wahr werden lassen.

Und irgendwann würde sie verstehen, dass er das alles für sie getan hatte. Eines Tages wäre das nur noch eine lustige Anekdote, die sie ihren Kindern erzählten.

Er aktivierte die Stimmverzerrer-App und wählte ihre Nummer.

»Hallo«, hauchte sie ängstlich.

Sie hatte keinen Grund, sich zu fürchten. Sie würden das gemeinsam durchstehen.

»Herzlichen Glückwunsch«, sagte er. »Anscheinend hast du das Lösegeld zusammen. Dann kannst du deinen Bruder ja bald wiedersehen.«

»Geht es ihm gut?«

»Aber ja.« Er war nicht in Bestform, doch das war ganz allein die Schuld des Jungen. »Das war eine tolle Woche für dich. Du hast alles bekommen, was du haben wolltest.«

»Was? Das hier habe ich mir nie gewünscht.« Sie hörte sich wütend und verwirrt an. Aber das war gelogen. Sie log ihn an. Denn sie hatte sich das gewünscht. Sie wollte es.

Er mahlte mit den Kiefern und versuchte, es zu ignorieren. »Wir machen es folgendermaßen: Du schickst mir das Geld in Bitcoin. Schreib dir das genau auf; ich werde es nicht wiederholen.«

»Augenblick«, sagte sie. »Eins sollten Sie wissen: Die Seite verlangt eine Gebühr. Sechs Prozent. Ich konnte sie auf fünf runterhandeln. Aber das bedeutet, dass sie zweihundertfünfzigtausend Dollar behalten werden und ich den Rest bekomme. Fast fünf Millionen. Sagen Sie mir einfach, wohin ich es schicken soll.«

Die in ihm aufsteigende Wut überraschte sogar ihn. Er hatte all das für sie getan. Er wollte das Geld für sie ausgeben. Und jetzt log sie ihn an und versuchte, ihn übers Ohr zu hauen?

»Jetzt pass mal auf, du undankbare Schlampe. Ich sagte fünf Millionen, und ich meinte auch fünf Millionen. Ich habe dich gewarnt, dass du dich nicht mit mir anlegen sollst ...«

»Das ist nicht meine Schuld. Das schwöre ich!« Ihre Stimme troff vor Lügen und Verrat. »Das liegt an diesem Spendensammler. Sie bekommen auch alles, was ich gespart habe, ein paar Tausend ...«

»Fünf. Millionen. Dollar. Du verlogene Hure! Weißt du was? Du hast nur fünfundneunzig Prozent? Kein Problem. Dann bekommst du auch nur fünfundneunzig Prozent deines Bruders zurück. Welche fünf Prozent soll ich abschneiden?«

»Nein, warten Sie!«

Er legte auf, nahm den Akku heraus und warf das Handy vor den Beifahrersitz. Vor Wut tobend und schreiend hämmerte er auf das Lenkrad.

Dann ließ er den Motor an und trat das Gaspedal durch.

Er würde ihr fünf Prozent ihres Bruders schicken. Mit der Post.

Kapitel 75

Die Straße zum Haus war holprig, mit losem Kies bedeckt und voller schlammiger Schlaglöcher. Kaum erkennbare Reifenspuren zeichneten sich im Schlamm ab. Irgendwann bat Abby Carver, kurz anzuhalten, stieg aus, machte ein Foto von den Spuren und schickte es Ahmed.

Nach einiger Zeit gelangten sie zu einem halb verfallenen, mit einer Kette gesicherten Tor, das ihnen den Weg versperrte. Ein verrosteter Stacheldrahtzaun führte um das Grundstück. Darauf standen eine kleine Hütte und etwas weiter hinten ein Gebäude, das wie ein alter Hühnerstall aussah.

»Vielleicht sollten wir Verstärkung von der hiesigen Polizei anfordern«, meinte Carver.

»Noch haben wir nichts in der Hand«, gab Abby zu bedenken. »Das ist nur ein Schuss ins Blaue. Wir könnten ein Stück die Straße runter parken und uns hier mal umschauen.«

»Warten Sie. Sehen Sie sich das Tor an. Es ist nicht elektrisch. Wer immer hier draußen lebt, muss aus dem Wagen aussteigen, um es aufzusperren und zu öffnen.«

Abby sah sich zuerst das Tor und dann die schlammige Straße an und wusste, worauf Carver hinauswollte. »Stimmt. Vielleicht haben wir ja Glück. Ich sehe mal nach.«

Sie stieg aus und sah sich bei jedem Schritt den Boden gründlich an. Vorsichtig näherte sie sich dem Tor. Dabei hatte sie eine Hand am Holster, eine instinktive Reaktion auf die Gefahr, die in der Luft hing.

Rechts neben dem Tor unter der Kette fand sie, wonach sie gesucht hatte. Ein deutlicher Schuhabdruck im Schlamm. Auch ohne Ahmeds Kenntnisse und Expertise war auf den ersten Blick zu erkennen, dass die Sohle zu einem der Stiefel gehören musste, wie sie auf der Tillman-Farm getragen wurden. Ihre Nackenhärchen stellten sich auf, als sie ihr Handy zückte und ein Foto schoss. Danach kehrte sie zum Wagen zurück.

»Sehen Sie mal.« Sie zeigte Carver das Bild.

»Schicken Sie es an die Forensik. Bei einer Übereinstimmung haben wir genug für einen Durchsuchungsbeschluss.«

Abby schickte die Nachricht an Ahmed ab und fügte hinzu, dass es dringend war. Sie starrte zu der Hütte hinter dem Tor hinüber. War Luther Gaines zu Hause?

War Nathan hier?

»Ich parke etwas weiter entfernt«, sagte Carver. »Schnallen Sie sich an.«

Sie kam der Aufforderung nach, und Carver ließ den Motor an und legte den Rückwärtsgang ein.

Abbys Handy klingelte. Sie rechnete damit, Ahmeds Namen auf dem Display zu sehen, aber es war Gabrielles.

»Hallo?«

»Lieutenant Mullen?« Gabrielles Stimme zitterte und klang völlig verängstigt. »Er hat angerufen und gesagt, dass er Nathan was abschneidet. Ich hab ihm gesagt, dass es nicht meine Schuld ist, dass die Spendenplattform nun mal Gebühren verlangt, aber er wollte nichts davon wissen. Er will meinem Bruder wehtun. Ich habe sofort zurückgerufen, doch er hatte sein Handy schon ausgeschaltet. Was soll ich denn jetzt machen? Sie müssen etwas unternehmen.«

»Immer mit der Ruhe.« Abbys Herz raste. »Wer hat angerufen? Der Entführer?«

»Ja«, bestätigte Gabrielle. »Wegen des Lösegelds.«

Das Lösegeld. Aber natürlich. Abby hatte gar nicht mehr daran gedacht, dass die Summe bald zusammengekommen sein musste. »Okay. Du unternimmst gar nichts. Und poste nichts, okay? Er könnte wütend werden, wenn du jetzt etwas postest. Hast du das verstanden?«

»Ja, aber …«

»Ich höre mir die Aufzeichnung an«, unterbrach Abby sie. »Und dann sehen wir weiter. Einverstanden?«

»Einverstanden.«

»Warte auf meinen Anruf. Und mach bloß keine Dummheiten.«

Abby legte auf und tippte die Abhör-App an. Der letzte Anruf an Gabrielles Nummer war um 12.37 Uhr eingegangen. Vor fünf Minuten. Abby rief ihn auf und spielte ihn über Lautsprecher ab. Als sie sich das Gespräch zusammen mit Carver anhörte, spannten sie sich beide in dem Augenblick an, in dem der Entführer Gabrielle anschrie und drohte, Nathan etwas anzutun. Dann legte er abrupt auf.

Entsetzt hob Abby den Blick und sah Carver an. Ihr Verstand riet ihr, sofort etwas zu unternehmen, das Tor aufzureißen und in der Hütte und dem Stall nachzusehen. Sie konnten nicht darauf warten, dass ihnen die Forensik bestätigte, was ihr Bauchgefühl ihnen längst verraten hatte: Sie waren am richtigen Ort und hatten keine Zeit zu verlieren.

Aber würde sie Carver davon überzeugen können? Dieser Fall ging ihr viel zu nah, und sie würde aufpassen müssen, was sie sagte und wie sie es rüberbrachte. Mit etwas Zeit hätte sie ihn überzeugen können, doch die hatte sie nicht. Jede Sekunde zählte.

Abby räusperte sich und versuchte, ihre Stimme ruhig klingen zu lassen und in die Rolle der distanzierten, rationalen Polizistin zu schlüpfen. »Ich denke …«

»Halten Sie sich fest.« Carver trat das Gaspedal durch.

Der Wagen ruckte vor, der Motor heulte auf, und sie überbrückten die wenigen Meter, die sie vom Tor trennten. Das ohrenbetäubende Geräusch von sich verformendem Metall attackierte ihre Ohren, während sich Abby festhielt und ihr die Luft aus der Lunge gepresst wurde. Schon sprang das rostige Tor auf, und der Wagen prallte gegen einen Grashügel. Abby wurde durchgerüttelt und hätte sich beinahe auf die Zunge gebissen.

»Alles okay?«, erkundigte sich Carver schwer atmend und stellte den Motor aus.

»Großer Gott«, flüsterte Abby. Sie drehte sich zu dem zerstörten Tor um, an dessen Seiten der Stacheldrahtzaun in sich zusammengesackt war.

Carver war schon aus dem Wagen gesprungen, hatte die Waffe in der Hand und rannte zur Tür. Abby taumelte halb aus der Beifahrertür. Sie rannte Carver geduckt hinterher und zog ihre Pistole. Dann drückten sie sich auf beiden Seiten der Tür an die Wand.

Als Carver Abby einen Blick zuwarf, nickte sie. Mit einer schnellen Bewegung war er vor der Tür und hatte sie eingetreten. Das Holz barst, und die Tür schwang auf. Carver richtete seine Waffe ins Innere der Hütte, trat ein und wandte sich nach rechts. Abby folgte ihm auf dem Fuß und deckte die linke Seite ab.

Eine Küche, ein schäbiges Wohnzimmer.

Ein riesiges Bild von Gabrielle an der Wand.

Ein paar Schritte in den Flur, die Waffe voraus, den Finger am Abzug. Eine Tür führte in ein Badezimmer mit schmutziger Wanne. Zwei Schritte hinein, ein Blick in jeden Winkel, jeder Schatten ein möglicher Angreifer. Es war niemand da.

Beim Hinausgehen sah sie, wie Carver in einen anderen Raum stürmte. Sie hielt auf die dritte Tür zu.

Ein Schlüssel im Schloss. Von außen.

Sie versuchte vorsichtig, die Tür zu öffnen. Verschlossen. Sie entriegelte sie und riss die Tür auf.

Kurzzeitige Verwirrung, als sie ein Zimmer betrat, das in ein anderes Haus über hundertsechzig Kilometer entfernt gehörte. Nathans Zimmer.

Doch es war nicht identisch, sondern eine verdrehte Replik, ein Käfig, den man wie das Zimmer eines kleinen Jungen eingerichtet hatte. Und auf dem Bett lag unter blutbeschmierten Decken die reglose Gestalt eines Kindes.

Mit zwei schnellen Schritten war sie bei ihm und zog die Decke zurück. Ihr blieb beinahe das Herz stehen, als sie bemerkte, wie leichenblass er aussah.

Doch seine Brust bewegte sich. Er atmete flach.

Im nächsten Moment hatte sie das Handy in der Hand und wählte den Notruf. Die Zentrale meldete sich.

»Hier ist Lieutenant Abby Mullen vom NYPD. Ich brauche einen Krankenwagen. Ich bin bei einem achtjährigen Jungen, der schwer verletzt ist.«

Kapitel 76

Er umklammerte das Lenkrad so fest, als wäre es eine Kehle, die er zudrücken konnte. Die Kehle dieser verlogenen Hure. All die Opfer, die er für sie gebracht hatte, und sie war noch nicht mal in der Lage, ihren Teil beizutragen. Schlimmer noch, sie versuchte sogar, Geld zu stehlen, das er für sie auszugeben gedachte.

Dabei hatte er sein Leben für sie aufgegeben.

Bevor er sie zum ersten Mal gesehen hatte, war er einer von Otis Tillmans engsten Beratern gewesen. Wenn Otis irgendetwas brauchte, war Luther derjenige, an den er sich wandte. Nicht David, dieser Waschlappen. Luther. Otis wusste das. Luther ließ alles stehen und liegen, wenn es etwas zu erledigen gab. Eigentlich musste Otis ihm nicht mal mehr sagen, was er tun sollte. Otis teilte ihm einfach mit, was er brauchte, und Luther kümmerte sich um das Wie.

Aus diesem Grund waren sie auch alle direkt zu Luther gekommen, als der liebeskranke Karl herausgefunden hatte, dass Gabrielle mit ihrer Familie ganz in der Nähe wohnte. Karl und David waren zu nichts zu gebrauchen; sie hatten keine Ahnung, was zu tun war. David hatte sich sogar bei Eden *entschuldigen* wollen. Er wollte sich bei der Frau entschuldigen, die der Gruppe Geld gestohlen und ihm die Kinder genommen hatte.

Es war Luthers Vorschlag gewesen, Nathan zu entführen. Ihn auf die Farm zu holen und dem Jungen zu zeigen, woher er stammte. Danach konnten sie Nathan als Köder benutzen, um auch Gabrielle und Eden anzulocken. Oder wenigstens Gabrielle. Für Eden interessierte sich eigentlich keiner.

Als Otis Luther gebeten hatte, die Familie auszuspionieren, ihren Tagesablauf in Erfahrung zu bringen, den besten Augenblick zum Zuschlagen zu finden, hatte Luther das nur zu gern getan. Er hatte die Farm verlassen, sich eine armselige Wohnung gesucht, seine alten Kontakte genutzt, um Arbeit zu finden. Nebenher noch der Waffenschmuggel für Otis. Alles zur Sicherheit unter falschem Namen.

Er ging vom Gas, weil der Wagen vor ihm im Schneckentempo unterwegs war, und drückte auf die Hupe. Der Wagen fuhr an den Straßenrand, aber er hörte nicht auf zu hupen, als er vorbeiraste, lauthals fluchend, denn seine Wut auf Gabrielle, auf David, auf Karl und auf Otis musste raus.

Denn als er Gabrielle besser kennengelernt hatte, als er sie jeden Tag *sehen* durfte, war ihm bewusst geworden, dass Karl sie gar nicht verdient hatte. In unzähligen Gesprächen hatte er Otis davon zu überzeugen versucht, dass sie zu ihm gehörte. Aber Otis bestand darauf, sie mit Karl zu verheiraten, weil er seinem Neffen sein Wort gegeben hatte. Dabei war Otis Luther so viel schuldig. Und Karl war nur ein wertloses Stück Scheiße.

Außerdem war Otis gar nicht mehr so scharf auf den Plan. Das stetige Einkommen durch den Waffenhandel reichte ihm völlig. Und er wollte nicht die Aufmerksamkeit der Polizei auf sich ziehen, indem sie Nathan entführten.

Luther war fast schon bereit gewesen, die Sache fallen zu lassen. Aber dann hatte *sie* darum gebeten. Das hatte ihn erst zum Handeln bewogen. Sie war diejenige, die ihn dazu gedrängt hatte.

Sie hatte ihm nicht einmal gesagt, was er tun sollte, sondern nur, was sie *brauchte*.

Und Luther hatte das Wie herausgefunden.

Aber jetzt hatte sie gelogen und gesagt …

Jemand hupte. Ein elektronisches, schrilles Geräusch. Er hörte es schon seit einer Weile, hatte es jedoch ignoriert, weil er in seine Erinnerungen und seinen Zorn vertieft gewesen war. Wo kam das Geräusch her?

Sein Handy. Er holte es aus der Tasche und warf einen Blick auf das Display. Es war eine Benachrichtigung der Alarm-App, die er installiert hatte. Sie informierte ihn, wenn eine der Türen in seiner Hütte geöffnet wurde.

War der Junge schon wieder entkommen?

Er fuhr an den Straßenrand, öffnete die App und sah sich die Bilder der Überwachungskamera aus dem Zimmer des Jungen an. Beinahe wäre ihm das Herz stehen geblieben. Da waren Fremde im Haus. Ein Mann und eine Frau. Sie standen mit dem Rücken zur Kamera, waren aber eindeutig bewaffnet.

Polizisten.

Irgendwie hatten sie die Hütte gefunden. Er war am Ende.

Nein, noch nicht. Ihm blieb noch Zeit.

Und er würde bekommen, was er *verdiente*.

Kapitel 77

Abby stand in der Tür der Hütte und blickte dem Krankenwagen besorgt hinterher. Nathan hatte hohes Fieber und war nicht aufgewacht, nicht einmal, als ihn die Rettungssanitäter auf die Trage gelegt und hinausgebracht hatten.

Waren sie zu spät gekommen?

Sie ging wieder hinein und versuchte, ihre innere Unruhe zu verdrängen. Eden wusste schon Bescheid, dass sie Nathan gefunden hatten und dass man ihn ins St. Peter's Hospital in Albany brachte. Abby konnte nichts mehr für den Jungen tun.

Carver stand in dem Zimmer, in dem Nathan festgehalten worden war. Er hatte sich Handschuhe übergezogen und kramte in einer Schublade. Als sie hereinkam, drehte er sich zu ihr um.

»Wie geht es ihm?«

»Er war noch bewusstlos, als sie losgefahren sind.«

Carver nickte und wandte sich wieder dem Schreibtisch zu. »Warum hat sich Luther all die Mühe gemacht und Nathans Zimmer so gut wie möglich nachgebaut? Was bezweckt er damit?«

»Ich bin mir noch nicht sicher.« Sie sah sich um und zuckte leicht zusammen, als ihr Blick über die Blutflecken auf dem

Bett schweifte. Dann bemerkte sie eine winzige Magnettafel über der Tür. »Da ist eine Art Alarm angebracht.«

»Ja, genau wie an der Eingangstür.«

»Dann könnte Luther schon wissen, dass wir Nathan gefunden haben.«

Carver schloss die Schublade und zog die nächste auf. »Daran können wir nichts mehr ändern.«

Abby ging ins Schlafzimmer. Es war klein, den meisten Platz nahm das Doppelbett ein. Ein … klebriger Geruch hing in der Luft. Über dem Bett hing ein Blatt Papier an der Wand, auf dem die Worte »Nur dass du paranoid bist, heißt noch lange nicht, dass sie nicht hinter dir her sind« in Großbuchstaben standen.

Sie sah sich den Nachttisch genauer an. Darauf stand ein Bilderrahmen mit einem Selfie von Gabrielle, die verführerisch lächelte. Darunter stand ein Satz in einem dieser widerlichen generischen Kursivfonts: *»Ich bin dir so unendlich dankbar.«* Abby nahm das Foto genau unter die Lupe. Luther war jeden Morgen daneben aufgewacht. Was bedeutete es ihm?

In den Schubladen war nicht viel zu finden. Kleidungsstücke, einige Münzen, eine Sonnenbrille, eine Packung Taschentücher, eine Taschenlampe.

Sie kehrte ins Wohnzimmer zurück und betrachtete das vergrößerte Foto von Gabrielle an der Wand. Nein, es war kein Foto, sondern eine Collage aus Hunderten winziger Fotos von Gabrielle, die zu einem Mosaik ihres Gesichts zusammengestellt worden waren. Dieses Bild, der Raum, in dem Nathan eingesperrt gewesen war, das Foto auf dem Nachttisch – all das ließ auf einen obsessiven Verstand schließen, der sich auf Gabrielle konzentrierte.

Abby versuchte, sich Luther vorzustellen, einen Mann, der Jahre in der Tillman-Sekte verbracht hatte. Er war Otis jahrelang gefolgt wie einem König oder Messias. Doch dann hatte Luther die Sekte aus irgendeinem Grund verlassen. Vielleicht war er auch rausgeworfen worden. Sie wusste aus Erfahrung, dass der Verstand nicht so leicht losließ. Eden hatte noch immer ein Foto von Moses im Badezimmer. Und Abby hatte Jahre gebraucht, um das plötzliche Vakuum in ihrem Leben zu ertragen, was ihr nur dank ihrer liebevollen, geduldigen Eltern gelungen war.

Luther hatte diese Leere mit einer anderen Besessenheit gefüllt, einer anderen Person, der er folgen und die er vergöttern konnte.

Sie sah sich die Fotos genauer an. Die meisten schienen von Gabrielles Instagram-Profil zu stammen. Einige erkannte sie sogar wieder. Dort hingen auch mehrere Nacktfotos, die Abby überraschten, bis sie begriff, dass die Bilder bearbeitet worden waren. Luther hatte frei verfügbare Fotos aus Gabrielles Profil genommen und sie bearbeitet, um seine private Pornosammlung des Mädchens zu erschaffen, das er begehrte.

Da war auch das Foto, das Gabrielle berühmt gemacht hatte. Das Bild im Nebel. Sie entdeckte dasselbe Foto noch in einem anderen Teil des Mosaiks. Und auch ein drittes Mal. Offenbar hatte Luther einige Duplikate benutzt.

Abby wunderte sich darüber, dass jemand, der so besessen war, keinen Wert darauf legte, dass jedes Foto nur einmal vorkam.

Nein, es war gar nicht dasselbe Bild. Sie waren aus verschiedenen Winkeln aufgenommen worden. Auf einem hatte Gabrielle die Augen geschlossen. Irgendwie war es Luther gelungen, an die anderen Fotos dieser Session zu gelangen.

Abby betrachtete eines der Bilder genauer. Es stammte aus der Zeit, als Gabrielle noch nicht so berühmt gewesen war. Vom Anfang.

Ich folge dir schon von Anfang an. Hatte er ihr das nicht sogar gesagt?

Drei unterschiedliche Fotos von derselben Session. Es war zu erwarten, dass es mehrere gab. Machte das heute denn nicht jeder? Man richtete das Handy auf ein Motiv, schoss ein Dutzend Fotos und wählte das beste aus. Den Rest teilte man nicht.

Wie war Luther an diese Bilder gelangt?

Er musste vor Ort gewesen sein, hatte möglicherweise sogar fotografiert. Sie hatte den Roadtrip mit einigen Freunden unternommen. War Luther etwa einer von Gabrielles Freunden? Nein, das ergab keinen …

Die Welt geriet aus den Fugen, und in ihrem Kopf machte es klick. Auf einmal sah sie die Verbindung, die ihr schon viel früher hätte auffallen müssen.

Sie holte ihr Handy hervor und suchte die E-Mail von Ahmed, in der er ihr den Link zu allen Fotos von Eric Laytons Computer geschickt hatte. Sie tippte das zweitletzte Bild an – das Foto von Nathan mit der Zeitung – und studierte es gründlich.

»Ach du Scheiße«, murmelte sie. »Carver!«

Er kam ins Wohnzimmer geeilt. »Was ist?«

»Haben Sie das Foto, das der Entführer Gabrielle geschickt hat?«

»Ja, Moment.« Er zog die Latexhandschuhe aus und tippte auf seinem Handy herum, während Abby ungeduldig wartete. »Hier.«

Abby hob ihr Handy hoch. »Halten Sie Ihres daneben.«

Sie starrten die beiden Fotos an.

»Das ist nicht dasselbe Bild«, erkannte Carver.

Die Unterschiede waren minimal. Ein kaum merklicher Perspektivwechsel. Und auf Abbys Handy hatte Nathan ein Auge etwas weiter geschlossen als auf dem anderen Bild.

»Eric hat Gabrielle danach gefragt.« Abbys Stimme klang ganz hohl. »Er wollte wissen, ob dies das einzige Foto ist, das sie bekommen hat. Ihm ist auch aufgefallen, dass es nicht dasselbe Bild ist. Der Entführer hat mehrere Fotos von Nathan gemacht. Das sind zwei davon. Aber warum hatte Gabrielle beide? Eric wird sich das ebenfalls gefragt haben. Vermutlich glaubte er, die einzige Erklärung wäre, dass Gabrielle die Fotos geschossen haben musste. Vor allem, da sie mehrfach bestätigt hat, nur das eine vom Entführer bekommen zu haben.«

»Wollen Sie mir damit sagen, dass Gabrielle in der Sache mit drinsteckt?« Carver starrte sie entgeistert an.

»Nein, aber Eric hat es gedacht. Aber Gabrielle hat ihm *dieses* Foto nicht geschickt.« Abby schüttelte bei ihren Worten ihr Handy.

»Wer dann?«

»Der Journalist. Tom McCormick.«

Carver kniff die Augen zusammen.

»Erinnern Sie sich an das Interview? Eric sagte, er hätte das Foto von Nathan beim Interview zum ersten Mal gesehen. Und er muss McCormick gebeten haben, es ihm zu schicken. Aber McCormick hat ihm das falsche Foto geschickt.«

»Und nicht das, was Gabrielle erhalten hat.« Carver verstand, worauf sie hinauswollte.

»Später hat McCormick seinen Fehler bemerkt, fuhr zu Eric, brachte ihn um und setzte sein Handy zurück. Er wusste nicht, dass Eric das Foto längst auf dem Computer gespeichert hatte.« Abby verzog das Gesicht. »Gabrielle hat mir erzählt, dass McCormick sie früher schon interviewt hat. Wieso sind wir nicht eher darauf gekommen? Wahrscheinlich ist er der Journalist, der sie berühmt gemacht hat. Als er diesen Artikel über ihr Foto schrieb, das viral ging. In der Collage an der Wand hängen weitere Fotos aus dieser Session. Wissen Sie noch, was Will uns erzählt hat? Ein Reporter hätte sie auf dem Roadtrip begleitet. *Er war dabei.* Vielleicht hat er sogar die Fotos gemacht.«

Sie stellte sich bildlich vor, wie Gabrielle McCormick gebeten hatte, sie in dem nebligen Sumpf zu fotografieren. Wie er ein Dutzend Fotos schoss, ihr das beste schickte und alle anderen behielt.

Ich folge dir schon von Anfang an.

»Tom McCormick ist Luther Gaines«, erkannte Carver.

»Und er stalkt Gabrielle seit Jahren, indem er sich als Journalist tarnt, der Interesse an Influencern hat.« Jetzt fiel ihr auch wieder ein, dass McCormick nicht weiter auf die seltsamen Geschichten über die Gemeinde, in der Gabrielle gelebt hatte, eingegangen war, die ihm Eric bei seinem Interview erzählt hatte. Jeder anständige Reporter hätte sofort nachgefragt, aber McCormick wollte das Thema lieber ausblenden. Nun wussten sie auch, warum.

»Haben Sie McCormicks Nummer?«, fragte Carver, tippte auf seinem Handy und hielt es sich ans Ohr.

»Ja.«

Carver reckte einen Daumen in die Luft. »Hallo, Natalie? Wie geht's … Ja, ich hatte viel um die Ohren. Hör mal, du musst eine Nummer für mich anpingen.« Er lauschte. »Ich weiß, aber es ist Gefahr im Verzug. Ich übernehme die volle Verantwortung für … Du bist ein Engel. Danke. Okay, hast du was zum Schreiben?«

Abby hatte McCormicks Nummer rausgesucht, und Carver las sie Natalie vor. Dann warteten sie.

»Du hast sie?«, fragte Carver. »Wo …« Ihm wich die Farbe aus dem Gesicht, und er rannte zur Tür.

Abby eilte ihm hinterher und hörte noch, wie er sich bedankte und auflegte. Er riss die Fahrertür auf und stieg ein. Abby ließ sich schnell auf den Beifahrersitz fallen.

»Was ist?«

»Er befindet sich im Umkreis von hundert Metern um das LaGuardia Plaza Hotel.«

Abbys Brustkorb zog sich zusammen. »Das ist in der Nähe von Edens Haus.«

»Geben Sie es per Funk durch. Eden und Gabrielle könnten in Gefahr sein.«

Kapitel 78

Sie haben Nathan gefunden.
Der Gedanke war fast zu schön, um wahr zu sein, und er schwebte in einer Wolke aus Erleichterung und Freude durch Gabrielles Geist. *Sie haben Nathan gefunden.*
Er lag im Krankenhaus, aber Mom hatte schon mit dem Arzt gesprochen und gesagt, dass Nathan bald wieder gesund wäre; er habe nur eine Infektion. Jetzt wurde er behandelt, und bald wäre alles wieder gut.
Sie stand in seinem Zimmer, packte eine Tasche für ihn und hörte von unten die Stimme ihrer Mutter, die mit jemandem telefonierte. Auch ihre Mutter klang jetzt anders. Während der letzten Woche hatte es den Anschein gehabt, als würde in ihnen beiden eine Feder zusammengedrückt, fester und immer fester. Ihre Körper waren bis an die Grenze des Erträglichen angespannt, wie zwei Gummibänder kurz vor dem Zerreißen. Jetzt hörte sich ihre Mom deutlich entspannter an, und auch sie konnte endlich lockerlassen. Weil Nathan in Sicherheit war.
Gabrielle stopfte auch seinen Plüsch-Yoda in die Tasche; er war wichtig. Und Buntstifte, damit er malen konnte.
»Gabi! Wir müssen los!«, rief ihre Mutter.
»Komme!«

Noch ein Abstecher in ihr Zimmer, um ihr Handy zu holen. Sie wollte ein Foto von ihnen dreien machen und in ihren Feed hochladen. Damit sie all ihren wunderbaren Followern danken konnte, den alten wie den neuen. Was war mit dem Geld? Darum würde sie sich später kümmern. Sie hüpfte die Stufen hinunter, als wäre die Schwerkraft aufgehoben worden. Ihr war, als hätte sie seit heute Morgen eine immense Last abgeworfen. Was für eine revolutionäre Diät.

Mom wartete bereits an der Tür auf sie. »Hast du seinen Yoda eingepackt?«

»Ja, ich habe alles dabei.«

»Okay.« Ein glückliches, liebevolles Lächeln.

Das Handy ihrer Mutter klingelte. Das war ein unglaubliches Gefühl, beim Klingeln des Handys nicht länger befürchten zu müssen, *ihn* mit dieser schrecklichen metallischen Stimme zu hören, wie er drohte, ihren Bruder umzubringen.

Mom warf einen Blick auf das Display. »Oh, das ist Abihail. Ich muss mich bei ihr bedanken. Ich beeile mich auch.« Sie trat einen Schritt zur Seite und nahm den Anruf an.

Wer war Abihail? Meinte ihre Mom Abby Mullen. Ein Klopfen an der Tür lenkte sie ab.

»Was?«, fragte ihre Mutter hinter ihr. »Das verstehe ich nicht.«

Gabrielle spähte durchs Guckloch und öffnete die Tür.

»Tom.« Sie strahlte ihn an. »Sie werden nicht glauben, was passiert ist.«

Warum starrte er sie so an? Und was hatte er … War das ein Messer? Ihr Lächeln verblasste.

Dann schubste er sie grob. Er betrat das Haus und knallte die Tür hinter sich zu.

Kapitel 79

Der normalerweise ruhige Block, in dem Eden mit ihrer Familie lebte, hatte seine verschlafene Atmosphäre verloren. Abby nahm alles in sich auf: die Streifenwagen, das Fahrzeug der ESU, den Van der Verhandlungsspezialisten, die vielen Menschen in schusssicheren Westen, das Geräusch des Hubschraubers über ihren Köpfen. Ein großer Bereich um Edens Haus war abgesperrt, und westenbewehrte Polizisten hielten die Medienvertreter und Schaulustigen auf Abstand. Ein junger Streifenbeamter winkte sie durch, als sie ihre Dienstmarken vorzeigten. Carver parkte auf dem Bürgersteig. Abby sprang sofort aus dem Wagen und hielt direkt auf Griffin zu, der in sein Funkgerät brüllte.

»Ich will, dass *alle* Häuser in diesem Block evakuiert werden«, verlangte Griffin. »Und halten Sie die Medienleute von hier fern. Ich will hier keine verdammten Kameras sehen.« Er drehte sich zu Abby um.

»Sir.« Abby atmete schwer. »Sind Sie hier der Einsatzleiter?«
»Ja. Sie haben die Sache gemeldet, richtig?«
»Ja, Sir.«
»Okay. Baker hat das taktische Kommando. Sergeant Vereen war bisher für die Verhandlungen zuständig, aber ich möchte, dass Sie das jetzt übernehmen.«
»Ja, Sir. Wie viele Geiseln ...«

»Lassen Sie sich von Vereen auf den neuesten Stand bringen. Ich habe dafür keine Zeit.« Griffin sah auf die Uhr. »Es ist Viertel nach drei. Um halb will ich ein Update zum Verlauf der Verhandlungen.«

Abby drehte sich zum Van um, zog die Seitentür auf und stieg ein. Nachdem das NYPD das Fahrzeug erworben hatte, war es Abbys Aufgabe gewesen, das Innere so zu planen, dass es trotz der Enge effektiv genutzt werden konnte. Auf der einen Seite hing ein riesiges Whiteboard, das Abby den diversen Computermonitoren vorzog, die einige andere Abteilungen benutzten. Officer Tammi Summers – eine begabte junge Verhandlungsspezialistin – schrieb gerade etwas darauf. Die andere Seite wurde von einem Schreibtisch mit zwei Telefonen und einem Funkgerät eingenommen. Das war der Arbeitsplatz des Verhandlungsleiters.

Will saß am Schreibtisch und telefonierte. Als er sich zu ihr umdrehte, wirkte er erleichtert. »Gut, dass du endlich hier bist.«

»Griffin will, dass ich die Leitung übernehme.«

»Okay.«

Es war keine Zeit für Machtspielchen, und sie kannten einander dafür auch viel zu gut.

»Versuchst du, ihn zu erreichen?«, fragte Abby und zeigte auf das Telefon.

Will legte auf. »Ich rufe im Fünfminutentakt an. Zweimal ist er schon rangegangen.«

»Was hab ich verpasst?«

»Nachdem du bei der Zentrale angerufen hattest, hab ich erfolglos versucht, Eden oder Gabrielle zu erreichen.«

Abby nickte. Sie hatte mit Eden telefoniert und sie vor McCormick gewarnt, als auf einmal ein Schrei ertönte und die Verbindung unterbrochen wurde. Danach war Eden nicht mehr zu erreichen gewesen, und kurz darauf hatte jemand Edens und Gabrielles Handy ausgeschaltet.

»Um zehn nach eins war ein Streifenwagen vor Ort. Der Beamte hat an die Tür geklopft, und eine Männerstimme schrie, er solle verschwinden oder sie würde bestraft.«

»Wer ist ›sie‹?«

»Das wissen wir nicht. Einer der Polizisten hat versucht, mit dem Mann zu reden, aber er verlangte nur lautstark, dass sie von der Tür weggingen. Das haben sie dann getan und Verstärkung gerufen. Währenddessen wurden im Haus alle Vorhänge zugezogen. Einer der Officer hat gesehen, wie der Mann eine Frau mit sich geschleift hat, doch es war zu dunkel, um sie zu erkennen. Dann kam Griffin her und hat die Leitung übernommen. Wir trafen um fünf nach zwei ein. Ich habe mehrmals versucht, McCormick über sein Handy zu erreichen, und wir konnten es im Haus klingeln hören. Irgendwann ging er ran und brüllte, dass wir wegbleiben sollen oder er würde sie beide umbringen.«

»Dann hat er also Gabrielle und Eden in seiner Gewalt.«

»Davon gehen wir aus, allerdings gibt es keinen Beweis dafür. Nach einer halben Minute hat er aufgelegt. Die nächsten fünfundzwanzig Minuten ging er nicht ran. Als ich noch einmal mit ihm sprechen konnte, wirkte er ruhiger, hat aber immer noch verlangt, dass wir auf Abstand bleiben. Er wollte, dass wir die Straße räumen. Ich habe versucht, mit ihm zu reden, aber er hat wieder aufgelegt.«

»Okay. Hast du die Verhandlungen die ganze Zeit geleitet?«

»Ja. Summers hat mich bei den Verhandlungen und der Informationsbeschaffung unterstützt.«

Das war nicht ideal – Abby bedauerte, dass Will kein drittes Teammitglied verlangt hatte. Wenn Tammi als zweite Verhandlungsspezialistin agieren musste, konnte sie sich nicht ausschließlich auf die Informationen konzentrieren. »Okay. Ich bin jetzt der zweite Verhandler. Summers, was haben Sie bisher über McCormick?«

Summers räusperte sich. »Tom McCormick hat im Juli 2017 die ersten Artikel für den *New Yorker Chronicle* geschrieben. Anfangs konzentrierte er sich hauptsächlich auf die Politik, aber nach einigen Monaten erwachte sein Interesse an Influencern. Er hat eine berufliche Facebook-Seite, aber keine private. Dasselbe gilt für Twitter und Instagram. Er fährt einen weißen Nissan Sentra, den wir bereits gefunden haben. Der Wagen steht in der Nähe, und es macht den Anschein, als wäre er damit hergekommen. Soweit wir wissen, besitzt er keine legalen Schusswaffen. Keine Krankenakten. Keine Vorstrafen. Bisher konnte ich nichts finden, das älter ist als Juli 2017.«

Abby kniff sich in den Nasenrücken. »Okay. Ich habe ein paar Hinweise, die Ihnen weiterhelfen werden. Tom McCormick ist nicht sein richtiger Name. Er heißt eigentlich Luther Gaines und war Mitglied der Tillman-Sekte. Irgendwann in den letzten drei Jahren hat er die Sekte verlassen, ich weiß allerdings nicht, ob das vor oder nach seinen ersten Artikeln für den *Chronicle* war. Sie sollten mit seinem Redakteur sprechen. Tom muss doch irgendwelche Referenzen vorgelegt haben. Versuchen Sie, da ranzukommen.« Sie hielt inne und erinnerte sich an das Foto auf Luthers Nachttisch. »Und Sie müssen sich Gabrielle Fletchers Instagram-Profil ansehen. Will hat es katalogisiert, daher müssten Sie sich leicht zurechtfinden. Suchen Sie nach allen Sätzen, in denen die Worte ›unendlich dankbar‹ vorkommen.«

Summers schrieb eifrig mit. »Okay.«

Abby drehte sich zum Whiteboard um. »Teilen Sie die Infos in Kategorien ein; mit diesem Chaos können wir nicht arbeiten. Ich hätte gern Folgendes von links nach rechts. Infos über Tom. Infos über Luther. Alles, was wir über Eden und Gabrielle finden – auch ihre ärztlichen Unterlagen.« Sie zeigte mit einem Finger auf die verschiedenen Abschnitte des Whiteboards, während sie die Bereiche aufzählte. »Forderungen. Fristen. Listen Sie alles auf, was wir für ihn tun, okay? Wenn wir ihm einen

Espresso bringen, will ich, dass es hier steht. Wir brauchen den Bauplan des Hauses – zeichnen Sie ihn nicht selbst, besorgen Sie ihn sich. Lassen Sie die rechte Seite für einen Kapitulationsplan frei. Und wir brauchen hier jede wichtige Telefonnummer, die wir kriegen können. Für den Anfang will ich die Nummern von Tom, Eden, Gabrielle, Toms Redakteur und die des Arztes, der Nathan Fletcher momentan im St. Peter's Hospital in Albany behandelt. Haben Sie das verstanden?«

»Geht klar.«

Abby sah auf die Uhr. Es war kurz vor halb vier. »Ich muss zu Griffin. Will, zeig Summers bitte die sortierten Daten von Gabrielles Feed. Wenn ich zurück bin, rufen wir ihn noch mal an.«

Kapitel 80

Es war, als würde Gabrielle ihn nicht mal hören.

Dabei hätte sie es doch inzwischen verstehen müssen. Er hatte immer angenommen, dass sie ein kluges Mädchen wäre. Aber als er ihr begreiflich machen wollte, dass er nur versucht hatte, ihr zu helfen, und ihr all die Mühe und Zeit auflistete, die für die Erfüllung *ihres* Wunsches erforderlich gewesen waren, starrte sie ihn bloß mit leeren Augen an. Er schlug sie. Sie fiel keuchend vom Stuhl, und ihre Mutter schrie ihn an, dass er damit aufhören solle.

»Hörst du mir überhaupt zu?«, brüllte er, drehte sich zu Eden um und hielt ihr einen Finger vor die Nase. »Halt den Mund, oder ich schlitz dir die Kehle auf.«

»Tut mir leid. Ich hab ja zugehört.« Gabrielle saß schluchzend auf dem Boden.

Sofort stellten sich Schuldgefühle ein. Er hätte sie nicht schlagen dürfen. Sie war verwirrt. Und das verdammte Telefon klingelte auch schon wieder. Die riefen ständig an – als hätten sie ihm etwas Wichtiges zu sagen. Er rieb sich mit den Fäusten die Augen und versuchte, sich zu konzentrieren. Wenn er nur die richtigen Worte fand, würde Gabrielle es verstehen. Dann würde sie begreifen, was er alles für sie getan hatte.

Und sie wäre ihm unendlich dankbar.

Und würde ihm ihre Liebe schenken.

Mehr hatte er doch nie verlangt, oder?

Er kniete sich neben sie. »Du hast mich darum gebeten. Ich hätte das alles nie gemacht, wenn du mich nicht darum gebeten hättest ... Du hast mich praktisch angefleht.«

Sie sah ihn blinzelnd an. »Das verstehe ich nicht, Tom ... Wann habe ich ...«

»Jetzt tu nicht so, als könntest du dich nicht erinnern!«

Sie zuckte zusammen, und er merkte erst jetzt, dass er schon wieder die Hand erhoben hatte. Um sie wieder zu schlagen. Das lag an diesem verdammten Telefon. Es trieb ihn in den Wahnsinn, weil es nicht aufhörte zu klingeln.

Er nahm es vom Tisch und wollte es schon aus dem Fenster werfen. Aber nein, er würde es später noch brauchen. Also ging er ran.

»Tom?«, fragte dieser Typ, Will.

»Jetzt pass mal auf, du Arschloch!«, schrie er. »Ruf mich erst wieder an, wenn du mir bestätigen kannst, dass die Straße frei ist. Hast du verstanden?«

»Aber wie kann ...«

»Du hörst mir nicht zu!« Keiner von ihnen hörte ihm zu. Keiner. »Ich werde ihnen wehtun. Ich tue ihnen weh, verstanden? Ruf nicht wieder an!« Er legte auf.

Einige Sekunden lang war das Handy herrlich still und nur das Weinen der Frauen hing in der Luft. Er wollte nicht, dass Gabrielle weinte.

Wenn sie ihm doch nur zugehört hätte!

* * *

»Ruf nicht wieder an!« Dann war die Leitung tot.

Abby und Will tauschten Blicke. Sie hatte das Gespräch mitgehört, und nun raste ihr Herz und die wütenden Worte dröhnten in ihren Ohren. McCormick war auf hundertachtzig. Und Wut konnte in Kombination mit Angst tödlich werden.

»Was denkst du?«, fragte Will.

»Ich befürchte, die erste Kontaktaufnahme könnte dich in seinen Augen verdorben haben«, antwortete sie.

Der erste Kontakt mit der Zielperson war immer riskant. Durch das Adrenalin im Körper wurde derjenige launisch und unvorhersehbar. Die einzige Rolle des Verhandlungsspezialisten bei diesem Gespräch war, das Gegenüber zu beruhigen, vor allem durch aktives Zuhören. Allerdings reichte das manchmal, so wie in diesem Fall, nicht aus. McCormick war zu wütend oder zu verängstigt, vielleicht auch beides. Er hatte Will beschimpft und ihn als Feind eingestuft. Für McCormick war Will kein Mensch mehr, mit dem man reden oder gar verhandeln konnte, sondern jemand, dem man drohte – oder den man anschrie.

»Ich weiß nicht«, erwiderte Will. »Während des zweiten Kontakts hatte ich einen Augenblick lang das Gefühl, wir würden eine Beziehung aufbauen. Ich kann zu ihm durchdringen.«

»Hören wir sie uns noch mal an.« Abby setzte die Kopfhörer auf.

Will drehte sich zur Steuerkonsole um und spielte die Aufzeichnung des Gesprächs ab.

Es ähnelte dem, was sie eben mit angehört hatte. McCormick stieß wütende Worte hervor, während Will sein Bestes gab, um aufgeschlossen zu wirken und McCormick in ein Gespräch zu verwickeln. Nach einiger Zeit beruhigte sich McCormick so weit, dass er nicht länger schrie. Er verlangte, dass die Polizisten verschwanden. Will fragte ihn, wie er sich das vorstellte. McCormick erklärte, das sei nicht sein Problem, und legte auf.

Abby sah Will an. Er war einer der besten Verhandlungsspezialisten, die sie kannte. Aber ihr Bauchgefühl sagte ihr, dass sie recht hatte. McCormick würde nicht mehr mit ihm reden. Sie mussten einen Neuanfang wagen.

»Wir tauschen«, entschied sie. »Ich rede mit ihm.«

Will nickte, und sie konnte ihm ansehen, wie verletzt und besorgt er war. Sein Instinkt vermittelte ihm, dass er der beste Mann für den Job war, und sie hatte ihm jetzt genau das Gegenteil gesagt. Selbst wenn sie recht hatte und es nicht einmal seine Schuld war, schmerzte so etwas. Zudem war ein Wechsel des Verhandlers immer riskant. Die Zielperson befand sich in einer Krise und reagierte nicht gut auf Überraschungen. Wenn sie sich irrte, konnte das dafür sorgen, dass Eden und Gabrielle verletzt wurden, schlimmstenfalls sogar starben.

* * *

Die Messerspitze bohrte sich in Gabrielles Wange. Sie war starr vor Angst und rührte sich nicht.

»Wenn du mich anlügst, fühlt es sich so an, als würdest du mir ein Messer ins Herz stoßen«, zischte Tom sie an. »Weißt du, wie weh das tut? Möchtest du es herausfinden?«

Sie wollte es nicht wissen, wagte es aber nicht, den Kopf zu schütteln. Als sie etwas sagen wollte, bekam sie keinen Ton heraus. *Bitte nicht,* flehte sie lautlos. Im Hintergrund war das Schluchzen ihrer Mutter zu hören. Tom hatte ihr Handschellen angelegt und sie auf die Couch gestoßen. Er hatte ihrer Mom gesagt, wenn sie sich rührte, werde er sie beide umbringen.

Die Klinge verschwand von ihrer Wange und wurde dicht vor ihrem Gesicht herumgeschwenkt. Sie versuchte, die Messerspitze nicht anzusehen, die vor ihrem Auge verharrte. *O Gott, will er mir etwa ein Auge ausstechen? Nein, bitte nicht. Bitte, bitte, bitte.*

»Hörst du jetzt auf, mich anzulügen?«

»Ja«, konnte sie gerade so flüstern.

»Erinnerst du dich daran, wie du mich gebeten hast, dir zu helfen?«

»Ja.« Sie hätte einfach alles gesagt.

»Wann?«

Sie blinzelte. »Was?«

»Wann hast du mich darum gebeten? Du sagst doch, du könntest dich erinnern.« Seine Stimme war fast schärfer als die Messerklinge. »Ich denke immer daran. Jeden Tag. Du doch hoffentlich auch.«

Ihre Gedanken überschlugen sich, als sie an ihre wenigen Gespräche dachte, die Interviews. Was meinte er bloß? Worauf bezog er sich?

* * *

»Wir müssen noch mal anrufen«, sagte Abby.

»Er sagte, er würde ihnen etwas tun, wenn wir noch mal anrufen«, warnte Will sie. »Vielleicht sollten wir warten, bis er sich meldet.«

Sie schüttelte den Kopf. »Das ist eine abstrakte Drohung. Die wird er nicht in die Tat umsetzen.«

Wenn Menschen mit etwas drohten, das sie tatsächlich tun wollten, drückten sie sich klarer aus. Hätte McCormick gesagt »Wenn Sie noch mal anrufen, schlitze ich Eden Fletcher die Kehle auf«, wäre Abby vorsichtiger gewesen. Aber ein allgemeines »Ich tue ihnen weh« zeigte bei Weitem nicht dieselbe Wirkung.

Es gab Ausnahmen. Sie konnte nur hoffen, dass dies keine davon war.

Abby wandte sich an Summers, die vor dem Laptop saß und konzentriert auf den Bildschirm starrte. »Was haben Sie bisher?«

Summers blickte auf. »Ich habe die Worte ›unendlich dankbar‹ zweimal in Gabrielles Feed gefunden«, antwortete sie. »Einmal in einem Post, in dem sie schrieb, sie wäre einer anderen Instagrammerin *unendlich dankbar,* weil sie ihr einen bestimmten Proteinriegel empfohlen hatte.«

»Und das zweite Mal?«

»Da ging es um einen Wettbewerb. Sie bot dem Fan, der ihr in einer Woche die meisten neuen Follower beschaffte, ein signiertes Foto an. Ein Fan fragte nach, was wäre, wenn er die Zahl ihrer Follower vervierfachte, und sie schrieb, dann wäre sie ihm unendlich dankbar.«

Abby blinzelte. Genau danach hatten sie gesucht. »Zeigen Sie mir diesen Post. Und besorgen Sie mir alles über den Fan, der das geschrieben hat. Das ist unser Mann.«

Sie griff zum Telefon und rief McCormick an. Es klingelte.

Wann immer Abby sich daran machte, mit jemandem zu verhandeln, stellte sich bei ihr ein ganz bestimmtes Gefühl ein. Panik machte sich in ihrer Magengrube breit, und die Last der Verantwortung senkte sich schwer auf ihre Schultern.

Es klingelte zum zweiten Mal.

Ein bitterer Geschmack in ihrem Mund. Schweißnasse Handflächen. Sie atmete durch die Nase ein.

Das dritte Klingeln – er ging ran.

»Willst du, dass ich sie umbringe, du Arschloch?«, brüllte McCormick sie an.

Mit einem Mal war die Angst verflogen. Sie hatte die Kontrolle.

»Luther Gaines«, sagte sie.

Erstauntes Schweigen am anderen Ende. Sie hatte ihn überrascht und seinen richtigen Namen ins Spiel gebracht. Sein Name verlieh ihr Macht, wie in einem Märchen.

»Wer zum Teufel sind Sie?«, fauchte er dann. »Geben Sie mir den anderen Kerl, mit dem ich bisher gesprochen habe.«

»Will musste weg. Mein Name ist Abby. Ich werde ab jetzt mit Ihnen sprechen.« Sie sprach leise, ruhig und kontrolliert.

Er lachte gequält auf. »Ach, die berühmte Abby Mullen? Tja, der andere Kerl hätte Ihnen sagen sollen, dass ich nicht noch mal angerufen werden will. Ich sagte doch …«

»Es macht ganz den Anschein, als würden Sie in einer misslichen Lage stecken.« Sie behielt den ruhigen Tonfall bei. »Sie haben getan, worum Gabrielle Sie gebeten hat, richtig? Damit sie Ihnen unendlich dankbar ist.«

»Ja«, hauchte er. »Genau. Ich habe es für sie getan. Sie hat mich darum *gebeten.*«

»Sie hat Sie darum gebeten«, stimmte ihm die Frau am Telefon zu. »Sie wollte mehr Follower bekommen.«

»Und ich habe sie ihr besorgt!« Er warf Gabrielle einen wütenden Blick zu. *»Zweimal!«*

»Sie haben zweimal dafür gesorgt, dass sie mehr Follower bekam«, sagte Abby. »Einmal, als Ihr Artikel viral ging und sie berühmt machte, und dann mit ihrem Bruder.«

Endlich jemand, der ihn verstand. Der ihm *zuhörte.* »Ich habe alles für sie geopfert.«

»Sie haben alles geopfert?« Abby klang interessiert.

»Alles. Ich habe die Gemeinde für sie verlassen. Mich für sie in Gefahr gebracht. Selbst das Geld … Ich wollte das Geld nie für mich behalten.«

»Nein«, stimmte Abby ihm zu.

»Ich wollte es für sie ausgeben. Ich habe alles nur für sie getan. Ich wollte ihr Traumhaus bauen. Schließlich weiß ich ja, was ihr gefällt – sie hat es mir gesagt; ich habe Skizzen. Ich hätte ihr alles geben können. Mir gehört ein großes Grundstück. Sie hat mir letztes Jahr gesagt, dass sie außerhalb der Stadt leben möchte.« Die Wahrheit strömte nur so aus ihm heraus, der Wortschwall ließ sich gar nicht mehr aufhalten. Sagte er es zu Abby? Oder zu Gabrielle, die stumm zuhörte? Er wusste es nicht, und es war eigentlich auch egal. Aufhören konnte er so oder so nicht mehr. »Es sollte niemand verletzt werden. Ich habe mir die größte Mühe gegeben, damit sich der Junge wie zu Hause fühlte. Er sollte keine Angst haben. Sie hat mir mal gesagt, wie sehr sie dieses Zimmer liebt. Sie hat es als seine Männerhöhle bezeichnet. Darum habe ich es nachgebaut, damit er glücklich ist.«

»Sie wollten, dass er sich wohlfühlt.«

»Ja! Es sollte genauso sein. Identisch. Wenn sie nur wüsste, wie viel Zeit und Geld mich das gekostet hat … Würde ich so etwas tun, wenn ich ihm schaden wollte?«

»Das würden Sie nicht.«

Er redete weiter, erklärte ihr, wie er nach dem passenden Stofftier gesucht und sogar Nathans Zeichnungen kopiert hatte. Abby hörte gebannt zu, gab sich beeindruckt und stellte Fragen nach den Möbelstücken. Er erzählte, wie schwer es ihm gefallen war, Nathans Unterschrift zu kopieren, und Abby kicherte, und auf einmal lachte er ebenfalls und erkannte, dass es ganz schön lustig war. Während er sich mit Abby unterhielt, behielt er Gabrielle genau im Auge. Begriff sie es jetzt? Hatte sie es endlich verstanden?

* * *

Er spie die Informationen förmlich aus.

Abby spornte ihn dezent an, wiederholte seine Worte, lockte ihn mit einfachen offenen Fragen, versuchte, seinen Tonfall einzuschätzen. Will lauschte, wandte sich hin und wieder an Summers und gab ihr Anweisungen, während sie wie eine Wilde auf dem Whiteboard herumkritzelte.

Informationen und Zeit waren das Lebensblut eines Verhandlungsspezialisten, und Abby bekam beides. Als Luther zum ersten Mal erwähnte, dass Gabrielle ihm etwas gesagt hatte, ging sie davon aus, dass es bei einem Interview geschehen war. Aber später begriff sie, dass Gabrielle es gepostet hatte.

Für Luther stellten ihre Posts eine andauernde Unterhaltung dar. Es war offensichtlich, dass er Gabrielles Fans beneidete und sich selbst nicht dazuzählte. Für ihn waren Fans wie Parasiten, die seine Gespräche mit Gabrielle belauschten. Seiner Meinung nach führten Gabrielle und er längst eine Beziehung.

Sie warf einen Blick auf das Whiteboard. Summer hatte die Worte »wahnhaft« und »besessen« darauf notiert. Konnte sie seine Besessenheit von Gabrielle irgendwie ausnutzen?

»Auf mich macht es den Anschein, als ob zwischen Gabrielle und Ihnen eine gute Beziehung bestand«, sagte sie, als sein Monolog einzuschlafen drohte.

»Die besteht noch immer!« Sein Tonfall wurde schärfer. Will warf Abby einen warnenden Blick zu.

»Sie besteht noch immer«, bestätigte sie, indem sie seine Worte wiederholte und darauf achtete, fröhlich und ruhig zu klingen. Sie musste ihn dazu bringen, über die Vergangenheit zu sprechen. Sich an bessere Zeiten zu erinnern. »Wann ist Ihnen bewusst geworden, dass diese besondere Beziehung zwischen ihnen existiert?«

»Vor zwei Jahren.« In seiner Stimme lag ein Lächeln. »Sie hat ein gelbes T-Shirt gekauft und sich darin fotografiert. Sie sagte, es wäre für einen ganz besonderen Menschen, und da wurde mir bewusst, dass sie mich meinte.«

Will schnippte mit den Fingern, um Summers auf sich aufmerksam zu machen, und sie nickte, setzte sich an den Laptop und machte sich auf die Suche nach dem Post.

»Wie haben Sie sich dabei gefühlt?«, erkundigte sich Abby.

»Es war ... Das ist schwer zu erklären. Es gab mir ein ganz besonderes Gefühl. Ich bekam ein Ziel.« Sein Tonfall veränderte sich wieder und wurde zorniger. »Aber jetzt will sie mich nicht mal mehr ansehen. Nach allem, was ich für sie getan habe. Ich habe sie berühmt gemacht! *Hörst du das?* Ich habe dich berühmt gemacht!«

Ein verängstigtes Schluchzen im Hintergrund. Abby umklammerte das Telefon und bemühte sich um eine ruhige Stimme. »Das klingt, als hätten Sie mit einer anderen Reaktion gerechnet.«

»Da haben Sie verdammt recht. Die Hure sieht mich nicht mal mehr an.«

Sie musste ihn aufhalten und zwingen, noch mal über alles nachzudenken. »Wie hatten Sie sich diese Begegnung denn vorgestellt?«

Langes Schweigen. »Keine Ahnung«, antwortete er schließlich geschlagen. »Ich habe alles richtig gemacht.«.

* * *

Er war erschöpft. Erschöpft vom Lärm draußen, von den Blicken des Mädchens und der Mutter, vom Reden.

»Luther?«, fragte Abby. »Sind Sie noch da?«

»Ich bin noch da.« Er musste es beenden. Das Mädchen würde mit ihm zusammen sterben. Auf diese Weise konnten sie zusammenbleiben. Er beugte sich vor und hielt ihr das Messer an die Kehle. Sie wimmerte. Ein winziger Blutstropfen benetzte ihre makellose Haut.

»Ich musste eben an diesen Tag denken, an dem sie zum ersten Mal mit Ihnen gesprochen hat«, sagte Abby. »An den Tag mit dem gelben T-Shirt. Das war bestimmt nicht das einzige Mal, dass sie Ihnen das Gefühl gegeben hat, etwas Besonderes zu sein.«

»Nein.« Ein Lächeln stahl sich auf seine Züge. »Das war ihr neunzehnter Geburtstag. Wir waren beide so glücklich. Und diese Reise nach Kalifornien. Sie hat ständig Updates gepostet – wie Brotkrumen –, damit ich ihr folgen konnte.« Die

Erinnerungen strömten auf ihn ein. Ihm kamen die Tränen. Sie waren so glücklich gewesen. Musste es jetzt wirklich so enden?

»Das hört sich wunderschön an«, meinte Abby. »Und sagten Sie nicht, es gebe da immer noch diese ganz besondere Beziehung? Sie sagten, Sie wären verwirrt und überrascht. Glauben Sie nicht, dass es ihr ganz ähnlich geht?«

»Gut möglich.« Er nahm das Messer weg. »Vielleicht ist das alles nur ein Missverständnis.«

»Wie kann ich helfen?«, fragte Abby.

»Was?«

»Wie kann ich Ihnen dabei helfen, die Lage zu verbessern.«

Er blinzelte überrascht. Sie wollte ihn nicht übers Ohr hauen. Er konnte die Besorgnis in ihrer Stimme hören, genau wie die Traurigkeit. Sie verstand ihn.

»Ich will nicht ins Gefängnis.«

»Ins Gefängnis?«

»Wegen der Entführung. Und wegen … dem hier.«

»Wir besorgen Ihnen einen guten Anwalt. Ich kenne jemanden, der sich perfekt dafür eignen würde. Vor Gericht können wir anführen, dass Sie alles getan haben, damit sich der Junge wie zu Hause fühlt, nicht wahr? Denn eigentlich war es ja gar keine richtige Entführung. Sie haben nur getan, worum seine Schwester Sie gebeten hat.«

Da hatte sie recht. Von den Morden wussten sie ja nichts. Die konnten sie nicht mit ihm in Verbindung bringen. Und alles andere war ein Missverständnis. Mit der entsprechenden anwaltlichen Vertretung würde er vielleicht nur für kurze Zeit ins Gefängnis müssen. Und wenn er rauskam, würde Gabrielle auf ihn warten. »Das Geld«, stieß er hervor. »Gabrielle hat das Lösegeld zusammen. Sie wollte es mir schicken. Kann ich damit den Rechtsanwalt bezahlen? Könnten Sie das für mich herausfinden?«

»Wie soll ich sie dazu überreden, es Ihnen zu überlassen?« Abby klang skeptisch. »Ich weiß ja noch nicht mal, ob Gabrielle noch am Leben ist.«

»Sie ist am Leben. Sie ist hier.«

»Aber man wird mir nicht glauben, dass es die Wahrheit ist.«

Er runzelte die Stirn. »Ich kann sie Ihnen geben. Würde das helfen?«

»Hm …« Abby ließ sich einige Sekunden Zeit. »Ich schätze schon.«

Er stellte das Handy auf Lautsprecher, zögerte dann jedoch. Konnte er dem Mädchen vertrauen? »Sag ihr, dass es dir gut geht«, verlangte er und hielt ihr das Messer an die Kehle.

»H… hallo?« Das Mädchen schluchzte.

»Gabrielle? Hier ist Abby. Geht es dir gut?«

»Ich … Es geht mir gut. Ich habe Angst.«

»Wir bringen das wieder in Ordnung«, versicherte Abby ihr. »Du musst keine Angst haben. Geht es deiner Mutter auch gut? Ist jemand verletzt?«

»N… nein.«

Er stellte den Lautsprecher aus und hielt sich das Handy wieder ans Ohr. »Reicht das?«

»Ich denke schon«, erwiderte Abby. »Ich werde mich jetzt wegen des Geldes erkundigen. Danke für Ihre Kooperation, Luther. Wir stehen das zusammen durch, okay?«

»Ich habe nur getan, worum sie mich gebeten hat. Ich habe ihr Follower besorgt und sie berühmt gemacht.«

»Sie haben sie definitiv berühmt gemacht. Mit der Zeit wird sie das auch erkennen.«

»Ja«, sagte er bedächtig. Er hatte eine Idee. Mit der Zeit? Vielleicht konnte er das Mädchen dazu bringen, es sofort zu begreifen. Die Fernsehfernbedienung lag in Reichweite. Er beugte sich vor, hielt dem Mädchen weiter das Messer an die Kehle und schaltete den Fernseher ein.

»Luther? Sind Sie noch dran?«

»Ja. Regeln Sie das mit dem Geld?«

»Ich habe jemanden damit beauftragt. Aber es könnte ein bisschen dauern. Sie wissen ja, wie das ist.«

»Ja.« Er wechselte zwischen den Kanälen, bis er plötzlich stutzte. Ein lokaler Nachrichtensender. Gabrielles Foto wurde eingeblendet.

»Siehst du das?« Er grinste das Mädchen an. »Du bist berühmt. So, wie du es immer wolltest.«

Sie erwiderte nichts und starrte den Bildschirm an. Er sah sich zusammen mit ihr an, wie eine Reporterin vom Polizeiaufkommen vor Gabrielle Fletchers Haus berichtete. Laut der Quellen handelte es sich um eine Geiselnahme. Abby sagte irgendetwas, aber er hörte ihr nicht zu. Sein Lächeln verblasste, als die Reporterin sagte, bei dem Mann, der Gabrielle als Geisel festhielt, handle es sich um den mutmaßlichen Mörder von Eric Layton.

Sie hatten das mit dem Mord an Layton herausgefunden. Er konnte kein mildes Urteil erwarten, sondern würde den Rest seines Lebens im Gefängnis verbringen.

Schreiend schleuderte er das Handy gegen den Fernseher. Der Bildschirm bekam Risse und erlosch.

Kapitel 81

Abby starrte Will verblüfft an. »Was ist da gerade passiert?«

»Da waren Geräusche im Hintergrund«, antwortete Will. »Ich glaube, er hat den Fernseher eingeschaltet.«

Das war Abby entgangen, weil sie sich ganz allein auf das Gespräch konzentriert hatte. Es war so gut gelaufen – bis zu diesem wutentbrannten Schrei. Dann war die Verbindung abgebrochen.

Will spielte die letzte Minute des Telefonats noch einmal ab. Jetzt hörte sie auch die leise Stimme, die weder Eden noch Gabrielle gehörte. Die ruhige, distanzierte Stimme einer Nachrichtensprecherin. Will hielt die Aufzeichnung an, ließ sie durch mehrere Filter laufen und tippte rasend schnell auf der Tastatur. Als er sie erneut abspielte, war Luthers Stimme – ebenso wie Abbys – deutlich leiser, dafür konnte man die Stimme im Hintergrund besser verstehen.

»… Quellen bei der Polizei deuteten an, dass der Mann, der sich im Haus verbarrikadiert hat, in Bezug auf den Mord an Eric Layton vernommen werden soll, einem einundzwanzigjährigen Einwohner von …«

Dann der Schrei. Danach endete die Aufnahme abrupt.

»Scheiße.« Abby stieß die Luft aus.

Die Medien hatten ihr die Hoffnung geraubt, die sie Luther zu schenken versucht hatte. Sie konnte zwar versuchen, ihn davon zu überzeugen, dass die Reporter rein gar nichts hatten und es keine Beweise gab, die ihn mit dem Mord in Verbindung brachten, doch sie bezweifelte, dass ihr das gelingen würde. Luther litt unter Wahnvorstellungen, war aber kein Narr.

* * *

Das Telefon klingelte wieder. Luther verkrampfte die Kiefermuskeln und ballte zitternd die Fäuste. Er hatte das Messer stundenlang umklammert und bekam lahme Finger; auch sein Handgelenk tat weh.

Nicht mehr viel länger. Er hatte gesagt, was er wollte, und würde es zu Ende bringen. Erst musste sie sterben, dann er. Vor dem Schmerz fürchtete er sich nicht. Das Leben hatte ihm mehr Schmerzen zugefügt, als es die Klinge je zu tun vermochte.

»Du warst nicht die Richtige für Karl«, teilte er dem Mädchen mit. »Sobald ich dich besser kennengelernt hatte, wurde mir das klar. Es war nicht richtig, dass sie dich mit ihm verheiraten wollten.«

Er sah die Bestürzung in ihren Augen, die Verwirrung, und lachte hysterisch auf. »Du weißt es nicht mal, was?«, fragte er. »Deine teure Mutter hat dir nie von dem Mann erzählt, mit dem sie dich verheiraten wollte, als du zwölf Jahre alt warst.«

Das Mädchen warf einen Blick zu seiner Mutter und schaute dann wieder ihn an. Ihre Lippen bewegten sich, sie flehte ihn mit denselben Worten an wie zuvor. »Bitte tu mir nicht weh. Bring mich nicht um. Lass uns fortgehen.«

Und das Telefon klingelte. Sein Kopf dröhnte. Er war so müde und bereit, alles zu beenden.

* * *

»Im Augenblick geht er nicht ans Telefon«, beendete Abby ihren Bericht an Griffin. »Wir versuchen es weiter. Und wir müssen die Medien dazu bringen, nicht länger darüber zu berichten.«

Sie standen vor dem Van und blickten zum Haus hinüber.

»Ich kümmere mich um die Medien«, knurrte Griffin. »Baker, was haben wir für Optionen?«

»Wenn wir uns mit Gewalt Zutritt verschaffen wollen, können wir gleichzeitig durch das Fenster im ersten Stock und durch die Haustür eindringen«, erwiderte Baker. »Vor dem Zugriff setzen wir Blendgranaten ein. Falls er sich im Erdgeschoss aufhält, stehen unsere Chancen gut, ihn auszuschalten. Aber wenn er im ersten oder zweiten Stock ist, wagen wir einen Schuss ins Blaue.«

»Sie sagten, Sie hätten im Hintergrund einen Fernseher gehört«, sagte Griffin. »Gibt es noch einen Fernseher im Haus?«

»Nein«, antwortete Abby. »Nur den im Wohnzimmer.«

»Dann hält er sich vermutlich noch immer dort auf. Im Erdgeschoss.«

»Das könnte unsere beste Chance sein«, meinte Baker. »Er geht nicht mehr ans Telefon. Sie haben selbst gesagt, dass er verzweifelt ist. Wenn er glaubt, lebenslang ins Gefängnis zu müssen, könnte er beschließen, sich gleich hier und jetzt umzubringen und die Geiseln mit in den Tod zu nehmen.«

»Geben Sie uns noch zehn Minuten«, bat Abby.

»Sind Sie bereit, dafür Eden und Gabrielle Fletchers Leben aufs Spiel zu setzen?«, wollte Griffin wissen.

Abby zögerte. Es war so oder so riskant. »Ja«, entschied sie.

Griffin starrte mit finsterer Miene zum Haus hinüber.

»Sir?«, wandte sich Baker an ihn. »Wie gehen wir vor?«

* * *

Gabrielle wusste, dass das Ende nahe war. Jedes Mal, wenn er mit dem Messer auf sie zukam, dachte sie *Jetzt ist es so weit*.

Er sagte etwas, aber sie konnte seine Worte nicht mehr verstehen. Er war von Sinnen. Verrückt. Redete von einem Mann namens Karl. Von ihrem Vater. Verfluchte die beiden, verfluchte sie, wollte ihr dann wieder erklären, dass er das alles nur für sie getan hatte. Begriff sie das denn nicht?

Nein, das tat sie nicht. Sie wusste nur, dass er sie umbringen würde. Und dass die Polizei nichts unternahm.

Ihre Mom wusste es ebenfalls. Während er weiterredete, ohne die Klinge von ihrem Hals zu nehmen, stand ihre Mom langsam von der Couch auf, wobei ihre Hände noch immer auf dem Rücken gefesselt waren. Sie schlich auf ihn zu. Gabrielle zwang sich, ihm die ganze Zeit ins Gesicht zu sehen, während ihre Mom näher kam.

Und dann der Sprung. Ihre Mom knallte gegen ihn, und seine Beine gaben nach. Er taumelte zur Seite, und das Messer fiel klappernd zu Boden.

Gabrielle sprang vom Stuhl auf und rannte zur Treppe. Er versuchte, sie zu packen, seine Finger streiften ihren Fußknöchel, doch er war zu langsam und sie sprang die Stufen rauf, nahm drei auf einmal, lief in ihr Zimmer und knallte die Tür zu. Verriegelte sie. War völlig außer Atem.

Zwei Schritte zum Fenster – sie schob die Jalousie zur Seite und blickte auf die Polizisten hinab.

»Hilfe!«, kreischte sie und hörte, wie er hinter ihr an der Tür rüttelte.

* * *

»Hilfe!«

Abby starrte zum Fenster hinauf. Gabrielle winkte ihnen panisch zu.

»Helfen Sie uns!«

»Rüber!«, schrie Griffin, doch das war gar nicht nötig. Seine Männer liefen längst auf das Haus zu.

Gabrielle musste begriffen haben, dass sie springen konnte, und sie kletterte zögerlich aufs Fensterbrett.

Plötzlich tauchte die Silhouette eines Mannes hinter ihr auf. Er packte sie und zerrte sie nach hinten. Das Aufblitzen einer Klinge. Ein Schrei.

Gabrielle rang mit Luther vor dem offenen Fenster, und Griffin brüllte etwas ins Funkgerät. Abby sah entsetzt zu, hörte die Funkmeldungen. Die Zeit schien sich zu verlangsamen, die Sekunden streckten sich in die Länge.

»Haben Sie freies Schussfeld?«, verlangte Griffin zu erfahren.

»Negativ. Ich habe kein freies Schussfeld«, meldete der Scharfschütze über Funk.

»Sobald Sie freies Schussfeld haben, schießen Sie«, schnaubte Griffin.

Dann zog Luther Gabrielle nach hinten. Eine Sekunde lang war nur seine Silhouette im Fenster zu sehen. Er verschwand schon wieder im Raum.

Ein Knall hallte durch die Luft. Luther taumelte nach hinten. War nicht mehr zu sehen. Die Jalousie fiel vor das Fenster.

»Verdammt!«, schimpfte Griffin. »Haben Sie ihn erwischt?«

»Ich habe ihn an der Schulter getroffen«, antwortete der Scharfschütze. »Er ist nicht tot.«

»Sir, wir sollten reingehen, solange er abgelenkt ist«, sagte Baker.

»Zugriff«, ordnete Griffin an.

Abby konnte nur hilflos zusehen, wie die ESU-Beamten vorrückten.

* * *

Er schleifte Gabrielle zur Treppe. Seine Schulter pochte vor Schmerzen, der Ärmel war blutgetränkt. Mit *seinem* Blut. Diese Schlampe. Diese gottverdammte Hure. Sie hatte ihm das angetan. Sie war schuld daran, dass man ihn angeschossen hatte.

Jetzt würden sie ins Haus eindringen und ihn töten. Aber er würde sie mit in den Tod nehmen.

»Rauf«, knurrte er und drückte ihr das Messer in den Rücken. »Geh die Treppe rauf.«

Sie zögerte, und er ließ sie kurz die Klinge spüren. Schreiend taumelte sie die Stufen hinauf. Er folgte ihr. Die Welt drehte sich. Eine Stufe. Eine zweite. Und noch eine dritte.

Als sie den zweiten Stock erreichten, atmete er schwer.

Explosionen hallten durchs Haus und ließen seine Ohren klingeln. Alles war so verwirrend und träge. Er schubste Gabrielle durch eine Tür. Nur ein Fenster. Zu klein, um durchzuklettern. Unten hörte er Schritte und Schreie.

Er schob sie mit Gewalt zur Seite und drückte sich mit dem Rücken an die Wand. »Ich bin oben und habe das Mädchen!«, schrie er, so laut er konnte. »Wenn mir jemand zu nahe kommt, bringe ich sie um! Habt ihr verstanden? Ich bringe sie um!«

Trotz des Klingelns in seinen Ohren versuchte er zu lauschen und wappnete sich. Um dem Mädchen die Kehle aufzuschlitzen.

Aber sie kamen nicht näher.

* * *

Abby beobachtete, wie jemand aus dem Haus gerannt kam und nach einem Arzt schrie. Sie konnte nur beten, dass es Gabrielle und Eden gut ging.

»Sir, der Verdächtige hat sich mit dem Mädchen im zweiten Stock verschanzt«, meldete Baker über Funk. »Er droht, sie zu töten, wenn wir ihm zu nahe kommen.«

»Was ist mit Eden Fletcher?«, fragte Griffin.

»Wir haben sie. Sie ist verletzt.«

Die Sanitäter rannten mit einer Trage ins Haus.

»Mullen«, wandte sich Griffin an sie, »ich schicke sie in den zweiten Stock.«

»Nein«, stieß Abby hervor. »Er wird sie umbringen. Wenn man ihn in die Ecke drängt, bringt er sie um.«

»Er wurde längst in die Ecke gedrängt – und er ist verzweifelt, das haben Sie selbst gesagt. Außerdem geht er nicht ans Telefon. Wir haben keine andere Wahl.«

»Würde er sie töten wollen, dann hätte er das längst getan, statt sich oben mit ihr zu verschanzen«, widersprach Abby. »Er sucht nach einem Ausweg.«

»Wenn er nicht mit uns reden will …«

»Er will nicht mit uns telefonieren«, korrigierte Abby ihn und rannte zum Haus.

* * *

Er verlor zu viel Blut.

Vor seinen Augen verschwamm alles, und er sah schwarze Punkte. Schon bald würde er das Bewusstsein verlieren. Und dann konnte das Mädchen nach unten laufen. Sie würden raufkommen und ihn verhaften. Er würde den Rest seines Lebens fern von Gabrielle verbringen müssen, ohne je wieder Kontakt zu ihr aufnehmen zu können.

Nein.

Er packte sie an den Haaren und zerrte sie zu sich. Sie stieß einen Schrei aus, musste notgedrungen den Kopf heben und ihren Hals entblößen. Ein Schnitt, mehr brauchte es nicht.

»Luther.« Abbys Stimme von unten.

Er verharrte. Aber er würde nicht antworten. Es war zu spät zum Reden. Viel zu spät. Es war Zeit, alles zu beenden.

* * *

Er antwortete nicht. Abby versuchte es erneut. »Luther?«

Hatte er sich und Gabrielle schon umgebracht? Abby wollte schon nach oben gehen, als sie ein ängstliches Wimmern hörte. Gabrielle. Sie war noch am Leben. Abby spitzte die Ohren und vernahm auch Luther Gaines' angestrengtes Atmen.

Er wollte nicht reden. Aber er hatte es auch nicht zu Ende gebracht. Nun lag es an Abby, die richtigen Worte zu finden. Seine Gedanken und Ängste zu benennen.

»Sie scheinen zu befürchten, dass Sie ins Gefängnis müssen, wenn Sie sich ergeben«, sagte Abby.

Keine Reaktion.

»Ich werde Sie nicht anlügen; das könnte passieren. Aber wir können Ihnen auch diesen Anwalt besorgen. Erinnern Sie sich, dass wir darüber gesprochen haben? Was immer man Ihnen vorwirft, muss auch vor Gericht bewiesen werden. Noch ist alles möglich.«

Keine Bewegung. Keine Antwort. Er glaubte ihr nicht.

Was wollte er? Was hatte er hier vor? Während des Telefonats war er wütend auf Gabrielle gewesen. Er fühlte sich von ihr betrogen. Er glaubte …

Nein. Nicht von Gabrielle. Von *diesem Mädchen*. So sprach er von ihr. Wenn er sich auf ihre Onlineaktivitäten bezog, nannte er sie Gabrielle. Sobald er jedoch die reale Person meinte, sagte er *dieses Mädchen*.

Fast so, als wären es zwei unterschiedliche Personen.

Das war das altbekannte Problem mit den sozialen Medien, wenngleich mit einer makabren Abwandlung. Folgte man einer Person online, so wirkte sie immer perfekt. Ihre Familie war so glücklich, wie man nur sein konnte, die Reisen waren die allerschönsten, jedes Foto war traumhaft und beneidenswert, etwas, das man sich auch wünschte. Doch das alles spiegelte die Wahrheit nicht einmal ansatzweise wider.

Luther war von Gabrielle besessen gewesen. Wann immer er sie als Reporter traf, präsentierte sie ihre falsche Persönlichkeit, ihr für die Öffentlichkeit gedachtes Gesicht. Doch nun traf er zum ersten Mal das echte Mädchen, das noch dazu um sein Leben flehte und sich weigerte, ihn zu lieben, und war enttäuscht. Und wütend.

Er liebte Gabrielle noch immer. Und auf einer emotionalen, unterbewussten Ebene konnte er nicht glauben, dass es sich bei der Gabrielle, die er liebte, und *diesem Mädchen* um ein und dieselbe Person handelte.

Bei einer derart wankelmütigen und wahnhaften Einstellung war es gefährlich, eine Emotion zu verdrängen. Möglicherweise bewog sie ihn zum Handeln, und er wusste nicht einmal, warum er das tat. Abby musste diese Gedanken an die Oberfläche holen.

»Ich habe den Eindruck, Ihnen will einfach nicht in den Kopf, dass Gabrielle und dieses Mädchen dieselbe Person sind.«

* * *

Er stand wie gebannt da und lauschte Abbys ruhiger, sanfter Stimme.

»Sie lieben Gabrielle Fletcher, das wunderschöne, kluge, zuneigungsvolle Mädchen«, fuhr Abby fort. »Sie redet jeden Tag mit Ihnen und lässt Sie spüren, dass Sie etwas Besonderes sind. Möglicherweise fragen Sie sich gerade, wie es sein kann, dass *dieses Mädchen* derselbe Mensch sein soll? Dieses Mädchen, das sich benimmt, als würde es Sie nicht verstehen – und als würde ihm nichts an Ihnen liegen.«

Er knirschte mit den Zähnen. Selbstverständlich wusste er, dass es dieselbe Person war. Das wusste er. Was für ein Blödsinn.

Es wurde Zeit, es zu beenden. Er starrte die Kehle des Mädchens an. Gabrielles Kehle. Ein Schnitt war alles, was nötig war.

»Für mich klingt es so, als hätten Sie beide eine wundervolle Beziehung. Eine Beziehung, die wieder so werden kann wie früher. Mit etwas Zeit. Wenn Sie Gabrielle gehen lassen. Das Mädchen, das Sie da festhalten. Sie ist derselbe Mensch, mit dem Sie gesprochen haben. Es fühlt sich vielleicht nicht so an, ist aber so.«

Ihm kamen die Tränen. Das führte doch zu nichts. Warum zögerte er? Er hätte es längst hinter sich bringen müssen.

Erneut drückte er die Klinge gegen die Haut des Mädchens. Gegen Gabrielles Haut.

* * *

Abby redete weiter. »Sie ist derselbe Mensch, der sich das gelbe T-Shirt nur für Sie gekauft hat. Der Sie an der Reise teilhaben ließ. Der Ihnen unendliche Dankbarkeit versprochen hat. Mit der Zeit werden Sie sie bekommen.«

Noch immer nichts. Abby hörte ihn nicht mal mehr atmen – und auch Gabrielles Wimmern war verstummt.

»Ich habe gesehen, was Sie für Nathan getan haben. Ich habe das Zimmer gesehen. Wie viel Mühe Sie sich gegeben haben. Gabrielle wird das ebenfalls erkennen. Sie können es ihr sagen; sie ist jetzt bei Ihnen. Sie ist verwirrt und hat Angst, aber es ist dieselbe Gabrielle. Sie braucht nur Zeit.«

* * *

»Erinnern Sie sich an den Roadtrip? An den Tag, an dem Sie sie berühmt gemacht haben? Wie haben Sie sich da gefühlt?«

Er erinnerte sich. Natürlich erinnerte er sich. Er schloss die Augen und spürte, wie es ihm die Kehle zuschnürte. Wie hatte alles nur so schieflaufen können?

»Sie haben Gabrielle ein zweites Mal berührt gemacht. Das wird sie schon noch erkennen. Was glauben Sie wohl, was sie morgen dazu sagen wird? Oder übermorgen? Oder nächste Woche?«

Er schlug die Augen auf und betrachtete das blasse, zitternde Mädchen. Gabrielle. Was würde sie ihm morgen sagen? Er konnte sich bildlich vorstellen, wie er Instagram öffnete. Ihr zusah, wie sie sich bei allen bedankte. Der Kamera eine Kusshand zuwarf. *Ihm.*

Seine Hand sackte herunter, und das Messer fiel zu Boden. Er erschlaffte.

* * *

Abby war schon ganz heiser, weil sie so laut reden musste, aber sie machte weiter. »Es sieht …«

Eine Bodendiele knarrte. Abby spähte die Treppe hinauf.

Gabrielle erschien oben im Türrahmen, zitternd und kreidebleich. Sie kam langsam die Stufen herunter, geriet ins Stolpern, fiel.

Abby fing sie auf, bevor sie den Boden berührte.

Kapitel 82

Abby lag gemütlich im Bett und döste vor sich hin. Ben hatte sich an sie gekuschelt. Es war Samstagmorgen, das Sonnenlicht fiel durchs Fenster herein, und das Leben war perfekt. Sie hatte vor, mit den Kindern einen Ausflug zu machen, brachte im Augenblick jedoch noch nicht die Willenskraft zum Aufstehen auf. Eine schwere, warme Decke, ein niedlicher kleiner Junge und ein Tag voller Nichtstun.

Sam klopfte an die Tür, öffnete sie und kam im Schlafanzug herein. »Meine Geige wurde losgeschickt«, verkündete sie. »Nächste Woche ist sie da!«

»Oh, schön«, erwiderte Abby schläfrig. Ihre Eltern hatten die Geige bezahlt, was das Ganze nur noch besser machte. »Komm kuscheln.«

Sam beäugte das Bett und verzog den Mund. »Ich verzichte.«

»Jetzt komm schon. Wir wollen alles über deine Geige hören.«

»Na gut.« Sam krabbelte ins Bett und deckte sich zu.

Ben kreischte auf, als sie ihm die Decke wegzog. »Hey! Hör auf, die ganze Decke für dich zu beanspruchen!«

»Mach ich doch gar nicht! Lass los!«

Abby schloss grinsend die Augen. In wenigen Minuten würde sie das Schreien und Streiten fast in den Wahnsinn getrieben haben, doch im Augenblick genoss sie es sogar.

»Moooom, sag ihr, dass sie aufhören soll, mir die Decke wegzuziehen!«

»Und? Wie ist die Geige so?«, erkundigte sich Abby.

»Sie ist super! Sie ist aus Acryl und daher ganz leicht. Erinnerst du dich an das Video von Lindsey Sterling, das ich dir vor zwei Wochen gezeigt habe?«

»Klar.« Abby hatte keine Ahnung, was ihre Tochter meinte. »Dann spielt sie auf der gleichen Geige?«

»Nein, aber sie ist ihrer sehr ähnlich. Und ich habe schon gehört, wie sie klingt; es ist einfach unglaublich. Und sobald sie hier ist, werde ich das Feedback-Problem mit dem Mikrofon nicht länger haben, weil ich sie direkt anschließen kann. Das macht alles viel einfacher. Und ich werde total laut spielen können …«

»Da werden sich die Nachbarn aber freuen.«

»Sobald ich genug gespart habe, kaufe ich mir ein Pedal zum Verzerren, denn das soll der Hammer sein. Ein Verzerrer bei einer Elektrogeige ist so cool; ich spiele dir nachher mal was vor …«

Abby ließ ihre Gedanken schweifen, während ihre Tochter weiterplapperte. Im Allgemeinen gab sie sich große Mühe, ihren Kindern zuzuhören, und hatte sich erschreckend umfangreiche Kenntnisse über die Paarungsrituale von Spinnen oder die diversen Solos moderner Geiger angeeignet, aber im Augenblick war ihr Verstand so müde, wie es sich für einen Samstagvormittag gehörte.

Beim Reden entspannte sich Sam immer mehr und kuschelte sich an Abby. Es war ein richtiges Kuschelsandwich, und Abby prägte es sich ein, um es ja nie wieder zu vergessen.

»Ich will heute mit Brezel Gassi gehen«, erklärte Ben fröhlich, als Sam eine Pause zum Luftholen machte.

»Wir sollten besser nicht mit Brezel Gassi gehen.« Abby strich ihm übers Haar.

»Wieso nicht? Mit Sams blödem Hund gehen wir ständig Gassi.«

»Mein Hund ist aber nicht widerlich«, widersprach Sam.

»Mom! Sie sagt, meine Haustiere wären widerlich.«

»Sag so was nicht, Sam. Bens Haustiere sind sehr nett.«

Sam schnaubte und verspannte sich plötzlich. »Was zum … Hast du deine Spinne mit ins Bett gebracht, Ben?«

Abby hatte sich gerade zu Ben umgedreht, als sie das Kitzeln eines Spinnenbeins spürte. Sie sprang kreischend auf und hatte ihre Trägheit schlagartig vergessen.

»Was ist los, Mom?« Sam grinste sie breit an. »Ich dachte, Bens Haustiere sind nett.«

»Ich hab Jeepers nicht mitgebracht«, verteidigte sich Ben. »Sam hat dich bloß gekitzelt.«

»O Gott.« Abby stöhnte auf und versuchte, ihren Herzschlag zu beruhigen. »Du bist ein schreckliches Kind.«

»Hast du gehört, wie laut sie kreischen kann?«, flüsterte Sam Ben grinsend zu.

Ben kicherte. Sam kitzelte ihn. Sein Kichern schlug in ein Lachen um.

Es war ein perfekter Samstagmorgen.

Kapitel 83

»Ich bin mit jemandem verabredet«, teilte Abby der Frau am Empfang mit. »Der Tisch ist auf Jonathan Carver reserviert.«

»Hier entlang, bitte.« Die junge Frau führte sie in das in sanftes Licht getauchte Restaurant.

Abby zog den Mantel aus und legte ihn sich über den Arm, bevor sie ihr folgte. Sie trug ihr kakifarbenes schulterfreies Kleid und dazu graue Overknee-Stiefel. Man hätte es fast als aufgedonnert bezeichnen können. Sogar Sam hatte zugegeben, dass Abby »nicht übel« aussah. Ein größeres Lob aus dem Mund eines Teenagers konnte sich Abby kaum vorstellen.

Carver saß in einer abgeschiedenen Nische in einer Ecke des Restaurants. Die gepolsterte Bank führte im Halbrund um den Tisch. Abby schenkte ihm ein Lächeln, als sie sich zu ihm setzte. Er hatte an diesem Morgen angerufen und sie zum Essen eingeladen. Sie hatte ein Treffen zum Mittagessen vorgeschlagen, weil sie davon ausgegangen war, dass er über den Fall sprechen wollte, doch er hatte leicht verlegen erklärt, dass es als Date gedacht war.

Und hier saßen sie nun.

»Ich habe eine Flasche Rotwein bestellt.« Er deutete auf die Flasche auf dem Tisch.

»Ist es ein guter Wein?« Abby griff nach ihrem Glas.

»Aber sicher. Schließlich habe ich den Kellner gebeten, uns einen guten Roten zu bringen. Das waren sogar genau meine Worte.«

Sie nippte am Wein und musterte Carver über den Glasrand hinweg. Das war das erste Mal, dass sie ihn so gut gekleidet sah. Dunkler Pullover über blauem Hemd, was lässig, aber auch schick aussah. War das sein Geschmack? Hatte er sich von einer seiner zahllosen Schwestern beraten lassen? Oder von einer Ex-Freundin?

Die Kellnerin trat zu ihnen, und Carver bestellte Spaghetti alla vongole. Abby nahm die mit Butternusskürbis gefüllten Tortellini, die sie an einem Nachbartisch gesehen und als sehr appetitlich eingestuft hatte. Nachdem die Kellnerin alles in ihr Tablet eingegeben und die Speisekarten an sich genommen hatte, ging sie wieder.

»Wie ist die Lage bei Ihnen zu Hause?«, erkundigte sich Carver. »Hat sich alles normalisiert? Ich meine, mit Ihrer Tochter und all dem.«

»Wenn Sie mit ›normalisiert‹ meinen, dass sie mich größtenteils ignoriert und die Augen verdreht, sobald ich sie anspreche, dann ist in der Tat wieder alles normal. Ich bin zurzeit mit den Vorbereitungen für Bens Geburtstagsfeier beschäftigt.«

»Oh.« Carver trank einen Schluck Wein. »Und was bedeutet das genau? Einen Kuchen backen und M&Ms kaufen?«

Seine Naivität entlockte Abby ein Grinsen. »Tja, da M&Ms Erdnüsse enthalten können, würde ich damit wenigstens zwei der teilnehmenden Kinder umbringen, wenn ich nicht rechtzeitig an den EpiPen komme. Wir haben sehr gesundheitsbewusste Mütter an der Schule, daher darf ich Ben keine Smarties und Skittles mehr mitgeben, obwohl er sie liebt, weil ich sonst auf dem Scheiterhaufen landen würde. Ich backe zwar einen Schokokuchen, der widerstrebend akzeptiert wurde, nachdem ich mich geweigert hatte, einen Karottenkuchen zu machen. Und die Geburtstagsparty findet am selben Tag statt, an dem die Tante eines Freundes von Ben heiratet, daher musste ich eine Viertelstunde lang mit der Mutter telefonieren, die mir versicherte, dass ihr Sohn gern gekommen wäre, was jedoch nicht gehe, und ich musste ihr erklären, dass wir einen anderen Tag gewählt hätten, wenn wir von der Hochzeit gewusst hätten. In letzter Minute hat dann auch noch Professor Boggle abgesagt …«

»Wie bitte?«

»Professor Boggle ist eine Art Wissenschaftler, wie man sie für Geburtstagsfeiern engagieren kann. Er musste bedauerlicherweise absagen, weil sein Vater gestorben ist. Somit blieb mir nur, auf den letzten Drücker einen Ersatz zu finden, und ich hatte die Wahl zwischen Dowey dem Clown und Torrinimo dem Fabulösen Zauberer. Ich habe mich für den Zauberer entschieden, weil mir der Clown am Telefon nicht besonders sympathisch war. Dummerweise hasst mein Sohn Zauberer, daher musste ich mir noch etwas ausdenken, um ihm die Sache schmackhaft zu machen. Haben Sie schon mal versucht, einen Zauberer zu überreden, eine Schlange statt eines Kaninchens aus dem Hut zu ziehen? Sagen wir einfach, es kam mir zugute, dass ich ausgebildete Verhandlungsspezialistin bin.« Abby nippte an ihrem Wein. »Also ja, einen Kuchen backen und M&Ms kaufen.«

»Oh.« Darüber musste Carver erst einmal nachdenken. »Würde man Sie wegen ein paar Smarties tatsächlich auf den Scheiterhaufen schicken? Das klingt doch etwas übertrieben. Gibt es überhaupt noch Scheiterhaufen?«

»Die stehen inzwischen in jedem Viertel. Wir brauchen sie für Mütter, die in ihren elterlichen Pflichten versagt haben.«

»Aber Väter betrifft das nicht?«

»Was dachten Sie denn? Mit Vätern sind wir immer sehr nachsichtig. Aber sie dürfen nicht beim Verbrennen dabei sein. Nur Mütter dürfen einander auf den Scheiterhaufen schicken.«

»Da bin ich aber erleichtert.«

Abby lehnte sich grinsend zurück. Sie amüsierte sich prächtig und genoss es, mit einem Mann in diesem schönen Restaurant zu sitzen und sich mal keine Sorgen zu machen.

»Wissen Sie, wer mir neulich über den Weg gelaufen ist?«, fragte Carver. »Erinnern Sie sich an Hughie? Von der Akademie?«

Sie überlegte. »War er derjenige, der auf dem Schießstand versehentlich eine Fliege verschluckt hat und fast den Ausbilder erschossen hätte, als er sie wieder aushusten wollte?«

»Was? Nein, das war Tyler. Hughie ist der, den wir immer Hughie the Gooey genannt haben, weil er ständig so geschwitzt hat.«

»Ach ja! Er hat mich am allerersten Tag auf der Akademie angebaggert.«

»Heute ermittelt er vor allem gegen Tierquäler, und er hat mir sehr leidenschaftlich von seiner Arbeit erzählt. Anscheinend hat er sich grundlegend geändert.«

»Dann schwitzt er jetzt nicht mehr so viel?«

»Das kann ich nicht beurteilen, aber er kam mir viel netter vor. Irgendwie ... entspannter.«

»Das könnte auch daran liegen, dass ihn keiner mehr Hughie the Gooey nennt.«

Die Kellnerin stellte einen Brotkorb auf ihren Tisch und ging wieder. Abby beschloss, vor dem Essen noch ein bisschen am Brot zu knabbern. Eine spontane Entscheidung.

»Sie sehen wunderschön aus«, stellte Carver fest.

»Oh.« Ihr schoss das Blut in die Wangen. »Danke.« Sie trank einen großen Schluck Wein, um sich etwas zu sammeln.

Carver nahm sich ein Stück Brot. »Wie geht's der Schlange?«

»Was? Wem?« Ihr war ein bisschen schwummrig, weil sie auf leeren Magen zu viel getrunken hatte.

»Der Schlange Ihres Sohnes. Wie geht es ihr?«

»Sie schlängelt sich wie eh und je durchs Leben. Gestern hat sie eine gefrorene Maus zu fressen bekommen, daher muss sie sich heute ausruhen.«

Carver erschauderte. »Mir ist völlig schleierhaft, wie Sie in diesem Haus schlafen können.«

»Es fällt mir nicht leicht«, gab Abby zu. »Allerdings ist es hilfreich, dass mein Schlafzimmer im ersten Stock ist. Sollte sie je aus dem Vivarium entkommen, kann sie bestimmt auch die Stufen hinaufgleiten. Und sie plant ihre Flucht, das kann ich ihr deutlich ansehen.«

»Sie sollten eine Falle auslegen.«

»Gute Idee.«

»Das ist mein voller Ernst! Ich bin sehr gut in so was. Meine Schwester Holly kann hervorragend zeichnen. Früher haben wir Stunden damit verbracht, uns ausgeklügelte Fallen für unsere große Schwester auszudenken. Ich kann es Ihnen beweisen. Geben Sie mir Ihre Serviette?«

»Warum können Sie nicht Ihre eigene benutzen?«

»Ihre ist viel besser.« Carver hatte schon einen Stift aus der Tasche geholt, schnappte sich Abbys Serviette und machte sich ans Werk. »Das ist die Treppe. Sie haben zu Hause doch einen Wäschekorb, oder? Den bauen Sie so auf … Er muss auf jeden Fall hochgeklappt sein. Den Köder legen Sie dann …«

»Den Köder?«

»Ja, irgendetwas, das die Schlange gern frisst.«

»Sie steht auf Mäuse. Soll ich etwa jeden Abend eine tote Maus auf die Treppe legen?«

»Belästigen Sie mich nicht mit Details. Wenn Sie den Köder so reinlegen, schlängelt sie sich hin … bewegt den Besenstiel …«

»Was denn für einen Besenstiel?« Abby grinste breit und trank noch einen Schluck Wein.

»Wie soll das denn sonst funktionieren? Sie brauchen einen Brotstiel, äh, Besenstiel.« Er nahm sich noch etwas Brot, während er weitermalte. »Die Schlange kommt gegen den Besenstiel, und die Falle schnappt zu! Bämm, schon sitzt sie im Wäschekorb fest.«

»Ist Ihnen Ihre Schwester je in eine Ihrer ausgeklügelten Fallen getappt?«

»Nein, aber das bedeutet noch lange nicht, dass sie nicht funktionieren. Hier.« Er gab ihr die Serviette zurück. »Und auch noch gratis. Ein professioneller Fallenplaner hätte da viel Geld für verlangt.«

»Ein Fallenplaner? Ist das ein richtiger Beruf?«

»Als Kind wollte ich immer einer werden.«

»Das heißt noch lange nicht, dass es diesen Beruf auch wirklich gibt.«

Das Essen wurde serviert, und die Kellnerin war kaum gegangen, da stürzte sich Abby auch schon darauf. Es schmeckte köstlich.

»Haben Sie mit Eden gesprochen?«, erkundigte sich Carver, nachdem sie sich einige Minuten lang schweigend ihrem Essen gewidmet hatten.

»Ja. Gabrielle und sie mussten genäht werden. Eden bekam auch eine Bluttransfusion. Aber es geht ihnen schon besser. Nathan übrigens auch. Sie liegen jetzt alle im gleichen Krankenhaus.«

»Das ist gut.«

»Was ist mit Luther?«, fragte sie.

»Er wird's überleben.« Carver wirkte nicht besonders erbaut. »Wir können ihm auch beide Morde zur Last legen.«

Abby nickte. Für Edens und Gabrielles Seelenfrieden war es am besten, wenn Luther bis ans Ende seiner Tage hinter Gittern blieb.

»Das haben wir alles nur Ihnen zu verdanken«, fügte Carver nach einer Sekunde hinzu. »Sie haben Ihr Urteilsvermögen nicht von Ihrer gemeinsamen Vergangenheit mit Eden beeinflussen lassen. Hätten Sie Luthers wahre Identität nicht rechtzeitig herausgefunden ... oder ihn nicht überreden können ...« Er schüttelte den Kopf.

»Wir wissen nicht, was dann passiert wäre.« Abby starrte auf ihren Teller. Die dunklen Gedanken, die sie die letzten Nächte beschäftigt hatten, machten sich abermals bemerkbar.

»Da haben Sie recht.«

Sie räusperte sich. »Als ich an diesem Tag mit Gabrielle telefoniert habe, hörte sie sich so ... durcheinander und verängstigt an. Sie schien keinen klaren Gedanken fassen zu können.«

»Er hat ihr ein Messer an die Kehle gehalten, da ist das doch verständlich.«

»Ja ... natürlich. Ich ...« Der Sturm in Abbys Kopf drohte auszubrechen. Sie war sich nicht sicher, ob sie es verhindern konnte. »Als ich sieben war, habe ich während des Wilcox-Massakers mit einem Verhandlungsspezialisten der Polizei telefoniert. Ich erinnere mich daran. Es gibt auch eine Abschrift, die ich unzählige Male gelesen habe.«

Sie legte die Gabel auf den Teller und merkte, wie ihre Finger zitterten. »Moses Wilcox hielt mir eine Waffe an den Kopf. Das weiß ich genau. Ich erinnere mich an das Gefühl.«

»Sag ihnen, was passiert, wenn sie uns zu nahe kommen. Erzähl ihnen von der Waffe.«

Der kalte Lauf an ihrer Schläfe.

»Was haben Sie zur Polizei gesagt?«

»Ich ... Laut der Abschrift habe ich gesagt, dass mir Moses eine Waffe an den Kopf hält. Ich sagte, dass er mich erschießt, wenn sie die Tür aufbrechen. Sie haben mich gefragt, ob es mir gut geht, und ich habe es bestätigt und gesagt, dass es allen zweiundsechzig von uns gut gehen würde und dass niemand verletzt wurde.«

Sie hielt ein Blatt Papier in der Hand. Darauf stand die Zahl Zweiundsechzig. Unterstrichen. Sie konnte noch nicht lesen, kannte aber die Zahlen bis zur neunundneunzig.

»Vermutlich hat er Ihnen vorgegeben, was Sie sagen sollten.«

»Das hat er. Daran erinnere ich mich.«

»Sag es ihnen.«

»Und dann weiß ich noch, dass er mir nach dem Auflegen befohlen hat, die Tür zu verriegeln. Ich bin zur Tür gegangen, habe den Riegel vorgeschoben und uns alle im Speisesaal eingesperrt. Den er später in Brand gesteckt hat.«

»Sie waren sieben und können sich doch nicht die Schuld geben …«

»Warum hat er das von mir verlangt und es nicht selbst gemacht?«

Carver sah sie nur eindringlich an und sagte nichts.

»Und wieso hat niemand die Tür geöffnet, als es brannte? Zweiundsechzig Menschen in einem brennenden Speisesaal. Wollen Sie mir erzählen, es wäre niemand zur Tür gelaufen und hätte versucht, sie zu öffnen?«

»Wahrscheinlich war dafür keine Zeit. Ich habe den Bericht gelesen. Die Kochstellen im Speisesaal sind explodiert.«

Abby schüttelte den Kopf. »Dafür war noch genug Zeit. Es …«

Der Rauchgeruch. Die Hilfeschreie.

Der Bolzen. Sie lief zur Tür, um den Bolzen wegzuziehen. Hinter ihr schrie Eden: »Komm da weg, Abihail!«

Sie musste die Tür aufmachen.

Isaac packte sie und zog sie nach hinten.

Eine Explosion, stechender Schmerz in ihrem Nacken.

»Eden hat den Abend anders in Erinnerung«, sagte sie mit hohler Stimme. »Erinnerungen werden durch traumatische Erlebnisse verzerrt. Und die Erinnerungen von Sektenmitgliedern passen sich oft dem an, woran sie glauben.«

»Das ergibt Sinn.«

»Gabrielle hörte sich so verängstigt an. Ich wurde damals mit einer Waffe bedroht und blieb ganz cool. Ich habe die Abschrift unzählige Male gelesen. Damals habe ich nicht geweint. Auch nicht gestottert.«

Die Zahl Zweiundsechzig auf einem Blatt Papier.

»Inzwischen glaube ich nicht mehr, dass ich mit einer Waffe bedroht wurde«, gab Abby zu.

»*Erzähl ihnen von der Waffe.« Er drückte einen Finger an ihre Schläfe – wie eine Waffe. »Sag ihnen, dass alle zweiundsechzig von uns hier drin sind. Kannst du dir das merken, Abihail? Zweiundsechzig.« Er schrieb die Zahl auf ein Blatt Papier. Im Hintergrund hörte sie Eden weinen. Aber Abihail weinte nicht. Sie war mutig. Moses sagte immer, dass sie ein mutiges Mädchen war. Aus diesem Grund sollte sie das auch machen und nicht Eden oder Isaac. Er vertraute nur ihr.*

»Ich glaube auch nicht mehr, dass ich bei den anderen im Speisesaal war. Sie sind alle gestorben. Er hat mir vorgegeben, was ich sagen sollte, und dann ging er zu ihnen in den Speisesaal und ich …« Sie schloss die Augen.

»*Wenn ich gegangen bin, rufst du sie an. Sag ihnen, was passiert, wenn sie näher kommen. Erzähl ihnen von der Waffe. Und danach gehst du zur Tür und versperrst sie.*«

»Der Bolzen war außen an der Tür«, wisperte Abby. »Ich habe sie eingesperrt – wie er es von mir verlangt hatte. Eden, Isaac und ich, wir waren alle vor dem Speisesaal.«

»Das können Sie nicht mit Gewissheit sagen.«

»Doch, das kann ich.«

Sie haben um Hilfe geschrien, Mommy und Daddy und alle anderen. Da war so viel Rauch.
Sie lief los, um den Bolzen wegzuziehen. Sie musste sie rauslassen.
Edens Schrei. »Komm da weg, Abihail!«
Isaac packte sie und zog sie nach hinten.
Eine Explosion, stechender Schmerz in ihrem Nacken.

Abby hob eine Hand und berührte die Narbe in ihrem Nacken. »Ich musste den Anruf machen, um Moses Zeit zu verschaffen. Dann habe ich sie im Speisesaal eingesperrt, und er hat das Feuer gelegt. Sie konnten nicht raus. Sie saßen fest. Als ich loslief, um den Bolzen wegzuziehen …« Ihr liefen die Tränen über die Wangen.

Carver nahm sie in die Arme. Sie drückte weinend die Nase gegen seine Brust.

»Sie waren erst sieben«, sagte er immer wieder. »Sie waren erst sieben.«

Kapitel 84

Als sie sich der Kreuzung näherte, ging Abby vom Gas. Grüne Felder erstreckten sich in alle Richtungen. Sie bog nach links ab, lauschte der Musik, die aus den Lautsprechern drang, und versuchte, Edens Stimme auszublenden. Die Frau erzählte gerade von ihrem Babysitter. Schon wieder. Das vierte Mal während der dreistündigen Fahrt. Je weiter sie sich von zu Hause entfernten, desto mehr Nervosität schwang in Edens Stimme mit – bis es kaum noch auszuhalten war.

Abby konnte es ihr nicht verdenken. Es war gerade mal zwei Monate her. Und Eden ließ Nathan und Gabrielle heute zum ersten Mal für einen ganzen Tag allein, seit … tja, eigentlich seit ihrer Geburt.

»Gibst du mir bitte Nathan?«, bat Eden. Eine halbe Sekunde später: »Hallo, Schatz! Ja, wir sind gleich da. Am späten Nachmittag sind wir wieder zu Hause. Ja, vor dem Abendessen. Hast du schon was gegessen?«

Ben und Samantha verbrachten das Wochenende bei Steve, daher musste sich Abby um sie keine Sorgen machen. Abgesehen von ihrer ständigen Befürchtung, die Kinder würden bei Steve nur Junkfood essen, sich Dinge ansehen, die sie nicht sehen sollten, brutale Videospiele spielen und zu spät ins Bett gehen. Aber sie wurde immer besser darin, diese an ihr nagenden Horrorszenarien zu verdrängen, sie nicht auszusprechen und sie in sich wuchern zu lassen. Dunkle Gedanken und Ängste in seinem Kopf einzusperren schien einen großen Teil des Elterndaseins auszumachen.

Endlich legte Eden auf. »Sind wir da?«

»Ja«, bestätigte Abby. »Willkommen in Georgetown, Delaware.«

»Es ist sehr ... geräumig.« Eden schien ein bisschen neidisch zu sein.

»Allerdings.« Abby teilte Edens neu entfachtes Verlangen, die Stadt zu verlassen, nicht. Sie lebte gern dort. Hier standen die Häuser Dutzende von Metern voneinander entfernt – und dazwischen gab es nichts als Gras. Wie langweilig.

»Glaubst du, er ist zu Hause?«, fragte Eden schon zum zehnten Mal, seit sie losgefahren waren.

»Ich will es hoffen.«

Sie konnten es beide nicht abschätzen, da Isaac ihre Nachrichten, in denen sie ihren Besuch ankündigten, nicht beantwortet hatte.

Seit jenem Abend mit Carver hatte sich Abbys Vertrauen in ihre Erinnerungen verflüchtigt. Bei den Gesprächen mit Eden und Isaac über das, was sie noch wusste, hatten sich unzählige Widersprüche und Lücken aufgetan. Issac erinnerte sich an den Tag, an dem sie sich zwischen den Mohnblumen versteckt hatten, behauptete jedoch, sie hätten einen komischen Stein und keine Patrone gefunden. Eden beharrte darauf, dass sich die Waschbecken, in denen sie sich die Hände gewaschen hatten, im Haus und nicht davor befanden. Jeder von ihnen hatte Moses Wilcox anders im Gedächtnis, und auch ihre Erinnerungen an diesen letzten schrecklichen Tag stimmten nicht überein.

Eden und Isaac hatten kein Problem damit, die Sache auf sich beruhen zu lassen, aber Abby konnte das nicht. Die Schuldgefühle und ihre Unsicherheit in Bezug auf ihre

Erinnerungen nagten ständig an ihr. Sie schlief schlecht und war tagsüber angespannt und gereizt. Es wurde Zeit, dass sie diese Phase ihres Lebens ein für alle Mal hinter sich ließ.

Daher hatte sie Edens Vorschlag, dass sich alle drei treffen sollten, sofort zugestimmt. Isaac war nicht so begeistert gewesen. Angeblich konnte er keinen Tag freinehmen und musste auch an den Wochenenden arbeiten. Er hatte vorgeschlagen, das Treffen in einigen Monaten abzuhalten, wenn es bei ihm ruhiger geworden wäre. Abby fand diese Vorstellung unerträglich und hatte schließlich vorgeschlagen, dass sie und Eden ihn am Wochenende besuchten. Er hatte erklärt, dass das nicht gehen würde, aber keinen Grund dafür nennen können.

Irgendetwas verbarg er. Abby hatte so eine Ahnung, was das sein konnte. Anders als Eden und sie hatte Isaac die Wilcox-Sekte mit einer gepackten Tasche verlassen. Zudem hatte er beim Chatten hin und wieder etwas erwähnt und Eden das Foto von Moses Wilcox geschickt. Vielleicht besaß er ja noch mehr; etwas, das Aufschluss über einiges aus der Vergangenheit geben konnte.

Versteckte er etwas, um sie zu schützen? Oder würde er dadurch in einem anderen Licht dastehen? Sie musste es wissen.

Es war ihr gelungen, ihn aufzuspüren. Er lebte in Georgetown. Keine vier Stunden entfernt. Sie konnten an einem Tag hinfahren, um ihn zu besuchen, und abends wieder zu Hause sein.

»Wie geht es Nathan?«, fragte sie, um sich abzulenken.

»Tagsüber geht es ihm gut, aber nachts …« Eden seufzte. »Er kommt jede Nacht in mein Bett.«

»Was sagt die Therapeutin dazu?«

»Dass ich ihm Zeit lassen muss.«

Gabrielle bezahlte die Therapeutin von ihrem ständig wachsenden Einkommen. Abby zweifelte nicht daran, dass sie inzwischen mehr verdiente als ihre Mutter – vielleicht sogar mehr als

Abby und Eden zusammen. Hin und wieder warf Abby einen Blick auf Gabrielles Instagram-Profil und wunderte sich darüber, dass ein Mensch so viel Geld verdienen konnte, indem er praktisch nichts tat. Eden hatte ihr allerdings erklärt, dass Gabrielle von morgens bis spätabends arbeitete, Nachrichten ihrer Fans beantwortete, Kommentare las, sich mit anderen Influencern vernetzte … Offenbar gab es sehr viel zu tun.

»Das ist es.« Abby parkte am Straßenrand. Ein winziges, weiß verputztes Haus. Im Garten wucherte das Gras, und nur ein Busch durchbrach die Monotonie. Die Fensterläden waren geschlossen, und alles sah wenig einladend aus. Während der langen Fahrt hatte Abby versucht, nicht darüber nachzudenken, wie die Begegnung ablaufen würde und wie es wäre, wenn sie drei sich so lange Zeit nach dem Wilcox-Massaker wiedersahen. Sie wusste natürlich, wie er aussah – sie hatten sich im Laufe der Jahre immer wieder Fotos geschickt –, aber sie konnte sich seinen Gesichtsausdruck beim Öffnen der Tür nicht einmal ausmalen.

Bevor die Nervosität noch schlimmer werden konnte, stieg sie aus dem Wagen. Dabei überlegte sie, wie es sein musste, wenn er zufällig aus dem Fenster schaute und seine Vergangenheit in diesem Augenblick auf sein Haus zumarschieren sah.

Bevor sie anklopfen konnte, öffnete ihnen ein Mann die Tür.

»Kann ich Ihnen helfen?« Er beäugte sie misstrauisch.

Sie hatte keine Ahnung, wer da vor ihr stand.

»Äh … Wir wollten zu Isaac. Ist er zu Hause?«, fragte Abby.

»Ich bin Isaac.«

»Oh.« Enttäuschung machte sich in ihr breit. Es war alles umsonst gewesen. Sie hatte den falschen Mann aufgespürt. »Bitte entschuldigen Sie. Ich dachte, dies wäre Isaac Reeds Haus.«

»Ich bin Isaac Reed.« Er kniff die Augen zusammen und musterte sie. »Wer sind Sie?«

»Es tut mir so leid, wir müssen das falsche Haus ...«

»Isaac?«, flüsterte Eden hinter ihr.

Der Mann sah über Abbys Schulter und riss die Augen auf. Er musste sich am Türrahmen festhalten, um nicht ins Wanken zu geraten. »Eden?«

Abby starrte erst ihn und dann Eden verwirrt an. Was in aller Welt war hier los? Das war nicht Isaac. Dieser Mann sah völlig anders aus als auf den Fotos.

»Ja«, bestätigte Eden. »Ich bin's. Und das ist Abihail. Ja, sie hat sich sehr verändert.«

Er starrte sie wie vom Donner gerührt an. Aber jetzt sah Abby es auch. Nicht die Ähnlichkeit mit den Fotos, die er ihr geschickt hatte. Vielmehr erinnerte er sie an den schwarzhaarigen Jungen mit dem Überbiss aus ihrer Kindheit. Irgendetwas stimmte hier ganz und gar nicht.

Nach einiger Zeit fragte er: »Was macht ihr hier?«

Abby blinzelte. »Wie ... wir haben dir doch geschrieben, dass wir kommen.«

»Was? Wann?«

»Wir haben dir beide Nachrichten geschickt.«

»Ich habe seit über dreißig Jahren nichts von euch gehört.«

Ihre Welt geriet ins Wanken. Nein, das konnte nicht sein. Sie hatte stapelweise Briefe von ihm. Erst vor wenigen Tagen hatten sie miteinander gechattet. Sie schrieb ihm fast jeden Tag.

»Wem habe ich dann die ganze Zeit geschrieben?«

Danksagung

Ein Buch zu schreiben ist schwer. Der Beginn einer neuen Reihe ist sogar noch schwerer. Nachdem ich so viel Zeit mit Zoe, Tatum, Marvin und dem Rest der Truppe verbracht hatte, schien mir das Erschaffen einer völlig neuen Reihe mit einer neuen Protagonistin, ihrer Familie und ihren Freunden – und vielleicht einem oder zwei Haustieren – eine unmögliche Aufgabe zu sein. Und so wäre es auch gewesen, wenn mich nicht sehr viele Menschen unterstützt hätten.

Da wäre als Erstes meine Frau Liora. Sie war diejenige, die verkündet hat, dass ich über eine Verhandlungsspezialistin schreiben müsste. Ich war mir da nicht so sicher – mir schwebte eine Undercoveragentin vor, doch Liora war nicht begeistert. Und als ich meiner Redakteurin Jessica Tribble erzählte, dass ich über eine Undercoveragentin nachdachte, Liora jedoch auf einer Verhandlungsspezialistin beharrte, erwiderte sie: »Hör auf deine Frau.«

Das habe ich dann auch getan, und so entstand Abby. Liora hat mir bei jedem Schritt geholfen, vom Aufbau des Charakters und ihrer schrecklichen Vergangenheit bis hin zur Handlung. Zu guter Letzt hat sie auch noch alles gelesen, als ich fertig war, und mir gesagt, was ich ändern musste. Und das war eine Menge.

Mein Dank gilt auch Jessica, die mir nicht nur gesagt hat, dass ich auf meine Frau hören soll, sondern mit mir auch den ersten Entwurf überarbeitet und Abby deutlich mehr Hintergrund und damit Profil verliehen hat. Wie immer hat sie auch beim Lektorat hervorragende Arbeit geleistet.

Christine Mancuso hat einen meiner ersten Entwürfe gelesen (von denen es so einige gab) und mir bei der Struktur des Buches geholfen, um den Spannungsbogen zu optimieren. Haben sie das Buch förmlich umklammert, als Nathan seinem Entführer entkommen ist? Sehr viel davon ist allein Christine zu verdanken.

Mein Vater hat auch einen der ersten Entwürfe gelesen und mich bei der Ausarbeitung von Abbys beruflichen Aspekten unterstützt. Er ist Psychologe und warf mir an den Kopf, ich würde im ganzen Buch auf verantwortungslose Weise mit technischen Begriffen und billigen psychologischen Beobachtungen um mich werfen.

Kevin Smith, mein Plotlektor, hat sich richtig ins Zeug gelegt und mir beim Polieren des Manuskripts geholfen, bis es nur so glänzte. Er war darüber hinaus bei dem ganzen Hin und Her unglaublich geduldig und hilfsbereit. Die Zusammenarbeit mit ihm war wieder einmal das reinste Vergnügen.

Emily Havener bekam die letzte Fassung und tilgte sämtliche Rechtschreib- und Grammatikfehler ebenso wie einige schauerliche Anschlussfehler.

Mein Dank gilt auch Laura Barrett, der Produktionsredakteurin, die sich um die ganze Koordination und den Papierkram gekümmert hat, damit das Buch produziert werden konnte.

Wayne Stinnet hat das Razzia-Kapitel gelesen und mir gute Tipps gegeben, damit es eher wie eine Razzia rüberkam und nicht nur so, als würde eine Gruppe von Leuten willkürlich im Dunkeln rumstochern.

Richard Stockford hat meine laienhaften Fragen über die Polizeiarbeit beantwortet und mir bei einigen Problemen geholfen, die sich bei der Koordination zwischen verschiedenen Strafverfolgungsbehörden ergaben.

Ich bedanke mich bei meiner Agentin Sarah Hershman, die stets ihr Bestes gibt, damit meine Bücher erfolgreich werden.

Und vor allem danke ich meinen Lesern dafür, dass sie meine Träume Wirklichkeit werden lassen.